DE VERDENKING

Michael Robotham

De verdenking

Vertaling Marijke Koch en Ineke Lenting

CARGO | MANTEAU

2004

Cargo is een imprint van uitgeverij De Bezige Bij, Amsterdam

Copyright © 2003 Michael Robotham
Copyright Nederlandse vertaling © 2003 Marijke Koch
en Ineke Lenting
Eerste druk november 2003
Tweede druk januari 2004
Oorspronkelijke titel *The Suspect*
Oorspronkelijke uitgever Time Warner, UK
Omslagontwerp Studio Jan de Boer
Omslagillustratie Edwin Smith / RIBA Library Photographs Collection
Foto auteur Mike Newling
Vormgeving binnenwerk Peter Verwey
Druk Wöhrmann, Zutphen
ISBN 90 7668 226 7
NUR 305

Voor de vier vrouwen in mijn leven:
Vivien, Alexandra, Charlotte en Isabella

DEEL EEN

'Dat heb ik gedaan,' zegt mijn geheugen.
'Dat had ik niet kunnen doen,' zegt mijn trots – en blijft onverbiddelijk.
Uiteindelijk... zwicht het geheugen.

– FRIEDRICH NIETZSCHE *Jenseits von Gut und Böse*

1

Als je vanaf het schuine leien dak van het Royal Marsden Hospital tussen de schoorstenen en televisieantennes door kijkt, zie je alleen maar meer schoorstenen en televisieantennes. Net als in die scène in *Mary Poppins* waar de schoorsteenvegers dansend over de daken hun bezems rond laten draaien. Vanaf hier kan ik nog net de koepel van de Royal Albert Hall zien. Op een heldere dag zou ik waarschijnlijk tot aan Hampstead Heath kunnen kijken, maar ik denk niet dat de lucht in Londen daar ooit helder genoeg voor is.

'Wat een uitzicht,' zeg ik met een blik naar rechts, waar een meter of drie verderop een tiener gehurkt zit. Hij heet Malcolm en is vandaag zeventien geworden. Hij is lang en mager, en kijkt me met trillende donkere ogen aan. Hij heeft een huid die wit is als glanspapier. Hij draagt een pyjama en een wollen muts om zijn kaalheid te bedekken. Chemotherapie is een wrede kapper.

Het is drie graden Celsius, maar de gevoelstemperatuur ligt onder het vriespunt. Mijn vingers zijn al verstijfd en ik kan amper mijn tenen door mijn sokken en schoenen voelen. Malcolm is blootsvoets.

Als hij springt of valt kan ik hem niet tegenhouden. Zelfs als ik languit in de dakgoot ging liggen, zou er twee meter over blijven die ik niet kan overbruggen. Dat weet hij. Dat heeft hij uitgekiend. Volgens de kankerspecialist heeft Malcolm een uitzonderlijk hoog IQ. Hij speelt viool en spreekt vijf talen, maar hij verdomt het er een van met mij te spreken.

Ik heb hem het afgelopen uur van alles gevraagd en allerlei verhaaltjes verteld. Ik weet dat hij me kan horen, maar mijn stem is voor hem niet meer dan achtergrondgeluid. Hij concentreert zich volledig op zijn innerlijke dialoog over de keus om te blijven leven of te sterven. Ik wil daar graag bij betrokken worden, maar dan moet hij het me wel eerst vragen.

De National Health Service heeft massa's richtlijnen over het omgaan met gijzelingsacties en zelfmoordpogingen. Er is een crisisteam opgericht bestaande uit afdelingshoofden, politiemensen en een psycholoog: ik. Het was ons er in de eerste plaats om te doen alles over Malcolm te weten te komen wat ons inzicht zou verschaffen in wat hem hiertoe heeft gedreven. Artsen, verpleegsters en patiënten worden nu ondervraagd, evenals zijn vrienden en familie.

De belangrijkste onderhandelaar staat boven aan de operationele driehoek. Daarvandaan sijpelt alles door naar mij. En zo komt het dat ik hier buiten sta, waar mijn handen en voeten eraf vriezen, terwijl zij binnen koffie drinken, stafleden ondervragen en flap-overs bestuderen.

Wat weet ik over Malcolm? Hij heeft een primaire tumor in de streek van de rechter hersenkwab, gevaarlijk dicht bij de hersenstam. Door de tumor is hij aan de linkerkant gedeeltelijk verlamd geraakt en kan hij met één oor niet meer horen. Hij is twee weken geleden aan zijn tweede chemokuur begonnen.

Vanochtend kreeg hij bezoek van zijn ouders. De specialist had goed nieuws. Malcolms tumor blijkt te slinken. Een uur later schreef Malcolm een briefje dat slechts uit drie woorden bestond: 'Het spijt me'. Hij verliet zijn kamer en slaagde erin via een dakvenster op de vierde verdieping op het dak te klimmen. Waarschijnlijk was iemand vergeten het raam te vergrendelen of vond hij een manier om het te openen.

Dit is in een notendop alles wat ik weet over een tiener die veel meer in zijn mars heeft dan de meeste kinderen van zijn leeftijd. Ik weet niet of hij een vriendinnetje, een favoriete voetbalclub of een filmheld heeft. Ik weet meer over zijn ziekte dan over hemzelf. Daarom ben ik zo aan het worstelen.

Mijn klimgordel zit niet prettig onder mijn trui. Hij heeft veel weg van zo'n tuigje dat ouders hun kleuter omdoen zodat hij niet weg kan lopen. Het ding moet mijn leven redden als ik val, als er tenminste iemand aan heeft gedacht het andere uiteinde ergens aan vast te maken. Dat klinkt waarschijnlijk belachelijk, maar dit soort details wordt in een crisis wel eens over het hoofd gezien.

Misschien kan ik beter naar het raam terug schuifelen om te vragen of iemand ernaar wil kijken. Zou dat onprofessioneel zijn? Ja. Verstandig? Dat zeker.

Het dak ligt bezaaid met duivenpoep en allerlei mossen op de leistenen dakpannen vormen patronen die doen denken aan gefossiliseerde planten in steen, maar ze maken het dak verraderlijk glibberig.

'Dit kan jou waarschijnlijk niets schelen, Malcolm, maar ik denk dat ik wel zo'n beetje begrijp hoe jij je voelt,' zeg ik in een hernieuwde poging contact met hem te krijgen. 'Ik ben ook ziek. Ik heb het niet over kanker. Dat is het niet. En als je zulke dingen met elkaar probeert te vergelijken, vergelijk je eigenlijk appels met peren, maar we hebben het nog wel over fruit, begrijp je?'

Het knopje in mijn oor begint te kraken. 'Wat doe je nou in godsnaam?' zegt een stem. 'Hou op met die fruitsla en zorg dat hij naar binnen gaat!'

Ik trek de microfoon uit mijn oor en laat hem over mijn schouder bungelen.

'Je weet toch wel dat de mensen vaak zeggen: "Het gaat vast prima, het zal heus wel goed komen"? Dat zeggen ze omdat ze niks anders weten te bedenken. Ik weet ook niet wat ik moet zeggen, Malcolm. Ik weet niet eens wat ik je moet vragen. De meeste mensen weten niet hoe ze moeten reageren als iemand ziek wordt. We hebben helaas geen etiquetteboek of een lijst van wat je wel en niet moet doen. Iemand komt naar je toe óf met betraande ogen waarin te lezen staat: ik kan hier niet tegen en zo meteen ga ik huilen, óf met geforceerde leukigheid en opgewekte woorden. Het alternatief is totale ontkenning.'

Malcolm reageert niet. Hij staart over de daken alsof hij door een klein raampje hoog in de lucht naar buiten kijkt. Zijn pyjama is dun en wit met blauw stiksel langs de manchetten en de kraag. Tussen mijn knieën ontwaar ik drie brandweerauto's, twee am-

11

bulances en een stuk of vijf politiewagens. Een van de brandweer-auto's heeft een draaischijf met een schuifladder. Ik heb er tot nu toe weinig aandacht aan geschonken, maar nu zie ik dat hij lang-zaam ronddraait en omhoog begint te schuiven. Waar is dat voor nodig? Op hetzelfde moment duwt Malcolm zich met zijn rug te-gen het schuine dak omhoog en gaat staan. Vervolgens hurkt hij neer in de dakgoot met zijn tenen om de rand geklemd als een vo-gel op een tak.

Ik hoor iemand gillen, maar algauw besef ik dat ik het zelf ben. Ik krijs de hele boel bij elkaar. Met wilde gebaren maak ik hun duidelijk dat ze de ladder moeten weghalen. Nu lijk ik degene die de suïcidale sprong wil maken terwijl Malcolm juist een volko-men kalme indruk maakt.

Ik stop op de tast de microfoon in mijn oor en hoor binnen een enorm tumult. Het crisisteam schreeuwt tegen de hoofdbrand-meester, die weer tegen de onderbrandmeester schreeuwt, die weer tegen iemand anders schreeuwt.

'Niet doen, Malcolm! Wacht!' roep ik wanhopig. 'Kijk eens naar die ladder. Hij gaat omlaag. Zie je wel? Hij gaat weer omlaag.' Het bloed bonst in mijn oren. Hij blijft op de rand zitten, en kromt en ontspant zijn tenen. Van opzij zie ik dat hij langzaam met zijn lan-ge donkere wimpers knippert. Zijn hart slaat als een vogel in zijn magere borstkas.

'Zie je die brandweerman daarginds met die rode helm?' vraag ik, in de hoop zijn aandacht af te leiden. 'Die met al die koperen knopen op zijn schouders. Denk je dat het me zal lukken om van-af hier een fluim speeksel op zijn helm te spugen?'

Heel even kijkt Malcolm naar beneden. Voor het eerst reageert hij op iets wat ik zeg of doe. De deur staat op een kier.

'Sommige mensen vinden het leuk om watermeloen- of ker-senpitten te spugen. In Afrika spugen ze mest, wat behoorlijk smerig is. Ik heb ergens gelezen dat het wereldrecord koedoemest spugen een meter of tien is. Ik geloof dat een koedoe een soort an-tilope is, maar dat weet ik niet zeker. Zelf doe ik het liever met lek-ker ouderwets speeksel en dan gaat het niet om de afstand maar om de nauwkeurigheid.'

Hij kijkt me aan. Ik werp mijn hoofd in de nek en zend een schuimende witte klodder met een boog omlaag. De wind vangt hem op, hij zweeft naar rechts en raakt de voorruit van een politieauto. In stilte denk ik na over mijn spuugbal om erachter te komen wat ik fout deed.

'U hield geen rekening met de wind,' zegt Malcolm.

Met een ernstig knikje laat ik hem weten dat hij gelijk heeft, maar vanbinnen, op een plek waar ik nog niet bevroren ben, voel ik een warme gloed.

'Je hebt gelijk. Die gebouwen vormen een soort windtunnel.'

'Dat zijn smoesjes.'

'Ik heb jou het nog niet zien proberen.'

Peinzend kijkt hij naar beneden. Hij heeft zijn armen om zijn knieën geslagen alsof hij warm probeert te blijven. Dat is een goed teken.

Even later vliegt een klodder spuug met een boog door de lucht en valt naar beneden. Getweeën zien we hem dalen, proberen hem haast te dwingen op koers te blijven. Als hij een televisieverslaggever precies tussen de ogen raakt kreunen Malcolm en ik eensgezind.

Mijn volgende poging belandt zonder iets te raken op de stoep. Malcolm vraagt of hij een ander doel mag kiezen. Hij wil nog een keer op de televisiereporter mikken.

'Jammer dat we geen waterbommetjes hebben,' zegt hij met zijn kin op zijn knie steunend.

'Als je kon kiezen op wie je een waterbommetje kon laten vallen, wie zou dat dan zijn?'

'Mijn ouders.'

'Waarom?'

'Ik wil geen chemo meer. Ik heb er genoeg van.' Hij gaat er niet op door. Dat is ook niet nodig. Weinig behandelingen hebben zulke ernstige bijverschijnselen als chemotherapie. Het overgeven, de misselijkheid, de verstopping, de bloedarmoede en de overweldigende moeheid zijn vaak ondraaglijk.

'Wat zegt de specialist?'

'Hij zegt dat de tumor slinkt.'

'Dat is goed.'

Hij lacht wrang. 'Dat zeiden ze de vorige keer ook. Eigenlijk jagen ze de kanker alleen maar mijn lichaam door. Hij verdwijnt niet. Hij vindt alleen maar een nieuwe plek om zich te verstoppen. De artsen hebben het nooit over genezing, alleen over remissie. Soms zeggen ze niet eens iets tegen mij. Dan fluisteren ze alleen met mijn ouders.' Hij bijt op zijn onderlip en er verschijnt een vuurrood vlekje waar het bloed naar de afdruk van zijn tanden is gestroomd.

'Mijn vader en moeder denken dat ik bang ben om dood te gaan, maar dat is niet zo. U zou sommige kinderen hier eens moeten zien. Ik heb tenminste echt geleefd. Nog vijftig jaar erbij zou fijn zijn, maar ik zei al dat ik niet bang ben.'

'Hoe vaak krijg je nog chemotherapie?'

'Zes keer. Daarna is het afwachten. Ik vind het niet zo erg dat ik mijn haar kwijt ben. Een heleboel voetballers scheren hun haar af. Kijk maar naar David Beckham; hij is een idioot, maar ook een geweldige speler. Geen wenkbrauwen vind ik wel behoorlijk vervelend.'

'Ik heb gehoord dat Beckham de zijne laat plukken.'

'Door Posh?'

'Ja.'

Even zie ik een flauwe glimlach. In de stilte die volgt hoor ik Malcolms tanden klapperen.

'Als de chemokuur niet helpt zullen mijn ouders de artsen vragen om weer iets anders te proberen. Ze zullen me nooit laten gaan.'

'Je bent oud genoeg om dat zelf te beslissen.'

'Probeer hun dat maar eens te vertellen.'

'Dat wil ik best als jij het wilt.'

Hij schudt zijn hoofd en ik zie tranen in zijn ogen opwellen. Hij vecht ertegen, maar ze komen onder zijn lange wimpers uit in dikke druppels die hij met zijn onderarm wegveegt.

'Ken je iemand met wie je kunt praten?'

'Ik vind een van de verpleegsters aardig. Ze is heel lief voor me.'

'Is ze je vriendinnetje?'

Hij bloost. Zijn huid is zo bleek dat het lijkt alsof al het bloed naar zijn hoofd is gestegen. 'Waarom ga je niet naar binnen, dan kunnen we verder praten? Mijn speeksel raakt op als ik niet wat te drinken krijg.' Hij geeft geen antwoord, maar ik zie dat hij zijn schouders laat zakken. Hij luistert weer naar zijn innerlijke dialoog.

'Ik heb een dochter van acht en ze heet Charlie,' zeg ik, in een poging zijn aandacht vast te houden. 'Ik herinner me een keer in het park toen ze vier was en ik haar duwde op de schommel. Ze zei tegen me: "Papa, weet je dat als je je ogen helemaal dichtknijpt zodat je witte sterretjes ziet, dat als je ze weer opendoet, de wereld er helemaal nieuw uitziet?" Dat is een mooie gedachte, vind je niet?'

'Maar die wereld bestaat niet echt.'

'Het zou toch kunnen?'

'Alleen als je doet alsof.'

'En waarom zou je dat niet doen? Wat houd je tegen? Iedereen denkt dat het makkelijk is om cynisch en pessimistisch te zijn, maar dat kost juist ongelooflijk veel inspanning. Het is veel makkelijker om optimistisch te zijn.'

'Ik heb een niet-opereerbare hersentumor,' zegt hij ongelovig.

'Ja, dat weet ik.'

Ik vraag me af of mijn woorden net zo hol klinken in Malcolms oren als in de mijne. Vroeger geloofde ik dit soort dingen. Er kan in tien dagen veel veranderen.

Malcolm vraagt: 'Bent u arts?'

'Psycholoog.'

'Vertel me nog eens waarom ik met u mee moet gaan?'

'Omdat het hier koud en gevaarlijk is en ik weet hoe mensen eruitzien als ze van een gebouw zijn gevallen. Ga mee naar binnen. Laten we weer warm worden.'

Hij kijkt naar beneden, naar het circus van ambulances, brandweerauto's, politieauto's en mediabusjes. 'Ik heb de spuugwedstrijd gewonnen.'

'Jazeker.'

'Gaat u met mijn vader en moeder praten?'

'Absoluut.'

Hij probeert op te staan, maar zijn benen zijn koud en stijf. Door de verlamming aan zijn linkerkant kan hij zijn ene arm nauwelijks gebruiken. Om overeind te komen heeft hij twee armen nodig.

'Blijf daar. Ik zal zorgen dat ze de ladder naar boven sturen.'

'Nee!' zegt hij vastberaden. In zijn ogen staat te lezen dat hij niet in het felle licht van de televisielampen naar beneden gehaald wil worden, waar journalisten hem vragen zullen stellen.

'Oké, ik kom wel naar jou toe.' Ik sta versteld van mijn eigen dapperheid. Ik begin langzaam zijwaarts te kruipen, veel te bang om rechtop te gaan staan. Ik ben de klimgordel niet vergeten, maar ben er nog steeds van overtuigd dat niemand de moeite heeft genomen hem vast te maken.

Terwijl ik voorzichtig door de dakgoot kruip zie ik in mijn verbeelding wat er allemaal mis kan gaan. Als we nu in een Hollywoodfilm zaten, zou Malcolm op het laatste moment uitglijden en dan zou ik omlaag duiken om hem in de lucht vast te grijpen. En anders zou ik vallen en hij mij redden.

Maar we kunnen evengoed – omdat dit de realiteit is – allebei dood vallen, of misschien blijft Malcolm leven en ben ik de dappere redder die dood ter aarde stort.

Hoewel hij zich niet heeft bewogen, zie ik een emotie in zijn ogen die er nog niet eerder was. Daarnet was hij nog bereid om zonder te aarzelen van het dak af te stappen. Nu hij wil blijven leven is de diepte onder zijn voeten een afgrond geworden.

De Amerikaanse filosoof William James (een geheime fobielijder) schreef in 1884 een artikel waarin hij filosofeerde over de aard van angst. Hij nam als voorbeeld iemand die een beer tegenkomt. Rent hij weg omdat hij bang is of wordt hij pas bang als hij wegrent? Met andere woorden, heeft iemand tijd om te bedenken dat iets angstaanjagend is, of komt de reactie vóór de gedachte?

Sindsdien zijn wetenschappers en psychologen verwikkeld in een soort kip-of-ei-debat. Wat is er het eerst – het bewust voelen van angst of het bonzend hart en de stijgende adrenaline waardoor we willen vechten of vluchten?

Ik weet het antwoord nu, maar ik ben zo bang dat ik de vraag ben vergeten.

Ik sta nog geen meter bij Malcolm vandaan. Zijn wangen zijn een beetje blauw geworden en hij bibbert niet meer. Ik druk mijn rug tegen de muur, schuif mijn ene been onder me en duw mezelf op tot ik sta. Malcolm kijkt even naar mijn gestrekte hand en reikt dan langzaam naar me. Ik pak zijn pols vast en trek hem omhoog tot ik mijn arm om zijn magere middel kan slaan. Zijn huid voelt ijskoud aan.

Ik kan de gespen van de klimgordel aan de voorkant loskoppelen en de banden langer maken. Ik sla ze om zijn middel en steek ze weer door de gesp zodat we aan elkaar vastzitten. Zijn wollen muts voelt ruw tegen mijn wang.

'Wat moet ik doen?' vraagt hij hees.

'Je kunt bidden dat het andere eind van dit ding ergens aan vastzit.'

2

Ik was waarschijnlijk veiliger op het dak van het Marsden dan thuis bij Julianne. Ik weet niet meer precies wat ze me noemde, maar ik meen me te herinneren dat ze woorden gebruikte als onverantwoordelijk, lichtzinnig, onvoorzichtig, onvolwassen en ongeschikt voor het ouderschap. Maar eerst had ze me met de *Marie Claire* geslagen en me laten beloven nooit meer zoiets stoms te doen.

Charlie daarentegen laat me niet meer met rust. Ze springt in haar pyjama alsmaar op en neer op het bed en hoort me uit over hoe hoog het was, of ik bang was en of de brandweermannen een net gereedhielden om me op te vangen.

'Eindelijk kan ik eens iets spannends vertellen,' zegt ze, en ze geeft me een klap op mijn arm. Ik ben blij dat Julianne het niet hoort.

Als ik 's ochtends moeizaam mijn bed uit kom volg ik altijd hetzelfde korte ritueel. Terwijl ik me vooroverbuig om mijn schoenveters vast te maken weet ik al min of meer hoe de rest van de dag zal verlopen. Aan het begin van de week ben ik uitgerust en kost het me weinig moeite om de vingers van mijn linkerhand te laten meewerken. Knopen vinden knoopsgaten, een riem vindt de lussen ervoor en het lukt me zelfs een vlinderdasje te strikken. Op een slechte dag, zoals vandaag, is het een ander verhaal. De man die ik elke ochtend in de spiegel zie heeft dan twee handen nodig om zich te scheren en komt aan het ontbijt met stukjes wc-papier tegen zijn hals en kin geplakt. Op zo'n ochtend zegt Julianne tegen me: 'Je hebt een gloednieuw elektrisch scheerapparaat in de badkamer.'

'Ik hou niet van elektrische scheerapparaten.'

'Waarom niet?'

'Omdat ik van scheerschuim houd.'

'Hoe kun je nou van scheerschuim hóúden?'

'Vind je niet dat het woord een prachtige klank heeft? Nogal sexy – schúím. Het klinkt decadent.'

Ze begint te giechelen, maar probeert tegelijk geërgerd te kijken.

'Je zeept je lichaam in met schúímende zeep, je gebruikt schúímende douchegel. Ik vind dat we schúímende jam en room op onze scones moeten smeren. En 's zomers kunnen we ons insmeren met schúímende zonnebrandolie... als het ooit zomer wordt.'

'Je bent niet goed snik, pap,' zegt Charlie, opkijkend van haar cornflakes.

'Bedankt, mijn duifje.'

'Een geniale komiek,' zegt Julianne, terwijl ze het wc-papier van mijn gezicht plukt.

Ik ga aan tafel zitten, doe een schep suiker in mijn koffie en begin te roeren. Julianne houdt me in de gaten. Het lepeltje stokt. Ik concentreer me en geef mijn linkerhand het bevel te roeren, maar hoe ik me ook inspan, het lepeltje komt niet van zijn plaats. Daarop verplaats ik het soepel naar mijn rechterhand.

'Wanneer moet je weer naar Jock?' vraagt ze.

'Vrijdag.' *Vraag alsjeblieft niet verder.*

'Heeft hij dan de uitslag van de tests?'

'Hij zal me iets vertellen wat we al weten.'

'Maar ik dacht...'

'Dat heeft hij niet gezegd!' Ik vind het afschuwelijk dat mijn stem zo schril klinkt.

Julianne knippert niet eens met haar ogen. 'Ik heb je kwaad gemaakt. Ik vind je aardiger als je niet goed snik bent.'

'Ik ben niet goed snik. Dat weet iedereen.'

Ik kijk dwars door haar heen. Ze denkt dat het machogedrag is en ik mijn gevoelens verberg of uitsluitend positief probeer te zijn, maar dat ik in werkelijkheid op het punt sta in te storten. Mijn moeder is al net zo – die bedrijft tegenwoordig psychologie van de koude grond. Waarom laten ze het niet aan de experts over om zich te vergissen?

Julianne is met haar rug naar me toe gaan staan. Ze verkruimelt oud brood voor de vogels. Compassie is haar hobby.

Gekleed in een grijs joggingpak, sportschoenen en met een baseballpet op haar kortgeknipte donkere haar, lijkt ze zevenentwintig, geen zevenendertig. In plaats van op een gracieuze manier samen oud te worden, heeft zij het geheim van de eeuwige jeugd ontdekt en slaag ik er pas na twee pogingen in om van de bank op te staan. Maandag is het yoga, dinsdag Pilates, donderdag en zaterdag circuittraining. Tussendoor doet ze het huishouden, voedt een kind op, geeft Spaanse les en houdt nog tijd over voor pogingen de wereld te verbeteren. Zelfs een bevalling leek bij haar een fluitje van een cent, hoewel ik dat alleen tegen haar zou zeggen als ik plotseling naar de dood zou verlangen.

We zijn zestien jaar getrouwd en als mensen me vragen waarom ik psycholoog ben geworden, zeg ik: 'Vanwege Julianne. Ik wilde erachter komen wat ze werkelijk denkt.'

Het heeft niet geholpen. Ik heb nog steeds geen flauw idee.

Gewoonlijk heb ik de zondagochtend voor mezelf. Bedolven onder de vracht van vier kranten drink ik koffie tot mijn tong beslagen voelt. Na de gebeurtenissen van gisteren vermijd ik de koppen, maar Charlie wil per se dat we ze uitknippen om er een knipselboek van te maken.

Ik vermoed dat het nogal *cool* is om een keertje 'cool' te zijn. Vóór gisteren vond ze mijn werk nog saaier dan cricket. Maar nu staat het hoog genoteerd, samen met alle goede dingen, zoals popvideo's maken en alpaca's houden.

Ze heeft zich warm aangekleed in jeans, coltrui en een ski-jack, want ik heb haar beloofd dat ze vandaag mee mag. Nadat ze vlug haar ontbijt naar binnen heeft gewerkt zit ze vol ongeduld naar mij te kijken – ervan overtuigd dat ik mijn koffie veel te langzaam opdrink.

Als het tijd is om de auto in te laden halen we de kartonnen dozen uit het schuurtje in de tuin en dragen ze over het zijpaadje naar mijn oude Metro waar we ze naast zetten. De dozen zijn zo

20

licht dat ik er drie boven op elkaar kan stapelen. Charlie draagt er elke keer een.

Julianne zit op de stoep voor het huis met een kop koffie op haar knieën.

'Je weet natuurlijk wel dat jullie allebei gek zijn?'

'Best mogelijk.'

'En jullie worden vast en zeker gearresteerd.'

'Dat zal dan jouw schuld zijn.'

'Waarom mijn schuld?'

'Omdat je niet mee wilt. We hebben iemand nodig om de vluchtauto te besturen.'

Charlie doet ook een duit in het zakje. 'Kom op, mam, pap zei dat je vroeger wel meeging.'

'Toen was ik jong en dwaas en zat ik niet in het comité van jouw school.'

'Wist jij eigenlijk wel, Charlie, dat je moeder de tweede keer dat ik met haar uitging werd gearresteerd omdat ze in een vlaggenstok was geklommen en de Zuid-Afrikaanse vlag had neergehaald?'

Julianne kijkt kwaad. 'Dat moet je haar niet vertellen!'

'Werd je echt gearresteerd?'

'Ik kreeg een waarschuwing, dat is iets anders.'

Er staan twee dozen op het imperiaal, twee in de kofferruimte en twee op de achterbank. Fijne zweetdruppeltjes parelen op Charlies bovenlip als stukjes gepolijst glas. Ze trekt haar ski-jack uit en stopt het tussen de stoelen.

Ik keer me weer om naar Julianne. 'Weet je zeker dat je niet meegaat? Volgens mij wil je best.'

'Wie gaat onze borgsom betalen?'

'Jouw moeder.'

Ze knijpt haar ogen tot spleetjes, maar zet haar koffiekop binnen bij de voordeur. 'Ik doe het onder protest.'

'Waarvan akte.'

Ze houdt haar hand op voor de autosleutels. 'En ik rij.'

Ze pakt een jasje van de kapstok in de gang en trekt de deur achter zich dicht. Charlie wurmt zich tussen de dozen op de achterbank en leunt opgewonden naar voren.

'Vertel me nog eens het hele verhaal,' zegt ze terwijl we invoegen in het weinige verkeer op Prince Albert Road langs Regent's Park. 'En niks weglaten omdat mama erbij is.'

Ik kan haar niet het hele verhaal vertellen, omdat ik zelf niet eens alle details ken. Welbeschouwd gaat het om mijn oudtante Gracie – die de wérkelijke reden is dat ik psycholoog ben geworden. Ze was de jongste zuster van mijn grootmoeder van moeders kant en toen ze op tachtigjarige leeftijd overleed, had ze bijna zestig jaar lang geen voet buiten de deur gezet.

Ze woonde ruim een kilometer van de plek in West-Londen waar ik ben opgegroeid, in een oud, voornaam, vrijstaand Victoriaans huis met torentjes op het dak, ijzeren balkons en een kolenkelder onder het huis. In de voordeur zaten twee rechthoekige glas-in-loodpanelen. Als ik mijn neus ertegenaan drukte zag ik zeker tien gebroken beelden van tante Gracie die door de gang kwam aansnellen om op mijn kloppen open te doen. Dan opende ze de deur net zo ver dat ik naar binnen kon glippen, waarna ze hem vlug weer sloot.

Rijzig en bijna zo mager als een skelet, met lichtblauwe ogen en blond haar waar hier en daar wat grijs door liep, was ze altijd gekleed in een lange, zwartfluwelen japon, met een parelsnoer dat op de donkere stof een gloed leek uit te stralen.

'Finnegan! кom! Joseph is er!'

Finnegan was een Jack Russel die niet kon blaffen. In een gevecht met een Duitse herder uit de buurt was zijn strottenhoofd vermorzeld. In plaats van te blaffen, hijgde en pufte hij alsof hij auditie deed voor de rol van de grote boze wolf in een pantomimevoorstelling.

Gracie praatte tegen Finnegan alsof hij een mens was. Ze las hem stukken voor uit de plaatselijke krant of stelde hem vragen over plaatselijke problemen. Ze knikte elke keer instemmend als hij met gehijg, gepuf of een scheet antwoord gaf. Finnegan had zelfs zijn eigen stoel bij de eettafel en terwijl Gracie hem stukjes taart toeschoof, sprak ze zichzelf bestraffend toe: 'ze liet een dier uit haar hand eten'!

Als Gracie thee inschonk deed ze mijn kop voor de helft vol met melk, want ze vond me nog te jong voor sterke thee. Gezeten op een eetkamerstoel kon ik met mijn voeten amper de grond raken. Maar als ik verder naar achteren ging zitten, staken mijn benen recht vooruit onder het witte, met kant afgezette tafellaken.

Jaren later, toen mijn voeten wel tot de vloer reikten en ik me moest bukken om Gracie op haar wang te zoenen, schonk ze nog steeds mijn kop half vol met melk. Misschien wilde ze niet dat ik volwassen werd.

Als ik na schooltijd bij Gracie langsging moest ik altijd naast haar komen zitten op de chaise longue en dan hield ze mijn hand in de hare. Ze wilde alles weten over wat ik die dag had meegemaakt. Wat ik in de klas had geleerd. Welke spelletjes ik had gespeeld. Wat voor beleg er op mijn boterhammen had gezeten. Ze zoog alles in zich op alsof ze elk detail voor zich wilde zien.

Gracie was een klassiek geval van agorafobie – doodsbang voor open ruimtes. Toen ze er op een keer genoeg van had om op mijn vragen een ontwijkend antwoord te geven heeft ze geprobeerd me dat uit te leggen.

'Ben je wel eens bang geweest in het donker?' vroeg ze.

'Jawel.'

'Wat voor engs zou er volgens jou gebeuren als de lichten uitgingen?'

'Dan zou een monster mij te pakken krijgen.'

'Heb je dat monster ooit gezien?'

'Nee. Mama zegt dat monsters niet bestaan.'

'Ze heeft gelijk. Ze bestaan niet. Dus waar kwam jouw monster vandaan?'

'Hier.' Ik tikte tegen mijn hoofd.

'Precies. Ik heb ook een monster. Ik weet dat het niet echt bestaat, en toch verdwijnt het niet.'

'Hoe ziet uw monster eruit?'

'Het is ruim drie meter lang en heeft een zwaard bij zich. Als ik naar buiten zou willen gaan, slaat het mijn hoofd eraf.'

'Zuigt u dat uit uw duim?'

Ze lachte en probeerde me te kietelen, maar ik duwde haar handen weg. Ik wilde een eerlijk antwoord van haar.

Toen ze genoeg had van het gesprek kneep ze haar ogen dicht en stopte een paar losse grijze slierten terug in haar strakke knotje. 'Heb je wel eens een griezelfilm gezien waarin de held probeert te ontsnappen, maar dan wil de auto niet starten? Hij draait het contactsleuteltje steeds opnieuw om en drukt de gaspedaal in, maar de motor kucht alleen maar en slaat af. Je ziet de slechterik op hem afkomen. Hij heeft een pistool of een mes bij zich. Dan zeg je aldoor zachtjes: "Zorg dat je wegkomt! Ga weg! Hij komt eraan!"'

Ik knikte met wijdopen ogen. 'Neem die angst,' zei ze, 'en vermenigvuldig die met honderd, dan weet je hoe ik me voel als ik erover denk om naar buiten te gaan.'

Ze stond op en liep de kamer uit. Het gesprek was afgelopen. Ik heb het onderwerp nooit meer aangeroerd. Ik wilde haar niet verdrietig maken.

Ik weet niet waarvan ze leefde. Op gezette tijden arriveerde er een cheque van een advocatenkantoor, maar Gracie zette hem op de schoorsteenmantel, waar ze hem elke dag kon zien tot hij verlopen was. Ik denk dat de cheques een deel van haar erfenis waren, maar dat zij niets met het geld van de familie te maken wilde hebben. Ik wist niet waarom... toentertijd niet.

Ze was naaister – ze maakte bruidsjaponnen en jurken voor bruidsmeisjes. Vaak was de voorkamer in zijde en organza gehuld en stond er een aanstaande bruid op een krukje, terwijl Gracie haar mond vol spelden had. Het was geen geschikte plek voor kleine jongens, als ik er tenminste niet voor voelde om als paspop te dienen voor een bruidsjapon.

De kamers op de bovenverdieping waren volgestouwd met wat Gracie haar 'verzameldingen' noemde, daarmee bedoelde ze boeken, modebladen, rollen stof, klossen garen, hoedendozen, zakken wol, fotoalbums, knuffeldieren en een schat aan nooit uitgezochte dozen en koffers.

De meeste 'verzameldingen' waren gerecycled of via een postorderbedrijf aangeschaft. Er lagen altijd opengeslagen catalogi op de koffietafel en de postbode bracht elke dag weer iets nieuws. Het is niet zo verrassend dat Gracies wereldbeeld nogal beperkt was. In het nieuws en de documentaires op televisie lijkt het of conflicten en leed worden aangedikt. Het is alsof je een telescoop op één punt in het landschap gericht houdt en er een dode boom ontwaart. Als dat het enige is wat je ziet kun je tot de conclusie komen dat álle bomen dood zijn.

Ze zag mensen vechten, wildernis verdwijnen, bommen vallen en volkeren van honger omkomen. Ze had de wereld niet om zulke dingen de rug toegekeerd, maar ze werd er evenmin door aangemoedigd om ernaar terug te keren.

'Het beangstigt me om te zien hoe jong je bent,' zei ze tegen me. 'Het is een slechte tijd om kind te zijn.' Huiverend wierp ze een blik door het erkerraam alsof ze daar zag dat mij een vreselijk lot beschoren was. Ik zag slechts een verwilderde en verwaarloosde tuin waar witte vlinders tussen de knoestige takken van de appelbomen fladderden.

'Wilt u nooit eens naar buiten?' vroeg ik. 'Wilt u niet naar de sterren kijken, langs de rivier wandelen of tuinen bewonderen?'

'Daar denk ik al zo lang niet meer aan,' zei ze.

'Wat mist u het ergst?'

'Niets.'

'Er moet toch iets zijn.'

Ze dacht even na. 'Vroeger hield ik van de herfst, als de bladeren begonnen te vallen. We gingen vaak naar Kew Gardens en dan rende ik over de paden en schopte de bladeren in de lucht. Ik probeerde ze te pakken. De gekrulde bladeren zeilden heen en weer, als miniatuurbootjes die in de lucht zweefden, tot ze in mijn handen bleven liggen.'

'Ik kan u een blinddoek omdoen,' stelde ik voor.

'Nee.'

'En als u nou eens een doos over uw hoofd doet? Dan kunt u doen alsof u binnen bent.'

'Beter van niet.'

'Ik kan wachten tot u slaapt en uw bed naar buiten duwen.'

'De trap af?'

25

'Mmm. Een beetje riskant.'

Ze sloeg een arm om mijn schouders. 'Maak je maar geen zorgen om mij. Ik ben hier heel gelukkig.'

Sinds die avond maakten we er vaak grapjes over. Ik stelde telkens nieuwe manieren en nieuwe hobby's voor, zoals deltavliegen of *wing walking*, om haar naar buiten te krijgen. Gracie deed altijd alsof ze vreselijk schrok en zei dan dat ík pas écht gek was.

'Dus hoe zit het nu met haar verjaardag?' vraagt Charlie ongeduldig. We rijden door St John's Wood en passeren de Lord's Cricket Ground. De glimmende verkeerslichten contrasteren fel met de kleurloosheid van de muren eromheen.

'Ik dacht dat je het hele verhaal wilde horen.'

'Ja, maar ik word er ook niet jonger op.'

Julianne begint hard te giechelen. 'Dat sarcasme heeft ze van jou, weet je.'

'Goed dan,' zeg ik zuchtend. 'Ik zal je over Gracies verjaardag vertellen. Ze wilde nooit zeggen hoe oud ze was, maar ik wist dat ze vijfenzeventig werd, omdat ik in oude fotoalbums had gebladerd.'

'Je zei dat ze mooi was.'

'Ja. Dat is op oude foto's niet altijd goed te zien, omdat de mensen in die tijd nooit glimlachten en de vrouwen er gewoon griezelig uitzagen. Gracie was anders. Haar ogen fonkelden en ze leek altijd op het punt te staan te gaan giechelen. Vaak trok ze haar ceintuur nog wat strakker aan en ging zo staan dat het licht door haar onderrok scheen.'

'Ze was een flirt,' zegt Julianne.

'Wat is een flirt?' vraagt Charlie.

'Laat maar.'

Ze fronst haar wenkbrauwen, slaat haar armen om haar benen en laat haar kin op de opgelapte knieën van haar spijkerbroek rusten.

'Het was nogal lastig om Gracie te verrassen, omdat ze natuurlijk nooit de deur uitging,' leg ik uit. 'Ik moest alles doen terwijl ze sliep...'

'Hoe oud was je toen?'

'Zestien. Ik zat nog op Charterhouse.'

Charlie knikt en begint haar haar op te steken. Ze lijkt nu precies op Julianne.

'Gracie gebruikte haar garage niet. Ze had geen auto nodig. De garage had grote, naar buiten openslaande, houten deuren en verder was er nog een deur naar het washok. Eerst maakte ik er schoon, ruimde alle rommel op en sopte de muren.'

'Dat deed je zeker heel stilletjes.'

'Ja.'

'En hing je toen toverlampjes op?'

'Honderden. Het leken flonkerende sterren.'

'En daarna pakte je de grote zak.'

'Precies. Ik was er vier dagen mee bezig geweest. Op de fiets moest ik de jutezak over mijn schouder dragen. De mensen zullen wel gedacht hebben dat ik straatveger of boswachter was.'

'Ze dachten waarschijnlijk dat je gek was.'

'Ja, dat sowieso.'

'Net zoals wij gek zijn?'

'Ja.' Ik werp een zijdelingse blik op Julianne, maar ze hapt niet.

'Wat gebeurde er toen?' vraagt Charlie.

'Je had haar moeten zien kijken. Toen ze 's ochtends beneden kwam, zei ik dat ze haar ogen dicht moest doen. Terwijl ze mijn arm vasthield leidde ik haar door de keuken naar het washok en vandaar naar de garage. Toen ze de deur opendeed kwam er een lawine van bladeren naar beneden die tot haar middel reikte. "Hartelijk gefeliciteerd," zei ik. Ze keek van de bladeren naar mij. Even dacht ik dat ze boos was, maar toen begon ze stralend naar me te lachen.'

'Ik weet al hoe het verder gaat,' zegt Charlie.

'Ja, dat heb ik je al eens verteld.'

'Ze rende door al die bladeren.'

'Ja, dat deden we allebei. We gooiden ze in de lucht en schopten met onze knieën ertegenaan. We hadden een bladergevecht en maakten bergen van bladeren. Na een tijdje waren we zo uitgeput dat we op een bladerbed neervielen en naar de sterren gingen kijken.'

'Het waren toch geen echte sterren?'

'Nee, maar we deden alsof.'

De ingang naar de Kensal Green-begraafplaats is op Harrow Road en je kunt hem makkelijk over het hoofd zien. De grote ijzeren hekken staan open en bordjes geven aan waar het West-Londense crematorium en de kapel zijn. Julianne rijdt over het smalle weggetje en parkeert de auto in een cirkel van bomen zo ver mogelijk van het huis van de beheerder vandaan. Door de voorruit zie ik een keurige rij grafstenen met paadjes en bloembedden ertussen.

'Is dit bij de wet verboden?' fluistert Charlie.

'Ja,' zegt Julianne.

'Niet echt,' werp ik tegen terwijl ik de dozen uitlaad en ze aan Charlie geef.

'Ik kan er wel twee dragen,' verklaart Charlie.

'Dat is goed, dan neem ik er drie en komen we later wel terug voor de rest. Tenzij mama wil...'

'Ik zit hier prima.' Ze is achter het stuur blijven zitten.

We gaan op pad en blijven eerst dicht langs de bomen lopen. Lange uitlopers van het grasveld strekken zich tussen de graven uit. Ik loop voorzichtig omdat ik de bloemen niet wil vertrappen of mijn enkel openhalen aan een van de kleine grafzerken. In plaats van de geluiden van Harrow Road horen we nu vogelgezang en af en toe het geraas van een intercitytrein.

'Weet je waar we heen moeten?' vraagt Charlie licht hijgend achter me.

'Het is daarginds, dicht bij het kanaal. Wil je even uitrusten?'

'Nee, het gaat wel.' Maar dan klinkt er twijfel in haar stem: 'Pap?'

'Ja?'

'Weet je nog dat je zei dat Gracie het heerlijk vond om tegen de bladeren te schoppen?'

'Ja.'

'Maar dat kan ze toch niet doen als ze dood is?'

'Nee.'

'Ik bedoel dat ze niet meer levend kan worden. Dat kunnen doden toch niet? Want ik heb enge tekenfilms gezien over zombies en mummies die terugkeren uit de dood, maar dat gebeurt toch niet in het echt?'

'Nee.'

'En Gracie is nu toch in de hemel?'

'Jazeker.'

'Maar wat doen we dan met al deze bladeren?'

In zo'n situatie verwijs ik Charlie meestal naar Julianne die haar weer linea recta naar mij terugstuurt met de woorden: 'Je vader is psycholoog, hij weet dat soort dingen.'

Charlie wacht nog steeds.

'Wat wij doen is een beetje symbolisch,' zeg ik.

'Wat betekent dat?'

'Heb je wel eens iemand horen zeggen: "Het gaat om het idee"?'

'Dat zeg jij altijd als ik een cadeautje krijg dat ik niet leuk vind. Dan zeg je dat ik dankbaar moet zijn ook al is het een rotcadeau.'

'Ja, maar dat bedoel ik eigenlijk niet.' Ik probeer het opnieuw.

'Tante Gracie kan niet echt tegen de bladeren schoppen. Maar ik denk dat ze moet lachen als ze naar ons kijkt, waar ze ook is. En dan zal ze het echt heel erg leuk vinden wat we doen. Daar gaat het om.'

'Schopt ze dan in de hemel tegen de bladeren?' vraagt Charlie.

'Ja.'

'Denk je dat ze buiten is of is er in de hemel een plek binnen?'

'Dat weet ik niet.'

Ik zet mijn dozen neer en neem die van Charlie over. Gracies grafsteen is een eenvoudige granieten rechthoek. Iemand heeft een modderige schop tegen de koperen naamplaat laten staan. Ik zie grafdelvers voor me die een theepauze houden, maar tegenwoordig gebruiken ze machines in plaats van spierkracht. Ik gooi de schop een eindje weg en Charlie wrijft het grafschrift schoon met de mouw van haar ski-jack. Ik besluip haar van achteren en kieper een doos bladeren boven haar hoofd leeg.

'Hé! Dat is niet eerlijk!' Charlie pakt een handvol bladeren en stopt ze onder mijn trui. Algauw dwarrelen overal bladeren neer. Gracies grafsteen wordt bedolven onder onze herfstige offerande.

Achter me schraapt iemand luidruchtig zijn keel en ik hoor Charlie van verrassing een gilletje slaken.

De beheerder staat wijdbeens en met zijn handen op de heupen afgetekend tegen de heldere lucht. Hij draagt een geelgroen jack en een paar modderige rubberlaarzen die te groot zijn voor zijn voeten.

'Zou u me misschien willen vertellen wat u aan het doen bent?' vraagt hij op effen toon. Hij komt een paar stappen dichterbij. Hij heeft een rond, plat gezicht, een breed voorhoofd en geen haar. Hij doet denken aan Thomas de Tankmachine.

'Het is een lang verhaal,' zeg ik zwakjes.

'Dit is grafschennis.'

Ik begin te lachen omdat zijn woorden zo absurd klinken. 'Dat lijkt me niet.'

'Vindt u dat grappig? Het is vandalisme. Het is een misdaad. Dit is afval achterlaten...'

'Op de keper beschouwd zijn afgevallen bladeren geen afval.'

'U neemt me niet serieus,' stamelt hij.

Charlie besluit tussenbeide te komen. Gespannen ratelt ze: 'Het is Gracies verjaardag, maar we kunnen geen feest voor haar geven omdat ze dood is. Ze gaat liever niet naar buiten. We hebben bladeren voor haar meegebracht. Ze schopt de bladeren graag omhoog. Wees maar niet bang, ze is geen zombie of mummie. Ze keert heus niet terug van de doden. Ze is in de hemel. Denkt u dat er in de hemel bomen zijn?'

De beheerder kijkt haar ontsteld aan en het duurt even voor het tot hem doordringt dat haar laatste vraag tot hem is gericht. Met stomheid geslagen probeert hij een paar keer iets te zeggen, maar ten slotte laat zijn stem hem in de steek. Volkomen ontwapend hurkt hij neer zodat hij op ooghoogte met haar is.

'Hoe heet je, meisje?'

'Charlie Louise O'Loughlin. En u?'

'Meneer Gravesend.'

'Dat is erg grappig.'

'Ja, eigenlijk wel.' Hij glimlacht.

Mij kijkt hij een stuk minder vriendelijk aan. 'Weet u hoeveel jaar ik de schoft al probeer te betrappen die dit graf onder de bladeren bedelft?'

'Dertien?' opper ik.

'Ik wou elf zeggen, maar ik geloof u op uw woord. Ziet u, ik heb uitgerekend wanneer u komt. Ik heb de datum onthouden. Twee jaar geleden had ik u bijna betrapt, maar toen kwam u zeker met een andere auto...'

'Van mijn vrouw.'

'...En vorig jaar was het op mijn vrije dag, een zaterdag. Ik zei tegen die knaap Whitey dat hij voor u op de uitkijk moest gaan staan, maar hij denkt dat het een obsessie van me is. Hij zegt dat ik me niet zo moet opwinden over een berg bladeren.'

Met de punt van zijn laars duwt hij tegen de aanstootgevende berg. 'Maar ik vat mijn werk heel serieus op. De mensen proberen hier van alles: eikenbomen op een graf planten, bijvoorbeeld, of kinderspeelgoed achterlaten. Als we ze hun gang laten gaan is toch zeker het hek van de dam?'

'Het moet een zware baan zijn,' zeg ik.

'Goddomme, nou!' Hij werpt een zijdelingse blik op Charlie. 'Excusez le mot, meisje.'

Ze begint te giechelen.

Over zijn rechterschouder zie ik aan de overkant van het kanaal de blauwe zwaailichten van de politie terwijl twee auto's bij een derde tot stilstand komen die al op het jaagpad is geparkeerd. De lichten worden weerkaatst in het donkere water en glijden langs de stammen van de winterse bomen die als schildwachten boven de grafstenen uittorenen.

Een paar politieagenten staren in de sloot naast het kanaal. Ze lijken als versteend totdat een van hen de plek begint af te zetten met blauwwit lint dat hij om de bomen en hekken windt.

Meneer Gravesend zwijgt, niet goed wetend wat hij nu moet doen. Hij had een plan beraamd om mij te betrappen, maar verder was hij niet gekomen. Bovendien had hij niet verwacht Charlie hier aan te treffen.

Ik haal een thermosfles uit mijn jaszak. In mijn andere zak zitten twee aluminium mokken. 'Wij wilden net een beker warme chocolademelk gaan drinken. Mag ik u er een aanbieden?'

'U mag mijn beker gebruiken,' zegt Charlie. 'Wij doen wel samen.'

Hij denkt over het aanbod na en vraagt zich af of hij het als omkoperij moet zien. 'Dus zo staan de zaken er nu voor,' zegt hij met zachte heldere stem. 'Óf ik laat u arresteren óf ik drink warme chocolademelk.'

'Mijn moeder zei dat we gearresteerd zouden worden,' vertelt Charlie. 'Ze verklaarde ons voor gek.'

'Je had naar je moeder moeten luisteren.'

Ik geef de beheerder een van de bekers en de andere aan Charlie. 'Hartelijk gefeliciteerd, tante Gracie,' zegt ze. Meneer Gravesend mompelt iets wat voor 'insgelijks' kan doorgaan, nog steeds enigszins ontsteld over de snelheid waarmee hij overstag is gegaan.

Op hetzelfde moment zie ik twee dozen dichterbij komen die boven een zwarte legging en een paar gymschoenen heen en weer zwaaien.

'Dat is mijn moeder. Zij staat voor ons op de uitkijk.'

'Niet haar sterkste kant,' merkt meneer Gravesend op.

'Nee.'

Van schrik laat Julianne de dozen vallen en slaakt een gilletje, zoals Charlie ook min of meer reageerde.

'Maak je geen zorgen, mama, je wordt heus niet nog een keer gearresteerd.'

De beheerder fronst verbaasd zijn wenkbrauwen en Julianne glimlacht flauwtjes. Ik schenk de warme chocola in en we staan een beetje te babbelen. Meneer Gravesend levert commentaar op de dode schrijvers, schilders en staatslieden die op de begraafplaats liggen. Zo te horen lijken het wel persoonlijke vrienden van hem, hoewel de meesten al een eeuw dood zijn.

Charlie schopt tegen de bladeren, maar houdt ineens op. Ze kijkt de helling af naar het kanaal. Er branden booglampen en naast het water is een witte tent opgezet. Een flitsapparaat gaat enkele keren achter elkaar af.

'Wat is er aan de hand?' vraagt ze, en ze wil ernaartoe gaan.

Julianne trekt haar zachtjes naar zich toe en slaat haar armen om haar schouders.

Charlie kijkt van mij naar de beheerder. 'Wat doen ze daar?' Niemand geeft antwoord. We kijken zwijgend toe, bedrukt door een emotie die meer is dan verdriet. De lucht is afgekoeld. Hij is vochtig en ruikt naar verrotting. De snerpende gil van staal op het goederenemplacement klinkt als een kreet van pijn.

Er ligt een boot in het kanaal. Mannen in gele fluorescerende vesten staren over de rand omlaag en schijnen met zaklantaarns in het water. Anderen lopen in een langzame rij en met gebogen hoofd langs de oevers en speuren die centimeter voor centimeter af. Zo nu en dan blijft er één staan en bukt zich. De anderen wachten om de rij niet te verbreken.

'Zijn ze iets kwijt?' vraagt Charlie.

'Ssst,' fluister ik.

Juliannes gezicht is somber en grauw. Ze kijkt me aan. Tijd om te vertrekken.

Op hetzelfde ogenblik komt het busje van de lijkschouwer naast de tent tot stilstand. De achterdeuren worden geopend en twee mannen in overalls halen een brancard op een opklapbaar karretje eruit.

Over mijn rechterschouder zie ik door de toegang van de begraafplaats een politieauto met zwaailichten maar zonder sirene naderen. Een tweede auto komt erachteraan.

Meneer Gravesend is al op weg naar de parkeerplaats en zijn huis.

'Kom, we kunnen beter gaan,' zeg ik, en ik giet de laatste koude restjes chocolademelk op de grond. Charlie begrijpt er nog steeds niets van, maar ze beseft dat ze beter haar mond kan houden.

Ik open het portier van de auto en ze stapt in, beschutting zoekend tegen de kou. Over de motorkap heen, dertig meter verderop, zie ik de beheerder in gesprek met de politie. Armen wijzen naar het kanaal. Een notitieboekje komt te voorschijn. Bijzonderheden worden opgetekend.

Julianne zit op de passagiersstoel. Ze wil dat ik rij. Mijn linkerarm beeft. Ik pak de versnellingspook beet om een eind aan het beven te maken. Als we de politieauto's passeren kijkt een van de rechercheurs op. Hij is van middelbare leeftijd en heeft een pokdalig gezicht en een boksersneus. Hij draagt een verkreukelde grijze jas en zijn cynische blik lijkt te zeggen dat hij dit al zo vaak heeft gedaan maar dat het er niet makkelijker op wordt. Onze blikken kruisen elkaar en hij kijkt dwars door me heen. Ik zie geen licht, geen verhaal en geen glimlach in zijn ogen. Hij trekt één wenkbrauw op en houdt zijn hoofd schuin. Maar ik ben hem al voorbij, ik houd nog steeds de pook vast en probeer uit alle macht de tweede versnelling te vinden.

Als we bij de uitgang zijn, kijkt Charlie achterom door de achterruit en vraagt of we volgend jaar weer gaan.

3

Door de week loop ik iedere ochtend door Regent's Park naar mijn werk. In deze tijd van het jaar, als de temperatuur daalt, draag ik schoenen met antislipzolen en een wollen das en frons ik constant mijn wenkbrauwen. Geloof maar niet dat het op aarde steeds warmer wordt – terwijl ik ouder word, koelt de aarde af. Dat is een feit.

De zon is als een lichtgele zwevende bal in het grijs, joggers glippen met gebogen hoofd langs me heen en hun sportschoenen laten afdrukken achter op het natte asfalt. De tuinlieden horen in deze tijd de bollen voor het voorjaar te planten, maar in plaats daarvan zitten ze in het werkhok te roken en te kaarten en komen hun kruiwagens vol water te staan.

Als ik op Primrose Hill Bridge ben, kijk ik over de reling naar het kanaal. Eén enkele kanaalboot ligt bij het jaagpad aangemeerd. Uit het water stijgt mist op als vleugjes rook.

Waar zocht de politie naar? Wie hebben ze gevonden?

Ik heb gisteravond naar het nieuws gekeken en vanochtend naar de radio geluisterd. Niets. Ik weet dat het slechts morbide nieuwsgierigheid van me is, maar toch heb ik een beetje het gevoel alsof ik getuige ben geweest – niet zozeer van de misdaad, maar wel van de nasleep. Net als wanneer je naar *Crimewatch* kijkt en de politie vraagt of mensen die over informatie beschikken dat willen melden. Dan gaat het ook altijd om iemand anders, nooit om iemand die je kent.

Een milde regen daalt neer en hecht zich aan mijn jas als ik weer doorloop. De Post Office Tower tekent zich af tegen de donker wordende lucht. Het is een van die oriëntatiepunten die voetgangers helpen de weg te vinden in de stad. Vaak lijkt een straat dood te lopen of zomaar wat te slingeren en te kronkelen, maar de toren verheft zich boven de bizarre planologie van de stad.

Ik houd van dit uitzicht op Londen. Het biedt nog steeds een majestueuze aanblik. Pas als je dichterbij komt, zie je het verval. Maar ik vermoed dat je hetzelfde van mij zou kunnen zeggen. Mijn praktijk is in Great Portland Street in een piramide van witte dozen, ontworpen door een architect die inspiratie putte uit zijn kindertijd. Het gebouw maakt vanaf de grond een onaffe indruk en ik verwacht altijd half en half een hijskraan te zien oprijzen die nog een paar dozen naar de open plekken takelt.

Terwijl ik de treden naar de ingang op loop, hoor ik getoeter en ik draai me om. Een felrode Ferrari komt op de stoep tot stilstand. De man achter het stuur, dr. Fenwick Spindler, steekt zijn gehandschoende hand op en wuift. Fenwick heeft het voorkomen van een advocaat, maar hij is hoofd van de afdeling psychofarmacologie van het London University Hospital. Daarnaast heeft hij een privé-praktijk met een spreekkamer grenzend aan de mijne.

'Goeiemorgen kerel,' roept hij, zijn auto midden op de stoep achterlatend zodat de voetgangers er via de straat langs moeten lopen.

'Ben je niet bang voor de parkeerwacht?'

'Ik heb zo'n ding,' zegt hij, wijzend op de artssticker op de voorruit. 'Perfect voor medische spoedgevallen.'

Hij voegt zich bij me voor de ingang en duwt de glazen deur open.

'Moet je vertellen over mijn weekend. Was in Schotland jagen. Heb een hert gevangen.'

'Váng je dan een hert?'

'Hoe je het ook noemt.' Hij wuift het weg. 'Schoot het stomme beest precies door zijn linkeroog.'

De receptioniste haalt een schakelaar over waardoor de beveiligde deur opengaat, waarna wij op de knop voor de lift drukken. Fenwick bekijkt zichzelf in de liftspiegels en veegt wat roos van de opbollende schouders van zijn dure pak. Het zegt iets over Fenwicks lichaam dat een maatpak hem niet goed zit.

'Trek je nog steeds met prostituees op?' vraagt hij.

'Ik houd lezingen.'

'Noem je dat tegenwoordig zo?' Hij buldert van het lachen en verschikt zijn geval wat via zijn broekzak.

'Hoe word je betaald?'

Hij zal me niet geloven als ik hem vertel dat ik het voor niets doe. 'Ze geven me tegoedbonnen. Die kan ik later inwisselen om me te laten pijpen. Ik heb er een la vol van.'

Hij snakt bijna naar adem en krijgt een vuurrode kop. Ik probeer mijn lachen in te houden.

Hoe geslaagd hij ook is als arts, toch is Fenwick een van die lieden die wanhopig proberen een ander mens te zijn. Vandaar dat hij achter het stuur van een sportwagen een ietwat belachelijke indruk maakt. Alsof je Bill Gates in een surfbroek ziet of George Bush in het Witte Huis. Het klopt gewoon niet.

'Hoe gaat het met de je-weet-wel?' vraagt hij.

'Prima.'

'Ik merk er niks van, kerel. Nu ik eraan denk – Pfizer is een nieuwe medicijnencocktail aan het testen. Kom even langs, dan geef ik je de literatuur...'

Fenwicks contacten met de farmaceutische industrie zijn vermaard. Zijn kantoor is een relikwieënkast voor Pfizer, Novatis en Hoffmann-La Roche. Bijna ieder voorwerp is een geschenk, van de vulpennen tot het espressoapparaat. Hetzelfde geldt voor zijn vrije tijd: zeilen in Cowes, zalmvissen in Schotland en korhoenders schieten in Northumberland.

We gaan een hoek om en Fenwick werpt een blik in mijn praktijkruimte. In de wachtkamer zit een vrouw van middelbare leeftijd die een oranje, torpedovormige reddingsboei in haar armen geklemd houdt.

'Ik weet niet hoe je het doet, kerel,' mompelt Fenwick.

'Wat?'

'Naar ze luisteren.'

'Zo kom ik erachter wat hen mankeert.'

'Waarom al die moeite? Geef 'r een paar antidepressiva en stuur d'r naar huis.'

Psychologische of maatschappelijke factoren spelen volgens Fenwick geen rol bij geestesziekte. Hij beweert dat het honderd procent biologisch is en dus met medicijnen behandelbaar. Het gaat er alleen om de juiste combinatie te vinden.

Iedere ochtend (na twaalven werkt hij niet) marcheren de patiënten een voor een zijn spreekkamer binnen en beantwoorden een paar routinevragen, waarna Fenwick hun een recept overhandigt en een rekening van honderdveertig pond stuurt. Als ze over hun symptomen beginnen, begint hij over medicijnen. Als ze zeggen dat er bijwerkingen zijn schrijft hij een andere dosering voor.

Vreemd genoeg zijn zijn patiënten dol op hem. Ze komen bij hem omdat ze medicijnen willen, het maakt ze niet uit welke. Hoe meer pillen hoe beter. Ze vinden misschien dat ze waar voor hun geld krijgen.

Het is tegenwoordig ouderwets om naar mensen te luisteren. Patiënten verwachten dat ik met een magische pil op de proppen kom die alles geneest. Als ik zeg dat ik alleen maar met ze wil praten, zijn ze teleurgesteld.

'Goeiemorgen, Margaret. Ik ben blij dat het je is gelukt hier te komen.'

Ze houdt de reddingsboei omhoog.

'Welke weg heb je genomen?'

'De Putney Bridge.'

'Dat is een goede stevige brug. Staat er al jaren.'

Ze lijdt aan gefyrofobie – brugvrees. Ze woont ook nog eens ten zuiden van de rivier, en moet iedere dag de Theems over. Ze neemt de reddingsboei mee voor het geval de brug instort of ze door een vloedgolf wordt meegevoerd. Ik weet dat het irrationeel klinkt, maar dat zijn enkelvoudige fobieën ook.

'Ik had in de Sahara moeten gaan wonen,' zegt ze, half in ernst.

Ik vertel haar over eremikofobie, de angst voor zand en woestijnen. Ze denkt dat ik het uit mijn duim zuig.

Margaret is getrouwd en heeft een tweeling die ze via de Putney Bridge naar school moet brengen. Drie maanden geleden raakte ze halverwege de brug in paniek. Pas na een uur had iemand door dat er iets aan de hand was. Ze stond in doodsangst aan de grond genageld, niet in staat te spreken of te knikken. Voorbijgangers

38

dachten dat Margaret een 'springer' was. In werkelijkheid hield ze die brug puur met haar wilskracht overeind.

We hebben sindsdien veel werk verzet. Ze heeft de reddingsboei altijd bij zich en ze probeert de gedachtekronkel die gepaard gaat met haar irrationele angst te doorbreken.

'Wat denk je dat er zal gebeuren als je over de brug loopt?'

'Dan stort hij in.'

'Waarom zou hij instorten?'

'Dat weet ik niet.'

'Waar is de brug van gemaakt?'

'Staal, klinknagels en beton.'

'Hoe lang staat hij er al?'

'Al jaren.'

'Is hij wel eens ingestort?'

'Nee.'

Elke sessie duurt vijftig minuten, en daarna heb ik tien minuten om aantekeningen te maken voor de volgende begint. Mijn secretaresse, Meena, is als een atoomklok tot op de seconde precies op tijd.

'De tijd vliegt snel, gebruikt hem wel,' zegt ze met een tik op het horloge dat op haar borst gespeld is.

Ze is Engels-Indiaas, maar Britser dan aardbeien met room, en is meestal gekleed in een tot de knieën reikende rok, platte schoenen en een vest. Ze doet me denken aan de meisjes op school die verslaafd waren aan de romans van Jane Austen en altijd over een ontmoeting met hun meneer Darcy fantaseerden.

Helaas raak ik haar binnenkort kwijt. Ze gaat samen met haar katten een bed & breakfast beginnen in Bath. In mijn verbeelding zie ik het huis al voor me – onder elke vaas een kanten kleedje, overal in huis beeldjes van katten en naast elk drieminuteneitje de geroosterde boterhammetjes keurig in het gelid.

Meena maakt afspraken voor sollicitatiegesprekken voor een nieuwe secretaresse. Ze heeft een lijst gemaakt van geselecteerde kandidaten, maar ik weet dat het me niet makkelijk zal vallen een beslissing te nemen. Ik geef de hoop nog niet op dat ze van gedachten verandert. Kon ik maar spinnen.

Het is halverwege de middag en ik kijk de wachtkamer rond.

'Waar is Bobby?'

'Hij is niet gekomen.'

'Heeft hij gebeld?'

'Nee.'

Ze ontwijkt mijn blik. 'Wil je kijken of je hem kunt vinden? Hij is al twee weken niet geweest.'

Ik weet dat ze hem liever niet belt. Ze mag Bobby niet. Aanvankelijk dacht ik dat het kwam doordat hij vaak niet komt opdagen voor een afspraak, maar dat is het niet alleen. Hij werkt op haar zenuwen. Misschien omdat hij zo fors is, of omdat zijn haar slecht geknipt is of vanwege zijn slechte humeur. Ze kent hem eigenlijk niet. Maar wie wel?

Op hetzelfde moment verschijnt hij in de deuropening – hij trekt met een been en er ligt een gespannen uitdrukking op zijn gezicht. Lang en dik, met vlasbruin haar en een bril met een metalen montuur, barst zijn grote puddingachtige lichaam bijna uit zijn lange jas, vormloos met volgepropte zakken.

'Het spijt me dat ik te laat ben. Er kwam iets tussen.' Hij kijkt de wachtkamer rond, onzeker of hij naar binnen zal gaan.

'Is er twee weken lang iets tussen gekomen?'

Hij kijkt me even aan waarna hij zijn gezicht weer afwendt.

Ik kijk er niet meer van op als Bobby in de verdediging gaat en gesloten is, maar vandaag is er iets anders aan de hand. In plaats van dingen achter te houden, vertelt hij leugens. Alsof iemand pal voor je neus de luiken dichtdoet en vervolgens probeert te ontkennen dat ze er zijn.

Ik neem hem vlug op – zijn schoenen zijn gepoetst en zijn haar is gekamd. Hoewel hij zich vanochtend heeft geschoren, ligt er alweer een donkere schaduw op zijn wangen. Zijn gezicht is rood van de kou maar hij zweet ook. Ik vraag me af hoe lang hij buiten moed heeft moeten verzamelen om naar binnen te gaan.

Hij komt de spreekkamer in, posteert zich voor mijn boekenkast en begint de titels te lezen. Er staan voornamelijk naslagwerken over psychologie en het gedrag van dieren. Na een tijdje houdt hij op en tikt tegen de rug van een boek: *De droomduiding*, van Sigmund Freud.

'Ik dacht dat Freuds standpunten tegenwoordig nogal in twijfel worden getrokken.' Hij spreekt met een vleugje noordelijk accent.

'Hij wist het verschil niet tussen hysterie en epilepsie.'

'Dat was niet zijn beste zet. Waar ben je geweest, Bobby?'

'Ik werd bang.'

'Waarvoor?'

Hij haalt zijn schouders op. 'Ik moest zorgen dat ik wegkwam.'

'Waar ben je heen gegaan?'

'Nergens.'

Ik doe geen moeite hem op deze tegenstrijdigheid te wijzen. Hij zit vol met tegenstrijdigheden. Zijn rusteloze handen zoeken een plek om zich te verstoppen en verdwijnen in zijn zakken, die er vormloos door worden.

'Wil je je jas uittrekken?'

'Dat hoeft niet.'

'Ga dan tenminste zitten.'

Hij kijkt achterdochtig naar de stoel, maar vouwt zichzelf erin, met zijn knieën zijwaarts naar de deur gekeerd.

Afgezien van mijn eigen aantekeningen staat er weinig gedocumenteerd in Bobby's dossier. Ik heb de oorspronkelijke verwijzing, de neurologische scans en een brief van een huisarts in Noord-Londen. Daarin is sprake van 'verwarrende nachtmerries' en een 'gevoel van controleverlies'.

Bobby is tweeëntwintig en heeft geen geschiedenis van geestesziekte of drugsverslaving. Hij is bovengemiddeld intelligent, in goede gezondheid en woont samen met zijn verloofde, Arky, met wie hij al heel lang een relatie heeft.

Ik beschik over de basisgegevens – geboren in Londen, onderwijs genoten op openbare scholen, eindexamen middelbare school, avondcursussen, baantjes als bestelwagenchauffeur en magazijnbediende. Bobby en Arky wonen in een torenflat in Hackney. Zij heeft een zoontje en werkt in de buurtbioscoop bij de snoepverkoop. Blijkbaar was Arky degene die hem overhaalde om hulp te zoeken. Bobby's nachtmerries werden steeds erger.

41

Hij werd 's nachts gillend wakker, stormde het bed uit en knalde tegen muren om aan zijn dromen te ontsnappen.

Voor de zomer leek er schot in de therapie te zitten. Maar toen verdween Bobby drie maanden lang en ik dacht dat hij voorgoed weg was. Vijf weken geleden kwam hij weer boven water, zonder afspraak of uitleg. Hij maakte een opgewektere indruk. Hij sliep beter. Zijn nachtmerries waren minder griezelig.

Nu is er echter iets mis. Hij blijft roerloos zitten, maar niets ontgaat zijn heen en weer schietende blik.

'Wat is er gebeurd?'

'Niks.'

'Is er thuis iets aan de hand?'

Hij knippert met zijn ogen. 'Nee.'

'Wat dan?'

Ik laat de stilte het werk voor me doen. Bobby is ongedurig en krabt aan zijn handen alsof zijn huid geïrriteerd is. Minuten gaan voorbij en hij wordt steeds onrustiger.

Ik stel hem een rechtstreekse vraag om hem op gang te helpen.

'Hoe gaat het met Arky?'

'Ze leest te veel tijdschriften.'

'Waarom zeg je dat?'

'Zij gelooft het moderne sprookje. U weet wel, al die onzin waar vrouwenbladen over schrijven, over hoe ze meervoudige orgasmen kunnen hebben en een carrière en voor zichzelf kunnen opkomen. Allemaal flauwekul. Echte vrouwen zien er niet uit als fotomodellen. Je kunt echte mannen niet uit de bladen knippen. Ik weet niet wat ik moet zijn: een new-ageman of een mannenman. Vertel me dat maar eens! Moet ik dronken worden met de jongens in het café of moet ik huilen bij een treurige film? Hoor ik over sportauto's te praten of over de kleuren van het seizoen? Vrouwen denken dat ze een man willen, maar eigenlijk willen ze een afspiegeling van zichzelf.'

'Hoe voel je je daarbij?'

'Gefrustreerd.'

'Door wie?'

'Keus genoeg.' Hij trekt zijn schouders op waardoor de kraag van z'n jas zijn oren raakt. Zijn handen liggen in zijn schoot en vouwen en ontvouwen een papiertje, dat bij de vouwen bijna gescheurd is.

'Wat heb je opgeschreven?'

'Een getal.'

'Welk getal?'

'Eenentwintig.'

'Mag ik het zien?'

Hij knippert een paar keer snel met zijn ogen, ontvouwt langzaam het papier, strijkt het glad op zijn bovenbeen en gaat er met zijn vingers langs. Er staat wel honderd keer het getal 21 op in kleine vierkante cijfers, die vanuit het midden uitwaaieren en de wieken van een molen vormen.

'Wist u dat een gewoon vierkant vel papier niet vaker dan zeven keer in tweeën kan worden gevouwen?' vraagt hij in een poging een andere draai aan het gesprek te geven.

'Nee.'

'Het is zo.'

'Wat zit er nog meer in je zakken?'

'Mijn lijstjes.'

'Wat voor lijstjes?'

'Dingen die ik moet doen, dingen die ik wil veranderen. Mensen die ik aardig vind.'

'En mensen die je niet aardig vindt?'

'Die ook.'

Sommige mensen hebben een stem die niet bij hen past en dat is bij Bobby het geval. Hoewel fors gebouwd, lijkt hij kleiner doordat zijn stem vrij hoog is en zijn schouders ingezakt zijn als hij naar voren leunt.

'Zit je in moeilijkheden, Bobby?'

Hij reageert zo abrupt dat de poten van zijn stoel van de vloer komen. Hij schudt heftig met zijn hoofd.

'Ben je kwaad op iemand geworden?'

Met een wanhopig verdrietige blik balt hij zijn vuisten.

'Waar werd je kwaad om?'

Hij fluistert iets en schudt zijn hoofd.

'Sorry, dat heb ik niet verstaan.'

Zijn lippen vormen de woorden nog een keer.

'Je zult wat luider moeten spreken.'

Zonder enige waarschuwing explodeert hij: 'TREITER ME NIET LANGER!'

Het geluid weerkaatst in de kleine ruimte. Op de gang gaan deuren open en het lampje op mijn intercom flikkert. Ik duw een toets in. 'Het is in orde, Meena. Alles is oké.'

Vlak boven Bobby's rechteroog klopt een adertje in zijn slaap. Hij fluistert met de stem van een kleine jongen: 'Ik moest haar straffen.'

'Wie moest je straffen?'

Hij draait de ring aan zijn rechterwijsvinger naar achteren en weer terug alsof hij aan het knopje van de radio draait, op zoek naar de juiste frequentie.

'Iedereen staat met iedereen in verbinding – we zijn zes stappen van elkaar gescheiden, soms minder. Als er in Liverpool, Londen of Australië iets gebeurt, is het allemaal met elkaar verbonden...'

Ik geef hem niet de kans om af te dwalen.

'Als je in moeilijkheden zit, Bobby, kan ik je helpen. Maar je moet me vertellen wat er is gebeurd.'

'In wiens bed is ze nu?' fluistert hij.

'Sorry, wat zei je?'

'Pas als ze in de grond ligt slaapt ze alleen.'

'Heb je Arky gestraft?'

Zich ineens weer bewust van mij, lacht hij tegen me. 'Hebt u ooit de *Truman Show* gezien?'

'Jawel.'

'Nou, soms denk ik dat ik Truman ben. Dan heb ik het gevoel dat de hele wereld naar me kijkt. Mijn leven is gecreëerd naar de verwachtingen van anderen. Alles is schijn. De muren zijn van triplex en de meubels van papier-maché. En dan denk ik dat als ik maar hard genoeg kon rennen, ik de volgende hoek om zou kunnen slaan en uitkomen bij de achterkant van het filmdecor. Maar zo hard kan ik nooit rennen. Tegen de tijd dat ik er ben, hebben ze alweer een volgende straat gebouwd... en daarna nog een.'

4

Naar makelaarsbegrippen wonen wij in het vagevuur. Ik bedoel daarmee dat we nog niet helemaal tot het lommerrijke nirwana van Primrose Hill zijn doorgedrongen, maar dat de met graffiti bespoten en van ijzeren rolluiken voorziene krottenwijk waaruit het zuidelijk deel van Camden Town bestaat in ieder geval achter ons ligt.

Onze hypotheek is verschrikkelijk hoog en het sanitair onbetrouwbaar, maar Julianne werd nu eenmaal verliefd op het huis. Ik moet bekennen dat het mij net zo verging. 's Zomers als de wind uit de goede richting waait en de ramen openstaan kunnen we de leeuwen en hyena's in de Londense dierentuin horen. Net alsof je op safari bent, maar dan zonder minibusjes.

Julianne geeft op woensdagavond Spaanse les aan volwassenen. Charlie blijft vannacht bij haar beste vriendin slapen. Ik heb het rijk alleen en meestal vind ik dat prima. Ik warm soep op in de magnetron en breek een Frans stokbrood doormidden. Charlie heeft op het witte bord een gedicht geschreven, naast de ingrediënten voor bananenbrood. Ik voel me een beetje eenzaam. Ik wil dat ze hier zijn. Ik mis hun lawaai en hun gelach.

Ik ga naar boven en loop van de ene naar de andere kamer om te zien hoe het er met het 'werk in uitvoering' voorstaat. Verfpotten staan naast elkaar in de vensterbank en de vloeren zijn bedekt met oude lakens die aan de doeken van Jackson Pollock doen denken. Een van de slaapkamers is nu een rommelkamer vol met dozen, vloerkleden en enkele door katten kapot gekrabde meubels. Charlies oude kinderwagen en kinderstoel staan in een hoek, wachtend op verdere instructies. Haar babykleertjes zitten in afgesloten plastic bakken, voorzien van keurige etiketten.

We proberen al zes jaar om nog een kind te krijgen. Tot nog toe is de stand twee miskramen en ontelbare tranen. Ik wil ermee ophouden – voorlopig tenminste – maar Julianne slikt nog steeds vitamines, bestudeert urinetesten en neemt haar temperatuur op. Als we vrijen lijkt het nog het meest op een wetenschappelijk experiment waarbij alles draait om het optimale moment van de ovulatie.

Als ik haar hierop wijs, belooft ze dat ze me spontaan en met grote regelmaat zal bespringen zodra ons tweede kind er is.

'Je zult er geen moment spijt van hebben als het zover is.'

'Dat weet ik.'

'We zijn het Charlie verschuldigd.'

'Ja.'

Ik wil daar van mijn kant een paar 'wat als-vragen' tegenover stellen, maar dat durf ik steeds niet. Wat als mijn ziekte verergert? Wat als er een genetische schakel is? Wat als ik mijn eigen kind niet vast kan houden? Ik ben niet overdreven sentimenteel of geobsedeerd, ik ben praktisch. Een kopje thee en een paar tarwekoekjes zullen dit probleem niet oplossen. Deze ziekte is als een trein die vanuit het duister op me af komt denderen. Hij lijkt misschien nog ver weg, maar hij komt er wel degelijk aan.

Om halfzeven staat de taxi klaar en we zitten meteen in de spits. Op Euston Road staan de auto's bumper aan bumper tot voorbij Baker Street, maar het is zinloos om via allerlei hindernissen, zoals paaltjes, verkeersdrempels en éénrichtingsbordjes een kortere route te zoeken.

De chauffeur klaagt over illegale immigranten die stiekem via de Kanaaltunnel het land binnenkomen en de verkeersproblemen verergeren. Aangezien geen van hen een auto bezit, begrijp ik dat niet, maar ik ben te depressief om hem tegen te spreken.

Even na zevenen zet hij me af bij Langton Hall in Clerkenwell – een laag bakstenen gebouw met wit omlijste ramen en zwarte regenpijpen. Afgezien van een lamp boven het stoepje, lijkt het verlaten. Ik duw de dubbele deuren open en loop door de smalle foyer naar de grote zaal. Plastic stoelen staan in slordige rijen opgesteld. Aan één kant staat een tafel met een theepot en rijen koppen en schotels.

Er zijn een stuk of veertig vrouwen komen opdagen, in leeftijd variërend van tieners tot eind-dertigers. De meesten houden hun jas aan, waaronder sommigen vanzelfsprekend gekleed zijn voor hun werk, met hoge hakken, korte rokjes, hotpants en kousen. Er hangt een stank van parfum en tabak.

Op het podium staat Elisa Velasco al te praten. Ze is een spichtig geval met groene ogen en blond haar en ze spreekt met het soort accent waardoor vrouwen uit het noorden pittig en zakelijk overkomen. Gekleed in een kokerrok die tot haar knieën reikt, heeft ze veel weg van een pin-upmeisje uit de Tweede Wereldoorlog.

Achter haar is op een wit scherm een reproductie van een schilderij van Maria Magdalena, van Artemisia Gentileschi (1593-1656), geprojecteerd. Onderaan in de hoek staan de letters PZOM gedrukt en in kleinere letters: 'Prostituees Zijn Ook Mensen'.

Als Elisa me in het oog krijgt kijkt ze opgelucht. Ik probeer langs de zijkant van het auditorium naar voren te sluipen zonder haar te onderbreken, maar ze tikt tegen de microfoon en hoofden worden omgedraaid.

'Laat me jullie de man voorstellen voor wie jullie eigenlijk zijn gekomen. Ik wil graag dat jullie dr. Joseph O'Loughlin, onlangs nog op de voorpagina's, hier welkom heten.'

Enkele vrouwen klappen ironisch in hun handen. Het is geen makkelijk publiek. Terwijl ik de treden aan de zijkant van het podium beklim en naar de felverlichte kring toe loop borrelt de soep in mijn maag. Mijn linkerarm beeft en ik grijp de rugleuning van een stoel vast om het trillen van mijn handen tegen te houden.

Ik schraap mijn keel en kijk naar een punt boven hun hoofd.

'Het grootste aantal onopgeloste moorden in dit land betreft prostituees. In de afgelopen zeven jaar zijn er achtenveertig vermoord. In Londen worden er elke dag minstens vijf verkracht. Daarbij worden er nog eens tien in elkaar geslagen, beroofd of ontvoerd. Ze krijgen met geweld te maken, niet omdat ze aantrekkelijk zijn of erom vragen, maar omdat ze beschikbaar en kwetsbaar zijn. Ze zijn toegankelijker en anoniemer dan bijna ieder ander in de maatschappij...'

Ik richt mijn blik wat lager en maak contact met hun gezichten, opgelucht dat ze aandachtig naar me luisteren. Een vrouw op de voorste rij draagt een jas met een paarse satijnen kraag en felgele handschoenen. Ze heeft haar benen over elkaar geslagen waardoor de jas is opengevallen en haar crèmekleurige dijbeen te zien is. De dunne zwarte bandjes van haar schoenen lopen kruiselings over haar kuiten omhoog.

'Helaas heb je je klanten niet altijd voor het kiezen. Er zijn grote, kleine, sommige zijn dronken, andere zijn gemeen...'

'Sommigen dik,' schreeuwt een geblondeerde vrouw.

'Of vies,' echoot een tienermeisje met een zonnebril.

Ik wacht tot het gelach ophoudt. Het merendeel vertrouwt me niet. Ik neem hun dat niet kwalijk. Al hun relaties zijn risicovol, of het nu pooiers, hoerenlopers of psychologen zijn. Ze hebben geleerd om mannen niet te vertrouwen.

Ik wilde dat ik het gevaar realistischer kon voorstellen. Misschien had ik foto's mee moeten brengen. Onlangs werd een slachtoffer aangetroffen met haar baarmoeder naast haar op het bed. Maar daar staat tegenover dat ik deze vrouwen niets hoef te vertellen. Ze leven constant met gevaar.

'Ik ben vanavond niet hierheen gekomen om tegen jullie te preken. Ik hoop dat ik jullie kan helpen jullie leven wat veiliger te maken. Hoeveel vrienden en familieleden van je weten waar je uithangt als je 's avonds op straat werkt? Als je verdween, hoe lang zou het dan duren eer iemand je als vermist opgeeft?'

Ik laat mijn vraag boven hun hoofden zweven als spinrag dat van de balken hangt. Mijn stem is hees geworden en klinkt te ruw. Ik laat de stoel los en loop naar het voorste deel van het podium. Mijn linkerbeen gaat op slot en ik struikel bijna voor ik me kan herstellen. Ze werpen elkaar blikken toe – vragen zich af wat ze van me moeten denken.

'Blijf van de straat, en als dat niet mogelijk is, neem dan voorzorgsmaatregelen. Werk met een buddysysteem. Zorg dat iemand het nummerbord opschrijft als je in een auto stapt. Werk alleen in goedverlichte buurten en zorg voor veilige huizen om je klanten mee naartoe te nemen in plaats van hun auto te gebruiken...'

Vier mannen zijn de zaal binnengekomen en hebben bij de

deuren postgevat. Er is geen twijfel mogelijk dat het politieagenten in burger zijn. Wanneer dat tot de vrouwen doordringt, klinkt er gevloek en ongelovig en berustend gemopper. Enkelen kijken kwaad naar mij alsof het mijn schuld is.

'Laat iedereen rustig blijven. Ik regel dit wel.' Ik laat me voorzichtig met een zwaai van het podium neer. Ik wil Elisa tegenhouden voor ze bij hen is.

In één oogopslag is duidelijk wie de leiding heeft. Het is dezelfde rechercheur die ik op de Kensal Green begraafplaats heb gezien, met het doorleefde gezicht en het scheve gebit. Hij draagt dezelfde verkreukelde overjas, die een culinaire wegenkaart is van vlekken en voedselsporen. Op zijn rugbydas zit een verzilverde dasspeld van de toren van Pisa.

Ik mag hem. Kleren interesseren hem niet. Mannen die te veel zorg aan hun uiterlijk besteden maken doorgaans een ambitieuze maar ook een ijdele indruk. Onder het praten kijkt hij in de verte alsof hij hoopt te zien wat eraan komt. Diezelfde blik is me opgevallen bij boeren die zich nooit op hun gemak lijken te voelen als ze hun blik op iets moeten richten wat dicht bij hen is, vooral een gezicht. Hij glimlacht verontschuldigend.

'Het spijt me dat ik zomaar uw bijeenkomst binnen kom vallen,' zegt hij spottend, zich tot Elisa wendend.

'Nou, rot dan op!' zegt ze op vriendelijke toon maar met een vernietigende glimlach.

'Aangenaam kennis met u te maken, juffrouw, of moet ik Madam zeggen?'

Ik ga tussen hen in staan. 'Waarmee kunnen we u van dienst zijn?'

'Wie bent u?' Hij neemt me van top tot teen op.

'Dr. Joseph O'Loughlin.'

'Verdomd! Hé jongens, dit is die vent van de dakgoot. Die met die jongen heeft gepraat en hem weer binnen heeft gekregen.' Zijn basstem klinkt hees. 'Ik heb nog nooit iemand zo bang gezien.' Zijn lach is als een knikker die in een afvoerputje valt. Maar er schiet hem nog iets te binnen. 'U bent toch die hoerendeskundige? U hebt er een boek over geschreven of zoiets.'

'Een wetenschappelijk essay.'

Hij haalt onverschillig zijn schouders op en gebaart naar zijn mannen, die zich in de gangpaden verspreiden.

Hij schraapt zijn keel en richt zich tot de aanwezige vrouwen.

'Ik ben inspecteur Vincent Ruiz van de Londense politie. Drie dagen geleden is in Kensal Green, West-Londen, het lichaam van een jonge vrouw gevonden. Ze was ongeveer tien dagen eerder overleden. We hebben haar tot nu toe niet kunnen identificeren, maar we hebben aanwijzingen dat het misschien een prostituee was. U krijgt allemaal een schets van de jonge vrouw te zien. Als iemand van u haar herkent, zou ik het op prijs stellen als u naar ons toe komt. We zijn op zoek naar een naam, een adres, een collega, een vriendin – wie haar ook maar gekend heeft.'

Ik begin met mijn ogen te knipperen en hoor mezelf vragen: 'Waar werd ze gevonden?'

'In een ondiep graf naast het Grand Union Canal.'

In mijn herinnering zie ik de beelden weer als kiekjes voor me. Ik zie de witte tent nog en de booglampen: het lint om de plaats van delict en het flitsen van de lampen. Het lichaam van een vrouw dat pas uit de aarde is opgegraven. Ik ben erbij geweest. Ik was er getuige van dat ze werd gevonden.

De zaal klinkt hol en weergalmend. De tekeningen gaan van hand tot hand. Het rumoer zwelt aan. Met een lusteloze hand wordt me er een toegestoken. Hij lijkt op zo'n potloodschets waarvoor je toeristen ziet poseren in Covent Garden. Ze is jong, met kort haar en grote ogen. Dat geldt voor minstens tien vrouwen in de zaal.

Vijf minuten later keren de rechercheurs terug en schudden hun hoofd naar Ruiz. De inspecteur gromt en veegt zijn wanstaltige neus af met een zakdoek.

'U weet dat dit een illegale bijeenkomst is,' zegt hij met een blik op de theepot en de schalen met koekjes. 'Het is een overtreding prostituees toe te staan een bijeenkomst te houden en versnaperingen te gebruiken.'

'De thee is voor mij,' zeg ik.

Hij lacht laatdunkend. 'Dan drinkt u vast een heleboel thee. Of misschien denkt u dat ik gek ben.' Hij daagt me uit.

'Ik weet wat u bent,' zeg ik kwaad.

'O ja? Laat maar eens horen.'

'U bent een jongen van het platteland die zijn roeping in de grote stad heeft gevonden. U bent opgegroeid op een boerderij, waar u koeien molk en eieren raapte. U speelde rugby totdat een of andere blessure een eind maakte aan uw carrière, maar u vraagt zich nog steeds af of u het daarin niet heel ver had kunnen schoppen. Sindsdien kost het u moeite om op gewicht te blijven. U bent gescheiden of weduwnaar, wat misschien de reden is dat uw overhemden het zonder strijkbout moeten stellen en uw pak naar de stomerij moet. U houdt van een pilsje na het werk en daarna een portie curry. U probeert te stoppen met roken en daarom rommelt u aldoor in uw zakken op zoek naar kauwgum. U vindt sportscholen iets voor sukkels, behalve als er een boksring en stootzakken zijn. En de laatste keer dat u vakantie had ging u naar Italië omdat iemand u had verteld dat het er prachtig is, maar u vond er het eten, de mensen en de wijn afschuwelijk.'

De koude, onverschillige klank van mijn stem verbaast me. Het is alsof ik door de vooroordelen om me heen ben aangestoken.

'Zeer indrukwekkend. Is dat uw kunstje op feestjes?'

'Nee,' mompel ik. Ik geneer me opeens. Ik wil mijn excuses aanbieden, maar weet niet hoe te beginnen.

Ruiz rommelt wat in zijn zakken maar houdt er weer mee op. 'Vertel me eens, dokter. Als u dat allemaal weet alleen door even naar mij te kijken, hoeveel kan een dood lichaam u dan vertellen?'

'Wat bedoelt u?'

'Het slachtoffer. Wat kunt u me allemaal over haar vertellen als ik u het lijk laat zien?'

Ik weet niet zeker of ik hem serieus moet nemen. Theoretisch kan ik zoiets wel, al heb ik te maken met de geest van mensen, ik interpreteer hun eigenaardigheden en lichaamstaal, ik kijk naar de kleren die ze dragen en de manier waarop ze reageren, ik probeer veranderingen in hun stem en oogbewegingen te bespeuren. Een dood lichaam kan me dergelijke dingen niet vertellen. Van een dood lichaam raakt mijn maag van streek.

'Wees maar niet bang, ze bijt niet. Ik zie u morgen om negen uur in het Westminster mortuarium.' Met een ruw gebaar stopt hij het adres in de binnenzak van mijn jasje. 'Daarna kunnen we gaan ontbijten,' voegt hij er grinnikend aan toe.

Voor ik kan reageren heeft hij zich al omgedraaid om te vertrekken, geflankeerd door de rechercheurs. Maar op het allerlaatste moment, vlak voor hij bij de deur is, blijft hij staan en draait zich weer naar mij om.

'U had het in één opzicht bij het verkeerde eind.'

'Hoezo?'

'Italië. Ik vond het er heerlijk.'

5

Buiten op straat zoent Elisa me op mijn wang.

'Het spijt me dat dit gebeurd is.'

De laatste politieauto verdwijnt tegelijk met mijn toehoorders uit het zicht.

'Het is niet jouw schuld.'

'Dat weet ik. Ik vind het gewoon fijn je te zoenen.'

Lachend woelt ze mijn haar door de war. Daarna haalt ze overdreven zorgzaam een borstel uit haar tas om het weer te fatsoeneren. Voor me staand duwt ze mijn hoofd iets naar beneden en haalt de borstel door mijn krullen. Hierdoor kan ik een blik in haar trui werpen op haar met kant bedekte, schommelende borsten en de donkere vallei ertussen.

'De mensen zullen wel zeggen,' plaagt ze me.

'Er valt niets te zeggen.' Ik klink veel te abrupt. Haar wenkbrauwen gaan haast onmerkbaar omhoog.

Ze steekt een sigaret op en dooft snel de vlam met het klepje van haar aansteker. Voor het licht dooft zie ik het heel even weerkaatst in de gouden vlekjes in haar groene ogen. Hoe Elisa haar haar ook draagt, het ziet er altijd wild uit, alsof ze zo uit bed komt. Ze houdt haar hoofd schuin en kijkt me oplettend aan.

'Ik heb je op het journaal gezien. Je was erg dapper.'

'Ik was doodsbang.'

'Redt hij het? De jongen op het dak?'

'Jawel.'

'En jij?'

Haar vraag overvalt me, maar ik weet niet wat ik moet antwoorden. Ik loop met haar mee terug naar de zaal en help haar de stoelen op elkaar te stapelen. Ze haalt de stekker van de overheadprojector eruit en overhandigt me een doos pamfletten. Het

schilderij van Maria Magdalena staat ook op de voorflap afge-
beeld.

Elisa laat haar kin op mijn schouder rusten. 'Maria Magdalena
is de beschermheilige van prostituees.'

'Ik dacht dat ze een verloste zondares was.'

Geïrriteerd wijst ze me terecht. 'Het evangelie noemt haar een
zieneres. Ze wordt ook wel de apostel van de apostels genoemd,
omdat ze hun het nieuws van de wederopstanding heeft gebracht.'

'En dat geloof jij allemaal?'

'Jezus verdwijnt drie dagen en de eerste die hem in levenden lij-
ve ziet is een hoer. Ik wil maar zeggen dat het nogal typerend is!'
Ze lacht niet. Ze bedoelt het niet grappig.

Ik volg haar naar buiten, waar ze zich omdraait om de deur op
slot te doen.

'Ik ben met de auto, ik kan je thuisbrengen,' zegt ze, zoekend
naar haar autosleutels. Als we de hoek omslaan zie ik haar rode
kever bij een parkeermeter staan.

'Er was nog een andere reden om dat schilderij te kiezen,' zegt ze.

'Omdat het door een vrouw is geschilderd.'

'Ja, maar dat niet alleen. Om wat haar is overkomen. Artemisia
Gentileschi werd op haar negentiende verkracht door haar leraar,
Tassi, hoewel hij ontkende dat hij haar had aangeraakt. Tijdens
zijn rechtszaak beweerde hij dat Artemisia een slechte schilderes
was die het verhaal van de verkrachting uit jaloezie had verzonnen. Hij betichtte haar ervan dat ze "een onverzadigbare hoer"
was en riep al zijn vrienden op om tegen haar te getuigen. Ze lieten haar zelfs door vroedvrouwen onderzoeken om te zien of ze
nog maagd was.'

Elisa zucht vol walging. 'Er is in vier eeuwen bar weinig veranderd. Het enige verschil is dat ze tegenwoordig slachtoffers van
verkrachting niet met duimschroeven folteren om erachter te komen of ze de waarheid spreken.'

Ze zet de radio aan en geeft me een teken dat ze niet wil praten.
Ik leun achterover in mijn stoel en luister naar Phil Collins die
'Another Day in Paradise' zingt.

Ik zag Elisa voor het eerst in een afzichtelijke spreekkamer in een kindertehuis in Brentford, halverwege de jaren tachtig. Ik was net aangenomen als stagiair klinische psychologie bij de West-Londense afdeling van de NHS. Ze kwam binnen, ging zitten en stak een sigaret op zonder acht op mij te slaan. Ze was pas vijftien, maar ze bezat een soepele gratie en een zelfbewuste manier van bewegen waardoor ze opviel en ogen te lang op haar bleven rusten.

Met een elleboog op de tafel en de sigaret een paar centimeter van haar mond, staarde ze naar een raam boven in de muur. De rook kringelde omhoog naar haar weerbarstige pony. Haar neus was ooit gebroken geweest en er was een stukje van een voortand afgebroken. Af en toe gleed haar tong langs de scherpe rand.

Elisa was bevrijd uit een 'illegale hoerentent' – een tijdelijk bordeel in de kelder van een vervallen huis. De deuren waren er zo afgesteld dat ze niet van binnenuit geopend konden worden. Ze werd hier samen met nog een andere tienerprostituee drie dagen gevangengehouden en door tientallen mannen verkracht die seks met minderjarige meisjes aangeboden kregen.

Een rechter had haar in een kindertehuis geplaatst, maar Elisa stelde alles in het werk om te ontsnappen. Ze was te oud om bij een pleeggezin te worden ondergebracht en te jong om zelfstandig te wonen.

Bij die eerste ontmoeting keek ze me aan met een mengsel van nieuwsgierigheid en minachting. Ze was eraan gewend om met mannen te maken te hebben. Mannen kon je manipuleren.

Ze haalde haar schouders op, sloeg haar benen over elkaar en streek met haar handen over haar dijen.

'Hoe oud ben je, Elisa?'

'Dat weet u al,' zei ze, met een gebaar naar het dossier dat ik in mijn hand hield. 'Als u wilt kan ik wel wachten terwijl u het leest,' zei ze om me te sarren.

'Waar zijn je ouders?'

'Dood, hoop ik.'

Volgens het dossier woonde Elisa bij haar moeder en stiefvader in Leeds toen ze kort na haar veertiende verjaardag van huis wegliep.

Meestal waren haar antwoorden uiterst beknopt – waarom twee woorden gebruiken als je aan één genoeg hebt? Ze klonk brutaal en onverschillig, maar ik zag dat ze gekwetst was. Uiteindelijk slaagde ik erin vat op haar te krijgen. 'Hoe komt het verdomme dat u zo weinig weet?' schreeuwde ze, haar ogen glinsterend van emotie.

Het was tijd om de sprong te wagen.

'Je denkt toch dat je een vrouw bent? Je denkt toch dat je weet hoe je mannen zoals ik kunt manipuleren. Maar je vergist je! Ik ben geen wandelend vijftig pondbiljet dat eropuit is om in een achterafstraatje gepijpt te worden of een vlugge wip te maken. Verspil mijn tijd niet. Ik heb wel iets belangrijkers te doen.'

Woede vlamde op in haar blik en doofde weer toen haar ogen vochtig werden. Ze barstte in tranen uit. Voor het eerst stemden haar gedrag en haar uiterlijk overeen met haar leeftijd. Tussen de snikken door kwam het hele verhaal eruit.

Haar stiefvader was een geslaagde zakenman in Leeds die behoorlijk wat geld had verdiend door appartementen te kopen en op te knappen. Hij was een goede vangst voor een alleenstaande moeder zoals die van Elisa. Het betekende dat ze van hun huurflat naar een echt huis met een tuin konden verhuizen. Elisa kreeg haar eigen kamer. Ze bezocht de middelbare school.

Toen ze twaalf was kwam haar stiefvader op een avond haar kamer binnen. 'Dit doen volwassen mensen altijd,' zei hij, en hij legde haar benen over zijn schouders en zijn hand op haar mond.

'Sindsdien was hij aardig voor me,' zei ze. 'Hij kocht vaak kleren en make-up voor me.'

Dit ging twee jaar zo door totdat Elisa zwanger raakte. Haar moeder noemde haar een 'slet' en eiste dat ze vertelde hoe de vader heette. Ze stond vlak voor haar op antwoord te wachten toen Elisa haar stiefvader in de deuropening zag staan. Hij gebaarde met zijn wijsvinger langs zijn hals.

Ze liep van huis weg. Ze had de naam van een abortuskliniek in Zuid-Londen in de zak van haar uniformblazer. In de kliniek ontmoette ze een verpleegster van midden veertig met een vriendelijk gezicht. Ze heette Shirley en bood Elisa een verblijfplaats aan waar ze kon herstellen.

'Gooi je schooluniform niet weg.'

'Waarom niet?'

'Het kan nog van pas komen.'

Shirley was een moederfiguur voor een zestal tienermeisjes die allemaal dol op haar waren. Ze bood hun een gevoel van veiligheid.

'Haar zoon was een echte klootzak,' zei Elisa. 'Hij sliep met een geweer onder zijn bed en dacht dat hij met ons allemaal naar bed kon. De lul! De eerste keer dat Shirley me mee nam om te gaan werken, zei ze: "Toe maar, je kunt het best." Ik stond in mijn schooluniform op Bayswater Road. "Het is oké, vraag maar gewoon of ze een meisje willen," zei ze. Ik wou Shirley niet teleurstellen. Ik wist dat ze kwaad zou worden. De keer daarop trok ik er een paar af, maar ik kon niet vrijen. Ik weet niet waarom. Dat lukte pas na drie maanden. Ik begon uit mijn schooluniform te groeien, maar Shirley zei dat het met mijn benen best nog kon. Ik was haar "Goudmijntje".'

Elisa noemde de mannen met wie ze sliep geen 'hoerenjagers'. Ze was wars van het idee dat ze soms geen waar voor hun geld kregen. Bij haar vingen ze nooit bot. En ze behandelde hen niet met minachting, ook al bedrogen velen hun vrouw, verloofde of vriendin. Dit was puur zakelijk – een simpele commerciële transactie –, ze bood iets te koop aan wat de mannen wilden kopen.

Geleidelijk aan was ze steeds minder op haar hoede voor gevaar. Ze had een nieuwe familie. Op een dag rukte een concurrerende pooier haar van de straat. Hij zei dat hij haar voor één keer nodig had. Hij sloot haar op in de kelder van een huis en inde bij de deur het geld van de mannen die in de rij stonden. Een rivier van huid, in allerlei kleuren, stroomde over haar lichaam en droop bij haar naar binnen. 'Ik was hun "blanke neukspeeltje",' zei ze, terwijl ze een zoveelste sigaret doofde.

'En nu ben je hier,' zei ik.

'Waar niemand weet wat hij met me aan moet.'

'Wat wil jij?'

'Ik wil met rust gelaten worden.'

6

De belangrijkste wet van de National Health Service is dat onkruid niet vergaat. Dat hoort bij de cultuur. Als iemand incompetent is of moeilijk in de omgang, is het makkelijker hem te bevorderen dan te ontslaan.

De dienstdoende opzichter van het mortuarium van Westminster is kaal en gezet, met een dubbele onderkin. Hij heeft op slag een hekel aan me.

'Wie heeft gezegd dat u hier mocht komen?'

'Ik heb een afspraak met hoofdinspecteur Ruiz.'

'Daar weet ik niets van. Er is geen afspraak gemaakt.'

'Mag ik op hem wachten?'

'Nee. Alleen familieleden van de overledene hebben toegang tot de wachtkamer.'

'Waar kan ik dan wachten?'

'Buiten.'

Ik ruik zijn zure lichaamsgeur en zie de zweetplekken onder zijn oksels. Hij heeft waarschijnlijk de hele nacht dienst gehad en maakt nu overuren. Hij is moe en heeft een slecht humeur. In het algemeen heb ik te doen met ploegwerkers, zoals ik ook medelijden heb met eenzame figuren en dikke meisjes die nooit ten dans gevraagd worden. Het is vast een rotbaan om over dode mensen te waken.

Ik sta op het punt iets te zeggen als Ruiz arriveert. De opzichter begint zijn verhaal weer van voren af aan. Ruiz leunt over het bureau en neemt de hoorn van de haak. 'Hoor eens, achterlijke hufter! Ik zie dat er hier buiten minstens tien auto's bij verlopen parkeermeters staan. Wat zul jij populair zijn bij je collega's als ze een wielklem krijgen.'

Even later loop ik achter Ruiz aan door nauwe gangen met

tl-buizen tegen de plafonds en geverfde betonnen vloeren. Af en toe passeren we een deur met melkglas ramen. Eén deur staat open. Als ik er een blik naar binnen werp zie ik midden in het vertrek een roestvrijstalen tafel met in het midden een goot die naar een afvoer loopt. Aan het plafond hangen halogeenlampen en microfoonsnoeren.

Verderop in de gang komen we drie labtechnici in groene operatiejassen tegen die om een koffiemachine geschaard staan. Ze kijken geen van drieën op.

Ruiz loopt snel en spreekt langzaam. 'Het lichaam werd zondagochtend om elf uur in een ondiepe greppel gevonden. Een kwartier daarvoor kwam er vanuit een cel vijfhonderd meter verderop een anoniem telefoontje. De beller beweerde dat zijn hond een hand had opgegraven.'

We duwen dubbele plexiglasdeuren open en ontwijken een karretje dat door een assistent wordt voortgeduwd. Een wit katoenen laken ligt over iets wat wel een lijk zal zijn. Een doos met reageerbuisjes vol bloed en urine balanceert boven op het lichaam.

We komen bij een voorvertrek met een grote glazen deur. Ruiz tikt op het raam en wordt door een medewerkster achter een bureau met een druk op een knop binnengelaten. Haar blonde haar is donker bij de wortels en haar geëpileerde wenkbrauwen zijn zo dun als tandzijde. Langs de muren bevinden zich dossierkasten en witte planken. Achter in het vertrek is een grote roestvrijstalen deur waarop staat: ALLEEN VOOR PERSONEEL.

Opeens zie ik weer voor me hoe ik, toen ik medicijnen studeerde flauwviel tijdens mijn eerste practicum waarin we met een lijk werkten. Ik kwam bij terwijl iemand met vlugzout onder mijn neus wapperde. Vervolgens koos de docent mij uit om voor de klas te demonstreren hoe je een 150-mm-naald door de buik in de lever steekt om een biopsie te nemen. Na afloop feliciteerde hij me met een nieuw universitair record voor het met één naald en in één enkele handeling raken van de meeste organen.

Ruiz overhandigt de vrouw een brief.

'Zal ik een lijkschouw voor u regelen?' vraagt ze.

'De koelruimte is prima,' antwoordt hij, 'maar ik heb een specimenzak nodig.' Ze geeft hem een grote bruine papieren zak.

De zware deur gaat sissend als een hogedruksluiting open en Ruiz doet een stap opzij om mij voor te laten gaan. Ik verwacht formaldehyde te ruiken – omdat ik die lucht na enige tijd associeerde met elk lijk dat ik tijdens de studie zag. Maar er hangt alleen een flauwe geur van ontsmettingsmiddel en industriële zeep.

De muren zijn van glanzend staal. Een stuk of tien karretjes staan keurig in het gelid opgesteld. Metalen crypten beslaan drie wanden en doen denken aan overmaatse dossierkasten, met grote rechthoekige handvatten die je met twee handen vast kunt pakken.

Ik besef ineens dat Ruiz nog steeds praat. 'Volgens de patholoog heeft ze tien dagen in de grond gelegen. Ze was naakt op een schoen en een gouden ketting met een Sint-Christophorus-medaillon na. De rest van haar kleren is niet gevonden. Er is geen spoor van seksueel geweld...' Hij bekijkt het etiket op een van de lades en pakt het handvat beet. 'Ik denk dat u wel zult zien waarom we uitgaan van slechts een klein aantal doodsoorzaken.'

De lade glijdt soepel op de rollers open. Mijn hoofd slaat met een ruk naar achter en ik strompel weg. Ruiz reikt me de bruine papieren zak aan terwijl ik voorovergebogen moet kokhalzen. Het is niet makkelijk om tegelijkertijd te braken en naar lucht te happen.

Ruiz heeft zich niet bewogen. 'Zoals u ziet is de linkerkant van het gezicht ernstig gekneusd en zit het oog helemaal dicht. Ze is op een vreselijke manier afgetuigd. Vandaar dat we de tekening lieten zien in plaats van een foto. Er zijn een stuk of twintig messteken, waarvan niet één meer dan een paar centimeter diep. Maar weet u wat zo eigenaardig is – ze zijn allemaal door haarzelf toegebracht. De patholoog heeft sporen gevonden die erop duiden dat ze geaarzeld heeft. Ze heeft moed moeten verzamelen om het lemmet er verder in te duwen.'

Als ik mijn hoofd ophef zie ik zijn gezicht weerspiegeld in het glanzende staal. En dan zie ik het: angst. Hij moet tientallen misdaden hebben onderzocht, maar deze is anders omdat hij er niets van begrijpt.

Mijn maag is leeg. Zwetend en bibberend van de kou ga ik rechtop staan en kijk naar het lichaam. Er is geen enkele poging gedaan om de arme vrouw haar waardigheid terug te geven. Ze is naakt, ligt languit met haar armen langs haar zij en haar benen tegen elkaar aan.

Door haar doffe blanke huid lijkt ze bijna een marmeren beeld, alleen is dit 'beeld' geschonden. Haar borst, armen en dijen zijn bedekt met donkere sneden. Daar waar de huid strak zit gapen de wonden als lege oogkassen. Elders zijn ze vanzelf dichtgegaan en scheiden ze een beetje vocht af.

Ik heb autopsies gezien tijdens mijn medicijnenstudie. Ik ken het proces. Ze hebben haar gefotografeerd, geschraapt, uitstrijkjes bij haar gemaakt en haar van haar hals tot haar kruis opengesneden. Haar organen zijn gewogen en de inhoud van haar maag is geanalyseerd. Lichaamssappen, schilfers dode huid en vuil van onder haar nagels zijn in plastic of tussen objectglaasjes verzegeld. Wat eens een kwiek, energiek, levendig menselijk wezen was is nu het voornaamste bewijsstuk geworden.

'Hoe oud was ze?'

'Tussen de vijfentwintig en de vijfendertig.'

'Waarom denkt u dat ze prostituee was?'

'Omdat het bijna twee weken geleden is gebeurd en niemand haar als vermist heeft opgegeven. U weet beter dan ik dat prostituees vaak verkassen. Ze gaan soms dagen of weken achtereen weg en duiken dan ineens in een volkomen andere rosse buurt weer op. Sommigen volgen het congressencircuit, anderen werken de chauffeurscafés af. Als deze vrouw een hecht netwerk van familie of vrienden had zou iemand haar nu wel als vermist hebben opgegeven. Ze zou een buitenlandse kunnen zijn, maar we hebben niets van Interpol ontvangen.'

'Ik zie niet in hoe ik u zou kunnen helpen.'

'Wat kunt ú me over haar vertellen?'

Zonder erbij na te denken ben ik al begonnen bijzonderheden te verzamelen, al vind ik het onverdraaglijk om naar haar gezwollen gezicht te kijken. Wat kan ik zeggen? Haar blonde haar is kortgeknipt, een praktisch kapsel dat makkelijk te wassen is, snel droogt en niet voortdurend geborsteld hoeft te worden. Ze heeft geen gaatjes in haar oren. Haar vingernagels zijn kort en verzorgd. Ze draagt geen ringen aan haar vingers en er wijst evenmin iets op dat ze die gewoonlijk wel droeg. Ze is slank en heeft een lichte huid; haar heupen zijn breder dan haar boezem. Haar wenkbrauwen zijn netjes gevormd en haar bikinilijn is onlangs nog bijgewerkt, waardoor er een keurige driehoek schaamhaar overblijft.

'Droeg ze make-up?'

'Een beetje lipstick en oogpotlood.'

'Ik moet even ergens kunnen zitten om het autopsierapport te lezen.'

'Ik zoek wel een leeg kantoortje voor u.'

Tien minuten later zit ik in mijn eentje achter een bureau naar een stapel fotoalbums in ringband en mappen boordevol verklaringen te staren. In die stapel liggen ook het autopsierapport en de resultaten van de bloed- en toxicologische analyses.

DE PATHOLOOG-ANATOOM VAN DE CITY OF WESTMINSTER

Autopsierapport

Naam:	Onbekend Autopsie nr.: dx-34 468
Geboortedatum:	Onbekend
Datum en tijd van overlijden:	Onbekend
Leeftijd:	Onbekend
Datum en tijd van autopsie:	1/12/2000 0915
Geslacht:	Vrouwelijk

Anatomische samenvatting:

1. Veertien rijt- en snijwonden in borst, buik en dijen, tot ongeveer 1,85 cm diep. De breedte varieert van 4,50 cm tot 75 mm.

2. Vier rijtwonden in de linker bovenarm.

3. Drie rijtwonden aan de linkerkant van hals en schouders.

4. De verwondingen met een scherp instrument zijn in het alge-

62

meen neerwaarts gericht en zijn een combinatie van steek-
en snijwonden.

5. De afdrukken die op aarzeling duiden zijn in het algemeen
neerwaarts en gaan gepaard met diepere snijwonden.

6. Zware kneuzingen en zwellingen op de linkerkaak en de lin-
keroogholte.

7. Lichte kneuzingen in de rechteronderarm en schaafwonden op
het rechterscheenbeen en de rechterhiel.

8. Orale, vaginale en rectale uitstrijkjes zijn schoon.

Voorlopig toxicologisch onderzoek:

Bloedethanol — niet gevonden

Bloeddrugsplaatje — geen drugs gevonden

Doodsoorzaak:

Postmortale röntgenfoto's laten zien dat er lucht aanwezig
is in de rechterhartkamer, duidend op een zware en fatale
luchtembolie.

Ik neem het rapport vluchtig door, op zoek naar specifieke details. Bijzonderheden over hoe ze stierf interesseren me niet. Ik
zoek juist naar dingen die met haar leven te maken hebben. Had
ze oude breuken? Was er iets dat op drugsgebruik of seksueel
overdraagbare ziektes wees? Waaruit bestond haar laatste maaltijd? Hoe lang geleden had ze voor het laatst gegeten?

Ruiz komt zonder kloppen binnen.

'Ik dacht zo dat u melk wilde maar geen suiker.'

Hij zet een plastic bekertje koffie op het bureau en begint dan
op zijn zakken te kloppen op zoek naar sigaretten, die echter alleen in zijn verbeelding bestaan. Bij wijze van alternatief begint
hij te tandenknarsen.

'Wat kunt u me vertellen?'

'Ze was geen prostituee.'

'Waarom niet?'

'De gemiddelde leeftijd waarop een meisje prostituee wordt is niet ouder dan zestien. Deze vrouw was midden twintig, misschien ouder. Niets wijst op langdurige seksuele activiteit en er zijn geen sporen van seksueel overdraagbare ziektes. Abortussen komen onder prostituees veelvuldig voor, vooral omdat ze vaak gedwongen worden zonder condoom te werken, maar dit meisje is nooit zwanger geweest.'

Ruiz tikt drie keer op de tafel alsof hij drie puntjes intypt, omdat hij wil dat ik doorga.

'Prostituees in de duurdere klasse verkopen een fantasie. Ze besteden veel zorg aan hun uiterlijk en presentatie. Deze vrouw had korte nagels, een jongensachtig kapsel en weinig make-up. Ze droeg platte schoenen en bijna geen sieraden. Ze gebruikte geen dure vochtinbrengende crèmes en lakte haar nagels niet...'

Ruiz begint weer rond te benen in de kamer, zijn mond hangt half open en zijn wenkbrauwen zijn gefronst.

'...Ze verzorgde zichzelf goed. Ze deed regelmatig aan lichaamsbeweging en at gezond. Ze was waarschijnlijk bang om aan te komen. Ik zou zeggen dat ze gemiddeld of iets boven gemiddeld intelligent was. Ze moet een goede schoolopleiding hebben gehad en komt waarschijnlijk uit een middenklassegezin. Ik denk niet dat ze uit Londen kwam. Dan zou iemand haar nu wel als vermist hebben opgegeven. Dit type meisje raakt niet vermist. Ze heeft vrienden en familie. Maar als ze naar Londen was gekomen voor een sollicitatiegesprek of voor een paar vrije dagen, dan verwachtte men waarschijnlijk een tijdje niets van haar te horen. Ze zullen zich binnenkort wel zorgen gaan maken.'

Ik schuif mijn stoel een eindje naar achteren, maar durf niet op te staan. Wat kan ik hem verder nog vertellen?

'Het medaillon is niet van Sint-Christophorus. Waarschijnlijk is het van Sint-Camillus. Als je goed kijkt zie je dat de figuur een karaf en een handdoek vasthoudt.'

'En wie is hij?'

'De beschermheilige van verpleegsters.'

Mijn laatste bewering krijgt zijn volle aandacht. Hij houdt zijn hoofd schuin en is bijna zichtbaar bezig alle informatie op een rijtje te zetten. In zijn rechterhand opent en sluit hij een luciferboekje. Open en weer dicht.

Ik rommel wat in de papieren en kijk het volledige autopsierapport even door. Eén alinea trekt mijn aandacht.

Langs haar hele rechter- en linkeronderarm en aan de binnenkant van haar bovenbenen lopen sporen van oude rijtwonden. Het grote aantal littekens doet vermoeden dat er gepoogd is ze zelf te hechten. Deze wonden werden hoogstwaarschijnlijk door haarzelf toegebracht en wijzen op pogingen in het verleden zichzelf te beschadigen of te verminken.

'Ik moet de foto's zien.'

Ruiz schuift de in ringband gestoken bladen naar me toe en verkondigt tegelijk: 'Ik moet even bellen. We hebben misschien een aanwijzing. Een röntgenologe heeft gemeld dat haar huisgenote in Liverpool wordt vermist. De leeftijd, lengte en kleur haar komen overeen. En wat dunkt u van dit toeval, Sherlock? Ze is verpleegster.'

Als hij weg is open ik de eerste map met foto's en sla de bladzijde vlug om. Toen ik haar zag lagen haar armen langs haar lichaam. Ik kon haar polsen of de binnenkant van haar dijen niet zien. Iemand met veelvuldige steken, allemaal door haarzelf toegebracht.

De eerste foto's zijn groothoekshots van open terrein met daarop rommelig verspreid roestende tweeduizendlitervaten, rollen kabels en steigerpalen. Het Grand Union Canal vormt de directe achtergrond, maar verder weg zie ik een paar oude bomen met daartussen de grafstenen.

Hierna komen foto's van de oevers van het kanaal. Blauw met wit politielint is tussen ijzeren paaltjes gespannen om het terrein af te bakenen.

Op de tweede serie foto's is de sloot te zien en een witte vlek die op een weggeworpen melkkarton lijkt. Als de camera inzoomt blijkt het een hand met gestrekte vingers te zijn die uit de aarde omhoogsteekt. De aarde wordt langzaam weggeschraapt, gezeefd en in zakken gedaan. Ten slotte is het lijk te zien, ze ligt met één been vreemd verdraaid onder zich en haar linkerarm over haar ogen alsof ze die afschermt tegen de booglichten.

Ik sla vlug een aantal bladzijden over tot ik bij de autopsiefoto's ben. De camera geeft elke vlek, schram en blauwe plek weer. Ik ben op zoek naar een speciale foto.

Hier is hij. Haar onderarmen zijn naar buiten gedraaid en liggen plat op het doffe zilver van het tafelblad. Ik kom moeizaam overeind en wandel terug door de gangen. Mijn linkerbeen schiet op slot en ik moet het met een boog van achteren naar voren zwaaien.

De medewerkster laat me met een druk op de knop in de beveiligde kamer en een paar seconden staar ik weer naar de rij metalen crypten. Vier vanaf het begin, drie naar beneden. Ik controleer het etiket, pak het handvat en trek de lade open. Ditmaal dwing ik mezelf om naar het verwoeste gezicht te kijken. Herkenning is als een klein vonkje waardoor een grote machine op gang komt. Herinneringen razen door mijn hoofd. Haar haar is korter. Ze is wat aangekomen, maar niet veel.

Ik pak haar rechterarm, draai hem om en wrijf met mijn vingertoppen over de melkwitte littekens. Tegen de bleekheid van haar huid lijken ze op dikke vouwen die samenkomen en elkaar kruisen voordat ze in het niets oplossen. Ze heeft die wonden herhaaldelijk geopend, de hechtingen er uitgehaald of ze opnieuw opengesneden. Ze hield dat verborgen, maar ooit heb ik dat geheim met haar gedeeld.

'Wilde u haar nog een keer zien?' Ruiz staat bij de deur.

'Ja.' Ik kan het trillen van mijn stem niet onderdrukken. Ruiz gaat voor me staan en duwt de lade dicht.

'U mag hier niet alleen zijn. U had op me moeten wachten.' Hij spreekt nadrukkelijk.

Ik mompel een verontschuldiging en ga mijn handen bij de wastafel wassen, maar ik voel zijn blik op me rusten. Ik moet iets zeggen.

'Hoe zit het met Liverpool? Weet u nu wie...'

'De huisgenote wordt door de plaatselijke recherche naar Londen gebracht. We zullen vanmiddag over een positieve identiteit beschikken.'

'Dus u weet hoe ze heet?'

Hij geeft geen antwoord, maar duwt me snel de gang door en laat me wachten terwijl hij de autopsieaantekeningen en de foto's ophaalt. Daarna volg ik hem door het ondergrondse netwerk tot we via een dubbele deur uitkomen in een parkeergarage. Al die tijd denk ik: ik moet nu iets zeggen. Ik moet het hem vertellen. Maar een andere stem in mijn hersens zegt: 'Het maakt niets meer uit. Hij weet hoe ze heet. Wat gebeurd is is gebeurd. Het is ouwe koek.'

'Ik heb u ontbijt beloofd.'

'Ik heb geen honger.'

'Maar ik wel.'

We lopen onder zwart geworden spoorlijnviaducten en door een nauw steegje. Ruiz kent blijkbaar alle achterafstraatjes. Hij heeft een opmerkelijk lichte tred voor zo'n grote man, plassen en hondenpoep ontwijkend.

De grote ramen aan de straatkant van de snackbar zijn met condens beslagen, maar het kan evengoed een dun laagje frituurvet zijn. Een bel klingelt boven ons hoofd als we binnenkomen. Het is er vreselijk bedompt door de sigarettenrook en de warme lucht.

De snackbar is vrijwel leeg, op twee verlopen oude mannen in vesten na die in een hoek zitten te schaken en een Indiase kok met een schort vol eigeelvlekken. Het is bijna elf uur, maar de snackbar serveert de hele dag ontbijt. Witte bonen in tomatensaus, friet, eieren, bacon en champignons – in elke gewenste combinatie. Ruiz kiest een tafeltje bij het raam.

'Wat wilt u?'

'Alleen koffie.'

'De koffie is bocht.'

'Dan neem ik thee.'

Hij bestelt een compleet Engels ontbijt met een extra portie toast en twee potten thee. Daarop tast hij in zijn jaszak naar een sigaret, maar mompelt dan iets over zijn telefoon die hij vergeten is.

'Ik vond het bepaald niet prettig u hierin te betrekken,' zegt hij.

'Dat geloof ik niet.'

'Een beetje dan.' Zijn ogen lachen, maar hij maakt geen zelfgenoegzame indruk. Het ongeduld dat me de vorige avond opviel is verdwenen. Hij is vandaag kalmer en meer ontspannen.

'Weet u hoe je hoofdinspecteur wordt, dr. O'Loughlin?'

'Nee.'

'Vroeger werd je het vanwege het aantal misdaden dat je oploste en de mensen die je achter de tralies zette. Tegenwoordig hangt het af van hoe weinig klachten je veroorzaakt en of je je aan een budget kunt houden. Ik ben een dinosaurus voor deze mensen. Sinds de politiewet van kracht werd leeft mijn soort politieman in geleende tijd. Tegenwoordig hebben ze het over pro-actief politietoezicht. Weet u wat dat betekent? Het betekent dat het aantal rechercheurs dat ze op een zaak zetten afhangt van de grootte van de koppen in de boulevardpers. De media bepalen de onderzoeken – niet de politie.'

'Ik heb nog niets over deze zaak gelezen,' zeg ik.

'Dat komt omdat iedereen denkt dat het slachtoffer een prostituee is. Als blijkt dat ze Florence Nightingale is of de dochter van een graaf krijg ik veertig rechercheurs in plaats van twaalf. De adjunct-hoofdcommissaris zal zich er persoonlijk mee belasten vanwege de "complexe aard van de zaak". Iedere publieke verklaring zal door zijn bureau nagetrokken moeten worden en de te volgen procedure zal goedgekeurd moeten worden.'

'Waarom bent u op deze zaak gezet?'

'Zoals ik al zei, omdat ze dachten dat het om een vermoorde prostituee ging. "Geef maar aan Ruiz," zeiden ze. "Hij zal koppen tegen elkaar slaan en de pooiers zullen hem knijpen." Wat maakt het uit of een van hen bezwaar aantekent, mijn dossier zit zo vol klachtenbrieven dat Interne Zaken mij mijn eigen dossierkast heeft gegeven.'

Een handvol Japanse toeristen loopt langs het raam en blijft staan. Ze kijken naar het menu op het bord en vandaar naar Ruiz, voor ze besluiten door te lopen. Het ontbijt arriveert met een mes en een vork in een papieren servet gewikkeld. Ruiz knijpt bruine saus op zijn eieren uit en begint ze in stukken te snijden. Ik probeer niet te kijken terwijl hij eet.

'U kijkt alsof u een vraag hebt,' zegt hij tussen twee happen door.

'Ja, hoe ze heet.'

'U kent de regels. Ik mag geen bijzonderheden vrijgeven tot we over een positieve identificatie beschikken en de naaste familie op de hoogte is gebracht.'

'Ik dacht alleen...' Ik maak de zin niet af.

Ruiz neemt een slok thee en smeert boter op zijn toast.

'Catherine Mary McBride. Ze is een maand geleden zevenentwintig geworden. Ze was wijkverpleegster, maar dat wist u al. Volgens haar huisgenote was ze in Londen voor een sollicitatiegesprek.'

Ook al wist ik het antwoord, de schok is er niet minder om. Arme Catherine. Dit is het moment om het hem te vertellen. Ik had het meteen moeten doen. Waarom moet ik toch voor alles een reden hebben? Waarom kan ik niet gewoon iets zeggen als het bij me opkomt?

Ruiz buigt zich over zijn bord en schept bonen op een stukje toast. Zijn vork blijft halverwege zijn open mond steken.

'Waarom zei u "Arme Catherine"?'

Ik moet het hardop hebben gezegd. Mijn ogen vertellen de rest van het verhaal. Ruiz laat zijn vork op zijn bord neer kletteren. Woede en achterdocht kronkelen als een slang door zijn gedachten.

'U heeft haar gekend.'

Het klinkt meer als een aanklacht dan als een bewering. Hij is kwaad.

'Ik had haar in eerste instantie niet herkend. Die schets gisteravond had iedereen wel kunnen zijn. Ik dacht dat u naar een prostituee zocht.'

'En vandaag?'

'Haar gezicht was zo opgezwollen. Ze was zo... zo... verwoest.

Pas toen ik de littekens zag wist ik het zeker. Ze is een patiënt van me geweest.'

Niet tevreden, zegt hij: 'Als u nog één keer tegen me liegt, dokter, duw ik mijn schoen zo ver in uw reet dat uw adem naar schoensmeer zal ruiken.'

'Ik heb niet tegen u gelogen. Ik wilde er alleen zeker van zijn.'

Hij houdt zijn blik nog steeds op mij gericht. 'En wanneer was u van plan me dit te vertellen?'

'Ik zou het u uiteraard verteld hebben.'

'Ja, vanzelf.' Hij duwt zijn bord naar het midden van de tafel. 'Begin maar – waarom was Catherine een patiënt van u?'

'De littekens op haar polsen en dijbenen – ze sneed zichzelf moedwillig.'

'Een zelfmoordpoging?'

'Nee.'

Ik zie dat Ruiz hier moeite mee heeft.

Ik buig me naar hem toe en probeer uit te leggen hoe mensen reageren wanneer ze door verwarring en negatieve emoties worden overstelpt. Sommigen gaan te veel drinken. Anderen eten te veel, slaan hun vrouw of schoppen de kat. En een verbazingwekkend aantal legt zijn handen op een kookplaat of snijdt zijn huid open met een scheermesje. Bij die gevallen gaat het om een extreem mechanisme om zulke gevoelens hanteerbaar te maken. Ze vertellen over de innerlijke pijn die op deze manier naar buiten wordt gericht zodat ze er, door er fysiek uitdrukking aan te geven, makkelijker mee om kunnen gaan.

'Waaraan probeerde Catherine het hoofd te bieden?'

'Voornamelijk een negatief zelfbeeld.'

'Waar heeft u haar leren kennen?'

'Ze werkte een jaar of vijf geleden als verpleegster in het Royal Marsden Hospital. Ik was daar therapeut.'

Ruiz laat de thee in zijn kop ronddraaien en staart naar de blaadjes alsof ze hem iets kunnen vertellen. Plotseling duwt hij zijn stoel naar achteren, hijst zijn broek op en staat op.

'U bent een rare snuiter, weet u dat?' Een biljet van vijf pond dwarrelt op de tafel neer en ik volg hem naar buiten. Na een stuk of tien stappen draait hij zich om en kijkt me aan.

'Oké, vertel me dit dan eens. Doe ik onderzoek naar een moord of heeft dit meisje zelfmoord gepleegd?'

'Ze is vermoord.'

'Dus ze werd gedwóngen om dit te doen... om zichzelf zo vaak te steken? Afgezien van haar gezicht is er geen enkele aanwijzing dat ze werd vastgebonden, gekneveld, tegengehouden of gedwongen om zichzelf te snijden. Heeft u daar een verklaring voor?'

Ik schud mijn hoofd.

'Maar u bent psycholoog! U hoort de wereld waarin we leven te begrijpen. Ik ben rechercheur en ik begrijp er geen moer van.'

7

Voorzover ik me kan herinneren ben ik nooit meer dronken geweest sinds de dag waarop Charlie werd geboren en Jock vond dat ik me een stuk in mijn kraag moest drinken, omdat intelligente, verstandige en plichtsgetrouwe mannen dat nu eenmaal doen als ze de zegeningen van het vaderschap ervaren.

Als je een nieuwe auto hebt raak je geen druppel alcohol aan en met een nieuw huis heb je geen geld om dronken te worden, maar met een nieuwe baby moet je 'straalbezopen' worden of in mijn geval, overgeven in een taxi die rondjes om Marble Arch rijdt.

Zelfs toen Jock me vertelde dat ik de ziekte van Parkinson heb, heb ik me niet bezat. In plaats daarvan ben ik met een vrouw naar bed gegaan die niet mijn vrouw is. De kater was snel weer over. Het schuldgevoel blijft.

Vandaag heb ik bij de lunch voor het eerst van mijn leven twee dubbele wodka's gedronken. Ik wilde dronken worden omdat ik het beeld van Catherine McBride niet uit mijn hoofd kan krijgen. Ik zie niet haar gezicht voor me maar haar naakte lichaam, ontdaan van iedere waardigheid, zelfs een bescheiden broekje of een strategisch geplaatste doek wordt haar niet gegund. Ik wil haar beschermen. Ik wil haar behoeden voor de blikken van anderen.

Nu begrijp ik Ruiz – niet wat hij zei maar de uitdrukking op zijn gezicht. Dit is niet het verschrikkelijke einde van een grote passie geweest. Het was evenmin een normale huis-, tuin- en keukenmoord, uit hebzucht of jaloezie. Catherine McBride heeft vreselijk geleden. Elke snee zoog haar krachten weg zoals de steken die de banderillero de nek van een stier toedient.

Daniel Wegner, een Amerikaanse psycholoog, heeft in 1987 een beroemd experiment over het onderdrukken van gedachten uitgevoerd. In een test die door Dostojevsky verzonnen had kunnen zijn, vroeg hij een groep mensen om *niet* aan een witte beer te denken. Elke keer als de beer in hun gedachten opdook moesten ze op een bel drukken. Maar hoe ze zich ook inspanden, het lukte niemand de verboden gedachte langer dan een paar minuten te verbannen.

Wegner sprak van twee verschillende, tegenstrijdige denkprocessen. In het ene proces proberen we aan alles behalve een witte beer te denken, terwijl in het andere op een geraffineerde manier precies dat naar voren wordt geschoven wat we willen onderdrukken.

Catherine McBride is mijn witte beer. Ik kan de gedachte aan haar niet van me afzetten.

Ik had voor de lunch naar huis moeten gaan en mijn afspraken voor vanmiddag moeten afzeggen. Maar in plaats daarvan zit ik op Bobby Moran te wachten, die weer eens te laat is. Meena doet kortaf en koel tegen hem. Het is zes uur en ze wil naar huis.

'Ik zou niet graag met uw secretaresse getrouwd zijn,' zegt hij, voor hij zich realiseert tegen wie hij het heeft. 'Ze is toch niet uw vrouw?'

'Nee.'

Ik gebaar naar hem om te gaan zitten. Zijn achterste spreidt zich over de zitting van de stoel. Hij trekt aan de mouwen van zijn jas en maakt een verstrooide, angstige indruk.

'Hoe gaat het met je?'

'Nee bedankt, ik heb net gehad.'

Ik zwijg even om te zien of hij beseft dat zijn antwoord nergens op slaat. Hij reageert niet.

'Weet je wat ik je daarnet vroeg, Bobby?'

'Of ik thee of koffie wilde.'

'Nee.'

Even drukt zijn gezicht twijfel uit. 'Maar daarna wilde u me over thee of koffie vragen.'

'Lees je mijn gedachten dan?'

Hij glimlacht zenuwachtig en schudt zijn hoofd.

'Gelooft u in God?' vraagt hij.

'Jij?'

'Vroeger wel.'

'En later?'

'Ik kon hem niet vinden. Hij hoort overal te zijn. Hij hoort toch zeker geen verstoppertje te spelen, bedoel ik.' Hij kijkt naar zijn spiegelbeeld in het donker wordende raam.

'Wat voor god zou jij willen, Bobby – een god der wrake of een god die vergeeft?'

'Een god der wrake.'

'Waarom?'

'De mensen horen voor hun zonden te boeten. Ze horen niet plotseling vergeving te krijgen als ze zeggen dat ze spijt hebben of op hun sterfbed berouw tonen. Als we iets slechts doen horen we daarvoor gestraft te worden.'

Zijn laatste bewering ratelt na als een koperen cent die op de tafel is geworpen.

'Waar heb jij spijt van, Bobby?'

'Niets.' Zijn antwoord komt te vlug. Zijn lichaamstaal is één grote schreeuw van ontkenning.

'Hoe voelt het om kwaad te worden?'

'Alsof mijn hersens koken.'

'Wanneer heb je je voor het laatst zo gevoeld?'

'Een paar weken geleden.'

'Wat was er gebeurd?'

'Niks.'

'Op wie was je kwaad geworden?'

'Op niemand.'

Het heeft geen zin hem rechtstreeks een vraag te stellen, omdat hij hem gewoon saboteert. Ik neem hem daarom mee terug naar een eerder tijdstip en laat hem als een rotsblok dat een berghelling afrolt vaart winnen. Ik weet op welke dag het was – 11 november. Hij kwam die middag niet naar therapie.

Ik vraag hem hoe laat hij die dag wakker werd. Wat at hij voor ontbijt? Wanneer ging hij van huis?

Langzaam aan leid ik hem naar het moment waarop hij zijn zelfbeheersing verloor. Hij had de metro naar West End genomen en was bij een juwelier in Hatton Garden geweest. Arky en hij gaan in het voorjaar trouwen en Bobby zou hun trouwringen ophalen. Hij maakte ruzie met de juwelier en stormde naar buiten. Het regende. Hij was laat. Hij ging naar Holborn Circus om er een taxi aan te houden.

Op dit punt aangekomen, probeert Bobby zich weer aan het gesprek te onttrekken door het over een andere boeg te gooien.

'Wie denkt u dat er in een gevecht tussen een leeuw en een tijger zou winnen?' vraagt hij op zakelijke toon.

'Waarom?'

'Ik wil graag weten wat u denkt.'

'Leeuwen en tijgers vechten niet met elkaar. Ze leven in verschillende delen van de wereld.'

'Ja, maar áls ze met elkaar vochten, wie zou dan winnen?'

'Het is een zinloze, onbenullige vraag.'

'Maar dat doen psychologen toch juist – zinloze vragen stellen?'

Zijn gedrag is binnen het bestek van een enkele vraag veranderd. Opeens is hij brutaal en agressief en priemt met zijn vinger naar mij.

'U vraagt mensen wat ze in een hypothetische situatie zouden doen. Waarom probeert u het niet met mij? Kom op. "Wat zou ik doen als ik de eerste was die in een bioscoop een brandje ontdekt?" Dat soort vragen stelt u toch? Zou ik het vuur doven? Of naar de manager gaan? Of zorgen dat iedereen het gebouw verliet? Ik weet wat mensen als u doen. Aan de hand van een onschuldig antwoord toont u aan dat een normaal mens gek is.'

'Denk jij dat?'

'Dat wéét ik.'

Hij heeft het over een standaardonderzoek naar iemands psychische toestand. Het is duidelijk dat Bobby al eens is onderzocht, hoewel het niet in zijn medisch dossier staat. Iedere keer dat ik druk op hem uitoefen, reageert hij agressief. Het is tijd de duimschroeven aan te draaien.

'Laat ik je vertellen wat ik al wéét, Bobby. Er is die dag iets gebeurd. Je was woedend. Je had een slechte dag. Kwam het door de juwelier? Wat had hij gedaan?'

Mijn stem klinkt scherp en streng. Bobby schrikt en wordt razend.

'Het is een vuile leugenaar! Hij had een fout gemaakt in de in-
scriptie op de trouwringen. Hij had Arky's naam verkeerd ge-
speld, maar hij zei dat het mijn schuld was. Hij beweerde dat ik de
verkeerde spelling had opgegeven. De klootzak wilde me daar extra voor laten betalen.'
'Wat deed jij toen?'
'Ik heb het glas van zijn toonbank kapotgeslagen.'
'Hoe deed je dat?'
'Met mijn vuist.'
Hij steekt zijn hand voor me op. Aan de zijkant zitten lichtgele
en paarse plekken.
'Hoe ging het verder?'
Hij haalt zijn schouders op en schudt zijn hoofd. Dit kan on-
mogelijk het hele verhaal zijn. Er moet nog iets anders zijn ge-
beurd. De vorige keer zei hij iets over 'haar' straffen – een vrouw
dus. Dat moet gebeurd zijn nadat hij bij de juwelier was wegge-
gaan. Hij stond op straat, kwaad; zijn hersens kookten.
'Waar zag je haar voor het eerst?'
Hij knippert met zijn ogen. 'Ze kwam uit een muziekwinkel.'
'Wat deed jij op dat moment?'
'Ik stond in de rij voor een taxi. Het regende. Ze nam mijn taxi.'
'Hoe zag ze eruit?'
'Ik herinner me haar niet.'
'Hoe oud was ze?'
'Dat weet ik niet.'
'Je zegt dat ze jouw taxi nám – heb je iets tegen haar gezegd?'
'Ik geloof het niet.'
'Wat deed je toen?'
Hij schrikt.
'Was er nog iemand bij haar?'
Hij kijkt me even aan en aarzelt. 'Wat bedoelt u?'
'Wie was er bij haar?'
'Een jongen.'
'Hoe oud was hij?'
'Een jaar of vijf, zes.'
'Waar was de jongen?'

'Ze sleurde hem aan zijn hand mee. Hij gilde. Ik bedoel dat hij echt ontzettend hard gilde. Ze deed of ze het niet hoorde. Hij viel als een blok en ze moest hem meesleuren. Dat joch bleef maar gillen. Ik begon me af te vragen waarom ze niets tegen hem zei. Hoe kon ze hem zo laten gillen? Hij had pijn of hij was bang. Niemand stak een poot uit. Daar werd ik kwaad om. Hoe konden ze daar gewoon maar staan?'

'Op wie was je kwaad?'

'Op iedereen. Ik was kwaad om hun onverschilligheid. Ik was kwaad dat die vrouw geen aandacht had voor de jongen. Ik was kwaad op mezelf omdat ik een hekel aan het kind had. Ik wilde vooral dat hij ophield met gillen...'

'Wat deed je toen?'

Zijn stem daalt tot gefluister. 'Ik wilde dat ze zorgde dat hij ophield. Ik wilde dat ze naar hem luisterde.' Hij zwijgt weer.

'Heb je iets tegen haar gezegd?'

'Nee.'

'En toen?'

'Het portier van de taxi stond open. Ze duwde hem naar binnen. Het joch trapte met zijn benen. Ze stapte na hem in en draaide zich om om het portier dicht te doen. Haar gezicht is net een masker... uitdrukkingsloos... begrijpt u. Ze zwaait haar arm naar achteren en bang! Ze duwt haar elleboog pardoes in zijn gezicht. Hij zakt achterover...'

Bobby zwijgt even en wil dan weer verdergaan. Maar hij houdt zich in. De stilte groeit. Ik laat de stilte zijn hoofd vullen – waar hij tot in de hoeken van zijn geest kan reiken.

'Ik sleurde haar de taxi uit. Ik hield haar vast bij haar haren. Ik duwde haar gezicht tegen de zijruit. Ze viel en probeerde weg te rollen maar ik bleef haar schoppen.'

'Denk je dat je haar wilde straffen?'

'Ja.'

'Had ze dat verdiend?'

'Ja!'

Hij kijkt me recht in mijn ogen – zijn gezicht is wasbleek. Op hetzelfde moment zie ik in mijn verbeelding een kind in een eenzaam hoekje van een speelplaats, een te dik, onnatuurlijk lang kind, met scheldnamen als 'blubberbil' en 'emmer vet', een kind voor wie de wereld een reusachtige, lege plek is. Een kind dat zijn best doet onzichtbaar te zijn, maar dat ertoe veroordeeld is om op te vallen.

'Ik heb vandaag een dode vogel gevonden,' zegt Bobby verstrooid. 'Zijn nek was gebroken. Misschien was hij aangereden.'

'Dat zou kunnen.'

'Ik heb hem van het trottoir opgeraapt. Het lijfje was nog warm. Denkt u wel eens aan doodgaan?'

'Ik denk dat iedereen dat doet.'

'Sommige mensen verdienen het om te sterven.'

'En wie moet dat beoordelen?'

Hij lacht bitter. 'Niet mensen zoals u.'

De sessie loopt uit maar Meena is al naar huis en naar haar katten gegaan. De meeste kantoren naast het mijne zijn afgesloten en donker. Schoonmakers zijn bezig op de gangen, ze legen prullenbakken en stoten met hun karretjes verf van de plinten.

Bobby is ook vertrokken. Maar als ik naar het donkere raam staar, zie ik zijn gezicht nog voor me, nat van het zweet en met spetters bloed van die arme vrouw.

Ik had het moeten zien aankomen. Hij is míjn patiënt, míjn verantwoordelijkheid. Ik weet wel dat ik hem niet bij de hand kan nemen en hem dwingen naar me toe te komen, maar dat is een schrale troost.

Bobby barstte bijna in huilen uit toen hij vertelde dat hij was aangeklaagd, maar hij had meer medelijden met zichzelf dan met de vrouw die hij had afgetuigd.

Soms kost het me moeite om sympathie voor een patiënt te voelen. Ze betalen negentig pond om naar hun navel te staren of te jammeren over dingen die ze eigenlijk aan hun partner moeten vertellen in plaats van aan mij. Bobby is anders. Ik weet niet waarom.

Door zijn onhandigheid wekt hij soms de indruk dat hij gewoon een klungel is, maar dan doet hij me ineens versteld staan van zijn zelfvertrouwen en intellect. Hij lacht vaak op het verkeerde moment en kan onverwachts ontploffen. Zijn lichte ogen zijn koud als blauw glas.

Ik denk wel eens dat hij op iets wacht – op het moment dat bergen van hun plaats komen of de planeten zich allemaal in het gelid opstellen. En als alles eenmaal zijn plek heeft zal hij me eindelijk vertellen wat er werkelijk aan de hand is.

Ik kan daar niet op wachten. Ik moet hem nú begrijpen.

8

Mohammed Ali heeft flink wat op zijn geweten. Toen hij op de Olympische Spelen in Atlanta het vuur ontstak bleef er op de hele planeet geen oog droog.

Waarom huilden we? Omdat er van een groot sporter nog slechts een schuifelende, mummelende, bevende invalide over was. Een man die eens danste als een vlinder, bibberde nu als een roompudding.

We leven mee met sportlieden. Als het lichaam een weten-schapper als Stephen Hawkins in de steek laat, denken we dat hij best in zijn geest kan leven, maar een invalide atleet is als een vo-gel met een gebroken vleugel. Hoe hoger iemand stijgt, hoe har-der hij valt.

Het is vrijdag vandaag en ik zit in Jocks spreekkamer. Hij heet eigenlijk voluit dokter Emlyn Robert Owens – een Schot met een Welshe naam – maar ik heb hem nooit anders dan bij zijn bij-naam gekend.

Jock is een forse, bijna vierkante man met indrukwekkende schouders en een stierennek, en heeft meer weg van een voorma-lig bokser dan van een hersenchirurg. In zijn praktijk hangen prenten van Salvador Dalí aan de muur, naast een gesigneerde foto van John McEnroe die de Wimbledon-trofee omhooghoudt. McEnroe had eronder geschreven: 'Dat meen je niet!'

Jock gebaart dat ik op de onderzoekstafel moet gaan zitten en rolt zijn mouwen op. Hij heeft stevige, gebruinde onderarmen, waarmee hij een tennisbal kan raken alsof het een ruimteraket is. Tennissen met Jock bestaat voor tachtig procent uit pijn lijden. Elke slag keert als een raket weer terug en is rechtstreeks op je li-chaam gericht. Zelfs als hij de hele baan vrij heeft probeert hij je nog met de bal te doorboren.

Mijn vrijdagse duellen met Jock hebben niets te maken met liefde voor het tennis maar alles met het verleden. Ze hebben te maken met een lange slanke studente die mij verkoos boven hem. Dat was twintig jaar geleden en zij is nu mijn vrouw. Hij is daar nog steeds kwaad om.

'Hoe gaat het met Julianne?' vraagt hij terwijl hij met een zaklampje in mijn ogen schijnt.

'Goed.'

'Wat vond ze van dat gedoe op de dakrand?'

'Ze praat nog steeds tegen me.'

'Heb je iemand verteld van je ziekte?'

'Nee. Je zei dat ik een normaal leven moest leiden.'

'Ja, ja, normáál!' Hij opent een map en maakt een aantekening. 'Heb je wel eens tremoren?'

'Niet echt. Af en toe, als ik uit een stoel of van het bed wil opstaan, zegt mijn verstand: sta op, maar dan gebeurt er niks.'

Hij maakt weer een aantekening. 'Zoiets heet dat je moeilijk in beweging komt. Dat heb ik heel vaak – vooral als er rugby op televisie is.'

Hij begint heen en weer te lopen om te observeren hoe mijn ogen hem volgen. 'Slaap je goed?'

'Niet al te best.'

'Je moet zo'n cassette kopen om je te ontspannen. Je weet wel, een of andere vent praat met zo'n vreselijk saaie stem dat je vanzelf in slaap valt.'

'Daarvoor kom ik altijd bij jou.'

Jock slaat me extra hard op mijn knie met zijn rubberen hamer zodat ik ineenkrimp.

'Dat was zeker je telefoonbotje,' zegt hij sarcastisch.

Hij doet een stap achteruit. 'Oké, je weet wat je moet doen.'

Ik sluit mijn ogen en breng mijn handen tegen elkaar – wijsvinger tegen wijsvinger, middelvinger tegen middelvinger, enzovoort. Het lukt bijna, maar mijn ringvingers glijden langs elkaar heen. Ik probeer het nog eens, maar deze keer komen mijn middelvingers niet bij elkaar.

Jock zet zijn elleboog op het bureau en nodigt me uit voor een partijtje armdrukken.

'Ik sta er versteld van hoe hightech jullie kerels zijn,' zeg ik, me in gevechtshouding opstellend. Hij knijpt mijn vingers fijn met zijn vuist. 'Ik weet zeker dat je het alleen doet omdat het je persoonlijk zo veel voldoening schenkt. Waarschijnlijk hoort het niet eens bij het onderzoek.'

'Hoe raad je het?' zegt Jock, terwijl ik tegen zijn arm duw. Ik voel dat mijn gezicht rood wordt. Hij speelt met me. Ik zou de rotzak één keertje willen neerdrukken.

Mijn nederlaag erkennend laat ik me achterover zakken en buig en strek mijn vingers. Op Jocks gezicht is geen spoor van triomf te zien. Zonder dat hij iets hoeft te zeggen sta ik op en begin de kamer rond te lopen, waarbij ik probeer met mijn armen te zwaaien alsof ik marcheer. Mijn linkerarm lijkt er alleen maar bij te hangen.

Jock haalt het cellofaan van een sigaar en knipt het puntje eraf. Hij wikkelt zijn tong om het uiteinde en likt zijn lippen voor hij hem aansteekt. Daarna doet hij zijn ogen dicht en laat de rook via zijn glimlach ontsnappen.

'God, wat kijk ik uit naar de eerste sigaar van de dag,' zegt hij, de sigaar tussen zijn wijsvinger en duim rollend. Zijn blik volgt de rook die naar het plafond kringelt en die hij de stilte laat vullen zoals hij ook de lege ruimte vult.

'Hoe staat het ervoor?' vraag ik verontrust.

'Je hebt de ziekte van Parkinson.'

'Dat wist ik al.'

'Wat wil je dan dat ik zeg?'

'Vertel me iets wat ik nog niet weet.'

Hij kauwt op zijn sigaar. 'Jij hebt er alles over gelezen. Ik wil wedden dat je me de hele geschiedenis van Parkinson kunt vertellen – iedere theorie, onderzoeksprogramma en beroemdheid die eraan lijdt. Kom op, zeg het me maar. Welke medicijnen moet ik voorschrijven? Welk dieet?'

Tot mijn spijt heeft hij gelijk. Ik kan hem alles tot in de kleinste bijzonderheden opdissen. De laatste maanden heb ik urenlang op internet gezocht en in medische tijdschriften gelezen. Ik weet alles over dokter James Parkinson, de Engelse arts die in 1817 een aandoening beschreef die hij 'schudverlamming' noemde. Ik kan hem vertellen dat er in Engeland honderdtwintigduizend mensen aan Parkinson lijden. Het komt vaker voor bij mensen boven de zestig, maar één op de zeven patiënten vertoont voor zijn veertigste symptomen. Ongeveer driekwart van de patiënten heeft vanaf het begin last van tremors, terwijl de rest ze misschien nooit krijgt.

Natuurlijk ben ik op zoek gegaan naar antwoorden. Wat had hij dan verwacht? Ze zijn er alleen niet. De experts zeggen allemaal hetzelfde: Parkinson is een van de meest verbijsterende en complexe neurologische aandoeningen die er zijn.

'Hoe staat het met de tests die je hebt gedaan?'

'Ik heb de uitslagen nog niet. Die moet ik volgende week binnenkrijgen. Dan zullen we eens praten over een behandeling met medicijnen.'

'Wat voor medicijnen?'

'Een cocktail.'

Hij begint als Fenwick te klinken.

Jock tikt de as van zijn sigaar en leunt naar voren. Elke keer als ik hem zie doet hij me meer aan een president-directeur denken. Het zal niet lang meer duren of hij gaat gekleurde bretels en golfsokken dragen.

'Hoe gaat het met Bobby Moran?'

'Niet zo goed.'

'Hoe komt dat?'

'Hij heeft een vrouw bewusteloos geschopt omdat ze zijn taxi had ingepikt.'

Jock inhaleert per ongeluk te vlug en krijgt een hoestbui.

'Charmant! Nog zo'n goede afloop.'

Jock had Bobby indertijd naar mij toe gestuurd. Een plaatselijke huisarts had hem doorverwezen voor neurologisch onderzoek, maar Jock kon geen lichamelijke gebreken vinden en stuurde hem door.

Zijn woorden waren toen: 'Wees maar niet bang, hij is verzekerd. Je krijgt waarschijnlijk zelfs je geld.'

Jock vindt dat ik met de 'echte medicijnenstudie' had moeten doorgaan toen ik de kans had, in plaats van dankzij een maatschappelijk geweten nauwelijks mijn hypotheek te kunnen aflossen. Ironisch genoeg was hij in onze studententijd net als ik. Wanneer ik hem daaraan herinner beweert hij dat de mooiste meisjes toen allemaal links waren. Hij was een *summer-of-love* socialist – zolang hij er maar overheen kon gaan.

Niemand gaat dood aan de ziekte van Parkinson. Je gaat ermee dood. Dat is een van Jocks afgezaagde aforismen. Ik zie hem al voor me op een bumpersticker, hij is lang niet zo belachelijk als: 'Niet wapens doden mensen maar mensen'.

Een week lang probeer ik mezelf ervan te overtuigen dat ik de ziekte niet heb en dan geeft Jock me een dreun en zegt dat het tijd is om wakker te worden en de realiteit onder ogen te zien.

Mijn reactie is meestal iets in de trant van: 'Waarom ik?' Maar na gisteren, na mijn ontmoeting met Malcolm, heb ik het gevoel alsof ik op mijn kop heb gehad. Zijn ziekte is veel ernstiger dan de mijne. Hij overtroeft me.

Ruim een jaar geleden drong het tot me door dat er iets niet in orde was. Het kwam vooral door de vermoeidheid. Op sommige dagen was het net alsof ik door modder liep, hoewel ik nog wel twee keer per week ging tennissen en Charlies voetbalteam bleef coachen. Het lukte me tijdens de oefenwedstrijden twaalf achtjarigen bij te houden en mezelf zo'n beetje te zien als Zinedine Zidane, de spelverdeler, doorsteekpasses trappend en ingewikkelde een-tweetjes makend.

Maar toen merkte ik dat de bal niet langer de kant op ging die ik wilde en als ik plotseling startte struikelde ik over mijn eigen voeten. Charlie dacht dat ik de clown uithing. Julianne dacht dat ik lui begon te worden. Ik weet het aan het feit dat ik net veertig was geworden.

Achteraf gezien waren er al eerder symptomen. Mijn handschrift werd nog verkrampter dan het al was en knoopsgaten werden obstakels. Af en toe kostte het moeite uit een stoel te komen en als ik de trap af liep hield ik me aan de leuningen vast.

Toen kwam onze jaarlijkse bedevaart naar Wales, waar we mijn vaders zeventigste verjaardag vierden. Ik ging met Charlie op

Great Ormes Head wandelen, vanwaar je uitkijkt over Penrhyn Bay. Aanvankelijk zagen we Puffin Island in de verte liggen, maar plotseling stak er een Atlantische storm op die als een reusachtige walvis het eiland opslokte. Voorovergebogen tegen de wind zagen we de golven op de rotsen slaan en voelden we het opstuivende water in ons gezicht prikken. Charlie zei: 'Papa, waarom zwaai je niet met je linkerarm?'

'Wat bedoel je?'

'Je arm. Hij hangt er maar zo'n beetje bij.'

Inderdaad bungelde hij nutteloos langs mijn zij.

De volgende ochtend leek mijn arm weer in orde. Ik zei er niets over tegen Julianne en al helemaal niet tegen mijn ouders. Mijn vader – een man die wacht op de oproep om Gods hoogstpersoonlijke lijfarts te worden – zou me voor de voeten hebben geworpen dat ik een hypochonder was en hij zou de spot met me hebben gedreven waar Charlie bij was. Hij heeft me nooit vergeven dat ik medicijnen opgaf om gedragswetenschappen en psychologie te gaan studeren.

Heimelijk verbeeldde ik me de wildste dingen. Ik had visioenen van hersentumoren en bloedproppen. Had ik misschien een klein infarct gehad? Was er een groter op komst? Ik wist mezelf er bijna van te overtuigen dat ik pijn in mijn borst had.

Pas een jaar later maakte ik een afspraak met Jock. Het was hem ook opgevallen dat me iets mankeerde. Op een keer toen we de kleedkamer van de club binnenliepen begon ik naar rechts te zwenken zodat hij plotseling moest blijven staan. Hij had ook gemerkt dat mijn linkerarm bij het tennissen soms slap langs mijn zij hing. Jock maakte er een grapje over, maar ik merkte dat hij me nauwlettend in de gaten hield.

Er bestaan geen diagnostische testen voor Parkinson. Een ervaren neuroloog als Jock vertrouwt op zijn observatie. Er zijn vier primaire symptomen – tremors of bevende handen, armen, benen, kaken en gezicht; stramheid of stijfheid van de ledematen en de torso; bewegingstraagheid, en een wankele houding of slecht evenwicht en coördinatie.

De ziekte is chronisch en progressief. Ze is niet besmettelijk en doorgaans niet erfelijk. Er zijn talloze theorieën in omloop. Sommige wetenschappers leggen de schuld bij vrije radicalen die op naburige moleculen reageren en schade toebrengen aan het weefsel. Anderen geven de schuld aan pesticiden of een andere gifstof in de voedselketen.

Genetische factoren worden niet helemaal uitgesloten omdat er in sommige families een lichte genetische aanleg blijkt te zijn, en het kan op de een of andere manier met leeftijd te maken hebben.

De waarheid is dat het een combinatie van al deze factoren kan zijn, of dat ze geen van alle een rol spelen.

Misschien moet ik dankbaar zijn. Uit ervaring weet ik dat artsen (en ik ben er met een opgegroeid) je alleen een duidelijke, ondubbelzinnige diagnose geven als je in hun spreekkamer staat met, laten we zeggen, een lijmspuit aan je hoofd vastgekleefd.

Om halfvijf sta ik weer buiten en probeer tegen de stroom mensen op te tornen die al vroeg op weg zijn naar de metrostations en bushaltes. Ik loop naar Cavendish Square en houd een taxi aan terwijl het opnieuw begint te regenen.

De brigadier aan de balie van het politiebureau in Holborn heeft een roze, gladgeschoren gezicht en zijn haar is over zijn kale kruin gedrapeerd. Op de balie leunend doopt hij koekjes in een beker thee, waarbij hij kruimels morst op de borsten van het meisje op pagina drie.

Als ik de glazen deur openduw, likt hij zijn vingers af, veegt ze af aan zijn hemd en stopt de krant onder de toonbank. Hij glimlacht met trillende wangen.

Ik laat hem mijn visitekaartje zien en vraag of ik misschien het register met de aanklacht tegen Bobby Moran mag zien. Zijn opgewektheid verdwijnt op slag.

'Het is op het ogenblik erg druk – u zult geduld moeten hebben.'

Ik kijk over mijn schouder. De arrestantenkamer is verlaten, op een tienerjongen na die onder de drugs, in kapotte jeans, sportschoenen en een AC/DC-T-shirt op een houten bank in slaap is gevallen. In de vloer zitten schroeiplekken van sigaretten en plastic bekertjes zijn naast een metalen prullenbak aan het copuleren. De brigadier loopt opzettelijk traag naar een rij dossierkasten tegen de verste muur. Een koekje zit tegen de achterkant van zijn broek geplakt en het roze glazuur smelt op zijn reet. Ik sta mezelf een glimlach toe.

Volgens het registratieformulier werd Bobby tweeënhalve week geleden in het centrum van Londen gearresteerd. Hij bekende schuld in het gerechtshof aan Bow Street en werd op borgtocht vrijgelaten op voorwaarde dat hij 24 december in de Old Bailey verschijnt. Iemand met opzet verwonden is een artikel-20-misdaad – geweldpleging met ernstig lichamelijk letsel tot gevolg. Er staat een maximale gevangenisstraf van vijf jaar op.

Bobby's verklaring is op drie bladzijden met dubbele regelafstand getypt en bij de correcties staat een paraaf in de kantlijn. Hij heeft het met geen woord over de kleine jongen en evenmin over zijn ruzie met de juwelier. De vrouw was voor haar beurt gegaan. De ellende leverde haar een gebroken kaak, een ingedrukt jukbeen, een gebroken neus en drie kapotte vingers op.

'Waar kan ik de voorwaarden voor de borgsom vinden?'

De brigadier bladert het dossier door en gaat met zijn vinger een rij gerechtelijke documenten langs.

'Eddie Barrett behandelt de zaak.' Hij gromt van afschuw. 'Hij zal de aanklacht tot FLL – feitelijk lichamelijk letsel – weten te reduceren nog voor je la-di-da kunt zeggen.'

Hoe kwam Bobby aan een advocaat als Eddie Barrett? Barrett is de beroemdste strafpleiter in ons land, met een gave voor zelfpromotie en het produceren van de perfecte soundbite op de trappen voor het gerechtshof.

Eddie heeft naam gemaakt met het voeren van een principieel proces tegen het Verdrag van Maastricht toen hij dacht dat de Britse regering het pond wilde afschaffen. Tijdens de rechtszaak placht hij vesten met de Britse vlag erop te dragen en het gerucht ging dat hij een tatoeage van Hare Majesteit op zijn hart had. Volgens een ander gerucht had hij geen hart.

'Hoe hoog was de borgsom?'

'Vijfduizend.'

Waar zou Bobby zoveel geld vandaan hebben gehaald?

Ik kijk op mijn horloge. Het is pas halfzes. Eddies secretaresse neemt de telefoon aan terwijl ik Eddie op de achtergrond hoor schreeuwen. Ze verontschuldigt zich en vraagt me even te wachten. De twee schreeuwen tegen elkaar. Het is alsof je naar een echtelijke ruzie luistert. Na enige tijd komt ze terug. Eddie heeft twintig minuten voor me.

Lopend ben je sneller in Chancery Lane dan met een taxi. De voordeur gaat open met een zoemer en ik beklim de smalle trap naar de derde verdieping, over dozen vol gerechtelijke documenten en dossiers stappend die op elk beschikbaar plekje zijn opgestapeld.

Eddie is aan het telefoneren terwijl hij me zijn kantoor binnenlaat en naar een stoel wijst. Ik moet twee dossiers wegleggen voor ik kan gaan zitten. Hij lijkt achter in de vijftig maar is waarschijnlijk tien jaar jonger. Als ik een interview met hem op de televisie zie, doet hij me altijd aan een buldog denken, omdat hij onder het lopen op dezelfde manier schommelt: terwijl zijn schouders amper bewegen, gaat zijn achterste heen en weer. Hij heeft zelfs grote snijtanden, die vast goed van pas komen als hij iemand iets toe wil bijten.

Bij het horen van Bobby's naam kijkt hij teleurgesteld. Ik vermoed dat hij hoopte dat het om een zaak van medische wanprestatie ging. Hij laat zijn stoel ronddraaien en begint in de la van een dossierkast te zoeken.

'Wat heeft Bobby u over zijn geweldpleging verteld?'

'U hebt zijn verklaring gezien.'

'Zei hij dat hij een kleine jongen had gezien?'

'Nee.'

Eddie onderbreekt me vermoeid. 'Hoor es, ik wil niet meteen al ruzie maken, Roseanne, maar leg me eens uit waarom ik verdomme met u moet praten? Sorry, ik wil u niet beledigen.'

'Zo vat ik het ook niet op.' Hij is van dichtbij een stuk minder aardig. Ik begin opnieuw: 'Heeft Bobby u verteld dat hij in behandeling is bij een psycholoog?'

Daar vrolijkt Eddie weer wat van op. 'Verdomd, nee! Hoe dat zo?'

'Hij is sinds ongeveer een half jaar bij mij in therapie. Bovendien is hij volgens mij vroeger ook al eens psychisch onderzocht, maar daar heb ik geen verslag van.'

'Een geschiedenis van geestesziekte – dat scheelt.' Hij neemt een rinkelende telefoon van de haak en gebaart naar mij dat ik door moet praten. Hij probeert twee gesprekken tegelijk te voeren.

'Heeft Bobby u verteld waarom hij kwaad werd?'

'Ze pikte zijn taxi in.'

'Dat is amper een reden.'

'Hebt u wel eens geprobeerd op een regenachtige vrijdagmiddag op Holborn een taxi te krijgen?' Hij grinnikt even.

'Ik denk dat er meer achter zit.'

Eddie zucht. 'Luister eens, Pollyanna, ik vraag mijn cliënten niet om mij de waarheid te vertellen. Ik houd ze alleen uit de gevangenis zodat ze dezelfde fouten nog een keer kunnen maken.'

'Die vrouw – hoe zag ze eruit?'

'Als een verschrikkelijk zooitje als je op de foto's afgaat.'

'Hoe oud?'

'Midden veertig. Donker haar...'

'Wat droeg ze?'

'Wacht even.' Hij legt de hoorn op de haak en schreeuwt tegen zijn secretaresse dat ze hem Bobby's dossier moet brengen. Daarna bladert hij het al neuriënd door.

'Rok tot halverwege haar bovenbenen, hoge hakken, kort jasje... schaap gekleed als lammetje als je het mij vraagt. Waarom wilt u dat weten?'

Dat kan ik hem niet vertellen. Dat weet ik zelf nog niet precies.

'Wat gaat er met Bobby gebeuren?'

'Zoals het er nu uitziet zal hij een tijd moeten zitten. De openbare aanklager wil de aanklacht niet verminderen.'

'De gevangenis zal hem geen goed doen. Ik kan u een psychologisch rapport geven. Misschien kan ik zorgen dat hij een cursus woedebeheersing gaat volgen.'

'Wat wilt u van mij?'

'Een verzoekschrift.'

Eddies pen is al in de weer. Ik kan me niet herinneren hoe lang het geleden is dat ík zo vlot kon schrijven. Hij schuift het papier over zijn bureau.

'Wel bedankt.'

Hij gromt. 'Het is een brief, geen nier.'

Als er ooit een man was die ruzie zocht. Misschien heeft hij een Napoleon-complex of probeert hij zijn lelijke uiterlijk te compenseren. Hij heeft genoeg van me. Het onderwerp interesseert hem niet meer. Ik stel vlug nog een paar vragen.

'Wie heeft de borgsom betaald?'

'Geen idee.'

'En wie heeft u gebeld?'

'Hijzelf.'

Ik wil nog iets zeggen, maar hij is me te vlug af.

'Luister eens, Oprah, ik word in het gerechtshof verwacht en ik moet pissen. Die jongen is uw gek, ik verdedig de arme sloeber alleen maar. Waarom neemt u niet even een kijkje in zijn hoofd om te zien of er iets rammelt en kom dan weer bij me terug. Ik wens u nog een heel fijne dag.'

9

Julianne en Charlie zijn beneden en kijken televisie. Ik zit op de vloer van de zolderkamer in de dozen met mijn oude patiëntenaantekeningen te zoeken naar mijn dossier over Catherine Mc-Bride. Ik weet eigenlijk niet waarom. Misschien hoop ik dat ik haar in gedachten tot leven kan wekken zodat ik haar een paar vragen kan stellen. Ruiz vertrouwt me niet. Hij denkt dat ik iets probeer te verbergen. Ik had het hem meteen moeten vertellen en ik had hem alles moeten vertellen. Het maakt natuurlijk niets uit. Catherine kan niet meer teruggebracht worden.

Mijn aantekenschriften zijn allemaal voorzien van een etiket met de maand en het jaar zodat ik makkelijk kan vinden wat ik zoek. Het gaat om twee schriften, met een donkergroene voorkant en gevlekte ruggen waaraan de zilvervisjes zich te goed hebben gedaan.

Beneden in mijn werkkamer knip ik het licht aan en begin de aantekeningen te lezen. De bladzijden op A4-formaat zijn keurig gelinieerd en hebben een brede kantlijn waarin de datum en de tijd van elke afspraak staan. De details van mijn beoordeling, de medische notities en observaties staan er allemaal in.

Hoe staat Catherine in mijn geheugen gegrift? Ik zie haar in het Marsden over de gang lopen in een lichtblauw uniform dat langs de hals en de mouwen met donkerblauw is afgewerkt. Ze zwaait lachend naar me. Aan haar riem hangt een sleutelketting. De meeste verpleegsters dragen uniformen met korte mouwen, maar Catherine had altijd lange mouwen.

Aanvankelijk was ze gewoon een van de vele gezichten op de gang of in de kantine. Ze was knap op een seksloze manier, met haar jongensachtige kapsel, hoge voorhoofd en volle lippen. Ze bewoog haar hoofd altijd nerveus heen en weer en keek me nooit met beide ogen tegelijk aan. Ik kwam haar vaak toevallig tegen – dikwijls als ik net het ziekenhuis wilde verlaten. Pas later kreeg ik het vermoeden dat er opzet achter zat.

Uiteindelijk vroeg ze me of ze met me kon praten. Het duurde even voor het tot me doordrong dat ze dit beroepshalve bedoelde. Ik maakte een afspraak met haar en de volgende dag verscheen ze. Vanaf die dag kwam ze één keer per week bij me. Ze legde altijd een reep chocola op mijn bureau die ze op het zilverpapier in stukjes brak, als een kind dat snoepjes verdeelt. Als ze geen mentholsigaretten rookte, liet ze de chocola onder haar tong smelten. 'Weet u dat dit de enige spreekkamer in het hele ziekenhuis is waar je mag roken?' zei ze.

'Dan krijg ik daarom zeker zo veel bezoek.'

Ze was twintig, materialistisch en praktisch, en ze had een relatie met iemand die ook in het ziekenhuis werkte. Ik weet niet met wie, maar ik denk dat hij getrouwd was. Af en toen had ze het over 'wij', maar zodra ze haar vergissing doorhad, ging ze op het enkelvoud over.

Ze glimlachte zelden. Dan hield ze haar hoofd scheef en keek me met een van beide ogen aan.

Ik vermoedde dat ze al eerder in therapie was geweest. Haar vragen waren zeer gericht. Ze was bekend met intakegesprekken en cognitieve therapie. Omdat ze te jong was om psychologie te hebben gestudeerd, moest ze wel patiënt zijn geweest.

Ze zei dat ze zich waardeloos en onbeduidend voelde. Hoewel ze vervreemd was van haar ouders, had ze geprobeerd de banden weer aan te halen, maar ze was bang dat ze 'hun volmaakte levens zou vergiftigen'.

Soms als ze praatte of op een stukje chocola zoog, wreef ze bij haar onderarmen over de lange mouwen die bij de pols waren dichtgeknoopt. Ik had het idee dat ze iets verborg, maar wachtte tot ze genoeg moed had verzameld om het me te vertellen.

Tijdens onze vierde sessie rolde ze langzaam haar mouwen op. Aan de ene kant geneerde ze zich toen ze me de littekens liet zien, maar ik kreeg de indruk dat ze het ook uitdagend en met een zweempje zelfgenoegzaamheid deed. Ze wilde me imponeren met de ernst van haar wonden. Ze waren als een kaart van haar leven die ik mocht lezen.

Catherine had zichzelf voor het eerst gesneden toen ze twaalf was. Haar ouders waren in een verbitterde echtscheidingsprocedure verwikkeld. Ze voelde zich klem zitten tussen die twee, als een lappenpop die door twee vechtende kinderen aan stukken wordt gereten.

Ze wikkelde een handspiegel in een handdoek en sloeg hem kapot tegen een hoek van haar bureau. Met een scherf sneed ze haar pols open. Het bloed gaf haar een heerlijk voldaan gevoel. Ze was niet langer hulpeloos.

Haar ouders zetten haar in de auto en reden naar het ziekenhuis. Gedurende de hele rit maakten ze ruzie over de vraag wiens schuld het was. Catherine voelde zich vredig en kalm. Ze moest die nacht in het ziekenhuis blijven. De sneden bloedden niet meer. Liefdevol betastte ze haar pols en drukte voor de nacht een kusje op haar wonden.

'Ik had iets gevonden waar ik macht over had,' vertelde ze me. 'Ik kon zelf bepalen hoe vaak ik sneed en hoe diep ik zou gaan. Ik hield van de pijn. Ik hunkerde naar de pijn. Ik verdiende die. Ik zal vast wel masochistische neigingen hebben. U zou de mannen eens moeten zien met wie ik thuiskom. U zou eens moeten weten wat ik soms droom...'

Ze heeft me nooit verteld of ze in een psychiatrische kliniek opgenomen is geweest of aan groepstherapie heeft deelgenomen. Een groot deel van haar verleden hield ze verborgen, vooral waar het haar familie betrof. Soms lukte het haar om zichzelf lange tijd niet te snijden, maar na elke terugval strafte ze zichzelf door nog dieper te snijden. Vooral haar armen en bovenbenen moesten het ontgelden, want de wonden die ze zich daar toebracht kon ze verbergen onder haar kleren. Ook ontdekte ze welke zalf en wat voor soort verband ze het beste kon gebruiken om littekens tot een minimum te beperken.

Als haar wonden gehecht moesten worden, ging ze naar de eerstehulpafdeling van een ander ziekenhuis, niet naar het Marsden. Ze wilde niet riskeren ontslagen te worden. Dan gaf ze een valse naam aan de eerstehulpverpleegster en soms deed ze alsof ze uit het buitenland kwam en geen Engels sprak.

Uit eigen ervaring wist ze hoe artsen en verpleegsters omgaan met mensen die zichzelf letsel toebrengen – ze zien hen als mensen die aandacht proberen te trekken en de tijd van anderen misbruiken. Vaak worden ze zonder verdoving gehecht. 'Als je pijn zo lekker vindt, kun je het van ons krijgen,' is de instelling. Niets van dat alles had enige invloed op Catherines gedrag. Als ze bloedde, voelde ze tenminste iets. In mijn aantekeningen staat letterlijk wat ze zei: 'Ik voel dat ik leef. Getroost. Ik heb de touwtjes in handen.'

Tussen de bladzijden zitten kleverige donkerbruine chocoladevlekken. Ze brak vaak een paar stukjes af die ze dan op de bladzijde gooide. Ze vond het vervelend dat ik alles opschreef. Ze wilde dat ik naar haar luisterde.

Om een eind te maken aan die cyclus van bloed leerde ik haar een alternatieve strategie. In plaats van naar het mes te grijpen, moest ze van mij een stuk ijs in haar hand samenknijpen, op een Spaans pepertje bijten of iets scherps op haar genitaliën smeren. Dat was pijn die niet gepaard ging met littekens of schuldgevoelens. Als we haar gedachtespiraal konden doorbreken, zouden we misschien een nieuwe manier vinden om er greep op te krijgen, een die minder fysiek en gewelddadig was.

Een paar dagen later – op 15 juli – trof Catherine me aan op de afdeling oncologie. Ze droeg een bundel lakens in haar armen en keek schichtig om zich heen. Ik zag iets in haar ogen dat ik er niet eerder had gezien.

Ze wenkte me een kamertje binnen waar ze de bundel lakens liet vallen. Het duurde even voor ik de mouwen van haar vest opmerkte. Ze zaten volgepropt met keukenpapier en papieren zakdoekjes. Bloed lekte door de lagen papier en stof heen.

'Alstublieft, laat niemand erachter komen,' zei ze. 'Het spijt me zo.'

'Je moet naar de eerste hulp.'

'Nee! Alstublieft! Ik wil mijn baan niet kwijtraken.'

Er klonken wel duizend stemmen in mijn hoofd die me allemaal vertelden wat ik moest doen. Ik negeerde ze. Ik stuurde

Catherine alvast naar mijn spreekkamer en ging op zoek naar hechtdraad, naalden en klemmetjes, verband en antibiotische zalf. Ik liet de jaloezieën zakken, deed de deur op slot en hechtte haar onderarmen.

'Wat doet u dat goed,' zei ze.

'Ik heb het wel eens eerder gedaan.' Ik bracht een ontsmettings-middel aan. 'Wat is er gebeurd?'

'Ik wilde de beren voeren.'

Ik kon er niet om lachen. Ze bond in. 'Ik heb ruzie gehad. Ik weet eigenlijk niet wie ik wilde straffen.'

'Je vriendje?'

Ze vocht tegen haar tranen.

'Waarmee heb je het gedaan?'

'Met een scheermes.'

'Was het schoon?'

Ze schudde haar hoofd.

'Oké. Van nu af aan gebruik je deze, als je jezelf met alle geweld wilt snijden.' Ik gaf haar wat wegwerpscalpels in steriele verpak-king. Ook gaf ik haar windsels, steriel chirurgisch verband en hechtdraad.

'De regels zijn als volgt,' zei ik. 'Als je dit met alle geweld wilt doen, moet je altijd op dezelfde plek snijden... aan de binnenkant van je dijbeen.'

Ze knikte.

'Ik zal je leren hoe je jezelf kunt hechten. Als je merkt dat het niet lukt, moet je naar een ziekenhuis gaan.'

Ze staarde me met grote ogen aan.

'Ik zeg niet dat je je nooit meer mag snijden, Catherine. Ik ga het ook niet aan de directie vertellen. Maar je moet wel je uiterste best doen om het in de hand te houden. Ik schenk je mijn vertrouwen. Je kunt me daarvoor belonen door jezelf geen letsel meer toe te brengen. Als je terugvalt, móét je me bellen. Als je je hier niet aan kunt houden en je jezelf toch snijdt, zal ik het je niet verwijten of slecht over je gaan denken. Maar ik kom ook niet naar je toe ren-nen. Als je jezelf verwondt, wil ik je een week lang niet zien. Dat is geen straf – het is een test.'

Ik zag haar diep nadenken over wat dit voor haar betekende. Op haar gezicht stond nog angst te lezen, maar haar schouders verrieden hoe opgelucht ze was.

'Van nu af aan stellen we grenzen aan je zelfverwonding en neem jij er de verantwoordelijkheid voor,' vervolgde ik. 'Tegelijkertijd zullen we naar nieuwe manieren voor je zoeken om ermee om te gaan.'

Ik gaf Catherine snel een naailesje waarvoor ik een kussen gebruikte. Ze maakte een grapje en zei dat ik een goede echtgenote zou zijn. Toen ze opstond om weg te gaan, sloeg ze haar armen om me heen. 'Bedankt.' Ze drukte zich tegen me aan en hield me zo stevig vast dat ik haar hart voelde kloppen.

Nadat ze vertrokken was, zat ik naar het met bloed doordrenkte verband in de prullenbak te staren. Ik vroeg me af of ik volslagen gek was geworden. Ik zag de lijkschouwer al voor me, die me stijf van verontwaardiging vroeg waarom ik scalpels had gegeven aan een jonge vrouw die het lekker vond om zichzelf open te snijden. Hij zou me vast vragen of ik er ook voor was om lucifers te verstrekken aan pyromanen of heroïne aan junks.

Ik zag echter geen andere manier om Catherine te helpen. Als ik me voor honderd procent afwijzend zou opstellen zou dat haar alleen maar sterken in haar overtuiging dat anderen de baas waren over haar leven en beslissingen voor haar namen; dat ze waardeloos en onbetrouwbaar was.

Ik had de keus aan haar gelaten. Hopelijk zou ze, voor ze het mes ter hand nam, goed over haar beweegredenen nadenken en de consequenties afwegen. En tevens andere manieren bedenken om haar problemen het hoofd te bieden.

In de daaropvolgende maanden had Catherine slechts één keer een terugval. De wonden op haar onderarmen genazen. Mijn hechtwerk was opmerkelijk netjes voor iemand die het al zo lang niet had gedaan.

De aantekeningen eindigen hier, maar het verhaal heeft nog een staartje. Ik geneer me nog steeds dood als ik aan de details denk, want ik had het moeten zien aankomen.

Catherine begon zich een beetje meer om haar uiterlijk te bekommeren. Haar afspraken met mij maakte ze altijd aan het eind van haar dienst als ze haar eigen kleren aanhad. Ze droeg make-up en een vleugje parfum. Van haar bloes was een extra knoopje los. Geen overduidelijke dingen – het was allemaal heel subtiel. Ze vroeg me wat ik in mijn vrije tijd deed. Van een vriendin had ze twee kaartjes voor de schouwburg gekregen. Wilde ik met haar meegaan?

Er bestaat een oud grapje over psychologen, die de experts zijn die je betaalt om vragen aan je te stellen die je wederhelft je gratis vraagt. We luisteren naar problemen, lezen tussen de regels door en helpen zelfvertrouwen op te bouwen, we leren mensen om te houden van de persoon die ze in werkelijkheid zijn.

Voor iemand als Catherine was een man die echt naar haar luisterde en zich inliet met haar problemen enorm aantrekkelijk, maar zoiets wordt wel eens verward met intiemere gevoelens.

Haar kus was voor mij volkomen onverwacht. We waren in mijn spreekkamer in het Marsden. Ik duwde haar te abrupt van me af. Ze struikelde, viel achterover en kwam op de vloer terecht. Ze dacht dat het een spelletje was. 'Je mag me best pijn doen, als je wilt,' zei ze.

'Ik wil je geen pijn doen.'

'Ik ben een heel stout meisje geweest.'

'Je begrijpt het niet.'

'Jawel hoor.' Ze trok de ritssluiting van haar rok naar beneden.

'Catherine, je vergist je. Je hebt me verkeerd begrepen.'

Door de ruwe klank van mijn stem kwam ze weer bij haar verstand. Ze ging naast mijn bureau staan, met haar rok om haar enkels en haar bloesje open. Haar panty verborg de littekens op haar bovenbenen.

Het was voor ons allebei een gênante situatie, maar nog het meest voor haar. Ze rende de kamer uit terwijl de mascara langs haar wangen liep en ze haar rok om haar middel bijeenhield.

Ze nam ontslag en vertrok uit het Marsden, maar de gebeurtenissen van die dag hebben me de rest van mijn loopbaan achtervolgd. De hel kent geen feeks zo fel als een versmade vrouw.

10

Julianne is in de logeerkamer bezig met haar stretchoefeningen. Ze neemt allerlei yoga-achtige houdingen aan met namen die aan indiaanse squaws doen denken. 'Babbelend beekje' ontmoet 'Rennend hert'. Het is haar vaste gewoonte om vroeg op te staan en om halfzeven is ze klaar voor de dag. Nee, dan ik. Ik heb de hele nacht bloederige en kapotte gezichten in mijn dromen gezien. Julianne trippelt blootsvoets en met alleen een pyjamajasje aan de slaapkamer in. Ze buigt zich voorover om me een zoen te geven.

'Je hebt vannacht slecht geslapen.'

Met haar hoofd tegen mijn borst gedrukt voert ze met haar vingers een tapdans uit langs mijn ruggengraat tot ze een huivering door me heen voelt gaan. Ze wijst me erop dat ze elke vierkante centimeter van mijn lijf kent.

'Ik heb je nog niet verteld hoe het ging toen Charlie kerstliedjes zong met het koor.'

'Verdomme! Dat was ik helemaal vergeten.' Het was donderdagochtend in Oxford Street.

'Ik was bij die rechercheur.'

'Wees maar niet bang. Ze vergeeft je heus wel. Blijkbaar heeft die jongen, Ryan Fraser, haar in de bus naar huis gezoend.'

'De brutale aap.'

'Het ging niet vanzelf. Drie vriendinnetjes moesten eraan te pas komen om hem vast te pakken en in bedwang te houden.'

We beginnen te lachen en ik trek haar boven op me zodat ze mijn erectie tegen haar dij kan voelen.

'Blijf in bed.'

Lachend glijdt ze van me af. 'Nee. Ik heb het te druk.'

'Kom op.'

'Het is nu niet de goede tijd ervoor. Je moet zuinig zijn op je kereltjes.'

Mijn 'kereltjes' zijn mijn zaad. Zo te horen lijken het wel mariniers.

Ze kleedt zich aan. Een wit bikinibroekje glijdt langs haar benen omhoog en komt op zijn plaats. Daarna trekt ze het pyjamajasje over haar hoofd en schuift de bandjes van haar beha over haar schouders. Ze zal het niet riskeren me nog een zoen te geven. De volgende keer laat ik haar misschien niet gaan.

Als ze weg is blijf ik in bed liggen luisteren hoe haar voeten nauwelijks de vloer raken terwijl ze in huis rondloopt. Ik hoor haar de ketel vullen en de melk bij de voordeur weghalen. Ik hoor de deur van het vriesvak opengaan en de broodrooster ingedrukt worden.

Ik kom moeizaam overeind, ben met zes stappen in de badkamer en draai de douchekranen open. De boiler in de kelder boert en de leidingen ploffen en gorgelen. Bibberend sta ik op de koude tegels te wachten op een teken van water. De douchekop begint te trillen. Ik ben bang dat de tegels rondom de kranen opeens los zullen laten.

Na twee keer kuchen en wat rochelend gespuug komt er een dun straaltje troebel water uit dat meteen weer ophoudt.

'De boiler is weer kapot,' roept Julianne van beneden.

Fantastisch! Schitterend! Ergens staat een loodgieter mij nu uit te lachen. Hij vertelt natuurlijk aan al zijn loodgietermaten dat hij eerst net deed alsof hij een prehistorische boiler repareerde en er toen zo'n hoge rekening voor stuurde dat hij er twee weken van naar Florida kon.

Ik scheer me met koud water en een nieuw mesje, zonder me te snijden. Dat lijkt wellicht een kleine overwinning, maar hij is het vermelden waard.

Ik kom de keuken in en kijk naar Julianne die koffie zet in de cafetière en dure jam op een snee geroosterd volkoren brood smeert. Ik heb altijd het gevoel dat het kinderachtig van me is om Rice Krispies te eten.

Ik herinner me nog de eerste keer dat ik haar zag. Ze was eerstejaars talenstudent aan de University of London. Ik werkte aan mijn proefschrift. Zelfs mijn moeder zou me niet knap noemen. Ik had bruine krullen, een peervormige neus en een huid die bij het minste zonlicht onder de sproeten zat.

Ik was op de universiteit gebleven met het vaste voornemen om met elke promiscue vrouw op de campus die permanent ongebonden wilde blijven naar bed te gaan, maar in tegenstelling tot al die andere zogenaamde Don Juans deed ik veel te hard mijn best. Ik kon me niet eens de slonzige kledingstijl die in die tijd in de mode was eigen maken. Hoe vaak ik ook bij iemand op de grond sliep en mijn jasje als kussen gebruikte, het raakte maar niet verfomfaaid en kwam evenmin vol vlekken te zitten. In plaats van er als een armoedige, blasé intellectueel bij te lopen, gaf ik juist de indruk van iemand die op weg is naar zijn eerste sollicitatiegesprek.

'Je was hartstochtelijk,' vertelde ze me na afloop, toen ze me bij een demonstratie op Trafalgar Square voor de Zuid-Afrikaanse ambassade had horen uitvaren tegen het kwaad van de apartheid. In de pub stelde ze zich aan me voor en vroeg me een dubbele voor haar in te schenken uit de fles whisky waar wij uit dronken.

Jock was er ook – hij haalde alle meisjes over hun handtekening op zijn T-shirt te zetten. Ik wist dat hij Julianne zou ontdekken. Ze was een nieuw gezicht – een mooi gezicht. Hij sloeg zijn arm om haar middel en zei: 'Ik zou een beter mens kunnen worden, enkel door dicht bij jou te zijn.'

Ze glimlachte niet eens toen ze zijn hand wegduwde en zei: 'Wat jammer dat een stijve niet als persoonlijke groei geldt.'

Iedereen lachte behalve Jock. Hierna kwam Julianne aan mijn tafeltje zitten waar ik haar vol verwondering aanstaarde. Ik had nog nooit iemand mijn beste vriend zo gewiekst op zijn nummer horen zetten.

Ik deed mijn best niet te blozen toen ze zei dat ik hartstochtelijk was. Ze lachte. Ze had een donkere sproet op haar onderlip. Ik wilde er een kus op drukken.

Vijf dubbele later zat ze aan de bar te slapen. Ik droeg haar naar een taxi en nam haar mee naar mijn zit-slaapkamer in Islington. Zij sliep op de futon en ik op de divan. De volgende ochtend gaf ze me een zoen en bedankte me omdat ik een echte heer was geweest. Daarna gaf ze me nog een zoen. Ik herinner me de blik in haar ogen. Daarin zag ik geen begeerte. Die blik zei niet: 'Laten we gewoon samen plezier hebben, dan zien we wel wat er gebeurt.' Haar ogen zeiden: 'Ik zal jouw vrouw worden en jouw kinderen krijgen.'

We hebben altijd een vreemd paar gevormd. Ik was de rustige, praktische jongeman, die een hekel had aan luidruchtige feestjes, doorzakken en in het weekend naar het ouderlijk huis gaan. Daarentegen was zij het enige kind van een schilder en een binnenhuisarchitecte, die zich kleedden als de bloemenkinderen uit de jaren zestig en alleen het beste in ieder mens zagen. Julianne ging niet naar feestjes – ze kwamen naar haar toe.

Drie jaar later zijn we getrouwd. Tegen die tijd was ik gedomesticeerd – ik had geleerd mijn vuile kleren in de mand te stoppen, de wc-bril weer naar beneden te doen en niet te veel te drinken op etentjes. Het is niet zozeer dat Julianne 'mijn ruwe kanten eraf heeft gehakt' als wel dat ze me uit klei heeft geboetseerd.

Dat was zestien jaar geleden, maar het lijkt pas gisteren.

Julianne schuift de krant naar me toe. Er staat een foto van Catherine in en de kop meldt: 'Gemarteld meisje is nicht van parlementslid.'

Onderminister van Binnenlandse Zaken, Samuel McBride, is diepbedroefd over de wrede moord op zijn zevenentwintigjarige nicht. De Labour-politicus uit Brighton-le-Sands was gisteren duidelijk van streek toen de voorzitter van het Lagerhuis de oprechte condoléances van het parlement aan hem overbracht.

Catherine McBrides naakte lichaam werd zes dagen geleden naast het Grand Union Canal in Kensal Green, West-Londen, gevonden. Ze was herhaalde malen met een mes gestoken.

'Op het ogenblik zijn we voornamelijk bezig om Catherines laatste activiteiten te achterhalen en mensen te vinden die haar in de dagen voorafgaand aan haar dood misschien hebben gezien,' zei inspecteur Vincent Ruiz, die het onderzoek leidt.

'We weten dat ze op woensdag 13 november de trein heeft genomen van Liverpool naar Londen. We vermoeden dat ze naar Londen ging voor een sollicitatiegesprek.'

Catherine, wier ouders gescheiden zijn, werkte als wijkverpleegster in Liverpool en heeft al een aantal jaren geen contact met haar familie.

'Ze had een moeilijke jeugd en leek de weg kwijtgeraakt te zijn,' verklaarde een vriend van de familie. 'Er werden onlangs pogingen ondernomen voor een familieverzoening.'

Julianne schenkt haar koffiekop half vol.

'Vind je het niet vreemd dat Catherine na zo veel jaren plotseling weer opduikt?'

'Hoezo vreemd?'

'Ik weet het niet.' Ze huivert even. 'Ze heeft ons zo veel problemen bezorgd. Jij raakte je baan bijna kwijt. Ik weet nog goed hoe kwaad je was.'

'Ze was gekwetst.'

'Ze was rancuneus.'

Ze werpt een blik op de foto van Catherine. Hij werd genomen op de dag dat de uitreiking van de verpleegstersdiploma's plaatsvond. Ze glimlacht breeduit en houdt haar diploma stevig vast.

'En nu is ze weer terug. Wij waren in de buurt toen ze werd gevonden. Hoe groot is de kans dat zoiets gebeurt? En toen riep de politie jouw hulp in om haar te identificeren...'

'Het toeval is niet meer dan het samenvallen van een paar zaken.'

Ze rolt met haar ogen. 'Hier spreekt de ware psycholoog.'

11

Bobby is voor de verandering op tijd. Hij is in zijn werkkleren – grijs overhemd en grijze broek. Het woord 'Nevaspring' is op het borstzakje geborduurd. Het verbaast me opnieuw dat hij zo lang is.

Ik maak eerst mijn aantekeningen af – ik kan slechts met moeite de letters aan elkaar schrijven – en kijk dan pas op om te zien of hij klaar is voor de sessie. Op hetzelfde moment realiseer ik me dat hij nooit ergens helemaal klaar voor zal zijn. Jock heeft gelijk – Bobby is in zekere zin broos en excentriek. Zijn hoofd zit vol onaffe ideeën, vreemde feiten en flarden conversatie.

Jaren geleden werd er in Soho een café geopend met de naam Rare Snuiters, dat naar men hoopte bezocht zou worden door alle excentriekelingen uit het West End – de kunstenaars met hun wilde haren, travestieten, punks, hippies, roddeljournalisten en dandy's. Maar het liep anders. Aan elk tafeltje kwamen alleen doodgewone, doorsnee kantoorklerken zitten, die er en masse op afkwamen in de hoop die rare snuiters te zien. Het eind van het liedje was dat ze naar elkaar zaten te kijken.

Bobby vertelt vaak dat hij in zijn vrije tijd schrijft en hij doorspekt zijn verhalen soms met literaire toespelingen.

'Mag ik eens iets zien wat je hebt geschreven?' vraag ik.

'Dat meent u niet.'

'Jawel.'

Hij denkt even na. 'Misschien breng ik de volgende keer wel iets mee.'

'Heb je je hele leven al schrijver willen worden?'

'Sinds ik *The Catcher in the Rye* las.'

Een gevoel van moedeloosheid overvalt me. In mijn verbeelding zie ik alweer zo'n ouder wordende en angstige puber die gelooft dat Holden Caulfield Nietzsche is.

'Voel je je verwant met Holden?'

'Nee, het is een idioot!'

Ik ben opgelucht. 'Waarom?'

'Hij is naïef. Hij wil kinderen ervoor behoeden dat ze in de afgrond van de volwassenheid vallen – hij wil dat ze hun onschuld bewaren. Maar dat kan hij niet. Dat is onmogelijk. Iedereen wordt op den duur verpest.'

'Hoe werd jij verpest?'

'Ha!'

'Vertel me eens wat meer over je ouders, Bobby. Wanneer heb je je vader voor het laatst gezien?'

'Ik was acht. Hij was naar zijn werk gegaan en kwam niet thuis.'

'Waarom niet?'

Bobby begint over iets anders. 'Hij was bij de luchtmacht. Hij was geen piloot. Hij zorgde ervoor dat ze in de lucht bleven. Als werktuigkundige. In de oorlog was hij nog te jong om mee te doen, maar dat vond hij geloof ik niet erg. Hij was pacifist.

Toen ik klein was citeerde hij vaak Marx – hij vertelde me dat godsdienst het opium van het volk is. En bijna elke zondag namen we de bus van Kilburn naar Hyde Park, zodat hij de lekendominees op hun kratjes met lastige vragen kon bestoken. Een van die dominees leek op kapitein Ahab uit *Moby Dick*, met zijn lange witte haren in een paardenstaart en een galmende stem. "De Heer zal het loon der zonden met de eeuwige dood vergelden," zei hij, en daarbij keek hij mij aan.

Mijn vader schreeuwde terug: "Weet je wat het verschil is tussen een dominee en een psychoot?" Hij wachtte even en zei dan: "Het is de klank van de stem waarnaar ze luisteren." Iedereen lachte behalve de dominee, die zich opblies als een kogelvis.

"Is het waar dat het je niet uitmaakt uit welke hoek de godsdienst komt zolang de bank op die hoek met briefjes van tien en twintig uitbetaalt?" vroeg mijn vader.

"U, meneer, zult naar de hel gaan," schreeuwde de dominee.

"En welke kant op is dat? Moet ik rechts afslaan of rechtdoor lopen?"'

Bobby imiteert zelfs hun stemmen. Hij kijkt me verlegen aan, omdat hij zich ervoor geneert dat hij zoveel praat.

'Kon je goed met hem opschieten?'

'Het was mijn vader.'

'Deden jullie ook dingen samen?'

'Toen ik klein was zat ik vaak tussen zijn armen op de stang van zijn fiets. Dan ging hij heel hard fietsen om me aan het lachen te maken. Op een keer gingen we naar de Queens Park Rangers toen ze een thuiswedstrijd speelden. Ik zat op zijn schouders, met een blauwwitte das om. Na afloop begonnen de fans van de twee teams op Shepherds Bush Green rond te rennen en met elkaar te vechten. De bereden politie voerde een charge op de menigte uit, maar mijn vader sloeg zijn jas om mij heen. Ik had eigenlijk bang moeten worden, maar ik wist dat mijn vader niet onder de voet gelopen kon worden, zelfs niet door die paarden.'

Hij valt stil en krabt aan zijn handen.

Elke kindertijd heeft een mythologie die daaromheen gestalte krijgt. We voegen er onze eigen wensen en dromen aan toe, totdat de verhalen een soort parabels worden die meer symbolisch dan stichtend zijn.

'Wat is er met je vader gebeurd?'

'Het was niet zijn schuld,' zegt hij afwerend.

'Heeft hij je in de steek gelaten?'

Hij komt verontwaardigd overeind. 'U weet helemaal niets van mijn vader!' Staande zuigt hij lucht naar binnen door zijn opeen-geklemde tanden. 'U zult hem nooit begrijpen! Mensen als u ma-ken levens kapot. Jullie slaan munt uit verdriet en wanhoop. Bij het geringste teken van moeilijkheden zijn jullie er als de kippen bij om iemand te vertellen wat hij moet voelen en denken. Jullie zijn net aasgieren!'

Zijn uitbarsting zakt even snel als hij opkwam. Hij veegt de witte klodders spuug van zijn mond en kijkt me verontschuldigend aan. Hij schenkt water in een glas en wacht met een eigenaardige kalmte op mijn volgende vraag.

'Kun je me iets over je moeder vertellen?'

'Ze gebruikt goedkope parfum en ze gaat binnenkort dood aan borstkanker.'

'Wat erg. Hoe oud is ze?'

'Drieënveertig. Ze wil geen mastectomie. Ze was altijd trots op haar borsten.'

'Hoe zou je jouw relatie met haar willen beschrijven?'

'Ik hoorde het van een vriend in Liverpool. Daar woont ze.'

'Je gaat nooit naar haar toe.'

'Ha!'

Zijn gezicht vertrekt van frustratie, maar even later herstelt hij zich weer.

'Laat ik u eens vertellen wat voor iemand mijn moeder is...' Hij doet het voorkomen alsof hij dat een uitdaging vindt. 'Ze was de dochter van een kruidenier. Vindt u dat niet ironisch? Net als Margaret Thatcher. Ze groeide op in een buurtwinkeltje – haar luiers werden naast de kassa verschoond. Tegen de tijd dat ze vier was kon ze de prijzen van een mand met kruidenierswaren bij elkaar optellen, het geld in ontvangst nemen en het wisselgeld teruggeven. Elke ochtend en middag en ook op zaterdagen en feestdagen werkte ze in de winkel. Verder las ze de tijdschriften die in het schap lagen en droomde ze ervan om te ontsnappen en een ander leven te leiden. Toen mijn vader in het dorp kwam – in zijn luchtmachtuniform – zei hij dat hij piloot was. Dat wilden de meisjes het liefst horen. Een vlugge wip achter het verenigingsgebouw van de RAF in Marham en ze was zwanger van mij. Ze kwam er gauw genoeg achter dat hij geen piloot was. Ik geloof dat het haar niet kon schelen... toen niet. Later werd ze er gek van. Ze zei dat ze onder valse voorwendselen met hem was getrouwd.'

'Maar ze bleven bij elkaar?'

'Ja. Mijn vader verliet de luchtmacht en ging als monteur bij het openbaar vervoer in Londen werken om bussen te repareren. Later werd hij conducteur op lijn 96 naar Piccadilly Circus. Hij zei dat hij een "mensenmens" was, maar volgens mij hield hij ook van het uniform. Hij ging altijd met de fiets naar de remise en weer naar huis.'

Bobby verzinkt in stilzwijgen, ziet alles weer voor zich. Als ik hem met zachte aandrang weer aan het praten krijg vertelt hij dat zijn vader een amateur uitvinder was, die altijd boordevol ideeën voor tijdbesparende apparaten en snufjes zat.

'Je hoort wel eens iemand zeggen dat hij een betere muizenval gaat maken, nou, zulke dingen deed hij.'

'Wat vond je moeder daarvan?'

'Ze zei dat hij zijn tijd en hun geld verspilde. Het ene ogenblik noemde ze hem een dromer en lachte ze om zijn "stomme uitvindingen" en het volgende zei ze dat hij niet genoeg droomde en geen ambitie had.'

Met zijn vreemde lichte ogen knipperend kijkt hij me aan alsof hij de draad kwijt is. Opeens herinnert hij het zich weer.

'Zij was de échte dromer, niet mijn vader. Ze zag zichzelf als een vrije geest, met niets dan saaie middelmatigheid om zich heen. Hoe ze ook haar best deed, het lukte haar nooit om als een bohémien te leven in een plaatsje als Hendon. Ze verafschuwde het dorp – de huizen met de eentonige gevels en kiezelstenen in de voortuinen, de vitrages, armoedige kleren, goedkope eethuisjes en tuinkabouters. Arbeiders hebben het soms over "voor ons eigen zorgen", maar zij keek daar op neer. Zij zag er alleen maar bekrompenheid, onbeduidendheid en lelijkheid.'

Hij draait nu een eentonig verhaaltje af, alsof hij het al te vaak heeft verteld.

'Ze trok bijna elke avond haar mooie kleren aan om uit te gaan. Ik zat altijd op het bed naar haar te kijken terwijl ze zich klaarmaakte. Ze paste verschillende kleren aan, alsof ze een modeshow voor me gaf. Ik mocht de ritssluiting aan de achterkant van haar rok dichtdoen en haar kousen glad trekken. Ze noemde me haar Kleine Grote Man. Als mijn vader niet met haar mee wilde gaan, ging ze alleen – naar de pub of de club. Ze kon zo lichtzinnig lachen en dat trok de aandacht. Mannen draaiden dan hun hoofd om om naar haar te kijken. Ze vonden haar sexy, ook al was ze mollig. Ze was tijdens de zwangerschap een paar pondjes aangekomen en het lukte haar niet die kwijt te raken. Ze gaf mij daar de schuld van. En als ze danste of te hard lachte deed ze het soms in haar broek. Dat kwam ook door mij.'

Bij de laatste opmerking knarst hij met zijn tanden. Hij pulkt met zijn vingers aan het losse vel op de rug van zijn handen en verdraait het alsof hij het eraf wil trekken. Na deze lichamelijke kastijding, gaat hij weer verder.

'Ze dronk mousserende witte wijn, omdat het op champagne leek. Hoe meer ze dronk hoe luider ze ging praten. Dan begon ze Spaans te spreken, want dat klonk sexy. Heeft u wel eens een vrouw Spaans horen spreken?'

Ik knik, want ik moet aan Julianne denken.

'Als mijn vader erbij was, was ze veel minder uitbundig. Mannen flirten niet met een vrouw als haar man ernaast aan de bar staat. Maar als ze alleen was zaten ze voortdurend aan haar, sloegen hun arm om haar middel, knepen in haar kont. Ze bleef vaak de hele nacht weg en kwam pas 's ochtends thuis, haar onderbroek zat dan in haar handtas en haar schoenen bungelden aan haar vingertoppen. Ze hield niet de schijn op dat ze trouw of loyaal was. Ze wilde geen volmaakte echtgenote zijn. Ze wilde iemand ánders zijn.'

'En je vader?'

Er gaat een tijdje voorbij eer hij het antwoord heeft gevonden waar hij naar zocht.

'Hij kromp met de dag. Verdween stukje bij beetje. Dood door duizend steken. Ik hoop dat zij op die manier sterft.'

De zin blijft tussen ons in hangen, maar de stilte is geen toeval. Het is net alsof iemand zijn vinger voor de secondewijzer van de klok heeft gestoken.

'Waarom gebruikte je die uitdrukking?'

'Welke uitdrukking?'

'Dood door duizend steken.'

Hij glimlacht even met een terloopse, scheve lach. 'Omdat ik wil dat ze op die manier doodgaat. Langzaam. Pijnlijk. Door haar eigen toedoen.'

'Wil je dat ze zichzelf doodt?'

Hij geeft geen antwoord.

'Stel je je haar wel eens stervende voor?'

'Ik droom ervan.'

'Wat droom je dan?'

'Dat ik erbij ben.'

Hij staart me aan met zijn lichte ogen als bodemloze poelen. Dood door duizend steken. De oude Chinezen hadden er een meer letterlijke vertaling voor: 'Duizend messen en tienduizend stukken.' De vrouw die door Bobby uit de taxi was gesleurd was ongeveer even oud en droeg hetzelfde soort kleren als zijn moeder. Ze behandelde haar zoontje ook zo kil. Kan zijn gedrag hiermee verklaard worden? Ik kom dichterbij. Wreedheid is inherent aan het verlangen om geweld te begrijpen. Niet aan de witte beer denken.

De volgende patiënt zit al op me te wachten. Bobby staat langzaam op en wendt zich naar de deur.

'Ik zie je dus máándag,' zeg ik, met de nadruk op de dag. Ik wil dat hij die onthoudt. Ik wil dat hij blijft komen.

Hij knikt en steekt me zijn hand toe. Dat heeft hij nooit eerder gedaan.

'Meneer Barrett zei dat u me gaat helpen.'

'Ik zal een psychologisch rapport opstellen.'

Hij knikt. 'Ik ben niet gek, weet u.'

'Dat weet ik.'

Hij tikt tegen zijn hoofd. 'Het was gewoon een stomme vergissing.'

En dan is hij vertrokken. Mijn volgende cliënt, mevrouw Aylmer, is al gaan zitten en vertelt me hoe vaak ze de sloten controleert voor ze naar bed gaat. Ik luister niet. Ik ga bij het raam staan en zie Bobby het gebouw uit komen en naar het station lopen. Nu en dan houdt hij zijn pas in om een barst in de stoep te ontwijken. Als hij een jonge vrouw zijn kant op ziet komen blijft hij staan. Als ze hem voorbij is, draait hij zich helemaal om zodat hij haar met zijn blik kan volgen. Even denk ik dat hij overweegt om haar achterna te gaan. Hij kijkt eerst één kant op en dan de andere alsof hij staat te wachten op een T-kruising. Maar na een paar seconden stapt hij over een barst en loopt weer door.

Ik zit weer in Jocks spreekkamer en hoor hem mijn onderzoeksresultaten opdreunen, waarvan ik niets snap. Hij vindt dat ik zo gauw mogelijk met medicijnen moet beginnen.

Er bestaat geen definitieve test voor Parkinson. Er zijn alleen een heleboel spelletjes en oefeningen om het verloop van de ziekte te kunnen bepalen. We werken elke sessie het hele rijtje af. Met een stopwatch in de hand laat Jock me over een strook plakband op de vloer lopen, omdraaien en weer teruglopen. Daarna moet ik met gesloten ogen op één been gaan staan. Als hij de gekleurde blokken te voorschijn haalt begin ik te kreunen. Ik vind het zo kinderachtig om blokken op elkaar te stapelen. Eerst met mijn rechterhand, daarna met mijn linker. Mijn linkerhand beeft voor ik begin, maar als ik eenmaal een blok pak, is het weer over.

Het kost me meer moeite om stippen in een raster te zetten. Ik mik op het midden van het vakje, maar mijn pen is eigenwijs. Het is sowieso een stomme test.

Na afloop legt Jock uit dat voor patiënten zoals ik, die aanvankelijk tremors hebben, de prognose beduidend gunstiger is. Er zijn tegenwoordig steeds meer medicijnen beschikbaar die de symptomen doen afnemen.

'Je mag er rustig van uitgaan dat je een druk leven kunt leiden,' zegt hij alsof hij van een script voorleest. Als hij mijn ongelovige blik ziet, geeft hij toe: 'Oké, misschien kost het je een paar jaar.'

Hij rept met geen woord over de kwaliteit van mijn leven.

'Stamcellenresearch zal een doorbraak teweegbrengen,' voegt hij er opgewekt aan toe. 'Over een jaar of vijf, tien is er een geneesmiddel gevonden.'

'En wat doe ik intussen?'

'De medicijnen slikken. Met die prachtige vrouw van je vrijen. Charlie zien opgroeien.'

Hij geeft me een recept voor selegiline. 'Later zul je levodopa moeten nemen,' zegt hij, 'maar hopelijk kunnen we dat nog een paar jaar uitstellen.'

'Zijn er bijwerkingen?'

'Je kunt er een beetje misselijk van worden of er slecht door slapen.'

'Geweldig!'

Jock gaat onverstoorbaar door. 'De medicijnen houden de progressie van de ziekte niet tegen. Het enige wat ze doen is de symptomen verhullen.'

'Zodat ik het langer geheim kan houden.'

Hij glimlacht meewarig. 'Je zult het vroeg of laat toch onder ogen moeten zien.'

'Als ik al die tijd hier blijf komen ga ik misschien dood door passief roken.'

'Wat een prachtige manier om te sterven.' Hij steekt de brand in zijn middagsigaar en haalt een fles whisky uit de onderste la van zijn bureau.

'Het is pas drie uur.'

'Ik houd me aan de Engelse zomertijd.'

Zonder iets te vragen schenkt hij me in.

'Julianne is vorige week bij me geweest.'

Ik merk dat ik met mijn ogen begin te knipperen. 'Waar kwam ze voor?'

'Ze wilde weten hoe het met je is. Dat kon ik haar niet vertellen. Vertrouwensrelatie tussen arts en patiënt en al dat gezever.' Hij wacht even en zegt dan: 'Ze wilde ook weten of je een relatie hebt.'

'Waarom zou ze dat vragen?'

'Ze zei dat je tegen haar hebt gelogen.'

Ik neem een slok whisky en voel hem in mijn slokdarm branden. Jock kijkt me door een wolk sigarenrook aan en wacht op antwoord. Ik voel me niet kwaad of schuldig, eerder op een bizarre manier teleurgesteld. Hoe kon Julianne zoiets aan Jock vragen? Waarom niet gewoon aan mij?

Jock wacht nog steeds op antwoord. Hij ziet mijn verwarring, begint te lachen en schudt zijn hoofd als een natte hond.

Het liefst zou ik tegen hem zeggen: 'Kijk me maar niet zo aan. Jij bent twee keer gescheiden en zit nog steeds achter vrouwen half zo oud als jezelf aan.'

'Het gaat mij natuurlijk niets aan,' zegt hij vol leedvermaak. 'Maar als ze bij jou weggaat sta ik klaar om haar te troosten.'

Hij maakt geen grapje. Hij zou er geen gras over laten groeien en direct achter Julianne aan gaan.

Ik stap snel op iets anders over. 'Bobby Moran – wat weet jij zoal over hem?'

Jock schudt zijn glas. 'Niet meer dan jij.'

'In zijn medische notities staat niets over een eerdere psychiatrische behandeling.'

'Waarom denk je dat hij die heeft gehad?'

'Hij haalde een vraag aan uit een psychiatrisch onderzoek. Ik denk dat hij al eens onderzocht is.'

'Heb je het hem gevraagd?'

'Hij wilde er niet over praten.'

Er ligt een peinzende uitdrukking op Jocks gezicht, maar hij wekt de indruk alsof hij er voor de spiegel op heeft geoefend. Net als ik denk dat hij met een constructieve opmerking zal komen, haalt hij zijn schouders op en zegt: 'Het is een rare jongen, ik kan niet anders zeggen.'

'Is dat een beroepsmatig oordeel?'

Hij gromt. 'Mijn patiënten zijn bijna allemaal buiten bewustzijn als ik bij ze ben. Dat vind ik het prettigst.'

12

Er staat een loodgietersbusje voor ons huis. De schuifdeur is open en binnenin staan bakjes op elkaar gestapeld met zilverkleurige en koperen onderdelen, hoeken, zwanenhalzen, en plastic verbindingsbuizen. De naam van het bedrijf staat op een magneetbord tegen de zijpanelen – D.J. Morgan Loodgieters & Gasfitters. Ik tref hem aan in de keuken waar hij een kop thee drinkt en een glimp probeert op te vangen van Juliannes borsten in de V-hals van haar trui. Buiten in de tuin laat zijn leerjongen aan Charlie zien hoe ze met haar knieën en voeten met een voetbal kan jongleren.

'Dit is D.J., onze loodgieter,' zegt Julianne.

Hij staat langzaam op en knikt ter begroeting zonder zijn handen uit zijn zakken te halen. Hij is midden dertig, gebruind en fit, met zwart, nat lijkend haar dat vanaf zijn voorhoofd achterover is gekamd. Hij ziet eruit als zo'n vakman die je in *lifestyle* programma's ziet, waar ze huizen verbouwen of renoveren. Ik kan zien dat hij zich afvraagt wat een vrouw als Julianne doet met iemand als ik.

'Waarom laat je Joe niet zien wat je mij net liet zien?'

De loodgieter houdt bij wijze van antwoord even zijn hoofd schuin. Ik loop achter hem aan naar de kelderdeur die met een schuif is vergrendeld. Smalle houten treden leiden omlaag naar de cementen vloer. Een zwak brandend peertje zit tegen de muur. De donkere balken en bakstenen absorberen het licht.

Ik woon vier jaar in dit huis, maar de loodgieter kent de kelder nu al beter dan ik. Vriendelijk wijst hij me allerlei leidingen boven ons hoofd aan en legt uit hoe het gas- en waterstelsel werkt.

Even overweeg ik hem iets te vragen, maar ik weet uit ervaring dat ik mijn onwetendheid beter niet aan de neus van een vakman kan hangen. Ik ben geen klusser, heb geen belangstelling voor doe-het-zelven en kan daarom nog steeds op mijn vingers en tenen tot twintig tellen.

D.J. duwt met de neus van zijn werkschoen tegen de boiler. Het is duidelijk wat hij bedoelt. De boiler is waardeloos, rotzooi, een farce.

'Wat gaat dit kosten?' vraag ik als ik halverwege zijn uitleg de draad kwijt ben geraakt.

Hij ademt langzaam uit en begint op te sommen wat er allemaal vervangen moet worden.

'Hoeveel bedraagt het werkloon?'

'Hangt af van hoeveel tijd erin gaat zitten.'

'Hoeveel tijd gaat erin zitten?'

'Dat weet ik pas als ik alle radiatoren heb nagekeken.' Hij tilt achteloos een oude zak gips op, dat door het vocht hard is geworden, en gooit hem opzij. Ik zou hem niet in mijn eentje hebben kunnen verplaatsen. Dan kijkt hij naar mijn voeten. Ik sta in een plas water dat door het stiksel mijn schoenen binnendringt.

Iets mompelend over de kosten redelijk houden ga ik weer naar boven terwijl ik probeer me niet in te beelden dat hij achter mijn rug grinnikt. Julianne geeft me een kop lauwe thee – het restje uit de pot.

'Alles oké?'

'Prima. Hoe kom je aan hem?' fluister ik.

'Hij had een folder in de brievenbus gestopt.'

'Referenties?'

Ze rolt met haar ogen. 'Hij heeft de nieuwe badkamer van de Reynolds op nummer 74 geïnstalleerd.'

De loodgieters brengen hun gereedschap naar het busje en Charlie gooit de bal in het schuurtje. Ze draagt haar haar in een paardenstaart en haar wangen zijn rood van de kou. Julianne geeft haar een standje omdat er grasvlekken op haar maillot voor school zijn gekomen.

'Die gaan er in de was wel uit,' zegt Charlie.

'Hoe weet jij dat?'

'Dat is altijd zo.'

Ze draait zich om en omhelst me. 'Voel mijn neus eens.'

'Brrrr! Een koude neus, maar een warm hart.'

'Mag Sam hier vannacht blijven slapen?'

'Dat hangt ervan af. Is Sam een jongen of een meisje?'

'Pááááp!' Charlie trekt rimpels in haar gezicht.

Julianne onderbreekt ons. 'Je moet morgen voetballen.'

'En volgend weekend?'

'Dan komen oma en opa logeren.'

Charlies gezicht begint te stralen terwijl het mijne betrekt. Ik was het volkomen vergeten. Gods hoogstpersoonlijke lijfarts houdt een praatje op een internationaal medisch congres. Dat wordt natuurlijk een triomf. Hij zal allerlei eervolle posities en parttime banen als consulterend geneesheer aangeboden krijgen, die hij hoffelijk zal afwijzen omdat reizen hem vermoeit. Ik zal het allemaal zwijgend aanhoren met een gevoel alsof ik weer dertien ben.

Mijn vader heeft een briljante medische geest. Er is geen modern medisch handboek waar zijn naam niet in voorkomt. Door artikelen van zijn hand behandelen ambulancebroeders de slachtoffers van een ongeval anders dan voorheen en hij heeft veranderingen aangebracht in de standaardprocedures voor verplegers op het slagveld.

Zijn vader, mijn grootvader dus, was een van de oprichters van de Algemene Medische Raad en was er de langstzittende voorzitter van. Zijn roem heeft hij eerder als bestuurder dan als chirurg verkregen, maar zijn naam staat nog steeds hoog aangeschreven in de annalen van de medische ethiek.

En hier begint mijn verhaal – of juist niet. Na de geboorte van drie dochters was ik de langverwachte zoon. In die hoedanigheid werd er van mij verwacht dat ik de medische dynastie zou voortzetten, maar in plaats daarvan heb ik de ketting verbroken. Tegenwoordig zou men zeggen dat ik de zwakste schakel ben.

Mijn vader had het misschien kunnen zien aankomen. Het feit dat ik zonder een greintje hartstocht of aanleg rugby speelde had hem te denken moeten geven. Ik weet alleen dat mijn tekortkomingen zich sindsdien gestaag hebben opgestapeld tot hij mij uiteindelijk als zijn persoonlijk falen ging beschouwen.

Hij begreep er niets van dat ik zo dol was op Gracie. Ik probeerde het hem niet eens uit te leggen. Ze was als een gevallen steek in de geschiedenis van mijn familie – net als mijn oom Rosskend, die in de oorlog gewetensbezwaarde was, en mijn neef Brian, die heeft gezeten omdat hij lingerie had gestolen uit warenhuizen.

Mijn ouders spraken nooit over Gracie. Ik moest beetje bij beetje wat informatie lospeuteren bij neven en nichten en verre familie, die elk een heel klein stukje van de puzzel hadden. Ten slotte beschikte ik over genoeg stukjes om me min of meer een beeld te vormen van wat er was gebeurd.

Gracie was tijdens de Eerste Wereldoorlog verpleegster geweest en zwanger geraakt van een jeugdliefde, die niet van het slagveld was teruggekeerd. Ze was zeventien, ongetrouwd, diepbedroefd en alleen.

'Geen enkele man wil een vrouw met een baby,' zei haar moeder toen ze haar op de trein naar Londen zette.

Gracie zag haar kind maar één keer. De zusters in het Nazareth House in Hammersmith hadden halverwege haar lichaam een laken opgehangen opdat ze de geboorte niet zou zien, maar ze trok het laken weg. Toen ze de blèrende baby zag, mooi en lelijk tegelijk, brak er bij haar vanbinnen iets wat door geen arts ooit gerepareerd kon worden.

Volgens mijn achternicht Angelina zijn er foto's van Gracie in krankzinnigengestichten en plattelandsziekenhuizen. Het enige wat ik zeker weet is dat ze in de vroege jaren twintig in haar huis in Richmond ging wonen en daar woonde ze nog toen ik ging studeren.

Vanaf die tijd zag ik haar niet zo vaak meer. Naderhand zei ik tegen mezelf dat ik het toen te druk had, maar eerlijk gezegd dacht ik zelden aan haar, alleen in haar grote huis.

Toen mijn moeder me belde om te vertellen dat Gracie was gestorven, was ik halverwege mijn tentamens in mijn derde jaar medicijnen – de tentamens waarvoor ik ben gezakt. Volgens het autopsierapport was de brand in de keuken uitgebroken en had zich snel op de begane grond verspreid. Toch had Gracie ruimschoots gelegenheid gehad om het huis te verlaten.

De brandweerlieden hadden haar boven zien rondlopen voordat de brand door het hele huis woedde. Ze zeiden dat ze door een raam naar het dak van de garage had kunnen kruipen. Maar stel dat dat zo is, waarom kon de brandweer dan niet via dezelfde weg binnenkomen om haar te redden?

De vlammen werden gevoed door al die boeken, kranten en tijdschriften – samen met de blikken textielverf en de flessen verf in het washok. De hitte werd zo intens dat er van al haar kamers met 'verzameldingen' niet meer overbleef dan wat fijne witte as.

Gracie had altijd gezworen dat ze haar in een pijnhouten kist naar buiten zouden moeten dragen. Ze zouden haar uiteindelijk met stoffer en blik hebben kunnen opvegen.

Ik had toen al besloten dat ik geen arts wilde worden. Ik wist alleen niet goed wat ik dan wel moest gaan doen. Ik had geen antwoorden, alleen vragen. Ik wilde uitzoeken waar Gracies angst voor de wereld vandaan kwam. Ik wilde weten waarom de buurkinderen elkaar hadden opgejut om haar tuin in te rennen en stenen op haar dak te gooien. Waarom had de maatschappij een soort duivelin van haar gemaakt en haar verstoten omdat ze zwanger was geworden? Waarom had niemand beseft hoe traumatisch het voor haar zou zijn om haar kind bij haar weg te zien halen? Maar ik wilde er vooral achter komen of iemand haar had kunnen helpen.

In de vier jaar die ik erover deed om af te studeren liet mijn vader geen gelegenheid voorbijgaan om me 'meneer de Psycholoog' te noemen of om grapjes over divans en inktvlektesten te maken. En toen mijn proefschrift over agorafobie in het *British Psychological Journal* verscheen heeft hij zich er met geen woord tegen mij of tegen iemand anders van de familie over uitgelaten.

Sindsdien is elke fase van mijn loopbaan met dit zwijgen gepaard gegaan. Toen ik mijn opleiding in Londen had afgerond kreeg ik een baan aangeboden bij het Merseyside Gezondheidscentrum. Julianne en ik verhuisden naar Liverpool – een stad van veerponten met stompe neuzen, fabrieksschoorstenen, Victoriaanse standbeelden en leegstaande fabrieken.

We woonden in een somber, op een tuchtschool lijkend gebouw met een gevel van grindsteen en tralies voor de ramen. Het stond tegenover het eindpunt van de bus in Sefton Park en elke ochtend werden we gewekt door het gehoest en gerochel van de dieselmotoren, geluiden die deden denken aan een bejaarde roker die speeksel in een wasbak spuwt.

Ik heb het twee jaar in Liverpool uitgehouden en beschouw het nog steeds als een stad waaruit ik ben ontsnapt – een moderne variant van een stad met de pest, vol kinderen met verdrietige gezichten, langdurig werklozen en krankzinnige armen. Als Julianne er niet was geweest, was ik onder hun misère bezweken.

Maar ik ben ook dankbaar dat die stad me liet zien waar ik thuishoorde. Voor het eerst gaf Londen me het gevoel dat ik er op mijn plaats was. Ik werkte vier jaar in het West Hammersmith Hospital en later stapte ik over naar het Royal Marsden.

Toen ik leidinggevend specialist werd is mijn naam op een glanzend eikenhouten bord in de foyer van het Marsden geschilderd, tegenover de voordeur. Ironisch genoeg werd mijn vaders naam van datzelfde bord gehaald toen hij, zoals hij zei, 'minder verplichtingen aanging'.

Ik weet niet of die twee dingen verband met elkaar hielden. Het kan me niet schelen. Ik vraag me al heel lang niet meer af wat hij denkt of waarom hij dingen doet. Ik heb Julianne en Charlie. Ik heb nu mijn eigen gezin. Het oordeel van één man is niet belangrijk – zelfs niet het zijne.

13

Zaterdagochtenden en zompige sportvelden lijken bij elkaar te horen als puistjes en puberteit. Zo herinner ik me ook de winters in mijn jeugd toen ik tot over mijn enkels in de modder stond tot mijn ballen eraf vroren als ik voor het tweede rugbyteam van de school speelde.

Gods hoogstpersoonlijke lijfarts kon zo hard loeien dat het boven het geraas van de storm uit te horen was. 'Sta daar toch niet als een flesje koude pis,' brulde hij dan. 'Noemt zichzelf een buitenspeler. Ik heb continenten sneller zien drijven dan jij.'

Godzijdank is Charlie een meisje. Ze ziet er schattig uit in haar voetbalkleren, met haar haar naar achteren en een korte broek tot op haar knieën. Ik weet niet hoe ik het tot coach heb kunnen schoppen. Mijn kennis van voetbal zou op de achterkant van een bierviltje passen, wat waarschijnlijk ook de reden is dat de Tigers dit hele seizoen nog geen wedstrijd hebben gewonnen.

Je telt voor deze leeftijd de doelpunten nog niet bij elkaar op en je houdt evenmin een competitieranglijst bij. Het gaat er vooral om dat de kinderen plezier hebben en dat iedereen meedoet. Vertel dat de ouders maar eens.

Vandaag spelen we tegen de Highgate Lions en elke keer als zij een doelpunt maken strompelen de Tigers naar het middenveld terug om te overleggen wie de aftrap mag nemen.

'Het is niet onze sterkste kant,' zeg ik verontschuldigend tegen de coach van de tegenpartij. Maar binnensmonds smeek ik: 'Eén doelpunt maar, Tigers. Geef ons één doelpunt. Dan zul je eens horen hoe hard we kunnen juichen.'

Wonderbaarlijk hoe uiteenlopend hun kwaliteiten zijn. Neem Dominic – het joch dat op de plaats van vleugelverdediger staat en met zijn handen in zijn shorts zijn balzak vasthoudt. Als de wedstrijd tien minuten aan de gang is holt hij naar de zijlijn om me te vragen welke kant we op spelen. Ik zou me voor mijn kop kunnen slaan.

Teamwerk is een volslagen mysterie, vooral voor de jongens die alleen maar oog voor de bal hebben als hij achter in het net slaat en ze trots om de hoekpaal dansen.

Bij de rust staan we vier-nul achter. De kinderen zuigen op een kwart sinaasappel. Ik zeg dat ze goed spelen. 'Dit team is onverslagen,' zeg ik, liegend alsof het gedrukt staat, 'maar jullie houden ze eronder.'

Ik zet Douglas, onze sterkste schutter, voor de tweede helft in het doel. Andrew, onze belangrijkste doelpuntenmaker, is centraal verdediger.

'Maar ik ben spits,' klaagt hij.

'Dominic speelt in de voorhoede.'

Ze kijken naar Dominic, die giechelend zijn hand in zijn broek steekt.

'Maak je niet druk om dribbelen of een pass, of een doelpunt maken,' zeg ik. 'Probeer maar gewoon zo hard je kunt tegen de bal te schoppen.'

Wanneer de wedstrijd weer begint komt er een stel ouders aan mijn kop zeuren over de andere opstelling. Ze denken dat ik de kluts kwijt ben. Maar ik doe niet zomaar wat. Het gaat bij voetbal op dit niveau alleen om kracht. Als de bal naar voren begint te rollen gaat het hele spel dezelfde kant op. Daarom wil ik de sterkste schutters op het achterveld.

De eerste minuten verandert er niets. De Tigers zouden even goed achter schimmen aan kunnen jagen. Maar dan komt de bal bij Douglas terecht die hem naar voren schiet op het veld. Dominic probeert weg te rennen, valt voorover en sleurt beide verdedigers mee. De bal rolt weg. Charlie staat er het dichtst bij. Ik mompel binnensmonds: 'Niet ingewikkeld doen. Gewoon schieten.'

Beschuldig me maar van partijdigheid. Noem me maar bevooroordeeld, het kan mij niet schelen. Want toen volgde het mooist geraakte, kringelende, rijzende, dalende, afbuigende schot ooit door een maat-34-voetbalschoen richting doel gestuurd. Er wordt zo uitbundig gereageerd dat een onafhankelijke toeschouwer ervan overtuigd moet raken dat we hebben gewonnen. In shocktoestand door onze nieuwe strategie raken de Lions de kluts kwijt. Zelfs Dominic pikt een doelpunt mee als de bal van zijn achterhoofd stuitert en over de keeper heen zweeft. De Tigers verslaan de Lions met vijf tegen vier. Onze mooiste gelukwens komt van Julianne, die je niet bepaald een toegewijde voetbalmoeder kunt noemen. Ik geloof dat ze liever had gezien dat Charlie op ballet zat of ging tennissen. Onberispelijk in haar lange zwarte jas met capuchon en haar rubberlaarzen, verklaart ze dat ze nog nooit zo'n opwindend staaltje sport heeft gezien. Het feit dat ze het een 'staaltje sport' noemt bewijst hoe zelden ze kijkt.

De ouders zijn al bezig hun kroost warm in te pakken en hun modderige schoenen in plastic zakken te stoppen. Als ik over het veld staar zie ik aan de andere kant een eenzame man staan met zijn handen in de zakken van zijn jas. Ik herken het silhouet.

'Waarvoor bent u op zaterdag al zo vroeg buiten, inspecteur? In ieder geval niet voor de lichaamsbeweging.'

Ruiz werpt een blik op het joggingpad. 'Er zijn al genoeg zware hijgers in deze stad.'

'Hoe wist u waar u me kon vinden?'

'Van uw buren.'

Hij haalt een snoepje uit het cellofaan, stopt het in zijn mond en laat het tegen zijn tanden ratelen. 'Wat kan ik voor u doen?'

'Herinnert u zich nog wat ik aan het ontbijt tegen u zei? Ik zei dat als het slachtoffer de dochter van een beroemdheid blijkt te zijn, ik veertig in plaats van twaalf rechercheurs krijg.'

'Ja.'

'Wist u dat uw verpleegstertje de nicht was van een Tory-parlementslid en de kleindochter van een gepensioneerde kantonrechter?'

'Ik las in de krant over haar oom.'

'De hyena's zitten boven op me – ze willen van alles weten en duwen camera's voor mijn neus. Het is goddomme een mediacircus.'

Omdat ik daar niets op weet te zeggen, staar ik langs hem heen naar de Londense dierentuin en laat hem doorpraten.

'U bent toch een van die slimme jongens? Universitaire opleiding, doctorstitel, gespecialiseerd... Ik dacht dat u me hier misschien mee kon helpen. U kende dat meisje toch, bedoel ik. U hebt haar behandeld. Daarom dacht ik dat u misschien enig idee heeft waar ze bij betrokken geweest kan zijn.'

'Ik kende haar alleen als patiënt.'

'Maar ze praatte met u. Ze vertelde u over zichzelf. Had ze vriendjes of vriendinnen?'

'Ik denk dat ze een affaire had met iemand van het ziekenhuis. Misschien was hij getrouwd, want ze wilde niet over hem praten.'

'Heeft ze gezegd hoe hij heette?'

'Nee.'

'Denkt u dat ze met iedereen naar bed ging?'

'Nee.'

'Waarom bent u daar zo zeker van?'

'Dat weet ik niet. Gewoon een gevoel.'

Hij draait zich om en knikt tegen Julianne, die ineens naast me staat en haar arm door de mijne steekt. Ze heeft haar capuchon opgezet en ziet eruit als een non.

'Dit is inspecteur Vincent Ruiz, de politieman over wie ik je heb verteld.'

Ze fronst bezorgd haar voorhoofd. 'Gaat het over Catherine?' Ze duwt haar capuchon naar achteren.

Ruiz kijkt naar haar zoals de meeste mannen doen. Geen make-up, geen parfum, geen sieraden en toch staren ze haar allemaal aan.

'Interesseert het verleden u, mevrouw O'Loughlin?'

Ze aarzelt. 'Dat hangt ervan af.'

'Heeft u Catherine McBride gekend?'

'Ze heeft ons heel wat verdriet berokkend.'

Ruiz' ogen schieten naar de mijne en ik krijg ineens een ellendig gevoel over me.

Julianne kijkt naar mij en beseft haar vergissing. Charlie roept haar. Ze werpt een blik over haar schouder en daarna wendt ze zich weer tot Ruiz.

122

'Misschien moet ik eerst met uw man praten,' zegt hij langzaam. 'Ik kan altijd later nog naar u toe komen.'

Julianne knikt en geeft mijn arm een kneepje. 'Ik neem Charlie mee voor haar warme chocolade.'

'Oké.'

Onze blikken volgen haar als ze weggaat, elegant tussen de modderige plassen in het gras door lopend. Ruiz houdt zijn hoofd scheef alsof hij probeert iets te lezen dat schuin op mijn revers geschreven staat.

'Wat bedoelde ze?'

Mijn geloofwaardigheid is nul komma nul. Hij zal me niet geloven.

'Catherine had mij ervan beschuldigd dat ik haar onder hypnose had aangerand. Hoewel ze de klacht een paar uur later weer introk, moest hij toch worden onderzocht. Het was een misverstand.'

'Hoe kan er over zoiets een misverstand ontstaan?'

Ik vertel hem dat Catherine mijn beroepsmatige bezorgdheid had aangezien voor een intiemer gevoel – en over de kus en haar gêne. Haar woede.

'U had haar afgewezen?'

'Ja.'

'En daarom diende ze een klacht in?'

'Ja. Ik hoorde er pas van toen de klacht al was ingetrokken, maar er moest toch een onderzoek plaatsvinden. Ik werd geschorst terwijl de directie van het ziekenhuis het uitzocht.'

'En allemaal vanwege één brief?'

'Ja.'

'Heeft u met Catherine gepraat?'

'Nee. Ze ontweek me. Ik zag haar pas weer kort voor ze bij het Marsden wegging. Ze bood haar verontschuldigingen aan. Ze had een nieuwe vriend en ze waren van plan naar het noorden te gaan.'

'Was u niet boos op haar?'

'Ik was razend. Ze had me mijn loopbaan kunnen kosten.' Als ik besef hoe hard dit klinkt, voeg ik eraan toe: 'Ze was erg labiel.'

Ruiz opent zijn notitieboekje en begint iets op te schrijven.

'U moet er niet te veel achter zoeken.'

'Ik zoek nergens iets achter, dokter, dit is slechts informatie. Net als u verzamel ik stukjes informatie tot er twee of drie in elkaar passen.'

Hij slaat de blaadjes van zijn notitieboekje om en glimlacht vriendelijk naar me.

'Het is verbazingwekkend wat je vandaag de dag allemaal te weten kunt komen. Getrouwd. Eén kind. Geen lid van een kerkgenootschap. Gestudeerd aan Charterhouse en de University of London. BA en MA in psychologie. In augustus 1980 gearresteerd tijdens de Mandela Vrij-manifestatie op Trafalgar Square voor het afbeelden van een hakenkruis op het South Africa House. Twee keer beboet voor te hard rijden op de M40; één niet betaalde parkeerboete; in 1987 een visum voor Syrië geweigerd vanwege een eerder bezoek aan Israël. Vader een beroemde arts. Drie zusters. Een werkt voor het vluchtelingenprogramma van de VN. De vader van uw vrouw heeft in 1994 zelfmoord gepleegd. Uw tante kwam om in een brand in haar huis. U heeft een particuliere ziektekostenverzekering, een kredietlimiet van tienduizend pond en uw motorrijtuigenbelasting moet komende woensdag worden betaald.'

Hij kijkt op. 'Ik heb niet de moeite genomen naar uw belastingopgaven te kijken, maar ik zou zo zeggen dat u een privé-praktijk bent begonnen omdat uw huis een aardig fortuin moet kosten.'

Nu is hij waar hij wezen wil. Zijn hele riedel is een boodschap voor mij. Hij wil me laten zien wat hij kan.

Hij vervolgt met zachtere stem. 'Als ik erachter kom dat u informatie voor mijn onderzoek naar de moord achterhoudt stuur ik u naar de gevangenis. Daar kunt u uw vakkennis rechtstreeks in praktijk brengen als u in één cel komt te zitten met een zwarte gangster uit Jamaica die wil dat u alles opgeeft voor Jezus.'

Hij klapt het boekje dicht en laat het in zijn zak glijden. Hij blaast in zijn handen en voegt eraan toe: 'Bedankt voor uw geduld, dokter.'

14

Bobby Moran houdt me staande terwijl ik door de receptie loop. Hij ziet er nog slonziger uit dan anders, er zit modder op zijn jas en zijn zakken puilen uit van de papieren. Ik vraag me af of hij een slapeloze nacht achter de rug heeft.

Hij knippert met zijn ogen achter zijn brillenglazen en mompelt een verontschuldiging.

'Ik moet u spreken.'

Ik kijk over zijn hoofd op de wandklok. 'Ik krijg zo dadelijk een andere patiënt...'

'Alstublieft?'

Ik hoor te weigeren. Mensen kunnen niet zomaar ineens naar me toe komen. Meena zal razend zijn. Ze zou de praktijk perfect kunnen runnen ware het niet dat er patiënten onaangekondigd voor haar neus staan of niet op hun afspraak komen. 'Zo pak je een koffer niet in,' zal ze zeggen en dat zal ik met haar eens zijn, ook al begrijp ik niet precies wat ze bedoelt.

Als we boven zijn zeg ik tegen Bobby dat hij moet gaan zitten en begin ik de afspraken voor die ochtend te verzetten. Hij lijkt zich te generen dat hij zo veel rompslomp veroorzaakt. Hij is anders vandaag – meer aanwezig, meer in het hier en nu.

'U vroeg me waar ik over droom.' Hij staart naar een plek op de vloer tussen zijn voeten.

'Ja.'

'Ik denk dat ik niet helemaal in orde ben. Ik krijg telkens van die gedachten.'

'Wat voor gedachten?'

'In mijn dromen doe ik mensen pijn.'

'Hoe doe je ze pijn?'

Hij kijkt me klaaglijk aan. 'Ik probeer wakker te blijven... ik

125

wil niet in slaap vallen. Arky zegt aldoor dat ik in bed moet komen. Ze begrijpt niet waarom ik 's nachts om vier uur met een dekbed om me heen op de bank televisie zit te kijken. Maar dat doe ik vanwege die dromen.'

'Wat is daar dan mee?'

'Er gebeuren slechte dingen in – maar daarom ben ik nog geen slecht mens.'

Hij zit op het puntje van zijn stoel en zijn ogen schieten heen en weer.

'Er is een meisje in een rode jurk. Zij duikt steeds weer op wanneer ik haar niet verwacht.'

'In je droom?'

'Ja. Ze kijkt naar me – dwars door me heen, alsof ik niet besta. Ze lacht.'

Hij spert zijn ogen wijd open als door een veermechanisme en plotseling verandert de klank van zijn stem. Hij draait rond in zijn stoel, perst zijn lippen samen en slaat zijn benen over elkaar. Ik hoor een ruwe vrouwenstem.

'Hoor es, Bobby, geen leugens vertellen.'

'Ik ben geen kletskous.'

'Heeft hij je wel of niet aangeraakt?'

'Nee.'

'Dat is niet wat meneer Erskine wil horen.'

'U moet me niet dwingen dat te zeggen.'

'We willen meneer Erskines tijd niet verdoen. Hij is helemaal hier naartoe gekomen...'

'Ik weet waarvoor hij is gekomen.'

'Praat niet op die toon tegen mij, liefje, dat is niet aardig.'

Bobby stopt zijn grote handen in zijn zakken en schopt met zijn schoenen tegen de vloer. Hij fluistert verlegen met zijn kin op zijn borst.

'U moet me niet dwingen dat te zeggen.'

'Vertel het hem maar dan kunnen we gaan eten.'

Hij schudt zijn hoofd en zijn hele lijf schudt mee. Hij richt zijn blik op mij en ik zie er een zweem van herkenning in.

'Wist u dat de testikels van een blauwe walvis net zo groot zijn als een Volkswagen Kever?'

126

'Nee, dat wist ik niet.'

'Ik hou van walvissen. Ze zijn heel makkelijk om te tekenen en te boetseren.'

'Wie is meneer Erskine?'

'Moet ik die kennen?'

'Je noemde zijn naam.'

Hij schudt zijn hoofd en kijkt me wantrouwend aan.

'Is het iemand die je een keer hebt ontmoet?'

'Ik ben in één wereld geboren en nu sta ik tot aan mijn middel in een andere.'

'Wat betekent dat?'

'Ik moest de dingen bij elkaar houden, de dingen bij elkaar houden.'

Hij luistert niet naar me. Zijn brein werkt zo snel dat hij maar een paar seconden bij hetzelfde onderwerp kan blijven stilstaan.

'Je vertelde me daarnet over je droom... over een meisje in een rode jurk. Wie is dat?'

'Zomaar een meisje.'

'Ken je haar?'

'Haar armen zijn bloot. Ze heft ze op en kamt met haar vingers door haar haar. Ik zie de littekens.'

'Hoe zien die littekens eruit?'

'Dat doet er niet toe.'

'Dat doet er wel toe!'

Bobby houdt zijn hoofd schuin en strijkt met zijn vinger over zijn mouw aan de binnenkant van zijn arm van zijn elleboog tot aan zijn pols. Daarna kijkt hij mij weer aan. In zijn ogen staat niets te lezen. Heeft hij het over Catherine McBride?

'Hoe kwam ze aan die littekens?'

'Ze had zichzelf gesneden.'

'Hoe weet je dat?'

'Een heleboel mensen doen dat.'

Hij maakt het knoopje van zijn manchet los en rolt langzaam zijn linkermouw op tot boven zijn elleboog. Hij draait zijn handpalm naar boven en houdt mij die voor. De dunne witte littekens zijn vaag maar onmiskenbaar.

'Ze zijn een soort ereteken,' fluistert hij.

'Bobby, luister eens naar me.' Ik leun naar voren. 'Wat gebeurt er met het meisje in je dromen?'

Zijn ogen schieten vol paniek als een plotseling opkomende koorts.

'Dat weet ik niet meer.'

'Ken je dat meisje?'

Hij schudt zijn hoofd.

'Wat voor kleur haar heeft ze?'

'Bruin.'

'Wat voor kleur ogen?'

Hij haalt zijn schouders op.

'Je zei dat je in je dromen mensen pijn doet. Heeft iemand dit meisje pijn gedaan?'

De vraag is te rechtstreeks en confronterend. Hij kijkt me wantrouwend aan.

'Waarom kijkt u me zo aan? Neemt u dit op de band op? Steelt u mijn woorden?' Hij blikt schichtig om zich heen.

'Nee.'

'Waarom staart u me dan aan?'

Plotseling realiseer ik me dat hij het 'Parkinson-masker' bedoelt. Jock had me daarvoor gewaarschuwd. Mijn gezicht kan net zo hard en uitdrukkingsloos worden als van een beeld op Paaseiland.

Ik wend mijn blik af en wil het opnieuw proberen, maar Bobby's gedachten zijn alweer bij iets anders.

'Wist u dat het jaar 1961, of je het nu ondersteboven of rechtop schrijft, er dan nog steeds eender uitziet?' vraagt hij.

'Nee, dat wist ik niet.'

'Dat gebeurt pas weer in 6009.'

'Ik moet meer over je droom weten, Bobby.'

'*No comprenderas todavia lo que comprenderas en el futuro.*'

'Wat betekent dat?'

'Dat is Spaans. Je begrijpt nu nog niet wat je later wel zult begrijpen.' Hij fronst opeens zijn voorhoofd alsof hij iets is vergeten. Daarna slaat zijn uitdrukking om in volslagen verbijstering. Hij is niet alleen de draad kwijt, hij weet niet meer waarom hij hier is. Hij kijkt op zijn horloge.

'Waarom ben je hier, Bobby?'

'Ik krijg telkens van die gedachten.'

'Wat voor gedachten?'

'Ik doe mensen pijn in mijn dromen. Dat is geen misdaad, het is maar een droom...'

Op dat punt waren we een halfuur geleden ook. Hij is alles vergeten wat zich in die tussentijd heeft afgespeeld.

Er bestaat een ondervragingsmethode die de CIA soms gebruikt en die de Alice in Wonderland-techniek wordt genoemd. Het gaat er bij deze methode om dat de wereld op zijn kop wordt gezet en alles wat vertrouwd en logisch is wordt vervormd. Aanvankelijk stelt een van de ondervragers een paar vragen die heel normaal lijken, maar in feite volslagen onzin zijn. Als de verdachte wil antwoorden, onderbreekt de tweede ondervrager hem met iets wat er niets mee te maken heeft en even onlogisch is.

Hun houding en hun manier van spreken veranderen halverwege een zin of van het ene op het andere moment. Ze worden kwaad wanneer ze een vriendelijke opmerking maken en zijn charmant wanneer ze een bedreiging uiten. Ze lachen op de verkeerde momenten en spreken in raadsels.

Als de verdachte probeert mee te werken wordt hij genegeerd en als hij niet meewerkt wordt hij beloond – zonder ooit achter de reden te komen. Tegelijkertijd manipuleren de ondervragers de omgeving door klokken voor of achter te laten lopen, lichten aan en uit te doen, maaltijden na tien uur of met tussenpozen van slechts tien minuten op te dienen.

Stel je nu eens voor dat dit dag in dag uit zo doorgaat. Afgesneden van de wereld en van alles wat hij als normaal beschouwt, probeert de verdachte zich vast te klampen aan wat hij zich herinnert. Misschien houdt hij de tijd bij of probeert hij zich een gezicht of een plaats voor de geest te halen. Elk van deze draden naar zijn gezonde verstand wordt hem afgenomen of afgebroken totdat hij niet langer echt van onecht kan onderscheiden.

Als ik met Bobby praat gebeurt er iets dergelijks. De terloopse verbanden, zotte rijmpjes en vreemde raadsels zijn net zinnig genoeg om ernaar te luisteren, maar tegelijkertijd word ik steeds dieper de intrige in getrokken en de scheiding tussen feit en fictie wordt steeds vager.

Hij wil niet meer over zijn droom praten. Elke keer dat ik hem iets over het meisje in de rode jurk vraag, negeert hij me. Als ik blijf zwijgen reageert hij niet. Hij is volkomen beheerst en onbereikbaar.

Bobby ontglipt me geleidelijk aan. De eerste keer dat ik hem ontmoette was hij een bijzonder intelligente, welbespraakte, gevoelige jongeman, die zich zorgen maakte over zijn leven. Nu zie ik een jongen op het randje van schizofrenie die gewelddadige dromen en misschien een psychiatrisch verleden heeft.

Ik dacht dat ik vat op hem had, maar intussen heeft hij op klaarlichte dag een vrouw aangevallen en bekend dat hij in zijn dromen mensen 'pijn doet'. En hoe zit het met het meisje met de littekens?

Diep ademhalen. De feiten nagaan. Niet met alle geweld de stukken in de puzzel passen. Een op de vijftien mensen brengt zichzelf op een of ander moment in zijn leven letsel toe: dat betekent twee kinderen in elk klaslokaal, vier mensen in een volle autobus, twintig in een forensentrein en tweeduizend bij een thuiswedstrijd van Arsenal.

In mijn loopbaan als psycholoog heb ik vooral geleerd niet in samenzweringen te geloven of naar dezelfde stemmen te luisteren die mijn patiënten horen. Een arts is niemand tot nut als hij zelf aan de ziekte overlijdt.

15

Het is een mooie school: massief, achttiende-eeuws, de muren begroeid met blauweregen. De kiezelstenen oprit maakt, als we het hek door zijn, een bocht en eindigt bij een brede stenen trap. Het parkeerterrein lijkt op een showroom voor Range Rovers en Mercedessen. Ik parkeer mijn Metro om de hoek van de straat. Charlies school houdt zijn jaarlijkse fondsenwervingsdiner en -veiling. De aula is versierd met zwarte en witte ballonnen en het cateringbedrijf heeft op het tennisveld een feesttent neergezet.

Er stond 'informeel' op de uitnodiging, maar bijna alle moeders zijn in avondjurk, omdat ze niet zo vaak de gelegenheid hebben om uit te gaan. Ze staan op een kluitje rondom een tweederangs televisieberoemdheid, met een zonnebanktint en een volmaakt gebit. Zo gaat het als je je kind op een dure privé-school doet. In-eens bevind je je in het gezelschap van diplomaten, spelletjespresentatoren en drugsbaronnen.

Ik voeg me bij de mannen aan de bar. Flessen wijn en bier staan in emmers met ijs en allerlei sterke dranken en cocktails zijn op presenteerbladen uitgestald.

De gesprekken die ik op dit soort bijeenkomsten voer vertonen doorgaans een vertrouwd patroon. Eerst vraagt iemand waarin ik dokter ben. Dan zeg ik dat ik gespecialiseerd klinisch psycholoog ben.

'O, wat interessant.'

Hierdoor verandert de toon van het gesprek. Sommigen kijken wantrouwend naar me of lachen zenuwachtig. Een paar zeggen dat therapie navelstaarderij en flauwekul is. Anderen gedragen zich opeens alsof ik met leprozen werk.

Tussen deze twee polen in, ergens in de buurt van de evenaar, houden degenen zich op die mij bijzondere perceptuele gaven toedenken en veronderstellen dat ik ieder woord en gebaar van hen kan analyseren. Ineens zijn het nerveuze, bazelende malloten die hun zinnen niet afmaken of zenuwachtig giechelen om alles wat ik zeg.

We zijn voor het eerst in weken een avond uit, maar ik voel me niet ontspannen, eerder nerveus. De gedachte aan Juliannes bezoek aan Jock spookt voortdurend door mijn hoofd. Op de een of andere manier weet ze dat ik tegen haar heb gelogen. Wanneer zal ze er iets over zeggen? Sinds ik de diagnose ken ben ik vaak somber en teruggetrokken. Misschien uit schuldgevoel. Meer uit spijt, lijkt me. Op die manier probeer ik mijn omgeving te ontzien.

Ik raak mijn lichaam stukje bij beetje kwijt. Het laat me langzaam in de steek. Enerzijds vind ik dat niet eens zo erg. Zolang mijn geest maar functioneert voel ik me goed. Ik kan tussen mijn oren leven. Anderzijds verlang ik al naar iets wat ik nog niet eens verloren heb.

Ik heb er nooit bij stilgestaan wat mijn lichaam voor mij betekent. Het was een prima lijf voor privé-gebruik, ik had er alleen nooit Wimbledon mee kunnen winnen. Ik heb redelijk goed voor mezelf gezorgd – me van eten en drinken voorzien en op onregelmatige tijden aan lichaamsbeweging gedaan. Als ik zit hangt mijn buik over mijn broekriem, maar zodra ik ga liggen wordt alles weer strak. Ik begin een beetje grijs te worden en de kuiltjes in mijn wangen lijken op rimpels, maar een man van mijn leeftijd hoort er gedistingeerd uit te zien.

Daar bevind ik me nu dus – niet op een kruispunt maar in een doodlopende straat. Ik heb een vrouw op wie ik trots ben en een dochter om wie ik moet huilen als ik naar haar kijk terwijl ze slaapt. Ik ben tweeënveertig en begin net een beetje door te krijgen hoe je intuïtie en leren met elkaar kunt combineren en hoe ik mijn werk goed kan doen. Mijn halve leven ligt nog voor me – de beste helft. Maar helaas, hoewel mijn geest gewillig is, is mijn lichaam niet in orde – of zal het binnenkort niet meer zijn. Geleidelijk aan laat het me steeds meer in de steek. Dat is de enige zekerheid die ik nog heb.

Het diner bestaat uit een Indiaas buffet – dampende rijst en curry in glanzende zilveren samowaars. Terwijl de wijn vloeit worden de gesprekken steeds luider en dubbelzinniger. We babbelen over restaurants, vakanties en films. Iedereen is het erover eens dat de *Lord of the Rings*-trilogie beter is dan *Titanic*, die een prijs had moeten krijgen voor het meest overdadige gebruik van Uillean pipes.

De veiling gaat te lang door. Dat doen veilingen altijd. De ceremoniemeester is een professionele veilingmeester en zijn acteursstem is boven het gebabbel en geklets uit te horen. Elke klas heeft twee kunstwerken gemaakt – merendeels felgekleurde collages van aparte tekeningen. Charlies klas heeft een circus gemaakt en een strandgezicht met gekleurde badhokjes, regenboogkleurige parasols en ijskarretjes.

'Dat zou heel mooi staan in de keuken,' zegt Julianne terwijl ze haar arm door de mijne steekt.

'Hoeveel gaat het nieuwe sanitair ons kosten?'

Ze gaat er niet op in. 'Charlie heeft de walvis getekend.'

Als ik goed kijk zie ik een grijze massa aan de horizon. Tekenen is niet haar sterkste kant, maar ik weet dat ze van walvissen houdt.

Veilingen brengen het beste maar ook het slechtste in mensen boven. De enige bieder die nog vasthoudender is dan een echtpaar met één kind is een verdwaasde grootouder met te veel geld.

Ik mag een keer een bod van vijfenzestig pond op het strandtafereel doen. Wanneer de hamer onder beleefd applaus neerkomt heeft het zevenhonderd pond opgebracht. Het succesvolle bod wordt via de telefoon uitgebracht. Je zou verdomme denken dat het hier Sotheby's is.

We komen na middernacht thuis. De oppas heeft vergeten het licht op de veranda aan te doen en ik struikel in het donker over een stapel koperen buizen op de stoeptreden en schaaf mijn knie.

'D.J. vroeg of hij ze hier mocht laten liggen,' verontschuldigt Julianne zich. 'Maak je geen zorgen over je broek, die zet ik in de week.'

'En mijn knie dan?'

'Die geneest wel weer.'

We gaan samen naar Charlie kijken. Op haar bed zitten de knuffeldieren in een kring om haar heen, met hun gezicht van haar afgewend, als schildwachten die het fort bewaken. Ze slaapt op haar zij met haar duim dicht bij haar mond.

Terwijl ik mijn tanden poets, staat Julianne naast me bij de toilettafel haar make-up eraf te halen. Ze kijkt me aan in de spiegel.

'Heb je een verhouding?'

Ze stelt haar vraag zo achteloos dat ik erdoor word overvallen. Ik doe net alsof ik haar niet heb gehoord, maar het is al te laat. Ik ben opgehouden met poetsen. Dat heeft me verraden.

'Waarom?'

Ze veegt de mascara van haar ogen. 'De laatste tijd heb ik het gevoel dat je niet helemaal bij ons bent.'

'Ik heb ontzettend veel aan mijn kop.'

'Je wilt toch nog wel hier zijn?'

'Natuurlijk wel.'

Ze heeft haar ogen al die tijd niet van me afgewend in de spiegel. Ik kijk weg en spoel mijn tandenborstel af in de wastafel.

'We praten niet meer met elkaar,' zegt ze.

Ik weet wat er gaat komen, maar ik wil eigenlijk niet dat het gesprek die wending neemt. Ze zal me de les lezen over mijn onvermogen om te communiceren. Ze vindt dat ik als psycholoog in staat moet zijn over mijn gevoelens te praten en te analyseren wat er gebeurt. Waarom? Ik zit de hele dag al in het hoofd van andere mensen. Het enige waarvoor ik me nog wil inspannen als ik thuis kom is om Charlie met haar tafels te helpen.

Julianne is niet zo. Ze is een prater. Ze deelt alles en zoekt naar oplossingen. Niet dat ik bang ben om mijn emoties te tonen. Ik ben bang dat ik dan niet meer kan ophouden.

Ik probeer haar de pas af te snijden. 'Als je al zo lang bent getrouwd als wij, hoef je niet meer zoveel te praten,' zeg ik zwakjes.

'We kunnen elkaars gedachten lezen.'

'O ja? Wat denk ik nu dan?'

Ik doe alsof ik haar niet hoor. 'We voelen ons op ons gemak bij elkaar. Het betekent dat we elkaar vertrouwen.'

'Maar vertrouwen kan beschaamd worden.'

'Niet waar!'

Ze slaat haar armen om me heen, laat haar handen over mijn borst glijden en vouwt ze bij mijn middel.

'Wat voor zin heeft het om je leven met iemand te delen als je de belangrijkste dingen voor je houdt?' Ze legt haar hoofd tegen mijn rug. 'Getrouwde mensen praten met elkaar. Dat is volkomen normaal. Ik weet dat je lijdt. Ik weet dat je bang bent. Ik weet dat je bezorgd bent over hoe het verder moet als de ziekte verergert... over Charlie en mij... maar je kunt niet tussen ons en de buitenwereld gaan staan, Joe. Je kunt ons hier niet tegen beschermen.'

Ik heb een droge mond en voel dat ik een kater krijg. We maken geen ruzie – het is een kwestie van gezichtspunten. Ik weet dat als ik geen antwoord geef Julianne de leegte zal opvullen.

'Waar ben je zo bang voor? Je gaat niet dood.'

'Dat weet ik.'

'Natuurlijk is het oneerlijk. Je verdient dit niet. Maar kijk naar wat je hebt – een fijn thuis, een carrière, een vrouw die van je houdt en een dochter die je aanbidt. Als dat niet opweegt tegen alle andere moeilijkheden, dan is er met ons alledrie iets mis.'

'Ik wil niet dat er iets verandert.' Ik vind het vreselijk dat ik zo kwetsbaar klink.

'Er hóéft ook niets te veranderen.'

'Ik merk dat je op me let. Dat je de symptomen in de gaten houdt. Een tremor hier, een kramp daar.'

'Doet het pijn?' vraagt ze opeens.

'Wat?'

'Als je been op slot schiet of je arm niet meer wil zwaaien.'

'Nee.'

'Dat wist ik niet.' Ze legt haar vuist in mijn hand en vouwt mijn vingers eromheen. Ze draait me om zodat ze me in mijn ogen kan kijken. 'Geneer je je ervoor?'

'Soms wel.'

'Moet je een speciaal dieet volgen?'

'Nee.'

'Of oefeningen doen?'

'Volgens Jock kan het helpen, maar de ziekte zal er niet door genezen.'

'Dat wist ik niet,' fluistert ze. 'Dat had je me moeten vertellen.' Ze leunt nog dichter tegen me aan en drukt haar lippen op mijn oor. De waterdruppels op haar wangen lijken tranen. Ik aai haar over haar haren.

Handen glijden over mijn borst. Een ritssluiting wordt opengetrokken, haar vingers strelen me zachtjes, de smaak van haar tong, haar adem in mijn longen....

Naderhand, als we in bed liggen, zie ik haar borst trillen door haar hartslag. Voor het eerst in vijf jaar hebben we gevreeën zonder eerst de kalender te raadplegen.

De telefoon gaat. De roodverlichte digitale wijzers geven 04:30 aan.

'Dr. O'Loughlin?'

'Ja.'

'U spreekt met het Charing Cross Hospital. Het spijt me dat ik u wakker heb gemaakt.' Aan de stem te horen is het een jonge arts. Hij klinkt vermoeid. 'Heeft u een patiënt die Bobby Moran heet?'

'Ja.'

'De politie vond hem liggend op het voetpad op de Hammersmith Bridge. Hij vraagt naar u.'

16

Julianne draait zich om, drukt haar gezicht in mijn kussen en trekt de dekens om zich heen.

'Wat is er aan de hand?' vraagt ze slaperig.

'Probleem met een patiënt.' Ik trek een trui aan over mijn T-shirt en ga op zoek naar mijn jeans.

'Je gaat toch niet naar het ziekenhuis?'

'Maar voor even.'

Op dit uur van de ochtend ben ik in een kwartier in Fulham. De auto's langs de smalle straten zijn bedekt met ijs. Ze worden om de paar meter door de straatlantaarns oranje gekleurd, maar in de schaduw zijn ze wit.

Ik gluur door de deuren van de hoofdingang naar binnen en zie een zwarte schoonmaker een vreemde wals uitvoeren met een stokdweil en een emmer die hij voortduwt over de vloer. Bij de receptie zit een bewaker. Hij maakt een gebaar naar de ingang van de eerste hulp.

Aan de andere kant van de plastic zwaaideuren zitten enkele vermoeide en geïrriteerde mensen in de wachtkamer. De verpleegster is bezig. Een jonge arts komt de gang op en richt bestraffende woorden tot een bebaarde man die een bloederige lap tegen zijn voorhoofd houdt en een deken om zijn schouders heeft.

'En u zult de hele nacht moeten wachten als u niet gaat zitten,' zegt de arts. Hij wendt zich af en kijkt mij aan.

'Ik ben dr. O'Loughlin.'

Het duurt even voor mijn naam tot hem doordringt. Het kwartje valt. In zijn hals zit een moedervlek. Hij heeft de kraag van zijn witte jas opgeslagen.

Een paar minuten later volg ik die jas door lege gangen en langs linnenkarretjes en geparkeerde brancards.

'Wat is er met hem?'

'Voornamelijk snijwonden en kneuzingen. Misschien is hij uit een auto of van een fiets gevallen.'

'Is hij opgenomen?'

'Nee, maar hij wil niet vertrekken voor hij u heeft gesproken. Hij heeft het er steeds over dat hij bloed van zijn handen wast. Vandaar dat ik hem naar de observatiekamer heb gebracht. Ik wilde niet dat hij de andere patiënten stoort.'

'Hersenschudding?'

'Nee. Hij is erg opgewonden. De politie was bang dat hij zelfmoord zou plegen.' Hij werpt een blik over zijn schouder: 'Is uw vader chirurg?'

'Met pensioen.'

'Ik heb een keer een lezing van hem gehoord. Hij is indrukwekkend.'

'Ja, als spreker.'

In de observatiekamer zit op ooghoogte een vierkant raampje. Ik zie Bobby met rechte rug en beide voeten op de vloer op een stoel zitten. Hij draagt een modderige spijkerbroek, een flanellen hemd en een legerjas.

Hij trekt aan de mouwen van zijn jas en pulkt aan een losse draad. Zijn ogen zijn bloeddoorlopen en kijken star vooruit. Hij heeft ze op de verste muur gericht, alsof hij naar een onzichtbaar drama kijkt dat wordt opgevoerd op een toneel dat niemand anders kan zien.

Hij draait zich niet om als ik binnenkom. 'Bobby, ik ben het, dr. O'Loughlin. Weet je waar je bent?'

Hij knikt.

'Kun je me vertellen wat er is gebeurd?'

'Ik herinner het me niet meer.'

'Hoe voel je je?'

Hij haalt zijn schouders op, maar kijkt me nog steeds niet aan. Hij vindt de muur interessanter. Hij ruikt naar zweet en er komt een bedompte lucht uit zijn kleren. Maar er is nog een ander luchtje – het is een vertrouwde geur maar ik kan hem niet thuisbrengen. Een medisch luchtje.

'Wat deed je op de Hammersmith Bridge?'

'Dat weet ik niet.' Zijn stem trilt. 'Ik ben gevallen.'

'Wat herinner je je nog?'

'Dat ik met Arky naar bed ging en daarna... Ik kan er soms niet tegen om alleen te zijn. Heeft u dat wel eens? Dat heb ik de hele tijd. Ik loop achter Arky aan, het hele huis door. Ik volg haar en praat alsmaar over mezelf. Ik vertel haar wat ik denk...'

Eindelijk richt hij zijn blik op mij. Opgejaagd. Hol. Ik heb die blik wel vaker gezien. Een van mijn andere patiënten, een brandweerman, is gedoemd om steeds weer het gegil van een vijfjarig meisje te horen dat in een brandende auto is omgekomen. Hij had haar moeder en haar broertje gered maar hij kon niet opnieuw teruggaan in de vlammen.

Bobby vraagt: 'Hoort u de windmolens wel eens?'

'Wat voor geluid maken ze?'

'Als van rinkelend metaal, maar als er een heel harde wind staat gaan de wieken zoemen en begint de lucht te schreeuwen van pijn.' Hij huivert.

'Waar dienen de windmolens voor?'

'Zij houden de hele boel aan de gang. Als je je oor tegen de grond houdt kun je ze horen.'

'Wat bedoel je met de hele boel?'

'De lichten, de fabrieken, de treinen. Zonder windmolens staat alles stil.'

'Zijn die windmolens God?'

'U weet ook niks,' zegt hij minachtend.

'Heb je de windmolens wel eens gezien?'

'Nee. Zoals ik al zei, ik hoor ze.'

'Waar denk je dat ze zijn?'

'Midden op de oceanen, op platforms zo groot als booreilanden. Ze onttrekken energie aan het midden van de aarde – aan het binnenste. We gebruiken te veel energie. We verspillen energie. We moeten de lichten uitdoen om energie te besparen. Anders brengen we het evenwicht in gevaar. Als je te veel uit het middelpunt haalt ontstaat er een vacuüm en dan zal de aarde imploderen.'

'Waarom gebruiken we te veel energie?'

'Doe het licht uit, links rechts, links rechts. Doe zoals het hoort.'
Hij salueert. 'Vroeger was ik rechtshandig maar ik heb mezelf geleerd mijn linkerhand te gebruiken... De druk wordt steeds groter, ik kan het voelen.'

'Waar?'

Hij tikt tegen zijn slaap. 'Ik heb de kern aangeboord. Kersenpit. Hersenpit. Wist u dat de atmosfeer van de aarde verhoudingsgewijs dunner is dan een appelschil?'

Hij speelt met rijmwoorden – typerend voor psychotische taal. Lukrake ideeën worden door simpele woordspelingen en grapjes met elkaar verbonden.

'Ik droom soms dat ik opgesloten zit in een windmolen,' zegt hij. 'Het staat er vol met ronddraaiende tandraderen, flikkerende bijlen en hamers die op een aambeeld slaan. Zo klinkt de muziek die in de hel wordt gespeeld.'

'Is dat een van je nachtmerries?'

Zijn stem daalt tot samenzweerderig gefluister: 'Enkelen van ons weten wat er werkelijk aan de hand is.'

'Wat dan?'

Hij deinst terug en kijkt me woedend aan. Zijn ogen vlammen. Maar dan glijdt er een eigenaardige glimlach over zijn gezicht.

'Wist u dat een bemand ruimteschip minder tijd nodig had om de maan te bereiken dan een postkoets erover deed om Engeland van noord naar zuid te doorkruisen?'

'Nee, dat wist ik niet.'

Hij zucht triomfantelijk.

'Wat deed je op Hammersmith Bridge?'

'Ik was gaan liggen om naar de windmolens te luisteren.'

'Toen je het ziekenhuis binnenkwam zei je aldoor dat je het bloed van je handen wilde wassen.'

Hoewel hij het zich herinnert, zegt hij niets.

'Hoe kwam er bloed aan je handen?'

'Het is heel normaal om iemand te haten. We praten er alleen niet over. Het is heel normaal om mensen die ons pijn doen pijn te willen doen...'

Er is geen touw aan vast te knopen.

'Heb je iemand pijn gedaan?'

'Je neemt al die druppels haat en stopt ze in een fles. Drup, drup, drup... Haat vervluchtigt niet zoals andere vloeistoffen. Het is net als olie. En op een dag is de fles vol.'

'Wat gebeurt er dan?'

'Dan moet hij leeggegoten worden.'

'Bobby, heb je iemand pijn gedaan?'

'Hoe kom je anders van je haat af?' Hij trekt aan de manchetten van zijn flanellen overhemd waarop donkere vlekken zitten.

'Is dat bloed, Bobby?'

'Nee, het is olie. Heeft u dan niet naar me geluisterd? Het gaat om olie.'

Hij staat op en doet twee stappen in de richting van de deur.

'Mag ik nu naar huis?'

'Ik vind dat je beter nog een tijdje hier kunt blijven,' zeg ik, terwijl ik probeer zo neutraal mogelijk te klinken.

Hij kijkt me achterdochtig aan. 'Waarom?'

'Gisteravond ben je door een of andere oorzaak ingestort of leed je aan geheugenverlies. Misschien heb je een ongeluk gehad of ben je gevallen. Ik vind dat we wat testen moeten doen en je in observatie moeten houden.'

'In een ziekenhuis?'

'Ja.'

'Op de algemene afdeling?'

'Een psychiatrische afdeling.'

Hij reageert onmiddellijk. 'Geen sprake van! U wilt me opsluiten.'

'Je bent daar een vrijwillige patiënt. Je kunt weggaan wanneer je wilt.'

'Het is een truc. U denkt dat ik gek ben!' schreeuwt hij tegen me. Hij wil de kamer uit stormen, maar iets houdt hem tegen. Misschien heeft hij te veel in mij geïnvesteerd.

Wettelijk kan ik hem niet hier houden. Zelfs als ik over een bewijs zou beschikken heb ik niet het recht om Bobby te isoleren of vast te houden. Psychiaters, artsen en justitie hebben dergelijke rechten wel, maar een eenvoudige psycholoog niet. Hij is vrij om te vertrekken.

'En mag ik nog bij u komen?' vraagt hij.

'Ja.'

Hij knoopt zijn jas dicht en knikt goedkeurend. Ik loop met hem mee door de gang en we nemen samen de lift. 'Heb je wel eens eerder zo'n absence gehad?' vraag ik.

'Wat bedoelt u met "absence"?'

'Gaten in je geheugen waardoor het lijkt of er tijd verdwenen is.'

'Ongeveer een maand geleden.'

'Weet je nog welke dag het was?'

Hij knikt. 'Die haat moest leeggegoten worden.'

De toegangsdeuren van het ziekenhuis staan open. Buiten draait hij zich om en bedankt me. Dan ruik ik die lucht weer. Ik weet nu wat het is. Chloroform.

17

Chloroform is een kleurloze vloeistof, half zo vast als water, met een etherachtige geur en een smaak die veertig maal zo zoet is als rietsuiker. Het is een belangrijk organisch oplosmiddel, voornamelijk voor industrieel gebruik.
De Schotse arts Sir James Simpson uit Edinburgh heeft het in 1847 als eerste als narcoticum gebruikt. Zes jaar later gaf de Engelse arts John Snow het aan koningin Victoria toen ze van haar achtste kind, prins Leopold, beviel.
Een paar druppels op een masker of doek zijn gewoonlijk voldoende om binnen enkele minuten verdoving bij chirurgische handelingen te veroorzaken. De patiënt wordt 10-15 minuten later versuft maar bijna zonder zich misselijk te voelen of braakneigingen te hebben wakker. Het is bijzonder gevaarlijk en veroorzaakt in ongeveer een op de drieduizend gevallen fatale hartverlamming...

Ik sla de encyclopedie dicht, zet hem weer in de kast en maak een aantekening. Waarom zou er op Bobby Morans kleren chloroform zitten? Waar zou hij een industrieel oplosmiddel of een verdovingsmiddel voor willen gebruiken? Er staat me vagelijk iets van bij dat chloroform soms in hoestdrankjes en anti-jeukzalfjes wordt gebruikt, maar dat de hoeveelheid niet voldoende is om die unieke lucht te veroorzaken.

Bobby vertelde dat hij koerierswerk doet. Misschien levert hij industriële oplosmiddelen af. Dat moet ik hem in onze volgende sessie eens vragen, als majoor Tom dan tenminste nog contact heeft met de vluchtleiding.

Ik hoor gehamer uit de kelder komen. D.J. en zijn leerjongen werken nog steeds aan de boiler. Blijkbaar werd ons hele afvoersysteem geïnstalleerd door een maniak met een fetisjistische voorkeur voor het ombuigen van buizen. Onze muren lijken van-binnen nog het meest op een moderne sculptuur. God mag weten hoeveel dit gaat kosten.

In de keuken schenk ik een kop koffie in en ga naast Charlie aan de ontbijtbar zitten. Ze heeft haar bibliotheekboek tegen een doos cornflakes aan gezet. Mijn ochtendkrant staat tegen het pak sinaasappelsap.

Ze doet een spelletje – ze aapt alles na wat ik doe. Als ik een hap van mijn toast neem, doet zij hetzelfde. Wanneer ik een slok koffie drink, drinkt zij haar thee. Ze houdt zelfs haar hoofd net zo schuin als ik wanneer ik probeer iets te lezen wat in een vouw van de krant is verdwenen.

'Ben je klaar met de jam?' vraagt ze terwijl ze met haar hand voor mijn gezicht wappert.

'Ja. Sorry.'

'Je was ergens ver weg in feeënland.'

'Je krijgt de groeten van ze.'

Julianne komt uit het washok en strijkt een haarlok van haar voorhoofd. De droogtrommel rommelt op de achtergrond. We ontbeten altijd samen – dronken koffie uit de cafetière en ruilden delen van de krant met elkaar. Maar nu blijft ze daar niet lang ge-noeg voor zitten.

Ze zet de vuile borden in de afwasmachine en legt mijn pil voor me neer.

'Hoe ging het in het ziekenhuis?'

'Een van mijn patiënten was gevallen, maar hij is oké.'

Ze fronst haar voorhoofd. 'Je was van plan minder spoedgeval-len te doen.'

'Dat weet ik. Alleen deze ene keer.'

Ze neemt een hap toast en begint Charlies lunchdoos in te pak-ken. Ik ruik haar parfum en zie dat ze een nieuwe spijkerbroek en haar mooiste jasje aan heeft.

'Waar ga je heen?'

'Ik ga naar mijn cursus over "De islam begrijpen". Je hebt be-loofd dat je om vier uur thuis bent voor Charlie.'

'Ik kan niet. Ik heb een afspraak.'

144

Ze raakt geïrriteerd. 'Er moet iemand hier zijn.'

'Ik kan om vijf uur thuis zijn.'

'Goed, ik zal kijken of ik een oppas kan vinden.'

Ik bel Ruiz vanuit mijn spreekkamer. Op de achtergrond klinken de geluiden van industriële machinerie en stromend water. Hij staat bij een rivier of een beekje.

Zodra ik mijn naam noem hoor ik een veelzeggende elektronische klik. Ik vraag me af of hij ons gesprek op de band opneemt.

'Ik wilde u iets vragen over Catherine McBride.'

'Ja.'

'Hoeveel steekwonden waren er?'

'Eenentwintig.'

'Heeft de patholoog sporen van chloroform gevonden?'

'U hebt het verslag gelezen.'

'Er stond niets over in.'

'Waarom wilt u dat weten?'

'Het is waarschijnlijk van geen belang.'

Hij zucht. 'Luister es. Laten we een deal sluiten. Als u mij niet langer opbelt om van die onbenullige vragen te stellen dan trek ik die niet-betaalde parkeerbon van u in.'

Nog voor ik me kan verontschuldigen omdat ik hem lastig heb gevallen, hoor ik iemand zijn naam roepen. Hij gromt iets in de trant van 'Bedankt voor niks' en hangt op. De man heeft de communicatieve vaardigheden van een begrafenisondernemer.

Fenwick zit op de loer in mijn wachtkamer en kijkt op zijn gouden Rolex. We gaan in zijn favoriete restaurant in Mayfair lunchen. Het is een van die etablissementen waarover in zondagse bijlagen wordt geschreven omdat de chef onberekenbaar en aantrekkelijk is en omgaat met een topmodel. Volgens Fenwick is het ook een bekende pleisterplaats voor beroemdheden, maar die komen er blijkbaar nooit als ik er ben.

Toch heb ik er een keer Peter O'Toole gezien. Fenwick had het over 'Peter' en klonk of hij dikke maatjes met hem was.

Vandaag doet Fenwick zijn best om vriendelijk te zijn. Onderweg naar het restaurant informeert hij naar Julianne en Charlie. Vervolgens leest hij het hele menu hardop voor en levert commentaar op elk gerecht alsof ik niet kan lezen. Wanneer ik mineraalwater kies in plaats van wijn is hij teleurgesteld. 'Ik drink voortaan geen alcohol meer bij de lunch,' verklaar ik.

'Wat ongezellig.'

'Sommige mensen werken 's middags.'

De ober komt naar ons toe en Fenwick geeft precieze aanwijzingen over hoe hij zijn maaltijd bereid wenst te hebben, met suggesties aangaande de oventemperatuur en of het vlees vooraf mals gemaakt moet worden. Als de ober goed bij zijn verstand is zorgt hij dat deze opdrachten nooit de keuken bereiken.

'Heeft nog niemand je verteld dat je de persoon die je eten bereidt nooit in de war moet brengen?' vraag ik.

Fenwick kijkt me niet-begrijpend aan.

'Laat maar,' zeg ik. 'Je hebt als student kennelijk nooit een baantje hoeven hebben.'

'Ik had een toelage, beste jongen.'

Typisch!

Fenwick kijkt rond of hij bekende gezichten ziet. Ik weet nooit goed waar deze lunches toe dienen. Meestal probeert hij me over te halen om in een onroerend-goedzaak of een beginnend biotechnisch bedrijf te investeren. Hij heeft geen flauw benul van geld, of wat erger is, van hoe weinig de meeste mensen verdienen en hoe hoog hun hypotheek is.

Fenwick is waarschijnlijk de laatste aan wie ik normaal gesproken om advies zou vragen, maar hij is nu eenmaal hier en het gesprek is op een dood punt beland.

'Ik heb een hypothetische vraag voor je,' zeg ik terwijl ik mijn servet vouw en ontvouw. 'Als jij een van je patiënten ervan zou verdenken dat hij een ernstige misdaad heeft gepleegd, wat zou je dan doen?'

Fenwick kijkt me verschrikt aan. Hij werpt een blik over zijn schouder alsof hij bang is dat iemand het heeft gehoord.

'Heb je een bewijs?' fluistert hij.

'Nee, dat niet… meer een instinctief gevoel.'

'Hoe ernstig is die misdaad?'

'Ik weet het niet. Misschien van de allerernstigste soort.'

Fenwick leunt naar voren over de tafel met zijn hand voor zijn mond. Zijn gedrag moet haast wel opvallen.

'Je moet het aan de politie vertellen, beste kerel.'

'Maar de geheimhouding tussen arts en patiënt dan? Die vormt de kern van alles wat ik doe. Als patiënten me niet vertrouwen kan ik ze niet helpen.'

'Die geldt in dit geval niet. Denk maar aan het Tarasoff-precedent.'

Tarasoff was een student die in de tweede helft van de jaren zestig in Californië zijn ex-vriendin had vermoord. Hij had tijdens een therapiesessie verteld dat hij van plan was haar om zeep te brengen. De ouders van het vermoorde meisje sleepten de psycholoog vanwege nalatigheid voor de rechter en wonnen hun zaak.

Fenwicks neusvleugels trillen zenuwachtig terwijl hij doorpraat. 'Het is je plicht om vertrouwelijke informatie openbaar te maken als een cliënt een aannemelijke intentie meedeelt om aan een derde ernstig letsel toe te brengen.'

'Precies, maar hoe zit het als hij niet een bepaald persoon heeft bedreigd?'

'Ik denk niet dat het verschil maakt.'

'Jawel. We hebben de plicht om potentiële slachtoffers te beschermen tegen letsel, maar alleen als de patiënt de bedreiging met geweld heeft meegedeeld en iemands naam heeft genoemd.'

'Dat is spijkers op laag water zoeken.'

'Nee, dat is niet zo.'

'We laten dus een moordenaar gewoon vrij rondlopen.'

'Ik weet niet of hij een moordenaar is.'

'Moet je dat niet door de politie laten beoordelen?'

Misschien heeft Fenwick gelijk, maar als ik nu eens de verkeerde conclusie trek? Vertrouwelijkheid is een integraal onderdeel van klinische psychologie. Als ik zonder Bobby's toestemming bijzonderheden over mijn sessies met hem onthul, dan overtreed ik minstens tien regels. Het gevolg zou kunnen zijn dat mijn beroepsvereniging disciplinaire maatregelen tegen mij neemt of dat ik een rechtszaak aan mijn broek krijg.

Hoe zeker weet ik dat Bobby gevaarlijk is? Hij heeft de vrouw in de taxi aangevallen. Verder heb ik alleen zijn psychotisch gewauwel over windmolens en een meisje in een droom.

Fenwick drinkt zijn wijn op en bestelt nog een glas. Eigenlijk geniet hij van dit sensationele gedoe. Ik heb de indruk dat mensen hem niet vaak om raad vragen.

Ons eten wordt gebracht en het gesprek kabbelt voort op vertrouwd terrein. Fenwick vertelt me over zijn nieuwste investeringen en vakantieplannen. Ik krijg het gevoel dat hij naar iets toewerkt, maar geen opening in ons gesprek kan vinden om als vanzelf het onderwerp aan te snijden.

Bij de koffie waagt hij ten slotte de sprong.

'Ik wilde je iets vragen, Joe. Nou ben ik er niet de man naar om vaak om een gunst te vragen, maar deze keer moet ik er jou toch echt een vragen.'

Automatisch beraam ik hoe ik kan weigeren. Ik kan niet één reden bedenken waarom Fenwick mijn hulp zou inroepen.

Onder druk van de ernst van zijn verzoek, begint hij dezelfde zin een paar keer opnieuw. Ten slotte vertelt hij dat hij en Geraldine, zijn vriendin van jaren, zich hebben verloofd.

'Wat geweldig! Gefeliciteerd!'

Hij heft zijn hand op om me te onderbreken. 'Ja, nou, we gaan in juni in West Sussex trouwen. Haar vader heeft daar een landgoed. Ik wilde jou vragen... tja... wat ik wilde zeggen is... ik bedoel... ik zou het een eer vinden als je erin toestemde om mijn getuige te zijn.'

Even ben ik bang dat ik in lachen zal uitbarsten. Ik ken Fenwick amper. We werken nu twee jaar in aan elkaar grenzende praktijkruimtes, maar afgezien van deze sporadische lunches, gaan we nooit met elkaar om en gaan we ook nooit samen golfen of tennissen. Ik kan me vagelijk herinneren dat ik Geraldine een keer op een kerstfeestje in ons gebouw heb ontmoet. Tot die tijd had ik Fenwick ervan verdacht dat hij misschien zo'n dandy-achtige vrijgezel van de oude stempel was.

'Er is vast wel iemand anders...'

'Vanzelfsprekend, ja. Ik dacht... nou ja, ik dacht alleen...' Fenwick knippert met zijn ogen, een toonbeeld van misère.

Opeens daagt het me. Ondanks al dat strooien met bekende namen, ellebogenwerk en zijn buitensporige trots, heeft Fenwick geen vrienden. Waarom zou hij anders mij als zijn getuige kiezen? 'Natuurlijk,' zeg ik. 'Zolang je zeker weet...'

Fenwick is zo blij dat ik bang ben dat hij me wil omhelzen. Hij reikt over de tafel, pakt mijn hand en begint hem enthousiast te schudden. Zijn glimlach is zo meelijwekkend dat ik hem mee naar huis zou willen nemen zoals ik met een zwerfhond zou doen.

Op de terugweg stelt hij allerlei dingen voor om samen te doen, zoals een vrijgezellenfeestje organiseren. 'We kunnen een paar van je tegoedbonnen voor je lezingen gebruiken,' zegt hij schaapachtig.

Ik moet ineens denken aan een les die ik op de eerste dag op kostschool heb geleerd, ik was toen acht. Het allereerste kind dat zich aan je voorstelt is de jongen met de minste vrienden. Fenwick is die jongen.

18

Elisa opent de deur in een zijden Thaise peignoir. Door het licht dat van achteren op haar valt tekenen de contouren van haar lichaam zich onder de stof af. Ik probeer alleen naar haar gezicht te kijken, maar mijn ogen verraden me.

'Waarom ben je zo laat? Ik verwachtte je uren geleden al.'

'Het verkeer.'

Staande in de deuropening neemt ze me van top tot teen op alsof ze niet zeker weet of ze me binnen wil laten. Ze draait zich echter om en ik loop achter haar aan de gang door, kijkend naar het glijden van haar heupen onder de peignoir.

Elisa woont in een verbouwde drukkerij in Ladbroke Grove, niet ver van het Grand Union Canal. Ongeverfde balken en steunbalken kruisen elkaar in een soort bonsaiversie van een vakwerkhuis.

Het huis is vol oude kleden en antieke meubels, die ze na de dood van haar moeder uit Yorkshire liet overkomen. Ze is vooral erg trots op een Elizabethaanse tweezitsbank met fraai houtsnijwerk op de leuningen en poten. Een tiental porseleinen poppen met fijntjes beschilderde gezichten zitten zedig op de bank alsof ze wachten tot iemand hen ten dans vraagt.

Ze schenkt me een drankje in, gaat op de bank zitten en klopt met haar hand op de plek naast haar. Als ze mijn aarzeling ziet trekt ze een gezicht.

'Ik dacht al dat er iets was. Meestal krijg ik een zoen op mijn wang.'

'Het spijt me.'

Lachend slaat ze haar benen over elkaar. Ik voel me vanbinnen verscheurd.

'God, wat zie jij er gespannen uit. Je hebt een massage nodig.'

Ze trekt me omlaag, glipt achter me en begint met haar vingers in de gespannen spieren tussen mijn schouderbladen te duwen. Ik zit tussen haar benen die recht naar voren steken en voel de zachte krullen van haar schaamhaar tegen mijn onderrug.

'Ik had niet moeten komen.'

'Waarom ben je hier dan?'

'Ik wilde je mijn excuses aanbieden. Het was mijn schuld. Ik ben iets begonnen en dat had ik niet moeten doen.'

'Oké.'

'Vind je het niet erg?'

'Ik vond het lekker om met je te neuken.'

'Zo moet je het niet zien.'

'Hoe dan wel?'

Ik denk even na. 'Als een kortstondige ontmoeting.'

Ze lacht. 'Zo allemachtig romantisch was het nou ook weer niet.'

Mijn tenen krommen zich uit pure gêne.

'Wat is er dan gebeurd?' vraagt ze.

'Ik vind het niet eerlijk tegenover jou.'

'Of tegenover je vrouw?'

'Ja.'

'Je hebt me nooit verteld waarom je die avond zo van streek was.'

Ik haal mijn schouders op. 'Ik dacht gewoon na over het leven en zo.'

'Het leven?'

'En de dood.'

'Jezus, alweer zo eentje.'

'Wat bedoel je?'

'Een getrouwde man die veertig wordt en opeens gaat nadenken over de zin van alles. Die kreeg ik vroeger heel vaak. Praters! Ik had ze tweemaal zoveel moeten laten betalen. Dan was ik nu rijk.'

'Dat bedoel ik niet.'

'Wat dan wel?'

'Als ik je nou eens vertel dat ik ongeneeslijk ziek ben?'

151

Ze staakt het masseren en draait mijn hoofd naar zich toe zodat ik haar aan kan kijken. 'Meende je dat?'

Opeens verander ik van gedachte. 'Nee, ik doe gewoon stom.'

Elisa raakt geïrriteerd, omdat ze denkt dat ik haar manipuleer. 'Weet je wat jouw probleem is?'

'Wat dan?'

'Je hebt je hele leven als een beschermde diersoort geleefd. Er was altijd wel iemand die voor je zorgde. Eerst je moeder, toen de kostschool, vervolgens de universiteit en daarna ben je getrouwd.'

'Wat wil je daarmee zeggen?'

'Je hebt het te gemakkelijk gehad. Er is je nog nooit iets heel ergs overkomen. Als andere mensen erge dingen overkomen raap jij de brokstukken op, maar het water heeft nog nooit tot aan jouw lippen gestaan. Herinner je je nog de tweede keer dat we elkaar zagen?'

Ik knik.

'Herinner je je nog wat je toen tegen me zei?'

Dit vergt enige inspanning. Het was in de Holloway-gevangenis. Elisa was ervan beschuldigd dat ze twee tienerjongens opzettelijk met een stiletto had gestoken. Ze was drieëntwintig, had het tot een escortclub in Kensington geschopt en werd naar heel Europa en het Midden-Oosten overgevlogen.

Op een avond moest ze naar een hotel in Knightsbridge gaan. Ze kende de klant niet. Zodra ze de kamer in kwam voelde ze dat er iets niet in de haak was. Haar klanten waren meestal van middelbare leeftijd. Dit was een tiener. Er stonden een stuk of twaalf lege bierflesjes op een lage tafel.

Nog voor ze kon reageren ging de deur van de badkamer open en kwamen er zes jongens te voorschijn. Ze vierden de achttiende verjaardag van een van hen.

'Ik ga jullie niet allemaal neuken.'

Ze lachten.

Na de eerste verkrachting bood ze geen weerstand meer. Ze smeekte hen om haar te laten gaan, maar ze spande zich tegelijk in om bij haar jaszak te komen. Ze strekte haar hand uit op het bed, steeds een eindje verder. De anderen wachtten op hun beurt en keken naar Manchester United tegen Chelsea op *Match of the Day*. Elisa kon met moeite ademhalen. Snot liep uit haar neus en vermengde zich met haar tranen. Toen ze eindelijk bij haar jas kon sloten haar vingers zich om het mes in haar jaszak.

Ryan Giggs had de bal bij de middenlijn weer in bezit en rende er mee weg aan de linkerkant... Handen pakten Elisa's achterhoofd vast. Steve Clarke probeerde Giggs naar de zijlijn te dwingen, maar hij ging binnendoor en daarna weer naar buiten... De gesp van een riem werd in haar borst gepriemd en haar voorhoofd werd tegen een buik aan geduwd... Mark Hughes rende in de richting van de linkerpaal terwijl de twee centrale verdedigers achter hem aan gingen. Giggs ging omhoog in de kruising. Cantona raakte de bal de eerste keer met een volley. Het net bolde op. Elisa's wangen ook.

Ze trok haar mond weg en fluisterde: 'Het is afgelopen.'

Ze stak het mes in de billen van de jongen voor haar. Zijn schreeuw vulde de kamer. Ze draaide zich vlug om en stak de jongen achter haar in zijn dijbeen.

Toen hij achterover sloeg, liet ze zich naar opzij rollen, pakte een bierflesje bij de hals en sloeg het stuk op de hoek van het nachtkastje. Met het mes in haar ene hand en de kapotte fles in de andere stond ze tegenover hen, aan de andere kant van het bed.

Het lemmet was maar vier centimeter lang en de wonden waren geen van alle diep. Elisa belde de politie vanuit de lobby van het hotel. Ze had haar kansen zorgvuldig afgewogen en was tot de conclusie gekomen dat ze geen andere keus had. Ze legde voor de vorm een verklaring af. De jongens hadden ieder een advocaat bij zich tijdens het verhoor. Hun verhalen stemden met elkaar overeen.

Elisa werd aangeklaagd vanwege het opzettelijk toebrengen van letsel terwijl de jongens van de brigadier van het politiebureau een bestraffende preek kregen. Zes jongemannen – met geld, privileges en al een eind op weg geholpen in hun leven – hadden haar volkomen straffeloos verkracht.

Toen ze in voorarrest in de Holloway-gevangenis zat vroeg ze speciaal naar mij. Ze zag er ouder uit maar leek nog steeds even broos. Ze zat op een plastic stoel en hield haar hoofd schuin, haar haar viel over een oog. Haar gebroken tand was gerepareerd.

'Denkt u dat wij zelf bepalen hoe ons leven verloopt?' vroeg ze me.

'Tot op zekere hoogte.'

'En hoe ver is dat?'

'Tot er iets gebeurt waar we geen controle over hebben: een dronken autobestuurder die door rood rijdt, het lottoballetje dat in de goede hoek valt, of kwaadaardige kankercellen die zich binnen in ons beginnen te delen.'

'Dus we hebben alleen invloed op de onbelangrijke dingen?'

'Als we geluk hebben. Neem de Griekse toneelschrijver Aeschylus. Hij stierf toen een adelaar zijn kale hoofd voor een rots aanzag en er een schildpad op liet vallen. Ik denk niet dat hij dat zag aankomen.'

Ze lachte. Een maand later bekende ze schuld en werd tot twee jaar gevangenisstraf veroordeeld. In de gevangenis werkte ze in de wasserij. Elke keer als ze kwaad of bitter werd over het gebeurde, opende ze de deur van een droogtrommel, stak haar hoofd naar binnen en schreeuwde het uit in de grote warme zilverkleurige trommel, tot het geluid in haar hoofd explodeerde.

Wil Elisa misschien dat ik daaraan denk – aan mijn armzalige zedenpreek over waarom ons klotedingen overkomen? Ze laat zich van de bank af glijden en loopt op kousenvoeten de kamer door op zoek naar haar sigaretten.

'Je kwam dus naar me toe om te zeggen dat we niet meer gaan neuken.'

'Ja.'

'Wilde je me dat voor of nadat we met elkaar naar bed zijn geweest vertellen?'

'Ik meen het serieus.'

'Dat weet ik. Sorry.'

Haar sigaret bungelt aan haar lip terwijl ze de ceintuur van haar peignoir opnieuw dichtknoopt. Ik vang een glimp op van een kleine strakke tepel. Ik kan niet zien of ze boos is of teleurgesteld. Misschien kan het haar niet schelen.

'Wil je mijn voorstel aan Binnenlandse Zaken lezen als ik het af heb?' vraagt ze.

'Natuurlijk.'

'En als ik je weer nodig heb om een lezing te geven?'

'Dan kom ik.'

Bij mijn vertrek zoent ze me op mijn wang. Ik houd van dit huis met zijn vale vloerkleden, porseleinen poppen, de kleine open haard en het hemelbed. Maar toch is het alsof ik al bezig ben te verdwijnen.

Mijn huis ligt in diepe duisternis, op een lamp op de benedenverdieping na waarvan het licht tussen de gordijnen van de woonkamer door sijpelt. De haard in de voorkamer heeft gebrand. Ik kan de rookloze kolen ruiken.

De laatste rode sintels gloeien nog na in de haard. Wanneer ik naar het lichtknopje reik merk ik dat mijn linkerhand beeft. Ik zie het silhouet van een hoofd en schouders in de leunstoel bij het raam. De onderarmen liggen op de brede leuningen van de stoel. Zwarte schoenen staan plat op de glanzende houten vloer.

'We moeten praten.' Ruiz neemt niet de moeite om op te staan.

'Hoe bent u binnengekomen?'

'Uw vrouw zei dat ik mocht wachten.'

'Wat kan ik voor u doen?'

'U kunt ophouden me aan het lijntje te houden.' Hij buigt zich naar voren in het lamplicht. Zijn gezicht is grijs en zijn stem klinkt vermoeid.

'Ik heb de patholoog naar chloroform gevraagd. De eerste keer was er niet naar gezocht. Als iemand zo vaak is gestoken hoef je niet verder te zoeken.' Hij wendt zich af en kijkt in het haardvuur.

'Hoe wist u het?'

'Dat kan ik niet zeggen.'

'Dat is niet het antwoord dat ik wens te horen.'

'Het was een slag in de lucht... een veronderstelling.'

'En als u me nu eens vertelt waarom u het niet kunt zeggen?'

'Dat kan ik niet.'

Hij wordt kwaad. Zijn gelaatstrekken zijn scherp in plaats van vermoeid.

'Ik ben een rechercheur van de oude stempel, dr. O'Loughlin. Ik heb op een openbare middelbare school gezeten en ben vandaar rechtstreeks bij de politie gekomen. Ik heb niet aan de universiteit gestudeerd en ik lees weinig boeken. Neem nou computers. Ik weet er de ballen van maar ik begrijp wel dat ze nuttig kunnen zijn. Datzelfde geldt voor psychologen.' Zijn stem daalt. 'Elke keer als ik met een onderzoek bezig ben krijg ik te horen dat ik bepaalde dingen niet mag doen. Ik mag niet te veel geld uitgeven, ik mag bepaalde telefoons niet afluisteren of bepaalde huizen niet doorzoeken. Er zijn tientallen dingen die ik niet mág doen – en die dingen maken me razend. Ik heb u al twee keer gewaarschuwd. Als u weigert me informatie te geven die relevant is voor mijn onderzoek dan zorg ik dat dit allemaal,' hij maakt een gebaar naar de kamer, het huis, mijn leven, 'om u heen zal instorten.'

Ik weet geen antwoord te bedenken waarmee ik hem kan ontwapenen. Wat kan ik hem vertellen? Dat ik een patiënt heb, Bobby Moran geheten, die misschien wel, misschien niet op de rand van schizofrenie is. Hij schopte een vrouw bewusteloos omdat ze op zijn moeder leek – en háár wenst hij dood. Hij maakt lijsten. Hij luistert naar windmolens. Er zit een chloroformluchtje aan zijn kleren. Hij heeft een stukje papier bij zich met het cijfer '21' erop – het aantal steekwonden dat Catherine zichzelf heeft toegebracht...

Stel dat ik dat allemaal tegen hem zeg – hij zou me waarschijnlijk uitlachen. Er is niets concreets dat Bobby in verband brengt met Catherine, maar het zou wel mijn verantwoordelijkheid zijn als een stuk of tien rechercheurs op zijn deur timmeren, zijn verleden napluizen en zijn verloofde en haar zoontje de stuipen op het lijf jagen.

Bobby zal begrijpen dat ik ze heb gestuurd. Hij zal me nooit meer vertrouwen. Hij zal nooit meer iemand zoals ik vertrouwen. Zijn vermoedens zullen bewaarheid worden. Hij vroeg me om hulp en ik heb hem verraden.

Ik weet dat hij gevaarlijk is. Ik weet dat hij in zijn fantasieën tot vreselijke dingen in staat is. Maar als hij niet langer bij me in behandeling is zal ik hem nooit tegen kunnen houden.

Bitterheid en wrok hangen in de lucht als de geur van rookloze kolen. Ruiz trekt zijn jas aan en loopt naar de voordeur. Mijn linkerarm beeft. Het is nu of nooit. Ik moet een beslissing nemen.

'U heeft Catherines flat doorzocht – had ze een rode jurk?'

Ruiz reageert alsof hij gebeten is. Hij draait zich om en doet een stap naar mij toe. 'Hoe wist u dat?'

'Wordt de jurk vermist?'

'Ja.'

'Denkt u dat ze die misschien aan had toen ze verdween?'

'Mogelijk.'

Hij staat in de omlijsting van de deuropening. Zijn ogen zijn rood doorlopen maar hij kijkt me met vaste blik aan. Hij spreidt zijn vingers en balt ze tot een vuist. Hij zou me het liefst in stukken scheuren.

'Kom morgenmiddag naar mijn praktijk. Ik heb daar een dossier. U mag het niet meenemen. Ik weet niet eens of het helpt, maar ik moet het aan iemand laten zien.'

19

De blauwe papieren map ligt voor me op het bureau. Er zit een koordje aan dat om een plat rond schijfje is gewonden om de map af te sluiten. Ik maak het telkens los en weer vast.

Meena werpt een zenuwachtige blik achter zich terwijl ze mijn spreekkamer binnenkomt. Ze loopt de hele kamer door naar mijn bureau voor ze fluistert: 'Er zit een enge man in de wachtkamer. Hij vraagt naar u.'

'Dat is in orde, Meena. Het is een rechercheur.'

Haar ogen gaan wijdopen van verbazing. 'O! Dat zei hij niet. Hij zat alleen maar...'

'Te grommen.'

'Ja.'

'Laat hem maar binnenkomen.' Ik wenk haar om dichterbij te komen. 'Ik wil dat je me over een minuut of vijf belt om me te herinneren aan een belangrijke vergadering ergens buiten dit gebouw.'

'Welke vergadering?'

'Gewoon een belangrijke vergadering.'

Ze fronst haar wenkbrauwen en knikt.

Met een gezicht als een donderwolk negeert hij mijn uitgestoken hand, zodat die in de lucht blijft hangen alsof ik het verkeer aan het regelen ben. Hij neemt plaats, leunt achterover, zet zijn benen wijd uit elkaar en laat zijn jas openvallen.

'Hier werkt u dus, dokter? Erg fraai.' Hij kijkt de kamer schijnbaar terloops rond, maar ik weet dat hij alle details in zich opneemt. 'Hoeveel kost het om zo'n kantoor te huren?'

'Dat weet ik niet, ik ben gewoon een van de partners.'

Hij krabt aan zijn kin en begint in zijn jaszak naar kauwgum te zoeken. Hij wikkelt er langzaam het papiertje af.

'Wat dóét een psycholoog precies?'

'We helpen mensen die zijn beschadigd door dingen die in hun leven zijn gebeurd. Mensen met persoonlijkheidsstoornissen, seksuele problemen of fobieën.'

'Weet u wat ik vind? Een man wordt overvallen en ligt bloedend op straat. Twee psychologen komen langs en de een zegt tegen de ander: "Laten we de vent die dit heeft gedaan gaan zoeken – hij heeft hulp nodig."'

Hij glimlacht, maar niet met zijn ogen.

'Ik help meer slachtoffers dan daders.'

Ruiz haalt zijn schouders op en gooit het kauwgumpapiertje in de prullenmand.

'Vertelt u maar. Hoe wist u van de rode jurk?'

Ik werp een blik op het dossier en maak het koordje los. 'Over een paar minuten word ik gebeld. Dan moet ik weg, maar u kunt wat mij betreft hier blijven. Ik denk dat u zult merken dat mijn stoel makkelijker zit dan die.' Ik sla Bobby's dossier open.

'Mocht u over iets willen praten als u klaar bent, dan zit ik aan de overkant van de straat iets te drinken. Ik kan niet over een bepaalde patiënt of situatie praten.' Ik klop met mijn vinger op Bobby's map om mijn woorden kracht bij te zetten. 'Ik kan alleen in het algemeen iets zeggen over persoonlijkheidsstoornissen en over hoe psychoten en psychopaten functioneren. Het zal een stuk makkelijker zijn als u dat onthoudt.'

Ruiz duwt zijn handpalmen tegen elkaar als in gebed en tikt met zijn wijsvingers tegen zijn lippen. 'Ik houd niet van spelletjes.'

'Het is geen spelletje. We doen het op deze manier, en anders kan ik u niet helpen.'

De telefoon gaat. Meena begint haar verhaaltje af te steken, maar maakt het niet af. Ik ben de deur al uit.

De zon schijnt en de lucht is blauw. Het voelt meer als mei dan half december. Af en toe gebeurt er zoiets hier – dan geeft Londen ons een prachtige dag als om ons erop te wijzen dat het zo'n slechte stad nog niet is om in te wonen.

Dat is ook de reden dat de Engelsen tot de grootste optimisten van de wereld behoren. Als we een schitterende, warme, droge week hebben kunnen we op de herinnering daaraan de hele zomer teren. Je ziet het elke keer weer. Zodra het lente is kopen we shorts, T-shirts, bikini's en sarongs, vol verwachting van een seizoen dat nooit komt.

Ruiz treft me bij de bar aan met een glas mineraalwater.

'Dit is uw rondje,' zegt hij. 'Ik neem een glas bier.'

Het café zit vol lunchende mensen. Hij kuiert naar vier mannen toe die in een hoek bij het raam zitten. Zo te zien zijn het kantoorklerken, maar ze dragen goed gesneden pakken en zijden dassen.

Ruiz toont onder het tafelblad even zijn politiepenning.

'Het spijt me u lastig te moeten vallen, heren, maar ik moet deze tafel vorderen om de bank aan de overkant te kunnen observeren.'

Hij wijst naar buiten en ze draaien zich alle vier tegelijk om om te kijken.

'Wilt u het er niet zo dik op leggen!'

Ze draaien zich snel weer om.

'We hebben goede redenen om aan te nemen dat de bank het doelwit van een overval is. Ziet u die vent daar op de hoek in dat oranje vest?'

'De straatveger?' vraagt een van hen.

'Ja, hij is een van mijn besten. En de verkoopster in de lingeriezaak naast de bank ook. Ik heb deze tafel nodig.'

'Vanzelfsprekend.'

'Absoluut.'

'Kunnen we verder nog iets doen?'

Ik zie Ruiz' ogen even fonkelen. 'Normaal gesproken doe ik dit niet – ik gebruik geen burgers als undercover – maar ik heb te weinig mankracht. Misschien kunnen twee van u in de ene hoek en de twee anderen in de andere hoek gaan zitten. Probeer niet op te vallen. Kijk of u een groep mannen ziet die met z'n vieren in een auto rijden.'

'Hoe maken we contact met u?'

'U vertelt het aan de straatveger.'

160

'Is er een of ander wachtwoord?' vraagt een van hen.

Ruiz rolt met zijn ogen. 'Het is een politieactie, niet zo'n klote Bondfilm.'

Als ze weg zijn neemt hij de stoel bij het raam en zet zijn glas op een viltje. Ik ga tegenover hem zitten en zet mijn nog onaangeroerde glas neer.

'Ze hadden u die tafel toch wel gegeven,' zeg ik, me afvragend of hij het leuk vindt om iemand een poets te bakken of dat hij een hekel aan mensen heeft.

'Heeft Bobby Moran Catherine McBride vermoord?' Hij veegt met de rug van zijn hand het schuim van zijn bovenlip.

De vraag is even subtiel als een goed gemikte baksteen.

'Ik kan niet over een specifieke patiënt praten.'

'Heeft hij toegegeven dat hij haar heeft vermoord?'

'Ik kan niet praten over wat hij misschien wel of niet aan mij heeft verteld.'

Ruiz' ogen verdwijnen in een dicht net van rimpels en zijn lichaam is gespannen. Maar even abrupt ademt hij weer uit en schenkt me iets wat vermoedelijk als een glimlach is bedoeld. Hij is het verleerd.

'Vertelt u me eens over de man die Catherine McBride heeft vermoord.'

De boodschap is blijkbaar overgekomen. Ik zet de gedachte aan Bobby van me af en probeer over Catherines moordenaar na te denken, uitgaand van wat ik over de misdaad weet. Ik heb de hele week geen oog dicht kunnen doen omdat ik aan bijna niets anders kon denken.

'U heeft te maken met een sekspsychopaat,' begin ik, terwijl ik mijn eigen stem niet meer herken. 'De moord op Catherine was een uiting van perverse lust.'

'Maar er waren geen sporen van aanranding.'

'Het gaat hier niet om een gewone verkrachting of aanranding. Het betreft een veel extremer geval van afwijkende seksualiteit. Deze man wordt verteerd door een verlangen om te domineren en pijn te doen. Hij fantaseert over vastgrijpen, in bedwang houden, domineren, folteren en doden. Er zullen op z'n minst een paar fantasieën bij zijn die vrijwel een exacte afspiegeling zijn van wat er is gebeurd.

Denk eens aan wat hij met haar heeft gedaan. Hij heeft haar van de straat ontvoerd of haar verleid om met hem mee te gaan. Hij was niet op zoek naar vlugge, gewelddadige geslachtsgemeenschap in een donker steegje, om daarna het slachtoffer te doden zodat ze hem niet kon identificeren. Hij was erop uit om haar kapot te maken – om haar wilskracht systematisch te vernietigen tot ze een gewillig, doodsbang speeltje was. Maar zelfs dat was niet genoeg. Hij wilde over de uiterste controle beschikken, iemand zo volledig aan zijn wil onderwerpen dat ze zichzelf zou folteren...'

Ik kijk naar Ruiz, in de verwachting dat hij zal afhaken. 'Het was hem bijna gelukt, maar Catherines wil was op het laatst toch niet helemaal gebroken. Er zat nog een sprankje weerstand in haar. Ze was verpleegster. Ze wist waar ze met een kort lemmet moest snijden om snel te sterven. Toen ze het niet langer uithield sneed ze haar halsslagader door. Dat veroorzaakte de embolie. Ze was binnen een paar minuten dood.'

'Hoe weet u dat?'

'Drie jaar medicijnen gestudeerd.'

Ruiz staart naar zijn bierglas alsof hij wil controleren of het wel precies in het midden van het bierviltje staat. Een kerkklok luidt in de verte.

'De man naar wie u zoekt is eenzaam, onhandig in de omgang en seksueel onvolwassen.'

'Klinkt als de gemiddelde tiener.'

'Nee. Het is geen tiener. Hij is ouder. Jongemannen zijn aanvankelijk wel vaak zo, maar het gebeurt zelden dat je er een tegenkomt die een ander de schuld geeft van zijn eenzaamheid en frustratie. Zijn bitterheid en woede nemen bij elke afwijzing toe. Soms geeft hij de schuld aan een specifiek persoon. In andere gevallen haat hij een hele groep.'

'Hij haat alle vrouwen.'

'Dat kan, maar het lijkt me eerder dat hij een bepaald type vrouw haat. Hij wil haar straffen. Daarover fantaseert hij en dat schenkt hem genot.'

'Waarom koos hij Catherine McBride?'

'Dat weet ik niet. Misschien leek ze op iemand die hij wilde straffen. Het kan ook zijn dat de gelegenheid zich voordeed. Toen Catherine beschikbaar was stelde hij zijn fantasie zo bij dat haar uiterlijk en de kleren die ze droeg erin pasten.'

'De rode jurk.'

'Misschien.'

'Kan hij haar gekend hebben?'

'Heel goed mogelijk.'

'Motivatie?'

'Wraak. Controle. Seksuele bevrediging.'

'Ik kan kiezen?'

'Nee, het is een kwestie van alledrie.'

Ruiz verstijft even. Hij schraapt zijn keel en haalt het notitieboekje met gemarmerde kaft te voorschijn.

'Naar wie moet ik dus zoeken?'

'Een man van in de dertig of veertig. Hij woont alleen, op zichzelf, maar omringd door mensen die komen en gaan – het kan in een pension of een caravanpark zijn. Misschien heeft hij een vriendin of een vrouw. Hij is bovengemiddeld intelligent. Hij is lichamelijk sterk, maar mentaal nog sterker. Hij wordt niet zo hevig door seksueel verlangen of woede verteerd dat hij de controle verliest. Hij kan zijn emoties in bedwang houden. Hij is zich bewust van de gerechtelijke kanten. Hij wil niet gepakt worden.

Het is iemand die erin is geslaagd verschillende gebieden van zijn leven gescheiden te houden en ze volledig van elkaar te isoleren. Zijn vrienden, familie en collega's hebben geen flauwe notie van wat er in zijn hoofd omgaat. Ik denk dat hij geïnteresseerd is in sadomasochisme. Zoiets komt niet zomaar uit de lucht vallen. Iemand moet hem daarmee vertrouwd hebben gemaakt – waarschijnlijk alleen in een milde vorm. Zijn geest heeft het naar een niveau getild dat veel verder gaat dan onschuldig plezier. Wat me nog het meest verbaast is zijn zelfverzekerdheid. Niets wees op angst of zenuwen, zoals je bij een eerste keer zou verwachten...'

Ik zwijg. Mijn mond is slap en zurig geworden. Ik neem een slok water. Ruiz kijkt me dof aan, recht zijn rug en maakt af en toe een paar aantekeningen. Mijn stem stijgt weer boven het geroezemoes uit.

'Iemand wordt niet van de ene op de andere dag een volslagen sadist – niet iemand die zo vaardig is als deze man. Organisaties als de KGB trainen hun ondervragers jarenlang om zo bedreven te worden. De mate van controle en raffinement was opmerkelijk. Dit was geen onhandige eerste poging om iemand te vermoorden. Zulke dingen zijn het resultaat van ervaring. Ik geloof niet dat dit een begin was.'

Ruiz draait zich om en kijkt uit het raam. Hij probeert een besluit te nemen. Hij gelooft me niet.

'Het is flauwekul!'

'Waarom?'

'Dit lijkt in de verste verte niet op uw Bobby Moran.'

Hij heeft gelijk. Het klopt niet. Bobby is te jong om dermate vertrouwd te zijn met sadisme. Hij is te wispelturig en veranderlijk. Ik betwijfel ernstig of hij over de mentale vaardigheden en kwaadaardigheid beschikt om iemand als Catherine zo volledig aan zich te onderwerpen en in bedwang te houden. Lichamelijk wel, maar niet qua psychische kracht. Daar staat tegenover dat Bobby mij voortdurend voor verrassingen heeft geplaatst en dat ik zijn psyche nog maar nauwelijks heb onderzocht. Hij heeft details achtergehouden of ze zich laten ontvallen als een spoor van broodkruimels tijdens een sprookjesreis.

Sprookjes? Zo klinkt dit in Ruiz' oren. Hij is overeind gekomen en baant zich een weg naar de bar. De mensen gaan vlug voor hem opzij. Zijn aura is als een zwaailicht dat waarschuwt hem ruimte te geven.

Ik begin al spijt te krijgen. Ik had me erbuiten moeten houden. Soms wilde ik dat ik mijn verstand op nul kon zetten in plaats van altijd te observeren en te analyseren. Ik wilde dat ik mijn aandacht op een piepklein stukje van de wereld kon richten en niet voortdurend zou observeren hoe mensen communiceren, welke kleren ze dragen, wat ze in hun winkelwagentjes leggen, in welke auto's ze rijden, welke huisdieren ze kiezen, welke tijdschriften ze lezen en naar welke televisieprogramma's ze kijken. Ik wilde dat ik eindelijk eens niet hoefde te kijken.

Ruiz is weer terug met een tweede glas bier en een whisky als kopstoot. Hij laat het vloeibare vuur in zijn mond ronddraaien alsof hij een nare smaak wegspoelt.

'Denkt u heus dat deze vent het heeft gedaan?'

'Ik weet het niet.'

Hij vouwt zijn vingers om zijn glas en leunt achterover.

'Wilt u dat ik onderzoek naar hem doe?'

'Dat moet u zelf weten.'

Hij ademt ontevreden snuivend. Hij vertrouwt me nog steeds niet.

'Weet u waarom Catherine naar Londen ging?' vraag ik.

'Volgens haar huisgenote voor een sollicitatiegesprek. We hebben geen brieven gevonden, die had ze waarschijnlijk bij zich.'

'En telefoongesprekken?'

'Niets vanaf haar nummer thuis. Ze had een mobiel, maar die is verdwenen.'

Hij deelt deze feiten mee zonder verder commentaar of er iets aan toe te voegen. Catherines geschiedenis komt overeen met de paar bijzonderheden die ze me tijdens onze sessies vertelde. Haar ouders waren gescheiden toen ze twaalf was. Ze sloot zich aan bij een groep foute jongeren, die aërosol snoven en drugs gebruikten. Ze bracht op haar vijftiende zes weken in een psychiatrische privé-kliniek in West Sussex door. Haar familie gaf daar om begrijpelijke redenen geen ruchtbaarheid aan.

Toen ze verpleegster werd leek dat een keerpunt. Ze had weliswaar nog steeds problemen, maar ze kon ze hanteren.

'Wat is er gebeurd nadat ze bij het Marsden wegging?' vraag ik.

'Ze ging weer terug naar Liverpool en verloofde zich met een matroos op de koopvaardijvaart. Het raakte uit.'

'Is hij een verdachte?'

'Nee, hij is in Bahrein.'

'Zijn er andere verdachten?'

Ruiz glimlacht ironisch. 'Vrijwilligers zijn altijd welkom.' Hij drinkt zijn glas leeg en staat op. 'Ik moet ervandoor.'

'Wat gaat er nu gebeuren?'

'Ik zal mijn mensen aan het werk zetten om zo veel mogelijk informatie over deze Bobby Moran boven water te halen. Als ik hem met Catherine in verband kan brengen zal ik hem heel beleefd vragen om me bij mijn onderzoek te helpen.'

'En u zult mijn naam niet noemen?'

Hij kijkt me laatdunkend aan. 'Wees maar gerust, dokter, uw belangen hebben voor mij de hoogste prioriteit.'

20

Mijn moeder heeft een mooi gezicht en een elegante wipneus, en ze draagt haar sluike haar al zolang ik me kan herinneren naar achteren gekamd, met zilveren spelden vastgezet en achter haar oren gestoken. Helaas heb ik mijn vaders wilde haarbos geërfd. Als ik het een centimeter te lang laat groeien wordt het volkomen onhandelbaar en zie ik eruit alsof ik geëlektrocuteerd ben.

Alles aan mijn moeder getuigt van haar status als doktersvrouw, tot aan haar dubbel geplooide rokken, effen bloezen en laag gehakte schoenen toe. Ze is een gewoontedier en neemt haar handtas zelfs nog mee als ze de hond uitlaat.

Ze kan een dineetje voor twaalf mensen regelen in de tijd die nodig is om een ei te koken. Ze organiseert bovendien tuinfeesten, schoolfuiven, bonte avonden voor de kerk, fondsenwervingen voor liefdadige doeleinden, de verkoop van tweedehands spulletjes, marathonwedstrijden, doop- en trouwpartijen en begrafenissen. Maar ondanks al die vaardigheden heeft ze zich door het leven weten te slaan zonder een boekhouding sluitend te hoeven maken, een besluit over een investering te nemen of in het openbaar een politieke mening te verkondigen. Dat soort zaken laat ze aan mijn vader over.

Als ik over mijn moeders leven nadenk sta ik steeds weer versteld van de mate van verspilling en de niet ingeloste beloftes. Op haar achttiende won ze een wiskundebeurs voor Cardiff University. Op haar vijfentwintigste schreef ze een proefschrift dat Amerikaanse universiteiten ertoe bracht bij haar op de stoep te gaan staan. En wat deed ze? Ze trouwde met mijn vader en nam genoegen met een leven waarin ze nog slechts de conventies in ere hield en eindeloze compromissen sloot.

Ik fantaseer er soms over dat ze zoals 'Shirley Valentine' doet en er met een Griekse ober vandoor gaat of dat ze een hartstochtelijk liefdesverhaal schrijft. Op een dag zal ze opeens haar voorzichtigheid, zelfdiscipline en correctheid laten varen. Ze zal blootsvoets in weiden vol madeliefjes dansen en door het Himalayagebergte trekken. Het zijn prettige gedachten. Ze zijn in ieder geval een stuk beter dan me voor te stellen hoe ze, ouder wordend, naar mijn vader luistert als hij tekeergaat tegen het televisiescherm of de brieven voorleest die hij naar de kranten schrijft. Daar is hij op het ogenblik mee bezig – hij zit een brief te schrijven. Hij leest *The Guardian* alleen als hij bij ons logeert, maar 'dat rode vod' zoals hij het noemt, voorziet hem van genoeg stof voor minstens een dozijn brieven.

Mijn moeder is in de keuken waar ze met Julianne het menu van morgen doorneemt. Op een gegeven moment is er besloten dat we van de zondagse lunch een familiereünie gaan maken. Twee van mijn zusters komen, samen met hun echtgenoten en brave kinderen. Alleen Rebecca ontkomt eraan. Ze is in Bosnië waar ze voor de VN werkt. God zegene haar.

Ik heb op zaterdagochtend nu ook de taak om een vracht loodgietersspullen te verplaatsen van de gang voor in ons huis naar de kelder. Verder moet ik bladeren harken, de schommel oliën en nog twee zakken kolen bij de buurtgarage halen. Julianne zal het eten inslaan, terwijl Charlie en haar grootouders naar de kerstverlichting in Oxford Street gaan kijken.

Bovendien moet ik vandaag een boom kopen – een ondankbare taak. De enige kerstbomen die werkelijk goed van vorm zijn, zijn de bomen die ze voor advertenties gebruiken. Als je hoopt er zo een in het echt te vinden staat je onvermijdelijk een teleurstelling te wachten. De boom zal naar rechts of naar links overhellen. Hij zal onderaan te vol zijn, of bovenin te dun. Hij heeft kale plekken, of de takken zitten op ongelijke afstand van elkaar. Maar als je als door een wonder toch een volmaakte boom vindt, past hij weer niet in de auto en tegen de tijd dat je hem op het imperiaal hebt vastgebonden en naar huis bent gereden zijn de takken gebroken of verbogen. Als je hem dan met moeite de deur door hebt gekregen, je bijna hebt verslikt in de dennennaalden en nat van het zweet bent word je begroet met de gekmakende vraag die van ontelbare Kerstmissen uit het verleden weergalmt: 'Is dat nou echt de beste die je kon vinden?'

Charlies wangen zijn roze van de kou en er hangen glimmende papieren tassen vol nieuwe kleren en een paar schoenen aan haar armen.

'Ik heb hakken gekregen, pap. Hakken!'

'Hoe hoog?'

'Maar zo hoog.' Ze houdt haar duim en wijsvinger een eindje van elkaar.

'Ik dacht dat je niet zo'n tuttig meisje was,' plaag ik.

'Ze zijn niet roze,' zegt ze streng. 'En ik heb geen jurken gekocht.'

Gods hoogstpersoonlijke lijfarts schenkt zichzelf een scotch in en ergert zich dat mijn moeder met Julianne staat te praten in plaats van hem ijs te brengen. Charlie is opgewonden begonnen de tassen open te maken.

Plotseling houdt ze op. 'De boom! Hij is prachtig.'

'Gelukkig wel. Ik heb drie uur moeten zoeken.'

Ik kan haar maar beter niet het hele verhaal vertellen over mijn vriend van de Griekse delicatessenwinkel op Chalk Farm Road, die me over een vent vertelde die aan 'half Londen' bomen levert vanaf de achterkant van zijn drietonner vrachtwagen. De onderneming klonk nogal riskant, maar voor één keer kon me dat niet schelen. Ik zocht een volmaakte boom en volmaakt is hij: een piramide van naar dennen geurende perfectie, met een rechte stam en gelijkmatig verdeelde takken.

Sinds ik thuis ben loop ik telkens heen en weer naar de zitkamer om me over de boom te verbazen. Julianne begint er een beetje genoeg van te krijgen dat ik aldoor zeg: 'Is het geen prachtboom?' en een antwoord verwacht.

Gods hoogstpersoonlijke lijfarts vertelt me dat hij een oplossing weet voor de verkeersopstoppingen in het centrum van Londen. Ik wacht tot hij iets over de boom zegt, maar wil er niet zelf over beginnen. Hij heeft het over zijn plan om alle bestelwagens uit West End te weren, behalve op bepaalde uren. Vervolgens begint hij te klagen over winkelende mensen die te langzaam lopen en stelt één baan voor snelle en één voor langzame voetgangers voor.

'Ik heb vandaag een boom gevonden,' merk ik op, omdat ik het niet langer kan uithouden. Hij stopt abrupt en kijkt over zijn schouder. Hij staat op om hem van dichtbij te bekijken, en loopt eromheen. Daarna doet hij een paar passen achteruit om de symmetrie van de boom te beoordelen.

Hij schraapt zijn keel en vraagt: 'Is dit de beste die er was?'

'Nee! Ze hadden tientallen betere! Honderden! Dit was een van de slechtste, een absolute ramp, de beroerdste van allemaal. Ik kreeg er medelijden mee. Daarom heb ik hem mee naar huis genomen. Ik heb een slechte kerstboom geadopteerd.'

Hij kijkt verbaasd. 'Zo slecht is hij nu ook weer niet.'

'Het is toch verdomme niet te geloven,' mompel ik binnensmonds, maar ik kan niet langer in dezelfde kamer met hem blijven. Waarom kunnen onze ouders ons soms het gevoel geven dat we nog kinderen zijn, zelfs als ons haar grijs begint te worden en we een hypotheek hebben die naar ons gevoel op ons drukt als een derdewereldschuld?

Ik trek me terug in de keuken waar ik mezelf een borrel inschenk. Mijn vader is pas tien uur hier en ik spreek de fles al aan. Morgen komt er tenminste versterking.

Ik was als kind altijd op de vlucht in mijn nachtmerries – om aan een monster of een hondsdolle hond te ontsnappen, of anders aan zo'n Neanderthaler-achtige rugbyspeler, zonder voortanden maar met bloemkooloren. Ik werd altijd net voor ik gepakt werd wakker, maar dat gaf me geen veilig gevoel. Dat is het vervelende van nachtmerries: er wordt niets in opgelost. Je wordt wakker op het moment dat je in de lucht hangt, vlak voor de bom ontploft, of als je poedelnaakt te kijk staat.

Ik lig al vijf uur in het donker in bed. Steeds als ik aan iets prettigs denk en in slaap begin te sukkelen schrik ik in paniek wakker. Het is alsof ik naar een waardeloze, belachelijk slechte griezelfilm kijk, met af en toe een scène die me de stuipen op het lijf jaagt.

Ik probeer vooral niet aan Bobby Moran te denken, want zodra ik dat doe kom ik vanzelf terecht bij Catherine McBride en dat wil ik juist vermijden. Ik vraag me af of Bobby gearresteerd is of in de gaten wordt gehouden. In mijn verbeelding zie ik een busje met geblindeerde raampjes dat voor zijn huis staat geparkeerd.

Mensen voelen het echt niet als er iemand naar hen kijkt – pas als er een aanwijzing is of ze iets ongewoons opvalt. Maar Bobby functioneert niet op dezelfde golflengte als het gros van de mensen. Hij vangt andere signalen op. Een psychoot kan denken dat de televisie tegen hem praat en zal zich afvragen waarom werklieden de telefoonleidingen aan de overkant van de straat repareren, of waarom er buiten een busje met geblindeerde raampjes staat geparkeerd.

Misschien zijn deze dingen niet aan de orde. Ruiz zal met de nieuwe technologie wel alles kunnen vinden wat hij nodig heeft, eenvoudig door Bobby's naam op een computer in te typen en zich toegang te verschaffen tot de geheime dossiers waarvan iedere samenzweringstheoreticus overtuigd is dat de regering die van zijn burgers bijhoudt.

'Denk er niet aan, ga gewoon slapen,' fluistert Julianne. Zij merkt het altijd als ik ergens over inzit. Ik heb sinds Charlies geboorte niet één nacht meer goed geslapen. Na een tijd ben je het ook ontwend. Nu ik die pillen slik is het erger geworden.

Julianne ligt op haar zij, met het laken tussen haar dijen en een hand naast haar gezicht op het kussen. Charlie slaapt ook zo: bijna zonder geluid te maken of zich te verroeren. Alsof ze in hun dromen geen voetspoor willen achterlaten.

Op zondagochtend is het huis vervuld van etensgeuren en vrouwengebabbel. Er wordt van mij verwacht dat ik de haard aanmaak en de stoep veeg. Maar eerst sluip ik om het huis heen om de ochtendkrant te pakken.

Terug in mijn werkkamer leg ik de bijvoegsels en magazines opzij en ga op zoek naar berichten over Catherine. Ik wil net gaan zitten als ik zie dat een van Charlies telescoopvissen op zijn rug in het aquarium drijft. Even vermoed ik dat het een slim goudvistrucje is, maar als ik nog eens goed kijk maakt hij toch niet zo'n gezonde indruk. Er zitten grijze stippen op de schubben – symptoom van een exotische visschimmel. Charlie kan niet goed tegen de dood. In koninkrijken in het Midden-Oosten duren rouwprocessen korter. Op een doordeweekse dag zou ik misschien vlug naar de dierenwinkel gaan om een replica vis te kopen. Ik heb zoiets al eens gedaan, maar het was zinloos. Als de nieuwe vis even groot was geweest, was het misschien gelukt. Maar goudvissen krimpen helaas zelden. Ik schep het visje er met mijn hand uit en sta naar het arme schepsel te staren. Ik vraag me af of Charlie zal geloven dat hij gewoon verdwenen is. Ze is per slot van rekening pas acht. Maar ze gelooft ook al niet meer in de kerstman en de paashaas. Hoe kon ik toch zo'n cynicus voortbrengen?

'Charlie, ik heb slecht nieuws voor je. Een van je telescoopvissen is verdwenen.'

'Hoe kon hij zomaar verdwijnen?'

'Eigenlijk is hij doodgegaan. Ik vind het naar voor je.'

'Waar is hij?'

'Je wilt hem toch niet zien?'

'Jawel.'

Ik houd de vis nog steeds in mijn hand, die ik in mijn zak heb gestoken. Wanneer ik mijn hand open lijkt het eerder een tovertrucje dan een plechtige daad.

'Je hebt tenminste niet geprobeerd een nieuwe voor me te kopen,' zegt ze.

Julianne heeft alles zo goed op orde dat ze een hele verzameling schoenendozen en papieren tassen met koordjes heeft die ze uitgerekend voor zo'n overlijdensgeval in de familie bewaart. Onder Charlies toezicht begraaf ik de telescoopvis onder de pruimenboom, bij wijlen Harold Hamster, een muis die gewoon 'Muis' heette en een mussenjong dat tegen de openslaande deuren vloog en zijn nek brak.

Tegen het middaguur heeft het merendeel van de familie zich verzameld, op mijn zuster Lucy en haar man Eric na, die drie kinderen hebben van wie ik de namen niet kan onthouden, ik weet alleen dat ze op een ie-klank eindigen, zoals Debbie, Jimmy of Bobby.

Gods hoogstpersoonlijke lijfarts had gewild dat Lucy haar oudste zoon naar hem noemde. Het idee van een derde generatie 'Joseph' stond hem wel aan. Maar Lucy zwichtte niet en gaf hem een andere naam – Andy wellicht, of Gary of Freddy.

Ze zijn altijd aan de late kant. Eric is luchtverkeersleider en de meest verstrooide man die ik ooit heb ontmoet. Het is gewoon griezelig. Hij vergeet altijd waar we wonen en moet elke keer als hij komt opbellen om naar de weg te vragen. Hoe kan hij in godsnaam tientallen vliegtuigen in de lucht uit elkaar houden? Als ik een vlucht boek die van Heathrow vertrekt heb ik altijd de neiging om Lucy te bellen om te vragen of Eric die dag werkt.

Patricia, mijn middelste zuster, is in de keuken met haar nieuwe vriend, Simon, een strafpleiter die voor zo'n televisieserie werkt waarin gerechtelijke dwalingen aan de kaak worden gesteld. Patricia's echtscheiding is onlangs uitgesproken en ze viert het met champagne.

'Ik vind eigenlijk niet dat dit genoeg reden is voor Bollinger,' zegt mijn vader.

'Waarom in godsnaam niet?' vraagt ze, en ze neemt vlug een slok voor het glas overloopt.

Ik besluit Simon te hulp te schieten. Niemand verdient het op deze manier met mijn familie kennis te maken. We gaan met onze glazen naar de zitkamer waar we wat met elkaar babbelen. Simon heeft een olijk rond gezicht en slaat zich voortdurend als een kerstman in een warenhuis op zijn buik.

'Het spijt me voor je van die vervelende Parkinson,' zegt hij. 'Nare toestand.'

Een gevoel van moedeloosheid overvalt me. 'Wie heeft je dat verteld?'

'Patricia.'

'Hoe wist zij het?'

Simon beseft ineens dat hij een vergissing heeft begaan en begint zijn verontschuldigingen aan te bieden. De afgelopen maanden zijn er een paar bijzonder deprimerende momenten geweest, maar niet één zo deprimerend als tegenover een volslagen vreemde te staan die mijn whisky drinkt en medelijden met me heeft.

Wie weet het nog meer?

De bel gaat. Eric, Lucy en de 'ie'-kinderen komen met veel drukte binnen en er wordt stevig handen geschud en op wangen gezoend. Na één blik op mij begint Lucy's onderlip te trillen. Als ze haar armen om me heen slaat voel ik haar lichaam tegen mijn borst schudden.

'Ik vind het zo erg, Joe. Zo vreselijk erg.'

Mijn kin rust op haar kruin. Eric legt zijn hand op mijn schouder alsof hij me de pauselijke zegen geeft. Ik heb me geloof ik nog nooit zo gegeneerd.

De rest van de middag ligt voor me als een urenlang sociologie-college. Als ik er genoeg van heb om vragen over mijn gezondheid te beantwoorden wijk ik uit naar de tuin waar Charlie met de 'ie'-kinderen speelt. Ze laat hun zien waar we de goudvis hebben begraven. Nu herinner ik me weer hoe ze heten: Harry, Perry en Jenny.

Harry is nog een kleuter en lijkt op een miniatuur-Michelin-mannetje, met zijn gewatteerde jasje en wollen muts. Als ik hem omhooggooi begint hij te giechelen. De andere kinderen pakken me bij mijn benen vast en doen alsof ik een monster ben. Uit mijn ooghoek zie ik Julianne droefgeestig door de openslaande deuren naar buiten kijken. Ik weet waar ze aan denkt.

Na de lunch gaan we naar de zitkamer waar Julianne voor koffie en thee zorgt. Iedereen zegt iets aardigs over de kerstboom en mijn moeders fruitcake.

'Zullen we "Raad eens wie ik ben?" spelen?' vraagt Charlie met volle mond en kruimels op haar bovenlip. Ze hoort niet hoe de anderen kreunen, maar deelt pennen en papier uit terwijl ze opgewonden de regels uitlegt.

'Je moet aan een beroemdheid denken. Het hoeft geen bestaand mens te zijn. Het kan ook een figuur uit een tekenfilm zijn of een filmster. Het kan zelfs Lassie zijn...'

'Daar gaat mijn keus.'

Ze kijkt me kwaad aan. 'Je mag de naam die je hebt opgeschreven aan niemand laten zien. Daarna plak je het papier op iemands voorhoofd. Die moet dan raden wie hij is.'

Het blijkt een heel leuk spel te zijn. Gods hoogstpersoonlijke lijfarts kan niet begrijpen waarom iedereen zo hard moet lachen om de naam op zijn voorhoofd: 'Grumpy', van Sneeuwwitje en de zeven dwergen.

Ik begin er zelfs net plezier in te krijgen als de bel gaat en Charlie wegholt om open te doen. Lucy en Patricia beginnen de kopjes en schoteltjes weg te ruimen.

'U lijkt niet op een politieagent,' zegt Charlie.

'Ik ben rechercheur.'

'Betekent dat dat u een penning hebt?'

'Wil je hem zien?'

'Dat is misschien wel het beste.'

Ruiz begint in zijn jas te zoeken als ik bij de deur kom.

'We hebben haar geleerd voorzichtig te zijn,' zeg ik verontschuldigend.

'Dat is heel verstandig.' Hij lacht tegen Charlie en lijkt opeens vijftien jaar jonger. Even denk ik dat hij door haar haar zal woelen, maar dat doet tegenwoordig bijna niemand meer.

Ruiz kijkt langs me heen de gang in en biedt zijn excuses aan omdat hij me komt storen.

'Kan ik iets voor u doen?'

'Ja,' mompelt hij, waarbij hij op zijn zakken klopt alsof hij een aantekening voor zichzelf had gemaakt.

'Wilt u binnenkomen?'

'Graag, als het mag.'

Ik breng hem naar mijn werkkamer en biedt aan zijn jas op te hangen. Catherines dossier ligt nog open op mijn bureau, precies zoals ik het heb achtergelaten.

'Bent u uw huiswerk aan het maken?'

'Ik wilde er alleen zeker van zijn dat ik niets ben vergeten.'

'En?'

'Nee, niets.'

'U kunt mij dat beter laten beoordelen.'

'In dit geval niet.' Ik sla de aantekenschriften dicht en leg ze weg. Hij loopt om mijn bureau heen, werpt een blik op mijn boekenkast en bekijkt de foto's en mijn waterpijpsouvenir uit Syrië.

'Waar hangt hij uit?'

'Pardon?'

'U zei dat mijn moordenaar niet met Catherine is begonnen, dus wat heeft hij allemaal uitgespookt?'

'Hij heeft geoefend.'

'Op wie?'

'Dat weet ik niet.'

Ruiz staat bij het raam en kijkt uit over de tuin. Hij trekt zijn schouders op zodat de gesteven boord van zijn overhemd tot aan zijn oren komt. Ik wil hem vragen wat hij over Bobby te weten is gekomen, maar hij is me voor.

'Gaat hij weer een moord plegen?'

Ik wil daar geen antwoord op geven. Praten over hypotheses is gevaarlijk. Hij merkt dat ik me terugtrek, maar hij zal me niet laten ontsnappen. Ik moet in ieder geval íéts zeggen.

'Op het ogenblik denkt hij nog aan Catherine en aan hoe ze stierf. Als die herinneringen vervagen gaat hij misschien op zoek naar nieuwe ervaringen om zijn fantasieën mee te voeden.'

'Waarom bent u daar zo van overtuigd?'

'Omdat zijn handelingen ontspannen en doordacht waren. Hij raakte de controle niet kwijt en hij werd niet verteerd door woede of verlangen. Hij maakte zijn plannen rustig, weloverwogen, haast euforisch.'

'Waar zijn die andere slachtoffers dan? Waarom hebben we die niet gevonden?'

'Misschien heeft u nog geen verband kunnen leggen.'

Ruiz verstrakt en recht zijn schouders. Hij is gepikeerd door de implicatie dat hij misschien iets belangrijks over het hoofd heeft gezien. Maar hij zal het onderzoek niet uit overdreven trots in gevaar brengen. Hij wíl het begrijpen.

'U zoekt naar aanwijzingen in de methode en de symbolen, maar die krijgt u alleen door misdaden met elkaar te vergelijken. Vind een tweede slachtoffer en misschien ontdekt u een patroon.

Vind een patroon en misschien ontdekt u meerdere slachtoffers.'

Ruiz knarsetandt uit alle macht. Wat kan ik hem verder nog vertellen?

'Hij kent de omgeving. Hij is een tijdje bezig geweest om Catherine te begraven. Hij wist dat er geen huizen staan die op dat stuk van het kanaal uitkijken. En hij wist wanneer het jaagpad 's nachts verlaten is.'

'Dus hij woont in de buurt.'

'Of heeft er gewoond.'

Ruiz ziet in dat de feiten kloppen met de theorie en houdt ze tegen het licht. Beneden lopen mensen rond, een wc wordt doorgetrokken, een kind huilt boos.

'Maar waarom zou hij zo'n voor iedereen toegankelijke plek uitkiezen? Hij had haar in een of ander godvergeten gat kunnen verstoppen.'

'Hij verstopte haar niet. Hij gaf Catherine aan u.'

'Waarom?'

'Misschien is hij trots op zijn werk of geeft hij u een voorproefje.'

Ruiz' gezicht vertrekt in een grimas. 'Ik begrijp niet hoe u uw werk doet. Hoe kunt u gewoon doorgaan, wetend dat zulke zieke griezels vrij rondlopen? Hoe kunt u zich in hun geest verplaatsen?' Hij slaat zijn armen over elkaar en steekt zijn handen onder zijn oksels. 'Maar misschien geniet u juist van dit soort smerige zaken.'

'Wat bedoelt u?'

'Dat weet u best. Is dit een spel voor u? Rechercheurtje spelen. Het dossier van de ene patiënt aan mij laten zien, maar niet van een andere. Me opbellen om vragen te stellen. Geniet u daarvan?'

'Ik... ik heb niet gevraagd om hierin betrokken te worden.'

Hij geniet van mijn woede. In de stilte die hierop volgt hoor ik beneden gelach.

'Ik denk dat u beter kunt vertrekken.'

Hij kijkt me voldaan en zich bewust van zijn lichamelijke superioriteit aan voor hij zijn jas pakt en de trap af gaat. Uitgeput stel ik me voor hoe mijn energie letterlijk uit me wegvloeit.

Bij de voordeur slaat Ruiz de kraag van zijn jas neer en kijkt achterom naar me.

'Op de jacht, dokter, heb je vossen, heb je jachthonden en heb je actievoerders tegen de vossenjacht. Wat bent u?'

'Ik hou niet van de vossenjacht.'

'Is dat zo? De vos ook niet.'

Als onze gasten vertrokken zijn, stuurt Julianne me naar boven om een bad te nemen. Een tijdje later merk ik dat ze naast me in bed kruipt. Ze draait zich om en schuift wat naar achteren tot ze behaaglijk tegen me aan ligt. Haar haren ruiken naar appel en kaneel.

'Ik ben moe,' fluister ik.

'Het is een lange dag geweest.'

'Dat bedoel ik niet. Ik lag net te denken aan een paar dingen die ik wil veranderen.'

'Zoals?'

'Gewoon veranderen.'

'Denk je dat het verstandig is?'

'We kunnen met vakantie gaan. We zouden naar Californië kunnen gaan. Daar hebben we het vaak over gehad.'

'Maar hoe moet het dan met je baan... en met Charlies school?'

'Ze is nog jong. Als we een halfjaar gaan reizen leert ze meer dan op school...'

Julianne draait zich om, komt half overeind tot ze op een elleboog steunt en kijkt naar me. 'Waar komt dit ineens door?'

'Zomaar.'

'In het begin zei je dat je niet wilde dat er dingen veranderen. Je zei dat de toekomst er precies zo uit kon zien als wij wilden.'

'Ja, dat weet ik.'

'En daarna praatte je niet meer met me. Je vertelt me niets meer over wat je doormaakt en opeens kom je hiermee aanzetten!'

'Het spijt me. Ik ben gewoon moe.'

'Nee, dat is niet het enige. Vertel het me maar.'

'Ik heb zo'n idioot idee in mijn kop dat ik eigenlijk meer zou moeten doen. Je leest wel eens over mensen wier leven een en al

gebeurtenissen en avonturen is en dan denk je: wauw! Ik moet eigenlijk meer doen. En toen dacht ik eraan om op reis te gaan.'

'Zolang er nog tijd is?'

'Ja.'

'Dus het heeft toch met Parkinson te maken?'

'Nee... Ik kan het niet uitleggen... O, laat maar zitten.'

'Ik wil het niet laten zitten. Ik wil dat je gelukkig bent. Maar we
hebben geen geld – door de hypotheek en het sanitair. Dat zei je zelf
ook. Misschien kunnen we deze zomer naar Cornwall gaan...'

'Ja, je hebt gelijk. Cornwall zou leuk zijn.' Al doe ik nog zo mijn
best om enthousiast te klinken, ik weet dat het me niet goed afgaat. Julianne schuift haar arm om mijn middel en komt dicht tegen me aan liggen. Ik voel haar warme adem in mijn hals.

'Met een beetje geluk ben ik tegen die tijd zwanger,' fluistert ze.

'Dan willen we niet al te ver van huis zijn.'

21

Ik heb hoofdpijn en een rauwe keel. Het kan een kater zijn. Of misschien griep. Volgens de krant is het halve land bezweken aan een exotisch virus uit Peking of Bogota – een van die steden waaruit je niet vertrekt zonder een gemene bacil opgelopen te hebben. Het goede nieuws is dat ik geen merkbare bijwerkingen ondervind van de Selegiline, behalve slapeloosheid dan, maar daar leed ik al aan. Het slechte nieuws is dat dit medicijn geen invloed heeft op mijn symptomen.

Ik bel Jock om zeven uur.

'Hoe weet je dat het niet werkt?' vraagt hij geërgerd omdat hij gewekt is.

'Ik voel geen verschil.'

'Maar daar gaat het juist om. De symptomen verdwijnen er niet door, het zorgt dat ze niet verergeren.'

'Oké.'

'Je moet gewoon geduld hebben en je ontspannen.'

Hij heeft makkelijk praten.

'Doe je de oefeningen?' vraagt hij.

'Ja,' lieg ik.

'Ik weet dat het maandag is, maar heb je zin om te gaan tennissen? Ik zal het je niet te moeilijk maken.'

'Hoe laat?'

'Ik zie je om zes uur wel op de club.'

Julianne zal hier dwars doorheen kijken, maar ik ben tenminste het huis uit. Ik mag na gisteren de schade wel een beetje inhalen.

Vandaag is mijn eerste patiënt een jonge balletdanseres met de gratie van een gazelle en de gele tanden en het terugtrekkend tandvlees van een hardnekkige boulimia-lijder. Daarna komt Margaret, nog steeds met haar oranje reddingsboei in de armen geklemd. Ze laat me een krantenknipsel zien over een brug in Israël die is ingestort. 'Zei ik het niet!' staat er op haar gezicht te lezen.

Vijftig minuten lang doe ik mijn best haar zover te krijgen dat ze zich concentreert op het aantal bruggen in de wereld en hoe vaak die instorten.

Om drie uur sta ik voor het raam te kijken of ik Bobby tussen de voetgangers zie. Ik vraag me af of hij komt. Ik schrik als ik zijn stem hoor. Hij staat in de deuropening en wrijft met zijn handen langs zijn zij alsof hij ze afveegt.

'Het was niet mijn schuld,' zegt hij.

'Wat?'

'Dat wat u denkt dat ik heb gedaan.'

'Je hebt een vrouw bewusteloos geschopt.'

'Ja, dat is alles. Meer niet.' Het licht weerkaatst van het gouden montuur van zijn bril.

'Zo'n vijandigheid moet ergens door komen.'

'Wat bedoelt u?'

'Je bent een intelligente jongeman. Je weet best wat ik bedoel.'

Het is tijd om Bobby voor het blok te zetten en te zien hoe hij onder druk reageert.

'Hoe lang ben je nu mijn patiënt? Een halfjaar. De helft van de tijd was je onvindbaar. Je bent te laat voor sessies gekomen, je bent zonder afspraak komen opdagen en je hebt me om vier uur 's nachts uit bed gehaald...'

Hij knippert met zijn ogen. Omdat mijn stem zo beleefd klinkt weet hij niet zeker of ik hem bekritiseer of niet.

'...En áls je hier bent, begin je vaak over iets heel anders te praten en draai je om de dingen heen. Wat probeer je te verbergen? Waar ben je zo bang voor?'

Ik trek mijn stoel wat dichter naar hem toe. Onze knieën raken elkaar bijna. Het is alsof ik in de ogen van een geslagen hond kijk die niet eens beseft dat hij zijn blik af kan wenden. Bepaalde aspecten van zijn functioneren zie ik heel helder – vooral zijn verleden – maar het is me nog steeds niet duidelijk wat voor iemand hij nu is. Wat is hij geworden?

'Ik zal je eens vertellen wat ik denk, Bobby. Ik denk dat je wanhopig naar liefde verlangt maar dat je mensen niet voor je in kunt nemen. Dat is al lang geleden begonnen. Ik zie een intelligente, gevoelige jongen die elke avond zit te wachten tot hij hoort dat zijn vader zijn fiets door het tuinhekje duwt. En wanneer zijn vader in zijn conducteursuniform binnenkomt kan de jongen haast niet wachten tot hij naar zijn verhalen mag luisteren en hem in zijn werkplaats mag helpen. Zijn vader is grappig, aardig, alert en vindingrijk. Hij heeft grootse plannen voor vreemde en wonderbaarlijke uitvindingen die de wereld zullen veranderen. Hij tekent ze op stukjes papier en bouwt modellen in de garage. De jongen kijkt toe als hij werkt en soms rolt hij zich 's avonds op om tussen de houtkrullen te gaan slapen, luisterend naar het geluid van de draaibank. Maar zijn vader verdwijnt. De belangrijkste persoon in zijn leven – de enige om wie hij werkelijk geeft – laat hem in de steek. Helaas beseft zijn moeder zijn verdriet niet, of ze vergeeft het hem niet. Zij vindt hem zwak en dromerig, net als zijn vader. Hij deugt nooit in haar ogen.'

Ik let goed op of ik tekenen van protest of ontkenning zie. Zijn ogen schieten heen en weer alsof hij droomt, maar toch blijft hij met zijn aandacht bij mij.

'...Die jongen is bijzonder observerend en intelligent. Hij heeft scherpe zintuigen en intense emoties. Hij begint aan zijn moeder te ontsnappen. Hij is nog niet oud of dapper genoeg om van huis weg te lopen. In plaats daarvan vlucht hij in zijn geest. Hij creëert een wereld die anderen nooit zien of waarvan ze het bestaan niet kennen. Een wereld waarin hij populair en machtig is: waar hij kan straffen en belonen. Een wereld waarin niemand hem uitlacht of kleineert, zelfs zijn moeder niet. Hij is Clint Eastwood, Charles Bronson en Sylvester Stallone in één. Verlosser. Wreker. Rechter. Jury. Beul. Hij kan op zijn eigen manier het recht doen gelden. Hij kan het voltallige rugbyteam van de school met een machinegeweer neermaaien of de bullebak van de school tegen een boom op de speelplaats vastspijkeren...'

Bobby's ogen fonkelen bij soortgelijke herinneringen en de geluiden die ermee gepaard gaan – het licht en het donker die de

nuances van zijn verleden vormen. Zijn mondhoeken trillen.
'En wat wordt er van deze jongen als hij volwassen is? Iemand die aan slapeloosheid lijdt. Hij heeft periodes met slapeloze nachten waardoor zijn zenuwen overspannen raken en hij dingen vanuit zijn ooghoeken ziet. Hij verbeeldt zich dat er samenzweringen zijn en dat mensen op hem letten. Wakker liggend maakt hij lijsten en geheime codes voor zijn lijsten. Hij wil naar die andere wereld vluchten, maar er is iets mee aan de hand. Hij kan er niet meer naartoe omdat iemand hem iets heeft laten zien wat nog veel mooier is – nog veel opwindender: het is echt!'
Bobby knippert met zijn ogen en knijpt in het vel op de rug van zijn handen.
'Heb je wel eens de uitdrukking gehoord: "Ieder zijn meug"?' vraag ik hem.
Haast zonder het te beseffen antwoordt hij bevestigend.
'Daarmee zou je de menselijke seksualiteit kunnen karakteriseren en het feit dat we allemaal verschillen in onze belangstelling en smaak. De jongen groeide op en ervoer als jongeman iets wat hem zowel opwond als verontrustte. Het was een duister geheim. Een verboden genot. Hij was bang dat hij pervers was geworden – vanwege de seksuele opwinding als hij pijn toebracht.'
Bobby schudt zijn hoofd; zijn ogen lijken groter door de brillenglazen.
'Maar je had een voorbeeld nodig – een introductie. En daarover heb je me nog niets verteld, Bobby. Wie was die speciale vriendin die jou de ogen geopend heeft? Hoe voelde het om haar pijn te doen?'
'U bent gestoord!'
'En jij liegt.' Hij mag niet over iets anders beginnen. 'Hoe voelde het de eerste keer? Jij wilde niks met die spelletjes te maken hebben, maar zij daagde je uit. Wat zei ze? Dreef ze de spot met je? Lachte ze?'
'Praat niet tegen me. Kop dicht! Kop dicht!'
Hij houdt de uiteinden van zijn jasmouwen in zijn vuisten geklemd en bedekt er zijn oren mee. Ik weet dat hij nog naar me luistert. Mijn woorden sijpelen erdoorheen en zetten uit in de

spleten en scheuren als water dat ijs is geworden.

'Iemand heeft het zaadje geplant. Iemand heeft je geleerd om te genieten van het gevoel dat je macht hebt... dat je iemand pijn kunt doen. Eerst wilde je ermee ophouden, maar zij wilde meer. Toen merkte je dat je je niet langer inhield. Je genoot ervan! Je wilde niet meer ophouden.'

'Kop dicht! Kop dicht!'

Bobby wiegt heen en weer op de rand van zijn stoel. Zijn mond hangt half open en hij richt zijn aandacht niet langer op mij. Ik ben er bijna. Ik zit met mijn vingers in de spleten van zijn psyche. Met een enkele bevestiging, hoe klein ook, zal ik door zijn afweer heen kunnen breken. Maar daarvoor weet ik nog niet genoeg. Er ontbreken nog een paar stukjes. Als ik te ver ga riskeer ik hem kwijt te raken.

'Wie was ze, Bobby? Heette ze Catherine McBride? Ik weet dat je haar kende. Waar heb je haar ontmoet? In het ziekenhuis? Het is geen schande om hulp te zoeken, Bobby. Ik weet dat je al eerder een psychologisch onderzoek hebt gehad. Was Catherine een patiënt of een verpleegster? Ik denk dat ze een patiënt was.'

Bobby knijpt in de brug van zijn neus en wrijft over de plek waarop zijn bril rust. Als hij zijn hand langzaam in zijn broekzak steekt word ik opeens door twijfel overvallen. Zijn vingers zoeken naar iets. Hij heeft veertig kilo en twintig jaar op mij voor. De deur is aan de andere kant van de kamer. Hij zal die eerder dan ik bereiken.

Hij haalt zijn hand uit zijn zak. Ik staar er als gebiologeerd naar. Hij houdt een witte zakdoek vast, vouwt hem uit en legt hem op zijn schoot. Daarna zet hij zijn bril af en begint langzaam beide glazen schoon te maken, er met de zakdoek tussen zijn duim en wijsvinger over wrijvend. Misschien wint hij tijd met dit trage ritueel.

Hij houdt zijn bril tegen het licht en kijkt of er vlekken op zitten. Daarna richt hij zijn blik voorbij de bril en rechtstreeks op mij. 'Zuigt u al pratend die flauwekul uit uw duim of bent u het hele weekend bezig geweest om dit te verzinnen?'

De druk verdwijnt als de lucht die uit een lek geprikt rubberen vlot stroomt. Ik heb mijn hand overspeeld. Ik wil hem vragen waar ik de plank missloeg, maar dat zal hij me niet vertellen. Een pokerspeler legt niet uit waarom hij de ander uitdaagt. Ik moet heel dicht in de buurt zijn gekomen, maar dat is net zoiets als wanneer NASA zegt dat de vlucht van haar Mars Polar Lander geslaagd is omdat hij op de juiste planeet is neergestort en vermist geraakt.

Bobby's vertrouwen in mij is geschokt. Hij weet nu bovendien dat ik bang voor hem ben en dat is geen goede basis voor een therapeutische relatie. Wat had ik in godsnaam verwacht? Ik heb hem als een mechanisch speeltje opgewonden en vervolgens laten gaan.

De witte Audi rijdt langs Elgin Avenue in Maida Vale en mindert vaart als hij me passeert. Trekkebenend vervolg ik mijn weg op de stoep, met mijn tennisracket onder mijn arm en een blauwe plek zo groot als een grapefruit op mijn rechterbovenbeen. Ruiz zit achter het stuur. Hij maakt de indruk een man te zijn die bereid is om mij met zes kilometer per uur tot mijn huis te volgen.

Ik blijf staan en draai me naar hem om. Hij buigt naar opzij om het portier aan de passagierskant te openen. 'Wat is er met u gebeurd?'

'Een sportblessure.'

'Ik dacht dat tennis niet zo gevaarlijk is.'

'Dan heeft u nog niet met mijn tegenspeler getennist.'

Ik stap naast hem in. De auto ruikt naar oude tabak en luchtverfrisser met een appelluchtje. Ruiz keert en zet koers in westelijke richting.

'Waar gaan we heen?'

'De plaats van de misdaad.'

Ik vraag hem niet naar de reden. Uit zijn manier van doen maak ik op dat ik geen keus heb. De temperatuur is gedaald tot net boven het vriespunt en het licht van de straatlantaarns is in de mist slechts een zwak schijnsel. Er knipperen gekleurde lampjes voor de ramen en de deuren zijn versierd met plastic hulstkransen.

We rijden door Harrow Road en slaan af bij Scrubs Lane. Na nog geen kilometer voert de weg omhoog en weer omlaag over de Mitre Bridge, die daar over het Grand Union Canal en de Paddington-spoorlijn ligt. Ruiz parkeert de auto aan de kant van de weg en zet de motor af. Hij stapt uit en wacht tot ik ook uitgestapt ben. De deuren gaan met de automatische vergrendeling op slot als hij wegloopt in de verwachting dat ik hem volg. Mijn dijbeen is nog stijf door Jocks goed gerichte slag. Ik wrijf er behoedzaam over en strompel over de weg in de richting van de brug. Ruiz blijft staan bij een afrastering van gaashekwerk. Hij grijpt een ijzeren paal beet en komt met een zwaai op een stenen muurtje dat langs de brug loopt. Via dezelfde paal laat hij zich aan de andere kant omlaag zakken. Hij draait zich om en wacht op mij.

Het jaagpad is verlaten en de dichtstbijzijnde gebouwen zijn donker en leeg. Voor mijn gevoel is het veel later dan het is – zoals de wereld in de vroege ochtenduren zoveel eenzamer lijkt en een bed zoveel warmer.

Ruiz loopt met gebogen hoofd voor me uit, zijn handen diep in zijn jaszakken. Hij zit blijkbaar vol opgekropte woede. Na ongeveer vijfhonderd meter zien we rechts van ons de spoorlijnen. Onderhoudsloodsen tekenen zich af tegen het laatste restje licht. Rijdend materieel staat ongebruikt op een goederenemplacement.

Haast zonder waarschuwing dendert er opeens een trein langs. Het geluid weerkaatst van de gammele gebouwtjes en de stenen oevers van het kanaal tot het is alsof we in een tunnel staan.

Ruiz is plotseling stil blijven staan. Ik bots bijna tegen hem op.

'Herkent u iets?'

Ik weet precies waar we zijn. Ik voel geen afschuw of verdriet, alleen maar woede. Het is laat, ik heb het koud en ik heb vooral genoeg van Ruiz' sarcastische blikken en opgetrokken wenkbrauwen. Als hij me iets wil vertellen, laat hij dat dan doen, dan kan ik naar huis.

'U hebt de foto's gezien.'

'Ja.'

Ruiz heft zijn arm op en even denk ik dat hij me wil slaan. 'Kijkt u eens die kant op. Volg de rand van dat gebouw naar beneden.'

Als ik langs zijn gestrekte arm kijk zie ik de muur. Een donkere strook op de voorgrond moet de greppel zijn waar ze haar lichaam hebben gevonden. Als ik over zijn linkerschouder kijk, zie ik de omtrekken van de bomen en grafstenen van de Kensal Green-begraafplaats. Ik herinner me hoe ik daar aan de rand stond en de politie het lichaam zag opgraven.

'Wat doe ik hier?' vraag ik met een leeg gevoel.

'Gebruik uw voorstellingsvermogen – dat kunt u zo goed.'

Hij is kwaad en om de een of andere reden komt dat door mij. Ik ontmoet zelden iemand die zo gedreven is als hij – afgezien van dwangmatige patiënten. Vroeger op school kende ik wel zulke lui, jongens die zo vastberaden probeerden te bewijzen dat ze sterk waren dat ze aan één stuk door vochten. Ze moesten te veel bewijzen en hadden er te weinig tijd voor.

'Wat doe ik hier?'

'Ik wil u een paar vragen stellen.' Hij kijkt me niet aan. 'En ik wil u een paar dingen over Bobby Moran vertellen...'

'Ik kan niet over mijn patiënten praten.'

'U zult toch moeten luisteren.' Hij wiegt heen en weer op zijn voeten. 'Geloof me maar – u zult het fascinerend vinden.' Hij doet twee stappen naar het kanaal en spuugt in het water. 'Bobby Moran heeft geen vriendin of verloofde die Arky heet. Hij woont in een pension in Noord-Londen met een stel asielzoekers die op een gemeentewoning wachten. Hij heeft geen baan en heeft al bijna twee jaar niet gewerkt. Er bestaat helemaal geen bedrijf dat Nevaspring heet – in ieder geval staat er geen geregistreerd.

Zijn vader is nooit bij de luchtmacht geweest – niet als werktuigkundige, als piloot of wat dan ook. Bobby is in Liverpool, niet in Londen, opgegroeid. Hij is op zijn vijftiende van school gegaan. Hij heeft af en toe een avondschool bezocht en heeft een tijdje als vrijwilliger in een sociale werkplaats in Lancashire gewerkt. We konden in zijn verleden geen psychiatrische ziekte en evenmin een verblijf in een ziekenhuis vinden.'

Ruiz loopt al pratend heen en weer. Zijn adem condenseert in de lucht en sliert achter hem aan alsof hij een stoomlocomotief is. 'Er zijn een heleboel mensen die aardige dingen over Bobby hebben gezegd. Volgens zijn hospita is hij erg netjes en ruimt altijd op. Ze doet zijn was voor hem en ze herinnert zich niet dat zijn kleren naar chloroform roken. Zijn vroegere bazen in de werkplaats noemden hem een "groot zacht ei". En dat vind ik nou zo eigenaardig, dokter. Van alle informatie over hem die u me doorgaf klopt er niet één ding. Ik kan best begrijpen dat u er met een of twee details naast zit. Iedereen maakt wel eens een fout. Maar het is net alsof we het over een volslagen andere man hebben.'

Mijn stem klinkt hees. 'Het kan hem niet zijn.'

'Dat dacht ik ook. Daarom heb ik het gecheckt. Grote vent, ruim twee meter lang, dik, John Lennon-brilletje – dat is ons baasje. En toen vroeg ik me af waarom hij al die leugens zou vertellen aan een peut die hem probeert te helpen? Daar klopt toch niets van?'

'Hij verbergt iets.'

'Kan zijn, maar hij heeft Catherine McBride niet vermoord.'

'Hoe weet u dat zo zeker?'

'Een man of tien op een avondcursus kan van zijn aanwezigheid getuigen op de avond dat ze verdween.'

Alle kracht is weg uit mijn benen.

'Soms duurt het vrij lang voor ik iets doorheb, dokter. Mijn ouwe moeder zei altijd dat ik een dag te laat ben geboren en dat ik die nooit heb ingehaald. Maar ik kom er uiteindelijk wel. Ik doe er alleen iets langer over dan slimme lui.' Hij klinkt eerder bitter dan triomfantelijk.

'Ziet u, ik vroeg me af waarom Bobby Moran al die leugens zou verzinnen. En toen dacht ik: en als hij dat nu eens niet heeft gedaan? Als ú nu eens die leugens vertelde? U zou het allemaal verzonnen kunnen hebben om mijn aandacht af te leiden.'

'Dat meent u niet.'

'Hoe wist u dat Catherine McBride haar halsslagader had doorgesneden om sneller te sterven? Het stond niet in het autopsierapport.'

'Ik heb medicijnen gestudeerd.'

'En hoe zit het met de chloroform?'

'Dat heb ik u verteld.'

'Ja, dat is zo. Ik heb er wat over gelezen. Wist u dat een paar druppels chloroform op een masker of doek genoeg zijn om iemand bewusteloos te maken? Je moet goed weten wat je doet als je met dat spul knoeit. Een paar druppels te veel en de ademhaling van het slachtoffer wordt afgeknepen. Hij stikt.'

'De moordenaar wist waarschijnlijk iets van medicijnen.'

'Daar dacht ik ook aan.' Hij stampt met zijn schoenen op het asfalt in een poging om warm te blijven. Een zwerfkat die aan de andere kant van het gaashekwerk loopt gaat bij het horen van onze stemmen plotseling plat op zijn buik liggen. We blijven allebei staan kijken, maar de kat heeft geen haast om door te lopen.

'Hoe wist u dat ze verpleegster was?' vraagt Ruiz.

'Ze droeg het medaillon.'

'Ik denk dat u haar meteen hebt herkend. Ik denk dat u verder alleen maar deed alsof.'

'Nietwaar.'

Zijn stem klinkt nu killer. 'U kende haar grootvader ook – rechter McBride.'

'Ja.'

'Waarom zei u dat dan niet?'

'Ik vond het niet belangrijk. Het was jaren geleden. Psychologen getuigen dikwijls in familiezaken. We beoordelen ouders en kinderen. We doen aanbevelingen voor het hof.'

'Wat vond u van hem?'

'Hij had zo zijn fouten, maar hij was een eerlijke rechter. Ik had respect voor hem.'

Ruiz doet zijn best oprecht te klinken, maar beleefde terughoudendheid gaat hem niet gemakkelijk af.

'Weet u wat ik werkelijk moeilijk kan verklaren?' zegt hij. 'Waarom u zo lang hebt gewacht voor u mij vertelde dat u Catherine McBride en haar grootvader hebt gekend, maar me intussen wel al die flauwekul op de mouw speldde over iemand die Bobby Moran heet. Nee, sorry, dat is niet waar – u praat immers niet over uw patiënten? U schept alleen maar op zoals met dat spelletje van jongens op het schoolplein, die stiekem iets laten zien en vertellen wat ze erover weten. Nou, dat kun je ook met z'n tweeën spelen...'

Hij grijnst tegen me – een en al witte tanden en donkere ogen.

'...Zal ik u eens vertellen wat ik de afgelopen veertien dagen heb gedaan? Ik heb dit kanaal doorzocht. We hebben er dregmachines bij gehaald en de sluizen geleegd. Het was rotwerk. Er lag een meter verrot slijk en slijm. We vonden gestolen fietsen, winkelwa-

gentjes, autochassis, wieldoppen, twee wasmachines, autoban-
den, condooms en meer dan vierduizend gebruikte injectienaal-
den... Weet u wat we nog meer hebben gevonden?'

Ik schud mijn hoofd.

'Catherine McBrides handtas en mobiele telefoon. Het duurde
wel even voor we alles hadden gedroogd. Daarna moesten we de
telefoonafschriften nagaan. En toen ontdekten we dat haar laatste
telefoontje naar uw praktijk is geweest. Woensdag 13 november,
's avonds om 6.37 uur. Ze belde vanuit een pub niet ver hiervandaan. Degene die met haar had afgesproken om haar daar te ontmoeten kwam niet opdagen. Ik denk dat ze belde om erachter te
komen wat de reden was.'

'Hoe weet u dat zo zeker?'

Ruiz glimlacht. 'We hebben haar agenda ook gevonden. Hij had
zo lang in het water gelegen dat de bladzijden aan elkaar vastge-
plakt zaten en de inkt er uitgespoeld was. De jongens van het lab
moesten hem voorzichtig drogen en de blaadjes van elkaar trekken. Daarna hebben ze met een elektronische microscoop de kleinste inktsporen getraceerd. Het is verbazingwekkend wat ze tegenwoordig allemaal kunnen.'

Ruiz is pal voor me gaan staan en zijn ogen zijn maar een paar
centimeter van de mijne vandaan. Dit is zijn Agatha Christie-mo-
ment: zijn monoloog in de salon.

'Catherine had op 13 november een aantekening gemaakt in
haar agenda. Ze noteerde de naam van het Grand Union Hotel.
Kent u het?'

Ik knik.

'Het is nog geen anderhalve kilometer verderop langs het kanaal, dicht bij die tennisclub van u.' Ruiz gebaart met zijn hoofd.
'Onder aan dezelfde bladzij had ze een naam geschreven. Ik denk
dat ze een afspraak met die persoon had. Weet u wiens naam het
was?'

Ik schud mijn hoofd.

'Wilt u misschien raden?'

Ik krijg een benauwd gevoel in mijn borst. 'De mijne.'

Ruiz staat zichzelf tot slot geen trompetgeschal of een triomfantelijk gebaar toe. Want dit is nog maar het begin. Ik zie het flitsen van de handboeien die hij uit zijn zak haalt. Mijn eerste impuls is om te lachen, maar onmiddellijk daarna slaat de kilte naar binnen en heb ik het gevoel dat ik moet overgeven.

'Ik arresteer u op verdenking van moord. U heeft het recht te zwijgen, maar het is mijn plicht u te waarschuwen dat alles wat u zegt genoteerd zal worden en als bewijs tegen u gebruikt kan worden...'

De stalen handboeien sluiten zich om mijn polsen. Ruiz duwt mijn benen uit elkaar en fouilleert me, beginnend bij mijn enkels en vandaar omhoog.

'Wilt u nog iets zeggen?'

Op zo'n moment vallen je de vreemdste dingen in. Ik herinner me ineens weer wat mijn vader altijd zei als ik weer eens in moeilijkheden zat: 'Spreken is zilver maar zwijgen is goud.'

DEEL TWEE

We zijn vaak misdadigers in het oog van de wereld, niet alleen omdat we misdaden hebben gepleegd, maar ook omdat we weten wat voor misdaden anderen hebben gepleegd.

HOMBRE DE LA MÁSCARA DE HIERRO
(*De man met het ijzeren masker*)

1

Ik heb zo lang naar hetzelfde vierkantje licht zitten staren dat ik het blijf zien, ook als ik mijn ogen sluit; dan blinkt het op aan de binnenkant van mijn oogleden. Het raampje bevindt zich hoog in de muur, boven de deur. Af en toe hoor ik voetstappen op de gang. De scharnierende observatieklep gaat open en een stel ogen tuurt naar me. Na enkele seconden slaat het luik dicht en richt ik mijn blik weer op het raampje.

Ik heb geen idee hoe laat het is. Ik moest mijn horloge, riem en veters inwisselen voor een grijze deken, die meer weg heeft van schuurpapier dan van wol. Het enige geluid dat ik hoor is de lekkende stortbak in de aangrenzende cel.

Na de komst van de laatste dronkelap is het rustig geworden. Dat moet na sluitingstijd zijn geweest – net lang genoeg om in de nachtbus in slaap te vallen, het aan de stok te krijgen met een taxichauffeur en uiteindelijk achter in een politiebusje te belanden. Ik hoor hem nog tegen de celdeur schoppen terwijl hij schreeuwt: 'Ik heb hem godverdomme niet eens aangeraakt!'

Mijn cel is zes passen lang en vier passen breed. Ik heb een wc, een wastafel en een slaapbank. Op elke muur zijn graffiti getekend, gekrast, gehakt en gesmeerd, maar er zijn heldhaftige pogingen gedaan alles onder een laag verf te bedekken.

In het metselwerk boven de zware metalen deur lees ik de volgende boodschap: 'Hé, ik heb net iemand van de Village People gezien!'

Ik weet niet waar Ruiz is gebleven. Hij ligt waarschijnlijk lekker in zijn bed en droomt dat hij de wereld veiliger maakt. Onze eerste verhoorsessie duurde slechts enkele minuten. Toen ik tegen hem zei dat ik een advocaat wilde, raadde hij me aan een 'verdomd goeie' te nemen.

195

De meeste advocaten die ik ken, komen zo laat op de avond niet meer bij je langs. Ik belde Jock en bleek hem wakker te hebben gemaakt. Op de achtergrond hoorde ik een klagende vrouwenstem.

'Waar zit je?'

'In het politiebureau aan Harrow Road.'

'Wat heb je daar te zoeken?'

'Ik ben gearresteerd.'

'Wauw!' Van alle mensen die ik ken, is Jock de enige die zich door een dergelijk nieuwtje laat imponeren.

'Je moet iets voor me doen. Wil je Julianne bellen en tegen haar zeggen dat er niks met me aan de hand is? Zeg maar dat ik de politie help met een onderzoek. Zij weet wel waarover het gaat.'

'Waarom vertel je haar de waarheid niet?'

'Alsjeblieft, Jock, geen vragen. Gun me de tijd om dit alles op een rijtje te zetten.'

Vanaf dat moment loop ik door de cel te ijsberen. Ik ga staan. Ik ga weer zitten. Dan begin ik maar weer eens te lopen.

Ik installeer me op de wc. Ik ben geconstipeerd van de zenuwen, of misschien komt het wel door de medicijnen. Ruiz denkt dat ik informatie achterhoud of hem slechts mondjesmaat de waarheid vertel. Wijsheid achteraf behoort tot de exacte wetenschappen. Op dit moment blijven mijn fouten zich maar delen in mijn hoofd, en vechten om ruimte met alle vragen die ik heb.

Men heeft het wel over de zonde der nalatigheid. Wat betekent dat eigenlijk? Wie bepaalt wanneer iets een zonde is? Ik weet dat ik me nu op het terrein van de semantiek begeef, maar te oordelen naar de manier waarop mensen moraliseren en overhaast conclusies trekken, zou je zeggen dat de waarheid concreet en tastbaar is; dat het iets is wat je kunt oprapen en doorgeven, iets wat je kunt wegen en meten, voor je er overeenstemming over bereikt.

Maar zo is de waarheid niet. Als ik je morgen hetzelfde verhaal zou vertellen, zou het heel anders klinken dan vandaag. Ik zou de details door mijn afweermechanisme hebben laten filteren en mijn daden hebben gerationaliseerd. De waarheid is inderdaad een kwestie van semantiek, of we het nou leuk vinden of niet.

Ik had Catherine niet van de tekening herkend. En het lichaam dat ik in het mortuarium zag, leek eerder een geruïneerde etalagepop dan een echt mens. Het was alweer vijf jaar geleden. Ik heb het tegen Ruiz gezegd zodra ik zeker van mijn zaak was. Ja, dat had eerder gekund, maar hij wist al hoe ze heette.

Niemand geeft graag toe dat hij fouten heeft gemaakt. En we vinden het allemaal vreselijk om te erkennen dat er een grote kloof bestaat tussen wat we zouden moeten doen en wat we in werkelijkheid doen. Dus passen we onze handelwijze of ons oordeel aan. We komen met excuses of plaatsen ons gedrag in een wat fraaier licht. In mijn vak heet dat 'cognitieve dissonantie'. Ik heb er niet veel aan gehad. Mijn innerlijke stem – noem het geweten of ziel of beschermengel – fluistert de hele tijd: 'Je bent een liegbeest, een jokkebrok, je zit te liegen tot in je oren...'

Ruiz heeft gelijk. Ik zit tot over mijn oren in de stront.

Ik ga op het smalle bed liggen en voel de veren in mijn rug prikken.

De nieuwe vriend van je zus 's ochtends om halfzeven op een politiebureau ontbieden is wel een heel merkwaardige manier om iemand het gevoel te geven dat hij bij de familie hoort. Ik ken niet veel strafpleiters. Meestal heb ik te maken met aanklagers, die me het ene moment als hun beste vriend behandelen, en het volgende als iets smerigs waarin ze gestapt zijn, afhankelijk van de mening die ik in de rechtszaal naar voren breng.

Simon arriveert een uur later. We slaan het koetjes-en-kalfjesstadium over en hebben het niet over Patricia of hoe lekker de lunch zondag was. In plaats daarvan geeft hij met een gebaar te kennen dat ik kan gaan zitten en trekt zelf een stoel bij. Dit is menens.

De arrestantencellen bevinden zich een verdieping lager. De recherchekamer moet vlakbij zijn. Ik ruik koffie en hoor het gerammel van toetsenborden. Er hangen jaloezieën voor de ramen van het spreekkamertje. De strepen hemel worden alweer licht.

Simon doet zijn koffertje open en haalt er een blauwe map en een groot notitieblok uit te voorschijn. Ik verbaas me over het gemak waarmee hij het uiterlijk van de kerstman weet te combineren met de houding van een advocaat.

'We moeten een paar dingen afspreken. Ze willen zo snel mogelijk met het verhoor beginnen. Is er nog iets wat je me wilt vertellen?'

Ik merk dat ik sneller met mijn ogen begin te knipperen. Wat bedoelt hij? Denkt hij dat ik een bekentenis ga afleggen?

'Je moet zorgen dat ik hieruit kom,' zeg ik, iets te snel.

Allereerst legt hij uit dat een verdachte krachtens de politiewet achtenveertig uur in hechtenis mag worden gehouden en in die periode in staat van beschuldiging gesteld of vrijgelaten moet worden, tenzij de rechter anders bepaalt.

'Dus ik moet hier misschien wel twee dagen blijven?'

'Ja.'

'Maar dat is belachelijk!'

'Kende je dat meisje?'

'Ja.'

'Had je met haar afgesproken op de avond dat ze stierf?'

'Nee.'

Simon maakt aantekeningen. Hij zit over het notitieblok gebogen, trekt cirkeltjes en onderstreept bepaalde woorden.

'Dat is dus een eitje,' zegt hij. 'Het enige wat je nodig hebt is een alibi voor 13 november.'

'Dat heb ik niet.'

Simon schenkt me een vermoeide blik, als een onderwijzer die niet het antwoord heeft gekregen dat hij verwachtte. Dan veegt hij een pluisje van de mouw van zijn jasje, alsof hij zich van het hele probleem distantieert. Hij staat abrupt op en klopt twee keer op de deur, ten teken dat hij klaar is.

'Is dat alles?

'Ja.'

'Ga je me niet eens vragen of ik haar vermoord heb?'

Hij kijkt me verbijsterd aan. 'Bewaar je pleidooi maar voor de jury en bid dat het nooit zover komt.'

De deur slaat achter hem dicht, maar er blijft nog iets van hem in het vertrek hangen – teleurstelling, eerlijkheid en de lucht van aftershave. Vijf minuten later neemt een politieagente me mee naar de verhoorkamer. Ik ben wel eerder in een dergelijke ruimte geweest. Aan het begin van mijn carrière trad ik soms op als 'verantwoordelijke volwassene' bij het verhoor van minderjarigen. Een tafel en vier stoelen vullen bijna de hele ruimte. In de verste hoek staat een grote taperecorder, met tijdcode. De muren en de vensterbank zijn leeg. De agente heeft zich pal naast de deur opgesteld en doet haar best niet naar me te kijken.

Ruiz arriveert, begeleid door een tweede rechercheur, die jonger is en groter, met een lang gezicht en scheve tanden. Hij draagt een modieus pak en heeft zijn haar met veel zorg gekamd, want hij wil met zijn pony iets uitdrukken en er bovendien een kale plek mee bedekken.

Simon loopt achter hen aan de verhoorkamer binnen. Hij fluistert in mijn oor: 'Als ik je elleboog aanraak, moet je je mond houden.'

Ik knik instemmend.

Ruiz gaat tegenover me zitten, zonder de moeite te nemen zijn jasje uit te trekken. Hij wrijft met zijn hand over de stoppeltjes op zijn kin.

'Dit is het tweede officiële verhoor van dr. Joseph Paul O'Loughlin, verdacht van de moord op Catherine Mary McBride,' zegt hij ten behoeve van de band. 'Aanwezig bij het verhoor zijn inspecteur Vincent Ruiz, brigadier John Keebal en dr. O'Loughlins juridische vertegenwoordiger, Simon Koch. De tijd is acht uur veertien 's ochtends.'

Een agente controleert of de taperecorder het doet. Ze knikt naar Ruiz. Hij legt beide handen op tafel en slaat zijn vingers ineen. Hij richt zijn blik op mij en zegt niets. Ik moet toegeven dat hij zeer welsprekend kan zwijgen.

'Waar was u op de avond van 13 november jongstleden?'

'Ik weet het niet meer.'

'Was u thuis bij uw vrouw?'

'Nee.'

'Dus dat weet u nog wel?' zegt hij sarcastisch.

'Ja.'

'Hebt u die dag gewerkt?'

'Ja.'

'Hoe laat verliet u de praktijk?'

'Ik had om vier uur een afspraak met een arts.'

Hij vraagt maar door en wil het ene detail na het andere weten. Ruiz probeert me in het nauw te drijven. Hij weet evengoed als ik dat liegen een stuk moeilijker is dan de waarheid vertellen. Het zit 'm in de kleine dingetjes. Hoe meer leugens je in een verhaal verwerkt, hoe moeilijker het is om het overeind te houden. Het is net een dwangbuis – je wordt steeds strakker vastgesnoerd en krijgt steeds minder bewegingsruimte.

Ten slotte vraagt hij naar Catherine. Stilte. Ik werp een blik op Simon, die er het zwijgen toe doet. Hij heeft nog geen woord gezegd sinds het verhoor is begonnen. Dat geldt ook voor de jongere rechercheur, die schuin achter Ruiz heeft plaatsgenomen.

'Hebt u Catherine McBride gekend?'

'Ja.'

'Waar hebt u haar ontmoet?'

Ik vertel het hele verhaal – over de zelfverminking en de therapeutische sessies; dat ze leek te genezen en uiteindelijk het Marsden verliet. Het is raar om over een praktijkgeval te praten. Mijn stem klinkt lichtelijk schril, alsof ik me overdreven uitsloof om ze te overtuigen.

Ik open mijn handpalmen om aan te geven dat ik aan het einde van mijn verhaal ben gekomen. Ik zie mezelf weerspiegeld in de ogen van Ruiz. Hij wil meer horen.

'Waarom hebt u de ziekenhuisdirectie niet over Catherine verteld?'

'Ik had medelijden met haar. Ik kon de gedachte niet verdragen dat een toegewijde verpleegster haar baan zou verliezen. Wie zou daar nou iets mee opschieten?'

'Was dat de enige reden?'

'Ja.'

'Had u een relatie met Catherine McBride?'

'Nee.'

'Hebt u ooit seksuele betrekkingen met haar gehad?'

'Nee.'

'Wanneer hebt u haar voor het laatst gesproken?'

'Vijf jaar geleden. Ik kan me de precieze datum niet meer herinneren.'

'Waarom belde Catherine naar uw praktijk op de avond dat ze stierf?'

'Ik heb geen idee.'

'We hebben telefoonafschriften waaruit blijkt dat ze het nummer tijdens de voorafgaande twee weken twee keer heeft gebeld.'

'Daar heb ik geen verklaring voor.'

'Uw naam stond in haar agenda.'

Ik haal mijn schouders op. Weer zo'n mysterie. Ruiz slaat met zijn open hand op de tafel en iedereen veert geschrokken overeind, ook Simon.

'U hebt haar die avond ontmoet.'

'Nee.'

'U hebt haar weggelokt uit het Grand Union Hotel.'

'Nee.'

'U hebt haar gemarteld.'

'Nee.'

'Wat een gelul!' barst hij uit. 'U hebt opzettelijk informatie achtergehouden en u hebt de afgelopen drie weken alles in het werk gesteld om uzelf in te dekken, waarbij u het onderzoek op een verkeerd spoor hebt gezet en hebt geprobeerd de aandacht van de politie van uzelf af te leiden.'

Simon raakt mijn arm aan. Ik moet mijn mond houden. Maar ik negeer hem.

'Ik heb haar niet aangeraakt. Ik heb haar niet gezien. U hebt helemaal níéts!'

'Ik wil even met mijn cliënt overleggen,' zegt Simon met enige aandrang.

Ze kunnen allemaal opsodemieteren! Ik heb geen zin me nog langer beleefd op te stellen. 'Wat zou ik in godsnaam voor reden hebben gehad om Catherine te vermoorden?' schreeuw ik. 'Het enige wat u hebt is mijn naam in een agenda en een telefoontje naar mijn praktijk, maar geen motief. Als u uw werk nou eens deed! Kom eerst met bewijzen voor u me beschuldigt.'

Er verschijnt een grijns op het gezicht van de jongere rechercheur. Ik besef dat er iets fout zit. Ruiz slaat een dunne, groene map open, die voor hem op tafel ligt. Hij haalt er een fotokopie uit en schuift hem naar me toe.

'Dit is een brief van 19 april 1997. Hij is gericht aan de verpleegkundig directeur van het Royal Marsden Hospital. In deze brief beschuldigt Catherine McBride u ervan dat u haar hebt aangerand, in uw spreekkamer in het ziekenhuis. Ze beweert dat u haar hebt gehypnotiseerd, haar borsten hebt betast en aan haar ondergoed hebt gezeten...'

'Ze heeft die aanklacht weer ingetrokken. Dat heb ik u toch verteld.'

Mijn stoel valt met een klap achterover en dan besef ik pas dat ik ben gaan staan. De jongere rechercheur is me voor. Hij is even groot als ik en zijn handen jeuken.

Ruiz kijkt triomfantelijk.

Simon heeft mijn arm vastgegrepen. 'Dr. O'Loughlin... Joe... Ik raad je aan om je mond te houden.'

'Zie je dan niet waar ze mee bezig zijn? Ze verdraaien de feiten...'

'Ze stellen legitieme vragen.'

Een gevoel van paniek maakt zich van me meester. Ruiz heeft een motief. Simon raapt mijn stoel op en houdt hem voor me gereed. Zonder iets te zien staar ik naar de muur aan de overkant, verdoofd van uitputting. Mijn linkerhand beeft. De twee rechercheurs kijken er zwijgend naar. Ik ga weer zitten en duw mijn hand tussen mijn knieën om het gebeef tegen te gaan.

'Waar was u op de avond van 13 november?'

'In het West End.'

'Wie was er bij u?'

'Niemand. Ik was me aan het bezatten. Ik had net slecht nieuws over mijn gezondheid te horen gekregen.'

Die uitspraak hangt in de lucht als een gescheurd spinnenweb op zoek naar iets om zich aan vast te hechten. Simon is de eerste die de stilte verbreekt; hij legt uit dat ik aan de ziekte van Parkinson lijd. Ik zou hem de mond wel willen snoeren. Dat gaat alleen míj aan. Ik ben niet op medelijden uit.

Ruiz geeft lik op stuk. 'Behoort geheugenverlies tot de symptomen?'

Ik ben zo opgelucht dat ik in lachen uitbarst. Ik wilde helemaal niet dat hij me anders zou behandelen. 'Waar hebt u precies zitten drinken?' dringt Ruiz aan.

'In allerlei pubs en cafés.'

'Waar precies?'

'Leicester Square, Covent Garden...'

'Kunt u zich nog namen van kroegen herinneren?'

Ik schud mijn hoofd.

'Kan iemand uw aanwezigheid daar bevestigen?'

'Nee.'

'Hoe laat bent u naar huis gegaan?'

'Ik ben niet naar huis gegaan.'

'Waar hebt u die nacht geslapen?'

'Ik weet het niet meer.'

Ruiz wendt zich tot Simon. 'Meneer Koch, zou u uw cliënt alstublieft willen vertellen...'

'Mijn cliënt heeft me te kennen gegeven dat hij zich niet kan herinneren waar hij die nacht heeft geslapen. Hij is zich ervan bewust dat dit niet bevorderlijk is voor de situatie waarin hij zich bevindt.'

Ruiz' gelaat is moeilijk te doorgronden. Hij werpt een blik op zijn horloge, noemt de tijd en zet de taperecorder uit. Het verhoor is ten einde. Ik kijk van de een naar de ander en vraag me af wat er nu gaat gebeuren. Is het voorbij?

De jonge agente komt de kamer weer binnen.

'Staan de auto's klaar?' vraagt Ruiz.

Ze knikt en houdt de deur open. Ruiz loopt met grote passen naar buiten terwijl de andere rechercheur handboeien om mijn polsen klikt. Simon wil protesteren en krijgt een kopie van een huiszoekingsbevel in handen geduwd. Het adres staat met hoofdletters op beide kanten van het papier getypt. Ik ga naar huis.

Eén Kerstmis uit mijn jeugd staat me nog helder voor de geest, namelijk toen ik een van de drie wijzen was in het kerstspel op de St Mark's Anglican School. Ik kan het me zo goed herinneren omdat Russell Cochrane, die het kindje Jezus speelde, zo zenuwachtig was dat hij in zijn broek plaste en de hele voorkant van het blauwe gewaad van de Maagd Maria natmaakte. Jenny Bond, een beeldschone Maria, werd zo boos dat ze Russell op zijn hoofd liet vallen en hem een trap in zijn liezen verkocht. Het publiek kreunde als uit één mond, maar werd overstemd door Russells pijnkreten. De hele productie verviel tot chaos en het doek werd voortijdig neergelaten.

De klucht die zich achter het toneel afspeelde, was nog fascinerender. Russells vader, een grote man met een kogelrond hoofd, was brigadier bij de politie en kwam soms op school om ons onderricht te geven in verkeersveiligheid. Hij zette Jenny Bond klem achter het toneel en dreigde haar wegens geweldpleging te zullen laten arresteren. Jenny's vader begon te lachen. Dat had hij niet moeten doen. Brigadier Cochrane sloeg hem ter plekke in de boeien en voerde hem door Stafford Street mee naar het politiebureau, waar hij een nachtje moest blijven.

Ons kerstspel haalde de landelijke pers. 'Vader van Maagd Maria gearresteerd' kopte *The Sun*. In *The Star* stond: 'Kerstkindje in de ballen geraakt!'

Twintig jaar geleden woonde ik Russells rouwdienst bij; hij was tijdens de Falkland-oorlog op een landmijn gestapt. Zijn vader leek opeens een stuk minder groot en dreigend toen hij bij de kist van zijn zoon stond te huilen.

Ik moet hier weer aan denken vanwege Charlie. Ziet ze me straks in handboeien, geflankeerd door politieagenten? Wat zal ze dan van haar vader denken?

De ongemarkeerde politieauto rijdt de helling van de ondergrondse parkeergarage op en het daglicht in. Simon, die naast me zit, trekt een jas over mijn hoofd. Door de klamme wol heen zie ik het vuurwerk van flitslichten en tv-lampen. Ik heb geen idee hoeveel fotografen en cameralieden er zijn. Ik hoor hun stemmen en voel de politieauto wegscheuren.

Op Marylebone Road komt het verkeer maar moeizaam vooruit. Het lijkt wel of de voetgangers even aarzelen en me dan aanstaren. Ik weet zeker dat ze naar me kijken – dat ze zich afvragen wie ik ben en waarom ik achter in een politieauto zit.

'Mag ik mijn vrouw even bellen?' vraag ik.

'Nee.'

'Ze weet niet dat we eraan komen.'

'Precies.'

'Maar ze weet niet eens dat ik gearresteerd ben.'

'Dan had u haar dat moeten vertellen.'

Opeens denk ik aan de praktijk. Ik heb vandaag spreekuur. Er moeten afspraken worden verzet.

'Mag ik mijn secretaresse dan bellen?'

Ruiz draait zich om en werpt een blik over zijn schouder. 'Uw praktijk wordt momenteel ook doorzocht.'

Ik wil bezwaar maken, maar Simon raakt mijn elleboog aan. 'Dat hoort bij de procedure,' fluistert hij, en hij probeert een geruststellende toon aan te slaan.

Het uit drie politieauto's bestaande konvooi komt midden in onze straat tot stilstand zodat het verkeer in beide richtingen is afgesloten. Portieren worden opengegooid en rechercheurs kiezen meteen positie. Een paar lopen over het zijpad naar de achtertuin.

Julianne doet de voordeur open. Ze draagt roze rubberhandschoenen. Ze heeft haar pony opzij geveegd en er kleeft een schuimspat aan haar haar. Een rechercheur overhandigt haar een kopie van het huiszoekingsbevel. Ze kijkt er niet eens naar. Al haar aandacht is op mij gericht. Ze ziet de boeien en de uitdrukking op mijn gezicht. Haar ogen staan wijd open van schrik en verbijstering.

'Hou Charlie binnen!' roep ik.

Ik kijk Ruiz aan. 'Niet waar mijn dochter bij is,' smeek ik. 'Alstublíéft!'

Zijn blik blijft onbewogen, maar hij steekt zijn hand in zijn jaszak en haalt de sleuteltjes van de handboeien te voorschijn. Twee rechercheurs pakken me bij de arm.

Julianne vuurt vragen op me af, zonder acht te slaan op de agenten die langs haar het huis in lopen. 'Wat is er aan de hand, Joe? Wat ben je...?'

'Ze denken dat ik iets met de dood van Catherine te maken heb gehad.'

'Hoezo? Waarom? Maar dat is belachelijk. En je hielp ze nog wel met het onderzoek.'

Boven valt iets kapot. Julianne kijkt even op en richt haar blik dan weer op mij. 'Wat hebben ze in ons huis te zoeken?' Nog even en ze gaat huilen. 'Wat heb je gedaan, Joe?'

Ik zie Charlies gezichtje om de hoek van de woonkamer gluren. Zodra Julianne zich omdraait, is het weer verdwenen. 'In de kamer blijven, jongedame,' blaft ze, maar ze klinkt eerder bang dan boos. De voordeur staat wagenwijd open. Iedere voorbijganger kan naar binnen kijken en volgen wat er gebeurt. Ik hoor hoe boven kasten en lades worden opengetrokken; matrassen worden opgetild en bedden verschoven. Julianne weet zich geen raad. Aan de ene kant wil ze haar huis voor plundering behoeden, maar ze wil vooral antwoorden van me horen. Ik heb ze niet.

De rechercheurs voeren me mee naar de keuken, waar ik Ruiz aantref, die door de openslaande deuren naar de tuin tuurt. Mannen met schoppen en schoffels halen het hele gazon overhoop. D.J. staat tegen Charlies schommel geleund, een sigaret in zijn mond. Door de rook heen kijkt hij me aan, nieuwsgierig en schaamteloos. Een flauw glimlachje plooit om zijn mondhoeken – het is alsof hij naar een Porsche kijkt die een parkeerbon krijgt.

Met tegenzin maakt hij zich van het tafereel los en laat de sigaret op het grind vallen, waar hij nog een tijdje nagloeit. Dan buigt hij zich voorover en snijdt de plastic verpakking van een radiator los.

'We hebben uw buren ondervraagd,' legt Ruiz uit. 'Ze hebben gezien dat u iets in de tuin begroef.'

'Een telescoopvis.'

Even is Ruiz volkomen uit het veld geslagen. 'Een wat?'

Julianne moet lachen, zo absurd is het allemaal. We zitten midden in een Monty Python-sketch.

'Hij heeft de goudvis van Charlie begraven,' zegt ze. 'Hij ligt onder de pruimenboom, naast Harold Hamster.'

Een paar rechercheurs achter ons kunnen zich niet inhouden en beginnen te giechelen. Ruiz heeft een gezicht als onweer. Ik weet dat ik hem beter niet kan irriteren, maar het is heerlijk om weer eens te lachen.

2

Mijn heup en schouder hebben de matras platgedrukt, en nu is hij zo hard als beton. Vanaf het moment dat ik ben gaan liggen, klopt het bloed in mijn oren en is mijn verstand met me aan de haal. Ik zou in een vredig niets willen verdwijnen. In plaats daarvan jaag ik gevaarlijke gedachten na, die in mijn verbeelding enorme proporties aannemen. Ruiz zal Julianne inmiddels wel verhoord hebben. Hij heeft haar gevraagd waar ik op 13 november was. Ze heeft hem ongetwijfeld verteld dat ik die nacht bij Jock heb geslapen. Ze weet niet dat het een leugen is. Ze herhaalt gewoon wat ik tegen haar gezegd heb. Ruiz zal ook al wel met Jock hebben gepraat. Die vertelt hem dan dat ik die dag om vijf uur zijn spreekkamer heb verlaten. Hij vroeg me of ik iets met hem ging drinken, maar ik zei nee. Ik zei dat ik naar huis ging. Onze verhalen kloppen van geen kant.

Julianne heeft de hele avond in de recherchekamer gezeten, in de hoop me te kunnen spreken. Van Ruiz kreeg ze vijf minuten, maar ik kon de confrontatie niet aan. Ik weet dat het nergens op lijkt. Ik weet dat ze bang is, verward, boos en dodelijk ongerust. Het enige wat ze wil is uitleg. Ze wil van me horen dat alles goed komt. Ik ben banger om haar onder ogen te komen dan Ruiz. Hoe kan ik dat van Elisa aan haar uitleggen? Hoe kan ik zorgen dat het weer goed komt?

Julianne vroeg me of ik het niet vreemd vond dat een vrouw die ik al vijf jaar niet had gezien vermoord wordt en dat de politie me dan vraagt om te helpen bij de identificatie. Ik had mijn antwoord al snel klaar en zei tegen haar dat het toeval niet meer was dan het samenvallen van een aantal zaken. Nu beginnen de toevalligheden zich echter op te stapelen. Hoe groot is de kans dat

Bobby als patiënt naar mij werd doorverwezen? Of dat Catherine naar mijn praktijk belde op de avond dat ze stierf? Wanneer is het toeval geen toeval meer en wordt het een patroon?

Ik ben niet paranoïde. Ik zie vanuit mijn ooghoeken geen schimmen wegschieten en evenmin geloof ik in duistere samenzweringen. Maar er is hier iets aan de hand wat groter is dan de som van zijn delen.

Met die gedachte val ik in slaap. Midden in de nacht schrik ik wakker, zwaar ademend en met een bonzend hart. Ik zie niet wie of wat me achtervolgt, maar ik weet dat het er is, dat het me in de gaten houdt, dat het wacht en me uitlacht.

Elk geluid lijkt te worden uitvergroot door de grimmige kaalheid van de cellen. Ik lig wakker en luister naar het gekraak van springveren als iemand zich omdraait, naar water dat in stortbakken druppelt, naar dronkelappen die praten in hun slaap en naar de voetstappen van bewakers, die weerklinken door de gangen.

Vandaag spant het erom. Ik word in staat van beschuldiging gesteld, of de politie moet me laten gaan. Eigenlijk zou ik zenuwachtiger en bezorgder moeten zijn. Maar een gevoel van afwezigheid overheerst, alsof wat er gebeurt me niet aangaat. Ik meet met mijn passen de cel af en verbaas me erover hoe bizar het leven soms is. Kijk maar hoe het zich in bochten wringt, hoe alles van toeval en pech aan elkaar hangt, hoe het wemelt van de vergissingen en misverstanden. Ik ben niet boos of verbitterd. Ik heb vertrouwen in het systeem. Ze zullen er al heel snel achter komen dat het bewijs tegen me niet sterk genoeg is. Ze zullen me moeten laten gaan.

Ik vind dit eigenlijk een raar soort optimisme als ik bedenk hoe aangeboren cynisch ik ben ten aanzien van het bevoegde gezag. Elke dag moeten onschuldige mensen het ontgelden. Ik heb het bewijs met eigen ogen gezien. Het is onweerlegbaar. Toch ben ik niet bang dat het mij zal overkomen.

Ik leg de schuld bij mijn moeder en haar rotsvaste vertrouwen in gezagdragers, zoals politieagenten, rechters en politici. Ze is opgegroeid in een dorp in de Cotswolds, waar de plaatselijke agent nog op de fiets rondreed, iedere inwoner van naam kende en de meeste misdaden binnen een halfuur had opgelost. Hij was het toonbeeld van eerlijkheid en rechtschapenheid.

Sindsdien heeft niets mijn moeders overtuiging aan het wankelen kunnen brengen, ook de telkens terugkerende verhalen niet over politiemensen die met bewijsmateriaal knoeien, steekpenningen aannemen en verklaringen vervalsen. 'God heeft meer goede dan slechte mensen geschapen,' zegt ze altijd, alsof met koppen tellen alles weer goed komt. En als dat uiterst onwaarschijnlijk lijkt, voegt ze eraan toe: 'Ze krijgen hun verdiende loon wel als ze voor de hemelpoort staan.'

Een luikje gaat open in het onderste gedeelte van de deur en een houten dienblad wordt over de vloer naar me toe geschoven. Ik krijg een plastic flesje met sinaasappelsap, een of andere grijzige smurrie die volgens mij voor roerei moet doorgaan en twee sneetjes brood die heel even boven een broodrooster hebben gehangen. Ik duw het aan de kant en ga op Simon zitten wachten.

Hij ziet er heel jolig uit met zijn zijden stropdas, die bedrukt is met hulst en zilveren klokjes. Het is het soort das dat ik met kerst van Charlie zou kunnen krijgen. Ik vraag me af of Simon ooit getrouwd is geweest of kinderen heeft.

Hij kan niet lang blijven: hij wordt in de rechtszaal verwacht. Ik zie strengen van zijn paardenharen pruik uit zijn koffertje steken. De politie heeft om bloed- en haarmonsters verzocht, zegt hij. Ik heb er geen bezwaar tegen. Ook hebben ze om toestemming gevraagd mijn patiënten te ondervragen, maar de rechter heeft hun de toegang tot mijn dossiers geweigerd. Goed werk.

Het belangrijkste nieuws betreft twee van Catherines telefoontjes naar mijn praktijk. Meena, God zegene haar katoenen sokken, heeft tegen de rechercheurs gezegd dat ze Catherine begin november twee keer heeft gesproken.

Ik was helemaal vergeten dat we op zoek zijn naar een nieuwe secretaresse. Meena had een personeelsadvertentie in de *Guardian* geplaatst, in het gedeelte met vacatures in de gezondheidszorg. We zochten een ervaren medisch secretaresse, of kandidaten met een verpleegkundige opleiding. We kregen meer dan tachtig reacties.

Ik leg dat alles aan Simon uit en raak steeds opgewondener. 'Meena zou een shortlist van twaalf kandidaten opstellen.'

'Catherine stond ook op die shortlist.'

'Ja. Misschien. Ongetwijfeld. Dat verklaart dan het telefoontje. Meena weet het vast nog wel.' Wist Catherine dat ze solliciteerde naar een baan als mijn secretaresse? Meena moet mijn naam hebben genoemd. Misschien wilde Catherine me verrassen. Of misschien dacht ze dat ik haar anders niet zou uitnodigen.

Simon neemt zijn das tussen zijn vingers en maakt een gebaar alsof hij hem wil afknippen. 'Waarom zou een vrouw die jou ooit van aanranding heeft beschuldigd jouw secretaresse willen worden?' Zo is hij net een aanklager.

'Ik heb haar niet aangerand.'

Hij reageert niet. In plaats daarvan kijkt hij op zijn horloge en klikt zijn koffertje dicht. 'Volgens mij kun je maar beter niet meer op vragen van de politie ingaan.'

'Waarom niet?'

Simon hijst zich in zijn overjas en buigt zich voorover om een vieze veeg van het spiegelende oppervlak van zijn zwarte schoenen te verwijderen. 'Ze hebben nog acht uur. Tenzij ze met iets nieuws op de proppen komen, zit je vanavond weer thuis.'

Met mijn handen achter mijn hoofd gevouwen lig ik op mijn slaapbank naar het plafond te staren. Iemand heeft iets in de hoek gekrabbeld: 'Een dag zonder zonlicht is als... de nacht.' Het plafond is wel drie meter hoog. Hoe heeft iemand daar in godsnaam bij gekund?

Het is vreemd om van de wereld te zijn afgesloten. Ik heb geen idee wat er de afgelopen twee etmalen allemaal is gebeurd. Ik vraag me af wat ik heb gemist. Hopelijk zijn mijn ouders naar Wales teruggekeerd. Charlies kerstvakantie zal nu wel zijn begonnen; de boiler is gerepareerd; Julianne heeft de cadeautjes ingepakt en onder de boom gelegd. Jock heeft zijn kerstmannenpak afgestoft en zijn jaarlijkse ronde over de kinderafdelingen gedaan. En dan heb je Bobby ook nog – wat heeft hij uitgevoerd?

Halverwege de middag word ik weer op de verhoorkamer ontboden. Ruiz en dezelfde brigadier van gisteren zitten al te wachten. Simon arriveert, buiten adem na het beklimmen van al die traptreden. In zijn ene hand heeft hij een sandwich in een plastic zakje en in zijn andere een flesje sinaasappelsap.

'Late lunch,' biecht hij op bij wijze van verontschuldiging.

De taperecorder wordt aangezet.

'Dr. O'Loughlin, u moet me even helpen.' Ruiz slaagt erin een beleefd glimlachje op zijn gezicht te toveren. 'Is het waar dat moordenaars vaak terugkeren naar de plek van de misdaad?'

Welke kant gaat dit op? Ik werp een blik op Simon, die aangeeft dat ik de vraag moet beantwoorden.

'Het type moordenaar dat een zogenaamde handtekening achterlaat, keert soms terug, maar meestal berust dit op een mythe.'

'Een moordenaar die zijn "handtekening" achterlaat?'

'Elke moordenaar zet een gedragsstempel – het is als een criminele schaduw die op de plek van de misdaad wordt achtergelaten, een handtekening. Het kan de manier zijn waarop hij een knoop legt of zich van een lichaam ontdoet. Sommigen voelen een drang om naar de plek van de moord terug te keren.'

'Waarom?'

'Er kunnen heel veel redenen zijn. Misschien willen ze in hun fantasie hun daad herbeleven of misschien willen ze een aandenken meenemen. Sommigen voelen zich schuldig of willen gewoon in de buurt blijven.'

'Is dat de reden waarom ontvoerders vaak helpen zoeken?'

'Ja.'

'En brandstichters helpen blussen?'

Ik knik. De brigadier speelt voor standbeeld. Ruiz slaat een map open en haalt er een stel foto's uit.

'Waar was u op zondag 24 november?'

Dus dat is het wat hij ontdekt heeft.

'Ik bracht een bezoek aan mijn oudtante.'

Een vonk van opwinding doet zijn ogen gloeien. Hij hoopt me op een leugen te kunnen betrappen.

'Hoe laat was dat?'
''s Morgens.'
'Waar woont ze?'
'Op Kensal Green, de begraafplaats.'
De waarheid stelt hem teleur. 'We hebben beeldmateriaal van de bewakingscamera; uw auto staat op het parkeerterrein.' Hij schuift de foto over het bureau. Ik zet een doos met bladeren op Charlies uitgestrekte armen.
Ruiz haalt een stuk papier te voorschijn. 'Weet u nog hoe we het lichaam ontdekt hebben?'
'U zei dat een hond het had opgegraven.'
'Degene die belde noemde zijn naam niet en gaf ook geen telefoonnummer op. Hij belde vanuit een telefooncel bij de ingang van de begraafplaats. Hebt u daar in de buurt iemand gezien?'
'Nee.'
'Hebt u die telefooncel gebruikt?'
Hij wil toch niet zeggen dat ik dat telefoontje heb gepleegd?
'U zei dat de moordenaar het terrein waarschijnlijk op zijn duimpje kende.'
'Ja.'
'Hoe zou u uw eigen kennis van het terrein omschrijven?'
'Inspecteur, ik weet geloof ik wel waar u naartoe wilt. Zelfs als ik Catherine had vermoord en haar vervolgens bij het kanaal had begraven, denkt u dan echt dat ik mijn vrouw en dochter mee zou nemen om te zien hoe ze werd opgegraven?'
Ruiz slaat de map met een klap dicht en snauwt: 'Ik stel hier godverdomme de vragen. Maakt ú zich nou maar druk om de antwoorden.'
Simon onderbreekt hem. 'Misschien is het beter als we allemaal eerst eens wat afkoelen.'
Ruiz buigt zich over het bureau naar me toe tot ik de haarvaatjes onder de huid van zijn neus kan zien. Ik zweer dat hij door zijn poriën kan ademen.
'Bent u bereid met me te praten zonder dat uw advocaat daarbij aanwezig is?'
'Als u de band stilzet.'

Simon protesteert en wil me onder vier ogen spreken. Buiten op de gang nemen we geen van beiden een blad voor de mond. Hij zegt dat ik me stom gedraag. Ik ben het met hem eens. Maar als ik Ruiz zover krijg dat hij naar me luistert, kan ik hem misschien overhalen om nog eens naar Bobby te kijken.

'Ik wil het schriftelijk hebben vastgelegd dat ik het je heb afgeraden.'

'Maak je maar geen zorgen, Simon. Niemand zal jou iets verwijten.'

Ruiz zit op me te wachten. Op de rand van de asbak smeult een sigaret. Met strakke blik kijkt hij hoe het ding opbrandt. De grijze as vormt een verwrongen toren die bij de geringste ademstoot zal omkieperen.

'Ik dacht dat u gestopt was.'

'Ben ik ook. Ik vind het gewoon leuk om te kijken.'

De as valt om en Ruiz schuift de asbak opzij.

Hij knikt.

De kamer lijkt een stuk groter nu we slechts met z'n tweeën zijn. Ruiz duwt zijn stoel naar achteren en legt zijn voeten op tafel. Zijn zwarte gaatjesschoenen zijn versleten bij de hakken. Boven zijn ene sok, op het witte vel van zijn enkel, zit een streep zwarte schoensmeer.

'We zijn met uw foto alle pubs en cafés aan Leicester Square en Charing Cross langs geweest,' zegt hij. 'Geen enkele barkeeper of serveerster kan zich u herinneren.'

'Zo opvallend ben ik ook niet.'

'Vanavond gaan we weer op pad. Misschien kunnen we iemands geheugen wat opfrissen. Maar op de een of andere manier geloof ik er niet in. Ik geloof niet dat u ook maar in de buurt van het West End bent geweest.'

Ik reageer niet.

'We hebben uw foto ook aan de vaste klanten van het Grand Union Hotel laten zien. Niemand kan zich herinneren u daar gezien te hebben. Ze konden zich Catherine nog wel herinneren. Ze had zich mooi opgedoft, volgens sommigen van die gasten. Een van hen bood haar iets te drinken aan, maar ze zei dat ze op iemand zat te wachten. Was u dat?'

'Nee.'

'Wie was het dan wel?'

'Ik ben nog steeds van mening dat het Bobby Moran was.'

Uit Ruiz' mond komt een zacht gerommel, dat eindigt in een raspende hoest. 'U geeft niet snel op, hè?'

'Catherine stierf niet op de avond dat ze verdween. Haar lichaam werd pas elf dagen later gevonden. Het duurde heel lang voor degene die haar martelde haar geest had gebroken – misschien wel dagen. Dat zou het werk van Bobby kunnen zijn.'

'Er is niks dat naar hem wijst.'

'Volgens mij kende hij haar.'

Ruiz lacht spottend. 'Dat is nou het verschil tussen wat u doet en wat ik doe. U baseert uw conclusies op grafieken en empirische modellen. Iemand komt met een jankverhaal over een rottige jeugd aanzetten en u stuurt hem voor tien jaar in therapie. Ik werk met feiten en op dit moment wijzen ze allemaal in uw richting.'

'En hoe zit het dan met de intuïtie? Met het gevoel? Ik dacht dat rechercheurs daar voortdurend een beroep op deden.'

'Niet als ik goedkeuring probeer te krijgen voor een surveillancebudget.'

We zwijgen en meten de kloof tussen ons. Ten slotte neemt Ruiz weer het woord. 'Ik heb gisteren met uw vrouw gesproken. Ze zei dat u zich de laatste tijd wat "afstandelijk" hebt gedragen. U hebt voorgesteld om een reisje te maken met het gezin... naar Amerika. Het kwam zomaar uit de lucht vallen. Ze had er geen verklaring voor.'

'Dat had niks met Catherine te maken. Ik wilde wat meer van de wereld zien.'

'Voor het te laat is.' Zijn stem klinkt nu zachter. 'Vertel me eens hoe het is om aan Parkinson te lijden. Het zal wel hard aankomen als je zoiets te horen krijgt – vooral als je zo'n fantastische vrouw hebt, een dochtertje, en ook nog een carrière die voor de wind gaat. Hoeveel jaar gaat u dat kosten? Tien? Twintig?'

'Ik heb geen idee.'

'Ik stel me zo voor dat je na dergelijk nieuws de hele wereld wel kunt schieten. U hebt met kankerpatiënten gewerkt. Vertel eens – voelen die zich ook verbitterd en belazerd?'

'Sommigen wel.'

'Ik wed dat sommigen de hele handel wel willen afbreken. Ik bedoel, waarom hebben uitgerekend zij zo'n rottige pech? Wat doe je in een dergelijke situatie? Rustig van het toneel verdwijnen of je woedend verzetten tegen het doven van het licht? Je zou nog wat oude rekeningen kunnen vereffenen, dingen rechtzetten. Er is niks mis mee om nog even voor eigen rechter te spelen, als je geen andere keus hebt.'

Ik zou wel willen lachen om zijn onhandige poging tot psychoanalyse. 'Is dat wat u zou doen, inspecteur?' Het duurt even voor Ruiz doorheeft dat de rollen zijn omgedraaid en ik hem observeer. 'Denkt u dat u aan wraakgevoelens ten prooi zou vallen?'

Zijn ogen vullen zich met twijfel, maar het duurt niet lang. Hij wil weer verder, op een ander onderwerp overgaan, maar eerst wil ik het verkeerde beeld rechtzetten dat hij heeft van mensen met een dodelijke of ongeneeslijke ziekte. Ja, sommigen zouden er inderdaad wel op los willen slaan van frustratie, zo hopeloos en hulpeloos voelen ze zich. Maar de verbittering en woede verdwijnen al snel. In plaats van zich in zelfmedelijden te verliezen, zetten ze zich schrap en kijken vooruit. En ze besluiten om te genieten van elk ogenblik dat ze nog hebben, om het merg uit het leven te zuigen tot het langs hun kin naar beneden druipt.

Ruiz laat zijn voeten op de vloer glijden, legt beide handen plat op tafel en duwt zichzelf omhoog. Hij kijkt me niet aan als hij begint te praten. 'Ik wil u in staat van beschuldiging laten stellen wegens moord, maar volgens de officier van justitie heb ik niet voldoende bewijs. Hij heeft gelijk, maar ik ook. Ik blijf zoeken tot we nog iets vinden. Het is slechts een kwestie van tijd.' Hij staart naar een punt in de verte.

'U mag me niet, hè?' vraag ik.

'Niet echt, nee.'

'Waarom niet?'

'Omdat u me een domme vuilbek van een diender vindt, die geen boeken leest en denkt dat de relativiteitstheorie iets met inteelt heeft te maken.'

'Dat is niet waar.'

Hij haalt zijn schouders op en strekt zijn hand uit naar de deurknop.

'Steekt er ook iets persoonlijks achter?' vraag ik.

Door de dichtslaande deur vang ik nog net zijn brommerige antwoord op. 'U hebt een iets te hoge dunk van uzelf.'

3

Dezelfde agente die me al twee etmalen als een schaduw volgt, overhandigt me mijn tennisracket en een pakje met mijn horloge, portefeuille, trouwring en schoenveters. Ik moet mijn geld natellen, ook het kleingeld, en tekenen voor ontvangst. Volgens de klok aan de muur van de recherchekamer is het 20.45 uur. Wat voor dag is het? Woensdag. Nog zeven dagen en dan is het kerst. Op de balie staat een zilveren boompje, opgetuigd met een stel kerstballen en een scheve ster. Aan de muur erachter hangt een spandoek met de tekst VREDE OP AARDE, IN DE MENSEN EEN WELBEHAGEN.

De agente biedt aan een taxi voor me te bellen. Ik wacht in de receptieruimte tot ik hem hoor claxonneren. Ik ben moe, smerig en ruik naar oud zweet. Ik zou eigenlijk naar huis moeten, maar als ik op de achterbank van de taxi schuif, zinkt de moed me in de schoenen. Ik zou het liefst tegen de chauffeur zeggen dat hij de andere kant op moet rijden. Ik durf de confrontatie met Julianne niet aan. Met semantiek hoef je bij haar niet aan te komen. Alleen met de onversneden waarheid.

Ik heb nog nooit zoveel van iemand gehouden als van haar – niet tot Charlie op het toneel verscheen. Daarom valt mijn bedrog ook niet goed te praten. Ik weet wat de mensen zullen zeggen. Ze zullen het een klassiek geval van midlife-paranoia noemen. Opeens ben ik over de veertig en uit angst voor mijn eigen sterfelijkheid ga ik één keer vreemd. Of misschien schuiven ze het wel op zelfmedelijden. Op de dag dat ik te horen krijg dat ik aan een voortwoekerende neurologische aandoening lijd, ga ik met een andere vrouw naar bed – om me nog één keer te buiten te gaan aan seks en spanning voor mijn lichaam het laat afweten.

Ik heb geen enkel excuus voor wat er is gebeurd. Het was geen toeval of een moment van verstandsverbijstering. Het was een vergissing. Het was seks. Het was tranen, sperma en iemand anders dan Julianne.

Jock had me net het slechte nieuws verteld. Ik zat in zijn spreekkamer, met lamheid geslagen. Een gigantische klotevlinder in het Amazonegebied moet op dat moment met zijn vleugels hebben geflapperd, want de trillingen haalden me finaal onderuit.

Jock bood aan iets met me te gaan drinken. Ik sloeg het af. Ik had behoefte aan frisse lucht. De daaropvolgende uren zwierf ik door het West End, ging van de ene bar naar de andere, en probeerde te doen alsof ik gewoon iemand was die een paar borrels dronk om zich te kunnen ontspannen.

Eerst dacht ik dat ik alleen wilde zijn. Toen besefte ik dat ik vooral behoefte had aan iemand om mee te praten. Iemand die geen deel uitmaakte van mijn volmaakte leventje: iemand die Julianne of Charlie niet kende, die niemand van mijn familie of vrienden kende. Zo belandde ik dus bij Elisa op de stoep. Het was geen toeval. Ik zocht haar doelbewust op.

Eerst praatten we alleen maar. We hebben urenlang gepraat. (Julianne zegt vast dat dat mijn ontrouw alleen maar erger maakt, omdat het meer was dan doodgewone mannelijke lust.) Waar hebben we het over gehad? Over jeugdherinneringen. Onze mooiste vakanties. Lievelingsliedjes. Misschien over niets van dat alles. De woorden deden er niet toe. Elisa wist dat ik pijn had, maar vroeg niet naar de oorzaak. Ze liet het aan mij over of ik het haar wilde vertellen of niet. Haar maakte het niet uit.

Ik herinner me heel weinig van wat er daarna gebeurde. We kusten elkaar. Elisa trok me boven op haar. Haar hielen stootten tegen mijn rug. Ze bewoog uiterst langzaam toen ze mij in zich nam. Ik kreunde toen ik klaarkwam en de pijn sijpelde weg.

Ik bleef die nacht bij haar. De tweede keer nam ik háár. Ik duwde Elisa naar beneden en drong als een woesteling bij haar binnen zodat haar heupen schokten en haar borsten schudden. Toen het voorbij was, lagen de witte tissues, nat van het sperma, als gevallen bladeren op de vloer.

Het vreemde is dat ik had verwacht verteerd te zullen worden door schuldgevoel of twijfel. Dat ik me heel gewoon zou voelen, kwam niet eens bij me op. Ik was ervan overtuigd dat Julianne dwars door me heen zou kijken. Ze hoefde het niet eens aan mijn kleren te ruiken, of het te zien aan de lipstick op mijn boordje. Ze zou het toch wel weten, intuïtief, zoals ze alles over mij schijnt te weten.

Ik heb mezelf nooit beschouwd als iemand die onnodig risico's neemt of een kick krijgt als hij op het randje van de afgrond balanceert. Op de universiteit, voor ik Julianne ontmoette, heb ik één of twee keer een vluchtig avontuurtje gehad. Dat vonden we toen heel gewoon. Jock had gelijk – de linkse meiden kreeg je veel makkelijker het bed in. Dit was iets anders.

De taxichauffeur is blij dat hij van me af is. Ik sta op het trottoir en kijk naar mijn huis. Het enige licht is een zacht schijnsel uit het keukenraam, dat op het pad aan de zijkant van het huis valt.

Mijn sleutel glijdt in het slot. Als ik naar binnen stap, zie ik Juliannes silhouet afgetekend tegen een rechthoek van licht aan de andere kant van de gang. Ze staat in de deuropening van de keuken.

'Waarom heb je me niet gebeld? Dan had ik je opgepikt...'

'Ik wilde niet dat Charlie meekwam naar het politiebureau.'

Ik kan de uitdrukking op haar gezicht niet zien. Haar stem klinkt normaal. Ik leg mijn tennisspullen weg en loop naar haar toe. Haar kortgeknipte donkere haar zit door de war en ze heeft wallen onder haar ogen van slaapgebrek. Als ik haar probeer te omhelzen, ontwijkt ze me. Ze kan mijn aanblik nauwelijks verdragen.

Het gaat hier niet alleen om een leugen. Door mijn toedoen zijn politieagenten haar huis binnengedrongen, hebben kastjes geopend, onder bedden gekeken, haar persoonlijke spullen doorzocht. Onze buren hebben me in handboeien gezien. Onze tuin is omgeploegd. Rechercheurs hebben haar verhoord en naar ons seksleven gevraagd. Ze heeft urenlang op een politiebureau zitten wachten in de hoop dat ze me te zien zou krijgen, om uiteindelijk weggestuurd te worden – niet door het bevoegd gezag, maar door mij. Dat alles, en dan niet één telefoontje of berichtje om het uit te leggen.

Ik werp een blik op de keukentafel en zie een slordige stapel kranten. Ze liggen allemaal open bij hetzelfde verhaal. PSYCHOLOOG GEARRESTEERD IN MOORDZAAK MCBRIDE luidt de kop boven een van de artikelen. SOCIETYTHERAPEUT IN HECHTENIS staat boven een ander. Er zijn foto's waarop ik op de achterbank van een politieauto zit, met Simons jas over mijn hoofd. Ik zie er schuldig uit. Moeder Theresa zou er nog schuldig uitzien als je een jas over haar hoofd trok. Waarom doen verdachten dat eigenlijk? Je kunt beter zwaaien en glimlachen.

Ik laat me op een stoel zakken en neem de verhalen door. Eén krant heeft een foto afgedrukt die met een telelens is genomen en waarop ik op het dak van het Marsden zit, met Malcolm voor me, vastgebonden in de gordel. Op een andere foto heb ik die jas over me heen. Mijn handen liggen geboeid op mijn schoot. De boodschap is duidelijk – de held is van zijn voetstuk gevallen.

Julianne vult de waterkoker en pakt twee bekers. Ze draagt een zwarte legging en een trui die haar te groot was en die ik voor haar op Camden Market heb gekocht. Ik zei dat hij voor mezelf was, maar ik wist hoe het zou gaan. Ze leent altijd mijn truien. Ze zegt dat ze zo lekker ruiken.

'Waar is Charlie?'

'Die slaapt. Het is tegen elven.'

Als het water kookt, vult ze de twee bekers en dompelt de theezakjes erin. Ik ruik de pepermunt. Julianne heeft een hele plank met allerlei soorten kruidenthee.

Ze gaat tegenover me zitten. Als ze me aankijkt, zijn haar ogen gespeend van elke emotie. Ze draait haar polsen een slag en opent haar handpalmen. Met dat ene kleine gebaar geeft ze aan dat ze op uitleg zit te wachten.

Het ligt me voor in de mond te zeggen dat alles op een misverstand berust, maar ik ben bang dat dat wel heel afgezaagd klinkt. In plaats daarvan bepaal ik me tot het verhaal – tot wat ik ervan weet tenminste. Dat Ruiz van mening is dat ik iets te maken heb gehad met de moord op Catherine omdat mijn naam in haar agenda stond, die ze uit het kanaal hebben opgevist; dat Catherine naar Londen kwam voor een sollicitatiegesprek met míj, in verband met die vacature voor een secretaresse. Ik wist van niets. Meena had de shortlist opgesteld. Catherine moet de advertentie hebben gezien.

Julianne is me voor. 'Dat kan toch niet de enige reden zijn waarom ze je gearresteerd hebben?'

'Nee. Volgens de telefoonafschriften heeft ze de middag voor ze vermoord werd naar mijn praktijk gebeld.'

'Heb je met haar gesproken?'

'Nee. Ik had een afspraak met Jock. Dat was die keer toen hij het me vertelde... je weet wel.'

'Wie heeft dat telefoontje aangenomen?'

'Ik weet het niet. Meena is die dag vroeg naar huis gegaan.'

Ze kijkt me aan en ik sla mijn blik neer. 'Ze hebben die aanrandingsaanklacht weer boven water gehaald. Ze denken dat ik vreemdging met haar – dat ze mijn carrière en ons huwelijk dreigde te verwoesten.'

'Maar ze heeft die aanklacht ingetrokken.'

'Dat is zo, maar je snapt dat het er verdacht uitziet.'

Julianne duwt haar beker naar het midden van de tafel en glijdt van haar stoel. Ik ontspan enigszins nu ze me niet langer aanstaart. Zelfs zonder naar haar te kijken, weet ik precies waar ze is – ze staat voor de tuindeuren en kijkt door haar eigen spiegelbeeld heen naar de man aan de tafel, de man die ze dacht te kennen.

'Je hebt tegen mij gezegd dat je bij Jock was. Je zei dat je je aan het bezatten was. Ik wist dat je loog. Ik heb het al die tijd geweten.'

'Ik was me ook aan het bezatten, maar niet met Jock.'

'Wie was er dan bij je?' De vraag is kort, scherp en duidelijk. Dat is Julianne ten voeten uit: spontaan en direct, en elke communicatielijn is een snelweg.

'Ik heb die nacht bij Elisa Velasco geslapen.'

'Ben je met haar naar bed geweest?'

'Ja.'

'Heb je seks gehad met een prostituee?'

'Ze is geen prostituee meer.'

'Heb je een condoom gebruikt?'

'Hoor nou eens, Julianne. Ze is al jaren geen prostituee meer.'

'HEB... JE... EEN... CONDOOM... GEBRUIKT?' Elk woord klinkt even helder. Ze buigt zich over mijn stoel. Haar ogen staan vol tranen.

'Nee.'

Ze slaat me met alle kracht die ze in zich heeft. Ik duik opzij en grijp naar mijn wang. Ik proef bloed aan de binnenkant van mijn mond en hoor een hoge pieptoon in mijn oren. Julianne legt haar hand op mijn dijbeen. Haar stem is zacht. 'Heb ik je te hard geslagen? Ik ben dit soort dingen niet gewend.'

'Het gaat wel,' stel ik haar gerust.

Weer slaat ze me, deze keer nog harder. Ik beland op mijn knieën en staar naar de glanzende houten vloer.

'Wat ben je toch een egoïstische, stomme, laffe, onbetrouwbare, leugenachtige klootzak!' Ze schudt haar hand heen en weer van de pijn.

Ik ben nu een groot, onhandig, onbeweeglijk doel. Ze gaat me met haar goede vuist te lijf, en een regen van slagen daalt op mijn rug neer. 'Een hoer!' schreeuwt ze. 'Zonder condoom! En toen kwam je thuis en neukte je mij!'

'Nee! Alsjeblieft! Je snapt het niet...'

'Sodemieter op! Je hoeft je hier niet meer te vertonen! Je krijgt míj niet meer te zien, en je krijgt Chárlie niet meer te zien!'

Ik zit ineengedoken op de vloer en voel me ellendig en hopeloos. Ze draait zich om en loopt weg, de gang door naar de voorkamer. Ik hijs mezelf overeind en volg haar, wanhopig verlangend naar een teken dat dit niet het einde is.

Ik tref haar knielend voor de kerstboom aan, met een tuinschaar in haar hand. Ze heeft de boom keurig tot op tweederde getopt. Het is nu net een grote, groene lampenkap.

'Het spijt me verschrikkelijk.'

Ze reageert niet.

'Luister nou naar me, alsjeblieft.'

'Waarom zou ik? Wat wou je dan tegen me zeggen? Dat je van me houdt? Dat zij niets voor je betekende? Dat je met háár hebt geneukt en toen met míj hebt gevreeën?'

Dat is het probleem als je ruzie hebt met Julianne. Ze stort zo

222

veel beschuldigingen tegelijk over je uit dat je ze nooit met één antwoord kunt afdoen. En op het moment dat je de vragen in groepjes wilt indelen, vuurt ze een hele nieuwe serie op je af.

Nu huilt ze pas echt. Haar tranen glinsteren in het licht van de lamp en liggen als kralensnoertjes op haar wangen.

'Ik heb een grote fout gemaakt. Toen Jock me over die Parkinson vertelde, voelde het als een doodvonnis. Alles zou veranderen – al onze plannen. De toekomst. Ik weet wel dat ik het tegenovergestelde heb beweerd. Maar dat klopt niet. Waarom krijg ik dit leven en dan opeens die ziekte? Waarom krijg ik de vreugde en schoonheid van jou en Charlie en wordt het me dan weer uit handen gerukt? Het is alsof je iemand een blik gunt op hoe het leven zou kunnen zijn en hem meteen daarna vertelt dat het nooit werkelijkheid zal worden.'

Ik kniel naast haar neer en mijn knieën raken bijna de hare.

'Ik wist niet hoe ik het je vertellen moest. Ik had tijd nodig om na te denken. Ik kon er niet met mijn ouders of met mijn vrienden over praten, want die zouden alleen maar medelijden met me hebben en me opbeurend toespreken en me dapper toelachen. Daarom ging ik naar Elisa. Ze is een vreemde, maar ook een vriendin. Ze heeft iets goeds over zich.'

Julianne veegt met de mouw van haar trui haar wangen af en staart naar de haard.

'Ik was niet van plan met haar naar bed te gaan. Het gebeurde gewoon. Ik wou dat ik het terug kon draaien. Ik heb niks met haar. Het was maar voor één nacht.'

'En Catherine McBride dan? Ben je ook met haar naar bed geweest?'

'Nee.'

'En waarom solliciteerde ze dan naar die baan als jouw secretaresse? Hoe kwam ze erbij dat jij haar een baan zou geven na wat ze ons had aangedaan?'

'Ik heb geen idee.'

Julianne kijkt naar haar gekneusde hand en dan naar mijn wang.

'Wat wil je eigenlijk, Joe? Wil je vrij zijn? Is dat het? Wil je alles alleen onder ogen zien?'

223

'Ik wil jou en Charlie niet mee de afgrond in sleuren.'

Als ze mijn jankerige toontje hoort, wordt ze woedend. Ze balt haar vuisten van onmacht.

'Waarom ben je ook altijd zo verdomd zeker van jezelf? Waarom kun je niet gewoon toegeven dat je hulp nodig hebt? Ik weet dat je ziek bent. Ik weet dat je moe bent. Heb je het laatste nieuws al gehoord? We zijn allemaal ziek en we zijn allemaal moe. Ik ben er kotsmisselijk van altijd op een zijspoor te worden gerangeerd en ik ben er doodmoe van aan de kant te worden geschoven. Nu wil ik dat je weggaat.'

'Maar ik hou van je.'

'Weg!'

'En wij dan? En Charlie dan?'

Ze kijkt me aan met een kille, strakke blik. 'Misschien houd ik nog steeds van je, Joe, maar op dit moment kan ik je niet uitstaan.'

4

Als alles voorbij is – nadat ik mijn spullen heb gepakt en de deur achter me heb dichtgetrokken, nadat de taxi me op Jocks stoep heeft afgezet – voel ik me net als op mijn eerste dag op kostschool. In de steek gelaten. Een herinnering komt bovendrijven, levensecht, vol licht en schaduw. Ik sta op de trap voor de ingang van Charterhouse; mijn vader omhelst me en voelt de snik die bij me bovenkomt. 'Niet waar je moeder bij is,' fluistert hij.

Hij draait zich om en als hij wegloopt, zegt hij tegen mijn moeder, die haar ogen bet: 'Niet waar de jongen bij is.'

Jock is ervan overtuigd dat ik me een stuk beter zal voelen als ik me gedoucht en geschoren heb en fatsoenlijk heb gegeten. Hij bestelt een maaltijd bij een naburig Indiaas restaurant, maar nog voor het eten wordt bezorgd, ben ik al op de bank in slaap gevallen. Hij eet in z'n eentje.

In het geschakeerde schemerlicht dat door de jaloezieën naar binnen sijpelt, zie ik een stapel bakjes van aluminiumfolie naast de gootsteen staan. Oranje en gele saus druipt over de randen. De afstandsbediening van de tv drukt tegen mijn ruggengraat en de programmagids zit onder mijn hoofd geklemd. Ik snap niet hoe ik überhaupt heb kunnen slapen.

Telkens keer ik in gedachten terug naar Julianne en de blik waarmee ze me aankeek. Teleurstelling was er niets bij. Verdriet is veel te zacht uitgedrukt. Het leek of er binnen in haar iets bevroren was. We hebben hoogst zelden ruzie. Als we van mening verschillen, is Julianne vaak een en al hartstocht en emotie. Wanneer ik probeer haar te slim af te zijn of me ongevoelig opstel, beschuldigt ze me van arrogantie en dan zie ik de pijn in haar ogen. Deze keer zag ik slechts leegte. Een uitgestrekt, winderig landschap dat je alleen met gevaar voor eigen leven zou kunnen doorkruisen.

Jock is wakker. Ik hoor hem zingen onder de douche. Ik probeer mijn benen met een zwaai van de bank te halen, maar er gebeurt niets. Gedurende één vluchtig moment denk ik dat ik verlamd ben. Dan besef ik dat ik het gewicht van de dekens nog kan voelen. Ik richt al mijn aandacht op mijn benen, die onder protest reageren.

De bradykinesie wordt steeds manifester. Stress speelt een belangrijke rol bij de ziekte van Parkinson. Ik word verondersteld veel te slapen, regelmatig lichaamsbeweging te nemen en me nergens druk om te maken.

Ja hoor.

Jock woont in een flatgebouw met uitzicht op Hampstead Heath. Beneden is een portier die een paraplu boven je hoofd houdt als het regent. Hij draagt een uniform en spreekt je aan met 'menèr' of 'mevroi'.

Jock en zijn tweede vrouw bezaten vroeger de hele bovenverdieping, maar sinds de scheiding kan hij zich alleen nog een tweekamerappartement veroorloven. Ook moest hij zijn Harley verkopen en de cottage in de Cotswolds aan haar afstaan. Altijd als hij een dure sportauto ziet, beweert hij dat die van Natasha is.

'Als ik terugkijk, dan zijn het niet de ex-vrouwen die me de stuipen op het lijf joegen. Het zijn de schoonmoeders,' zegt hij. Sinds zijn laatste scheiding is hij, zoals Jeffrey Bernard het placht te zeggen, iemand die van het ene diner naar het andere zwerft, een spion in het huwelijk van anderen.

Onze gemeenschappelijke geschiedenis gaat veel verder terug dan de universiteit. We werden ter wereld geholpen door dezelfde gynaecoloog, in hetzelfde ziekenhuis, op dezelfde dag, met slechts acht minuten ertussen. Dat was op 18 augustus 1960, in het Queen Charlotte's Maternity Hospital in Hammersmith. Onze moeders deelden een verloskamer en de gynaecoloog rende tussen de gordijnen heen en weer.

Ik kwam het eerst. Jock had zo'n groot hoofd dat hij vast kwam te zitten en er met een verlostang moest worden uitgetrokken. Hij zegt soms bij wijze van grap dat hij tweede was en nog steeds pogingen doet me in te halen. Maar als hij in het echt de strijd met je aanbindt, is het hem bittere ernst. Waarschijnlijk hebben we naast elkaar in de babykamer gelegen. Misschien hebben we elkaar wel aangekeken, of uit de slaap gehouden.

Het zegt iets over de autonomie van de individuele ervaring dat we met slechts minuten verschil aan ons leven begonnen, maar elkaar pas negentien jaar later weer tegenkwamen. Volgens Julianne heeft het lot ons samengebracht. Misschien heeft ze gelijk. Behalve dat dezelfde arts ons ondersteboven hield en een klap op de kont verkocht, hadden we maar weinig gemeen.

Ik heb er geen verklaring voor waarom Jock en ik vrienden zijn geworden. Wat had ik hem te bieden? Hij was vreselijk populair op de campus, werd altijd op de leukste feestjes uitgenodigd en flirtte met de mooiste meisjes. Voor mij was de vriendschap pure winst, maar wat leverde het hem op? Misschien wordt dat er wel mee bedoeld als men zegt dat het 'klikt' tussen twee mensen.

Op het gebied van de politiek zijn we al heel lang geleden uit elkaar gegroeid, en misschien ook wel op het gebied van de moraal, maar we kunnen ons niet van onze geschiedenis losmaken. Hij was getuige op mijn huwelijk en ik ben twee keer zijn getuige geweest. We hebben de sleutel van elkaars huis en kopieën van elkaars testament. Gedeelde ervaringen vormen een sterke band, maar dat is niet het enige.

Ook al doet hij zich voor als een rechtse bal, toch is Jock een echte softie, iemand die meer geld aan goede doelen heeft geschonken dan hij ooit aan een van zijn twee ex-vrouwen heeft uitbetaald. Elk jaar organiseert hij een inzamelingsactie voor het Great Ormond Street Hospital, en de afgelopen vijftien jaar heeft hij de marathon van Londen niet één keer overgeslagen. Vorig jaar duwde hij een ziekenhuisbed voor zich uit met een lading 'stoute' verpleegsters in kousen en jarretelgordeltjes. Hij leek meer op Benny Hill dan op dr. Kildare.

Jock komt uit de badkamer te voorschijn, een handdoek om zijn middel geslagen. Hij loopt op blote voeten door de zitkamer naar de keuken. Ik hoor de deur van de koelkast open- en dichtgaan. Hij snijdt sinaasappels doormidden en zet een vruchtenpers aan die groot genoeg is voor een weeshuis. De keuken staat vol technische snufjes. Hij heeft een apparaat waarmee je koffie kunt malen, een ander apparaat om de koffie te zeven, en ook een ding dat meer weg heeft van een kanonskogel dan van een percolator. Hij kan op tien verschillende manieren wafels, muffins en pannenkoeken bakken of eieren koken.

Nu is het mijn beurt om de badkamer in te duiken. De spiegel is helemaal beslagen. Ik wrijf erover met de punt van een handdoek tot er een ruwe cirkel ontstaat waarin ik mijn gezicht kan zien. Ik maak een uitgebluste indruk. De tv-hoogtepunten van woensdagavond staan in spiegelschrift op mijn rechterwang gedrukt. Ik boen mijn gezicht met een nat washandje.

Op de vensterbank liggen nog meer apparaatjes, waaronder een neushaartrimmer op batterijen, die klinkt als een gestoorde bij in een fles. Er zijn wel tien verschillende soorten shampoo. Het doet me denken aan mijn eigen huis. Ik plaag Julianne altijd met haar 'zalfjes en smeerseltjes', die elke beschikbare vierkante centimeter van onze badkamer vullen. Ergens te midden van al die cosmetica heb ik een wegwerpscheermes, een bus scheerschuim en een deodorantstick. Als ik een van die drie wil pakken, is de kans echter groot dat er een domino-effect ontstaat en alle flesjes in de badkamer omkieperen.

Jock geeft me een glas sinaasappelsap en zwijgend zitten we naar de percolator te staren.

'Ik wil haar wel voor je bellen,' stelt hij voor.

Ik schud mijn hoofd.

'Dan vertel ik haar wel hoe je hier zit te treuren... nergens toe in staat... hopeloos en ellendig...'

'Het zou toch niks uitmaken.'

Hij vraagt waar de ruzie over ging. Hij wil weten wat haar zo overstuur heeft gemaakt. Kwam het door de arrestatie, de krantenkoppen of omdat ik tegen haar gelogen had?

'Het liegen.'

'Dat dacht ik al.'

Hij wil alle bijzonderheden weten. Ik heb eigenlijk geen zin om erover te praten, maar terwijl ik mijn koffie koud laat worden, komt het verhaal er toch uit. Misschien kan Jock me helpen er wat meer grip op te krijgen.

Als ik ben aangekomen bij het moment waarop ik het lichaam van Catherine in het mortuarium zag, besef ik opeens dat hij haar misschien ook heeft gekend. Hij kende veel meer verpleegsters in het Marsden dan ik.

'Ja, daar zat ik zelf ook al aan te denken,' zegt hij, 'maar toen ik die foto in de krant zag, ging er bij mij geen belletje rinkelen. De politie wilde weten of je de nacht waarin ze stierf bij mij hebt geslapen,' voegt hij eraan toe.

'Sorry.'

'Waar zat je?'

Ik haal mijn schouders op.

'Het is dus wáár. Je hebt dus van twee walletjes gegeten.'

'Zo is het niet.'

'Zo is het nooit, ouwe jongen.'

Jock is weer net een schooljongen en wil alle 'smerige details' horen. Ik haak af, wat niet bevorderlijk is voor zijn humeur.

'Waarom wilde je de politie dan niet vertellen waar je had uitgehangen?'

'Dat zeg ik liever niet.'

Een vlaag van ergernis trekt over zijn gezicht. Maar hij dringt niet langer aan. In plaats daarvan gooit hij het over een andere boeg en geeft me op mijn kop omdat ik niet eerder bij hem ben gekomen. Als ik had gewild dat hij me een alibi verschafte, dan had ik het hem op z'n minst kunnen vertellen.

'En als Julianne me ernaar gevraagd had? Dan had ik je zo kunnen verraden. Ik had toch tegen de politie kunnen zeggen dat je bij mij was, in plaats van je in de stront te laten zakken?'

'Je hebt de waarheid verteld.'

'Voor jou zou ik gelogen hebben.'

'En als ik haar inderdaad had vermoord?'

'Dan zou ik nog steeds voor je gelogen hebben. Je zou hetzelfde voor mij doen.'

Ik schud mijn hoofd. 'Ik zou niet voor jou liegen als ik dacht dat je iemand vermoord had.'

Onze blikken ontmoeten elkaar en we blijven elkaar een tijdje aankijken. Dan lacht hij en haalt zijn schouders op. 'Dat zullen we nooit te weten komen.'

5

Als ik op de praktijk ben gearriveerd en door de receptie loop, voel ik me nagestaard door de bewakers en de receptioniste. Ik neem de lift naar boven en tref Meena achter haar bureau aan. De wachtkamer is leeg.

'Waar is iedereen?'

'Ze hebben afgezegd.'

'Iedereen?'

Ik buig me over haar bureau en neem het afsprakenlijstje voor die dag door. Alle namen zijn met rood doorgestreept, behalve die van Bobby Moran, om drie uur.

Meena is nog steeds aan het woord. 'De moeder van meneer Lilley is overleden. Hannah Barrymore heeft griep. Zoe moet op de kinderen van haar zus passen...' Ik weet dat ze me een hart onder de riem probeert te steken.

Ik wijs naar Bobby's naam en zeg dat ze die ook kan schrappen.

'Hij heeft niet afgebeld.'

'Geloof me nou maar.'

Ook al heeft Meena haar best gedaan om alles weer op te ruimen, het is nog steeds een bende in mijn spreekkamer. Overal vind ik sporen van het politieonderzoek, zoals het fijne grafietpoeder dat ze gebruikt hebben bij het zoeken naar vingerafdrukken.

'Ze hebben geen dossiers meegenomen, maar sommige liggen wel helemaal door elkaar.'

Ik zeg dat ze zich daar niet druk om hoeft te maken. De aantekeningen hebben geen enkel nut meer nu ik toch geen patiënten over heb. Ze blijft in de deuropening staan en probeert iets positiefs te bedenken. 'Bent u door mij in de problemen geraakt?'

'Wat bedoel je?'

'Dat meisje dat op die vacature heeft gesolliciteerd... dat vermoord is... Had ik het anders moeten aanpakken?'

'Nee, natuurlijk niet.'

'Hebt u haar gekend?'

'Ja.'

'Gecondoleerd met uw verlies.'

Het is voor het eerst dat iemand op de gedachte komt dat ik
misschien wel bedroefd ben om de dood van Catherine. Verder
doet iedereen alsof ik er geen gevoelens op na houd, van welke
aard dan ook. Misschien denken ze wel dat ik een speciale manier
heb om met verdriet om te gaan of om er grip op te krijgen. Als
dat zo is, dan hebben ze het bij het verkeerde eind. Het is mijn
taak om patiënten te leren kennen. Ik krijg hun diepste angsten
en geheimen te horen. Een professionele relatie wordt een persoonlijke. Het kan niet anders.

Ik vraag Meena wat ze zich nog van Catherine weet te herinneren. Hoe klonk ze door de telefoon? Wilde ze iets over mij weten?
De politie heeft haar brieven en sollicitatieformulier meegenomen, maar Meena heeft een kopie van haar cv bewaard.

Ze haalt hem voor me op en ik neem de begeleidende brief en
de eerste pagina even snel door. Het probleem met cv's is dat ze je
over de betreffende persoon praktisch niets van belang vertellen.
Scholen, examenuitslagen, hoger onderwijs, werkervaring... niets
van dat alles onthult iets over de persoonlijkheid of het tempera-
ment van een individu. Het is alsof je iemands lengte probeert
vast te stellen aan de hand van zijn haarkleur.

Nog voor ik alles heb doorgelezen, gaat de telefoon in de receptie. In de hoop dat het Julianne is, neem ik op voor Meena het telefoontje kan doorschakelen. De stem aan de andere kant van de
lijn heeft de kracht van een orkaan. Eddie Barrett stort een kleur-
rijke scheldkanonnade over me uit. Hij is vooral inventief als hij
me vertelt waarvoor ik mijn diploma kan gebruiken, mocht zich
onverhoopt een tekort aan toiletpapier voordoen.

'Hoor eens, mislukte zielenknijper, ik ga je rapporteren aan het
Britse Genootschap van Psychologen, aan de raad van toezicht
en aan het register van getuige-deskundigen. Bobby Moran

klaagt je ook nog aan wegens laster, plichtsverzuim en wat hij verder allemaal kan bedenken. Je hebt je te schande gemaakt! Je zou geroyeerd moeten worden. Kort samengevat, je bent een klootzak!'

Ik krijg er geen woord tussen. Telkens als ik een gaatje denk te bespeuren in Eddies donderpreek, davert hij weer door. Misschien is dat wel de reden waarom hij zoveel zaken wint – hij houdt niet lang genoeg zijn mond om iemand anders aan het woord te laten.

Het punt is dat ik me niet kan verdedigen. Ik heb meer beroepsrichtlijnen en persoonlijke gedragscodes overtreden dan ik kan opnoemen, maar ik zou het zo weer doen. Bobby Moran is een sadist en een aartsleugenaar. Maar tegelijkertijd bekruipt me een vreselijk gevoel van verlies. Door het vertrouwen van een patiënt te schenden heb ik een deur geopend en een drempel overschreden naar een plek die verboden terrein zou moeten zijn. Nu zit er niets anders op dan te wachten tot de deur achter mijn kont dichtslaat.

Eddie verbreekt de verbinding en ik staar naar de telefoon. Ik druk op de geheugentoets en hoor Juliannes stem op het antwoordapparaat. Mijn ingewanden krimpen samen. Een leven zonder haar lijkt ondenkbaar. Ik heb geen idee wat ik wil zeggen. Ik probeer een opgewekte toon aan te slaan omdat Charlie het bericht misschien hoort. Maar uiteindelijk lijk ik net de kerstman. Ik bel opnieuw en spreek weer een bericht in. Het tweede is nog erger.

Ik geeft het op en begin mijn dossiers te ordenen. De politie heeft mijn archiefkasten leeggehaald, op zoek naar zaken die ik wellicht achter in de lades had verborgen. Ik kijk op als Fenwick zijn hoofd om de deuropening steekt. Hij staat op de gang en werpt een nerveuze blik over zijn schouder.

'Heb je even, ouwe jongen?'

'Ja hoor.'

'Het is toch vreselijk allemaal. Ik wou alleen maar even hou je haaks en zo tegen je zeggen. Laat je niet kisten door die schoften.'

'Dat vind ik heel aardig van je, Fenwick.'

Hij verplaatst zijn gewicht van de ene voet op de andere. 'Wat een akelige kwestie. Wat een toestand! Je zult het vast wel begrijpen. Al die negatieve publiciteit en zo...' Hij kijkt diep ongelukkig.

'Wat is er aan de hand, Fenwick?'

'Gezien de omstandigheden, ouwe jongen, dacht Geraldine dat het misschien niet zo'n goed idee was om jou mijn getuige te laten zijn. Wat zouden de andere gasten er wel niet van zeggen? Het spijt me verschrikkelijk. Ik vind het vreselijk om een man een trap na te geven.'

'O, zit daar maar niet over in. Succes.'

'Heel sportief van je, kerel. Tja... hm... dat was het wel ongeveer. Ik zie je vanmiddag op de vergadering.'

'Welke vergadering?'

'O, hemeltje, heeft niemand het je verteld? Wat een toestand!' Zijn gezicht wordt helemaal rood.

'Nee.'

'Tja, het is niet echt mijn taak...' Hij mompelt wat en schudt zijn hoofd. 'De partners hebben om vier uur een vergadering belegd. Sommigen van ons – ik niet, uiteraard – maken zich zorgen om de gevolgen die dit alles voor de praktijk zal hebben. Negatieve publiciteit en zo. Slecht voor je reputatie als de politie een inval doet en journalisten allerlei vragen komen stellen. Dat begrijp je vast wel.'

'Uiteraard.' Knarsetandend schenk ik hem een glimlach. Maar Fenwick maakt zich al achterwaarts uit de voeten. Als hij de blik ziet die Meena hem toewerpt, weet hij niet hoe snel hij weg moet komen.

Dit valt op geen enkele manier gunstig uit te leggen. Mijn gewaardeerde collega's gaan het over mijn partnerschap hebben – een gesprek dat in verbanning zal resulteren. Ze zijn op mijn ontslag uit. Ze spreken af hoe ze het zullen formuleren, en na een babbeltje met de hoofdaccountant wordt het hele zaakje zonder ophef afgewikkeld. Ze kunnen mooi de klere krijgen!

Fenwick is al halverwege de gang. Ik roep hem na. 'Zeg maar tegen ze dat ik de praktijk een proces aandoe als ze me eruit proberen te werken. Ik neem geen ontslag.'

Meena's blik is een en al solidariteit. Die gaat trouwens gepaard met iets anders, iets wat je voor medelijden zou kunnen aanzien. Ik ben het niet gewend dat mensen met me te doen hebben. 'Volgens mij kun je beter naar huis gaan. Het heeft geen enkele zin hier te blijven,' zeg ik tegen haar.

'En de telefoon dan?'

'Ik verwacht geen telefoontjes.'

Het duurt wel twintig minuten voor Meena vertrekt. Zenuwachtig rommelt ze in haar bureau en af en toe kijkt ze bezorgd mijn kant op, alsof ze een of andere loyaliteitscode voor secretaresses overtreedt. Zodra ik alleen ben, doe ik de jaloezieën dicht, schuif de ongesorteerde mappen aan de kant en leun achterover in mijn stoel.

Heb ik soms een spiegel gebroken? Ben ik onder een ladder door gelopen? Ik geloof niet in God of het lot of een hogere beschikking. Misschien is dit de 'wet van de gemiddelden'. Misschien had Elisa gelijk. Mijn leven is te gemakkelijk geweest. Het toeval heeft tot nu toe bijna altijd in mijn voordeel gewerkt, en nu is het gedaan met mijn geluk.

De oude Grieken beweerden dat Fortuna een beeldschoon meisje met krullen was, dat gewoon tussen de mensen op straat liep. Misschien heette ze wel Karma. Ze is een wispelturige minnares, een verstandige vrouw, een slet en een supporter van Manchester United. Ooit was ze de mijne.

Het regent als ik naar Covent Garden loop. In het restaurant schud ik mijn jas uit en overhandig hem aan een serveerster. Waterdruppels lopen over mijn voorhoofd. Een kwartier later arriveert Elisa, warm ingepakt in een zwarte jas met bontkraag. Daaronder draagt ze een donkerblauw topje met spaghettibandjes en een bijpassende minirok. Ze heeft een donkere panty met naad aan. Ze droogt zich af met een linnen servet en strijkt met haar vingers door haar haar.

'Ik vergeet tegenwoordig altijd een paraplu mee te nemen.'

'Hoezo?'

'Vroeger had ik er eentje met een versierd handvat. In de

schacht zat een stiletto verborgen... voor het geval ik in de problemen raakte. Zo zie je maar weer wat ik allemaal van je geleerd heb.' Ze lacht en brengt een nieuw laagje lipstick aan. Ik zou het liefst met mijn vingers het puntje van haar tong aanraken.

Ik kan niet uitleggen hoe het is om met zo'n mooie vrouw in een restaurant te zitten. Mannen werpen altijd begerige blikken op mijn vrouw, maar bij het zien van Elisa krijgen ze pas echt honger, van het soort waarbij je ingewanden samenkrimpen en je hart als een gek tekeergaat. Ze heeft iets heel zuivers, impulsiefs en aangeboren seksueels over zich. Het is alsof ze haar seksualiteit zo geraffineerd, gefilterd en gedistilleerd heeft dat een man denkt dat één enkel druppeltje voldoende is om hem voor de rest van zijn leven te bevredigen.

Elisa werpt een blik over haar schouder en weet meteen de aandacht van een ober te trekken. Ze bestelt een salade niçoise en ik neem de penne carbonara.

Gewoonlijk geniet ik van het zelfvertrouwen dat me vervult als ik tegenover Elisa zit, maar nu voel ik me oud en afgedaan, als een knoestige olijfboom met een broze schors. Ze praat snel en eet langzaam, waarbij ze telkens kleine hapjes neemt van de dichtgeschroeide tonijn en stukjes rode ui.

Hoewel ik haar laat praten, voel ik me wanhopig en onrustig. Mijn reddingsplan gaat vandaag in. Ze kijkt me nog steeds aan. Haar ogen zijn als spiegels in spiegels. Ik kan mezelf zien. Mijn haar plakt aan mijn voorhoofd. Ik voel me alsof ik al weken niet geslapen heb.

Elisa verontschuldigt zich omdat ze zo 'doorratelt'. Ze reikt over de tafel en knijpt in mijn hand. 'Waarover wilde je me spreken?'

Ik aarzel en ga dan langzaam van start – ik vertel haar over mijn arrestatie en het moordonderzoek. Bij elk nieuw dieptepunt dat ik beschrijf, worden haar ogen troebel van bezorgdheid. 'Waarom heb je niet gewoon tegen de politie gezegd dat je bij mij was?' vraagt ze. 'Mij maakt het niet uit.'

'Zo gemakkelijk is dat nou ook weer niet.'

'Heeft het met je vrouw te maken?'

'Nee. Die is op de hoogte.'

Elisa haalt haar schouders op en geeft daarmee kort en krachtig aan hoe ze over het huwelijk denkt. Als maatschappelijk instituut heeft ze er niets op tegen, want het heeft haar altijd haar beste klanten opgeleverd. Getrouwde mannen verdienden de voorkeur boven vrijgezellen omdat ze zich vaker douchten en frisser roken. 'Dan kun je het toch aan de politie vertellen?'

'Ik wilde het eerst aan jou vragen.'

Ze moet lachen omdat het zo ouderwets klinkt. Ik voel mezelf blozen.

'Voor je verder nog iets zegt, wil ik dat je heel goed nadenkt,' laat ik haar weten. 'Ik breng mezelf in een buitengewoon moeilijke positie als ik toegeef dat ik die nacht bij jou heb geslapen. Het gaat om gedragscodes... om ethiek. Je bent mijn patiënte geweest.'

'Maar dat was jaren geleden.'

'Dat maakt niet uit. Er zijn mensen die zullen proberen het tegen me te gebruiken. Ze zien me toch al als vreemde eend in de bijt vanwege mijn werk met prostituees en die tv-documentaire. En ze staan te popelen om me op dit punt aan te vallen... mijn relatie met jou.'

Haar ogen schieten vuur. 'Dat hoeven ze toch helemaal niet te weten. Ik ga wel naar de politie en leg een verklaring af. Ik vertel ze wel dat je bij mij was. Niemand hoeft er verder achter te komen.'

Ik probeer het zo vriendelijk mogelijk te zeggen, maar niettemin hakken mijn woorden erin. 'Denk eens even aan wat er gaat gebeuren als ik aangeklaagd word. Dan zul jij moeten getuigen. De aanklager zal alles uit de kast halen om niets van mijn alibi heel te laten. Je bent prostituee geweest. Je bent veroordeeld geweest wegens opzettelijke geweldpleging. Je hebt in de gevangenis gezeten. Je bent bovendien een ex-patiënte van mij. Ik heb je ontmoet toen je nog maar vijftien was. We kunnen ze nog zo vaak vertellen dat het maar één keer is gebeurd, ze zullen ervan overtuigd zijn dat het vaker was...' Ik ben aan het eind van mijn Latijn en prik met mijn vork in de nog halfvolle schaal pasta.

Er schiet een vlam uit Elisa's aansteker. Haar ogen, die toch al gloeien, vangen het licht. Even dreigt ze haar zelfbeheersing te verliezen, iets wat ik nog nooit heb meegemaakt. 'Ik laat het aan jou over,' zegt ze zachtjes. 'Maar ik ben bereid een verklaring af te leggen. Mij krijgen ze niet bang.'

'Dank je.'

We blijven zwijgend zitten. Na een tijdje strekt ze haar hand weer over de tafel uit en knijpt nogmaals in de mijne. 'Je hebt me nooit verteld waarom je die avond zo overstuur was.'

'Het doet er nu niet meer toe.'

'Is je vrouw erg kwaad?'

'Ja.'

'Ze mag blij zijn dat ze jou heeft. Ik hoop dat ze dat beseft.'

6

Als ik de deur naar de spreekkamer opendoe, voel ik dat er iemand is. De klok met de chromen wijzerplaat, boven de archiefkast, wijst halfvier aan. Bobby Moran staat voor mijn boekenkast. Hij lijkt uit het niets te zijn opgedoken.

Met een ruk draait hij zich om. Ik weet niet wie het meest is geschrokken.

'Ik heb geklopt. Niemand deed open.' Hij laat zijn hoofd hangen. 'Ik heb een afspraak,' zegt hij, alsof hij mijn gedachten kan lezen.

'Dat zal dan toch met je advocaat zijn. Ik heb gehoord dat je me aanklaagt wegens laster, schending van vertrouwen en wat hij er verder nog allemaal bij kan slepen.'

Hij maakt een opgelaten indruk. 'Dat moet ik van meneer Barrett. Hij zegt dat ik er heel veel geld aan kan overhouden.'

Hij wurmt zich langs me en gaat bij mijn bureau staan. Nu is hij vlakbij. Ik ruik frituur en zoetigheid. Plukjes vochtig haar kleven in een slordige pony op zijn voorhoofd.

'Wat kom je hier doen?'

'Ik wilde u spreken.' Zijn stem heeft iets dreigends.

'Ik kan je niet helpen, Bobby. Je bent niet eerlijk tegen me geweest.'

'Bent u altijd eerlijk?'

'Ik probeer het wel.'

'Hoe dan? Door tegen de politie te zeggen dat ik dat meisje heb vermoord?'

Hij pakt een gladde, glazen presse-papier van mijn bureau en weegt hem eerst in zijn rechter- en dan in zijn linkerhand. Hij houdt het ding tegen het licht.

'Is dat uw kristallen bol?'

'Leg neer, alsjeblieft.'

'Waarom? Bang dat ik hem in uw voorhoofd ram?'

'Waarom ga je niet zitten?'

'Na u.' Hij wijst naar mijn stoel.

'Waarom bent u psycholoog geworden? Nee, niet zeggen. Laat me raden... Een autoritaire vader en een overbezorgde moeder. Of is er een duister familiegeheim? Een familielid dat tegen de maan begon te janken of een lievelingstante die opgesloten moest worden?'

Ik gun hem zijn gelijk niet en verzwijg dat hij de waarheid wel heel dicht is genaderd. 'Ik zit hier niet om over mezelf te praten.'

Bobby werpt een blik op de muur achter me. 'Hoe durft u dat diploma op te hangen! Wat een grap, zeg! Drie dagen geleden dacht u nog dat ik heel iemand anders was. Toch was u bereid voor de rechter te verschijnen en hem te vertellen of ik opgesloten moest worden of vrijuit kon gaan. Wat geeft u het recht iemands leven te vernielen? U kent me niet eens.'

Terwijl ik naar hem luister, heb ik het gevoel dat ik eindelijk de echte Bobby Moran voor me heb. Hij smijt de presse-papier op het bureau; het ding rolt in slowmotion door en valt op mijn schoot.

'Heb jij Catherine McBride vermoord?'

'Nee.'

'Kende je haar?'

Hij kijkt me recht in de ogen. 'U bent hier niet zo goed in, hè? Ik had meer van u verwacht.'

'Het is geen spelletje.'

'Nee. Daarvoor is het te belangrijk.'

We kijken elkaar zwijgend aan.

'Weet je wat een dwangmatige leugenaar is, Bobby?' vraag ik uiteindelijk. 'Het is iemand die liegen gemakkelijker vindt dan de waarheid vertellen, in iedere situatie, ongeacht of het belangrijk is of niet.'

'Mensen zoals u worden geacht te weten wanneer iemand liegt.'

'Dat verandert niets aan wat jij bent.'

'Het enige wat ik heb gedaan, is een paar namen en plaatsen

veranderen – alle andere vergissingen zijn voor uw rekening.'

'En Arky dan?'

'Die is een halfjaar geleden bij me weggegaan.'

'Je zei dat je een baan had.'

'Ik heb u verteld dat ik schrijver was.'

'Verhalen verzinnen kun je als de beste.'

'Nu steekt u de draak met me. Weet u wat er mis is met mensen zoals u? U kunt de verleiding niet weerstaan uw handen in iemands psyche te steken en zijn kijk op de wereld te veranderen. U speelt God met het leven van anderen...'

'Wie zijn die "mensen zoals ik"? Ben je al eens eerder in behandeling geweest?'

'Dat doet er niet toe,' zegt Bobby laatdunkend. 'Jullie zijn toch allemaal hetzelfde. Psychologen, psychiaters, psychotherapeuten, tarotkaartlezers, medicijnmannen...'

'Je bent opgenomen geweest. Heb je zo Catherine McBride ontmoet?'

'U denkt zeker dat ik gek ben?'

Even lijkt Bobby van zijn stuk gebracht, maar hij herstelt zich snel. Als hij liegt, vertoont hij zo goed als geen lichamelijke reactie. Zijn pupillen, de grootte van zijn poriën, de kleur van zijn huid en zijn ademhaling blijven allemaal precies hetzelfde. Hij is net een pokerspeler die geen spier vertrekt.

'Wie was dat meisje in je droom?'

'Zomaar een meisje.'

'Hoe kwam ze aan die witte littekens op haar onderarmen?'

'Ze zal zich wel gesneden hebben.'

'Catherine McBride sneed zich ook.'

'Dat zal wel. Dat doen heel veel mensen.'

Hij glimlacht, maakt de manchetknoopjes van zijn overhemd los en rolt eerst zijn linkermouw op en dan zijn rechter. Met de palmen naar boven gedraaid, legt hij zijn handen op mijn bureau. De dunne witte littekens zijn vaag, maar onmiskenbaar.

'Alles wat ik in mijn leven heb gedaan en iedereen die ik heb ontmoet zijn belangrijk, of ze nou goed, slecht of lelijk zijn,' zegt hij, en in zijn stem klinkt triomf door. 'We zijn de som van onze delen of een deel van onze sommen. U zegt dat het geen spelletje is, maar dat ziet u verkeerd. Het is goed tegen kwaad. Wit tegen zwart. Sommige mensen zijn pionnen en andere zijn koningen.'

'En wat ben jij?' vraag ik.

Daar moet hij even over nadenken. 'Ik ben als pion begonnen, maar toen heb ik de overkant van het bord bereikt. Nu kan ik zijn wat ik wil.'

Bobby slaakt een zucht en komt overeind. Het gesprek begint hem te vervelen. We zijn nog maar een halfuur bezig, maar hij heeft er alweer genoeg van. We hadden nooit aan deze sessie moeten beginnen. Eddie Barrett zal wel in zijn handen wrijven.

Ik loop achter Bobby aan naar de hal. Ergens wil ik dat hij blijft. Ik zou het liefst aan de boom willen schudden en zien wat er uit de takken naar beneden valt. Ik wil de waarheid.

Bobby staat bij de lift te wachten. De deuren gaan open.

'Succes dan maar.'

Hij draait zich om en kijkt me onderzoekend aan. 'Ik heb geen behoefte aan succes.' Zijn mondhoeken krullen iets op en zo lijkt het net of hij glimlacht.

Ik ga weer achter mijn bureau zitten en staar naar de lege stoel. Mijn blik wordt getroffen door een voorwerp dat op de vloer ligt. Het lijkt een uit hout gesneden figuurtje – een schaakstuk. Als ik het opraap, zie ik dat het een handgemaakt houten walvisje is. Een sleutelring zit met een oogschroefje aan de rug van de walvis bevestigd. Het is zo'n ding dat je soms aan kindertasjes of schooltassen ziet hangen.

Bobby heeft het vast laten vallen. Ik kan hem nog tegenhouden. Ik kan naar de hal bellen en tegen de bewaker zeggen dat hij hem even moet laten wachten. Ik kijk op de klok. Tien over vier. Boven is de vergadering begonnen. Ik heb geen zin hier nog langer te blijven.

Bobby valt alleen al door zijn lengte op. Hij steekt een kop boven iedereen uit en het lijkt wel of de voetgangers uiteenwijken om hem door te laten. Het regent. Ik stop mijn handen diep in mijn jaszakken. Mijn vingers sluiten zich rond het gladde houten walvisje.

Bobby loopt in de richting van het metrostation bij Oxford Circus. Als ik dicht bij hem in de buurt blijf, raak ik hem hopelijk niet kwijt in het labyrint van gangen. Ik heb geen idee waarom ik dit doe. Het zal wel zijn omdat ik antwoorden wil in plaats van raadsels. Ik wil weten waar hij woont en bij wie.

Plotseling verlies ik hem uit het oog. Ik onderdruk de neiging het op een rennen te zetten. Ik blijf in hetzelfde tempo doorlopen en passeer een slijterij. Bobby staat voor de toonbank, zie ik in een glimp. Twee deuren verder stap ik een reisbureau binnen. Een meisje in een rode rok en witte bloes met een gestreepte stropdas kijkt me glimlachend aan.

'Kan ik u van dienst zijn?'

'Ik kijk alleen maar even rond.'

'Wilt u de winter ontvluchten?'

Ik heb een brochure over de Caraïben in mijn handen. 'Ja, inderdaad.'

Bobby loopt langs het raam. Ik geef haar de brochure terug. 'Die mag u wel meenemen,' laat ze weten.

'Volgend jaar misschien.'

Als ik het trottoir op loop, heeft Bobby een voorsprong van zo'n dertig meter. Hij is opvallend gebouwd. Hij heeft geen heupen en het lijkt wel of zijn rug niet bij hem hoort. Zijn broek is hoog opgetrokken en zijn riem strak aangesnoerd.

De mensenmenigte lijkt aan te zwellen als ik de trap naar het metrostation afdaal. Bobby houdt zijn kaartje gereed. Voor elke kaartjesautomaat staat een rij. Drie metrolijnen kruisen elkaar bij Oxford Circus. Als ik hem nu uit het oog verlies, kan hij in elk van de zes richtingen verdwijnen.

Ik wring me tussen de mensen door zonder me iets van hun protest aan te trekken. Ik plaats mijn handen aan weerszijden van het draaihek, druk mezelf op en til mijn benen eroverheen. Nu maak ik me ook schuldig aan zwartrijden. De roltrap gaat uiterst langzaam naar beneden. Een bedompte wind, voortgestuwd door de rijdende treinen, stijgt op uit de tunnels.

Op het perron van de Bakerloo Line in noordelijke richting baant Bobby zich een weg door de wachtende menigte tot hij bij het uiteinde is aangekomen. Ik volg hem, want ik moet zo dicht mogelijk bij hem in de buurt blijven. Hij kan zich elk moment omdraaien en me in de gaten krijgen. Een stuk of vijf schooljongens, menselijke petrischaaltjes vol acne en roos, duwen elkaar stoeiend en lachend het perron over. Alle andere mensen staan zwijgend voor zich uit te staren.

Een stoot wind en geraas. De trein rijdt binnen. Deuren gaan open. Ik laat me door de mensenmassa mee naar binnen voeren. Vanuit mijn ooghoek kan ik Bobby nog net zien. De deuren gaan automatisch dicht en de trein schiet naar voren en meerdert vaart. Alles ruikt naar vochtige wol en muf zweet.

Bobby stapt uit op Warwick Avenue. Het is inmiddels donker. Zwarte taxi's zoeven voorbij; het geluid van hun banden overstemt dat van hun motor. Het station is slechts honderd meter van het Grand Union Canal verwijderd en een kilometer of drie van de plek waar Catherines lichaam is gevonden.

Nu er minder mensen op straat zijn, moet ik wat meer afstand bewaren. Hij loopt voor me uit, nog slechts een silhouet. Ik heb mijn hoofd gebogen en mijn kraag opgezet. Er staat een betonmolen op het trottoir, en als ik hem wil ontwijken, struikel ik en kom met mijn voet in een plas terecht. Mijn gevoel voor evenwicht laat me in de steek.

We volgen Blomfield Road langs het kanaal tot Bobby een voetgangersbrug aan het eind van Formosa Street oversteekt. Schijnwerpers staan op een Anglicaanse kerk gericht. Fijne nevel valt als glitter rond de lichtbundels naar beneden. Bobby gaat op een parkbankje zitten en kijkt een tijdlang naar de kerk. Ik leun tegen een boomstam terwijl mijn voeten gevoelloos raken van de kou.

Wat heeft hij hier te zoeken? Misschien woont hij ergens in de buurt. De moordenaar van Catherine kende het kanaal goed, niet alleen van een stratenplan of een vluchtig bezoekje. Hij voelde zich hier thuis. Dit was zijn terrein. Hij wist waar hij haar lichaam moest achterlaten om er zeker van te zijn dat ze niet onmiddellijk gevonden zou worden. Hij hoorde hier. Niemand zou hem voor een vreemde aanzien.

Bobby kan Catherine onmogelijk in het hotel hebben ontmoet. Als Ruiz zijn werk goed heeft gedaan, dan heeft hij het personeel en de gasten foto's laten zien. Bobby is niet een type dat je snel vergeet.

Catherine vertrok in haar eentje uit de pub. Degene met wie ze een afspraak had, was niet komen opdagen. Ze logeerde bij vrienden in Shepherd's Bush. Dat was te ver om te lopen. Wat deed ze? Ze probeerde een taxi aan te houden. Of misschien begon ze in de richting van Westbourne Park Station te lopen. Vandaar is het maar drie haltes naar Shepherd's Bush. De wandeling zou haar over het kanaal hebben gevoerd.

Aan de andere kant van de weg is een remise van London Transport. Bussen rijden af en aan. Als ze iemand is tegengekomen, moet die op de brug op haar hebben staan wachten. Ik had Ruiz moeten vragen uit welk deel van het kanaal ze Catherines agenda en mobiele telefoon hebben opgedregd.

Catherine was een meter vijfenzestig en woog zestig kilo. Het duurt een paar minuten voor chloroform gaat werken, maar het zou iemand met Bobby's kracht en lichaamslengte niet veel moeite hebben gekost haar eronder te krijgen. Wel zou ze hebben tegengestribbeld of geschreeuwd. Ze was niet het soort dat zich willoos overgaf.

Maar als ik gelijk heb en hij haar kende, dan had hij de chloroform misschien helemaal niet nodig – tot Catherine besefte dat ze gevaar liep en probeerde te ontsnappen.

Wat gebeurde er toen? Een lichaam is niet iets wat je even op je schouder neemt. Misschien heeft hij haar het jaagpad op gesleept. Nee, hij ging naar een afgelegen plek. Een plek die hij van tevoren in gereedheid had gebracht. Een flat of een huis? Buren kunnen heel nieuwsgierig zijn. Er staan tientallen verlaten fabrieken langs het kanaal.

Nam hij het jaagpad, ook al was dat riskant? Soms slapen er daklozen onder de bruggen, en stelletjes hebben er romantische afspraakjes.

De schim van een kanaalschip vaart langs. Het tjoeken van de motor is zo zacht dat ik het amper hoor. Het enige licht aan boord bevindt zich in de buurt van het roer. Het werpt een rode gloed op het gezicht van de roerganger. Er begint me iets te dagen. Er zijn sporen van motorolie en diesel op Catherines billen en haar aangetroffen.

Ik gluur om de boom. De bank is leeg. Verdomme! Waar is hij gebleven? Aan de andere kant van de kerk bespeur ik een gestalte die langs het hekwerk loopt. Ik weet niet zeker of hij het is.

Mijn geest spurt weg, maar mijn benen laten het afweten en ik maak een geweldige smak. Ik heb niks gebroken. Alleen mijn trots is gekrenkt.

Ik strompel verder en bereik de hoek van de kerk, waar het ijzeren hek ombuigt. De gestalte bevindt zich nog steeds op het voetpad, maar loopt nu een stuk sneller. Ik betwijfel of ik hem bij kan houden.

Wat is hij van plan? Heeft hij me gezien? Op een sukkeldrafje loop ik door, maar ik verlies hem af en toe even uit het oog. Twijfel knaagt aan mijn vastberadenheid. Stel je voor dat hij verderop is blijven staan? Misschien wacht hij me wel op. De zes rijbanen van de Westway lopen met een boog over me heen, gestut door enorme betonnen pijlers. Het schijnsel van koplampen is te hoog om me van nut te kunnen zijn.

Ergens voor me hoor ik een plons en een gedempte kreet. Er ligt iemand in het kanaal. Armen slaan woest om zich heen in het water. Ik begin te rennen. Onder de brug zie ik vaag een menselijke vorm. De kanten van het kanaal zijn hier hoger. De stenen kade is zwart en glibberig.

Ik probeer mijn jas af te schudden. Mijn arm blijft in de mouw steken en ik zwaai er net zolang mee in het rond tot hij losraakt. 'Deze kant op! Hier!' roep ik.

Hij hoort me niet. Hij kan niet zwemmen.

Ik schop mijn schoenen uit en spring. De kou komt als een keiharde klap en ik slik een mondvol water in. Ik hoest het door mijn mond en neus weer uit. Drie slagen, dan ben ik bij hem. Ik sla mijn arm van achteren om hem heen en trek hem mee, waarbij ik ervoor zorg dat zijn hoofd boven water blijft. Ik praat zachtjes tegen hem en zeg dat hij zich moet ontspannen. We vinden vast wel een plek waar we aan wal kunnen gaan. Het gewicht van zijn natte kleren trekt hem naar de diepte.

Zo zwem ik bij de brug vandaan. 'Hier kun je de bodem voelen. Hou je maar vast aan de kant.' Ik klauter de stenen kade op en trek hem uit het water.

Het is Bobby niet. Een stakkerige zwerver, die naar bier en kots stinkt, ligt hoestend en proestend aan mijn voeten. Ik onderzoek zijn hoofd, hals en ledematen op tekenen van letsel. Zijn gezicht zit vol snot en tranen.

'Wat is er gebeurd?'

'Een of andere gestoorde klootzak heb me in het kanaal gegooid! Zo lig ik te slapen en zo vlieg ik door de lucht.' Hij gaat ineengedoken op zijn knieën zitten en zwaait als een waterplant heen en weer. ''t Is echt niet veilig meer, laat ik je dat wel vertellen. 't Lijkt godverdomme wel een jungle... Heb-ie me deken meegenomen? As-t-ie me deken heb meegenomen, mag je me d'r zo weer in sodemieteren.'

Zijn deken ligt nog steeds onder de brug, boven op een geïmproviseerd bed van platte kartonnen dozen.

'En me gebit?'

'Geen idee.'

Hij vloekt, graait zijn spullen bij elkaar en klemt ze angstvallig tegen zijn borst.

Ik bied aan een ambulance voor hem te bellen en daarna de politie, maar daar wil hij niets van horen. Mijn hele lichaam beeft nu, en ik heb het gevoel alsof ik ijssplinters inadem.

Ik pak mijn jas en schoenen, geef hem een doorweekt briefje van twintig pond en zeg dat hij ergens naartoe moet gaan waar hij zich kan drogen. Waarschijnlijk koopt hij een fles zodat hij vanbinnen weer warm wordt. Mijn voeten zompen in mijn schoenen als ik de trap naar de brug beklim. Het Grand Union Hotel is op de hoek.

Op het laatste moment schiet me iets te binnen; ik buig me over de rand van de brug en roep: 'Hoe vaak slaap je hier?'

Zijn stem klinkt hol vanonder het stenen gewelf. 'Alleen wanneer het Ritz vol zit.'

'Heb je wel eens een kanaalboot onder de brug zien afmeren?'

'Nee. Die liggen verderop.'

'En een paar weken geleden?'

'Ik probeer me nooit iets te herinneren. Ik bemoei me met me eigen zaken.'

Van hem word ik ook niet wijzer. Ik kan hem niet tot praten dwingen. Elisa woont hier in de buurt. Even overweeg ik bij haar aan te kloppen, maar ik heb haar al genoeg problemen bezorgd.

Na twintig minuten lukt het me een taxi aan te houden. De chauffeur wil me eerst niet meenemen omdat hij bang is dat ik de zitting vies zal maken. Ik bied hem twintig pond extra. Het is maar water. Ik weet zeker dat hij ergere dingen heeft meegemaakt.

Jock is niet thuis. Ik ben zo moe dat ik me op het logeerbed laat vallen nog voor ik mijn schoenen goed en wel uit heb. In de kleine uurtjes hoor ik zijn sleutel in het slot. Een vrouw laat een dronken lach horen en schopt haar schoenen uit. Ze zegt iets over al die apparaatjes van hem.

'Wacht maar tot je mijn slaapkamer ziet,' zegt Jock, wat aanleiding geeft tot nog meer gegiechel.

Ik vraag me af of hij ergens oordopjes heeft liggen.

Het is nog donker als ik een sporttas pak en een briefje op de magnetron plak. Buiten worden de straten door een veegmachine opgepoetst. Er is geen hamburgerbakje te bekennen.

Tijdens de rit naar het centrum kijk ik de hele tijd uit het achterraampje. Ik wissel twee keer van taxi en ga langs twee pinautomaten voor ik op Euston Road een bus neem.

Het is alsof ik langzaam uit een verdoving ontwaak. De afgelopen dagen heb ik allerlei details over het hoofd gezien. Erger nog, ik vertrouw niet langer op mijn intuïtie.

Ik ben niet van plan Ruiz over Elisa te vertellen. Dat kan ik haar niet aandoen, een kruisverhoor in het getuigenbankje. Een dergelijke beproeving wil ik haar besparen, als dat mogelijk is. En als dit alles voorbij is – als niemand van haar bestaan afweet

– valt er misschien nog wat te redden van mijn carrière.

Bobby Moran heeft iets te maken gehad met de dood van Catherine McBride. Daar ben ik van overtuigd. Als de politie zijn gangen niet wil nagaan, dan doe ik het. Normaal hebben mensen een motief nodig om iemand te vermoorden, niet om op vrije voeten te blijven. Geen denken aan dat ik me laat opsluiten. Geen denken aan dat ik me van mijn gezin laat scheiden.

Op Euston Station maak ik snel de inventaris op. Behalve een stel extra kleren heb ik mijn aantekeningen over Bobby Moran, de cv van Catherine McBride, mijn mobiele telefoon en tweeduizend pond aan bankbiljetten. Ik ben vergeten een foto van Charlie en Julianne mee te nemen. De foto die ik in mijn spreekkamer heb staan, is alweer jaren geleden genomen. Ze waren aan het spelen in zo'n prachtig pretpark, en staken hun hoofden door een patrijspoort. Charlies haar was toen veel korter en haar gezichtje was zo rond als een lolly. Julianne had voor haar grote zus kunnen doorgaan.

Ik betaal het treinkaartje contant. Ik heb nog een kwartier en koop een tandenborstel, een tube tandpasta, een oplader voor mijn mobiele telefoon en zo'n reishanddoek die aan een autozeem doet denken.

'Verkoopt u ook paraplu's?' vraag ik hoopvol. De verkoper kijkt me aan alsof ik om een geweer heb gevraagd.

Met een bekertje koffie in mijn hand geklemd stap ik in de trein en zoek een dubbele zitplaats in de rijrichting op. Ik zet mijn tas naast me neer en leg mijn jas eroverheen.

Het lege perron glijdt langs het raam en ook de noordelijke voorsteden van Londen zie ik op die manier verdwijnen. De trein helt over op zijn kantelassen als hij met hoge snelheid door de bocht gaat.

We scheuren langs stationnetjes met lege perrons, waar zo te zien geen treinen meer stoppen. Op de parkeerterreinen staan één of twee auto's; ze zijn zo ver van de bewoonde wereld verwijderd dat ik half en half een slang aan de uitlaat verwacht en een lichaam dat slap over een stuur hangt.

In mijn hoofd barst het van de vragen. Catherine solliciteerde naar een baan als mijn secretaresse. Ze belde twee keer met Meena en nam vervolgens de trein naar Londen, waar ze een dag voor de afspraak aankwam.

Waarom heeft ze die middag naar de praktijk gebeld? Wie heeft het telefoontje beantwoord? Besloot ze me toch maar niet te verrassen? Wilde ze de afspraak afzeggen? Misschien had iemand haar laten zitten en wilde ze gewoon wat gaan drinken. Misschien wilde ze haar excuses wel aanbieden omdat ze me zo veel ellende had bezorgd.

Dat is allemaal giswerk. Niettemin past het in het raamwerk van details. Je kunt het als basis gebruiken. Je kunt alle onderdelen laten samenvallen in een verhaal, op één na – Bobby.

Zijn jas rook naar chloroform. Bobby had machineolie op zijn manchetten. In Catherines sectierapport wordt ook melding gemaakt van machineolie. 'Het draait allemaal om de olie,' zei hij. Wist hij dat ze eenentwintig steekwonden had? Heeft hij me naar de plek geleid vanwaar ze is verdwenen?

Misschien gebruikt hij me wel om zich ontoerekeningsvatbaar te laten verklaren. Door te doen alsof hij gek is, voorkomt hij misschien dat hij levenslang krijgt. Dan sturen ze hem naar een gesloten kliniek, zoals Broadmoor. Dan mag hij daar een of andere gevangenispsychiater versteld doen staan met zijn ontvankelijkheid voor behandeling. Hij zou binnen vijf jaar weer op vrije voeten kunnen zijn.

Ik ga steeds meer op hem lijken – nu zie ik ook al complotten terwijl er slechts sprake is van toeval. Wat hier ook aan ten grondslag ligt, ik moet Bobby niet onderschatten. Hij heeft een spelletje met me gespeeld. Ik weet niet waarom.

Krankzinnigheid is slechts een afwijking van de norm, en de deskundigen zijn het al eeuwenlang oneens over de definitie.

In 1843 luisterde een negenentwintigjarige Schotse houthakker, genaamd Daniel M'Naghten, naar de stemmen in zijn hoofd en meende die van de duivel te herkennen. De stemmen vertelden hem dat er een gigantisch complot was waardoor de hele wereld op vernietiging afstevende, en dat dit alleen voorkomen kon worden als hij Sir Robert Peel, de Britse minister-president, van het leven beroofde.

M'Naghten vertrok naar Londen, waar hij net zolang wachtte tot de gelegenheid zich aandiende. Op een dag meende hij Sir Robert over Whitehall naar Downing Street te zien wandelen. Hij vuurde één schot af, dat hem in de rug raakte. Hij had echter de verkeerde te pakken. Een paar dagen later stierf Sir Robert Peels privé-secretaris aan de schotwond die hij had opgelopen. Koningin Victoria beschouwde de aanval op een van haar dienaren als een aanval op haarzelf. M'Naghten stond terecht wegens moord, en de koningin verwachtte dat hij snel schuldig bevonden en tot de galg veroordeeld zou worden.

Daniel M'Naghten was duidelijk krankzinnig, maar toentertijd werd iemand alleen ontoerekeningsvatbaar verklaard na de 'wildebeestentest'. Als een verdachte in een hoek zat te grauwen en te grommen, zijn kleren bevuilde en iedereen aanviel die bij hem in de buurt kwam, dan was hij volgens de wet krankzinnig en kon hij niet voor zijn misdaden opgehangen worden.

M'Naghtens team van advocaten, onder leiding van Sir Alexander Cockburn, drong er bij de jury op aan de 'wildebeestentest' buiten beschouwing te laten. In plaats daarvan pleitten ze voor een wetenschappelijker benadering van het begrip krankzinnigheid. Niemand zou voor een misdaad veroordeeld mogen worden als hij tijdens het plegen van de daad niet in staat was goed en kwaad van elkaar te onderscheiden of niet begreep wat hij deed.

M'Naghten werd op basis van deze nieuwe definitie van krankzinnigheid niet schuldig bevonden aan moord. Hij bracht de rest van zijn leven in een krankzinnigengesticht door. Een woedende koningin Victoria gelastte het Hogerhuis de zaak te herzien, maar het vonnis werd gehandhaafd. De leden van het Hogerhuis gingen zelfs een stapje verder en schaften de 'wildebeestentest' af. In plaats daarvan namen ze de 'M'Naghten-wet' aan, en zo maakten ze een psychotische houthakker onsterfelijk en legden ze de basis voor de krankzinnigheidstest die we tot op de dag van vandaag gebruiken.

Ik weet niet of Bobby Moran windmolens hoort als hij zijn oor op de grond legt, of naar andere stemmen luistert. Misschien is het allemaal een schertsvertoning. Sommige acteurs moeten een rol léren, terwijl andere zich deze simpelweg herinneren. Bij hen komt het van binnen; ze zijn in staat een voorstelling ten beste te geven die zo zuiver en realistisch is dat niemand aan hun oprechtheid twijfelt. Ze wórden iemand anders.

Mijn zoektocht moet ergens beginnen. Eerst maar eens naar Liverpool. Ik haal Bobby Morans dossier te voorschijn en ga lezen. Ik sla mijn nieuwe schrift open en schrijf een stel aandachtspunten op: de naam van een basisschool, het nummer van zijn vaders bus, een club die zijn ouders bezochten...

Ook dat heeft Bobby misschien allemaal gelogen. Maar ergens geloof ik het niet. Volgens mij heeft hij bepaalde namen en plaatsen veranderd, maar niet alle. De gebeurtenissen en emoties die hij heeft beschreven, waren echt. Ik moet de draadjes waarheid zien te vinden en ze volgen tot ik bij het midden van het web ben aangekomen.

7

De klok in Lime Street Station gloeit wit op; de ferme zwarte wijzers staan op tien uur. Gehaast loop ik de stationshal door, langs de koffiekiosk en het gesloten openbare toilet. Een troepje tienermeisjes communiceert met elkaar dwars door wolken sigarettenrook heen, en het volume haalt moeiteloos honderdtien decibel.

Het is wel vijf graden kouder dan in Londen, met een wind die rechtstreeks van de Ierse Zee komt. Het zou me niets verbazen als ik ijsbergen aan de horizon zag. St George's Hall is aan de overkant van de straat. Spandoeken die de nieuwste Beatles-retrospectief aankondigen, klapperen in de wind.

Ik loop langs de grote hotels aan Lime Street en speur de zijstraten af op zoek naar iets kleiners. Niet ver van de universiteit stuit ik op het Albion. In de receptie ligt een versleten tapijt, en een Iraakse familie heeft zich op de overloop van de eerste verdieping geïnstalleerd. Kleine kinderen kijken me vanachter hun moeders rokken verlegen aan. De mannen zijn nergens te bekennen.

Mijn kamer bevindt zich op de tweede verdieping. Er is net voldoende ruimte voor een tweepersoonsbed en een kleerkast waarvan de deuren met een ijzeren hangertje dicht worden gehouden. Onder de kraan in de wasbak zit een roestvlek in de vorm van een traan. De gordijnen gaan maar half dicht en de vensterbank is bespikkeld met schroeiplekken van sigaretten.

In mijn leven komen slechts weinig hotelkamers voor. Dat stemt me tot dankbaarheid. Om de een of andere reden vormen eenzaamheid en spijt altijd onderdeel van het decor.

Ik druk op de geheugentoets van mijn mobiel en luister naar het eentonige deuntje van het nummer. Juliannes stem klinkt op het antwoordapparaat. Ik weet dat ze luistert. Ik zie haar voor me. Ik doe een zwakke poging mijn verontschuldigingen aan te bieden en vraag haar dan de telefoon op te nemen. Het is belangrijk, zeg ik.

Ik wacht... en wacht...

Ze neemt op. Mijn hart slaat over.

'Wat is er dan zo belangrijk?' Ze klinkt nors.

'Ik wil met je praten.'

'Daar ben ik nog niet aan toe.'

'Je geeft me de kans niet het uit te leggen.'

'Ik heb je twee dagen geleden een kans gegeven, Joe. Toen vroeg ik je waarom je met een hoer naar bed was geweest en je zei dat je het makkelijker vond om met haar te praten dan met mij...' Haar stem stokt. 'Dat zal dan wel betekenen dat ik als echtgenote niet veel voorstel.'

'Jij hebt alles zo goed voor elkaar. Je hele leven loopt op rolletjes – het huis, werk, Charlie, school; je laat nooit eens een steekje vallen. Ik ben het enige wat het niet meer doet... niet zoals het hoort...'

'En dat is mijn schuld?'

'Nee, dat bedoel ik helemaal niet.'

'Nou, neem me vooral niet kwalijk dat ik zo mijn best doe. Ik dacht dat ik er een fantastisch thuis van maakte. Ik dacht dat we gelukkig waren. Jíj hebt het juist goed voor elkaar, Joe, je hebt je carrière en je patiënten die denken dat je over water kunt lopen. Dit is alles wat ik had – wij. Ik heb hier alles voor opgegeven en ik vond het heerlijk. Ik hield van je. En dan ga jij de hele zaak onderuithalen.'

'Maar snap je het dan niet... wat ik nu heb, maakt alles kapot...'

'Waag het niet het op je ziekte te schuiven. Je hebt dit helemaal zelf voor elkaar gekregen.'

'Het was maar één nacht,' zeg ik jankerig.

'Nee! Het was iemand anders! Je hebt haar net zo gekust als je mij altijd kust. Je hebt haar geneukt! Hoe kon je?'

Zelfs als ze huilt en woedend is, slaagt ze er nog in het snijdend helder te verwoorden. Ik ben egoïstisch, onvolwassen, achterbaks en wreed. Ik probeer tevergeefs te bedenken welke van deze adjectieven niet op mij slaat. 'Ik heb een fout gemaakt,' zeg ik flauwtjes. 'Het spijt me.'

254

'Dat is niet genoeg, Joe. Je hebt mijn hart gebroken. Weet je hoe lang ik moet wachten voor ik me op aids kan laten testen? Drie maanden!'

'Elisa is niet besmet.'

'Hoe weet jij dat nou? Heb je het haar gevraagd voor je besloot om maar geen condoom te gebruiken? Ik ga nu ophangen.'

'Wacht even! Alsjeblieft! Hoe is het met Charlie?'

'Prima.'

'Wat heb je tegen haar gezegd?'

'Dat je een leugenachtige lul bent en een slappe, zielige, egoïstische klootzak vol zelfmedelijden.'

'Dat heb je niet gezegd...'

'Nee, maar ik had er wel zin in.'

'Ik ben een paar dagen de stad uit. Misschien wil de politie van je weten waar ik ben. Daarom kan ik het je maar beter niet vertellen.'

Ze antwoordt niet.

'Je kunt me op mijn mobiel bereiken. Wil je me alsjeblieft bellen? En geef Charlie een lekkere knuffel van me. Ik hang nu op. Ik hou van je.'

Snel verbreek ik de verbinding, zo bang ben ik voor haar zwijgen.

Nadat ik de deur achter me op slot heb gedaan, stop ik de zware sleutel diep in mijn broekzak. Op weg naar beneden voel ik er twee keer naar en stuit in plaats daarvan op Bobby's walvis. Ik betast de vorm met mijn vingers.

Buiten duwt een ijzige wind me door Hanover Street in de richting van de Albert Docks. Liverpool doet me denken aan de handtas van een oude vrouw, vol prulletjes, rommeltjes en halflege zakjes snoep. Edwardiaanse pubs vallen in het niet naast gigantische kathedralen en kantoorgebouwen in art-decostijl, die maar niet kunnen besluiten tot welk continent ze behoren. Sommige van de wat modernere gebouwen zijn zo snel verouderd dat ze net vervallen bingohallen lijken die rijp zijn voor de bulldozer.

De imposante Cotton Exchange aan Old Hall Street herinnert

nog aan de tijd dat Liverpool het middelpunt was van de internationale katoenhandel en een aanvoerhaven voor de spinnerijen van Lancashire. Toen het beursgebouw in 1906 werd geopend, beschikte het over telefoons, elektrische liften, gesynchroniseerde elektrische klokken en een directe kabelverbinding met de New Yorkse termijnmarkt. Nu biedt het onder andere onderdak aan dertig miljoen geboorte-, overlijdens- en huwelijksaktes uit heel Lancashire.

Een merkwaardig allegaartje staat in de rij voor de registers: een schoolklas op excursie, Amerikaanse toeristen op zoek naar verre verwanten, degelijke dames in tweed rokken, mensen die testamentaire aktes willen inzien en gelukszoekers.

Ik heb een doel. De kans van slagen is redelijk groot. Ik sluit me aan bij de rij voor de met kleuren gecodeerde banden, waarin ik Bobby's geboorteakte hoop te vinden. Als ik die eenmaal heb, kan ik een afschrift aanvragen zodat ik de namen van zijn vader en moeder te weten kom, en ook hun verblijfplaats en beroep.

De banden staan in metalen rekken, gecatalogiseerd op maand en jaar. De jaren zeventig en tachtig zijn per kwartaal ingedeeld, met de achternamen alfabetisch gerangschikt. Als Bobby niet over zijn leeftijd heeft gelogen, hoef ik maar vier banden te doorzoeken.

Het moet 1980 zijn geweest. Ik kom echter geen Bobby Moran of Robert Moran tegen. Ik begin de jaren ervoor en erna door te werken, de hele periode van 1974 tot 1984. Als het niets oplevert, neem ik mijn aantekeningen nog eens door. Ik vraag me af of Bobby zijn naam misschien anders is gaan spellen of bij akte heeft laten wijzigen. Als dat zo is, heb ik een probleem.

Bij de informatiebalie vraag ik of ik een telefoongids mag lenen. Ik heb geen idee of ik mensen voor me inneem met mijn glimlach of ze juist de stuipen op het lijf jaag. Niets is zo onvoorspelbaar als een Parkinson-masker.

Bobby loog toen hij me vertelde waar hij op school had gezeten, maar misschien heeft hij de naam niet gelogen. Er zijn twee St Mary's in Liverpool – en slechts één van die twee is een basisschool. Ik schrijf het nummer op en zoek een rustig plekje in de hal om te bellen. De secretaresse heeft een Liverpools accent en klinkt als een personage uit een film van Ken Loach.

'We zijn gesloten voor de kerst,' zegt ze. 'Eigenlijk hoor ik hier helemaal niet te zitten. Ik was het kantoor een beetje aan het opruimen.'

Ik bedenk een verhaal over een zieke vriend die zijn oude kameraden wil opsporen. Ik ben op zoek naar jaarboeken of klassenfoto's uit het midden van de jaren tachtig. Volgens haar staat er in de bibliotheek een kast vol met dergelijke zaken. Ik moet na nieuwjaar maar terugbellen.

'Zo lang kan ik niet wachten. Mijn vriend is heel ziek. Het is kerst.'

'Ik zou even kunnen kijken,' zegt ze meelevend. 'Naar welk jaar zoekt u?'

'Dat weet ik niet zo goed.'

'Hoe oud is uw vriend?'

'Tweeëntwintig.'

'Hoe heet hij?'

'Volgens mij heette hij toen anders. Daarom moet ik die foto's ook zien. Dan herken ik hem wel.'

Opeens vertrouwt ze het niet meer. Haar achterdocht groeit als ik zeg dat ik wel naar de school kan komen. Ze wil eerst met de directrice overleggen. Het zou nog beter zijn als ik mijn verzoek op schrift stel en opstuur.

'Daar heb ik geen tijd voor. Mijn vriend...'

'Het spijt me.'

'Wacht! Alstublieft! Wilt u dan alleen een naam voor me opzoeken? Bobby Moran. Het is mogelijk dat hij een bril droeg. Hij moet rond 1985 voor het eerst naar school zijn gegaan.'

Ze aarzelt. Het blijft een hele tijd stil en dan zegt ze dat ik haar over twintig minuten kan terugbellen.

Ik ga een frisse neus halen. Buiten, aan het begin van een steegje, staat een man naast een zwartgeblakerde handkar. Om de zoveel tijd schreeuwt hij: 'Gepofte kastaaaaanjes!' Het klinkt even klaaglijk als de kreet van een meeuw. Hij overhandigt me een bruine papieren zak; ik ga op de stoep zitten en pel de roetige schil van de warme kastanjes.

Een van mijn dierbaarste herinneringen aan Liverpool betreft het voedsel. De fish-and-chips en de curry's op vrijdagavond. Cakerol met jam, broodtaart, caramelcake, worstjes met aardappelpuree... Ook hield ik van de bonte verzameling mensen – katholieken, protestanten, moslims, Ieren, Afrikanen en Chinezen – harde werkers, buitengewoon trots, ruw en met het hart op de tong.

Deze keer is de schoolsecretaresse minder terughoudend. Haar nieuwsgierigheid is geprikkeld. Ze heeft mijn zoektocht tot de hare gemaakt.

'Het spijt me, maar ik kon geen Bobby Moran vinden. Weet u zeker dat u Bobby Morgan niet moet hebben? Die heeft hier van 1985 tot 1988 op school gezeten. Hij is in de derde van school gegaan.'

'Wat was de reden?'

'Ik weet het niet.' Haar stem klinkt onzeker. 'Ik werkte hier toen nog niet. Een familiedrama?' Ze wil het wel aan iemand vragen, zegt ze. Aan een van de onderwijzers. Ze schrijft de naam van mijn hotel op en belooft dat ze een boodschap zal achterlaten.

Als ik weer terug ben bij de banden met de gekleurde codes neem ik de namen nogmaals door. Waarom zou Bobby door het weglaten van één letter zijn achternaam hebben veranderd? Wilde hij met zijn verleden breken of zich ervoor verschuilen?

In de derde band tref ik een inschrijving aan op naam van Robert John Morgan. Geboren op 24 september 1980 in het Liverpool University Hospital. Moeder: Bridget Elsie Morgan (geboren Aherne). Vader: Leonard Albert Edward Morgan (matroos koopvaardij).

Ik weet nog niet helemaal zeker of het om Bobby gaat, maar de kans is groot. Ik vul een roze formulier in om een kopie van zijn volledige geboorteakte aan te vragen. De beambte achter het glasscherm heeft een agressieve kin en opengesperde neusgaten. Hij schuift het formulier weer naar me toe. 'U hebt niet vermeld wat de reden voor uw aanvraag is.'

'Ik ben mijn familiegeschiedenis aan het uitzoeken.'

'Wat is uw postadres?'

'Ik haal het hier wel af.'

Zonder me een blik waardig te keuren, laat hij een vuistgroot stempel met een dreun op de formulieren neerdalen. 'Kom na nieuwjaar maar terug. We zijn vanaf maandag gesloten in verband met de feestdagen.'

'Maar zo lang kan ik niet wachten.'

Hij haalt zijn schouders op. 'We zijn maandag tot twaalf uur nog open. U zou het dan kunnen proberen.'

Tien minuten later verlaat ik het beursgebouw met een ontvangstbewijs op zak. Drie dagen. Zo lang kan ik echt niet wachten. Tegen de tijd dat ik de overkant van het trottoir heb bereikt, heb ik al een nieuw plan bedacht.

Het gebouw van *The Liverpool Echo* lijkt op een Rubik-kubus van spiegelglas. De hal is vol gepensioneerden die een dagje uit zijn. Ze hebben allemaal als aandenken een tasje gekregen en een kaartje met hun naam.

Een jonge receptioniste zit op een hoge kruk achter een donkere houten balie. Ze is klein en bleek, en haar ogen hebben de kleur van kerrie. Wie naar de liften wil, moet eerst door het metalen hekje links van haar.

'Ik ben dr. Joseph O'Loughlin, en ik zou graag gebruik willen maken van uw bibliotheek.'

'Het spijt me, maar de bibliotheek van de krant is niet voor het publiek toegankelijk.' Een grote bos bloemen prijkt naast haar op de balie.

'Wat een prachtige bloemen,' zeg ik.

'Ze zijn helaas niet van mij. De cadeautjes zijn altijd voor de moderedactrice.'

'U komt vast niks tekort.'

Ze weet dat ik met haar flirt, maar toch lacht ze.

'Wat moet ik doen als ik een foto wil bestellen?' vraag ik.

'Dan moet u een van deze formulieren invullen.'

'En als ik de datum of de naam van de fotograaf niet weet?'

Ze zucht. 'U bent niet echt op zoek naar een foto, hè?'

Ik schud mijn hoofd. 'Ik ben op zoek naar een overlijdensadvertentie.'

'Van hoe lang geleden?'

'Een jaar of veertien.'

Terwijl ik wacht, belt ze naar boven. Dan vraagt ze me of ik iets heb wat er een beetje officieel uitziet, zoals een veiligheidspasje of visitekaartje. Ze schuift het in een plastic hoesje en speldt het op mijn overhemd.

'De bibliothecaresse is van uw komst op de hoogte. Als iemand u vraagt wat u daar te zoeken hebt, zeg dan maar dat u iets wilt opzoeken voor een artikel in de gezondheidsbijlage.'

Ik neem de lift naar de vierde verdieping en loop de gangen door. Af en toe vang ik achter klapdeuren een glimp op van een groot, kantoortuinachtig redactielokaal. Ik houd mijn hoofd gebogen en probeer met doelbewuste pas te lopen. Een paar keer schiet mijn been op slot en zwaait naar voren alsof hij gespalkt is.

De bibliothecaresse is in de zestig, ze heeft geverfd haar en een brilletje met halve glazen dat aan een ketting om haar hals hangt. Op haar rechterduim heeft ze een rubberen vingerhoed waarmee ze de pagina's omslaat. Rondom haar bureau staan tientallen cactussen.

Ze ziet me kijken. 'We moeten het hier droog houden en dat is het enige wat hier wil groeien,' legt ze uit. 'Vocht tast het krantenpapier aan.'

Er staan lange tafels, bezaaid met kranten. Iemand knipt artikelen uit en legt ze op nette stapeltjes. Iemand anders leest elk verhaal en omcirkelt bepaalde namen of zinnen. Weer een ander sorteert de knipsels aan de hand van deze verwijzingen en stopt ze in dossiermappen.

'We hebben ingebonden jaargangen die honderdvijftig jaar teruggaan,' zegt de bibliothecaresse. 'De knipsels kun je minder lang bewaren. Die vallen uiteindelijk langs de vouwen uit elkaar en dan blijft er alleen nog wat stof over.'

'Ik dacht dat alles zo langzamerhand wel in de computer zou staan,' zeg ik.

'Dat geldt alleen voor de afgelopen tien jaar. Het is te duur om alle ingebonden jaargangen te scannen. Ze worden op microfilm gezet.'

Ze schakelt een computerterminal in en vraagt me wat ik wil weten.

'Ik ben op zoek naar een overlijdensadvertentie die rond 1988 in de krant heeft gestaan. Een zekere Leonard Albert Edward Morgan...'

'Genoemd naar de oude koning.'

'Volgens mij was hij busconducteur. Hij zou wel eens in de buurt van Heyworth Street gewoond of gewerkt kunnen hebben.'

'Dat is in Everton,' zegt ze terwijl ze twee vingers over een toetsenbord laat gaan. 'De meeste stadsbussen hebben Pier Head of Paradise Street als begin- of eindpunt.'

Ik maak hiervan een aantekening op een blocnote. Ik doe mijn best de letters groot te schrijven en met regelmatige tussenruimtes. Het doet me denken aan de kleuterschool, toen we reusachtige letters moesten overtrekken op goedkoop papier, met waskrijt dat bijna tot onze schoudertjes reikte.

De bibliothecaresse gaat me voor door een labyrint van planken, die zich uitstrekken van de houten vloer tot de sprenkelinstallatie aan het plafond. Ten slotte komen we bij een houten bureau waarvan het blad onder de kerven zit. In het midden staat een microficheapparaat. Ze drukt op een schakelaar en de motor begint te zoemen. Met een andere schakelaar gaat de lamp aan, en op het scherm verschijnt een vierkant van licht.

Ze overhandigt me zes dozen met film, die de periode beslaan van januari tot juni 1988. Nadat ze de eerste film om de spoelen heeft gelegd, drukt ze op de vooruitknop. De pagina's vliegen voorbij, maar ze weet bijna intuïtief wanneer ze moet stoppen. Ze wijst naar de familieberichten en ik noteer het paginanummer, in de hoop dat het per dag ongeveer hetzelfde zal zijn.

Ik loop met mijn vinger de alfabetische lijst door op zoek naar de letter M. Als ik heb vastgesteld dat er geen Morgans bij zijn, spoel ik door naar de volgende dag... en dan naar de volgende. De scherpteregelaar is nogal wispelturig en moet voortdurend worden bijgesteld. Ook moet ik de zaak soms heen en weer bewegen om de krantenkolommen op het scherm te houden.

Als ik de eerste partij heb doorgewerkt, haal ik bij de bibliothecaresse zes nieuwe dozen met microfiches. De kranten rond kerst zijn dikker, en het duurt langer voor ik ze doorzocht heb. Tegen de tijd dat ik klaar ben met november 1988 begin ik me zorgen te maken. Stel je voor dat het er niet bij zit. Ik zit al zo lang voorovergebogen dat ik de knopen in mijn schouderbladen kan voelen. Mijn ogen doen pijn.

De film draait door naar een nieuwe dag. Ik zoek de overlijdensadvertenties op. Secondenlang loop ik de pagina door voor ik besef wat ik heb gezien. Ik spoel weer terug. Daar heb je het! Ik druk mijn vinger op de naam alsof ik bang ben dat hij anders zal verdwijnen.

Lenny A. Morgan, 55, overleed op zaterdag 10 december ten gevolge van brandwonden die hij had opgelopen bij een explosie in de Carnegie Engineering Works. De heer Morgan, een alom geliefd buschauffeur, verbonden aan de remise van Green Lane, heeft vroeger bij de koopvaardij gevaren en was een vooraanstaand vakbondsafgevaardigde. Hij laat twee zusters na, Ruth en Louise, en twee zoons, Dafyyd, 19, en Robert, 8. Dinsdag om 13.00 uur wordt er een dienst gehouden in de St James Church in Stanley. De familie verzoekt iedereen die de laatste eer wil bewijzen een schenking te doen aan de Socialist Workers Party.

Ik neem de kranten van de voorgaande week nog eens door. Een dergelijk ongeluk moet erin staan. Ik vind het bericht onder aan pagina vijf. De kop luidt REMISEMEDEWERKER DOOD NA EXPLOSIE.

Een busconducteur uit Liverpool is overleden na een explosie in de Carnegie Engineering Works op zaterdagmiddag. Lenny Morgan, 55, raakte over tachtig procent van zijn lichaam verbrand toen gasdampen vlam vatten tijdens het lassen. De ontploffing en de brand hebben ernstige schade toegebracht aan de werkplaats; twee bussen gingen verloren.

De heer Morgan werd overgebracht naar het Rathbone Hospital,
waar hij zaterdagavond is overleden zonder weer bij bewustzijn te
zijn gekomen. De rechter van instructie in Liverpool stelt een onder-
zoek in naar de toedracht van de explosie.
Vrienden en collega's van de heer Morgan hebben hem gisteren de
laatste eer bewezen. Ze beschreven hem als een zeer geliefde figuur
bij de buspassagiers, die genoten van zijn buitenissige gedrag. 'Lenny
zette met kerst altijd een kerstmannenmuts op en zong dan kerst-
liedjes voor de passagiers,' zei opzichter Bert McCullen.

Om drie uur spoel ik de microfilms terug, stop alles weer in de
dozen en bedank de bibliothecaresse voor haar hulp. Ze vraagt
me niet of ik gevonden heb waarnaar ik zocht. Ze heeft het veel te
druk met het repareren van een ingebonden jaargang die iemand
heeft laten vallen.

Ik heb nog twee maanden aan kranten doorgekeken, maar geen
verdere verwijzingen naar het ongeluk kunnen vinden. Er moet
een gerechtelijk onderzoek zijn geweest. Als ik met de lift naar beneden ga, blader ik mijn aantekeningen door. Waar ben ik eigenlijk
naar op zoek? Naar een of andere link met Catherine. Ik weet niet
waar ze is opgegroeid, maar haar grootvader heeft in elk geval in Liverpool gewerkt. Mijn intuïtie zegt me dat zij en Bobby elkaar in
een of andere instelling hebben ontmoet – in een kindertehuis of
anders in een psychiatrische kliniek.

Bobby heeft me nooit verteld dat hij nog een broer had. In aanmerking genomen dat Bridget pas eenentwintig was toen ze Bobby kreeg, was Dafyyd geadopteerd of, en dat is aannemelijker, was
Lenny al eens eerder getrouwd geweest en had hij een zoon uit dat
huwelijk.

Lenny had twee zusters, maar ik heb alleen hun meisjesnaam,
wat het zoeken bemoeilijkt. Ook als ze nooit getrouwd zijn, hoeveel Morgans staan er wel niet in het telefoonboek van Liverpool?
Ik wil het liever niet weten.

Ik loop de draaideur door, maar ben zo in gedachten verzonken
dat ik twee keer rondga voor ik buiten sta. Voorzichtig daal ik de
trap af, dan zoek ik een oriëntatiepunt en begeef me in de richting
van Lime Street Station.

Tot mijn schande moet ik bekennen dat ik ervan geniet, van deze zoektocht. Ik ben zeer gemotiveerd. Ik heb een missie. De trottoirs en de rijen voor de bussen zijn vol mensen die op het laatste moment kerstinkopen doen. Ik laat me er bijna toe verleiden de nummer 96 op te zoeken en te kijken waar die me zal brengen. Maar de grabbelton is voor mensen die van verrassingen houden. Ik daarentegen houd een taxi aan en noem als adres de busremise aan Green Lane.

8

De monteur houdt een carburateur in zijn besmeurde hand en wijst me met de andere de weg. De pub heet The Tramway Hotel en Bert McCullen is meestal aan de bar te vinden.

'Waaraan kan ik hem herkennen?'

De monteur grinnikt en verplaatst zijn aandacht weer naar de motor door met zijn bovenlijf in de ingewanden van de bus te duiken.

The Tramway is niet moeilijk te vinden. Buiten staat een bord, waarop iemand graffiti heeft gekrabbeld: 'Met bier nooit meer dorst.' Ik duw de deur open en betreed een schemerig verlichte ruimte met een vlekkerige vloer en kale houten meubels. Rode lampjes boven de bar geven het geheel een roze tint, zodat het net een hoerenkast uit het wilde Westen lijkt. Zwartwitfoto's van trams en oude bussen sieren de muren en hangen naast posters waarop 'live'muziek wordt aangekondigd.

Ik neem er de tijd voor en tel acht aanwezigen, onder wie een stuk of wat tieners die aan het poolen zijn in de alkoof achterin, vlak bij de toiletten. Ik ga voor de tap staan wachten tot ik bediend word, maar de barkeeper vindt het te veel moeite om zijn blik van *The Racing Post* op te slaan.

Bert McMullen zit aan het uiteinde van de bar. Zijn jasje van verkreukeld tweed heeft stukken op de ellebogen en is versierd met een hele verzameling buttons en speldjes, die allemaal iets met bussen te maken hebben. In zijn ene hand heeft hij een sigaret en in de andere een leeg bierglas. Hij draait het glas rond in zijn vingers, alsof hij een verborgen inscriptie leest die aan de binnenkant is geëtst.

'Wat sta je me nou aan te gapen?' grauwt Bert. Het lijkt wel of zijn dikke snor rechtstreeks uit zijn neus groeit; druppeltjes schuim en bier hangen aan de uiteinden van de grijze en zwarte haren.

'Het spijt me. Dat was mijn bedoeling niet.' Ik bied hem een biertje aan. Hij draait zich half om en bekijkt me onderzoekend. Zijn ogen, die op waterige glazen eieren lijken, houden halt bij mijn schoenen. 'Hoeveel heb je voor die schoenen betaald?'

'Dat weet ik niet meer.'

'Doe eens een gok.'

Ik haal mijn schouders op. 'Honderd pond.'

Vol walging schudt hij zijn hoofd. 'Ik zou ze met een smerige stok nog niet aanraken. Wedden dat je in die dingen nog geen dertig kilometer kunt lopen zonder dat ze uit elkaar vallen?' Hij staart nog steeds naar mijn schoenen. Dan wenkt hij de barkeeper. 'Hé Phil, moet je die schoenen eens zien.'

Phil buigt zich over de bar en tuurt naar mijn voeten. 'Hoe heten die dingen?'

'Instappers,' antwoord ik stijfjes.

'Ga weg!' Beide mannen kijken elkaar vol ongeloof aan. 'Wie draagt er nou instappers!' zegt Bert. 'Zit je verstand in je hol of zo?'

'Het zijn Italiaanse schoenen,' zeg ik, alsof dat iets uitmaakt.

'Italiaans! Wat is er mis met Engelse schoenen? Ben je soms zo'n spaghettivreter?'

'Nee.'

'Dat zou je anders wel zeggen met zulke schoenen.' Bert brengt zijn gezicht vlak bij het mijne. Ik kan de witte bonen in tomatensaus ruiken. 'Ik wil wedden dat iemand die zulke schoenen draagt, nog nooit van z'n leven een slag werk heeft uitgevoerd. Je moet werkschoenen dragen, man, met stalen neuzen en zolen met grip. Met die schoenen van jou hou je 't nog geen week uit als je echt aan het werk bent.'

'Tenzij hij natuurlijk achter een bureau zit,' zegt de barkeeper.

Bert kijkt me argwanend aan. 'Hoor je soms bij de colbertjesbrigade?'

'Wat bedoel je daarmee?'

'Dat je je colbert nooit uittrekt.'

'Ik werk anders hard genoeg.'

'Stem je Labour?'

'Ik geloof niet dat jou dat iets aangaat.'

'Ben je van het houtje?'

'Agnostisch.'

'Ag-godverde-wat?'

'Agnostisch.'

'Jezusmina! Oké, dit is je laatste kans. Ben je voor Liverpool?' Hij slaat een kruis.

'Nee.'

Hij zucht vol walging. 'Ga toch naar huis, je mammie zit met de pap te wachten.'

Ik kijk van de een naar de ander. Dat is het probleem met die lui uit Liverpool. Je weet nooit of ze een grapje maken of serieus zijn, tot ze een glas in je gezicht duwen.

Bert knipoogt naar de barkeeper. 'Hij mag een biertje voor me kopen, maar daar is dan ook alles mee gezegd. Hij krijgt vijf minuten om op te rotten.'

Phil schenkt me een grijns. Zijn oren zitten vol zilveren ringetjes en bungelende hangertjes.

Langs de muren van de pub staan tafels opgesteld, zodat er in het midden ruimte vrij blijft om te dansen. De tieners zijn nog steeds aan het poolen. Het enige meisje is zo te zien nog piepjong. Ze heeft een strakke spijkerbroek aan en een mouwloos topje dat haar middenrif bloot laat. De jongens proberen allemaal indruk op haar te maken, maar je pikt haar vriendje er onmiddellijk uit. Het is zo'n krachtsporttype met zulke enorme spierbundels dat hij net een abces lijkt dat elk moment uit elkaar kan spatten.

Bert bekijkt de luchtbelletjes die opstijgen naar de kop van zijn Guinness. Minuten verstrijken. Ik voel mezelf steeds kleiner worden. Ten slotte brengt hij het glas naar zijn lippen; als hij slikt gaat zijn adamsappel op en neer.

'Zou ik je een paar vragen mogen stellen over Lenny Morgan? Ik heb navraag gedaan op de remise. Ze zeiden dat jullie vrienden waren.'

Hij vertrekt geen spier.

Ik geef het niet op. 'Ik weet dat hij bij een brand is omgekomen.

Ik weet ook dat je met hem hebt samengewerkt. Ik probeer er alleen maar achter te komen wat er is gebeurd.'

Bert steekt een sigaret op. 'Alsof jou dat iets aangaat.'

'Ik ben psycholoog. Lenny's zoon zit in de problemen. Ik probeer hem te helpen.' Terwijl ik mezelf hoor praten, gaat er een steek van schuld door me heen. Probeer ik dat echt? Hem te helpen?

'Hoe heet-ie?'

'Bobby.'

'Ik kan me hem nog wel herinneren. Lenny bracht hem in de vakanties vaak mee naar de remise. Dan zat hij achter in de bus en drukte op de bel om de chauffeur te waarschuwen. Wat heeft-ie uitgespookt?'

'Hij heeft een vrouw in elkaar geslagen. Hij moet binnenkort voorkomen.'

Bert schenkt me een sardonische glimlach. 'Kan gebeuren. Vraag maar aan mijn eigen vrouw. Ik heb haar één of twee keer een mep verkocht, maar ze slaat harder terug dan ik. En de volgende ochtend is het vergeven en vergeten.'

'Die vrouw is ernstig gewond geraakt. Bobby sleepte haar een taxi uit en schopte haar bewusteloos, midden op een drukke straat.'

'Ging-ie met d'r naar bed?'

'Nee. Hij kende haar niet eens.'

'Aan wie z'n kant sta jij?'

'Ik stel een psychologisch rapport over hem op.'

'Dus je probeert hem de bak in te krijgen?'

'Ik wil hem helpen.'

Bert snuift. Het licht van koplampen op de weg strijkt over de muren. 'Het zal me allemaal worst wezen, jongen, maar ik zie nog steeds niet wat Lenny hiermee te maken heeft. Die is al veertien jaar dood.'

'Je vader verliezen kan heel traumatisch zijn. Misschien verklaart dat het een en ander.'

Bert zwijgt even om hierover na te denken. Ik weet dat hij zijn vooroordelen afweegt tegen zijn intuïtie. Hij moet niets van mijn schoenen hebben. Hij moet niets van mijn kleren hebben. Hij moet niets van vreemden hebben. Hij zou me het liefst afsnauwen, met zijn gezicht vlak voor het mijne, maar dan moet hij wel een goede aanleiding hebben. Een nieuw glas Guinness geeft de doorslag.

'Weet je wat ik elke ochtend doe?' vraagt Bert.

Ik schud mijn hoofd.

'Ik blijf eerst een uur in bed liggen, want mijn rug is zo naar de kloten dat ik me niet eens op m'n zij kan rollen om m'n peuken te pakken. Ik lig daar maar wat naar het plafond te staren en bedenk wat ik die dag ga doen. Elke dag kom ik overeind, strompel naar de badkamer, dan naar de keuken, en na het ontbijt strompel ik hiernaartoe en ga op deze kruk zitten. En weet je waarom?'

Weer schud ik mijn hoofd.

'Omdat ik het geheim van wraak heb ontdekt. Je moet die hufters zien te overleven. Ik dans straks op hun graf. Neem nou die Maggie Thatcher. Ze heeft de hele arbeidersklasse in dit land om zeep geholpen. Ze heeft de mijnen gesloten, de werven en de fabrieken. Maar nou ligt ze weg te roesten – net als die schepen daar. Een tijdje geleden heeft ze een hartaanval gehad. Maakt niet uit of je een destroyer of een roeibootje bent – tegen het zout leg je het uiteindelijk altijd af. En als zij kassiewijle is, dan pis ík op d'r graf.'

Hij slaat zijn glas achterover alsof hij een vieze smaak uit zijn mond wil spoelen. Ik knik naar de barkeeper. Hij schenkt een nieuw glas in.

'Leek Bobby op zijn vader?'

'Nee. Dat joch was net een dikke pudding. Droeg een bril. Hij was gek op Lenny, hobbelde altijd als een puppy achter hem aan, deed boodschapjes voor hem en haalde zijn thee. Als Lenny hem meenam naar het werk, dan zat hij hier buiten en dronk limonade terwijl Lenny een paar biertjes pakte. Na afloop fietsten ze samen naar huis.'

Bert begint warm te draaien. 'Lenny had vroeger bij de koopvaardij gevaren. Zijn onderarmen zaten vol tatoeages. Hij was een man van weinig woorden, maar als je hem aan de praat kreeg, dan vertelde hij je hele verhalen over die tatoeages en hoe hij eraan ge-

269

komen was. Iedereen mocht Lenny. Mensen begonnen al te glimlachen als ze zijn naam noemden. Hij was eigenlijk veel te aardig. Soms maken mensen daar misbruik van...'

'Hoe bedoel je?'

'Neem zijn vrouw. Ik weet niet meer hoe ze heette. Het was zo'n katholiek winkelmeisje uit Ierland, met brede heupen en een trekkoord in d'r onderbroek. Ik heb horen zeggen dat Lenny haar maar één keer geneukt heeft. Zelf was Lenny te veel heer om zulke dingen te vertellen. Ze raakt zwanger en zegt tegen Lenny dat de baby van hem is. Ieder ander zou er het zijne van hebben gedacht, maar Lenny trouwt haar op slag. Hij koopt een huis – steekt er al het geld in dat hij had overgehouden aan zijn tijd op zee. We wisten allemaal wat voor vlees hij in de kuip had: een regelrechte slettebak. De halve remise moet eroverheen zijn geweest. We noemden haar voor de grap "nummer tweeëntwintig" – ons populairste ritje.'

Bert schenkt me een droevige blik en tikt wat as van zijn mouw. Hij vertelt dat Lenny als dieselmonteur in de garage begon en toen voor minder salaris op de bussen ging werken. De passagiers waren gek op zijn malle hoedjes en zijn geïmproviseerde liedjes. Toen Liverpool Real Madrid versloeg tijdens de finale van de Europacup in 1981 verfde hij zijn haar rood en versierde de bus met toiletpapier.

Volgens Bert was Lenny op de hoogte van de escapades van zijn vrouw. Ze liep gewoon met haar bedrog te koop – droeg minirokjes en hoge hakken. Elke avond ging ze dansen in de Empire Ballroom of de Grafton.

Zonder waarschuwing vooraf laat Bert zijn arm als een molenwiek rondzwiepen, alsof hij ergens tegenaan wil slaan. Zijn gezicht is verwrongen van pijn. 'Hij was te zacht – in zijn hart en in zijn hoofd. Als het soep regende, zag je Lenny met een vork in zijn hand. Sommige vrouwen vragen gewoon om een pak slaag. Ze pakte hem alles af... zijn hart, zijn huis, zijn zoon... De meeste mannen zouden haar vermoord hebben. Maar Lenny was niet zoals de meeste mannen. Ze zoog hem helemaal leeg. Haalde de ziel eruit. Ze gaf elke maand honderd pond meer uit dan hij verdiende. Hij draaide dubbele diensten en deed ook nog het huishouden. Ik hoorde hem wel eens smeken aan de telefoon: "Blijf je vanavond thuis, schatje?" Ze lachte hem gewoon uit.'

'Waarom ging hij niet bij haar weg?'

Hij haalt zijn schouders op. 'Volgens mij had hij een blinde vlek. Misschien dreigde ze wel dat ze het kind mee zou nemen. Maar Lenny was geen watje, hoor. Ik heb hem eens vier hooligans uit zijn bus zien gooien omdat ze de andere passagiers lastigvielen. Hij kon zich heel goed weren, die Lenny. Hij wist alleen niet hoe hij zich tegen háár moest weren.'

Bert zwijgt. Nu valt het me pas op dat de bar is volgestroomd en dat het geluidsniveau behoorlijk is gestegen. De vrijdagavondband installeert zich in de hoek. Mensen kijken me aan, proberen uit te vogelen wat ik hier te zoeken heb. Anonimiteit kun je wel vergeten als je een vreemde eend in de bijt bent.

De rode lampjes beginnen nu heen en weer te zwaaien en het geluid dreunt door de vloerplanken. Ik heb geprobeerd Bert bij te houden, glas na glas.

Ik vraag naar het ongeluk. Bert vertelt dat Lenny in het weekend soms van de werkplaats gebruikmaakte om zijn uitvindingen in elkaar te zetten. De baas kneep een oogje dicht. In het weekend reden er wel bussen, maar de werkplaats lag er verlaten bij.

'Wat weet je eigenlijk van lassen?' vraagt Bert.

'Niet veel.'

Hij schuift zijn bier aan de kant en pakt twee viltjes. Dan legt hij uit hoe twee stukken metaal aan elkaar worden verbonden met behulp van geconcentreerde hitte. Meestal wordt de hitte op een van twee manieren opgewekt. Een booglasser gebruikt een zeer krachtige elektrische boog met een laag voltage en een hoge stroomsterkte, waarbij temperaturen van zesduizend graden Celsius ontstaan. Je kunt ook autogeen lassen, waarbij gassen als acetyleen of aardgas vermengd worden met zuivere zuurstof; bij het verbranden ontstaat dan een vlam die dwars door metaal snijdt.

'Met dat soort apparatuur ga je niet rotzooien,' zegt hij. 'Maar Lenny was een van de beste lassers die ik ooit in mijn leven heb gezien. De jongens zeiden altijd dat hij twee stukken papier nog aan elkaar zou kunnen lassen.

We namen altijd heel veel voorzorgsmaatregelen in de werkplaats. Alle ontvlambare vloeistof werd in een aparte ruimte opgeslagen, waar niet gesneden of gelast werd. Brandbare stoffen werden op minstens tien meter afstand gehouden. We bedekten de afvoerbuizen en hadden altijd blusapparatuur bij de hand.

Ik weet niet wat Lenny aan het maken was. Sommigen zeiden bij wijze van grap dat het een raket was om zijn vrouw mee de ruimte in te schieten. Door de klap werd een bus van acht ton op zijn kant gegooid. De acetyleentank blies een gat in het dak. Ze vonden hem honderd meter verder terug.

Lenny belandde ergens in de buurt van de roldeuren. Het enige deel van zijn lichaam dat niet verbrand was, was zijn borstkas. Ze denken dat hij op de grond heeft gelegen toen de vuurbal over hem heen ging, want dat deel van zijn overhemd was maar een heel klein beetje geschroeid.

Een stel chauffeurs heeft hem naar buiten gesleept. Ik snap nog steeds niet hoe ze dat voor elkaar hebben gekregen... met al die hitte en zo. Ik weet nog dat ze na afloop zeiden dat de rook van Lenny's schoenen sloeg en dat zijn huid begon te barsten. Hij was nog bij bewustzijn, maar hij kon niet praten. Hij had geen lippen meer. Ik ben blij dat ik het niet gezien heb. Ik zou er nog steeds van gedroomd hebben.' Bert zet zijn glas neer en slaakt een korte zucht, waarbij hij zijn borstkas op en neer laat gaan.

'Het was dus een ongeluk?'

'Zo zag het er eerst wel uit. Iedereen dacht dat een vonk van het lassen de acetyleentank in de fik had gezet. Misschien zat er een gat in de slang, of was er een ander defect. Misschien had zich gas opgehoopt in de tank die hij aan het lassen was.'

'Wat bedoel je met "eerst"?'

'Toen ze Lenny's overhemd van hem afpelden, bleek er iets op zijn borstkas te staan. Ze zeggen dat elke letter tot op de millimeter nauwkeurig was – maar dat geloof ik niet – niet als je ondersteboven en van links naar rechts moet schrijven. Hij had met een lasbrander het woord SORRY in zijn huid gebrand. Zoals ik al zei, hij was een man van heel weinig woorden.'

9

Ik kan me niet herinneren dat ik uit The Tramway ben vertrokken. Na acht glazen raakte ik de tel kwijt. De kou buiten is als een klap in mijn gezicht en voor ik het besef zit ik op handen en knieën mijn maag binnenstebuiten te keren boven het puin en gruis van een braakliggend terrein.

Zo te zien dient het als geïmproviseerd parkeerterrein voor de pub. De country-band speelt nog steeds. Ze geven een cover van een Willy Nelson-song ten beste, over moeders die niet willen dat hun kinderen later cowboys worden.

Als ik overeind wil komen, krijg ik van achteren een duw en kom in een olieachtige plas terecht. De vier tieners uit de bar staan om me heen.

'Heb je geld bij je?' vraagt het meisje.

'Rot op!'

Iemand probeert me tegen mijn hoofd te schoppen, maar mist. Een ander raakt mijn onderbuik. Mijn ingewanden verslappen en ik krijg weer kotsneigingen. Ik zuig lucht naar binnen en probeer na te denken.

'Jezus, Baz, je zei dat we geen geweld zouden gebruiken!' zegt het meisje.

'Hou je bek, godverdomme! Geen namen noemen!'

'Krijg de klere!'

'Kappen, jullie tweeën,' komt een andere jongen tussenbeide; hij heet Ozzie, is linkshandig en drinkt rum-cola.

'Hou jij je erbuiten, eikel.' Baz staart hem net zolang aan tot hij zijn blik neerslaat.

Iemand haalt mijn portefeuille uit mijn jaszak.

'Niet de creditcards, alleen de contanten,' zegt Baz. Hij is wat ouder – begin twintig – en heeft een hakenkruistatoeage op zijn hals. Hij tilt me op alsof het niks is en houdt zijn gezicht vlak voor het mijne. Ik ruik bier, pinda's en sigarettenrook.

'Nou moet je eens goed luisteren, zakkenwasser! Je bent hier niet welkom.'

Ik krijg een duw en val achterwaarts tegen een gaashek, dat aan de bovenkant met prikkeldraad is afgezet. Baz gaat pal voor me staan. Hij is zo'n tien centimeter kleiner dan ik, maar vierkant gebouwd. Een mes glanst in zijn hand.

'Ik wil mijn portefeuille terug. Als je hem teruggeeft, zal ik geen aanklacht indienen,' zeg ik.

Hij lacht me uit en bauwt me na. Klink ik echt zo bang?

'Jullie zijn me vanuit de pub gevolgd. Ik heb jullie daar zien poolen. Je verloor het laatste potje met de zwarte bal.'

Het meisje duwt haar bril langs haar neus omhoog. Haar vingernagels zijn tot op het leven afgekloven.

'Waar heeft-ie het over, Baz?'

'Bek houden! Je moet mijn naam niet noemen, godverdomme.' Hij doet alsof hij haar wil slaan, maar ze werpt hem een felle blik toe. Het blijft een tijdje stil. Ik voel me niet meer dronken.

Ik richt me tot het meisje. 'Je had op je intuïtie moeten vertrouwen, Denny.'

Ze kijkt me met wijd opengesperde ogen aan. 'Hoe weet je mijn naam?'

'Je heet Denny en je bent minderjarig – dertien, misschien veertien. Dit is Baz, je vriendje, en die twee zijn Ozzie en Carl...'

'Kop houden, godverdomme!'

Baz smijt me keihard tegen het hek. Hij voelt dat hij het initiatief aan het verliezen is.

'...Is dat nou wat je wilt, Denny? Wat zal je moeder wel niet zeggen als de politie je komt zoeken? Zij denkt dat je bij een vriendin logeert, nietwaar? Ze vindt het helemaal niet leuk dat je met Baz omgaat. Ze vindt hem een loser, een hopeloos geval.'

'Zeg dat-ie moet ophouden, Baz.' Denny slaat haar hand voor haar mond.

'Kop houden, godverdomme!'

Niemand zegt iets. Ze kijken me allemaal aan. Ik zet een stap naar voren en fluister Baz in het oor: 'Gebruik die grijze massa van je nou eens, Baz. Ik wil alleen mijn portefeuille terug.'

Denny komt tussenbeide, bijna in tranen. 'Geef hem die stomme portefeuille nou maar. Ik wil naar huis.'

Ozzie wendt zich tot Carl. 'Kom op.'

Baz weet niet wat hij moet doen. Hij zou me met het grootste gemak in mootjes kunnen hakken, maar hij staat er nu alleen voor. De anderen maken al dat ze wegkomen, lichtvoetig en gierend van de lach.

Hij duwt me tegen het hek, drukt het mes op mijn keel en brengt zijn gezicht vlak bij het mijne. Hij pakt mijn oorlelletje tussen zijn tanden. Razernij. Pijn. Hij gooit zijn hoofd met een ruk opzij, spuugt met kracht in een plas en schuift me aan de kant.

'Zie dat maar als een aandenken aan Bobby.'

Hij veegt het bloed van zijn mond en smijt mijn portefeuille voor mijn voeten. Dan loopt hij met stoere pas weg en geeft een schop tegen het portier van een geparkeerde auto. Ik zit in een plas water en leun met mijn rug tegen het hek. In de verte zie ik navigatielichten knipperen op de bouwkranen aan de overkant van de Mersey.

Langzaam hijs ik mezelf overeind en ik probeer te blijven staan. Mijn rechterbeen weigert dienst en ik val op mijn knieën. Een warm stroompje bloed sijpelt langs mijn hals naar beneden.

Strompelend bereik ik de hoofdstraat, maar er is geen verkeer te bekennen. Ik werp een blik over mijn schouder, bang dat ze terug zullen komen. Zo'n driekwart kilometer verderop stuit ik op een minitaxibedrijf met ijzeren traliewerk voor de deur en de ramen. Binnen kun je de sigarettenrook snijden en het ruikt er naar afhaalvoedsel.

'Wat is er met u gebeurd?' vraagt een dikke man die achter het traliewerk zit.

In het raam vang ik een glimp op van mijn eigen spiegelbeeld. Mijn halve oorlel ontbreekt en het boordje van mijn overhemd zit onder het bloed.

'Ik ben beroofd.'

'Door wie?'

'Door een stel jongens.'

Ik doe mijn portefeuille open. Het geld is er nog... alles.

De dikke man rolt met zijn ogen; hij is niet langer met me begaan. Ik ben gewoon een zuiplap die ruzie heeft gehad. Hij roept een taxi op en laat me buiten op het trottoir wachten. Nerveus kijk ik de straat af; ik verwacht elk moment Baz te zien opduiken.

Een aandenken! Mooie vriendjes houdt Bobby erop na. Waarom hebben ze het geld niet meegenomen? Wat had het eigenlijk voor zin? Tenzij het als waarschuwing was bedoeld. Liverpool is groot genoeg om in te verdwijnen, maar tegelijkertijd klein genoeg om op te vallen, vooral als je vragen gaat stellen.

Ik zit onderuitgezakt op de achterbank van een oude Mazda 626, doe mijn ogen dicht en probeer mijn hartslag weer onder controle te krijgen. Koud zweet plakt tussen mijn schouderbladen en mijn nek voelt stijf aan.

De minitaxi zet me af bij het University Hospital, waar ik een uur moet wachten voor ik zes hechtingen in mijn oor krijg. Terwijl de co-assistent met een handdoek het bloed van mijn gezicht veegt, vraagt hij of de politie op de hoogte is gebracht. Ik lieg en antwoord bevestigend. Ik wil niet dat Ruiz erachter komt waar ik ben.

Met een voorraadje paracetamol op zak tegen de pijn loop ik even later de stad door tot ik bij Pier Head aankom. Uit Birkenhead arriveert de laatste ferry. Het geluid van de motor dreunt door de lucht. Licht sijpelt als een fleurige, roodgele olievlek naar me toe. Ik staar naar het water en verbeeld me de hele tijd dat ik donkere gedaantes zie. Lijken. Ik kijk nog eens, maar dan zijn ze weg. Waarom denk ik altijd dat ik lijken zie?

Als kind ging ik soms met mijn zusjes spelevaren op de Theems. Op een dag vond ik een zak met daarin vijf dode katjes. Patricia bleef maar herhalen dat ik de zak weg moest gooien. Ze schreeuwde het uit. Rebecca wilde erin kijken. Net als ik had ze nog nooit iets doods gezien, op kevers en hagedissen na.

Ik schudde de zak leeg en de katjes tuimelden op het gras. De haren van hun natte vachtjes stonden overeind. Ze oefenden aantrekkingskracht op me uit en tegelijkertijd voelde ik walging. Ze hadden zachte vachtjes en warm bloed. Eigenlijk verschilden ze niet zoveel van mij.

Later, als tiener, dacht ik dat ik de dertig niet zou halen. Het was midden in de Koude Oorlog en de wereld balanceerde op het randje van de afgrond, overgeleverd aan de genade van een of andere gek in het Witte Huis of het Kremlin, die zich wel eens zou kunnen afvragen 'waar dit knopje voor dient'.

Sindsdien gaan de wijzers van mijn interne *doomsday clock* als een gek heen en weer, vergelijkbaar met het origineel dat het aantal minuten aangeeft dat de wereld van de nucleaire ondergang verwijderd is. Door mijn huwelijk met Julianne veranderde ik in een hopeloze optimist, en de komst van Charlie versterkte dat gevoel alleen maar. Ik verheugde me zelfs al op een aangename oude dag: we zouden onze rugzakken verwisselen voor koffers op wieltjes, met onze kleinkinderen spelen, die we tot vervelens toe nostalgische verhalen zouden vertellen, ons toeleggen op bizarre hobby's...

De toekomst ziet er nu heel anders uit. In plaats van een schitterend pad naar nieuwe horizonten, zie ik een schokkend, stamelend, kwijlend wezen in een rolstoel. 'Moeten we vandaag echt naar papa?' hoor ik Charlie al vragen. 'Hij merkt het toch niet als we niet komen.'

Een windvlaag doet mijn tanden klapperen, en ik loop weg bij het hek. Vanaf de kade ga ik te voet verder, zonder nog langer bang te zijn dat ik verdwaal. Toch voel ik me kwetsbaar. Onbeschut.

De receptioniste in het Albion Hotel zit te breien; ze beweegt haar lippen bij het tellen van de steken. Ingeblikt gelach stijgt op van ergens bij haar voeten. Ze geeft pas te kennen dat ze me gezien heeft als ze een toer af heeft. Dan overhandigt ze me een briefje met de naam en het telefoonnummer van een onderwijzeres die Bobby op de St Mary's School les heeft gegeven. Dat kan tot morgenochtend wachten.

Ik heb het gevoel dat de trap steiler is dan eerst. Ik ben moe en dronken. Laat de witte beer me nu maar pakken. Het enige wat ik wil is liggen en slapen.

Met een schok word ik wakker. Mijn adem stokt. Mijn hand glijdt over het laken en zoekt naar Julianne. Meestal wordt ze wakker als ik lig te schreeuwen in mijn slaap. Dan legt ze haar hand op mijn borst en fluistert dat er niks aan de hand is.

Diep inademend wacht ik tot mijn hart weer wat langzamer gaat kloppen en dan glip ik het bed uit en loop op mijn tenen naar het raam. De straat is leeg, op een busje na dat een stapel kranten aflevert. Voorzichtig betast ik mijn oor; de hechtingen voelen ruw aan. Op mijn kussen ligt bloed.

De deur gaat open. Er is niet geklopt. Ik heb geen waarschuwende voetstappen gehoord. Ik weet zeker dat ik de kamer heb afgesloten. Er verschijnt een hand, met rode nagels en lange vingers. Vervolgens een gezicht waarop met lipstick en rouge kleur is aangebracht. Ze is bleek en mager, met kortgeknipt blond haar.

'Ssssst!'

Achter haar hoor ik iemand giechelen.

'Doe eens rustig, godverdomme.'

Ze zoekt naar het lichtknopje. Mijn silhouet tekent zich af tegen het raam.

'Deze kamer is bezet.'

Onze blikken ontmoeten elkaar en van schrik laat ze een korte vloek horen. Een grote, slonzige man in een slecht zittend pak staat achter haar. Hij heeft zijn hand in haar topje gestoken.

'Ik schrik me dood,' zegt ze terwijl ze zijn hand wegduwt. Dronken als hij is, graait hij weer naar haar borsten.

'Hoe komen jullie op deze kamer verzeild?'

Ze rolt verontschuldigend met haar ogen. 'Foutje.'

'De deur zat op slot.'

Ze schudt haar hoofd. Haar vriend kijkt over haar schouder. 'Wat doet hij in ónze kamer?'

'Het is zíjn kamer, randdebiel!' Ze slaat hem met een handtasje van zilverglitter tegen zijn borst en begint hem achterwaarts het vertrek uit te duwen. Voor ze de deur sluit, draait ze zich om en glimlacht. 'Heb je soms behoefte aan gezelschap? Ik kan deze gast wel lozen.'

Ze is zo mager dat ik de botten van haar ribbenkast boven haar borsten zie uitsteken. 'Nee, dank je.'

Ze haalt haar schouders op en trekt onder haar minirok haar panty omhoog. Dan slaat de deur dicht; ik hoor hoe ze over de gang wegsluipt en de trap op gaan naar de volgende verdieping.

Even word ik door een golf van woede overspoeld. Ben ik echt vergeten de deur op slot te doen? Ik was dronken en uitgeput, misschien heb ik een lichte hersenschudding. Het is iets na zessen. Julianne en Charlie zullen nog wel slapen. Ik pak mijn mobiel, zet hem aan en staar in het donker naar het opgloeiende schermpje. Er zijn geen berichten. Dit is mijn straf... dat ik voor ik in slaap val en bij het ontwaken aan mijn vrouw en dochter moet denken.

Ik ga op de vensterbank zitten en kijk naar de steeds lichter wordende hemel. Duiven zwenken en zweven boven de daken. Ze doen me denken aan Varanasi in India, waar de gieren hoog boven de brandstapels cirkelen en wachten op het moment dat de verkoolde menselijke resten in de Ganges worden gegooid. Varanasi is een hopeloos arme stad, vol vervallen gebouwen en loensende kinderen, van alle schoonheid verstoken, behalve de felgekleurde sari's en zwaaiende heupen van de vrouwen. Ik vond het er vreselijk en tegelijkertijd fascinerend. Hetzelfde geldt voor Liverpool.

Ik wacht tot zeven uur en dan bel ik Julianne. Er klinkt een mannenstem. Eerst denk ik dat ik het verkeerde nummer heb ingetoetst, maar dan herken ik Jock.

'Ik zat net aan je te denken,' buldert hij. Ik hoor Charlie op de achtergrond. 'Is dat papa?' vraagt ze. 'Mag ik even met hem praten? Alsjeblieft.'

Jock legt zijn hand op de hoorn, maar ik kan hem nog steeds verstaan. Hij zegt dat ze Julianne moet halen. Charlie sputtert tegen, maar doet wat hij zegt.

Jock praat maar door op dat joviale toontje van hem. Ik val hem in de rede. 'Wat voer jij daar uit, Jock? Is alles in orde?'

'Je sanitair is nog steeds klote.'

Hoe durft hij zich godverdomme met mijn sanitair te bemoeien? Als hij antwoordt, doet zijn toon in kilheid niet voor de mijne onder. In mijn verbeelding zie ik zijn gezicht veranderen. 'Iemand heeft geprobeerd in te breken. Julianne is er een beetje van geschrokken. Ze wilde niet meer alleen thuis zijn. Ik heb aangeboden te blijven slapen.'

'Wie? Wanneer was dat?'

'Waarschijnlijk gewoon een of andere junk. Hij is door de voordeur naar binnen gekomen. Die hadden de loodgieters open laten staan. D.J. betrapte hem in de studeerkamer en is achter hem aan gerend, de straat op. In de buurt van het kanaal is hij hem kwijtgeraakt.'

'Is er iets gestolen?'

'Nee.'

Ik hoor voetstappen op de trap. Jock legt zijn hand op de hoorn.

'Kan ik Julianne spreken? Ik weet dat ze er is.'

'Ze wil niet.'

Woede overmant me. Jock probeert weer een luchtig toontje aan te slaan. 'Ze wil weten waarom je haar moeder om drie uur 's nachts hebt gebeld.'

Een vage herinnering komt boven: het intoetsen van het nummer, haar moeders ijzige afwijzing, waarna ze de verbinding verbrak.

'Geef me Julianne nou maar.'

'Het antwoord is nee, ouwe jongen. Ze voelt zich niet zo lekker.'

'Hoezo?'

'Gewoon wat ik zeg. Ze voelt zich een beetje beroerd.'

'Is er iets aan de hand?'

'Nee hoor. Alles is in orde. Ik heb haar even helemaal onderzocht.' Hij probeert me op stang te jagen. Het werkt.

'Geef haar de telefoon, godverdomme...'

'Ik geloof niet dat je in een positie verkeert om mij te commanderen, Joe. Zo maak je de zaak alleen maar erger.'

Het liefst zou ik mijn vuist in die door opdrukoefeningen gestaalde maag van hem rammen. Dan hoor ik een veelbetekenend klikje. In mijn studeerkamer heeft iemand de telefoon opgenomen. Jock heeft niks in de gaten.

Ik probeer een verzoenende toon aan te slaan en zeg dat ik hem later terug zal bellen. Hij legt de hoorn op de haak, maar ik blijf aan de telefoon en luister gespannen.

'Pap, ben jij dat?' vraagt Charlie zenuwachtig.

'Hoe is het met je, liefje?'

'Goed. Wanneer kom je weer thuis?'

'Ik weet het niet. Ik moet eerst nog een paar dingen met mama rechtzetten.'

'Hebben jullie ruzie gehad?'

'Hoe weet je dat?'

'Als mama boos op je is, kan ik haar beter niet mijn haar laten borstelen.'

'Het spijt me.'

'Geeft niet. Was het jouw schuld?'

'Ja.'

'Waarom zeg je dan niet gewoon dat het je spijt? Dat moet ik van jou ook altijd doen als ik ruzie heb met Taylor Jones.'

'Ik geloof niet dat ik het daarmee red deze keer.'

Ik hoor haar nadenken. In mijn verbeelding zie ik haar zelfs op haar onderlip bijten, zo geconcentreerd is ze.

'Pap?'

'Ja.'

'Nou... eh... ik wilde je iets vragen. Het gaat over... nou...' Ze blijft proberen, maar telkens breekt ze haar zin weer af. Ik zeg dat ze de hele vraag eerst in gedachten moet nemen en hem dan aan mij moet stellen.

Uiteindelijk gooit ze het eruit. 'Er stond een foto in de krant... iemand met een jas over zijn hoofd. Sommige kinderen waren erover aan het praten... op school. Lachlan O'Brien zei dat jij dat was. Ik heb hem voor liegbeest uitgescholden. Maar gisteravond heb ik een van de kranten uit de vuilnisemmer gehaald. Mama had ze allemaal weggegooid. Ik heb ze toen stiekem mee naar mijn kamer genomen...'

'Heb je het verhaal gelezen?'

'Ja.'

Mijn maag trekt samen. Hoe moet ik in vredesnaam aan een achtjarige de begrippen onrechtmatige arrestatie en persoonsverwisseling uitleggen? Charlie heeft geleerd dat je de politie kunt vertrouwen. Rechtvaardigheid en eerlijkheid zijn belangrijk – zelfs op het schoolplein.

'Het was een vergissing, Charlie. De politie heeft zich vergist.'

'Waarom is mama dan boos op jou?'

'Omdat ik nog een vergissing heb gemaakt. Van een heel ander soort. Dat heeft niks met de politie of met jou te maken.'

Ze zwijgt. Ik kan haar bijna horen denken.

'Wat is er met mama aan de hand?' vraag ik.

'Ik weet het niet. Ik hoorde haar tegen oom Jock zeggen dat ze over tijd was.'

'Hoezo over tijd?'

'Verder zei ze niks. Ze zei gewoon dat ze over tijd was.'

Ik vraag haar het zinnetje woordelijk te herhalen. Ze snapt niet waarom. Mijn mond is droog. Dat komt niet alleen door de kater. Op de achtergrond hoor ik Julianne Charlies naam roepen.

'Ik moet gaan,' fluistert Charlie. 'Kom maar gauw weer thuis.'

Ze hangt snel op. Ik krijg de kans niet afscheid van haar te nemen. Mijn eerste reactie is om onmiddellijk terug te bellen. Dan blijf ik net zolang bellen tot Julianne met me wil praten. Betekent 'over tijd' wat ik denk dat het betekent? Ik voel me misselijk en ook met mijn hoofd is het hopeloos gesteld.

Als ik nu op de trein stap, ben ik over drie uur thuis. Dan blijf ik op de stoep staan tot ze met me wil praten. Misschien is dat wel wat ze wil: dat ik als een speer terugkom om voor haar te vechten.

Hier hebben we zes jaar op gewacht. Julianne is erin blijven geloven. Ik was degene die de hoop had opgegeven.

10

Boven mijn hoofd rinkelt een belletje als ik de winkel betreed. Het aroma van etherische oliën, geurkaarsen en kruidenzalfjes kringelt mijn neusgaten binnen. Smalle planken van donker hout reiken van de vloer tot aan het plafond. Ze zijn volgestouwd met wierook, zeep, oliën en stopflessen met van alles en nog wat, van puimsteen tot zeewier.

Een forse vrouw komt vanachter een scheidingswand te voorschijn. Ze draagt een felgekleurde kaftan, die begint bij haar nek en wijd over haar enorme borsten bolt. Kralenkettingen ontspruiten aan haar schedel en klikken tegen elkaar als ze loopt.

'Kom maar, niet bang zijn,' zegt ze, en ze wenkt me naar zich toe. Dit moet Louise Elwood zijn. Ik herken haar stem van de telefoon. Sommige mensen zijn één met hun stem. Dat geldt ook voor haar – diep, laag en luid. Als ze mijn hand schudt, rinkelen haar armbanden. Midden op haar voorhoofd plakt een rode stip.

'O, lieve hemel,' zegt ze, terwijl ze haar hand onder mijn kin houdt. 'U bent net op tijd. Kijk die ogen eens. Dof. Droog. U slaapt de laatste tijd niet goed, hè? Giftige stoffen in het bloed. Te veel rood vlees. Misschien wel een glutenallergie. Wat is er met uw oor gebeurd?'

'Een iets te ijverige kapper.'

Ze trekt een wenkbrauw op.

'Ik heb u aan de telefoon gehad,' leg ik uit. 'Ik ben dr. O'Loughlin.'

'Als ik het niet dacht! Kijk toch eens hoe u eraan toe bent! Dokters en geleerden zijn altijd de ergste patiënten. Ze volgen hun eigen adviezen nooit op.'

Opvallend soepel draait ze een pirouetje en dan loopt ze met gezwinde pas naar het achterste gedeelte van de winkel. Ze blijft maar praten. Er zijn geen duidelijke tekenen die wijzen op een man in haar leven. De kinderfoto's op het prikbord zijn waarschijnlijk van neefjes en nichtjes. Ze praat op zo'n typisch lijzig onderwijzerstoontje. Ze geneert zich voor haar figuur, maar maakt het tot onderdeel van haar persoonlijkheid. Ze heeft een Birmaan (kattenharen), een la vol chocolaatjes (zilverpapier op de grond) en haar voorkeur gaat uit naar liefdesromans (*The Silent Lady* van Catherine Cookson).

Achter de scheidingswand is een kamertje met net genoeg ruimte voor een tafel, drie stoelen en een werkbank met een kleine gootsteen. Op het enig aanwezige stopcontact zijn een elektrische ketel en een radio aangesloten. Midden op tafel ligt een damestijdschrift, opengeslagen bij de kruiswoordpuzzel.

'Kruidenthee?'

'Hebt u koffie?'

'Nee.'

'Thee is ook goed.'

Ze dreunt wel tien verschillende smaken op. Tegen de tijd dat ze klaar is, ben ik de eerste alweer vergeten.

'Kamille.'

'Uitstekende keus. Goed tegen stress en spanning.' Ze zwijgt even en zegt dan: 'U gelooft er niet in, hè?'

'Ik heb nog nooit kunnen ontdekken waarom kruidenthee altijd zo heerlijk ruikt en zo flauw smaakt.'

Ze lacht. Haar hele lichaam schudt. 'De smaak is heel subtiel. Hij werkt in harmonie met het lichaam. De reukzin is het meest directe van al onze zintuigen. De tastzin ontstaat weliswaar eerder en is het laatste zintuig dat verdwijnt, maar de reukzin staat in rechtstreekse verbinding met onze hersenen.'

Ze zet twee porseleinen kopjes klaar en vult een aardewerken theepot met dampend water. Ze schenkt de thee twee keer door een zilveren zeefje voor ze een kopje naar me toe schuift.

'U doet niet aan theeblaadjes lezen?'

'Volgens mij houdt u me voor de gek, dokter.' Ze is niet beledigd.

'Vijftien jaar geleden was u onderwijzeres op de St Mary's School.'

'Praat me er niet van.'

'Kunt u zich een jongen herinneren die Bobby Morgan heette?'

'Natuurlijk.'

'Wat weet u nog van hem?'

'Hij was heel slim, maar geneerde zich een beetje omdat hij zo dik was. Sommige jongens plaagden hem altijd omdat hij niet goed in sport was, maar hij kon prachtig zingen.'

'Dirigeerde u het koor?'

'Ja. Ik heb eens gezegd dat hij zangles moest nemen, maar zijn moeder was niet bepaald toegankelijk. Ik heb haar maar één keer op school gezien. Ze kwam klagen dat Bobby geld uit haar portemonnee had gestolen om een excursie naar het Liverpool Museum te betalen.'

'En zijn vader?'

Ze kijkt me onderzoekend aan. Het is duidelijk dat ik ergens van op de hoogte zou moeten zijn. Nu vraagt ze zich af of ze wel verder zal gaan.

'Bobby's vader mocht niet op school komen,' zegt ze. 'Er werd een rechterlijk bevel tegen hem uitgevaardigd toen Bobby in de tweede zat. Heeft Bobby u hier niets over verteld?'

'Nee.'

Ze schudt haar hoofd. Kralen zwiepen van de ene kant naar de andere. 'Ik had alarm geslagen. Bobby had binnen enkele weken twee keer in zijn broek geplast. Op een dag bevuilde hij zich en hield zich bijna de hele middag schuil in de jongens-wc. Hij was vreselijk overstuur. Toen ik hem vroeg wat er aan de hand was, wilde hij niets zeggen. Ik ging met hem naar de schoolzuster en die zocht een schone broek voor hem op. Zo ontdekte ze de striemen op zijn benen. Het zag eruit alsof hij geslagen was.'

De schoolzuster zette de normale procedure in gang en bracht de adjunct-directrice op de hoogte, die het op haar beurt doorgaf aan de Dienst voor Maatschappelijk Werk. Ik ken het hele proces uit mijn hoofd. De verwijzing kwam binnen bij een algemeen maatschappelijk werker. Vervolgens werd de zaak met de unitmanager besproken. De dominostenen begonnen te vallen – medische onderzoeken, vraaggesprekken, beschuldigingen, ontkenningen, casebesprekingen, risico-onderzoek, bevel tot voorlopige uithuisplaatsing, beroepsprocedures – van het een kwam het ander.

'Vertel eens iets meer over dat rechterlijk bevel,' zeg ik.

Ze herinnert zich slechts een enkel detail. Beschuldigingen van seksueel misbruik, die door de vader ontkend werden. Een straatverbod. Bobby, die buiten de klas altijd begeleid moest worden.

'De politie heeft de zaak onderzocht, maar ik weet niet hoe dat is afgelopen. De adjunct-directrice onderhield de contacten met de maatschappelijk werkers en de politie.'

'Werkt ze daar nog steeds?'

'Nee. Ze heeft anderhalf jaar geleden ontslag genomen; familieomstandigheden.'

'Hoe ging het verder met Bobby?'

'Hij veranderde. Hij kreeg iets stils over zich dat je niet vaak ziet bij kinderen. Bij veel collega's werkte dat behoorlijk op de zenuwen.' Ze staart in haar kopje en laat de thee zachtjes heen en weer wiegelen. 'Nadat zijn vader was gestorven, raakte hij nog geïsoleerder. Het was alsof hij altijd buiten stond, met zijn gezicht tegen het raam gedrukt.'

'Denkt u dat Bobby misbruikt is?'

'De St Mary's staat in een heel arme wijk, dr. O'Loughlin. In sommige gezinnen is 's ochtends wakker worden al een vorm van misbruik.'

Ik weet praktisch niets van auto's. Ik kan ze voltanken, de banden van lucht voorzien en water in de radiator gieten, maar ik ben totaal niet geïnteresseerd in merken, modellen of de dynamica van de moderne verbrandingsmotor. Meestal let ik niet op andere auto's op de weg, maar vandaag is dat anders. Ik zie de hele tijd een wit busje. Ik zag het voor het eerst toen ik vanmorgen het Albion Hotel verliet. Het stond aan de overkant geparkeerd. De overige auto's hadden bevroren ruiten, maar het busje niet. Op de voor- en achterruit zaten slordige rondjes van helder glas.

Hetzelfde witte busje – of eentje dat er sprekend op lijkt – staat geparkeerd op een losplaats tegenover de winkel van Louise

Elwood. De achterdeuren zijn open. Binnen zie ik jutezakken op de vloer liggen. Er zijn ongetwijfeld tientallen witte busjes in Liverpool; misschien is er wel een koeriersbedrijf dat een hele vloot bezit.

Na gisteravond zie ik spoken, weggedoken in deuropeningen en zittend in auto's. Ik loop het marktplein over en blijf voor de etalage van een warenhuis staan. Als ik naar mijn eigen spiegelbeeld kijk, kan ik het plein achter me zien. Ik word niet gevolgd.

Ik heb nog niet gegeten. Op zoek naar warmte vind ik een restaurantje op de eerste verdieping van een overdekt winkelcentrum, met uitzicht over het binnenplein. Vanaf mijn tafeltje kan ik de roltrappen in de gaten houden.

H.L. Mencken – journalist, bierdrinker en denker – zei dat er voor elk ingewikkeld probleem een simpele, mooie maar foute oplossing bestaat. Ik deel zijn wantrouwen tegenover het vanzelf- sprekende.

Op de universiteit werden de docenten gek van me omdat ik altijd vraagtekens zette bij ongecompliceerde hypothesen. 'Waarom kun je de dingen niet gewoon accepteren zoals ze zijn?' vroegen ze. 'Waarom zou het meest voor de hand liggende antwoord niet goed zijn?'

Zo werkt het niet in de natuur. Als de evolutie een zaak van eenvoudige antwoorden was geweest, dan zouden we allemaal grotere hersenen hebben en niet naar *Funniest Home Videos* kijken, of kleinere hersenen en geen massavernietigingswapens uitvinden. Moeders zouden vier armen hebben en baby's zouden na zes weken al het huis uit gaan. We zouden allemaal botten van titanium hebben, een huid die bestand was tegen ultraviolette stralen, röntgenogen en het vermogen tot permanente erecties en veelvuldige orgasmen.

Bobby Morgan – ik zal hem voortaan bij zijn echte naam noemen – vertoonde veel tekenen die wezen op seksueel misbruik. Toch wil ik dat het niet waar is. Ik mag die Lenny Morgan wel. Hij deed het in heel veel opzichten goed toen hij Bobby grootbracht. Mensen vonden hem sympathiek. Bobby aanbad hem.

Misschien had Lenny wel een dubbele persoonlijkheid. Een

pleger van seksueel misbruik kan heel goed een betrouwbare, lief-hebbende figuur zijn. Het zou in elk geval verklaren waarom hij zichzelf van kant heeft gemaakt. Het zou ook de reden kunnen zijn waarom Bobby twee persoonlijkheden nodig had om te kunnen overleven.

11

De Dienst voor Maatschappelijk Werk bewaart dossiers van kinderen die seksueel zijn misbruikt. Ooit had ik vrije toegang tot die documenten, maar ik maak niet langer deel uit van het systeem. Er zijn wetten ter bescherming van persoonsgegevens, en die vallen moeilijk te omzeilen.

Ik heb de hulp nodig van iemand die ik al meer dan tien jaar niet heb gezien. Ze heet Melinda Cossimo en ik ben bang dat ik haar niet zal herkennen. We spreken af in een restaurantje tegenover de districtsrechtbank. Toen ik in Liverpool ging werken, was Mel algemeen maatschappelijk werkster. Nu is ze unitmanager (ook wel 'specialist kinderbescherming' genoemd). Er zijn niet veel mensen die het zo lang bij het maatschappelijk werk uithouden. Ze werken zich over de kop of storten in.

Mel was een echte punker van de oude stempel, met stekelhaar en een kast vol versleten leren jasjes en gescheurd spijkergoed. Ze trok altijd alles wat je zei in twijfel, want ze vond het belangrijk dat mensen voor hun mening opkwamen, of ze het er nou mee eens was of niet.

Ze was opgegroeid in Cornwall, en haar hele jeugd had ze haar vader, een visser, moeten aanhoren als hij weer eens een betoog hield over het verschil tussen 'mannenwerk' en 'vrouwenwerk'. Zoals te verwachten, werd ze overtuigd feministe, en haar afstudeerscriptie heette dan ook 'Als vrouwen de broek aanhebben'. Haar vader zal zich wel in zijn graf hebben omgedraaid.

Mels man, Boyd, kwam uit Lancashire. Hij ging altijd gekleed in kaki broeken en coltruien en rookte shag. Hij was lang en mager, en werd op zijn negentiende al grijs, maar hij liet zijn haar lang en droeg het in een paardenstaart. Ik heb het maar één keer los gezien, in de douche na een partijtje badminton.

Ze waren heel gastvrij. Meestal hadden we in het weekend etentjes in Boyds vervallen rijtjeshuis met de windorgeltuin en de hennepplanten in de oude vijver. We werkten allemaal veel te hard, kregen te weinig waardering, maar bleven toch in onze idealen geloven. Julianne speelde gitaar en Mel had een stem als Joni Mitchell. We aten vegetarische feestmaaltijden, dronken te veel wijn, rookten af en toe een joint en zetten al het onrecht van de hele wereld recht. De katers duurden tot maandag en de winderigheid tot het midden van de week.

Mel staat aan de andere kant van het raam en trekt een mal gezicht. Haar haar is sluik en met speldjes naar achteren vastgestoken. Ze heeft een donkere broek aan en een keurig beige jasje. Op haar revers heeft ze een wit lintje gespeld. Ik weet niet meer welk goed doel het vertegenwoordigt.

'Is dat nou de managerslook?'

'Nee, de middelbareleeftijdlook,' zegt ze lachend, en met een zucht van opluchting gaat ze zitten. 'Ik krijg wat van die schoenen.' Ze schopt ze uit en wrijft over haar enkels.

'Heb je gewinkeld?'

'Ik had een afspraak bij de kinderrechter. Een kind dat met spoed uit huis moest worden geplaatst.'

'Tevreden met de uitkomst?'

'Had erger gekund.'

Ik haal onze koffie terwijl zij het tafeltje bezet houdt. Ik voel haar kritische blik – ze probeert te ontdekken wat er allemaal is veranderd. Hebben we nog steeds dingen gemeen? Waarom ben ik opeens weer opgedoken? Hulpverleners zijn een achterdochtig soort.

'Wat is er met je oor gebeurd?'

'Door een hond gebeten.'

'Je moet ook uit de buurt van beesten blijven.'

'Vertel mij wat.'

Mel kijkt toe terwijl mijn linkerhand een poging doet in de koffie te roeren. 'Zijn Julianne en jij nog altijd samen?'

'Ja. We hebben een dochter, Charlie. Ze is acht. Volgens mij is Julianne weer zwanger.'

'Weet je dat dan niet zeker?' vraagt ze lachend.

Ik lach ook, maar voel een steek van schuld.

Ik vraag naar Boyd. In mijn verbeelding is hij een hippie op leeftijd en draagt hij nog steeds linnen shirts en Indiase broeken. Mel wendt haar blik af, maar ik zie nog net hoe een wolk van pijn langs haar ogen trekt.

'Boyd is dood.'

Ze verroert zich niet en laat haar woorden in de stilte bezinken.

'Wanneer is dat gebeurd?'

'Ruim een jaar geleden. Zo'n grote four-wheel drive met een *bullbar* reed door rood en schepte hem.'

Ik vertel haar hoe vreselijk ik het vind. Een triest glimlachje verschijnt op haar gezicht en ze likt melkschuim van haar lepeltje.

'Ze zeggen dat het eerste jaar het ergst is. Laat ik je dit vertellen: het is alsof je door vijftig smerissen met wapenstokken en oproerschilden te grazen wordt genomen. Ik kan er nog steeds niet bij dat hij er niet meer is. Een tijdlang nam ik het hém zelfs kwalijk. Ik vond dat hij me in de steek had gelaten. Het is te gek voor woorden, maar ik was zo kwaad dat ik zijn platenverzameling heb verkocht. Toen ik die terugkocht, moest ik er twee keer zoveel voor betalen.' Ze moet er zelf om lachen en roert in haar koffie.

'Waarom heb je geen contact met ons opgenomen? We wisten van niets.'

'Boyd was jullie adres kwijt. Hij was hopeloos in dat soort dingen. Ik weet zeker dat ik jullie had kunnen vinden.' Ze glimlacht verontschuldigend. 'Ik wilde gewoon een tijdje niemand zien. Dat zou me alleen maar aan die goeie ouwe tijd hebben herinnerd.'

'Waar is hij nu?'

'Thuis in een kleine zilveren pot op mijn archiefkast.' Het klinkt alsof hij in het tuinschuurtje aan het rommelen is. 'Ik kan hem hier niet in de grond stoppen. Het is te koud. Stel je voor dat het gaat sneeuwen. Hij had zo'n hekel aan kou.' Met een treurige blik in haar ogen kijkt ze me aan. 'Ik weet dat het stom is.'

'Dat hoor je mij niet zeggen.'

'Misschien ga ik wel sparen en neem ik zijn as mee naar Nepal.

Dan strooi ik hem boven op een berg uit.'

'Hij had hoogtevrees.'

'Ja, dat is ook zo. Misschien moet ik hem maar gewoon in de Mersey dumpen.'

'Mag dat?'

'Knappe vent die me tegenhoudt.'

Haar lach is vreugdeloos. 'En hoe ben jij weer in Liverpool verzeild geraakt? Je wist niet hoe snel je hier weg moest komen.'

'Ik wou dat ik jullie had meegenomen.'

'Naar het zuiden zeker! Vergeet het maar! Je weet toch wat Boyd van Londen vond? Hij zei dat het daar stikte van de mensen die op zoek waren naar iets wat ze ergens anders niet konden vinden, maar die geen moeite hadden genomen goed om zich heen te kijken.'

Ik hoor het Boyd zeggen.

'Ik wil een rapport van de kinderbescherming inzien.'

'Een rood randje!'

'Ja.'

Ik heb die uitdrukking al jaren niet meer gehoord. Het is de bijnaam die maatschappelijk werkers in Liverpool geven aan meldingen die bij de kinderbescherming zijn binnengekomen. Het inleidende formulier heeft een donkerrode rand.

'Om wie gaat het?'

'Bobby Morgan.'

Mel weet meteen over wie ik het heb. Ik zie het aan haar ogen. 'Ik heb om twee uur 's ochtends een politierechter uit zijn bed gesleept om de voorlopige maatregel te tekenen. De vader heeft zelfmoord gepleegd. Dat weet je toch nog wel?'

'Nee.'

Er verschijnt een rimpel op haar voorhoofd. 'Dan heeft Erskine die zaak zeker behandeld.' Rupert Erskine was de hoofdpsycholoog op onze afdeling. We waren met z'n tweeën en ik was ondergeschikt aan hem – hij liet geen gelegenheid voorbijgaan om me met mijn neus op dat feit te drukken.

Mel was als algemeen maatschappelijk werkster bij Bobby's zaak betrokken.

'De melding kwam van een onderwijzeres,' legt ze uit. 'De moeder wilde eerst niets zeggen. Toen ze het medische bewijs zag, stortte ze in en vertelde ons dat ze haar man verdacht.'

'Kun je het dossier voor me te pakken krijgen?'

Ik zie dat ze me wil vragen wat de reden is voor mijn verzoek. Tegelijkertijd beseft ze dat het waarschijnlijk veiliger is van niets te weten. Gesloten kinderbeschermingsdossiers worden bewaard in Hatton Gardens, het hoofdkantoor van de Dienst voor Maatschappelijk Werk in Liverpool. Dossiers worden tachtig jaar bewaard en kunnen alleen worden ingezien door daartoe aangewezen medewerkers, bevoegde instanties of ambtenaren van justitie. Telkens als iemand inzage heeft gehad, wordt dat in het rapport opgenomen.

Mel staart naar haar spiegelbeeld in het theelepeltje. Ze moet een besluit nemen. Gaat ze me helpen of niet? Ze werpt een blik op haar horloge. 'Ik zal een paar telefoontjes plegen. Kom om halftwee maar naar mijn kantoor.'

Voor ze vertrekt, kust ze me op mijn wang. Ik bestel nog een kop koffie om de tijd te doden. Er is niets ergers dan wachten. Dan heb ik te veel tijd om na te denken. Willekeurige gedachten stuiteren door mijn hoofd als pingpongballetjes in een pot. Julianne is zwanger. Onder aan de trap moet een kinderhekje komen. Charlie wil van de zomer kamperen. Wat is er voor verband tussen Bobby en Catherine?

Weer een busje – maar deze keer niet wit. De chauffeur gooit een bundel kranten op het trottoir voor het restaurant. De kop op de voorpagina luidt BELONING UITGELOOFD IN MOORDZAAK MC-BRIDE.

Mel heeft een opgeruimd bureau met aan weerszijden twee stapels papier, als een stel pilaren die daar lukraak zijn neergezet. Haar computer is versierd met stickers, krantenkoppen en cartoons. Op één ervan staat een gewapende overvaller die met zijn pistool in de aanslag zegt: 'Je geld of je leven!' Het slachtoffer antwoordt: 'Ik heb geen geld en ook geen leven. Ik ben maatschappelijk werker.'

We bevinden ons op de derde verdieping van de Dienst voor Maatschappelijk Werk. Met het weekend voor de deur zijn de meeste kantoren leeg. Mels raam biedt uitzicht op een half afgebouwd geprefabriceerd pakhuis. Ze heeft drie dossiers voor me opgediept, stuk voor stuk met rood lint bij elkaar gebonden. Ze gaat boodschappen doen en ik heb een uur voor ze terugkomt.

Ik weet wat ik kan verwachten. Als je gaat sleutelen aan een auto en geen brokken wilt maken, doe je er goed aan alle onderdelen te bewaren. Dat doet maatschappelijk werk ook. Als ze met je leven gaan rommelen, wordt elke beslissing nauwkeurig vastgelegd. Zo zijn er vraaggesprekken, gezinsevaluaties, psychologische rapporten en medische aantekeningen. Ook zijn er ongetwijfeld notulen van elke casebespreking en strategievergadering, naast kopieën van politierapporten en rechterlijke uitspraken.

Als Bobby enige tijd in een kindertehuis of psychiatrische kliniek heeft gezeten, dan is daar verslag van gedaan. Ik zal namen, data en plaatsen tegenkomen. Met een beetje geluk vind ik deze ook terug in het dossier van Catherine McBride en zo kan ik een verband ontdekken.

Het eerste blad van het dossier is een verslag van een telefoontje van de St Mary's School. Ik herken Mels handschrift. Bij Bobby was 'onlangs een aantal gedragsveranderingen waargenomen'. Behalve dat hij in zijn broek plaste en zich bevuilde, had hij ook 'blijk gegeven van onoorbaar seksueel gedrag'. Hij had zijn onderbroek uitgetrokken en gedaan alsof hij seks had met een zevenjarig meisje.

Mel faxte deze informatie naar de unitmanager. Ook belde ze de secretaresse op het unitkantoor en gaf opdracht het dossierregister te doorzoeken om te kijken of er ooit iets gerapporteerd was over Bobby, zijn ouders of eventuele broers en zusjes. Toen dat niets opleverde, opende ze een nieuw dossier. De verwondingen baarden haar de grootste zorg. Ze overlegde met Lucas Dutton, de adjunct-directeur (afdeling minderjarigen), en die besloot een onderzoek in te stellen.

Het 'rode randje' haal ik er meteen uit vanwege de opvallende kleur. Bobby's naam, geboortedatum en adres staan erin vermeld, en bovendien informatie over zijn ouders, zijn school, zijn huisarts, en zijn gezondheidsproblemen, voorzover bekend. Ook staan er de gegevens in van de adjunct-directrice van de St Mary's School, die hem heeft aangemeld.

Mel had een uitgebreid medisch onderzoek geregeld, dat plaats-vond op dinsdag 12 augustus 1988. Dokter Richard Legende vond 'twee of drie littekens van ongeveer vijftien centimeter lang, die over beide billen liepen'. Volgens zijn beschrijving waren de ver-wondingen waarschijnlijk het gevolg van 'twee of drie opeenvol-gende slagen met een hard voorwerp, bijvoorbeeld een met spijker-tjes versierde riem'.

Bobby was tijdens het hele onderzoek erg overstuur en weiger-de vragen te beantwoorden. Rond de anus trof dokter Legende oud littekenweefsel aan. 'Het is niet duidelijk of het letsel per on-geluk is ontstaan of het gevolg is van opzettelijke penetratie,' schreef hij. In een later rapport was er niets meer van aarzeling te bespeuren en beschreef hij de littekens als 'overeenkomend met de gevolgen van seksueel misbruik'.

Bridget Morgan werd ondervraagd. Aanvankelijk stelde ze zich vijandig op en maakte de Dienst voor Maatschappelijk Werk uit voor een stelletje bemoeials. Toen men haar vertelde over Bobby's verwondingen en gedrag, begon ze haar woorden wat te temperen. Ten slotte verontschuldigde ze zich voor haar echtgenoot.

'Het is een goeie vent, maar hij kan zich niet beheersen. Als hij boos wordt, gaat-ie over de rooie.'

'Slaat hij u wel eens?'

'Ja.'

'En Bobby?'

'Die heeft het nog het zwaarst te verduren.'

'Als hij Bobby slaat, waarmee doet hij dat dan?'

'Met een hondenhalsband... Hij vermoordt me als-ie weet dat ik hier ben... U weet niet half hoe hij is...'

Toen haar gevraagd werd naar ongepast seksueel gedrag, ont-kende Bridget categorisch dat haar man iets dergelijks zou heb-ben kunnen doen. In de loop van het vraaggesprek ging haar protest steeds schriller klinken. Ze begon te huilen en vroeg of ze naar Bobby mocht.

Alle meldingen van seksueel misbruik moeten aan de politie worden doorgegeven. Toen ze dat te horen kreeg, werd Bridget Morgan nog zenuwachtiger. Ze was zichtbaar over haar toeren en gaf toe dat ze zich zorgen maakte over de relatie tussen haar man en Bobby. Ze wilde of kon hier niet verder op ingaan.

Bobby en zijn moeder werden naar het politiebureau aan Marsh Lane gebracht om daar officieel verhoord te worden. Op het bureau werd een strategievergadering belegd. Aanwezig waren Mel Cossimo, haar directe chef, Lucas Dutton, brigadier Helena Bronte en Bridget Morgan. Nadat ze een paar minuten alleen was geweest met Bobby zag mevrouw Morgan ook wel in dat onderzoek noodzakelijk was.

Ik blader de verklaring door die ze tegenover de politie aflegde en probeer de kern van haar beschuldigingen te ontdekken. Ze beweerde dat ze Bobby twee jaar daarvoor zonder onderbroek bij haar man op schoot had zien zitten. Haar man had slechts een handdoek om zijn middel gehad en het leek of hij Bobby's hand tussen zijn benen duwde.

Het voorgaande jaar was het haar opgevallen dat Bobby heel vaak geen onderbroek droeg als hij zich uitkleedde om in bad te gaan. Toen ze hem naar de reden vroeg, had hij gezegd: 'Papa wil niet dat ik onderbroekjes draag.'

De moeder beweerde ook dat haar man alleen maar in bad ging als Bobby wakker was, en dat hij dan de badkamerdeur open liet staan. Hij vroeg Bobby regelmatig of hij bij hem in bad wilde komen, maar dan verzon de jongen een smoesje.

Hoewel het geen al te sterke verklaring is, zou deze in handen van een goede aanklager behoorlijk belastend kunnen zijn. De volgende verklaring die ik verwacht aan te treffen, is die van Bobby. Maar die ontbreekt. Ik blader de pagina's door en ontdek dat er niets over een officiële verklaring in staat, en dat zou wel eens de reden kunnen zijn waarom Lenny Morgan nooit in staat van beschuldiging is gesteld. Wel zijn er een videoband en een verzameling handgeschreven aantekeningen.

Alles draait om de getuigenis van het kind. Tenzij het toegeeft dat het misbruikt is, is de kans op succes bijzonder gering. De dáder zou het misdrijf moeten toegeven of het medische bewijs zou onomstotelijk moeten zijn.

Mel heeft een videorecorder en een tv in haar kamer. Ik haal de band uit de kartonnen hoes. Op het label staat Bobby's volledige naam, en ook de datum en de plaats van het vraaggesprek. Als de eerste beelden over het scherm trekken, verschijnt de tijd linksonder in de hoek.

Een evaluatie door de kinderbescherming is iets heel anders dan een normaal consult, omdat je maar weinig tijd tot je beschikking hebt. Vaak duurt het weken voor je het soort vertrouwen hebt gecreëerd waarbij het kind geleidelijk aan zijn innerlijke belevingswereld aan je durft te openbaren. Evaluaties moeten snel gebeuren en daarom zijn de vragen directer.

In de kindvriendelijke spreekkamer ligt speelgoed op de grond en zijn de muren in heldere kleuren geschilderd. Op tafel liggen tekenpapier en kleurkrijtjes. Een jongetje zit zenuwachtig op een plastic stoel en kijkt naar het lege vel papier. Hij draagt een schooluniform met een wijde korte broek en afgesleten schoenen. Hij kijkt even naar de camera en nu kan ik zijn gezicht duidelijk zien. Hij is in die veertien jaar erg veranderd, maar ik herken hem nog steeds. Hij zit daar onbewogen, alsof hij in zijn lot berust.

Er is nog iets. Iets anders. De details keren terug als soldaten die zich hebben overgegeven. Ik heb deze jongen eerder gezien. Rupert Erskine vroeg me of ik nog eens naar een bepaalde case wilde kijken. Een jongetje dat totaal niet reageerde op zijn vragen. Men wilde het met een nieuwe benadering proberen. Misschien zou een nieuw gezicht helpen.

De videoband loopt. Ik hoor mijn eigen stem. 'Hoe zal ik je noemen: Robert, Rob of Bobby?'

'Bobby.'

'Weet je waarom je hier bent, Bobby?'

Hij geeft geen antwoord.

'Ik moet je een paar vragen stellen. Vind je dat goed?'

'Ik wil naar huis.'

'Nog even wachten. Vertel eens, Bobby, je weet wat het verschil is tussen de waarheid en een leugen, hè?'

Hij knikt. 'Als ik zeg dat ik een wortel heb in plaats van een neus, wat is dat dan?'

'Een leugen.'

'Dat klopt.'

De band draait door. Ik stel niet-gerichte vragen over school en thuis. Bobby praat over zijn favoriete tv-programma's en speelgoed. Hij ontspant en begint al pratend op een vel papier te krabbelen.

Als hij drie wensen mocht doen, wat zou hij dan vragen? Na twee valse starts en wat heen en weer geschuif kwam hij met het volgende op de proppen: 1) dat hij de baas was van een chocoladefabriek; 2) dat hij ging kamperen; 3) dat hij een machine kon bouwen die iedereen gelukkig maakte. Wie zou hij het liefst willen zijn? Sonic de Egel, want 'die kan heel hard rennen en redt zijn vriendjes altijd'.

Als ik naar de video kijk, herken ik voor een deel de maniertjes en de lichaamstaal van de volwassen Bobby. Hij glimlachte of lachte zelden. Oogcontact beperkte hij tot een minimum.

Ik vraag hem naar zijn vader. Eerst is Bobby heel levendig en open. Hij wil naar huis, naar hem toe. 'We zijn met een uitvinding bezig. Die moet ervoor zorgen dat boodschappentassen niet meer omvallen in de kofferbak.'

Bobby maakt een tekening van zichzelf en ik vraag hem om de verschillende lichaamsdelen te benoemen. Hij mompelt als hij het over zijn 'piemeltje' heeft.

'Vind je het prettig om met je vader in bad te gaan?'

'Ja.'

'Wat vind je er leuk aan?'

'Hij kietelt me altijd.'

'Waar kietelt hij je dan?'

'Overal.'

'Raakt hij je wel eens aan op een manier die je niet prettig vindt?'

Er verschijnt een rimpel op Bobby's voorhoofd. 'Nee.'

'Raakt hij je piemeltje wel eens aan?'

'Nee.'

'En als hij je wast?'

'Dan wel, geloof ik.' Hij mompelt weer iets, maar ik versta het niet.

'En je moeder? Raakt die jouw piemeltje wel eens aan?'

Hij schudt zijn hoofd en vraagt of hij naar huis mag. Hij verfrommelt het stuk papier en weigert verder nog vragen te beantwoorden. Hij is niet overstuur of bang. Het is weer zo'n typisch voorbeeld van afstand nemen, wat je veel ziet bij kinderen die het slachtoffer zijn van seksueel misbruik en die zichzelf klein proberen te maken om minder op te vallen.

Het vraaggesprek wordt afgerond, maar het is duidelijk dat het niet veel heeft opgeleverd. Lichaamstaal en maniertjes zijn niet voldoende om een oordeel op te baseren.

Ik richt me weer op het dossier en probeer een beeld te krijgen van wat er vervolgens gebeurde. Mel wilde Bobby in het register van de kinderbescherming laten opnemen – een lijst met de namen van alle kinderen in een bepaald gebied die ernstig in hun ontwikkeling worden bedreigd. Ze vroeg een voorlopige maatregel aan – waarvoor ze om twee uur 's ochtends een politierechter uit zijn bed haalde.

De politie arresteerde Lenny Morgan. Zijn huis werd doorzocht en ook zijn kluisje op de busremise en een garagebox die hij ergens in de buurt had gehuurd en als werkplaats gebruikte. Gedurende de hele procedure hield hij vol dat hij onschuldig was. Hij omschreef zichzelf als een liefhebbende vader die nog nooit iets verkeerds had gedaan of in aanraking was geweest met de politie. Hij beweerde niet op de hoogte te zijn van Bobby's verwondingen, maar gaf toe dat hij 'hem een pets had verkocht' toen Bobby een wekker waarmee niks aan de hand was uit elkaar had gehaald en kapot had gemaakt.

Ik wist niets van dat alles. Mijn eigen aandeel bleef beperkt tot één enkel vraaggesprek. Het was Erskines case.

Op vrijdag 15 augustus werd er een casebespreking over de

kinderbeschermingsmaatregel gehouden. De bijeenkomst werd voorgezeten door Lucas Dutton; aanwezig waren verder de algemeen maatschappelijk werkster, Rupert Erskine als behandelend psycholoog, Bobby's huisarts, de adjunct-directrice van zijn school en brigadier Helena Bronte.

Uit de notulen blijkt dat Lucas Dutton de leiding had bij de procedure. Ik kan me hem nog goed herinneren. Tijdens mijn allereerste casebespreking hakte hij me aan mootjes toen ik een voorstel deed dat afweek van het zijne. Het beleid van een directeur wordt zelden in twijfel getrokken – zeker niet door een beginnend psychoologje met een diploma waarvan de inkt nog niet droog is.

De politie had niet voldoende bewijsmateriaal om Lenny Morgan in staat van beschuldiging te stellen, maar het onderzoek werd voortgezet. Uitgaande van het fysieke bewijs en de verklaring van Bridget Morgan stelde de vergadering een advies op dat inhield dat Bobby uit huis werd geplaatst en in een pleeggezin werd ondergebracht, tenzij zijn vader erin toestemde bij hem uit de buurt te blijven. Er zou een regeling worden getroffen voor dagelijks contact tussen vader en zoon, maar er moest altijd een derde bij aanwezig zijn.

Bobby bracht vijf dagen bij een pleeggezin door voor Lenny erin toestemde het huis te verlaten en apart te gaan wonen tot alle beschuldigingen volledig waren onderzocht.

Het tweede dossier begint met een inhoudspagina. Ik neem de lijst snel door en lees verder. Drie maanden lang werd het gezin Morgan op de voet gevolgd door maatschappelijk werkers en psychologen, die erachter probeerden te komen hoe het precies functioneerde. Bobby's gedrag werd geobserveerd en onder de loep genomen, vooral tijdens de ontmoetingen met zijn vader. Tegelijkertijd voerde Erskine aparte gesprekken met Bridget, Lenny en Bobby, en stelde uitgebreide rapporten op. Ook sprak hij met de grootmoeder van moederskant, Pauline Aherne, en met Bridgets jongere zus.

Beiden leken Bridgets vermoedens omtrent Lenny te bevestigen, vooral Pauline Aherne, die beweerde dat ze getuige was ge-

300

weest van ongepast gedrag toen vader en zoon voor het slapen gaan een potje hadden gestoeid en ze Lenny's hand in Bobby's pyjama had zien verdwijnen.

Toen ik haar verklaring vergeleek met die van Bridget viel het me op dat ze vaak dezelfde zinnetjes en beschrijvingen gebruikten. Als het mijn case was geweest, zou ik het verdacht hebben gevonden. Het hemd is nader dan de rok – vooral in kinderbeschermingszaken.

Lenny Morgans eerste vrouw was omgekomen bij een auto-ongeluk. Een zoon uit dat eerste huwelijk, Dafyyd Morgan, was op zijn achttiende het huis uit gegaan zonder ooit in aanraking te zijn geweest met de Dienst voor Maatschappelijk Werk.

Er werden verschillende pogingen ondernomen om achter zijn verblijfplaats te komen. Medewerkers van de kinderbescherming spoorden zijn leraren en een zwemtrainer op, maar geen van hen had afwijkend gedrag bij hem geconstateerd. Dafyyd was op zijn vijftiende van school gegaan en als leerjongen in dienst getreden bij een plaatselijk bouwbedrijf. Hij hield het al snel voor gezien en zijn laatste bericht was afkomstig uit een backpackershotel in het westen van Australië.

Het dossier bevat Erskines conclusies, maar niet de aantekeningen die hij tijdens de gesprekken maakte. Hij omschreef Bobby als 'nerveus, druk en emotioneel kwetsbaar' en er waren 'symptomen die wezen op posttraumatisch stress-syndroom'.

'Toen het gesprek de kant van seksueel misbruik op ging, stelde Bobby zich defensief op en raakte steeds geagiteerder,' schreef Erskine. 'Hij maakt ook een defensieve indruk als iemand suggereert dat zijn familie niet ideaal is. Het lijkt wel of hij zijn uiterste best doet om iets te verbergen.'

Over Bridget Morgan schreef hij: 'Ze denkt altijd in de eerste plaats aan haar zoon. Ze geeft slechts na lang aandringen toestemming voor verdere gesprekken met Bobby, vanwege de spanning die dit bij hem creëert. Bobby heeft klaarblijkelijk weer in bed geplast en kampt met slaapproblemen.'

Haar zorg was begrijpelijk. Grof geschat denk ik dat Bobby wel een stuk of tien gesprekken heeft gehad met therapeuten, psychologen en maatschappelijk werkers. Telkens werden dezelfde vragen herhaald of in andere bewoordingen gesteld.

Tijdens speltherapie merkte men op dat hij poppen uitkleedde en lichaamsdelen benoemde. Geen van deze sessies werd op videoband vastgelegd, maar een therapeut vermeldde wel dat Bobby twee poppen boven op elkaar had gelegd en daarbij gromgeluidjes had gemaakt.

Erskine voegde twee tekeningen van Bobby bij het dossier. Ik houd ze op armlengte. Op een bepaalde abstracte manier zijn ze lang niet slecht – een kruising tussen Picasso en de Flintstones. De figuurtjes doen aan robots met scheve gezichten denken. Volwassenen zijn buitengewoon groot getekend en kinderen heel klein.

Erskine concludeerde:

Er is een aantal duidelijke tekenen die naar mijn idee de mogelijkheid sterk onderbouwen dat er seksueel contact heeft plaatsgevonden tussen de heer Morgan en zijn zoon.

Allereerst is er de getuigenverklaring van Bridget Morgan en die van de grootmoeder van moederszijde, mevrouw Pauline Aherne. Geen van deze twee vrouwen lijkt enige reden te hebben om bevooroordeeld te zijn of de verhalen aan te dikken. Beiden zijn er getuige van geweest dat de heer Morgan zich naakt aan zijn zoon vertoonde en zijn zoons onderbroek uittrok.

Ten tweede is er de getuigenverklaring van dokter Richard Legende, die 'twee of drie striemen met een lengte van ongeveer vijftien centimeter op de billen van het kind' heeft aangetroffen. Verontrustender was de aanwezigheid van littekenweefsel rond de anus.

Ook de gedragsveranderingen die bij Bobby zijn opgemerkt, moeten in aanmerking worden genomen. Hij legt een ongezonde belangstelling voor seks aan de dag en blijkt er veel meer van te weten dan een doorsnee kind van acht.

Uitgaande van deze feiten meen ik dat er sterke aanwijzingen zijn dat Bobby seksueel is misbruikt, hoogstwaarschijnlijk door zijn vader.

Halverwege november moet er nog een casebespreking hebben plaatsgevonden. Ik kan er geen notulen van vinden. Het politieonderzoek werd stopgezet, maar het dossier bleef open.

Het derde dossier bevat allemaal juridische documenten – sommige met linten samengebonden. Ik herken het papierwerk. Toen men ervan overtuigd was dat Bobby gevaar liep, verzocht de Dienst voor Maatschappelijk Werk om permanente uithuisplaatsing. De juristen werden erop losgelaten.

'Wat zit je toch te mompelen?' Mel is terug van boodschappen doen en zet twee kopjes koffie op een dossiermap. 'Sorry dat ik je niks sterkers kan aanbieden. Weet je nog dat we hier met kerst hele kisten wijn naar binnen smokkelden?'

'Ik weet nog dat Boyd dronken werd en de plastic planten in de hal water ging geven.'

We moeten beiden lachen.

'Ben je nog iets wijzer geworden?' Ze gebaart naar de dossiers.

'Helaas.' Mijn linkerhand beeft. Ik duw hem in mijn schoot. 'Wat vond jij van die Lenny Morgan?'

Ze gaat zitten en schopt haar schoenen uit. 'Ik vond hem een echte hufter. Hij was grof en gewelddadig.'

'Wat heeft hij dan gedaan?'

'Hij hield me staande buiten de rechtszaal. Ik wilde even bellen vanuit de hal. Hij vroeg me waarom ik dat alles deed – alsof het om iets persoonlijks ging. Toen ik langs hem wilde lopen, duwde hij me tegen de muur en sloeg zijn hand om mijn keel. Hij had een blik in zijn ogen...' Ze huivert.

'Je hebt geen aanklacht ingediend?'

'Nee.'

'Was hij erg overstuur?'

'Ja.'

'En zijn vrouw?'

'Bridget. Wat een kouwe kak! Echt iemand die omhoog wilde in de wereld.'

'Maar vond je haar aardig?'

'Ja.'

'Hoe is het met die uithuisplaatsing afgelopen?'

'Eén politierechter keurde de aanvraag goed, maar twee andere beweerden dat er onvoldoende bewijsgrond voor was.'

'En toen heb je geprobeerd Bobby aan de ouderlijke macht te onttrekken?'

'Reken maar. Zolang ik die vader maar bij hem uit de buurt kon houden. We gingen gelijk door naar de rechtbank en de zaak werd die middag nog behandeld. Het moet er allemaal in staan.' Ze wijst naar de dossiers.

'Wie trad op als getuige?'

'Ik.'

'En Erskine dan?'

'Ik heb zijn rapport gebruikt.'

Mijn vragen beginnen Mel te irriteren. 'Elke maatschappelijk werker zou hetzelfde hebben gedaan. Als je de politierechter niet kunt overtuigen, ga je naar de rechter. Negen van de tien keer krijg je de voogdij over het kind.'

'Tegenwoordig niet meer.'

'Nee.' Ze klinkt teleurgesteld. 'De regels zijn veranderd.'

Vanaf het moment dat Bobby onder voogdij werd geplaatst, werd elke grote beslissing die betrekking had op zijn welzijn door de rechter genomen in plaats van door zijn ouders. Hij kon niet van school veranderen, een paspoort aanvragen, bij het leger gaan of trouwen zonder dat de rechter daar toestemming voor gaf. Dat betekende ook dat zijn vader nooit meer een rol zou mogen spelen in zijn leven.

Als ik de bladzijden van het dossier omsla, stuit ik op de uitspraak. Het verslag beslaat acht pagina's, die ik vluchtig doorneem, op zoek naar de einduitkomst.

De echtgenoten zijn beiden oprecht betrokken bij het welzijn van hun kind. Ik ben ervan overtuigd dat ze zich in het verleden, ieder op eigen wijze en naar beste vermogen, hebben gekweten van hun taak als ouder. Helaas is in het geval van de echtgenoot zijn vermogen om zijn plichten jegens het kind op juiste en passende wijze na te komen naar mijn idee nadelig beïnvloed door de aantijgingen die hem boven het hoofd hangen.

Ik heb in mijn overwegingen ook de tegenargumenten een rol laten spelen – namelijk de ontkenning door de vader. Tevens ben ik me ervan bewust dat het kind bij zijn vader én zijn moeder wil wonen. Het is duidelijk dat het belang dat aan deze wens wordt toegekend, moet worden afgewogen tegen andere zaken die betrekking hebben op het welzijn van Bobby.

De richtlijnen en toetsen van de kinderbescherming zijn duidelijk. Bobby's belang staat voorop. Dit hof kan geen voogdij of omgangsrecht aan een ouder toekennen als die voogdij of dat omgangsrecht een kind zou blootstellen aan het onaanvaardbare risico van seksueel misbruik.

Ik hoop dat Bobby te zijner tijd, als hij voldoende voor zichzelf kan opkomen en rijpheid en inzicht heeft verworven, de gelegenheid krijgt tijd met zijn vader door te brengen. Tot dat moment is aangebroken, en ik vrees dat dat nog enige tijd zal duren, is het echter beter dat hij geen contact onderhoudt met zijn vader.

Het vonnis draagt het zegel van de rechtbank en is ondertekend door rechter Alexander McBride, Catherines grootvader.

Mel zit me vanaf de andere kant van het bureau te observeren. 'Gevonden wat je zocht?'

'Niet echt. Heb je wel vaker met rechter McBride te maken gehad?'

'Ja, het is een toffe vent.'

'Je zult wel gehoord hebben wat er met zijn kleindochter is gebeurd.'

'Vreselijk.'

Langzaam draait ze haar stoel rond. Ze strekt haar benen en legt haar schoenen tegen de muur. Ze kijkt me strak aan.

'Weet je misschien of er ook een dossier van Catherine McBride is?' vraag ik terloops.

'Grappig dat je dat vraagt.'

'Hoezo?'

'Er is net iemand bij me geweest die het ook wilde inzien. Dat zijn twee interessante verzoeken op één dag.'

'Wie heeft naar dat dossier gevraagd?'

'Een rechercheur van moordzaken. Hij wil weten of jóúw naam er toevallig ook in voorkomt.'

Haar ogen boren dwars door me heen. Ze is kwaad op me omdat ik iets heb verzwegen. Maatschappelijk werkers zijn niet zo goed van vertrouwen. Ze leren argwaan te koesteren... of ze nou met misbruikte kinderen te maken hebben, met mishandelde vrouwen, met drugsverslaafden of alcoholici of met ouders die vechten om de voogdij over hun kind. Je mag niets kritiekloos aannemen. Vertrouw nooit een journalist of een advocaat of een ouder die het benauwd begint te krijgen. Keer nooit iemand je rug toe tijdens een vraaggesprek en doe nooit beloftes aan kinderen. Ga nooit af op wat pleegouders, politierechters, politici of hoge ambtenaren zeggen. Mel vertrouwde mij. Ik heb haar vertrouwen beschaamd.

'Volgens die rechercheur word je in de gaten gehouden. Hij zegt dat Catherine je heeft aangeklaagd wegens aanranding. Hij vroeg of er nog meer klachten waren binnengekomen.'

Dit is bekend terrein voor Mel. Ze heeft niets tegen mannen, wel tegen de dingen die ze doen.

'Dat van die aanranding slaat nergens op. Ik heb Catherine niet eens aangeraakt.'

Ik slaag er niet in de woede in mijn stem te onderdrukken. De andere wang toekeren is voor mensen die ook de andere kant op willen kijken. Ik ben het zat van iets beschuldigd te worden wat ik niet heb gedaan.

Als ik terugloop naar het Albion Hotel probeer ik de stukjes aan elkaar te passen. Het bloed klopt in mijn gehechte oor, maar zo kan ik mijn gedachten wel beter ordenen. Zoals je je soms goed kunt concentreren terwijl de tv op zijn hardst staat.

Bobby was ongeveer even oud als Charlie toen hij zijn vader verloor. Een dergelijke tragedie kan iemand vreselijk beschadigen, maar de geest van een kind wordt door meer mensen gevormd. Er zijn grootouders, ooms, tantes, broertjes, zusjes, onderwijzers, vriendjes en een enorme troep figuranten. Als ik bij al die mensen langs kon gaan om ze te ondervragen, zou ik misschien te weten kunnen komen wat er met hem is gebeurd.

Wat zie ik over het hoofd? Een kind wordt onder voogdij geplaatst. Zijn vader pleegt zelfmoord. Een triest verhaal, maar niet enig in zijn soort. Kinderen worden tegenwoordig niet meer onder voogdij geplaatst. De wet is aan het begin van de jaren negentig gewijzigd. Van het oude systeem kon te gemakkelijk misbruik worden gemaakt. Er was maar bitter weinig bewijsmateriaal voor nodig en er was geen sprake van controle of evaluatie.

Bobby had alle tekenen vertoond van seksueel misbruik. Slachtoffers van kindermisbruik vinden altijd wel een manier om zichzelf te beschermen. Sommigen lijden aan traumatische amnesie, anderen begraven hun pijn in hun onderbewuste of weigeren na te denken over wat er is gebeurd. Tegelijkertijd heb je ook maatschappelijk werkers die beschuldigingen van misbruik eerder 'op waarheid toetsen' dan in twijfel trekken. Ze denken dat de beschuldigende partij nooit liegt, in tegenstelling tot de dader.

Hoe harder Bobby ontkende dat er iets was gebeurd, hoe meer men ging geloven dat het waar moest zijn. Die ene onwrikbare veronderstelling lag aan het hele onderzoek ten grondslag.

Maar als we het nou eens mis hebben gehad?

Onderzoekers aan de University of Michigan hebben ooit een samenvatting gemaakt van een bestaand geval waarbij een tweejarig meisje was betrokken, en legden deze voor aan een panel van deskundigen, onder wie acht klinisch psychologen, drieëntwintig doctoraalstudenten en vijftig maatschappelijk werkers en psychiaters. De onderzoekers wisten vanaf het begin dat het kind níet seksueel was misbruikt.

De moeder beweerde dat er sprake was van misbruik op grond van een blauwe plek die ze op het been van haar dochtertje had aangetroffen en één enkele schaamhaar (waarvan ze dacht dat die van de vader was) in de luier van het meisje. Vier medische onderzoeken leverden geen enkel bewijs van misbruik op. Twee leugendetectors en een gezamenlijk onderzoek door de politie en de kinderbescherming zuiverden de vader van iedere blaam.

Desondanks gaf driekwart van de deskundigen het advies om het contact van de vader met zijn dochter alleen onder streng toezicht te doen plaatsvinden of helemaal te verbieden. Een aantal van hen concludeerde zelfs dat hij anale seks had gehad met het meisje.

Als het om kindermisbruik gaat, ben je niet onschuldig tot het tegendeel is bewezen. De verdachte is schuldig tot het bewijs voor het tegendeel is geleverd. De smet is onzichtbaar, maar onuitwisbaar.

Ik weet maar al te goed waarop dit soort argumenten gebaseerd is. Valse beschuldigingen zijn zeldzaam. Maar we zitten vaker fout dan goed.

Erskine is een goed psycholoog en een goed mens. Hij heeft zijn vrouw, die aan MS leed, tot aan haar dood verpleegd en veel geld bijeengebracht voor een onderzoeksfonds dat haar naam draagt. Mel heeft hart voor haar vak en bezit een sociaal geweten waarbij het mijne verbleekt. Tegelijkertijd heeft ze zich nooit op onpartijdigheid beroemd. Ze weet wat ze weet. Intuïtie telt zwaar.

Ik heb geen idee wat mijn plek in dit alles is. Ik ben moe en ik heb honger. Ik heb nog steeds geen enkel bewijs dat Bobby Catherine McBride ook maar heeft gekénd, laat staan vermoord.

Ik ben zo'n tien passen van mijn hotelkamer verwijderd als ik voel dat er iets mis is. De deur staat open. Een wijnrode vlek loopt over het tapijt in de richting van de trap. Een palm in een pot ligt op zijn kant in de deuropening. De aardewerken pot moet in tweeën zijn gebroken toen hij langs de deurknop scheerde.

Het schoonmaakkarretje staat in het trappenhuis. Het bevat emmers, zwabbers, borstels en een verzameling natte doekjes. De schoonmaakster staat midden in mijn kamer. Het bed ligt ondersteboven, met de restanten van een kapotte la erbovenop. De wastafel – die van de muur is gerukt – ligt onder een gebroken leiding en er loopt een waterstraaltje overheen.

Mijn kleren zijn her en der over het kletsnatte tapijt verspreid en overal liggen verscheurde aantekenblaadjes en opengereten mappen. Iemand heeft mijn sporttas in de toiletpot gepropt en hem vervolgens versierd met een drol.

'Wat is het toch heerlijk als je kamer goed wordt schoongemaakt, vindt u ook niet?' zeg ik.

De schoonmaakster kijkt me verbijsterd aan.

Op de spiegel is met pepermunttandpasta een boodschap geschreven die aan duidelijkheid niets te wensen overlaat: JE GAAT NAAR HUIS OF JE GAAT ERAAN. Simpel. Kort en bondig. Raak.

De manager van het hotel wil de politie bellen. Pas als ik mijn portefeuille trek, komt hij op andere gedachten. Ik doorzoek de puinzooi, maar er valt niet veel meer te redden. Voorzichtig raap ik een bundel doorweekte papieren op waarvan de inkt is doorgelopen. Het enige vel dat nog leesbaar is, is de laatste bladzijde van Catherines cv. Ik had de begeleidende brief al op de praktijk gelezen, maar verder was ik niet gekomen. Ik laat mijn blik over het blad gaan en zie een lijstje met drie referenties. Slechts één ervan is belangrijk: dr. Emlyn R. Owens. Ze vermeldt Jocks adres aan Harley Street en zijn telefoonnummer.

12

Onderhoudswerkzaamheden, bladeren op de rails, seinstoringen, wisselstoringen... kies maar uit, het is lood om oud ijzer – de intercity komt met vertraging in Londen aan. De conducteur biedt met regelmatige tussenpozen over de intercom zijn verontschuldigingen aan en zo houdt hij iedereen uit de slaap.

In de restauratiewagen koop ik een kop thee en een broodje 'gourmet', wat maar weer eens bewijst hoe culinaire woorden hun waarde kunnen verliezen. Het smaakt nergens naar, behalve misschien naar mayonaise. Losse gedachten weten mijn vermoeidheid nog enigszins binnen de perken te houden. Ontbrekende stukjes. Nieuwe stukjes. Helemaal geen stukjes.

Er zijn leugentjes zo klein dat het niet veel uitmaakt of je ze gelooft of niet. Ook zijn er leugens die klein lijken, maar zich naar alle kanten vertakken. En soms gaat het niet om wat je wel zegt, maar om wat je niet zegt. Jocks leugens zijn nooit ver bezijden de waarheid.

Catherine had een relatie met iemand van het Marsden – een getrouwde man. Ze was verliefd op hem. Het kwam hard aan toen hij het uitmaakte. Op de avond van haar dood had ze met iemand afgesproken. Met Jock? Misschien belde ze daarom naar mijn praktijk – omdat hij niet was komen opdagen. Of misschien was hij wel komen opdagen. Hij is niet meer getrouwd. Een oude vlam die weer oplaait.

Het was Jock die me met Bobby in contact bracht. Hij zei dat hij Eddie Barrett een dienst wilde bewijzen.

Jezus! Ik kan er maar niet bij. Ik wilde dat ik kon gaan slapen en dan ontwaken in een ander lichaam – of in een ander leven. Elk scenario is beter dan dit. Hij is mijn beste vriend – ik hoop dat ik wat hem betreft ongelijk heb. We hebben al vanaf het allereerste begin een band met elkaar. Ik dacht altijd dat we een soort broers waren omdat we op dezelfde verloskamer waren geboren: niet-genetische tweelingbroers, die bij de geboorte dezelfde lucht hadden ingeademd en hetzelfde felle licht hadden gezien.

Ik weet niet meer wat ik moet denken. Hij heeft tegen me gelogen. Hij zit in mijn huis en maakt misbruik van alles wat er gebeurd is. Ik heb gezien hoe hij naar Julianne kijkt, met het soort gevoel waar jaloezie nog nobel bij is.

Voor Jock is alles altijd een wedstrijd. Een duel. En hij vindt het vreselijk als hij vermoedt dat je je niet tot het uiterste inspant, want dat doet afbreuk aan zijn overwinningen.

Het zou hem geen enkele moeite hebben gekost Catherine te veroveren. Vooral de kwetsbare typetjes vielen voor Jock, hoewel hij ze minder opwindend vond dan meiden die zich zelfverzekerd en afstandelijk opstelden. Zijn affaires hadden tot twee echtscheidingen geleid. Hij kon er niks aan doen.

Waarom zou Catherine het contact in stand hebben gehouden met iemand die haar hart had gebroken? En waarom zou ze op haar cv Jock als referentie hebben opgegeven?

Iemand moet haar verteld hebben dat ik op zoek was naar een secretaresse. Het bestaat gewoon niet dat ze toevallig op een advertentie reageerde en ontdekte dat ze solliciteerde naar een baan in mijn praktijk. Misschien had Jock weer contact met haar gezocht. Hij zou het niet geheim hoeven houden. Hij is niet meer getrouwd. Maar misschien vond hij het wel gênant in verband met alle problemen die Catherine me had bezorgd.

Wat zie ik over het hoofd?

Ze verliet het Grand Union Hotel in haar eentje. Jock was niet komen opdagen of misschien had hij later met haar afgesproken. Nee! Dat is te gek voor woorden! Jock is niet in staat iemand te martelen – iemand te dwingen zichzelf met een mes te bewerken. Hij speelt graag de baas, maar een sadist is hij niet.

Ik blijf maar in kringetjes ronddraaien. Wat is onomstotelijk waar in dit verhaal? Hij heeft Catherine gekend. Hij wist dat ze zichzelf verwondde. Hij loog toen hij zei dat hij haar niet kende.

Een vleug angst trekt als een lichte koorts door mijn bewustzijn. Tante Gracie zou hebben gezegd dat er iemand over mijn graf liep.

Euston Station op een koude, heldere avond. De rij taxi's strekt zich uit langs het trottoir en tot over de stoep. Onderweg naar Hampstead zit ik naar de verspringende rode cijfertjes op de meter te kijken en ondertussen beraam ik een plan.

Het is avond en de portier van Jocks appartementencomplex is al naar huis, maar de huismeester herkent mijn gezicht en zoemend gaat de deur naar de hal open.

'Wat is er met uw oor gebeurd?

'Insectenbeet. Is gaan ontsteken.'

Het trappenhuis is van gevlamd, donker mahoniehout; de roeden glimmen en weerspiegelen het licht van de kroonluchters. Jocks flat is in duisternis gehuld. Ik doe de deur open en zie het rode knipperlichtje van het alarm. Het staat niet aan. Het lukt Jock maar niet de code te onthouden.

Zonder het licht aan te doen loop ik de flat door, naar de keuken. De zwarte en witte marmeren tegels lijken wel een reuzeschaakbord. Het lampje boven het fornuis verlicht de vloer en de onderste kastjes. Ik weet niet waarom ik het grote licht niet durf aan te doen. Waarschijnlijk omdat dit meer weg heeft van een inbraak dan van een bezoekje.

Eerst doorzoek ik de la onder de telefoon om te zien of ik een of ander bewijs kan vinden dat hij Catherine heeft gekend – een adresboek of een brief of een oude telefoonrekening. Dan ga ik naar de kleerkast in de grote slaapkamer, waar Jock zijn overhemden, pakken en dassen bewaart, alles gerangschikt naar kleur. Een stuk of tien overhemden, nog in hun plastic verpakking, liggen op aparte planken uitgestald.

Achter in de kast tref ik een doos vol hangmappen aan, waaronder ook een met rekeningen en facturen. De meest recente telefoonrekening zit in een doorzichtige plastic hoes. Het gebruikersoverzicht is uitgesplitst in interlokale en internationale gesprekken en gesprekken naar mobiele nummers.

Ik neem de eerste lijst door op zoek naar nummers die beginnen met '051' – het netnummer voor Liverpool. Ik heb geen enkel telefoonnummer van Catherine.

Ja, toch! Haar cv!

Ik haal de nog vochtige papieren uit mijn jaszak en spreid ze voorzichtig uit op het vloerkleed. De inkt is tot in de hoeken uitgelopen, maar ik kan het adres nog lezen. Ik vergelijk de nummers met die op de telefoonrekening, en zoek de telefoontjes die op 13 november zijn gepleegd. De nummers springen eruit – twee telefoontjes naar Catherines mobiel. Het tweede was om 17.24 uur en duurde iets langer dan drie minuten – te lang voor een verkeerd nummer, maar lang genoeg om een afspraakje te maken.

Hier klopt iets niet. Ruiz heeft een overzicht van alle telefoontjes die Catherine heeft gepleegd of heeft ontvangen. Hij moet van deze telefoontjes op de hoogte zijn.

Het kaartje van Ruiz zit in mijn portefeuille, maar na mijn duik in het kanaal is het niet veel meer dan pap. Ik krijg zijn antwoordapparaat, maar voor ik op kan hangen, klinkt een norse stem die eerst de technologie verwenst en mij dan laat weten dat ik even moet wachten. Ik hoor hem pogingen doen het apparaat uit te schakelen.

'Hoofdinspecteur Ruiz.'

'Aha, als we daar meneer de psycholoog niet hebben.' Hij heeft Jocks nummer afgelezen van het schermpje. 'Hoe was het in Liverpool?'

'Hoe wist u dat?'

'Een vogeltje heeft me ingefluisterd dat u een medische behandeling moest ondergaan. Als men vermoedt dat er geweld in het spel is, moet dat gemeld worden. Hoe is het met het oor?'

'Alleen maar een beetje bevroren.'

Ik hoor hem kauwen. Hij zit een curry uit de magnetron naar binnen te werken, of misschien een afhaalmaaltijd.

'Het wordt zo langzamerhand tijd dat u en ik weer eens een babbeltje maken. Ik wil wel even een auto sturen om u op te halen.'

'Die hou ik liever van u te goed.'

'Misschien begrijpen we elkaar niet helemaal. Vanochtend om tien uur is er een arrestatiebevel tegen u uitgevaardigd.'

Ik werp een blik op de deur aan de andere kant van de gang en vraag me af hoe lang het duurt voor een van Ruiz' mannetjes hem uit zijn scharnieren heeft getrapt.

'Waarom?'

'Weet u nog dat ik tegen u zei dat ik wel iets anders zou vinden? Catherine McBride heeft brieven aan u geschreven. Ze heeft de kopieën bewaard. We hebben ze op haar computer gevonden.'

'Dat is onmogelijk. Ik heb helemaal geen brieven ontvangen.'

'Nou, in dat geval hebt u er vast geen bezwaar tegen het even te komen uitleggen.'

'Er moet een vergissing in het spel zijn. Dit is krankzinnig.' Heel even heb ik zin om hem alles op te biechten – Elisa en Jock en Catherines cv. Ik wil geen dingen voor hem verbergen of marchanderen over informatie. 'U zei dat het laatste telefoontje dat Catherine gepleegd had naar mijn praktijk was. Maar ze moet die dag ook naar anderen hebben gebeld. En anderen moeten haar hebben gebeld. Dat hebt u toch allemaal nagetrokken? U hebt al het andere vast niet laten zitten toen u mijn naam op de lijst zag.'

Ruiz zwijgt.

'Ze kende nog iemand uit het Marsden. Volgens mij had ze een relatie met hem. En volgens mij heeft hij die dag contact met haar gezocht – op de dertiende. Luistert u eigenlijk wel?'

Ik klink wanhopig. Ruiz wil helemaal niet marchanderen. Hij zit daar met zijn scheve glimlach en concludeert dat er niets nieuws onder de zon is. Of misschien pakt hij het heel handig aan en probeert hij me tot het laatste druppeltje uit te knijpen.

'U hebt me eens verteld dat u brokjes informatie verzamelt tot twee of drie stukken in elkaar passen. Nou, ik probeer u te helpen. Ik probeer achter de waarheid te komen.'

Nadat er weer een eeuwigheid is verstreken, verbreekt Ruiz eindelijk het zwijgen. 'U vraagt zich af of ik uw vriend dr. Owens ondervraagd heb over zijn relatie met Catherine McBride. Het antwoord is ja. Ik heb met hem gepraat. Ik heb hem gevraagd waar hij die avond was, en in tegenstelling tot u had hij een alibi. Wilt u

weten wie het was? Hoewel, als ik u maar lang genoeg laat rond-
strompelen, struikelt u misschien vanzelf een keer over de waarheid. Vraag het maar eens aan uw vrouw, dr. O'Loughlin.'

'Wat heeft zij ermee te maken?'

'Zij is zijn alibi.'

13

De zwarte taxi zet me af op Primrose Hill Avenue. De laatste vijf-honderd meter loop ik. De gedachten verdringen elkaar in mijn hoofd, maar een kille, overrompelende energiestroom heeft mijn vermoeidheid weggevaagd.

Men heeft de spot gedreven met mijn ijdele pogingen mensen te beschermen tegen iets wat ik niet begrijp. Ergens zit iemand me uit te lachen. Wat een dwaas! Ik heb de hele tijd in de waan ver-keerd dat morgen alles anders zal zijn. 'Kop op en zie de realiteit maar onder ogen,' krijg ik altijd van Jock te horen. Oké. Eindelijk snap ik het– elke dag gaat het een stukje achteruit.

Aan het eind van mijn straat blijf ik staan; ik trek mijn kleren recht en loop gehaast over het trottoir, speurend naar oneffen stoeptegels. De bovenverdiepingen van mijn huis zijn in duister-nis gehuld, met uitzondering van onze slaapkamer en de over-loop op de eerste verdieping.

Plotseling blijf ik staan. Aan de overkant van de straat, in de die-pere schaduwen van de platanen, zie ik het flauwe schijnsel van een horloge dat iemand naar zijn gezicht brengt. Het lichtje ver-dwijnt weer. Niets beweegt. Wie de eigenaar van het horloge ook mag zijn, hij staat ergens op te wachten.

Ik duik weg achter een geparkeerde auto en ren van de ene wa-gen naar de andere, waarbij ik telkens een blik over de motorkap werp. In het donker zie ik een vage gestalte. Er zit ook iemand in een auto. Het opgloeiende uiteinde van een sigaret verlicht zijn lippen.

Ruiz heeft ze gestuurd. Ze wachten me op.

Gebruikmakend van de schaduwen, wijk ik terug, ga de hoek van mijn straat om en loop om het blok heen. In de volgende straat zie ik het huis van de Franklins, dat pal achter het onze staat.

Ik spring over een zijhekje en steek hun achtertuin over, waarbij ik de rechthoeken licht die uit de ramen vallen probeer te vermijden. Daisy Franklin is in de keuken, ze staat voor het fornuis en roert ergens in. Twee katten komen telkens vanonder haar rok te voorschijn en verdwijnen dan weer. Misschien zit er wel een hele familie.

Ik zet koers naar een knoestige kersenboom in een hoek achter in de tuin, hijs me op en slinger één been over de schutting. Het andere been schiet op slot en weigert dienst. Ik gooi mijn hele gewicht naar voren en gedurende een fractie van een seconde trotseer ik de zwaartekracht door in slowmotion met mijn armen te flapperen, waarna ik met een klap in de composthoop beland.

Vloekend kruip ik verder, slakken verpletterend onder mijn handpalmen, om uiteindelijk tussen de fuchsia's op te duiken. Licht valt door de openslaande deuren naar buiten. Julianne zit aan de keukentafel, haar pasgewassen haar in een handdoek gewikkeld.

Haar lippen bewegen. Ze praat met iemand. Ik strek mijn hals uit om te zien wie het is – hierbij leun ik op een grote Italiaanse olijvenkruik, die al begint te wankelen, maar ik neem hem in de houdgreep en zet hem weer recht.

Een hand reikt over de tafel en de vingers verstrengelen zich met de hare. Het is Jock. Ik voel me misselijk worden. Ze trekt haar hand weg en geeft hem een tik op zijn pols, alsof hij een stout kind is. Dan loopt ze naar de andere kant van de keuken en buigt zich voorover om koffiekopjes in de vaatwasser te zetten. Jocks blik volgt elke beweging die ze maakt. Ik zou het liefst spelden in zijn ogen prikken.

Ik ben nooit een jaloers type geweest, maar opeens krijg ik een bizarre flashback van een vroegere patiënt die doodsbang was zijn vrouw kwijt te raken. Ze had een fantastisch figuur en hij verbeeldde zich dat andere mannen de hele tijd naar haar borsten keken. Langzaam maar zeker werden haar borsten in zijn ogen almaar groter en haar topjes almaar kleiner en strakker. De geringste beweging die ze maakte, leek al uitdagend. Het was natuurlijk grote onzin, maar niet voor hem.

Jock is een borstenman. Zijn beide vrouwen hebben zich chirurgisch laten verfraaien. Waarom zou je genoegen nemen met het schaarse dat de natuur je heeft toebedeeld als je alles kunt bezitten wat er voor geld te koop is?

Julianne is naar boven gegaan om haar haar te drogen. Jock rommelt in de zakken van zijn leren jasje. Even wordt zijn schaduw omlijst door de tuindeuren, en dan stapt hij naar buiten. Grind knerpt onder zijn voeten. Een aansteker vlamt op. Het puntje van de sigaar gloeit.

Ik schop zijn benen onder zijn lijf vandaan zodat hij achterover tuimelt en met een smak op de grond belandt, in een regen van vonken.

'Joe!'

'Weg uit mijn huis!'

'Jezus! Als er een schroeiplek op die jumper zit...'

'En je blijft bij Julianne uit de buurt!'

Hij schuift opzij en probeert overeind te komen.

'Zitten blijven!'

'Waarom sluip je hier buiten rond?'

'Omdat er aan de voorkant politie staat.' Ik doe net alsof het de gewoonste zaak van de wereld is.

Hij staart naar zijn sigaar en overweegt of hij hem weer zal aansteken.

'Je hebt een relatie gehad met Catherine McBride. Jouw naam staat godverdomme op haar cv!'

'Rustig, Joe. Ik weet niet wat je...'

'Je heb tegen mij gezegd dat je haar niet kende. Jij hebt haar die avond nog gezien.'

'Nee.'

'Je had met haar afgesproken.'

'Geen commentaar.'

'Wat bedoel je met "Geen commentaar"?'

'Gewoon wat ik zeg: geen commentaar.'

'Gelul. Je had met haar afgesproken.'

'Ik ben niet komen opdagen.'

'Je liegt.'

'Oké, dan lieg ik maar,' zegt hij op sarcastische toon. 'Denk maar wat je wilt, Joe.'

'Neem me nou niet in de maling.'

'Wat wil je dat ik zeg? Ze was een lekker ding. Ik sprak met haar af. Ik kwam niet opdagen. Einde verhaal. Je hoeft niet tegen mij te preken, hoor. Jij hebt een hoer geneukt. Je hebt elk recht verspeeld om de moraalridder uit te hangen.'

Ik haal naar hem uit, maar deze keer is hij erop voorbereid. Hij duikt opzij en ramt zijn schoen in mijn lies. De pijn komt als een schok en mijn knieën begeven het. Hij vangt me op en mijn voorhoofd raakt zijn borstkas.

'Dat is allemaal niet belangrijk, Joe,' zegt hij zachtjes.

'Natuurlijk is het belangrijk,' sis ik, happend naar adem. 'Ze denken dat ik haar vermoord heb.'

Jock helpt me overeind. Ik mep zijn handen weg en zet een stap naar achteren.

'Ze denken dat ik iets met haar had. Je zou ze kunnen vertellen hoe de vork in de steel zit.'

Jock kijkt me aan met een sluwe blik in zijn ogen. 'Wie zegt dat jij haar niet ook neukte?'

'Dat is gelul en dat weet je zelf ook wel!'

'Je moet de dingen eens van mijn kant bekijken. Ik wilde er niet bij betrokken raken.'

'Dus laat je mij nog dieper in de stront zakken.'

'Jij had een alibi – je hebt er alleen geen gebruik van gemaakt.'

Alibi's. Daar draait het om. Ik had thuis moeten zijn bij mijn vrouw – bij mijn zwangere vrouw. Zij had míjn alibi moeten zijn!

Het was een woensdagavond. Julianne gaf die avond Spaanse les. Gewoonlijk komt ze pas na tienen thuis.

'Waarom ben je die afspraak met Catherine niet nagekomen?'

Zijn blik verhult een glimlach. 'Ik had een beter aanbod.'

Hij gaat het me niet uit zichzelf vertellen. Hij wil dat ik ernaar vraag.

'Je was bij Julianne.'

'Ja.'

Ik voel mijn ingewanden samenknijpen. Nu ben ik pas echt bang.

'Waar had je met haar afgesproken?'

'Maak jij je nou maar druk om je eigen alibi, Joe.'

'Geef antwoord.'

'We zijn uit eten gegaan. Ze wilde me spreken. Ze vroeg naar jouw ziekte. Ze was bang dat je haar de waarheid niet zou vertellen.'

'En na dat etentje?'

'Toen zijn we hiernaartoe gegaan om koffie te drinken.'

'Julianne is zwanger.' Het klinkt als een mededeling, niet als een vraag.

Hij probeert weer een leugen te verzinnen, maar ziet er uiteindelijk van af. Nu begrijpen we elkaar tenminste. Al die slappe leugens en halve waarheden van hem hebben hem van zijn voetstuk gestoten.

'Ja, ze is zwanger.' Dan lacht hij zachtjes. 'Arme Joe, je weet niet of je blij of verdrietig moet zijn. Vertrouw je haar niet? Je zou haar toch beter moeten kennen.'

'Ik dacht dat ik jóú kende.'

Boven wordt een toilet doorgetrokken. Julianne maakt zich gereed om naar bed te gaan.

'Die brieven die Catherine heeft geschreven – waren die voor jou bestemd?'

Hij kijkt me onderzoekend aan, maar antwoordt niet.

'Waarom zou Catherine mij in 's hemelsnaam schrijven?'

Weer antwoordt hij niet. Nu wil ik het begrijpen ook.

Zijn zwijgen brengt me tot razernij. Ik zou het liefst een van zijn tennisrackets pakken en zijn knieschijven breken. Ik heb het! Het antwoord. Jock en ik hebben dezelfde initialen: J.O. Zo moet ze haar brieven zijn begonnen. Ze schreef ze aan Jock.

'Je moet het aan de politie vertellen.'

'Misschien kan ik ze beter vertellen waar jij uithangt.'

Het is geen grapje. Diep in mijn hart wil ik hem vermoorden. Ik ben dit spelletje beu.

'Gaat dit over Julianne? Denk je dat ik al die jaren voor jou een plaatsje heb warm gehouden? Vergeet het maar! Ze komt echt niet naar je toe rennen als er iets met mij gebeurt. Niet als jij me verraadt. Dan kun je niet meer met jezelf leven.'

'Ik leef nu ook met mezelf, dat is het probleem.' Zijn ogen glanzen en zijn sonore stem hapert. 'Je mag jezelf wel heel gelukkig prijzen, Joe, met zo'n gezin. Het is mij nooit gelukt.'

'Je hebt het nooit lang genoeg bij één vrouw uitgehouden.'

'Ik heb nooit de ware kunnen vinden.'

Ontgoocheling staat op zijn gezicht geëtst. Plotseling wordt het me duidelijk. Ik zie Jocks leven zoals het in werkelijkheid is – een aaneenschakeling van bittere, zich voortdurend herhalende teleurstellingen, waarbij zijn fouten en mislukkingen telkens nieuwe vormen hebben aangenomen omdat hij het patroon nooit heeft kunnen doorbreken.

'Mijn huis uit, Jock, en je blijft bij Julianne uit de buurt.'

Hij pakt zijn spullen – een diplomatenkoffertje en een jasje – en terwijl hij zich naar me toe keert, houdt hij de sleutel van de voordeur omhoog om hem vervolgens op het aanrechtblad te leggen. Ik zie hem even naar boven kijken, alsof hij overweegt of hij afscheid van Julianne zal nemen. Hij ziet ervan af en vertrekt.

Als de voordeur achter hem dichtslaat, voel ik een holle, knagende twijfel. De politie staat buiten te wachten. Hij zou het ze zo kunnen vertellen.

Voor ik het gevaar kan wegredeneren, staat Julianne beneden. Haar haren zijn bijna droog; ze draagt een pyjamabroek en een rugbytrui. Ik blijf roerloos staan en kijk vanuit de tuin naar haar. Ze vult een glas met water en loopt naar de tuindeuren om te zien of ze op slot zitten. Onze blikken kruisen elkaar, maar ik bespeur geen enkele emotie in haar ogen. Ze strekt haar hand uit en pakt een ski-jack dat over de rugleuning van een stoel hangt. Ze trekt het over haar schouders en stapt naar buiten.

'Wat is er met jou gebeurd?'

'Ik ben over de schutting gevallen.'

'Ik bedoel je oor.'

'Een tatoeage die een beetje uit de hand is gelopen.'

Ze is niet in de stemming voor luchtigheidjes. 'Ben je me aan het bespioneren?'

'Nee. Hoezo?'

Ze haalt haar schouders op. 'Het huis wordt in de gaten gehouden.'

'Door de politie.'

'Nee. Door iemand anders.'

'Jock zei dat iemand heeft geprobeerd in te breken.'

'D.J. heeft hem weggejaagd.' Het klinkt alsof hij een waakhond is.

Het licht achter haar schijnt door haar haar heen zodat het lijkt alsof ze met een zachte stralenkrans is omgeven. Ze draagt de 'lelijkste sloffen van de hele wereld'; ik heb ze ooit in een souvenirwinkeltje voor haar gekocht, tijdens een vakantie op het platteland. Ik zoek vergeefs naar woorden. Ik sta daar maar en weet niet of ik mijn armen naar haar uit moet strekken. Het moment is alweer voorbij.

'Charlie wil een poesje voor de kerst,' zegt ze terwijl ze het jack dicht om zich heen trekt.

'Ik dacht dat ze dat vorig jaar wilde.'

'Ja, maar nu heeft ze de perfecte formule ontdekt. Als je een poesje wilt, vraag dan om een paard.'

Ik lach en ze glimlacht, zonder haar blik ook maar een moment van me af te wenden. De volgende vraag is recht voor z'n raap, zoals ik dat van haar gewend ben.

'Heb je een relatie met Catherine McBride gehad?'

'Nee.'

'De politie heeft haar liefdesbrieven.'

'Die schreef ze aan Jock.'

Ze spert haar ogen wijd open.

'Ze hadden een relatie toen ze beiden in het Marsden werkten. Jock was die getrouwde man met wie ze omging.'

'Wanneer heb je dat ontdekt?'

'Vanavond.'

Ze kijkt me nog steeds recht in de ogen. Ze weet niet of ze me moet geloven of niet.

'Waarom heeft Jock dat niet tegen de politie gezegd?'

'Daar ben ik nog niet helemaal achter. Ik vertrouw hem niet. Ik wil hem hier niet meer zien.'

'Waarom niet?'

'Omdat hij tegen me gelogen heeft, en bovendien heeft hij informatie voor de politie achtergehouden en had hij met Catherine afgesproken op de avond dat ze vermoord werd.'

'Dat kun je niet menen! Je hebt het over Jock. Je beste vriend...'

'Die mijn vrouw als alibi gebruikt.' Het klinkt als een beschuldiging.

Haar ogen vernauwen zich tot puntjes, niet groter dan het uiteinde van een breinaald.

'Als alibi waarvoor, Joe? Denk je dat hij iemand vermoord heeft of denk je dat hij met mij naar bed gaat?'

'Dat heb ik niet gezegd.'

'Nee, dat klopt. Je zegt nooit wat je bedoelt. Je kleedt alles altijd in met haakjes en aanhalingstekens en open vragen...' Nu krijgt ze de smaak te pakken. 'Als jij zo'n briljante psycholoog bent, dan zou je eerst eens naar je eigen tekortkomingen moeten kijken. Ik heb er schoon genoeg van jouw ego overeind te moeten houden. Zal ik het je nog eens vertellen? Hier komt-ie: je lijkt helemáál niet op je vader. Je penis is precies groot genoeg. Je brengt meer dan genoeg tijd door met Charlie. Er is geen enkele reden om jaloers te zijn op Jock. Mijn moeder vindt je wél aardig. En ik neem het je niet kwalijk dat je mijn zwarte kasjmieren trui hebt verpest omdat je altijd papieren zakdoekjes in je zakken laat zitten. Zo, tevreden?'

Tien jaar potentiële therapie samengevat in zes aandachtspunten. Jezus, wat is die vrouw goed. De honden in de buurt beginnen aan te slaan en het klinkt als een gedempt refrein: 'Hier, hier!'

Ze staat op het punt weer naar binnen te gaan. Ik wil niet dat ze weggaat en daarom begin ik te praten – ik vertel haar het hele verhaal: dat ik Catherines cv heb gevonden en Jocks appartement heb doorzocht. Ik probeer rationeel te klinken, maar ben bang dat het overkomt alsof ik me aan strohalmen vastklamp.

Haar mooie gezicht is vol pijn.

'Je hebt die avond met Jock afgesproken. Waar zijn jullie geweest?'

'Hij nam me mee uit eten in Bayswater. Ik wist dat je me de

waarheid niet zou vertellen over de diagnose. Ik wilde het aan hem vragen.'

'Wanneer heb je hem gebeld?'

'Die middag.'

'Hoe laat is hij hier weggegaan?'

Bedroefd schudt ze haar hoofd. 'Ik herken je niet eens meer. Je bent bezeten! Ik ben niet degene die...'

Ik wil het niet horen. Ik gooi het eruit: 'Ik weet het van de baby.'

Ze begint lichtelijk te beven. Misschien komt het van de kou. Op dat moment zie ik in haar ogen het besef doordringen dat we elkaar aan het verliezen zijn. De hartslag wordt zwakker. Misschien verlangt ze nog wel naar me, maar ze heeft me niet meer nodig. Ze is sterk genoeg om het in haar eentje te redden. Ze heeft de zelfmoord van haar vader verwerkt; toen Charlie anderhalf was, waren we bang dat ze hersenvliesontsteking had, en ook dat heeft ze doorstaan, evenals de biopsie van haar rechterborst. Ze is sterker dan ik.

Als ik wegga en de kille lucht inadem, keer ik me nog één keer om en kijk naar de achterkant van het huis. Julianne is verdwenen. De keuken is helemaal donker. Ze loopt naar boven; aan de lichten die uitgaan, kan ik zien waar ze zich bevindt in het huis.

Jock is weg. Zelfs als hij Ruiz de waarheid vertelt, betwijfel ik of iemand hem zal geloven. Ze zullen wel denken dat hij een vriend is die mij eruit probeert te redden. Ik steek de tuin van de Franklins over en glip het zijpaadje op. Ik zet koers naar het West End en zie mijn schaduw opdoemen en weer verdwijnen in het licht van de straatlantaarns.

Een zwarte taxi rijdt voorbij en mindert vaart. De chauffeur werpt me een blik toe. Mijn hand ligt al op de knop van het portier.

Elisa beschouwde zichzelf niet als een ziener en ze vond het vervelend als journalisten haar afschilderden als een soort evangelist die meisjes redde van de straat, want in haar ogen waren prostituees geen 'gevallen vrouwen' of slachtoffers van een hardvochtige maatschappij.

We beschikken allen over onvermoede talenten, maar zij had uit verborgen dieptes een parel opgedoken. Ze herrees nadat ze tot op het laagste punt was gezonken – zes maanden na haar ontslag uit de gevangenis. Totaal onverwacht liet ze een bericht achter in het Marsden. Alleen haar adres, geen verdere details. Ik heb geen idee hoe ze me op het spoor was gekomen. Ze droeg nauwelijks make-up en haar haar was kortgeknipt. In haar donkere rok en jasje zag ze eruit als een jeugdige manager. Ze had een plan en wilde weten wat ik ervan vond. Terwijl ze sprak, voelde ik hoe het weer omsloeg, niet buiten, maar in haar hoofd.

Ze wilde een soort inloopcentrum voor jonge straatprostituees beginnen – een plek waar ze advies konden krijgen over veiligheid, gezondheid, onderdak en afkickprogramma's. Ze had wat geld opzij gelegd en een oud huis gehuurd in de buurt van King's Cross Station.

Het inloopcentrum was nog maar het begin. Het duurde niet lang of ze had PZOM opgericht. Ik stond altijd versteld van de mensen op wie ze een beroep kon doen – rechters, advocaten, journalisten, maatschappelijk werkers, restaurateurs. Soms vroeg ik me af hoeveel oude cliënten erbij waren. Aan de andere kant, ik hielp haar ook... en dat had niks met seks te maken.

Alles is donker in het 'binnenstebuitenhuis'. Rijp glinstert op de zestiende-eeuwse balken en het lichtje boven de deurbel flikkert als ik druk. Het moet al na middernacht zijn; ik hoor de zoemer weerklinken door de gang. Elisa is niet thuis.

Ik moet even een paar uur plat. Alleen maar slapen. Ik weet waar Elisa haar reservesleutel heeft verstopt. Ze vindt het vast niet erg. Ik kan mijn kleren wassen en morgenochtend zal ik een ontbijtje voor haar maken. Dan zal ik haar ook vertellen dat ik haar alibi toch nodig heb.

Ik klem de sleutel tussen mijn duim en wijsvinger en laat hem in het slot glijden. Twee slagen. Ik pak een andere sleutel. Nog een slot. De deur gaat open. De mat onder de klep ligt bezaaid met post. Ze is al een paar dagen niet thuis geweest.

Mijn voetstappen weerklinken op de glimmend gepoetste houten vloer. De zitkamer lijkt wel een boetiek met al die geborduurde kussens en Indiase tapijten. Op haar antwoordapparaat flikkert een lampje. Het bandje is vol.

Het eerste wat ik zie, zijn haar benen. Ze ligt onderuitgezakt op de Elizabethaanse tweezitsbank, haar enkels samengebonden met bruine tape. Haar romp hangt schuin naar achteren en over haar hoofd zit een zwarte plastic vuilniszak, met plakband vastgemaakt om haar hals. Haar handen liggen onder haar, samengebonden achter haar rug. Haar rok is tot op haar dijen opgetrokken en haar nylons zitten vol ladders en gaten.

Van het ene moment op het andere ben ik weer arts. Ik scheur het plastic weg, zoek naar een hartslag, druk mijn oren tegen haar borst. Haar lippen zijn blauw en haar lichaam is koud en stijf. Haren zitten op haar voorhoofd geplakt. Haar ogen zijn open en staren me verwonderd aan.

Een gevoel van kilte maalt in mijn borst, alsof een boormachine zich een weg baant door mijn binnenste. Ik zie het helemaal voor me, de worsteling en het sterven, hoe ze vocht om los te komen. Hoeveel zuurstof zit er in die zak? Voor hooguit tien minuten. Tien minuten om te vechten. Tien minuten om dood te gaan. Ze zoog het plastic tegen haar mond, kronkelend en schoppend. Op de vloer liggen cd-hoesjes en een schraagtafel staat op zijn kop. Een ingelijste foto ligt met de voorkant naar beneden tussen de glasscherven. Haar dunne gouden ketting is bij de sluiting gebroken.

Arme Elisa. Ik voel nog steeds haar zachte lippen op mijn wang bij het afscheid in het restaurant. Ze draagt hetzelfde donkerblauwe hemdje en dezelfde bijpassende minirok. Het moet donderdag gebeurd zijn, enige tijd nadat ze bij mij was weggegaan.

Ik loop de kamers door en probeer aanwijzingen te vinden dat men zich met geweld toegang heeft verschaft. De voordeur zat aan de buitenkant op slot. Hij moet een stel sleutels hebben gehad.

Op het aanrecht staat een beker met een lepel vol korreltjes oploskoffie, die onderin gestold zijn, als donkere toffee. De ketel ligt op zijn kant en een van de eetstoelen is omgevallen. Een keukenla staat open. Er liggen keurig gevouwen theedoeken in, verder een gereedschapskistje, zekeringen en een rol zwarte vuilniszakken. De afvalemmer is leeg en heeft een nieuwe zak.

Elisa's jas hangt over de rand van de deur. Haar autosleutels liggen op tafel, naast haar tasje, twee ongeopende brieven en haar mobiele telefoon. De batterij is leeg. Waar is haar sjaal? Ik loop terug en vind de sjaal op de vloer achter de stoel. In het midden zit een strakgetrokken knoop, die van het stuk stof een zijden wurgkoord heeft gemaakt.

Elisa is veel te voorzichtig om de deur open te doen voor een onbekende. Ze kende haar moordenaar of hij was al binnen. Waar is hij binnengedrongen? Hoe? De terrasdeuren zijn van gewapend glas en voeren naar een kleine, met baksteen ommuurde binnenplaats. Een sensor zet de beveiligingslampen in werking.

Het kantoortje beneden staat bomvol, maar is wel netjes. Zo te zien zijn er geen voor de hand liggende dingen meegenomen, zoals de dvd of Elisa's laptop.

Boven, in de logeerkamer, controleer ik de ramen nog eens. Elisa's kleren hangen keurig op rekken. Haar sieradendoosje, met parelmoer ingelegd, ligt in de onderste la van de kaptafel. Als iemand ernaar had gezocht, zou hij het gauw genoeg hebben ontdekt.

De wc-bril in de badkamer is niet omhoog gezet. De badmat hangt op een droogstang, boven een grote blauwe handdoek. Een nieuwe tube tandpasta staat in een souvenirbekertje met een afbeelding van het Lagerhuis. Ik zet mijn voet op de pedaal van de afvalemmer en het deksel zwaait omhoog. Leeg.

Ik wil net verdergaan als ik een vleugje donker poeder bespeur, op de witte tegels onder de wasbak. Ik strijk met mijn vinger over het oppervlak en veeg een fijn grijs restje op, dat naar rozen en lavendel ruikt.

Elisa had een beschilderde aardewerken kom met potpourri op de vensterbank staan. Misschien heeft ze hem per ongeluk stuk laten vallen. Dan zou ze de rommel met een stoffer en blik hebben opgeveegd en in de pedaalemmer hebben gegooid. Daarna had ze de pedaalemmer beneden kunnen legen, maar er ligt niks in de afvalemmer in de keuken.

Ik bekijk het raam nog eens goed en zie bij de randen stukjes kaal hout, waar schilfertjes verf hebben losgelaten. Het raam was dichtgeschilderd, en iemand heeft het geforceerd. Ik wrik mijn vingers onder de rand, en doe een poging. Mijn tanden knarsen als ik het uitgezette hout hoor piepen in de lijst.

Ik tuur naar buiten en zie de afvoerpijpen die langs de muur naar beneden lopen, en het platte dak van de wasserij, drie meter lager. De bakstenen muur aan de rechterkant van de binnenplaats is begroeid met blauweregen, zodat je er heel gemakkelijk op kunt klimmen. De pijpen zouden als houvast kunnen dienen als je bij het raam wilde komen.

Ik projecteer het tafereel op mijn gesloten oogleden en zie iemand op de pijpen staan, terwijl hij bezig is het raam open te breken. Hij is niet gekomen om te stelen of te vernielen. Hij gooit de kom met potpourri om als hij zich door de opening naar binnen wurmt, en moet de zaak dan opruimen. Het mag niet op een inbraak lijken. Dan gaat hij zitten wachten.

De kast onder de trap gaat dicht met een schuif. Het is een bezemkast – iemand zou er zich op zijn hurken in kunnen verstoppen en door de spleet bij de scharnieren kunnen gluren.

Elisa komt thuis. Ze raapt haar post op van de vloer en neemt die mee naar de keuken. Ze hangt haar jas over de deur en gooit haar spullen op tafel. Dan vult ze de ketel en doet een paar schepjes koffie in een beker. Eén beker. Hij valt haar van achteren aan, slaat de sjaal rond haar nek en zorgt ervoor dat de knoop haar luchtpijp dichtknijpt. Als ze buiten bewustzijn raakt, sleept hij haar naar de zitkamer, vage sporen achterlatend in de pool van het tapijt.

Hij bindt haar handen en voeten met plakband samen; hij snijdt het voorzichtig af en verzamelt alle op de vloer gevallen snippertjes. Dan trekt hij de plastic vuilniszak over haar hoofd. Op zeker moment komt ze weer bij bewustzijn, maar ze ziet slechts duisternis. Tegen die tijd is ze al stervende.

Woede trekt als een schok door me heen en ik open mijn ogen. Ik zie mezelf in de badkamerspiegel – een wanhopig gezicht vol verwarring en angst. Ik laat me op mijn knieën zakken en kots in de wc, waarbij ik met mijn kin tegen de bril knal. Dan strompel ik de deur door en ga de grote slaapkamer binnen. De gordijnen zijn dicht en het beddengoed ligt er verkreukeld en slonzig bij. Mijn blik wordt naar een prullenmand getrokken. Er liggen een stuk of vijf verfrommelde witte papieren zakdoekjes in. Herinneringen komen boven – Elisa's gewicht op mijn heupen, onze samengesmolten lichamen, haar baarmoederhals, waar ik bij elke beweging tegenaan streek.

Plotseling begin ik in de prullenmand naar de zakdoekjes te graaien. Mijn blik gaat de kamer rond. Heb ik die lamp aangeraakt? De tandenborstel misschien, of de deur, de vensterbank, de trapleuning...?

Dit is krankzinnig. Ik kan onmogelijk een hele misdaadplek steriliseren. Overal in het huis zijn sporen van mij. Ze heeft mijn haar geborsteld. Ik heb in haar bed geslapen. Ik heb gebruikgemaakt van haar badkamer. Ik heb wijn uit een wijnglas gedronken, koffie uit een koffiemok. Ik heb lichtschakelaars aangeraakt, cd-hoesjes, eetkamerstoelen; we hebben op haar sofa liggen neuken, jezus christus!

De telefoon gaat. Mijn hart springt bijna uit mijn borstkas. Opnemen is te riskant. Niemand kan weten dat ik hier ben. Ik wacht en terwijl ik naar het gerinkel luister, verwacht ik half en half dat Elisa plotseling weer tot leven komt en zegt: 'Wil iemand alsjeblieft even opnemen? Het zou wel eens belangrijk kunnen zijn.'

Het geluid stopt. Ik durf weer adem te halen. Wat moet ik doen? De politie bellen? Nee! Ik moet zien dat ik buiten kom. Maar ik kan haar hier ook niet laten liggen. Ik moet het aan iemand vertellen.

Mijn mobiel gaat. Ik tast rond in de zakken van mijn jasje en heb beide handen nodig om het ding goed vast te houden. Ik herken het nummer niet.

'Spreek ik met dr. O'Loughlin?'

'Wie bent u?'

'Dit is de politie van Londen. Iemand heeft ons gebeld; er zou een indringer zijn op een adres aan Ladbroke Grove. De beller heeft deze mobiele telefoon als contactnummer opgegeven. Klopt dat?'

Mijn keel snoert dicht en ik krijg de klanken er slechts met moeite uit. Ik mompel dat ik me niet eens in de buurt van dat adres bevind. *Nee, nee, daar trappen ze niet in!*

'Het spijt me, maar ik kan u niet verstaan,' mompel ik. 'U moet even terugbellen.' Ik zet de telefoon uit en staar vol ongeloof naar het lege schermpje. Ik kan mezelf niet meer horen denken boven het gebrul in mijn hoofd uit. Het volume is gestaag aangezwollen, en nu davert het door mijn schedel als een goederentrein die een tunnel binnenrijdt.

Ik moet naar buiten. Rennen! Ik neem de trap met twee treden tegelijk, struikel als ik bijna beneden ben en val. Rennen! Terwijl ik Elisa's autosleutels meegraai, kan ik alleen nog maar aan frisse lucht denken, aan een plek ver hiervandaan en aan de zegen van slaap.

14

Een uur voor zonsopkomst ligt het hemelwater als een laklaag over de straten, en tussen de motregen door duiken mistflarden op, die ook weer oplossen. Dat ik Elisa's auto heb gestolen, zal me een zorg zijn. Het bedienen van de koppeling met een nutteloos linkerbeen is op dit moment een groter probleem.

Ergens in de buurt van Wrexham rijd ik een modderig boerenweggetje op en val in slaap. Beelden van Elisa dringen mijn hoofd binnen, net als de koplampen die met enige regelmaat over de heggen strijken. Ik zie haar blauwe lippen en bebloede polsen weer voor me; haar ogen, die me nog steeds volgen.

Vragen en twijfels tollen rond in mijn hoofd, alsof er een grammofoonnaald vastzit in een groef. Arme Elisa.

'Maak jij je nou maar druk om je eigen alibi,' had Jock gezegd. Wat bedoelde hij eigenlijk? Zelfs als ik zou kunnen bewijzen dat ik Catherine niet heb vermoord – iets wat ik nu niet meer kan – dan zullen ze me van deze moord beschuldigen. Ze zijn nu naar me op zoek. In mijn verbeelding zie ik politieagenten in een lange, rechte lijn de velden oversteken, herdershonden aan de lijn, te paard, op jacht naar mij. Ik strompel door greppels en krabbel tegen dijkjes op. Braamstruiken rukken aan mijn kleren. De honden komen steeds dichterbij.

Getik op het raampje, tik-tik-tik. Het enige wat ik zie is een fel licht. Mijn ogen plakken van de slaap en mijn lichaam is stijf van de kou. Op de tast vind ik de hendel en ik draai het raampje omlaag.

'Sorry dat ik u wakker heb gemaakt, meneer, maar u verspert het pad.' Een vent met een grijze kop onder een wollen muts tuurt naar me. Aan zijn voet staat een hond te blaffen en ik hoor het gedreun van de motor van een tractor, die achter de auto is geparkeerd.

'U moet hier niet te lang zitten slapen. Het is allejezus koud.'

'Bedankt.'

Voor me zie ik niets dan lichtgrijze wolken, in hun groei geremde boompjes en lege velden. De zon is al op, maar slaagt er nauwelijks in de dag te verwarmen. Ik rijd achteruit het pad af en kijk toe terwijl de tractor een hek passeert en dwars door plassen naar een vervallen schuur hobbelt.

Ik laat de motor stationair draaien, zet de verwarming helemaal open en bel Julianne met de mobiel. Ze is wakker en enigszins buiten adem van haar oefeningen.

'Heb jij Elisa's adres aan Jock gegeven?'

'Nee.'

'Heb je in gesprekken met hem ooit haar naam laten vallen?'

'Waar gaat dit over, Joe? Je klinkt bang.'

'Heb je ooit iets gezegd?'

'...Ik heb geen idee waar je het over hebt. Je moet niet zo paranoïde tegen me doen...'

Ik schreeuw tegen haar, probeer haar naar me te laten luisteren, maar ze wordt alleen maar boos.

'Niet ophangen! Niet ophangen!'

Te laat. Vlak voor de verbinding wordt verbroken, brul ik in de telefoon: 'Elisa is dood!'

Ik druk op *redial*. Mijn vingers zijn verstijfd en ik laat de telefoon bijna vallen. Julianne neemt onmiddellijk weer op. 'Wat bedoel je?'

'Iemand heeft haar vermoord. De politie denkt vast dat ik het gedaan heb.'

'Waarom?'

'Ik heb haar lichaam gevonden. Mijn vingerafdrukken en God mag weten wat nog meer zitten door de hele flat...'

'Je bent naar haar flat gegaan?' Haar stem is vol ongeloof. 'Waarom ben je daar naartoe gegaan?'

'Luister nou eens, Julianne. Er zijn twee mensen dood. Iemand probeert me er in te luizen.'

'Waarom?'

'Ik heb geen idee. Dat probeer ik nou juist te ontdekken.'

Julianne haalt diep adem. 'Je maakt me bang, Joe. Het lijkt wel of je gek bent geworden.'

'Heb je niet gehoord wat ik zei?'

'Ga naar de politie. Vertel ze wat er gebeurd is.'

'Ik heb geen alibi. Ik ben hun enige verdachte.'

'Nou, ga dan met Simon praten. Alsjeblieft, Joe.'

In tranen hangt ze op en deze keer legt ze de telefoon naast de haak. Ik krijg geen verbinding meer.

Gods hoogstpersoonlijke lijfarts doet in zijn ochtendjas de deur open. Hij heeft een krant in zijn hand en een chagrijnige uitdrukking op zijn gezicht, bedoeld om ongewenste gasten weg te jagen.

'Ik dacht dat je van die stomme kerstliedjes kwam zingen,' moppert hij. 'Wat haat ik dat toch. Ze kunnen geen wijs houden ook al zouden ze hem vastspijkeren.'

'Het zijn toch allemaal van die fantastische zangers hier in Wales?'

'Weer zo'n stom fabeltje.' Hij werpt een blik over mijn schouder. 'Waar is je auto?'

'Die staat om de hoek,' lieg ik. Ik heb Elisa's kever bij het station achtergelaten en het laatste stukje lopend afgelegd.

Hij draait zich om en ik volg hem door de gang naar de keuken. Zijn afgedragen pantoffels kletsen tegen zijn spierwitte hielen.

'Waar is mama?'

'Die was al vroeg op pad. Een of andere protestbijeenkomst. Ze wordt met de dag linkser – loopt altijd wel ergens tegen te protesteren.'

'Hartstikke goed.'

Hij schampert wat en is het duidelijk niet met me eens.

'De tuin ziet er mooi uit.'

'Dan moet je de achterkant eens zien. Heeft anders wel een fortuin gekost. Je moeder zal je ongetwijfeld een officiële rondleiding geven. Die stomme lifestyleprogramma's op de tv zouden verboden moeten worden. "Geef uw tuin een facelift" en "Een lustoord in een handomdraai" – ik zou er het liefst een bom op gooien.'

Hij is totaal niet verbaasd me te zien, ook al is mijn bezoek on-aangekondigd. Waarschijnlijk denkt hij dat mijn moeder het hem verteld heeft toen hij even niet luisterde. Hij vult de ketel en verwijdert de oude theeblaadjes uit de pot.

Het tafelkleed staat vol rommeltjes die ze tijdens hun vakanties hebben opgedoken, zoals een theeblik met het kruis van de Heilige Marcus en een jampot uit Cornwall. De lepel van het Zilveren Jubileum hebben ze op Buckingham Palace gekregen, toen ze waren uitgenodigd op een van de tuinfeesten van de koningin.

'Heb je zin in ei? De bacon is op.'

'Ei is prima.'

'Misschien ligt er nog wat ham in de koelkast, als je een omelet wilt.'

Hij volgt me de hele keuken door en probeert te bedenken wat ik allemaal nodig heb. Zijn ochtendjas is met een kwastjeskoord om zijn middel gebonden en zijn bril zit met een gouden kettinkje aan zijn borstzakje vast zodat hij hem niet kan verliezen.

Hij is op de hoogte van mijn arrestatie. Waarom zegt hij er niks over? Nu kan hij me eindelijk voor de voeten gooien dat hij het altijd wel heeft gedacht. Hij kan het op het beroep schuiven dat ik heb gekozen en zeggen dat dit alles niet gebeurd zou zijn als ik arts was geworden.

Hij gaat aan tafel zitten en kijkt toe terwijl ik eet. Af en toe neemt hij een slokje thee, vouwt de *Times* dicht en slaat hem weer open. Ik vraag of hij nog golft. Al drie jaar niet meer.

'Is die nieuw, die Mercedes voor het huis?'

'Nee.'

De stiltes lijken steeds langer te worden, maar ik ben de enige die zich er onbehaaglijk bij voelt. Hij zit de krantenkoppen te lezen en werpt me nu en dan over de rand van zijn bril een blik toe.

Ze hadden de boerderij al vóór mijn geboorte. Het is heel lang een vakantiehuis geweest, tot mijn vader met de vut ging. Hij bezat ook huizen in Londen en Cardiff. Als hij ergens als gastdocent werd uitgenodigd, zorgde het ziekenhuis of de universiteit voor passend onderdak.

Toen hij de boerderij kocht, hoorde er zesendertig hectare grond bij, waarvan hij het grootste deel aan onze buurman, een melkveehouder, verpachtte. Het hoofdgebouw is opgetrokken uit een lokale steensoort; het heeft lage plafonds en merkwaardig scheve vloeren op plaatsen waar de fundering in de loop van ruim een eeuw is verzakt.

Ik wil me wat opknappen voor mijn moeder thuiskomt. Ik vraag aan mijn vader of ik een overhemd en misschien een broek van hem kan lenen. Hij neemt me mee naar zijn kleerkast. Aan het voeteneind van het bed ligt een mannentrainingspak, keurig gevouwen.

Hij ziet me kijken. 'Je moeder en ik wandelen veel.'

'Dat wist ik niet.'

'Dat doen we pas de laatste paar jaar. Als het mooi weer is, staan we vroeg op. Je kunt prachtig wandelen in Snowdonia.'

'Dat heb ik gehoord.'

'Zo blijf ik in conditie.'

'Wat goed van je.'

Hij schraapt zijn keel en gaat op zoek naar een schone bad-handdoek. 'Je zult wel onder de douche willen in plaats van in bad.' Zoals hij het zegt, klinkt het nieuwerwets, alsof ik verraad pleeg. Een rechtgeaard Welshman zou een bad nemen voor de kolenkachel, in een zinken teil.

Ik duw mijn gezicht onder de straal en hoor het water langs mijn oren ruisen. Ik probeer het vuil van de afgelopen paar dagen weg te spoelen en de stemmen uit mijn hoofd te bannen. Dit is allemaal begonnen met een ziekte, een verstoring van de chemie in mijn lichaam, een verbijsterende neurologische afwijking. Het doet eigenlijk meer aan kanker denken – een wildgroei van ongeremde cellen die elke uithoek van mijn leven hebben aangetast, die zich met de seconde vermenigvuldigen en zich vasthechten aan nieuwe gastheren.

Ik ga op het bed in de logeerkamer liggen en sluit mijn ogen. Ik wil gewoon een paar minuten rust. Wind beukt tegen de ramen. Ik ruik doordrenkte aarde en kolenvuurtjes. Ik ben me er vaag van bewust dat mijn vader een deken over me heen legt. Misschien is het wel een droom. Mijn vuile kleren hangen over zijn arm. Hij strekt zijn hand naar me uit en streelt mijn voorhoofd.

In het bleke middaglicht hoor ik vanuit de keuken het gerinkel van lepeltjes in bekers en de klank van mijn moeders stem. Het andere geluid – bijna even vertrouwd – komt van mijn vader, die ijs kapot-slaat voor de ijsemmer.

Als ik de gordijnen opentrek, zie ik sneeuw op de heuvels in de verte en het laatste restje vorst, dat zich over het gazon terugtrekt. Misschien krijgen we een witte kerst – net als in het jaar dat Charlie werd geboren.

Ik kan hier niet langer blijven. Zodra de politie het lichaam van Elisa heeft gevonden, vallen alle puzzelstukjes samen en zullen ze naar me op zoek gaan in plaats van te wachten tot ik ergens op-duik. Dit is een van de eerste plekken waar ze zullen zoeken.

Urine klettert in de pot. Mijn vaders broek is me te groot, maar ik trek de riem strak zodat de stof zich boven de zakken samen-plooit. Zonder dat ze me horen, loop ik zachtjes de gang door. Ik blijf in de deuropening staan en kijk naar ze.

Mijn moeder is zoals gewoonlijk onberispelijk gekleed; ze draagt een perzikkleurige kasjmieren trui en een grijze rok. Nadat ze de vijftig was gepasseerd, werd ze wat dikker rond het middel en ze is er nooit in geslaagd het extra gewicht kwijt te raken.

Ze zet een kopje thee voor mijn vader neer en geeft hem een natte smakzoen boven op zijn hoofd. 'Moet je zien,' zegt ze. 'Er zit een ladder in mijn panty. Dat is al de tweede deze week.' Hij legt zijn arm rond haar taille en knijpt even. Ik voel me opgelaten. Ik kan me niet herinneren dat ik ze ooit op zoiets intiems heb kun-nen betrappen.

Mijn moeder springt verrast op en geeft me op mijn kop omdat ik haar 'beslopen' heb. Ze begint meteen over de kleren die ik draag. Ze kan de broek heel gemakkelijk even innemen, zegt ze. Ze vraagt niet waar mijn eigen kleren zijn gebleven.

'Waarom heb je niet gezegd dat je zou komen?' vraagt ze. 'We hebben vreselijk over je ingezeten, vooral na al die wálgelijke ver-halen in de kranten.' Zoals zij het zegt, klinken de sensatiebladen ongeveer even aantrekkelijk als een kleffe haarbal op het tapijt.

'Maar dat is nu in elk geval verleden tijd,' zegt ze streng, alsof ze vastbesloten is een streep onder de hele episode te zetten. 'Ik kan me uiteraard een tijdje niet op de bridgeclub vertonen, maar ik denk dat het allemaal snel genoeg weer vergeten is. Gwyneth Evans zal wel vreselijk in d'r nopjes zijn. Die denkt vast dat ze nu uit de problemen is. Haar oudste zoon, Owen, is er met het kindermeisje vandoor en heeft die arme vrouw van hem met twee jongens laten zitten. Maar nu hebben de dames pas echt iets om over te kletsen.'

Het hele gesprek gaat blijkbaar langs mijn vader heen. Hij zit een boek te lezen met zijn neus zo dicht op de pagina's dat het lijkt alsof hij ze probeert te inhaleren.

'Kom op, ik zal je de tuin laten zien. Die ziet er prachtig uit. Maar je moet me beloven dat je in het voorjaar terug zult komen, als alles in bloei staat. We hebben een eigen kas en er zitten nieuwe spanen op het dak van de stal. Nu is het er niet meer vochtig. Weet je nog hoe het rook? Er zaten rattennesten achter het beschot. Walgelijk!'

Ze haalt twee paar rubberlaarzen. 'Ik weet niet meer wat voor maat je hebt.'

'Deze zijn prima.'

Ik moet mijn vaders oliejas aantrekken en dan gaat ze me voor, het tuintrapje af en het pad op. De vijver is bevroren en heeft de kleur van waterige soep; de hele tuin is van een parelmoeren grijs. Ze wijst me op de stenen stapelmuur die in mijn jeugd steeds bouwvalliger werd, maar er nu weer breed en stevig bij staat. Hij is opnieuw in elkaar gezet, als een driedimensionale puzzel. Een nieuwe kas met glazen panelen en een raamwerk van verse vurenhouten planken staat met de achterkant tegen de muur. Op schragentafels staan bakken met zaailingen, en met mos gevoerde manden hangen aan het plafond. Ze haalt een schakelaar over en een wolk van fijne druppeltjes benevelt de lucht.

'Kom, dan gaan we de oude stallen bekijken. We hebben alle troep laten weghalen. We kunnen er zo een appartementje van maken. Kijk maar eens hoe het er vanbinnen uitziet.'

We nemen het pad tussen de moestuin en de boomgaard. Mijn

moeder praat nog steeds, maar ik luister slechts met een half oor. Ze heeft een scheiding in haar grijze haar, en ik kan haar hoofdhuid zien.

'Hoe was je protestbijeenkomst?' vraag ik.

'Goed. Er waren meer dan vijftig mensen.'

'Waar ging het over?'

'We proberen dat idiote windmolenpark tegen te houden. Ze willen het pal op de heuvelrug bouwen.' Ze wijst naar waar het ongeveer moet komen. 'Heb je ooit een windturbine gehoord? Het is een afgrijselijk lawaai. Die rondflitsende wieken. En de lucht die schreeuwt van de pijn.'

Ze gaat op haar tenen staan en strekt haar hand boven de staldeur uit om de sleutel te pakken die ze daar heeft verstopt.

Weer voel ik mijn borstkas vernauwen. 'Wat zei je net?'

'Wanneer?'

'Daarnet... "de lucht die schreeuwt van de pijn".'

'O, de windmolens; die maken zo'n vreselijk geluid.'

Ze heeft de sleutel in haar hand. Hij zit bevestigd aan een stukje bewerkt hout. Nog voor ik het besef, schiet mijn hand uit en grijpt haar pols. Ik draai hem om en door de druk gaan haar vingers open.

'Van wie heb je dat gekregen?' Mijn stem beeft.

'Joe, je doet me pijn.' Ze kijkt naar de sleutelhanger. 'Die heb ik van Bobby gekregen. Dat is die jongeman over wie ik je verteld heb. Hij heeft de stenen muur gerepareerd en de dakspanen op de stal vervangen. Hij heeft de kas gebouwd en de tuin beplant. Dat was me toch een harde werker. Hij heeft me de windmolens laten zien...'

Heel even voelt het alsof ik val, maar er gebeurt niets. Het is alsof iemand het landschap scheef heeft gezet en ik ertegenaan leun, me vastklampend aan de deurpost.

'Wanneer was dat?'

'Hij is de afgelopen zomer drie maanden bij ons geweest...'

'Hoe zag hij eruit?'

'Hoe zal ik dat eens op een nette manier zeggen? Hij is heel groot, maar misschien een beetje aan de dikke kant. Zware botten. Je weet niet half hoe aardig. Hij wilde alleen kost en inwoning.'

De waarheid is geen verblindend licht of een emmer koud water in het gezicht. Ze verspreidt zich over mijn bewustzijn als een rode wijnvlek op een licht tapijt of een donkere schaduw op een röntgenfoto van de borstkas. Bobby wist allerlei dingen over me; dingen die ik als toeval afdeed. Leeuwen en tijgers; Charlies walvissenschilderij, tante Gracie... Hij wist dingen over Catherine, over hoe ze stierf. Iemand die gedachten leest. Een stalker. Een middeleeuwse tovenaar die oplost in een rookpluimpje en dan weer verschijnt.

Maar hoe wist hij van Elisa? Hij heeft ons samen zien lunchen en is haar toen naar huis gevolgd. Nee. Ik heb hem die middag nog gesproken. Hij had een afspraak. Dat was die keer dat ik hem kwijtraakte, in de buurt van het kanaal – vlak bij Elisa's huis.

No comprenderas todavia lo que comprenderas en el futuro. Je begrijpt nu nog niet wat je later wel zult begrijpen...

Ik maak een onverhoedse beweging, struikel en kom met een onhandige smak op het pad terecht. Ik krabbel overeind en ren strompelend naar het huis, zonder verder nog acht te slaan op mijn moeder, die vraagt waarom ik de stal niet wil zien.

Ik vlieg de deur door, knal tegen de muur van de wasruimte op en gooi een wasmand en een pak wasmiddel om die op een plank staan. Een onderbroek van mijn moeder blijft haken aan de punt van mijn schoen. De dichtstbijzijnde telefoon is in de keuken. Nadat hij drie keer is overgegaan neemt Julianne op. Ik geef haar de kans niet iets te zeggen.

'Je zei dat iemand het huis in de gaten hield.'

'Ophangen, Joe, de politie is naar je op zoek.'

'Heb je iemand gezien?'

'Je moet ophangen en Simon bellen.'

'Alsjeblieft, Julianne?'

Ze herkent de wanhoop in mijn stem. Hij doet niet onder voor de hare.

'Heb je iemand gezien?'

'Nee.'

'En die vent die D.J. het huis uit heeft gejaagd – heeft hij hem goed kunnen zien?'

'Nee.'

'Hij moet toch iets over hem gezegd hebben. Was hij groot, lang, aan de dikke kant?'

'Zo dichtbij is D.J. niet geweest.'

'Heeft er iemand Spaanse les van je die Bobby heet of Robert of Bob? Groot, met een bril?'

'Ik heb inderdaad een Bobby in de klas.'

'Wat is zijn achternaam?'

'Ik weet het niet. Ik heb hem op een avond een lift naar huis gegeven. Hij zei dat hij vroeger in Liverpool woonde...'

'Waar is Charlie? Neem haar mee het huis uit! Bobby wil jullie iets aandoen. Hij wil me straffen...'

Ik probeer het uit te leggen, maar ze vraagt telkens weer waarom Bobby zoiets zou willen doen. Het is de enige vraag waarop ik het antwoord schuldig moet blijven.

'Niemand kan ons iets aandoen, Joe. Het krioelt op straat van de politie. Eentje volgde me vandaag de hele supermarkt door. Ik heb net zolang op zijn eergevoel gewerkt tot hij mijn boodschappentassen ging dragen...'

Plotseling besef ik dat ze waarschijnlijk gelijk heeft. Zij en Charlie zijn nergens veiliger dan thuis, want de politie houdt ze de hele tijd in de gaten... terwijl ze voor mij op de uitkijk staan.

Julianne is nog steeds aan het woord. 'Je moet Simon bellen, alsjeblieft. En doe geen stomme dingen.'

'Dat doe ik ook niet.'

'Dat moet je me beloven.'

'Ik beloof het.'

Het privé-nummer van Simon staat achter op zijn kaartje. Als hij opneemt, hoor ik Patricia op de achtergrond. Hij deelt het bed met mijn zuster. Waarom vind ik dat zo raar?

Hij begint te fluisteren en zo te horen loopt hij met de telefoon naar een rustiger plekje. Hij wil niet dat Patricia ons gesprek afluistert.

'Heb je donderdag met iemand geluncht?'

'Met Elisa Velasco.'

'Ben je met haar naar huis gegaan?'

'Nee.'

Hij haalt diep adem. Ik weet wat er komt.

'Elisa is dood in haar flat aangetroffen. Ze is gestikt in een vuilniszak. Ze zitten achter je aan, Joe. Ze hebben een arrestatiebevel. Je wordt verdacht van moord.'

Mijn stem klinkt schril en bibberig. 'Ik weet wie haar vermoord heeft. Het is een van mijn patiënten – Bobby Morgan. Hij houdt me de hele tijd al in de gaten...'

Simon luistert niet. 'Ik wil dat je naar het dichtstbijzijnde politiebureau gaat. Daar geef je jezelf aan. Bel me maar wanneer je er bent. Je zegt niks tot ik bij je ben...'

'En Bobby Morgan dan?'

Nu klinkt Simon nog dringender. 'Je móét doen wat ik zeg. Ze hebben DNA van jou gevonden, Joe. Sperma en plukjes van jouw haar; je vingerafdrukken zaten in de slaapkamer en de badkamer. Op donderdagavond heeft een taxichauffeur je op nog geen anderhalve kilometer van de plek van de moord opgepikt. Hij kon zich jou nog herinneren. Je hield hem aan bij dezelfde pub waar Catherine McBride voor het laatst is gesignaleerd...'

'Je wilde toch weten waar ik was, de nacht van de dertiende? Ik zal het je vertellen. Ik was bij Elisa.'

'Nou, je alibi is dood.'

Het klinkt zo bot en recht voor z'n raap dat ik geen moeite meer doe hem te overtuigen. De feiten liggen er, onomstotelijk, en ze tonen maar al te duidelijk aan in wat voor hopeloze positie ik me bevind. Zelfs als ik ontken, klinkt het hol.

Mijn vader staat in de deuropening, gekleed in zijn trainingspak. Achter hem, door de open gordijnen van de zitkamer, zie ik twee politieauto's, die op de oprit tot stilstand zijn gekomen.

DEEL DRIE

In de ware duistere nacht van de ziel
is het altijd drie uur 's ochtends, dag in dag uit.

— F. SCOTT FITZGERALD, *The Crack-up*

1

Vierenhalve kilometer is een heel eind als je moet rennen met rubberlaarzen aan je voeten. Het lijkt nog langer als je sokken zijn afgegleden en in een balletje onder je voetholtes zitten gepropt, zodat je loopt als een pinguïn.

Voortploeterend over modderige schapenpaadjes en tussen rotsblokken door laverend, volg ik een gedeeltelijk bevroren beek die dwars door de velden loopt. Ondanks de laarzen lukt het me de pas erin te houden, en slechts af en toe kijk ik even achterom. Op dit moment doe ik alles op de automatische piloot. Als ik nu ergens voor stop, kan ik het verder wel vergeten.

Vroeger, toen ik klein was, zwierf ik tijdens de vakanties altijd door deze velden. Ik kende elk bosje en heuveltje, de beste visplekken en schuilplaatsen. Op de dag dat ze dertien werd, kuste ik Ethelwyn Jones op de hooizolder van de schuur van haar oom. Het was mijn eerste tongzoen en ik kreeg onmiddellijk een stijve. Ze stootte ertegenaan en gilde het uit, nadat ze eerst keihard op mijn onderlip had gebeten. Ze droeg een beugel en had net zo'n mond als Jaws in de James Bond-films. Twee weken later zat er nog een bloedblaar op mijn lip, maar het was het waard.

Bij de A55 glip ik tussen de betonnen pilaren van een brug door en vervolg mijn weg langs de beek. De oevers worden steeds steiler, en twee keer glijd ik zijwaarts het water in en breek het dunne ijs langs de kant.

Ik kom bij een waterval van ruim drie meter hoog en trek mezelf naar boven, waarbij ik graspollen en stenen als houvast gebruik. Mijn knieën zitten onder de modder en mijn broek is nat. Na tien minuten duik ik onder een afrastering door en kom bij een gemarkeerd wandelpad.

Mijn longen beginnen pijn te doen, maar mijn geest is helder.

Even helder als de koude lucht. Zolang Julianne en Charlie veilig zijn, kan het me niet schelen wat er met mij gebeurt. Ik voel me als een oud vod dat een hond in zijn bek heeft gehad. Iemand speelt een spelletje met me, scheurt me aan stukken, en niet alleen mij, maar ook mijn gezin, mijn leven, mijn carrière... Waarom? Het is allemaal even stom. Alsof ik spiegelschrift probeer te lezen – alles staat achterstevoren.

Honderd meter verder – nadat ik over het hek van een boerderij ben geklommen – bereik ik de weg naar Llanrhos. Het wegdek is smal en aan weerszijden staan heggen, die onderbroken worden door hekken van boerderijen en landweggetjes vol gaten. Ik blijf vlak bij de greppel langs de kant van de weg en zet koers naar een kerktoren in de verte. Op de lager gelegen grond zijn mistflarden blijven hangen; het lijken net plassen gemorste melk. Twee keer spring ik van de weg af als ik een auto hoor naderen. De tweede keer is het een politiebusje, met blaffende honden achter getralie-de raampjes.

Het dorp ligt er verlaten bij. Alleen het postkantoor en een restaurantje zijn open; op de deur van een makelaarskantoor hangt een bordje met de tekst BEN OVER TIEN MINUTEN TERUG. Sommige ramen zijn versierd met gekleurde lampjes, en op het plein, tegenover het oorlogsmonument, staat een kerstboom. Een man laat zijn hond uit en knikt naar me bij wijze van groet. Mijn tanden zitten zo stijf op elkaar geklemd dat ik niet tot antwoorden in staat ben.

Ik zoek een bankje op in het park en ga zitten. Damp slaat van mijn oliejas. Mijn knieën zijn modderig en bebloed. Mijn handpalmen zijn geschaafd en onder mijn vingernagels zit bloed. Het liefst zou ik mijn ogen even sluiten om na te denken, maar ik moet alert blijven.

De huizen rond het pleintje, met hun houten hekjes en smeedijzeren prieeltjes, zouden zo uit een prentenboek kunnen komen. Naast elke voordeur staat met sierlijke letters een naam in het Welsh. Bij de kerk aan de overkant van het plein zijn witte serpentines door het hekwerk gevlochten, en natte confetti plakt aan de traptreden.

In Wales zijn de bruiloften nauwelijks van de begrafenissen te onderscheiden. Er worden dezelfde auto's voor gebruikt, en ook dezelfde bloemisten en kerkgebouwen; de oeroude theeketels worden bediend door dezelfde vrouwen, met grote borsten, wijde bloemetjesjurken en steunkousen.

Terwijl de minuten verstrijken, dringt de kou steeds verder mijn ledematen binnen. Een gedeukte landrover rijdt het plein op en kruipt met een slakkengangetje rond het park. Ik kijk ernaar en wacht. Hij wordt niet gevolgd. Stram kom ik overeind. Mijn van zweet doordrenkte overhemd plakt aan de onderkant van mijn rug.

Het portier aan de passagierskant kreunt, zo oud en verwaarloosd is het. Ik schuif op de stoel. Een groot, schuimrubberen kussen bedekt de roestige veren en het gescheurde kunststof. De motor is zo slecht afgesteld dat hij als een gek begint te ratelen en te rammelen wanneer mijn vader hem met veel moeite in de eerste versnelling zet.

'Rotding! Heeft alweer maanden stilgestaan.'

'Hoe zit het met de politie?'

'Ze doorzoeken de velden. Ik hoorde ze zeggen dat ze een auto hadden gevonden bij het station.'

'Hoe heb je weg kunnen komen?'

'Ik zei dat ik spreekuur had. Ik heb de Mercedes genomen en hem omgeruild voor de landrover. Godzijdank deed-ie het nog.'

Telkens als we door een plas rijden, spuit het water als een fontein door een gat in de vloer. De weg kronkelt en draait, en loopt stijgend en dalend door de vallei. In het westen klaart de lucht op en wolkenschaduwen vliegen over het landschap, meegevoerd op een frisse bries.

'Ik zit tot mijn nek in de problemen, pap.'

'Ik weet het.'

'Ik heb niemand vermoord.'

'Ook dat weet ik. Wat zegt Simon?'

'Ik moet mezelf aangeven.'

'Lijkt me geen slecht advies.'

Tegelijkertijd legt hij zich erbij neer dat ik het niet zal opvolgen en hij er niets aan kan veranderen, wat hij ook zegt. We rijden door het Conwy-dal in de richting van Snowdonia. Velden maken plaats voor schraal geboomte; verderop zijn de bossen dichter.

De weg slingert tussen de bomen door; op een heuvelrug boven het dal verrijst een groot landhuis. Het ijzeren hek zit dicht en er staat een bord met TE KOOP tegenaan geleund.

'Dat was vroeger een hotel,' zegt hij, zijn blik strak op de weg gericht. 'Daar heb ik je moeder mee naartoe genomen op onze huwelijksreis. Het was in die dagen zeer deftig. Op zaterdagmiddag was er thé dansant, en het hotel had een eigen band...'

Mijn moeder heeft me het verhaal al eens verteld, maar ik heb het nog nooit uit de mond van mijn vader gehoord.

'...We leenden de Austin Healey van je oom en gingen een week rondtoeren. Zo hebben we de boerderij ontdekt. Die stond nog niet te koop, maar we stopten er om appels te kopen. We stopten nogal vaak, want je moeder kon niet goed zitten van de pijn. Als we over hobbelige weggetjes reden, had ze een kussen nodig.'

Hij giechelt en opeens heb ik door wat hij bedoelt. Dergelijke informatie over mijn moeders seksuele inwijding wil ik eigenlijk helemaal niet horen, maar toch lach ik met hem mee. Dan vertel ik hem over mijn vriend Scot, die zijn bruid knock-out sloeg op een dansvloer in Griekenland, tijdens hun huwelijksreceptie.

'Hoe kreeg hij dat voor elkaar?'

'Hij probeerde haar de "flip" te leren en toen schoot zijn hand uit. Ze werd wakker in het ziekenhuis en had geen idee in welk land ze was.'

Mijn vader moet lachen en ik lach ook. Het is een goed gevoel. Het voelt nog beter als we ophouden met lachen en de stilte niet pijnlijk is. Mijn vader kijkt me vanuit zijn ooghoeken aan. Hij wil me iets vertellen, maar weet niet hoe hij moet beginnen.

Ik kan me nog goed herinneren dat hij zijn bloemetjes-en-bij-tjes-toespraak hield. Hij zei dat hij me iets belangrijks moest vertellen en nam me mee uit wandelen in Kew Gardens. We deden zo zelden iets samen dat ik zwol van trots.

Pas na een aantal pogingen ging hij van start. Telkens als hij niet meer wist hoe hij verder moest gaan, leek het wel of zijn passen

groter werden. Tegen de tijd dat hij bij het gedeelte over geslachtsgemeenschap en het treffen van voorzorgsmaatregelen was aangekomen, rende ik naast hem in een poging zijn woorden op te
vangen terwijl ik tegelijkertijd mijn best deed om mijn pet op
mijn hoofd te houden.

Nu trommelt hij nerveus met zijn vingers op het stuur, alsof hij
de boodschap in morse aan me probeert over te brengen. Volkomen overbodig schraapt hij zijn keel, en dan hangt hij een ingewikkeld verhaal op over keuzes, verantwoordelijkheden en kansen. Ik heb geen idee waar hij naartoe wil.

Ten slotte begint hij me te vertellen over de tijd dat hij medicijnen studeerde.

'...Daarna heb ik twee jaar gedragswetenschappen gestudeerd.
Ik wilde me specialiseren in de pedagogische psychologie...'

Wacht even! Gedragswetenschappen? Psychologie? Hij werpt
me een dreigende blik toe en ik besef dat hij geen grapje maakt.

'Mijn vader ontdekte wat ik aan het doen was. Hij zat in het col-
lege van bestuur van de universiteit en was bevriend met de vice-
voorzitter. Hij kwam me er speciaal voor opzoeken en dreigde
mijn toelage in te trekken.'

'En wat hebt u toen gedaan?'

'Ik heb gedaan wat hij van me verlangde. Ik ben chirurg geworden.'

Voor ik mijn volgende vraag kan stellen, steekt hij zijn hand op.
Hij wenst niet onderbroken te worden.

'Mijn carrière was al helemaal voor me uitgestippeld. Banen, be-
noemingen en aanstellingen werden me gewoon aangereikt. Deuren gingen voor me open. Promotievoorstellen werden goedgekeurd...' Nu begint hij te fluisteren. 'Wat ik eigenlijk probeer te
zeggen is dat ik trots op je ben. Je hebt voet bij stuk gehouden en
gedaan wat je wilde doen. Je hebt het op eigen kracht gered. Ik
weet dat het niet gemakkelijk is om van me te houden, Joe. Je krijgt
er niets voor terug. Maar ik heb wel altijd van jou gehouden. En ik
zal er altijd voor je zijn.'

Hij rijdt een parkeerplaats op en terwijl hij de motor aan laat
staan, stapt hij uit en pakt een tas van de achterbank.

'Dat is alles wat ik in de gauwigheid mee kon nemen,' zegt hij, en hij laat me de inhoud zien. Er zit een schoon overhemd in, verder wat fruit, een thermoskan, mijn schoenen en een envelop boordevol briefjes van vijftig pond.

'Ik heb je mobiel ook meegenomen.'

'De batterij is leeg.'

'Nou, neem de mijne dan maar. Ik gebruik dat stomme ding toch nooit.'

Hij wacht tot ik achter het stuur heb plaatsgenomen en gooit de tas op de passagiersstoel.

'Ze hebben vast niet door dat de landrover weg is... voorlopig niet althans. Hij staat niet eens geregistreerd.'

Ik kijk even naar de hoek onder in de voorruit. Op het glas zit het etiket van een bierflesje geplakt. Hij grijnst. 'Ik rij er alleen maar mee door het veld. Een pittig ritje zal hem goed doen.'

'Hoe komt u dan thuis?'

'Ik ga wel liften.'

Ik betwijfel of hij ooit van zijn leven zijn duim heeft opgestoken. Maar wie weet. Hij blijkt vandaag vol verrassingen te zitten. Hij ziet er nog steeds uit als mijn vader, maar tegelijkertijd is hij anders.

'Het beste,' zegt hij, en hij schudt mijn hand door het open raampje. Als we beiden hadden gestaan, was het misschien wel op een omhelzing uitgedraaid. Dat vind ik een prettige gedachte.

Na wat geworstel zet ik de landrover in de eerste versnelling en rijd de weg op. Ik kan hem in de achteruitkijkspiegel zien: hij staat aan de kant van de weg. Ik herinner me wat hij tegen me zei toen tante Gracie was gestorven en ik vreselijk verdrietig was.

'Je moet nooit vergeten, Joseph, dat het ergste uur van je leven nooit langer dan zestig minuten duurt.'

De politie volgt me ongetwijfeld te voet langs de beek. Het duurt wat langer voor ze wegversperringen hebben opgezet. Met een beetje geluk bevind ik me buiten het kordon als ze het gebied afsluiten. Ik weet niet hoeveel voorsprong ik hiermee win. Morgen verschijnt mijn kop in alle kranten en op de tv.

Mijn geest lijkt steeds sneller te gaan werken naarmate mijn lichaam trager wordt. Ik mag me niet volgens hun verwachtingen gedragen. Het is een kwestie van superbluf. Dit is een van die hij-denkt-dat-ik-denk-dat-hij-denkt-scenario's, waarbij elke deelnemer de volgende zet van de ander probeert te raden. Ik moet rekening houden met twee zeer verschillende geestesgesteldheden. De ene hoort bij een woedende politieman die denkt dat ik hem voor paal heb gezet, en de andere bij een sadistische moordenaar die het op mijn vrouw en dochter heeft voorzien.

De motor van de landrover slaat om de haverklap af. De vierde versnelling is bijna niet te vinden, en als het me eindelijk lukt, moet ik de pook met één hand op zijn plaats houden.

Ik tast over de achterbank en pak de mobiele telefoon. Ik heb Jocks hulp nodig. Ik weet dat ik een risico neem. Hij liegt dat-ie barst, maar er zijn bijna geen mensen meer over die ik kan vertrouwen.

Hij neemt op en rommelt onhandig met de telefoon. Ik hoor hem vloeken. 'Waarom belt iedereen ook altijd als ik sta te pissen?' Ik zie hem voor me: hij probeert de telefoon onder zijn kin te klemmen en tegelijkertijd zijn gulp dicht te ritsen.

'Heb je de politie over die brieven verteld?'

'Ja. Maar ze geloofden me niet.'

'Probeer ze dan te overtuigen. Je hebt vast wel iets van Catherine waarmee je kunt bewijzen dat je met haar naar bed ging.'

'Ja hoor. Vast. Ik had polaroids om aan de advocaten van mijn vrouw te laten zien.'

God, wat is het soms toch een zelfingenomen klootzak. Hier heb ik geen tijd voor. Niettemin moet ik glimlachen. Wat Jock betreft, heb ik me vergist. Hij is geen moordenaar.

'Die patiënt die je naar mij hebt verwezen, Bobby.'

'Wat is er met hem?'

'Hoe heb je hem leren kennen?'

'Dat heb ik je toch verteld – zijn advocaat wilde dat hij zich neurologisch liet testen.'

'Wie heeft mijn naam genoemd – jij of Eddie Barrett?'

'Eddie.'

Buiten begint het te druppelen. De ruitenwissers hebben slechts één snelheid – langzaam.

'Er is een kankerkliniek in Liverpool, de Clatterbridge. Ik wil weten of ze daar een dossier hebben van een patiënte genaamd Bridget Morgan. Misschien gebruikt ze haar meisjesnaam, Bridget Aherne. Ze heeft borstkanker. Blijkbaar is het al in een vergevorderd stadium. Misschien bezoekt ze de polikliniek of ligt ze in een tehuis voor terminale patiënten. Ik moet haar vinden.'

Ik vraag hem niet om een gunst. Hij doet het, of anders is dit het onherroepelijke einde van onze lange vriendschap. Jock probeert een excuus te verzinnen, maar slaagt er niet in. Eigenlijk zou hij zich nu het liefst willen verstoppen. Hij is altijd al een lafaard geweest, behalve wanneer hij iemand fysiek kan intimideren. Ik geef hem de kans niet zich eruit te kletsen. Ik weet dat hij tegen de politie heeft gelogen. Ik weet ook te veel bijzonderheden over al het vermogen dat hij voor zijn ex-vrouwen verborgen heeft gehouden.

Zijn stem klinkt scherp. 'Ze krijgen je toch wel te pakken, Joe.'

'Ze krijgen ons allemaal wel te pakken,' zeg ik. 'Bel me zo snel mogelijk op dit nummer.'

2

Tijdens een vakantie in Wales, ik zat toen in de derde, pakte ik lucifers uit de porseleinen kom op de schoorsteenmantel om een vuurtje te stoken. Het was aan het eind van een droge zomer en het gras was dor en bruin. Heb ik de wind al genoemd?

Mijn smeulende bundeltje twijgen ontstak een grasbrand die twee omheiningen en een eeuwenoude heg met de grond gelijkmaakte en dreigde over te springen op een naburige schuur vol wintervoer. Terwijl ik alarm sloeg door de longen uit mijn lijf te schreeuwen, rende ik naar huis, mijn wangen zwartgeblakerd en met roet in mijn haar.

Ik kroop weg in de verste uithoek van de vliering boven de stal en zette mezelf klem tegen het schuine dak. Ik wist dat mijn vader te groot was om me te kunnen pakken. Ik bleef heel stil liggen, ademde stof in en luisterde naar de sirenes van de brandweerauto's. In mijn verbeelding gebeurden er de vreselijkste dingen. Ik zag hele boerderijen en dorpen in vlammen opgaan. Ik zou in de gevangenis belanden. De broer van Carey Moynihan was naar de tuchtschool gestuurd omdat hij een treinwagon in de fik had gestoken. Toen hij eruit kwam, was hij nog valser dan toen hij erin ging.

Ik bleef vijf uur op zolder zitten. Niemand schold me uit of bedreigde me. Mijn vader zei dat ik te voorschijn moest komen en mijn straf als een man moest ondergaan. Waarom moeten jongetjes zich eigenlijk als mannen gedragen? De teleurgestelde blik in mijn moeders ogen was veel pijnlijker dan de striemen van mijn vaders broekriem. Wat zouden de buren wel niet zeggen?

De gevangenis lijkt nu veel dichterbij dan toen. Ik zie Julianne al voor me: ze zit aan de andere kant van de tafel en houdt de baby omhoog. 'Zwaai eens naar papa,' zegt ze tegen hem (het is uiteraard een jongen), terwijl ze gegeneerd haar rok naar beneden trekt, want ze is zich bewust van de tientallen gevangenen die naar haar benen staren.

In mijn verbeelding zie ik een bakstenen gebouw uit het asfalt verrijzen. IJzeren deuren met sleutels zo groot als de handpalm van een man. Ik zie metalen galerijen, lange rijen in de kantine, luchtplaatsen, macho bewakers, knuppels, pispotten, neergeslagen blikken, ramen met tralies ervoor en een handjevol kiekjes op een celmuur.

Wat gebeurt er in de gevangenis met iemand als ik?

Simon heeft gelijk. Vluchten heeft geen zin. En zoals ik al wist toen ik in de derde zat: ik kan me niet eeuwig verstoppen. Bobby wil me kapotmaken. Hij wil me niet dood hebben. Hij had me wel tien keer kunnen vermoorden, maar ik moet in leven blijven opdat ik kan zien wat hij aan het doen is en weet dat hij het is.

Zal de politie mijn huis in de gaten blijven houden of zullen ze de surveillance opheffen en zich op Wales richten? Dat wil ik niet. Ik moet zeker weten dat Julianne en Charlie veilig zijn.

De telefoon gaat. Jock heeft het adres van een zekere Bridget Aherne, in een tehuis voor terminale patiënten in Lancashire.

'Ik heb met het hoofd van de afdeling oncologie gesproken. Ze geven haar hooguit een paar weken.'

Ik hoor hoe hij het cellofaan van een sigaar haalt. Het is nog vroeg. Misschien heeft hij iets te vieren. We hebben beiden gekozen voor een wankel bestand. Als een oud getrouwd stel herkennen we de halve waarheden en negeren we de irritaties.

'Je foto staat vandaag in de krant,' zegt hij. 'Je lijkt wel een bankier in plaats van iemand die door de politie wordt gezocht.'

'Ik ben niet erg fotogeniek.'

'Julianne wordt ook genoemd. Ze schrijven dat ze "een overspannen en emotionele indruk maakte toen ze bezoek kreeg van verslaggevers".'

'Ze heeft vast tegen ze gezegd dat ze op konden rotten.'

'Ja, dat dacht ik ook al.'

Ik hoor hem rook uitblazen. 'Ik moet het je nageven, Joe. Ik heb je altijd voor een saaie lul aangezien. Best aardig, maar veel te rechtschapen. En kijk nou eens! Twee maîtresses en gezocht door de politie.'

'Ik ben niet met Catherine McBride naar bed geweest.'

'Jammer. Ze was heel goed in bed.' Hij lacht wrang.

'Je zou jezelf soms eens moeten horen, Jock.'

En dan te bedenken dat ik ooit jaloers op hem ben geweest. Kijk eens wat er van hem is geworden: een grove karikatuur van een rechtse, burgerlijke, bekrompen chauvinist. Ik vertrouw hem niet langer, maar ik heb hem nog nodig.

'Ik wil dat je bij Julianne en Charlie blijft – tot ik dit alles heb opgelost.'

'En je zei dat ik niet bij haar in de buurt mocht komen.'

'Ik weet het.'

'Sorry, maar ik kan je niet helpen. Julianne weigert mijn telefoontjes te beantwoorden. Je zult haar wel verteld hebben over Catherine en die liefdesbrieven. Nu is ze kwaad op ons allebei.'

'Bel haar toch maar; zeg dat ze voorzichtig moet zijn. Zeg dat ze niemand binnen moet laten.'

3

De landrover gaat niet harder dan vijfenzestig en heeft een afwij-king naar rechts zodat hij voortdurend naar het midden van de weg zwenkt. Het lijkt eerder een museumstuk dan een auto, en mensen toeteren als ze me inhalen, alsof ik voor een goed doel op de weg zit. Dit zou wel eens de beste vluchtauto aller tijden kunnen zijn, want niemand verwacht dat een voortvluchtige op zo'n trage manier aan zijn achtervolgers probeert te ontkomen.

Ik rijd over achterafweggetjes naar Lancashire. In het hand-schoenenvak vind ik een half vergane wegenkaart van rond 1965, en die houdt me op koers. Ik passeer dorpjes met namen als Pud-dinglake en Woodplumpton. Aan de rand van Blackpool, bij een zo goed als verlaten benzinestation, maak ik gebruik van het toi-let om me wat op te knappen. Ik was de modder van mijn broek en houd hem onder de handdroger, daarna trek ik een schoon overhemd aan en reinig de wondjes op mijn handen.

Het Squires Gate Hospice zit aan een rotsige landtong geklon-ken, alsof de zilte lucht het daar heeft vastgeroest. De torentjes, de boogramen en het leistenen dak lijken negentiende-eeuws, maar de bijgebouwen zijn nieuwer en minder imponerend.

De met populieren omzoomde oprit loopt met een boog langs de voorkant van het ziekenhuis en komt uit op een parkeerter-rein. Ik volg de bordjes naar de afdeling palliatieve zorg, aan de kant van de zee. De gangen zijn leeg en de trappen zien er bijna proper uit. Een zwarte verpleger met een kaalgeschoren hoofd zit achter een glazen scheidingswand naar een beeldscherm te turen. Hij speelt een computerspelletje.

'Er ligt hier een patiënte genaamd Bridget Aherne.'

Hij kijkt naar mijn knieën, die niet langer dezelfde kleur heb-ben als de rest van mijn broek.

'Bent u familie?'

'Nee. Ik ben psycholoog. Ik wil haar spreken in verband met haar zoon.'

Hij trekt zijn wenkbrauwen op. 'Ik wist niet dat ze een zoon had. Ze krijgt niet veel bezoek.'

Ik volg hem als hij met soepele, verende tred door de gang loopt, onder aan de trap een hoek omgaat en me door dubbele deuren mee naar buiten voert. Een grindpad doorsnijdt het gazon, waar twee verpleegsters op een tuinbankje zitten en verveeld een broodje delen.

We gaan een bijgebouw binnen. Het heeft slechts één verdieping en ligt dichter bij de rotsen. We betreden een lange, gemeenschappelijke ziekenzaal met een stuk of tien bedden, waarvan de helft leeg is. Een magere vrouw met een gladde schedel zit rechtop in bed, ondersteund door kussens. Ze kijkt naar twee kleine kinderen die aan het voeteneind van haar bed op tekenpapier krabbelen. Een vrouw in een gele jurk, die nog maar één been heeft, zit verderop in een rolstoel voor de tv. Op haar schoot ligt een gehaakte sprei.

Aan de andere kant van de zaal gaan we twee deuren door en dan zijn we bij de eenpersoonskamers. Hij neemt niet de moeite aan te kloppen. Het is donker in de kamer. Eerst zie ik alleen maar apparaten. De monitoren en wijzers wekken de illusie van medische almacht: alsof alles mogelijk is als je de instrumenten maar goed afstelt en op de juiste knopjes drukt.

Een vrouw van middelbare leeftijd, met ingevallen wangen, ligt te midden van een wirwar van slangen en draden. Ze draagt een blonde pruik en heeft hangborsten; op haar hals zitten teerkleurige kneuzingen. Een roze hemd bedekt haar bovenlichaam, en over haar schouders hangt een rood vest. Zoutsolutie druppelt uit een zak via kronkelende slangetjes haar lichaam binnen. Er lopen donkere strepen over haar polsen en enkels – te vaag voor tatoeages en te gelijkvormig voor bloeduitstortingen.

'U mag haar geen sigaretten geven. Ze kan haar longen niet meer schoon krijgen. Telkens als ze hoest, schudden de slangen los.'

'Ik rook niet.'

'Houden zo.' Hij pakt een sigaret van achter zijn oor en stopt hem in zijn mond. 'U weet hoe u er weer uit moet komen.'

De gordijnen zijn dicht. Ergens klinkt muziek. Het duurt even voor ik doorheb dat een radio zachtjes aanstaat op het nachtkastje, naast een lege vaas en een bijbel.

Ze slaapt. Ze zit onder de kalmerende middelen. Morfine misschien. Uit haar neus steekt een slangetje en ik zie er ook een in de buurt van haar maag. Ze ligt met haar gezicht naar het beademingsapparaat.

Ik leun met mijn schouder tegen de muur en laat mijn hoofd even rusten.

'Je krijgt wat van deze plek,' zegt ze, zonder haar ogen te openen.

'Wat u zegt.'

Ik ga op een stoel zitten zodat ze haar hoofd niet hoeft te draaien om me te zien. Langzaam gaan haar ogen open. Haar gezicht is nog witter dan de muur. We staren elkaar in het halfduister aan.

'Ben je wel eens op Maui geweest?'

'Dat hoort bij Hawaï.'

'Dat weet ik godverdomme zelf ook wel.' Ze hoest en het bed rammelt. 'Daar zou ik nu moeten zitten. Ik zou eigenlijk in Amerika moeten zitten. Ik wou dat ik in Amerika was geboren.'

'Waarom wilt u dat?'

'Omdat de yanks weten wat leven is. Alles is daar groter en beter. De mensen hier lachen erom. Ze zeggen dat ze arrogant en dom zijn, maar de yanks zijn gewoon eerlijk. Die eten landjes zoals dit voor hun ontbijt en schijten ze vóór de lunch weer uit.'

'Bent u ooit in Amerika geweest?'

Ze verandert van onderwerp. Haar ogen zijn opgezwollen en kwijl druipt uit haar mondhoek.

'Bent je soms dokter of dominee?'

'Psycholoog.'

Ze lacht sarcastisch. 'Het heeft geen enkele zin om me te leren kennen. Tenzij je van begrafenissen houdt.'

De kanker moet heel snel hebben toegeslagen. Haar lichaam heeft de tijd niet gehad om weg te kwijnen. Haar huid is bleek, ze heeft een welgevormde kin, een sierlijke hals en opengesperde neusgaten. Als je haar omgeving en haar scherpe stem buiten beschouwing zou laten, zou ze nog steeds een aantrekkelijke vrouw zijn.

'Het probleem met kanker is dat het niet als kanker aanvoelt, weet je. Een verkoudheid voelt aan als verkoudheid. En een gebroken been voelt aan als een gebroken been. Maar met kanker weet je het pas als er foto's en scans zijn gemaakt. Behalve die knobbel natuurlijk. Daar kun je niet omheen. Voel maar.'

'Nee, dat hoeft niet.'

'Doe niet zo kinderachtig. Je bent toch een grote jongen? Voel nou maar. Je vraagt je waarschijnlijk toch al af of ze echt zijn. Dat doen de meeste mannen.'

Haar hand schiet onder het dek vandaan en sluit zich om mijn pols. Haar greep is verbazingwekkend sterk. Ik vecht tegen de aandrang me los te rukken. Ze stopt mijn hand onder haar hemd. Haar zachte borst plooit zich om mijn vingers. 'Hier zit-ie. Kun je hem voelen? Eerst was hij zo groot als een erwt – klein en rond. Nu is hij zo groot als een sinaasappel. Een halfjaar geleden is het uitgezaaid naar mijn botten. Nu zit het in mijn longen.'

Mijn hand ligt nog steeds op haar borst. Ze strijkt ermee over haar tepel, die hard wordt onder mijn handpalm. 'Je mag me wel neuken als je wilt.' Ze meent het. 'Ik zou graag eens wat anders willen voelen dan al dit... dit bederf.'

Ze wordt razend als ze de medelijdende blik in mijn ogen ziet. Ze duwt mijn hand weg en slaat haar vest strak om haar borst. Ze weigert me aan te kijken.

'Ik wilde u een paar vragen stellen.'

'Vergeet het maar! Ik heb helemaal geen behoefte aan al die peptalk van jullie. Ik probeer het niet te ontkennen en ik probeer het allang niet meer met God op een akkoordje te gooien...'

'Ik ben hier gekomen vanwege Bobby.'

'Wat is er met hem?'

Ik heb er niet over nagedacht wat ik haar wil vragen. Ik weet niet eens zeker waarnaar ik op zoek ben.

'Wanneer hebt u hem voor het laatst gezien?'

'Een jaar of zes, zeven geleden. Hij werkte zich altijd in de nes-ten. Wilde naar niemand luisteren. Niet naar mij in elk geval. Je geeft zo'n kind de beste jaren van je leven, maar dankbaarheid, ho maar.' Ze praat in haperende, korte zinnen. 'Wat heeft-ie nou weer uitgespookt?'

'Hij is veroordeeld wegens geweldpleging. Hij heeft een vrouw bewusteloos geschopt.'

'Zijn vriendin?'

'Nee, een onbekende.'

Haar gezicht wordt wat zachter. 'Je hebt dus met hem gepraat. Hoe gaat het met hem?'

'Hij is kwaad.'

Ze zucht. 'Ik dacht vroeger altijd dat ze me in het ziekenhuis de verkeerde baby hadden gegeven. Ik had niet het gevoel dat hij van mij was. Hij leek op zijn vader, doodzonde was dat. Ik zag er niks van mezelf in, behalve zijn ogen. Hij struikelde altijd over zijn eigen voeten en had een lelijke ronde puddingkop. Niks bleef schoon bij hem. Hij kon niet met zijn handen van dingen afblij-ven, maakte altijd alles open om te kijken hoe het werkte. Hij heeft eens een radio opengemaakt die het nog hartstikke goed deed, en toen heeft-ie batterijzuur over mijn mooiste tapijt ge-morst. Net als zijn vader...'

Ze maakt haar zin niet af, maar begint overnieuw. 'Ik heb nooit gevoeld wat moeders eigenlijk horen te voelen. Ik zal wel geen moederinstinct hebben, maar dat wil nog niet zeggen dat ik een koele kikker ben, of wel soms? Ik wilde helemaal niet zwanger worden en ik wilde ook niet met een stiefzoon worden opge-scheept. Jezus, ik was nog maar eenentwintig!'

Ze trekt een wenkbrauw op, dun als een potloodstreepje. 'Je zou maar wat graag in mijn kop willen kijken, hè? Er zijn maar weinig mensen geïnteresseerd in wat iemand anders denkt of wat ze te zeggen hebben. Soms doen mensen net alsof ze luisteren, maar in werkelijkheid wachten ze tot zij weer aan de beurt zijn, of ze on-derbreken je zodra ze kans zien. En wat heb jij te melden, meneer Freud?'

'Ik probeer het te begrijpen.'

'Zo was Lenny nou ook; die had altijd vragen, wilde altijd weten waar ik naartoe ging en wanneer ik weer thuiskwam.' Ze doet zijn smekende stem na. '"Met wie ga je uit, snoes? Kom je alsjeblieft weer thuis? Ik blijf wel op." Het was gewoon zielig! Geen wonder dat ik me ging afvragen of dat nou alles was. Ik was echt niet van plan de rest van mijn leven naast zijn zweterige rug te blijven liggen.'

'Hij heeft zelfmoord gepleegd.'

'Ik had het nooit achter hem gezocht.'

'Weet u ook waarom?'

Het is alsof ze me niet hoort. Ze staart naar de gordijnen. Vanuit het raam moet je de zee kunnen zien.

'Vindt u het uitzicht niet mooi?'

Ze haalt haar schouders op. 'Ze zeggen hier dat ze niet eens de moeite nemen ons te begraven. In plaats daarvan donderen ze ons van de rots af.'

'Vertel me eens iets meer over uw man.'

Ze kijkt me niet aan. 'Hij noemde zichzelf uitvinder. Laat me niet lachen! Wist je dat als hij er geld mee zou verdienen – dikke kans maar niet heus – dat hij dan van plan was het weg te geven? "Voor een betere wereld," zei hij. Zo was-ie, altijd maar lullen over de arbeiders die aan de macht zouden komen en over de revolutie van het proletariaat; altijd die redevoeringen en dat gemoraliseer. Communisten geloven niet in de hemel of in de hel. Waar denk je dat hij is?'

'Ik ben niet gelovig.'

'Maar denk je dat hij misschien ergens naartoe is gegaan?'

'Ik zou het niet weten.'

Er verschijnt een barstje in haar pantser van onverschilligheid. 'Misschien zitten we allemaal wel in de hel, maar hebben we het alleen niet door.' Ze zwijgt even en knijpt haar ogen halfdicht. 'Ik wilde van hem scheiden. Hij weigerde. Ik zei dat hij maar een vriendin moest zoeken. Hij wilde me niet laten gaan. Ze zeggen wel dat ik een koele kikker ben, maar ik voel meer dan anderen. Ik wist wel waar ik mijn vertier moest zoeken. Ik wist heel goed hoe ik gebruik moest maken van wat ik had meegekregen. Ben ik daardoor een slet? Sommige mensen cijferen zichzelf een leven lang weg of proberen anderen gelukkig te maken of verzamelen punten die ze in het hiernamaals willen inwisselen. Nou, mij niet gezien.'

'U hebt uw man ervan beschuldigd Bobby seksueel te hebben misbruikt.'

Weer haalt ze haar schouders op. 'Ik heb het pistool alleen maar geladen. Ik heb de trekker niet overgehaald. Dat hebben mensen zoals jij gedaan. Dokters, maatschappelijk werkers, onderwijzers, advocaten, wereldverbeteraars...'

'Hadden we het dan bij het verkeerde eind?'

'De rechter vond van niet.'

'En wat vindt u?'

'Ik denk dat je soms vergeet wat de waarheid is als je een leugen maar vaak genoeg hoort.' Ze strekt haar hand uit en drukt op het knopje boven haar hoofd.

Ik kan nu nog niet weg. 'Waarom heeft uw zoon zo'n hekel aan u?'

'Uiteindelijk hebben we allemaal een hekel aan onze ouders.'

'U voelt zich schuldig.'

Ze balt haar vuisten en stoot een hese lach uit. Een verchroomde standaard met een morfine-infuus zwaait heen en weer. 'Ik ben drieënveertig en ik ga dood. Ik betaal nu de prijs voor alles wat ik heb gedaan. Kun jij hetzelfde zeggen?'

De verpleger arriveert. Hij is kwaad omdat ze hem heeft opgeroepen. Een van de monitordraden is losgeraakt. Bridget houdt haar arm omhoog om hem weer te laten bevestigen. Ze maakt een gebaar met haar hand, alsof ze me weg wil sturen. Het gesprek is ten einde.

Buiten is het inmiddels donker. Ik volg de lichtjes van het pad tussen de bomen tot ik bij het parkeerterrein kom. Ik haal de thermoskan uit de tas en neem een gretige hijs. De whisky laat een branderige, warme smaak achter. Ik zou het liefst door willen drinken tot ik de kou niet meer voel, tot ik me niet meer bewust ben van het beven van mijn arm.

4

Melinda Cossimo doet de deur open, maar het gaat niet van harte. Bezoek zo laat op zondagavond betekent zelden goed nieuws voor een maatschappelijk werker. Ik gun haar de tijd niet om iets te zeggen. 'De politie is naar me op zoek. Ik heb je hulp nodig.'

Ze staart me met wijdopen ogen aan, maar maakt een bijna kalme indruk. Ze heeft haar haar naar achteren gekamd en hoog opgestoken met een grote schildpadden speld. Een paar kringelende plukjes hebben zich losgemaakt en strelen haar wangen en hals. Zodra de deur dicht is, wenkt ze me mee en dirigeert me linea recta de trap op naar de badkamer. Ze blijft aan de andere kant van de deur staan terwijl ik haar mijn kleren aanreik.

Ik zeg dat ik hier geen tijd voor heb, maar ze negeert de aandrang in mijn stem. Die paar dingen zijn zo gewassen, zegt ze.

Ik staar naar de naakte onbekende in de spiegel. Hij is magerder geworden. Dat krijg je als je niet eet. Ik weet wat Julianne zou zeggen. 'Waarom val ík niet zo gemakkelijk af?' De onbekende in de spiegel glimlacht naar me.

Gekleed in een ochtendjas ga ik naar beneden en hoor nog net hoe Mel een telefoongesprek beëindigt. Tegen de tijd dat ik bij de keuken ben, heeft ze een fles wijn opengetrokken en nu schenkt ze twee glazen in.

'Wie heb je gebeld?'

'Doet er niet toe.'

Ze nestelt zich in een grote leunstoel, de steel van haar wijnglas tussen de duim- en wijsvinger van haar opengespreide hand geklemd. Haar andere hand rust op de rug van een opengeslagen boek dat op de armleuning ligt. De leeslamp boven haar hoofd tekent een schaduw onder haar ogen en geeft aan haar mond een harde, neerwaartse trek.

Ik heb dit huis altijd geassocieerd met gelach en gezelligheid, maar nu lijkt het te stil. Een van Boyds schilderijen hangt boven de schoorsteenmantel en een ander aan de muur ertegenover. Er is ook een foto van hem met zijn motor, op het TT-circuit van het Isle of Man.

'En, wat heb je uitgespookt?'

'De politie denkt dat ik Catherine McBride heb vermoord, onder anderen.'

'Onder anderen?' Haar opgetrokken wenkbrauw heeft de vorm van een juk.

'Nou ja, alleen maar één "andere". Een ex-patiënte.'

'En nu ga je me vertellen dat je niks op je geweten hebt.'

'Niet tenzij domheid een misdaad is.'

'Waarom ben je dan op de vlucht?'

'Omdat iemand me er in wil luizen...'

'Bobby Morgan.'

'Ja.'

Ze heft haar hand op. 'Ik wil hier verder niks meer over horen. Ik zit toch al in de problemen omdat ik je die dossiers heb laten zien.'

'We zaten fout.'

'Wat bedoel je?'

'Ik heb net met Bridget Morgan gesproken. Ik geloof niet dat Bobby's vader hem misbruikt heeft.'

'Heeft zij dat tegen je gezegd?'

'Ze wilde een eind aan dat huwelijk maken. Hij weigerde van haar te scheiden.'

'Hij heeft een soort zelfmoordbriefje achtergelaten.'

'Er stond maar één woord op.'

'Zijn excuses.'

'Ja, maar waarvoor?'

Mels stem klinkt kil. 'Dat is allemaal verleden tijd, Joe. Rakel het nou niet op. Je kent die ongeschreven regel toch: nooit op je schreden terugkeren, nooit een oude zaak heropenen. Ik heb al genoeg advocaten die me op mijn vingers kijken, en ik kan verdorie niet nog een proces gebruiken...'

'Wat is er met Erskines aantekeningen gebeurd? Die zaten niet in de dossiers.'

Ze aarzelt. 'Misschien heeft hij ze er uit laten halen.'

'Waarom?'

'Misschien wilde Bobby zijn dossier inzien. Daar heeft hij recht op. Een pupil mag de verslagen van de maatschappelijk werker inzien en bepaalde notulen van vergaderingen. Evaluaties van derden, zoals doktersverslagen en psychologische rapporten, zijn een ander verhaal. We hebben toestemming van de betreffende deskundige nodig om ze vrij te geven...'

'Wil je daarmee zeggen dat Bobby zijn eigen dossier heeft ingezien?'

'Zou kunnen.' In één adem door veegt ze het idee weer van tafel. 'Het is een oud dossier. Dingen raken zoek.'

'Zou Bobby de aantekeningen zelf hebben kunnen verwijderen?'

Op boze toon fluistert ze: 'Dat kun je niet menen, Joe! Zorg eerst maar eens voor jezelf.'

'Heeft hij die video misschien gezien?'

Ze schudt haar hoofd en weigert verder nog iets te zeggen. Maar nu moet ik wel doorgaan. Zonder haar hulp blijft er niets overeind van mijn zwakke, onwaarschijnlijke theorie. Ik begin heel snel te praten, alsof ik bang ben dat ze me de mond zal snoeren. Ik vertel haar over de chloroform, de walvissen en de windmolens, dat Bobby me maandenlang als een schaduw is gevolgd, dat hij het leven van iedereen om me heen is binnengedrongen.

Op zeker moment stopt ze mijn gewassen kleren in de droger en vult mijn wijnglas bij. Ik volg haar naar de keuken en verhef mijn stem om boven het geloei van de blender uit te komen waarmee ze warme kikkererwten fijnmaalt. Ze kwakt klodders humus op sneetjes toast, en brengt het geheel op smaak met gemalen zwarte peper.

'Dus daarom moet ik Rupert Erskine zien te vinden. Ik heb zijn aantekeningen nodig of anders zijn geheugen.'

'Ik kan je niet verder helpen. Ik heb genoeg gedaan.' Ze werpt een blik op het fornuisklokje.

'Verwacht je iemand?'

'Nee.'

'Wie heb je daarnet gebeld?'

'Een vriendin.'

'Heb je de politie gebeld?'

Ze aarzelt. 'Nee. Ik heb mijn secretaresse bepaalde instructies gegeven. Als ik haar niet binnen een uur terugbel, moet ze de politie inschakelen.'

Ik kijk ook op het klokje en maak een rekensommetje. 'Jezus, Mel!'

'Het spijt me. Ik moet aan mijn carrière denken.'

'Je wordt bedankt.' Mijn kleren zijn nog niet helemaal droog, maar ik worstel me in de broek en het overhemd. Ze grijpt me bij mijn mouw. 'Geef jezelf toch aan.'

Ik duw haar hand weg. 'Je snapt er niks van.'

Mijn linkerbeen begint te slingeren als ik er snel vandoor wil. Ik heb mijn hand al op de kruk van de voordeur.

'Erskine. Die zocht je toch?' Ze gooit het eruit. 'Hij is tien jaar geleden met pensioen gegaan. Voorzover ik weet woont hij in de buurt van Chester. Iemand van de afdeling heeft een tijdje geleden weer contact met hem gezocht. We hebben wat gekletst... wat bijgepraat.'

Ze weet het adres nog – een dorp genaamd Hatchmere. Vicarage Cottage. Ik krabbel de informatie op een stuk papier, waarbij ik het tafeltje in de hal als steun gebruik. Mijn linkerhand weigert dienst. Dan moet het maar met mijn rechterhand.

Alle ochtenden zouden zo licht en helder moeten zijn. Het zonlicht valt schuin door de gebarsten achterruit van de landrover en breekt uiteen in een discobal van stralen. Met twee handen op de hendel forceer ik het zijraampje open en ik tuur naar buiten. Iemand heeft de wereld wit geschilderd, alle kleuren tot één kleur teruggebracht.

Vloekend duw ik het klemmende portier open en dan zwaai ik mijn benen naar buiten. De lucht ruikt naar modder en rook van houtvuurtjes. In een poging wakker te worden, schep ik een handvol sneeuw op en wrijf er mijn gezicht mee in. Dan doe ik mijn gulp open en al pissend schilder ik de onderkant van een boom een donkerder tint bruin. Hoe ver ben ik gisteravond gekomen? Ik wilde eigenlijk doorrijden, maar de koplampen van de landrover lieten het voortdurend afweten zodat ik aan de duisternis was overgeleverd. Tot twee keer toe belandde ik bijna in een greppel.

Hoe zou Bobby de nacht hebben doorgebracht? Ik vraag me af of hij naar mij op zoek is of Julianne en Charlie in de gaten houdt. Hij wacht in elk geval niet tot ik het heb uitgepuzzeld. Haast is geboden.

Hatchmere Lake is met riet omzoomd en het water weerspiegelt het blauw van de lucht. Ik stop bij een rood en wit geschilderd huis om de weg te vragen. Een oude dame, nog in haar ochtendjas, doet open en ziet me voor een toerist aan. Ze begint me de geschiedenis van Hatchmere te vertellen, die naadloos overgaat in haar eigen levensverhaal, met een zoon die in Londen werkt en kleinkinderen die ze slechts één keer per jaar ziet.

Ik maak me achterwaarts uit de voeten en bedank haar uitvoerig. Ze staat bij het hek van de voortuin terwijl ik verwoede pogingen doe om de landrover aan de praat te krijgen. Dat kan er ook nog wel bij. Waarschijnlijk is ze een kei in kaartspelletjes, kruiswoordpuzzels en het onthouden van nummerborden. 'Ik vergeet nooit een nummer,' zegt ze ongetwijfeld tegen de politie voor ze het mijne opdreunt.

De motor start gelukkig en slaat aan; de uitlaat spuwt wolken rook uit. Glimlachend zwaai ik naar haar. Ze kijkt me bezorgd na.

Boven de ramen en deuren van Vicarage Cottage hangen kerstlampjes. Op het pad naar de voordeur staan wat speelgoedautootjes, die als boerenwagens rond een oud melkkrat zijn opgesteld. Diagonaal over het pad is een beddenlaken vol roestvlekken gespannen, waarvan twee uiteinden aan een boom zijn bevestigd. Eronder hurkt een jongetje met een plastic ijsemmertje op zijn hoofd. Hij richt een houten stok op mijn borst.

'Hoor je bij Zwadderich?' vraagt hij lispelend.

'Sorry?'

'Je mag er alleen in als je bij Griffoendor hoort.' De sproeten op zijn neus hebben de kleur van gepofte maïs.

Een jonge vrouw verschijnt in de deuropening. Naar haar warrige blonde haar te oordelen komt ze net uit bed, en ze kampt met een stevige verkoudheid. Een baby balanceert op haar heup en zuigt op een stukje toast.

'Laat die meneer met rust, Brendan,' zegt ze terwijl ze me een vermoeide glimlach schenkt.

Ik loop om het speelgoed heen naar de deur. Achter haar zie ik een uitgeklapte strijkplank.

'Neemt u het hem maar niet kwalijk. Hij denkt dat hij Harry Potter is. Kan ik u helpen?'

'Ik hoop het. Ik ben op zoek naar Rupert Erskine.'

Haar gezicht betrekt. 'Die woont hier niet meer.'

'Weet u waar ik hem kan vinden?'

Ze verplaatst haar baby naar haar andere heup en doet een losse knoop van haar bloes dicht. 'Dat kunt u beter aan iemand anders vragen.'

'Zou een van de buren het weten? Ik moet hem dringend spreken.'

Ze bijt op haar onderlip en kijkt langs me heen in de richting van de kerk. 'Tja, als u hem zoekt, dan kunt u hem daar vinden.'

Ik draai me om en kijk.

'Hij ligt op het kerkhof.' Als ze beseft hoe bot haar woorden klinken, voegt ze eraan toe: 'Hebt u hem gekend? Wat erg voor u.'

Zonder dat ik het me bewust ben, zit ik opeens op de stoep. 'We hebben vroeger samengewerkt,' leg ik uit. 'Heel lang geleden.'

Ze werpt een blik over haar schouder. 'Wilt u niet even binnenkomen en gaan zitten?'

'Graag, dank u.'

De keuken ruikt naar gesteriliseerde flessen en pap. De tafel en een stoel liggen bezaaid met krijtjes en papier. Ze verontschuldigt zich voor de troep.

'Wat is er met meneer Erskine gebeurd?'

'Ik weet alleen wat de buren me hebben verteld. Het hele dorp was er behoorlijk kapot van. Dat soort dingen verwacht je niet – niet hier in de buurt.'

'Wat voor dingen?'

'Ze zeggen dat hij iemand betrapt had die bij hem aan het in-
breken was, maar dan snap ik het verhaal niet. Welke inbreker
bindt een oude man nou aan een stoel vast en plakt zijn mond
dicht? Hij heeft nog twee weken geleefd. Er zijn lui die zeggen dat
hij een hartaanval heeft gekregen, maar ik heb ook gehoord dat
hij aan uitdroging is gestorven. Het waren de warmste twee weken van het jaar...'

'Wanneer is dat gebeurd?'

'Afgelopen augustus. Mensen zullen zich vast wel schuldig voelen, want niemand heeft hem gemist. Hij was altijd in de tuin aan
het rommelen of maakte wandelingetjes langs het meer. Iemand
van het kerkkoor heeft nog op de deur geklopt en er is een man
langs geweest om de gasmeter op te nemen. De voordeur zat niet
op slot, maar niemand kwam op het idee even naar binnen te
gaan.'

De baby in haar armen wringt zich in alle bochten. 'Weet u zeker dat u geen kopje thee wilt? U ziet er maar minnetjes uit.'

Ik zie haar lippen bewegen en ik hoor haar vraag, maar het
dringt niet echt tot me door. De grond is onder me weggevallen,
als een neerstortende lift. Ze praat maar door. '...echt een aardige
oude man, zeggen ze. Een weduwnaar. Maar dat weet u waarschijnlijk al. Volgens mij had hij verder geen familie...'

Ik vraag of ik haar telefoon mag gebruiken en heb beide handen
nodig om de hoorn vast te houden. Ik kan de cijfers amper lezen.
Louise Elwood neemt op. Het kost me moeite om niet te schreeuwen.

'De adjunct-directrice van de St Mary's – u zei dat ze wegens familieomstandigheden ontslag heeft genomen.'

'Ja. Ze heette Alison Gorski.'

'Wanneer was dat?'

'Ongeveer anderhalf jaar geleden. Haar moeder kwam om toen
hun huis afbrandde en haar vader hield er ernstige brandwonden
aan over. Ze is naar Londen verhuisd om hem te verzorgen. Ik geloof dat hij nu in een rolstoel zit.'

'Wat was de oorzaak van de brand?'

'Ze denken dat het een geval van persoonsverwisseling was. Iemand had een brandbom door de brievenbus gegooid. De kranten dachten dat het wel eens een anti-joodse actie kon zijn, maar verder heb ik er niks meer over gehoord.'

Het angstzweet breekt me uit en glanst op mijn huid. Mijn ogen boren zich in die van de jonge vrouw; ze staat naast het fornuis en kijkt me angstig aan. Ze is bang voor me. Ik heb iets duisters mee naar binnen gebracht.

Weer pak ik de telefoon. Mel neemt onmiddellijk op. Ik geef haar de kans niet haar mond open te doen. 'Die auto die Boyd heeft aangereden, wat is er met de bestuurder gebeurd?' Mijn stem klinkt snerpend en ijl.

'De politie is hier geweest, Joe. Een rechercheur genaamd Ruiz...'

'Vertel me nou maar over die bestuurder.'

'Hij is na de aanrijding doorgereden. Ze hebben die four-wheel drive een paar blokken verderop gevonden.'

'En de bestuurder?'

'Ze gaan ervan uit dat het om een tiener ging die aan het joyrijden was. Er zat een duimafdruk op het stuur, maar die stond nergens geregistreerd.'

'Vertel me precies hoe het gebeurd is.'

'Waarom? Wat heeft dat te maken met...'

'Alsjeblieft, Mel.'

Het eerste gedeelte van het verhaal komt er haperend uit; ze probeert zich te herinneren of Boyd die avond om halfacht of halfnegen wegging. Ze vindt het vreselijk dat ze een dergelijk detail niet meer weet. Ze is bang dat de herinnering aan Boyd steeds vager wordt.

Het was Guy Fawkes Day. De lucht was doortrokken van kruit en zwavel. De kinderen uit de buurt waren door het dolle heen en hadden in tuintjes en op braakliggende terreinen vreugdevuren van afvalhout ontstoken.

Boyd ging 's avonds vaak even shag halen. Dan dronk hij een biertje in zijn stamkroeg en pikte onderweg zijn favoriete merk op. Hij droeg een fluorescerende hes en een kanariegele helm.

Zijn grijze paardenstaart hing op zijn rug. Hij stopte bij een kruispunt op Great Homer Street.

Misschien heeft hij zich op het laatste moment nog omgedraaid, toen hij de auto achter zich hoorde. Misschien heeft hij het gezicht van de bestuurder nog gezien in die fractie van een seconde voor hij onder de bullbar verdween. Zijn lichaam werd honderd meter meegesleurd, onder het chassis, beklemd in het verwrongen frame van de motor.

'Wat is er aan de hand?' vraagt Mel. In mijn verbeelding zie ik haar brede rode mond en haar schuchtere grijze ogen.

'Lucas Dutton, waar zit die momenteel?'

Mels stem klinkt kalm maar onvast als ze antwoordt. 'Hij werkt voor een of ander adviesorgaan van de overheid, dat zich bezighoudt met drugsgebruik onder tieners.'

Ik kan me Lucas nog goed herinneren. Hij verfde zijn haar, speelde golf met een lage handicap, en verzamelde luciferboekjes en whiskymerken. Zijn vrouw was dramadocente; ze reden in een Skoda en zaten elke vakantie in een caravan in Benidorm; ze hadden tweelingdochters...

Mel wil weten wat er aan de hand is, maar ik praat door haar heen. 'Wat is er met de tweeling gebeurd?'

'Je maakt me bang, Joe.'

'Wat is er met ze gebeurd?'

'Een van hen is vorig jaar Pasen aan een overdosis overleden.'

Ik ben haar voor en noem een hele lijst namen op: rechter McBride, Melinda Cossimo, Rupert Erskine, Lucas Dutton, Alison Gorski – ze waren allemaal betrokken bij dezelfde voogdijzaak. Erskine is dood. De anderen hebben allen een dierbaar iemand verloren. Wat heeft dit met mij te maken? Ik heb slechts één keer een gesprek met Bobby gevoerd. Dat kan toch nooit een verklaring zijn voor de windmolens, de lessen Spaans, de leeuwen en tijgers... Waarom heeft hij maandenlang in Wales gezeten, een nieuwe tuin voor mijn ouders aangelegd en de stal opgeknapt?

Mel dreigt de verbinding te verbreken, maar ze moet nog even aan de lijn blijven. 'Wie heeft het voorstel opgesteld tot ontzetting van de ouderlijke macht?'

'Ik natuurlijk.'

'Je zei dat Erskine met vakantie was. Wie heeft dat psychologisch rapport ondertekend?'

Ze aarzelt. Haar ademhaling verandert. Nu gaat ze liegen.

'Ik weet het niet meer.'

Met nog meer aandrang: 'Wie heeft het psychologisch rapport ondertekend?'

Ze praat dwars door me heen, rechtstreeks het verleden in.

'Jij.'

'Hoe kan dat? Wanneer?'

'Ik heb het formulier voor je neergelegd en jij hebt het ondertekend. Je dacht dat het om een machtiging tot plaatsing in een pleeggezin ging. Het was je laatste dag in Liverpool. We hadden een afscheidsborrel in The Windy House.'

Ik kreun binnensmonds, de telefoon nog steeds tegen mijn oor gedrukt.

'Mijn naam stond in Bobby's dossier?'

'Ja.'

'En je hebt het formulier uit het dossier verwijderd voor je het aan mij liet zien?'

'Het was al zo lang geleden. Ik dacht dat het er niet meer toe deed.'

Ik ben niet tot antwoorden in staat. Ik laat de telefoon uit mijn hand vallen. De jonge moeder klemt haar huilende baby stevig in haar armen en beweegt hem op en neer om hem te kalmeren. Terwijl ik het trapje af loop, hoor ik hoe ze haar oudste zoontje binnenroept. Ik word door iedereen gemeden. Ik lijk wel een besmettelijke ziekte. Een epidemie.

5

George Woodcock noemde het tikken van de klok een mechanische tirannie die ons tot slaven maakte van een door onszelf gecreëerde machine. We zijn bang voor ons eigen monster – net als baron Von Frankenstein.

Ik heb ooit een patiënt gehad, een alleenwonende weduwnaar, die ervan overtuigd was dat het getik van een klok boven zijn keukentafel klonk als een menselijke stem. De klok gaf hem korte bevelen. 'Ga naar bed!' 'Ga afwassen!' 'Doe het licht uit!' Eerst sloeg hij geen acht op het geluid, maar de klok bleef de opdrachten maar herhalen, waarbij hij steeds dezelfde woorden gebruikte. Uiteindelijk begon de man de bevelen op te volgen en de klok nam zijn leven over. Hij vertelde hem wat hij 's avonds moest eten en naar welke tv-programma's hij moest kijken, wanneer hij zijn kleren moest wassen, welke telefoontjes hij moest beantwoorden...

De eerste keer dat hij bij mij in de spreekkamer zat, vroeg ik hem of hij thee of koffie wilde. Eerst gaf hij geen antwoord. Achteloos slenterde hij naar de klok aan de muur en na enkele ogenblikken draaide hij zich om en zei dat een glas water ook goed was.

Merkwaardig genoeg wilde hij niet genezen worden. Hij had alle uurwerken uit zijn huis kunnen verwijderen of op digitale klokken kunnen overgaan, maar er was iets met die stemmen wat hij geruststellend en zelfs troostend vond. Zo te horen was zijn vrouw een echte bemoeial geweest, iemand die alles regelde. Ze zat hem altijd achter de broek, stelde lijstjes voor hem op, koos zijn kleren uit en nam doorgaans alle beslissingen voor hem.

In plaats van me te vragen de stemmen het zwijgen op te leggen, wilde hij ze altijd bij zich hebben. In elke kamer van zijn huis was al een klok, maar hoe moest het nou als hij naar buiten ging?

Ik stelde een polshorloge voor, maar om de een of andere reden spraken die niet hard genoeg of ze sloegen wartaal uit. Nadat we er een tijdje diep over hadden nagedacht, gingen we een kijkje nemen op Gray's Antique Market, waar hij ruim een uur naar allerlei ouderwetse zakhorloges luisterde tot hij er eentje vond die letterlijk het woord tot hem richtte.

De klok die ik nu hoor tikken, zou heel goed het kloppen van de motor van de landrover kunnen zijn. Of het zou ook de Doomsday Clock kunnen zijn – zeven minuten voor twaalf. Mijn voltooid verleden tijd vervaagt en wordt geschiedenis en ik kan de klok niet stilzetten.

Twee politieauto's passeren me in tegenovergestelde richting als ik Hatchmere uit rijd. Mel zal ze Erskines adres uiteindelijk wel hebben gegeven. Ze kunnen onmogelijk weten dat ik in een landrover rijd – nog niet, tenminste. Het oude dametje met het fotografische geheugen zal het ze wel vertellen. Met een beetje geluk onthaalt ze ze eerst op haar levensgeschiedenis, zodat ik tijd heb om te ontsnappen.

Ik werp telkens een blik in de achteruitkijkspiegel en verwacht half en half blauwe lampen te zien opflitsen. Dat wordt dan bepaald geen politieachtervolging op topsnelheid. Ze zouden me op de fiets nog kunnen inhalen zolang ik de vierde versnelling niet kan vinden. Misschien krijgen we wel van die O.J. Simpson-toestanden, met een hele colonne auto's in slowmotion, gefilmd vanuit pershelikopters.

Wat ik me nog heel goed kan herinneren, is de laatste scène uit *Butch Cassidy and the Sundance Kid*, als Redford en Newman al grappend en grollend naar buiten komen en dan oog in oog staan met het Mexicaanse leger. Mijn eigen houding ten opzichte van de dood is iets minder onverschrokken. En ik kan al helemaal niets eervols ontdekken aan een regen van kogels en een gesloten lijkkist.

Lucas Dutton woont in een huis van rode baksteen, ergens in een buitenwijk, waar de buurtwinkels plaats hebben gemaakt voor drugsdealers en bordelen. Elk leeg stukje muur is met verf onder-gespoten. Zelfs de politieke en christelijk getinte muurschilderin-gen hebben het moeten ontgelden. Enig gevoel voor kleur of cre-ativiteit ontbreekt. Het is redeloos, boosaardig vandalisme.

Lucas staat op de oprit op een ladder te balanceren en probeert een basket van de muur te schroeven. Zijn haar is nog donkerder dan vroeger, maar rond zijn middel is hij dikker geworden, en zijn voorhoofd is doorgroefd met rimpels die overgaan in borstelige wenkbrauwen.

'Heb je hulp nodig?'

Hij kijkt naar beneden, maar het duurt even voor hij een naam aan mijn gezicht heeft verbonden.

'Die dingen zitten helemaal vastgeroest,' zegt hij, en hij tikt op de bouten. Hij daalt de ladder af, veegt zijn handen schoon aan de voorkant van zijn shirt en schudt mijn hand. Tegelijkertijd schie-ten zijn ogen naar de voordeur, en zo verraadt hij zijn nervositeit. Zijn vrouw zal wel binnen zijn. Ze hebben het nieuws ongetwij-feld gezien of het op de radio gehoord.

Uit een raam op de bovenverdieping klinkt muziek: iets met veel dreunende bassen en gemix van draaitafels. Lucas volgt mijn blik.

'Ik zeg altijd tegen haar dat ze het wat zachter moet zetten, maar zij zegt dat het juist hard moet staan. Het zal mijn leeftijd wel we-zen, denk ik.'

Ik kan me de tweeling nog goed herinneren. Sonia kon heel goed zwemmen – of het nou in het zwembad was of in zee, ze had een prachtige slag. Op een weekend hadden ze me uitgenodigd voor een barbecue, Sonia moet toen een jaar of negen zijn ge-weest. Ze kondigde aan dat ze van plan was ooit het Kanaal over te zwemmen.

'Het gaat veel sneller als de tunnel eenmaal klaar is,' zei ik tegen haar.

Iedereen moest lachen. Sonia rolde met haar ogen. Vanaf dat moment vond ze me niet meer aardig.

Haar tweelingzus, Claire, was de boekenwurm van de familie. Ze droeg een bril met een stalen montuur en had een lui oog. Ze bracht bijna de hele barbecue op haar kamer door, en klaagde dat ze de tv niet kon horen omdat we buiten 'kwebbelden als een stel apen'.

Lucas klapt de ladder in en zegt dat 'de meiden' de basket niet langer gebruiken.

'Wat vreselijk van Sonia,' zeg ik.

Hij doet net alsof hij me niet gehoord heeft. Het gereedschap verdwijnt in een gereedschapskist. Ik sta op het punt hem te vragen hoe het is gebeurd als hij me vertelt dat Sonia net twee medailles had gewonnen bij de nationale zwemkampioenschappen en dat ze een afstandsrecord had gebroken.

'Maar ondanks al dat getrain, al die baantjes 's ochtends in alle vroegte, de ene kilometer na de andere, wist ze dat ze nooit goed genoeg zou worden om aan de Olympische Spelen te mogen meedoen. Er loopt zo'n dun lijntje tussen gewoon goed en heel goed...'

Ik laat hem praten, want het is duidelijk dat hij probeert aan te geven hoe het is als het talent van een kind achterblijft bij haar ambitie. Het hele verhaal ontvouwt zich. Sonia Dutton, nog net geen drieëntwintig, uitgedost voor een rockconcert. Ze ging met Claire en een groepje vrienden van de universiteit. Iemand gaf haar een witte pil bedrukt met een schelpenlogo. Ze danste de hele nacht door tot haar hartslag versnelde en haar bloeddruk de pan uit rees. Ze voelde zich slap en angstig. Op het toilet zakte ze in elkaar.

Lucas zit nog steeds boven de gereedschapskist gehurkt, alsof hij iets kwijt is. Zijn schouders schokken. Op hese toon vertelt hij dat Sonia drie weken in coma heeft gelegen en niet meer bij bewustzijn is gekomen. Lucas en zijn vrouw waren het oneens over de vraag of het beademingsapparaat uitgeschakeld moest worden. Hij was de pragmaticus van hen tweeën. Hij wilde zich haar kunnen herinneren zoals ze met haar soepele slag door het water gleed. Zijn vrouw verweet hem dat hij alle hoop had opgegeven, dat hij alleen maar aan zichzelf dacht, dat hij niet hard genoeg om een wonder bad.

'Sindsdien heeft ze amper tien woorden tegen me gezegd – en

niet eens allemaal in één zin. Gisteravond vertelde ze me dat ze je foto op het nieuws had gezien. Ik stelde haar een paar vragen en ze gaf nog antwoord ook. Dat was voor het eerst in een eeuwigheid...'

'Wie heeft die pil aan Sonia gegeven? Hebben ze ooit iemand te pakken gekregen?'

Lucas schudt zijn hoofd. Claire had een beschrijving gegeven. Op het bureau kreeg ze politiefoto's te zien en een rij mogelijke verdachten.

'Hoe zag hij er volgens haar uit?'

'Lang, mager, gebruind... hij had glad, achterovergekamd haar.'

'Hoe oud was-ie?'

'Begin dertig.'

Hij sluit de gereedschapskist en klikt de metalen schuifjes dicht, waarna hij een vertwijfelde blik op het huis werpt. Hij is nog niet in staat naar binnen te gaan. Karweitjes zoals het verwijderen van de basket zijn belangrijk geworden, want zo blijft hij bezig en loopt hij haar niet voor de voeten.

'Sonia zou nooit met opzet drugs gebruiken,' zegt hij. 'Ze wilde naar de Olympische Spelen. Ze was maar al te goed op de hoogte van verboden middelen en drugstests. Iemand moet het haar hebben toegeschoven.'

'Kun je je Bobby Morgan nog herinneren?'

'Ja.'

'Wanneer heb je hem voor het laatst gezien?'

'Veertien... vijftien jaar geleden. Het was nog maar een jochie.'

'Sindsdien niet meer?'

Hij schudt zijn hoofd en dan knijpt hij zijn ogen samen alsof hem op dat moment iets te binnen schiet. 'Sonia kende iemand die Bobby Morgan heette. Dat kan toch niet dezelfde zijn geweest? Hij werkte bij de zwemclub.'

'Heb je hem ooit gezien?'

'Nee.' Hij ziet de gordijnen van de zitkamer bewegen. 'Ik zou hier maar niet te lang blijven hangen als ik jou was,' zegt hij. 'Als ze je ziet, belt ze de politie.'

De gereedschapskist hangt zwaar aan zijn rechterhand. Hij

neemt hem over in zijn linkerhand en kijkt even omhoog naar de basket. 'Ik denk dat die nog maar een tijdje moet blijven hangen.'

Ik bedank hem en hij haast zich naar binnen. De deur slaat dicht en als ik wegloop, weerklinken mijn voetstappen in de stilte. Vroeger vond ik Dutton eigenwijs en dogmatisch, iemand die niet bereid was naar anderen te luisteren of zijn standpunt te wijzigen als we cliënten bespraken. Hij was zo'n typisch autocratische, muggenzifterige ambtenaar die de treinen perfect op tijd laat rijden, maar gigantisch faalt als het op mensen aankomt. Was zijn personeel maar net zo trouw als zijn Skoda – die altijd onmiddellijk startte als het 's ochtends koud was en op elk rukje aan het stuur reageerde. Nu is hij van zijn voetstuk gevallen, neergehaald, door de omstandigheden verslagen.

De man die Sonia dat ellendige witte pilletje heeft gegeven kan Bobby haast niet geweest zijn, maar getuigenverslagen zijn vaak allesbehalve betrouwbaar. Stress en shock kunnen de waarneming beïnvloeden. Het geheugen zit vol gaten. Bobby is een kameleon, die voortdurend van kleur verandert, zichzelf van camouflage voorziet, de ene keer naar voren schiet en dan weer naar achteren, maar die altijd in zijn omgeving opgaat.

Tante Gracie zei vaak een gedichtje voor me op – een politiek incorrect rijmpje – dat 'Tien kleine negertjes' heette. Het begon zo: 'Tien kleine negertjes die liepen in de regen, maar eentje die wou schuilen gaan, toen waren er nog negen. Negen kleine negertjes die dwaalden door de nacht, maar eentje ging wat al te ver, toen waren er nog acht...'

Negertjes lijden schipbreuk, vallen in ravijnen, worden door stieren op de hoorns genomen en slaan om met hun kano, tot er nog maar eentje overblijft, moederziel alleen. Ik voel me net dat laatste kleine negertje.

Nu snap ik waar Bobby mee bezig is. Hij probeert ieder van ons te beroven van wat ons het dierbaarst is – een kind van wie we zielsveel houden, een partner met wie we hecht verbonden zijn, het gevoel dat we ergens bij horen. Hij wil dat we even hevig lijden als hij, dat we verliezen waar we het meest van houden, dat we zíjn verlies ervaren.

Mel en Boyd waren zielsverwanten. Iedereen die ze kende, kon het zien. Jerzy en Esther Gorski hadden de gaskamers van de nazi's overleefd en zich in Noord-Londen gevestigd, waar ze hun enige kind grootbrachten. Alison werd onderwijzeres en verhuisde naar Liverpool. De brandweerlieden vonden Jerzy's lichaam onder aan de trap. Hij leefde nog, ondanks zijn brandwonden. Esther stikte in haar slaap.

Catherine McBride, een geliefde kleindochter uit een gegoede familie: ze was eigenzinnig en stikverwend, maar wist zich altijd verzekerd van de liefde van haar grootvader, die haar aanbad en haar al haar misstappen vergaf.

Rupert Erskine had geen vrouw of kinderen. Misschien kon Bobby maar niet ontdekken wat zijn dierbaarste bezit was, of misschien wist hij het al die tijd wel. Erskine was een chagrijnige ouwe zeur, ongeveer even sympathiek als een schroeiplek in het tapijt. We vergaven het hem, want het zal hem niet makkelijk zijn gevallen om jarenlang voor zijn vrouw te moeten zorgen. Bobby was minder clement. Hij liet hem lang genoeg leven – vastgebonden aan een stoel – om al zijn tekortkomingen te berouwen.

Misschien zijn er nog meer slachtoffers. Het ontbreekt me aan tijd om ze allemaal op te sporen. Wat Elisa betreft, heb ik gefaald. Ik heb Bobby's geheim niet vroeg genoeg ontdekt. Bij elke volgende moord is Bobby geraffineerder te werk gegaan, maar ík moet de klapper worden. Hij had me Julianne of Charlie kunnen ontnemen, maar in plaats daarvan heeft hij besloten alles van me af te pakken – mijn gezin, vrienden, carrière, reputatie en uiteindelijk mijn vrijheid. En hij wil dat ik wéét dat hij er verantwoordelijk voor is.

Waar het bij de analyse om draait, is begrip. Het gaat er niet om dat je ergens de essentie uit haalt om die vervolgens tot iets anders te reduceren. Bobby heeft me ooit verweten dat ik voor God speelde. Hij zei dat mensen zoals ik het niet konden laten hun handen in iemands psyche te steken en zijn kijk op de wereld te veranderen.

Misschien had hij gelijk. Misschien heb ik fouten gemaakt, misschien ben ook ik in de val gelopen en heb niet diep genoeg nagedacht over oorzaak en gevolg. En ik weet dat als puntje bij paaltje komt het niet toereikend is om mijn verontschuldigingen aan te bieden en te zeggen: 'Ik heb het goed bedoeld.' Dat zeiden ze tegen Gracie toen ze haar baby wegnamen. Dergelijke woorden heb ik zelf ook gebruikt. 'Met de beste bedoelingen...' en 'We zullen ons uiterste best doen...'

Een van mijn eerste cases in Liverpool betrof een geestelijk gehandicapte vrouw van twintig, die geen familie had om haar te ondersteunen en haar hele leven in inrichtingen had doorgebracht. Ik moest beoordelen of ze haar ongeboren kind kon houden.

Ik zie Sharon weer voor me in haar zomerjurk, die strak om haar zwangere buik spande. Ze had veel zorg aan haar uiterlijk besteed, en haar haren gewassen en geborsteld. Ze wist maar al te goed dat haar toekomst van dit gesprek afhing. Maar ondanks al haar inspanningen was ze kleine dingetjes vergeten. Haar sokken waren wel van dezelfde kleur, maar niet even lang. De rits aan de zijkant van haar jurk was kapot. Over haar wang liep een veeg lipstick.

'Weet je waarom je hier bent, Sharon?'

'Jawel, meneer.'

'We moeten kijken of je wel voor je baby kunt zorgen. Dat is een heel grote verantwoordelijkheid.'

'Dat kan ik wel, hoor. Dat kan ik heus wel. Ik word een heel goeie moeder. Ik ga heel veel van mijn baby houden.'

'Weet je waar baby's vandaan komen?'

'Hij groeit binnen in me. God heeft hem erin gestopt.' Ze klonk heel eerbiedig en wreef over haar buik.

Daar had ik niet van terug. 'Laten we eens doen alsof. Oké? Probeer je eens voor te stellen dat je je baby in bad doet en dat de telefoon dan gaat. De baby is helemaal glibberig en nat. Wat doe je dan?'

'Dan... dan... dan leg ik mijn baby op de vloer, in een handdoek.'

'Terwijl je de telefoon beantwoordt, wordt er op de voordeur geklopt. Doe je dan open?'

Even leek ze van haar stuk gebracht. 'Het zou wel eens de brandweer kunnen zijn,' voegde ik eraan toe. 'Of misschien is het je maatschappelijk werker.'

'Dan zou ik opendoen,' zei ze, en ze knikte energiek met haar hoofd.

'Het blijkt je buurvrouw te zijn. Een stel jongens heeft een steen door haar ruit gegooid. Ze moet naar haar werk. Ze vraagt of jij zolang in haar flat op de glaszetters wilt wachten.'

'Wat zijn het toch ook rotzakken – altijd maar stenen gooien,' zei Sharon terwijl ze haar vuisten balde.

'Jouw buurvrouw heeft satelliet-tv: filmkanalen, tekenfilmpjes, allemaal series. Waar ga je naar zitten kijken terwijl je wacht?'

'Tekenfilmpjes.'

'En ga je nog een kopje thee zetten?'

'Misschien.'

'Je buurvrouw heeft geld achtergelaten zodat je de glaszetter kunt betalen. Vijftig pond. Het karwei kost maar vijfenveertig pond, maar ze heeft gezegd dat je het wisselgeld mag houden.'

Haar ogen beginnen te stralen. 'Mag ik het geld echt houden?'

'Ja. Wat ga je ervoor kopen?'

'Chocola.'

'Waar ga je dat kopen?'

'In het winkelcentrum.'

'Als je boodschappen doet, wat neem je dan meestal mee?'

'Mijn sleutels en mijn portemonnee.'

'Verder nog iets?'

Ze schudt haar hoofd.

'Waar is je baby gebleven, Sharon?'

Een panische blik verscheen in haar ogen en haar onderlip begon te beven. Net toen ik dacht dat ze in huilen zou uitbarsten, zei ze opeens: 'Daar past Barney wel op.'

'Wie is Barney?'

'Mijn hond.'

Een paar maanden later zat ik op de gang bij de verloskamer en hoorde Sharon snikken terwijl haar zoontje in een dekentje werd gewikkeld en van haar werd afgenomen. Het was mijn taak het

kind naar een ander ziekenhuis te brengen. Ik gespte zijn reis-
wiegje vast op de achterbank van mijn auto. Terwijl ik op het sla-
pende bundeltje neerkeek, vroeg ik me af wat hij jaren later zou
vinden van de beslissing die ik voor hem had genomen. Zou hij
me dankbaar zijn omdat ik hem had gered of zou hij me verwijten dat ik zijn leven had vernield?

Er is wel een ander kind teruggekomen. Zijn boodschap is duidelijk. We hebben het wat Bobby betreft laten afweten. We hebben het wat zijn vader betreft laten afweten – een onschuldige
man, die werd gearresteerd en urenlang vragen moest beantwoorden over zijn seksleven en de lengte van zijn penis. Thuis en
op zijn werk werd alles overhoopgehaald om kinderporno te vinden die er niet was, en zijn naam werd op een landelijke lijst met
zedendelinquenten geplaatst, ook al was hij nooit in staat van beschuldiging gesteld, laat staan veroordeeld.

Deze onuitwisbare smet zou zijn leven voor altijd tekenen.
Het zou al zijn toekomstige relaties aantasten. Hij zou het aan
zijn vrouw of partner moeten vertellen. Het zou riskant zijn om
een kind te verwekken. Het coachen van het voetbalteam van
zijn zoontje zou zonder meer roekeloos zijn. Reden genoeg om
iemand tot zelfmoord te brengen.

Socrates – de wijste van alle Grieken – werd er ten onrechte van
beschuldigd de Atheense jeugd te hebben gecorrumpeerd en hij
werd ter dood veroordeeld. Hij had kunnen ontsnappen, maar hij
dronk de gifbeker leeg. Socrates was van mening dat ons lichaam
minder belangrijk is dan onze ziel. Misschien leed hij aan de ziekte van Parkinson.

Ik ben ook schuldig aan wat er met Bobby is gebeurd. Ik maakte
deel uit van het systeem. Ik was zo laf om met het besluit in te
stemmen. In plaats van ertegen in te gaan, zweeg ik. Ik sloot me
aan bij het meerderheidsstandpunt. Ik was jong, stond aan het
begin van mijn carrière, maar dat is geen excuus. Ik stelde me als
toeschouwer op, niet als scheidsrechter.

Julianne schold me voor lafaard uit toen ze me de deur wees. Ik
begrijp nu wat ze bedoelde. Ik ben altijd op de tribune blijven zitten, weigerde me te laten meeslepen door mijn huwelijk of mijn

ziekte. Ik hield afstand, bang voor wat er zou kunnen gebeuren. Ik heb me volkomen in beslag laten nemen door mijn eigen geestesgesteldheid. Ik was zo bang om buiten de boot te vallen dat ik de ijsberg niet zag naderen.

6

Drie uur geleden heb ik een plan uitgedacht. Het was niet het eerste. Ik had er al een stuk of tien onder de loep genomen en alle belangrijke punten doorlopen, maar er was er niet één bij dat geen onoverkomelijk mankement had. En daarvan kan ik er niet nog meer gebruiken. Mijn vindingrijkheid moet door mijn fysieke beperkingen worden ingedamd. Zo kon ik alles wel vergeten waarvoor ik van een gebouw moest abseilen, een bewaker moest overmeesteren, een beveiligingssysteem moest uitschakelen of een kluis moest kraken.

Ik verwees ook alle plannen naar de prullenbak waarvoor ik geen ontsnappingsstrategie kon bedenken. Daarom zijn de meeste acties ook tot mislukken gedoemd. Men denkt niet ver genoeg vooruit. De afwerking is het saaie gedeelte, het opruimen van de rommel, wanneer de glamour en de opwinding van de grote uitdaging verdwenen zijn. Mensen raken gefrustreerd en plannen slechts tot op een bepaald punt, vanwaar ze het met improvisatie denken te redden, ervan overtuigd dat ze de terugtocht even bekwaam zullen afhandelen als de opmars.

Ik weet dit omdat ik mensen in mijn spreekkamer heb gehad die van bedriegen, stelen en verdonkeremanen hun beroep hebben gemaakt. Ze wonen in mooie huizen, sturen hun kinderen naar particuliere scholen en spelen golf met een zeer lage handicap. Ze stemmen conservatief en vinden de openbare veiligheid van het grootste belang, want je kunt tegenwoordig niet meer rustig op straat lopen. Dergelijke lieden worden zelden betrapt en draaien bijna nooit de bak in. En waarom niet? Omdat ze met elke mogelijkheid rekening houden.

Ik zit in het donkerste hoekje van een parkeergarage in Liverpool. Op de zitplaats naast me staat een boodschappentas van waspapier met een handvat van gevlochten touw. Daar zitten mijn oude kleren in, en ik draag nu een nieuwe, donkergrijze broek, een wollen trui en een jas. Mijn haar is keurig geknipt en mijn gezicht glad geschoren. Tussen mijn benen ligt een wandelstok. Nu ik toch kreupel loop, kan ik maar het beste inspelen op het medeleven van de mensen.

De telefoon gaat. Ik herken het nummer op het schermpje niet. Heel even vraag ik me af of Bobby me misschien heeft gevonden. Ik had kunnen weten dat het Ruiz was.

'Ik sta van u te kijken, dr. O'Loughlin...' Zijn stem is een en al geschraap en gerochel. 'Ik dacht dat u het type was dat zich bij het dichtstbijzijnde politiebureau zou melden met een heel team advocaten en een pr-man op sleeptouw.'

'Het spijt me dat ik u moet teleurstellen.'

'Dat heeft me dan twintig pond gekost. Geeft niet – we hebben een nieuw wedje gelegd. Nu gaat het erom of u al dan niet wordt neergeknald.'

'Wat is de inzet?'

'Drie tegen één als u een kogel weet te ontwijken.'

Ik hoor verkeersgeluiden op de achtergrond. Hij zit op de snelweg.

'Ik weet waar u bent,' zegt hij.

'U gokt maar wat.'

'Nee, hoor. En ik weet ook wat u van plan bent.'

'En dat is?'

'Vertel me eerst maar eens waarom u Elisa hebt vermoord.'

'Ik heb haar niet vermoord.'

Ruiz neemt een lange haal van zijn sigaret. Hij is weer gaan roken. Het schenkt me een merkwaardig soort voldoening. 'Waarom zou ik Elisa vermoorden? Ik heb de nacht van 13 november bij haar geslapen. Ze was mijn alibi.'

'Dat is dan pech voor u.'

'Ze wilde een verklaring afleggen, maar ik wist dat u haar toch niet zou geloven. U zou haar verleden weer oprakelen en haar vernederen. Dat wilde ik haar niet nog eens aandoen...'

Hij lacht zoals Jock ook vaak lacht, alsof ik niet goed snik ben.

'We hebben de schep gevonden,' zegt hij. 'Die lag onder een hele berg bladeren begraven.'

Waar heeft hij het over? Denk na! Er stond een schep tegen Gracies grafsteen.

'De jongens en meisjes van het lab hebben ons weer op onze wenken bediend. Ze hebben de grondmonsters die op de schep zijn aangetroffen met die van Catherines graf vergeleken. En toen hebben ze de vingerafdrukken op de handgreep met de uwe vergeleken.'

Wanneer houdt dit op? Ik wil het gewoon niet meer weten. Ik praat over Ruiz heen en probeer de wanhoop uit mijn stem te weren. Ik zeg tegen hem dat hij weer bij het begin moet beginnen en naar het rode randje moet zoeken.

'Hij heet Bobby Morgan – niet Moran. Sla het dossier er maar op na. Daar vindt u alle stukjes van de puzzel. U hoeft ze alleen maar in elkaar te passen...'

Hij luistert niet naar me. Het gaat zijn bevattingsvermogen te boven.

'Onder andere omstandigheden zou ik bewondering hebben voor uw enthousiasme, maar ik heb al genoeg bewijs in handen,' zegt hij. 'Ik heb het motief, de gelegenheid en het fysieke bewijs. U had uw terrein niet beter kunnen afbakenen als u in alle hoeken had gezeken.'

'Ik kan het uitleggen...'

'Prima! Leg het maar uit aan de jury! Dat is nou zo mooi aan ons rechtssysteem – u krijgt alle kans om uw gelijk te bewijzen. Als de jury u niet gelooft, dan kunt u in beroep gaan bij het hooggerechtshof en dan bij het Hogerhuis en godbeter ook nog bij het Europese Hof voor de Rechten van de Mens. U kunt de rest van uw leven in hoger beroep blijven gaan. Zo doodt u de tijd een beetje als u levenslang achter de tralies zit.'

Ik druk op de 'end'-knop en zet de telefoon uit.

Ik verlaat de parkeergarage via de trap naar beneden en kom op straat uit. Ik dump mijn oude kleren en schoenen in een afvalbak, samen met de weekendtas en de doorweekte stukken papier uit mijn hotelkamer. Terwijl ik over straat loop, zwaai ik met mijn wandelstok in een poging zwierig en opgewekt over te komen. Overal is winkelpubliek en uit elke met glitter opgetooide zaak klinken kerstliedjes. Heimwee bekruipt me. Charlie is gek op dat soort dingen – de kerstmannen in de warenhuizen, de etalages, oude Bing Crosby-films die zich afspelen in Vermont.

Als ik de straat wil oversteken, zie ik een aanplakbiljet op de zijkant van een krantenbusje. JACHT OP MOORDENAAR CATHE-RINE. Eronder prijkt mijn gezicht, vastgeklemd achter plastic draad. Van het ene moment op het andere is het alsof ik een enorm neonbord op mijn hoofd heb, waarvan de pijl naar beneden wijst.

Voor me verrijst het Adelphi Hotel. Ik ga de draaideur door en steek de lobby over, waarbij ik vecht tegen de neiging mijn pas te versnellen. Ik zeg tegen mezelf dat ik rustig moet blijven lopen, niet in elkaar gedoken. Hoofd omhoog. Blik naar voren.

Het is een imposant oud spoorhotel, dat nog stamt uit de tijd toen stoomtreinen uit Londen arriveerden en stoomschepen naar New York vertrokken. Nu ziet het er even vermoeid uit als sommigen van de serveersters, die eigenlijk thuis zouden moeten zitten en hun haar in de krul zetten.

Het *business centre* bevindt zich op de eerste verdieping. De secretaresse heet Nancy, een mager ding met een rood permanentje en om haar nek een rood sjaaltje dat bij haar lipstick past. Ze vraagt niet naar een visitekaartje en evenmin controleert ze mijn kamernummer.

'Als u vragen hebt, kunt u bij mij terecht,' zegt ze behulpzaam.

'Ik red me wel. Ik hoef alleen maar even mijn mail te checken.' Ik neem achter een terminal plaats en keer haar mijn rug toe.

'Trouwens, Nancy, zou je toch iets voor me willen doen? Zou je willen kijken of er vanmiddag nog vluchten naar Dublin zijn?'

Enkele minuten later dreunt ze een hele lijst op. Ik kies de lijnvlucht aan het eind van de middag en geef het nummer en de overige bijzonderheden van mijn creditcard aan haar door.

'Wil je ook even uitzoeken hoe ik in Edinburgh kan komen?' vraag ik.

Ze trekt een wenkbrauw op.

'Je weet hoe het gaat op zo'n hoofdkantoor,' leg ik uit. 'Ze kunnen ook nooit een beslissing nemen.'

Ze knikt en glimlacht.

'En kijk eens of er nog een slaaphut vrij is op de ferry naar Man.'

'U krijgt het geld voor de tickets niet terug.'

'Dat geeft niet.'

Ondertussen zoek ik de e-mailadressen van alle grote dagbladen op en maak een lijst met namen van nieuwsredacteuren, redactiechefs en misdaadverslaggevers. Ik begin met mijn rechterhand een e-mail te typen, waarbij ik de toetsen een voor een indruk. Mijn linkerhand stop ik onder mijn dijbeen om het beven tegen te gaan.

Allereerst lever ik het bewijs voor mijn identiteit – ik noem mijn naam, adres, sofi-nummer en beroepsgegevens. Ze mogen niet denken dat ze voor de gek worden gehouden. Ze moeten zeker weten dat ze met Joseph O'Loughlin te maken hebben – de man die Catherine McBride en Elisa Velasco heeft vermoord.

Het is even na vieren. Redacteuren beslissen nu welke verhalen in de eerste editie worden opgenomen. Morgen moet ik voorpaginanieuws zijn. Ik moet Bobby van zijn koers zien af te brengen – hij moet blijven gissen.

Tot nu toe is hij me altijd twee, drie of vier stappen voor geweest. Hij heeft briljante wraakacties uitgedacht en ze in koelen bloede uitgevoerd. Hij heeft niet simpelweg straf uitgedeeld. Hij heeft het tot kunst verheven. Maar hoe geniaal hij ook is, ook hij kan zich vergissen. Niemand is onfeilbaar. Hij heeft een vrouw bewusteloos geschopt omdat ze hem aan zijn moeder deed denken.

L.S.

Dit is mijn bekentenis en mijn testament. Ik, Joseph William O'Loughlin, verklaar hierbij plechtig en in alle oprechtheid dat ik verantwoordelijk ben voor de moord op Catherine McBride en Elisa Velasco. Ieder die rouwt om hun dood bied ik mijn verontschuldigingen aan. En allen die in mij hebben geloofd, betuig ik mijn welgemeende spijt.

Ik ben van plan mezelf binnen vierentwintig uur over te geven aan de politie. Als dat moment is aangebroken, zal ik me niet verschuilen achter advocaten of me verschonen voor het leed dat ik heb aangericht. Ik zal niet beweren dat ik naar innerlijke stemmen heb geluisterd. Ik verkeerde niet onder invloed van drugs en evenmin volgde ik de bevelen van Satan op. Ik had dit kunnen voorkomen. Onschuldige mensen zijn gestorven. Ieder uur van mijn leven zal ik onder schuld gebukt gaan.

Ik noem alle namen, te beginnen bij Catherine McBride. Ik schrijf alles op wat ik weet over haar moord. Boyd Cossimo is de volgende. Ik beschrijf de laatste dagen van Rupert Erskine; de overdosis van Sonia Dutton; de brand die Esther Gorski het leven kostte en van haar man een wrak maakte. Elisa is het laatst aan de beurt.

Ik wil geen enkele verzachtende omstandigheid aanvoeren. Sommigen van u zullen misschien meer over mijn misdaden willen weten. In dat geval zult u zich in mijn positie moeten verplaatsen of iemand zien te vinden die dat heeft gedaan. Een dergelijk iemand bestaat. Hij heet Bobby Moran (ook wel Bobby Morgan) en hij verschijnt morgenochtend voor de rechter, in het Central Criminal Court in Londen. Hij begrijpt beter dan wie dan ook wat het betekent om zowel slachtoffer als dader te zijn.

Met vriendelijke groet,
Joseph O'Loughlin

Ik heb aan alles gedacht, behalve aan wat dit voor Charlie betekent. Bobby werd het slachtoffer van een beslissing waar hij geen enkele invloed op had. Nu doe ik mijn dochter hetzelfde aan. Mijn vinger blijft boven de muisknop hangen. Ik heb geen keus. De e-mail verdwijnt in het doolhof van het elektronische postkantoor.

Nancy denkt dat ik gek ben, maar heeft niettemin alle reizen voor me geregeld en vluchten geboekt naar Dublin, Edinburgh,

Londen, Parijs en Frankfurt. Bovendien zijn er eersteklaszitplaatsen gereserveerd in treinen naar Birmingham, Newcastle, Glasgow, Londen, Swansea en Leeds. Ze is er ook in geslaagd een witte Vauxhall Cavalier voor me te huren, die beneden staat te wachten.

Alles is betaald met een pasje waarvoor geen machtiging van de bank nodig is. Het pasje hoort bij een effectenrekening die mijn vader ooit heeft geopend. Van successierechten moet hij ook al niks hebben. Ik ga ervan uit dat Ruiz al mijn bankrekeningen heeft laten blokkeren, maar aan deze kan hij niet komen.

De deuren van de lift gaan open en ik loop de lobby door, mijn blik strak naar voren gericht. Ik knal tegen een potpalm op en besef dat ik opzij zwenk. Lopen is nu een voortdurend bijstellen en corrigeren, te vergelijken met het aan de grond zetten van een vliegtuig.

De huurauto staat buiten geparkeerd. Als ik de trap voor het hotel afloop, verwacht ik elk moment een hand op mijn schouder of een kreet van herkenning of schrik. Mijn vingers hebben moeite met de sleutels. Er staat een rij zwarte taxi's voor me, maar een ervan rijdt langzaam weg zodat ik ruimte krijg. Ik rijd met de verkeersstroom mee, werp af en toe een blik in de spiegels en probeer me te herinneren hoe je het snelst de stad uit komt.

Als ik voor een stoplicht moet wachten, kijk ik langs de voetgangersmenigte naar de parkeergarage met zijn vele verdiepingen. Drie politieauto's versperren de oprit en eentje heeft het trottoir geblokkeerd. Ruiz leunt tegen een open portier en voert een gesprek via de politiezender. Zijn gezicht staat op onweer.

Als het licht op groen springt, zie ik in mijn verbeelding Ruiz opkijken, en dan groet ik hem, als een heldhaftige piloot uit de Eerste Wereldoorlog, die zich in zijn gehavende vliegtuig weer in de strijd gaat storten.

Op de radio draaien ze een van mijn lievelingssongs – 'Jumping Jack Flash'. Op de universiteit speelde ik basgitaar in een band die The Screaming Dick Nixons heette. We waren niet zo goed als de Rolling Stones, maar we maakten wel meer lawaai. Ik had geen idee hoe ik basgitaar moest spelen, maar het was een heel makkelijk instrument voor iemand die deed alsof. Eigenlijk wilde ik alleen maar meisjes versieren, maar dat was voorbehouden aan onze leadzanger, Morris Whiteside, die lang haar had en een kruisigingstafereel op zijn borst had laten tatoeëren. Hij is nu hoofdaccountant en werkt voor de Deutsche Bank.

Ik rijd in westelijke richting, naar Toxteth, en parkeer de Cavalier op een stuk braakliggend terrein, te midden van geblakerde resten en onkruid. Ik word gadegeslagen door een stel tieners dat zich ophoudt in de schaduwen naast een dichtgetimmerd buurthuis. Ik zit in het soort patserige auto dat ze normaal alleen maar op wat bakstenen zien staan.

Ik bel naar huis. Julianne neemt op. Haar stem klinkt dichtbij en glashelder, maar toch hoor ik een lichte trilling. 'Godzijdank! Waar heb je gezeten? Er staan hier de hele tijd journalisten op de stoep. Ze zeggen dat je gevaarlijk bent. Ze zeggen dat de politie van plan is je neer te schieten.'

Ik probeer het gesprek van vuurwapens af te leiden. 'Ik weet wie dit gedaan heeft. Bobby wil me straffen voor iets wat heel lang geleden gebeurd is. Het gaat niet alleen om mij. Hij heeft een hele lijst namen...'

'Wat voor lijst?'

'Boyd is dood.'

'Hoezo?'

'Hij werd vermoord. En Erskine ook.'

'Jezus!'

'Houdt de politie het huis nog steeds in de gaten?'

'Ik weet het niet. Gisteren was er iemand in een wit busje. Ik dacht eerst dat het D.J. was, om de centrale verwarming af te maken, maar hij komt morgen pas.'

Op de achtergrond hoor ik Charlie zingen. Een golf van tederheid stokt in mijn keel.

De politie zal het telefoontje proberen te traceren. Met mobiele telefoons moeten ze van voren naar achteren werken en de zendmasten opsporen die het signaal doorgeven. Er staan waarschijnlijk een stuk of vijf zenders tussen Liverpool en Londen. Telkens als ze eentje kunnen afstrepen, wordt het gebied dat ze moeten doorzoeken kleiner.

'Ik wil dat je aan de lijn blijft, Julianne. Als ik niet terugbel, moet je de lijn toch openhouden. Het is belangrijk.' Ik schuif de telefoon onder de bestuurdersstoel. De sleutels van de auto laat ik in het contact zitten. Ik sla het portier dicht en loop weg, mijn hoofd gebogen, en terwijl ik in het duister verdwijn, vraag ik me af of hij me nog steeds in de gaten houdt.

Twintig minuten later bevind ik me op een verlaten, troosteloos perron en stap opgelucht op een lokale trein. De rijtuigen zijn zo goed als leeg.

Ruiz zal zo langzamerhand wel op de hoogte zijn van alle ferry-, trein- en vliegreizen die ik heb geboekt. Hij beseft maar al te goed dat ik de mankracht die hij tot zijn beschikking heeft tot het uiterste probeer op te rekken, maar hij zal toch alle mogelijkheden moeten nagaan.

De sneltrein naar Londen vertrekt van Lime Street Station. De politie doorzoekt ongetwijfeld elk rijtuig, maar hopelijk blijven ze niet in de trein. Edgehill is één halte verder, en daar stap ik kort na halfelf 's avonds over op de trein naar Manchester. Na middernacht stap ik opnieuw over, deze keer op een trein naar York. Daar moet ik drie uur wachten tot de Great North Eastern Express naar Londen vertrekt. Ik zit in een karig verlichte stationshal en kijk naar de schoonmakers, die een wedstrijdje doen in wie het minst uitvoert.

Ik betaal het kaartje contant en zoek het drukste rijtuig op. Als een dronkeman beweeg ik me over het middenpad voort, ik tuimel tegen mensen aan en mompel excuses.

Alleen kinderen staren naar dronkaards. Volwassenen mijden oogcontact en hopen dat ik doorloop en ergens anders een zitplaats kies. Als ik tegen een raampje geleund in slaap val, slaakt het hele rijtuig een collectieve zucht.

7

Als kind reisde ik altijd met de trein van en naar kostschool en dan propte ik me helemaal vol snoepjes en kauwgom, zaken die op Charterhouse niet waren toegestaan.

Soms denk ik dat ze semtex nog eerder hadden goedgekeurd dan klapkauwgum. Een van de ouderejaars, Peter Clavell, slikte eens zoveel van dat spul in dat zijn ingewanden verstopt raakten en de artsen de prop via zijn rectum moesten verwijderen. Het is niet verwonderlijk dat kauwgum vanaf dat moment niet meer zo in trek was.

Mijn vaders peppraatje als ik weer naar school vertrok, behelsde niet veel meer dan een waarschuwing van zeven woorden: 'O wee als de directeur me belt.' Toen Charlie voor het eerst naar school ging, zwoer ik dat ik een ander soort vader zou zijn. Ik riep haar bij me en stak een speech af die ik beter had kunnen bewaren voor de middelbare school, of misschien wel voor de universiteit. Julianne giechelde aan één stuk door en stak ook Charlie aan.

'Je moet niet bang zijn voor rekenen,' zei ik, ter afronding van mijn verhaal.

'Hoezo?'

'Omdat heel veel meisjes bang zijn voor getallen. Ze maken zichzelf gewoon wijs dat ze ergens niet goed in zijn.'

'O,' zei Charlie, maar ze had geen idee waar ik het over had.

Ik vraag me af of ik haar eerste dag op de middelbare school nog zal meemaken. Wekenlang ben ik bang geweest dat de ziekte me van allerlei dingen zou beroven. Die angst valt in het niet nu er moord in het spel is.

Als de trein King's Cross Station binnenrijdt, loop ik langzaam de rijtuigen door terwijl ik ondertussen het perron afspeur naar tekenen die op de aanwezigheid van politie wijzen. Ik sluit me aan bij een oudere dame die een grote koffer meezeult. Wanneer we bij de uitgang zijn aangekomen, bied ik haar mijn hulp aan, en ze knikt dankbaar. Bij het loket keer ik me naar haar toe. 'Waar is uw kaartje, ma?'

Ze overhandigt het zonder een spier te vertrekken. Ik geef beide kaartjes aan de controleur en glimlach vermoeid.

'Vreselijk, hè, zo vroeg al op pad,' zegt hij.

'Ik zal er nooit aan wennen,' antwoord ik, terwijl ik de controlestrookjes weer in ontvangst neem.

Ik baan me een weg door de volle stationshal en blijf even staan bij de kiosk van WH Smith, waar de ochtendbladen in stapels naast elkaar liggen. MOORDENAAR BEKENT – 'IK HEB CATHERINE VERMOORD', luidt de kop op de voorpagina van *The Sun*.

De kwaliteitskranten maken melding van een stijgende rentevoet en een dreigende staking bij de posterijen. Het verhaal over Catherine – mijn verhaal – zit onder de vouw. Mensen reiken langs me heen om een krant te pakken. Niemand maakt oogcontact. Dit is Londen, een stad waar mensen met geheven hoofd en strak gezicht voorbijlopen, alsof ze overal op bedacht zijn en zich nergens mee willen bemoeien. Ze moeten altijd ergens naartoe. Val ze niet lastig. Gewoon doorlopen.

Al lopend meet ik me een bepaald ritme aan en zo baan ik me een weg door Covent Garden, langs de restaurants en dure boetieks. Op de Strand ga ik linksaf en loop door Fleet Street, tot de gotische façade van de Old Bailey voor me verrijst.

Op deze plek staat al bijna vijfhonderd jaar een gerechtsgebouw, en ook daarvoor al, in de middeleeuwen, werden hier elke maandagochtend openbare executies voltrokken.

Ik zoek een plek op aan de overkant van de straat en duik weg tegen een muur in een steegje dat naar de Theems leidt. Naast praktisch elke deur zit een koperen naambordje. Af en toe werp ik een blik op mijn horloge, zodat het lijkt alsof ik op iemand sta te wachten. Mannen en vrouwen in zwarte pakken en toga's spoeden langs, archiefdozen en met lint samengebonden pakken papier onder hun armen geklemd.

Om halftien arriveert de eerste nieuwsploeg – een cameraman en iemand voor het geluid. Anderen voegen zich bij hen. Sommige fotografen hebben trapjes en melkkratten bij zich. De verslaggevers staan op een kluitje achteraan – ze drinken koffie uit wegwerpbekertjes en wisselen roddels en verkeerde informatie uit.

Even voor tienen zie ik een taxi, die aan mijn kant van de straat tot stilstand komt. Eerst stapt Eddie Barrett uit: net Danny DeVito, maar dan met haar. Vervolgens komt Bobby, die minstens twee koppen boven hem uittorent, maar er op de een of andere manier weer in geslaagd is een pak op te duiken dat hem te groot is.

Beiden zijn nog geen vijf meter van me verwijderd. Ik buig mijn hoofd en blaas in mijn handen. De zakken van Bobby's jas puilen uit van de papieren, en zijn ogen zijn waterig blauw. Als hij vanuit de warme taxi de koude lucht in stapt, beslaat zijn bril meteen. Hij blijft even staan om hem schoon te maken. Zijn handen beven niet. De journalisten hebben Eddie inmiddels gezien en staan hem op te wachten, tv-lampen en camera's in de aanslag.

Ik zie dat Bobby zijn hoofd laat hangen. Hij is te groot om zijn gezicht te kunnen verbergen. Journalisten vuren vragen op hem af. Eddie Barrett legt zijn hand op Bobby's arm. Bobby rukt zich los alsof hij zich gebrand heeft. Een tv-camera is op zijn gezicht gericht. Alom geflits. Dat had hij niet verwacht. Het ontbreekt hem aan een plan.

Barrett probeert hem de stenen trap naar de poort op te duwen. Fotografen verdringen zich en plotseling tuimelt een van hen achterover. Bobby staat met geheven vuist over hem heen gebogen. Omstanders grijpen hem bij zijn schouders en Eddie maait met zijn aktetas om zich heen alsof het een zeis is, en zo maakt hij een pad voor hen vrij. Het laatste wat ik zie voor de deuren dichtgaan, is Bobby's hoofd, dat boven het gewoel uitsteekt.

Ik gun mezelf een vluchtige glimlach, meer niet. Voor hoop is het nog te vroeg. Vlakbij is een cadeauwinkel waarvan de etalage vol staat met kerstmannen van marshmallow en rode en groene *Christmas-crackers*. Er zijn rendierklokken met neuzen die oplichten in het donker. Ik maak gebruik van het weerspiegelende glas om de trap naar het gerechtsgebouw in de gaten te houden.

In mijn verbeelding zie ik het tafereel dat zich binnen afspeelt. De persbank is afgeladen en op de publieke tribune zijn alleen nog staanplaatsen. Eddie is in zijn element als er publiek bij is. Hij vraagt vast om verdaging omdat ik me zo amateuristisch heb opgesteld, waarbij hij zal aanvoeren dat zijn cliënt door mijn boosaardige aantijgingen van een normale rechtsgang is verstoken. Er zal een nieuw psychologisch rapport moeten komen, en dat gaat weer weken duren. Blablabla...

Er is altijd een kansje dat de rechter het weigert en Bobby zonder omhaal veroordeelt. Maar waarschijnlijk willigt hij het verzoek om verdaging in en laat Bobby vrijuit gaan – en dan is hij gevaarlijker dan ooit.

Terwijl ik op mijn hielen heen en weer sta te wiebelen, neem ik de regels nog eens door. Mijn voeten niet te dicht bij elkaar zetten. Voeten bewust optillen om geschuifel en gesleep te voorkomen. Probeer de neiging tot zwenken te onderdrukken. Het grappigst vind ik nog de tip voor het doorbreken van een 'verstarde houding', waarvoor ik over een denkbeeldig voorwerp moet stappen. Ik heb visioenen van mezelf als een soort Marcel Marceau.

Ik loop naar het einde van het blok, draai me om en loop weer terug, waarbij ik de troep fotografen voor de ingang van het gerechtsgebouw geen seconde uit het oog verlies. Opeens dringen ze naar voren, camera's boven het hoofd. Eddie heeft ongetwijfeld al een auto klaarstaan. Bobby komt half gebukt naar buiten, baant zich een weg door het gewoel en ploft neer op de achterbank. Het portier slaat dicht terwijl de flitslampen achter elkaar afgaan.

Ik had dit kunnen zien aankomen. Ik had erop voorbereid moeten zijn. Ik strompel de weg op en zwaai met beide armen en mijn wandelstok naar een zwarte taxi. Hij wijkt uit en scheurt langs me zodat een hele rij verkeer hard op de rem moet trappen. Het lampje op de tweede taxi is oranje. De chauffeur moet wel stoppen als hij niet over me heen wil rijden. Hij vertrekt geen spier als ik zeg dat hij de auto voor ons moet volgen. Misschien krijgen taxichauffeurs dat de hele tijd wel te horen.

De zilverkleurige personenwagen met Bobby erin rijdt een eind voor ons uit, ingesloten door twee bussen en een rij auto's. Mijn chauffeur weet zich in gaatjes te manoeuvreren en van de ene rijstrook naar de andere te schieten zonder Bobby's auto kwijt te raken. Ik zie dat hij tegelijkertijd stiekem naar me gluurt in de achteruitkijkspiegel. Hij kijkt snel de andere kant op als onze blikken elkaar kruisen. Hij is nog jong, begin twintig misschien, met roestbruin haar en sproeten in zijn nek. Zijn handen gaan open en dicht en bewegen zenuwachtig over het stuur.

'Je weet wie ik ben, hè?'

Hij knikt.

'Ik ben niet gevaarlijk.'

Hij kijkt me aan, alsof hij naar geruststelling zoekt. Die zal hij in mijn gezicht niet vinden. Mijn Parkinson-masker is als koude, gebeeldhouwde steen.

8

Aan dit stuk van het Grand Union Canal valt niet veel moois te beleven; overal ligt rommel, en het geasfalteerde jaagpad zit vol gaten en scheuren. Een roestig ijzeren hek, dat de rij achtertuinen scheidt van het water, helt gevaarlijk ver voorover. Een met graffiti bekladde caravan zonder deur rust op bakstenen in plaats van op wielen. In een moestuintje steekt een driewielertje half uit de grond.

Bobby heeft niet één keer achteromgekeken sinds de auto hem in Camley Street, achter St Pancras Station, heeft afgezet. Zo langzamerhand ben ik vertrouwd met zijn loopritme. Hij passeert het sluiswachtershuisje en loopt door. Het gebouw van het gasbedrijf werpt een schaduw over de verlaten fabriekshallen op de zuidoever. Het bord van een projectontwikkelaar maakt melding van een nieuw bedrijventerrein.

Vier kanaalboten liggen afgemeerd aan een bocht in een stenen kade. Drie ervan zijn fleurig rood en groen geschilderd. De vierde heeft een boeg als van een sleepboot, een zwarte romp en een roodbruine sierrand langs het achterschip.

Met een soepele beweging stapt Bobby aan boord. Zo te zien klopt hij op het dek. Hij wacht een paar seconden en doet vervolgens het schuifluik van het slot. Hij duwt het naar voren; eronder zit een deur, die hij eveneens ontgrendelt. Hij stapt de cabine binnen en verdwijnt uit het zicht. Ik blijf aan de rand van het jaagpad staan wachten, aan het oog onttrokken door een braamstruik die verwoede pogingen doet een schutting op te slokken. Een vrouw in een grijze jas geeft een ruk aan een hondenriem en loopt me haastig voorbij, het dier met zich mee sleurend.

Vijf minuten verstrijken. Bobby komt weer te voorschijn en werpt een blik in mijn richting. Hij schuift het luik dicht en stapt aan wal. Hij steekt zijn hand in zijn zak en telt zijn kleingeld na. Dan maakt hij zich over het pad uit de voeten. Ik volg op enige afstand, tot hij een trap beklimt die naar een brug voert. Hij loopt in zuidwaartse richting, naar een garage.

Ik keer terug naar de boot, die ik vanbinnen wil bekijken. De gelakte deur is dicht, maar zit niet op slot. Het is donker in de cabine. Voor de smalle raampjes en patrijspoorten hangen gordijntjes. Met twee stappen ben ik in de kombuis. De gootsteenbak van roestvrij staal is schoon. Een eenzaam kopje staat af te druipen op een theedoek.

Na zes stappen ben ik bij de salon. Tegen een van de wanden staat een werkbank, waardoor het eerder een werkplaats lijkt dan een woonvertrek. Als mijn ogen aan het licht zijn gewend, zie ik een gereedschapsbord dat helemaal vol hangt: beitels, moersleutels, bahco's, schroevendraaiers, metaalscharen, schaven en vijlen. Op de planken staan dozen met buizen, sluitringen, boorijzers en waterdichte tape. De vloer gaat gedeeltelijk schuil onder blikken verf, anti-roest, epoxy, was, smeer- en machineolie. Een draagbare generator staat verscholen onder de werkbank. Een oude radio hangt aan een koord van het plafond. Alles staat keurig op zijn plaats.

Aan de tegenoverliggende wand is nog een gereedschapsbord, maar dat is vrijwel leeg. Het enige wat eraan hangt, zijn vier leren manchetten – twee bij de vloer en een bijpassend paar onder het plafond. Mijn blik wordt naar de vloer getrokken. Eigenlijk wil ik het niet zien. Het kale hout en de plinten zitten vol vlekken, donkerder nog dan de duisternis.

Ik deins terug, knal tegen het schot aan en dan sta ik in een slaaphut. Het lijkt wel of alles een beetje scheef is. De matras is te groot voor het bed. De lamp is te groot voor de tafel. De wanden zijn bedekt met knipsels, hoewel het te donker is om ze goed te kunnen zien. Ik doe een lamp aan, maar het duurt even voor mijn ogen zich aan het licht hebben aangepast.

Het volgende moment zit ik. De wanden zijn bedekt met krantenknipsels, foto's, kaarten, diagrammen en tekeningen. Ik zie Charlie, op weg naar school, voetballend, zingend in het schoolkoor, winkelend met haar grootmoeder, in een draaimolen, bij de eendjes. Op andere foto's staat Julianne, op yoga, in de supermarkt, terwijl ze het tuinmeubilair schildert, de deur opendoet... Als ik dichterbij kom herken ik kassabonnen, controlestrookjes, krantjes van de voetbalclub, visitekaartjes, fotokopieën van bankafschriften en telefoonrekeningen, een stratenplan, een bibliotheekpasje, een aanmaning om het schoolgeld te betalen, een parkeerbon, registratiepapieren voor de auto...

Op het nachtkastje ligt een hoge stapel ringbanden. Ik pak de bovenste en sla hem open. Elke pagina is volledig beschreven, in een keurig, gedrongen handschrift. De linkerkantlijn vermeldt tijd en datum. Verder staan er bijzonderheden over mijn hele handel en wandel: plaatsen, afspraken, hun duur en belang, de vervoermiddelen waarmee ik me verplaatste... Het is een soort gebruiksaanwijzing van mijn leven. Hoe het is om mij te zijn!

Ik hoor een geluid boven op het dek. Er wordt iets versleept en uitgegoten. Ik doe het licht uit en probeer rustig te ademen in het donker. Iemand laat zich met een zwaai door het luik zakken en komt de salon binnen. Hij loopt door naar de kombuis en trekt kastjes open. Ik lig op de vloer, weggedoken tussen het schot en het voeteneinde van het bed, en voel mijn hart kloppen aan de onderkant van mijn kaak.

De motor wordt gestart. De zuigers bewegen op en neer en gaan dan op een gestaag ritme over. Door de patrijspoorten zie ik Bobby's benen. Ik voel de boot overhellen als hij over het gangboord loopt en de trossen losgooit.

Ik werp een blik in de richting van de kombuis en de salon. Als ik snel ben, lukt het me misschien om de wal te bereiken voor hij weer in het stuurhuis is. Ik probeer overeind te komen en stoot een rechthoekige lijst om die tegen de wand staat geleund. Hij tuimelt om, maar ik kan hem nog net met één hand opvangen. Heel even hangt het schilderij doodstil in het licht dat door de gordijntjes naar binnen sijpelt: een strandtafereel, badhokjes, ijsstalletjes en een reuzenrad. Aan de horizon Charlies dikke, grijze walvis.

Kreunend val ik naar achteren; mijn benen weigeren dienst. Het is alsof ze iemand anders toebehoren.

De voetstappen keren terug en weer begint de kanaalboot te schommelen. Nu heeft hij de voorste tros losgegooid. De motor wordt in zijn vooruit gezet en we zwenken weg van de ligplaats. Water glijdt langs de romp. Ik hijs mezelf overeind, trek het gordijntje iets open en breng mijn gezicht naar de patrijspoort. Het enige wat ik zie, zijn de toppen van de bomen.

Nu hoor ik een ander geluid – geruis, als van een harde wind. Alle zuurstof lijkt uit de lucht te verdwijnen. Brandstof stroomt over de vloer en wordt door mijn broekspijpen opgezogen. Het gelakte hout knettert als het vlam vat. De damp bijt in mijn ogen en keel. Op mijn knieën kruip ik de boot door, de steeds dikker wordende rook in.

Ik sleep mezelf de U-vormige kombuis door en bereik de salon. De motor is vlakbij. Ik hoor hem tjoeken aan de andere kant van het schot. Ik stoot mijn hoofd aan de trap en klim naar boven. Het luik zit aan de buitenkant op slot. Ik ram er met mijn schouder tegenaan. Er is geen beweging in te krijgen. Ik voel de hitte door de deur heen. Ik moet een andere uitweg zien te vinden.

De lucht is als gesmolten glas in mijn longen. Ik kan geen hand voor ogen zien, maar al tastend vind ik mijn weg. Met mijn hand strijk ik over de bank in de werkruimte tot ik op een hamer en een scherpe, platte beitel stuit. Ik loop weer terug, de hele boot door, weg van de brandhaard; ik stoot tegen wanden en beuk met de hamer op de patrijspoorten. Er zit gewapend glas in.

In het schot van de hut zit een deurtje dat naar een bergruimte leidt. Ik pers me erdoorheen, spartelend als een vis op het droge tot mijn benen zich bij me hebben gevoegd. Onder me ligt vettig zeildoek en opgerold touw. Dit moet de boeg zijn. Ik strek mijn hand naar boven uit en voel de inkeping van een luik. Ik tast met mijn vingers langs de rand op zoek naar een klink; vervolgens probeer ik de beitel in een hoek te wrikken en geef een klap met de hamer, maar de invalshoek is verkeerd.

De boot begint nu slagzij te maken. Water stroomt het achterschip binnen. Ik ga op mijn rug liggen en zet beide voeten schrap tegen de onderkant van het luik. Dan schop ik omhoog... één, twee, drie keer. Ik schreeuw en vloek het uit. Het hout versplintert en geeft mee. Door een vierkant valt verblindend licht naar binnen dat de hele ruimte vult. Ik werp een blik over mijn schouder en zie de benzine in de hut vlam vatten. Een oranje vuurbal komt op me af. Op hetzelfde moment hijs ik me omhoog, het daglicht in, en rol weg over het dek. Gedurende een fractie van een seconde voel ik aan alle kanten frisse lucht en dan word ik door water omsloten. Ik zink, langzaam en onverbiddelijk, geluidloos gillend, tot ik op het slib blijf liggen. De gedachte aan verdrinken komt niet bij me op. Het is hier koel en donker en groen, en ik blijf gewoon een tijdje liggen.

Als mijn longen pijn gaan doen, steek ik mijn armen omhoog en probeer handenvol lucht te grijpen. Mijn hoofd breekt door het wateroppervlak, ik rol me op mijn rug en zuig de lucht gretig naar binnen. Het achterschip is in het water verdwenen. In de werkruimte ontploffen vaten, alsof het granaten zijn. De motor zwijgt, maar de boot draait langzaam van me weg.

Terwijl de modder aan mijn schoenen zuigt, waad ik naar de oever, grijp het riet vast en trek mezelf omhoog. Ik sla geen acht op de mij toegestoken hand. Het enige wat ik wil, is liggen en uitrusten. Mijn lichaam wentelt rond. Ik stoot mijn benen tegen de rand van de kade. Dan zit ik op het verlaten jaagpad. De silhouetten van gigantische kranen tekenen zich af tegen de grijze wolken.

Ik herken Bobby's schoenen. Hij steekt zijn armen onder de mijne door, slaat zijn handen ineen om mijn borst en tilt me op. Hij drukt zijn kin op de bovenkant van mijn hoofd en zo draagt hij me. Ik ruik benzine op zijn kleren, of misschien ook wel op die van mezelf. Ik schreeuw niet. De werkelijkheid lijkt heel ver weg.

Een sjaal wordt om mijn hals geslagen en strakgetrokken. De knoop drukt mijn luchtpijp dicht. Het andere eind wordt ergens boven mijn hoofd vastgebonden zodat ik op mijn tenen moet staan. Mijn benen schokken als die van een marionet als ik op de grond naar houvast zoek om te voorkomen dat ik stik. Ik wurm mijn vingers in de sjaal om zo mijn keel vrij te houden.

We bevinden ons op de binnenplaats van een verlaten fabriek. Houten pallets staan in stapels tegen een muur. IJzeren dakplaten zijn tijdens een storm naar beneden gekomen. Water sijpelt langs de muren en weeft een tapijt van zwart en groen slijm. Bobby schuift bij me weg. Zijn gezicht is klam van het zweet.

'Ik weet waarom je dit doet,' zeg ik.

Hij antwoordt niet. Hij trekt het jasje van zijn pak uit en rolt de mouwen van zijn overhemd op, alsof er werk aan de winkel is. Dan gaat hij op een pakkist zitten en haalt een witte zakdoek te voorschijn om zijn bril schoon te maken. Hij is opvallend stil.

'Als je me vermoordt, kun je het verder wel vergeten.'

'Hoe komt u erbij dat ik u wil vermoorden?' Hij haakt zijn bril achter zijn oren en kijkt me aan. 'U wordt gezocht. Waarschijnlijk geven ze me nog een beloning ook.' Zijn stem verraadt hem. Hij is niet zeker van zichzelf. In de verte hoor ik een sirene. De brandweer komt eraan.

Bobby heeft ongetwijfeld de ochtendbladen gelezen. Hij wéét waarom ik heb bekend. De politie moet nu elke zaak heropenen en de bijzonderheden nader onderzoeken. Ze zullen alle tijdstippen, data en plaatsen natrekken en een rekensommetje maken met mijn naam als gegeven. En wat ontdekken ze dan? Dat ik ze onmogelijk allemaal heb kunnen vermoorden. Vervolgens beginnen ze zich af te vragen waarom ik heb bekend. En misschien – heel misschien – zullen ze Bobby's naam ook bij het rekensommetje betrekken. Hoeveel alibi's kan hij uit zijn mouw schudden? Hoe goed heeft hij zijn sporen uitgewist?

Hij mag zijn evenwicht niet hervinden. 'Ik ben gisteren bij je moeder op bezoek geweest. Ze vroeg naar je.'

Bobby verstart en begint sneller te ademen.

'Ik geloof niet dat ik Bridget eerder heb ontmoet, maar ze moet ooit heel mooi zijn geweest. Alcohol en sigaretten doen de huid geen goed. Ik geloof ook niet dat ik je vader ooit heb ontmoet, maar ik denk dat ik hem wel aardig zou hebben gevonden.'

'U weet niks van hem af.' Hij spuugt de woorden uit.

'Integendeel. Ik denk dat ik wel iets gemeen heb met Lenny... en met jou. Ik wil de dingen ook uit elkaar halen – om te snappen hoe ze werken. Daarom heb ik je ook opgezocht. Ik dacht dat je me misschien zou kunnen helpen met een probleem.'

Hij antwoordt niet.

'Ik heb het plaatje nu bijna compleet – ik weet van Erskine en Lucas Dutton, van rechter McBride en Mel Cossimo. Maar wat ik niet snap is waarom je iedereen gestraft hebt, behalve degene die je nog het meest haat.'

Bobby komt overeind en blaast zich op, als zo'n vis met giftige stekels. Hij brengt zijn gezicht tot vlak bij het mijne. Ik zie een adertje kloppen, een nauwelijks waarneembare blauwe verdikking boven zijn linkerooglid.

'Je kunt haar naam niet eens uitspreken, hè? Volgens haar lijk je op je vader, maar dat is niet helemaal waar. Telkens als je in de spiegel kijkt, zie je de ogen van je moeder...'

Een mes zit tussen zijn vingers geklemd. Hij houdt de punt van het lemmet tegen mijn onderlip. Als ik mijn mond opendoe, vloeit er bloed. Maar ik moet nu doorgaan.

'Ik zal je vertellen wat ik tot nu toe heb ontdekt, Bobby. Ik zie een jongetje voor me, gevoed met de dromen van zijn vader, maar vergiftigd door de wreedheid van zijn moeder...' Het lemmet is zo scherp dat ik niets voel. Bloed stroomt langs mijn kin en druipt op mijn vingers, die ik nog steeds tegen mijn hals houd. 'Hij geeft zichzelf de schuld. Dat doen de meeste slachtoffers van misbruik. Hij heeft zichzelf altijd als een lafaard gezien – voortdurend op de vlucht, struikelend en excuses mompelend; nooit goed genoeg, altijd te laat, een eeuwige teleurstelling. Hij vindt dat hij zijn vader had moeten redden, maar hij begreep pas wat er aan de hand was toen het al te laat was.'

'Kop houden, godverdomme! U hoorde er zelf bij. U hebt hem vermoord! Psychokloot!'

'Ik kende hem niet eens.'

'O ja, dat is ook zo. U hebt een man veroordeeld die u niet eens kende. Over willekeurig gesproken. Ik kies tenminste nog. U snapt er niks van. Waar zit uw gevoel?'

Bobby's gezicht bevindt zich nog steeds op slechts enkele centimeters van het mijne. Ik zie pijn in zijn ogen en haat in de krul van zijn lippen.

'Hij geeft zichzelf dus de schuld, deze jongen, die nu al te hard groeit, die steeds lomper en onhandiger wordt. Gevoelig en verlegen, boos en verbitterd – het lukt hem niet deze gevoelens te ontwarren. Hij is niet tot vergeving in staat. Hij haat de wereld, maar hij haat zichzelf evenzeer. Hij snijdt in zijn armen om het gif kwijt te raken. Hij klampt zich vast aan herinneringen aan zijn vader en aan hoe het vroeger was. Niet perfect, maar wel goed. Ze waren samen.

Dus wat doet hij? Hij trekt zich terug uit zijn omgeving en raakt geïsoleerd, maakt zichzelf steeds kleiner in de hoop dat men hem vergeet, hij leeft alleen nog in zijn eigen hoofd. Vertel me eens over die fantasiewereld van je, Bobby. Het moet heerlijk zijn geweest om een plek te hebben waar je naartoe kon gaan.'

'U zou het alleen maar verpesten.' Zijn gezicht loopt rood aan. Hij wil niet met me praten, maar tegelijkertijd is hij trots op zijn prestaties. Dit is iets wat híj heeft gemaakt. Een deel van hem wil me inderdaad zijn wereld binnentrekken – om me in zijn vreugde te laten delen.

Het lemmet drukt nog steeds tegen mijn lip. Hij trekt het weg en zwaait het voor mijn ogen heen en weer. Hij probeert de indruk te wekken dat hij er goed mee overweg kan, maar slaagt hier niet in. Hij voelt zich niet op zijn gemak met een mes.

Mijn vingers houden de sjaal nog steeds bij mijn luchtpijp weg, maar ze worden almaar gevoellozer. En hoe langer ik op mijn tenen balanceer, hoe meer melkzuur er in mijn kuiten wordt aangemaakt. Ik kan mezelf niet veel langer overeind houden.

'Hoe voelt het om almachtig te zijn, Bobby? Om tegelijkertijd rechter, jury en beul te zijn, en iedereen te straffen die straf verdient? Je moet er jaren over gedaan hebben om dat alles voor te bereiden. Verbazingwekkend. Maar voor wie deed je het eigenlijk?'

Bobby's hand gaat naar beneden en hij pakt een plank op. Hij mompelt dat ik mijn kop moet houden.

'O, dat is ook zo, voor je vader. Een man die je je amper kunt herinneren. Ik wil wedden dat je niet eens weet wat zijn lievelingsliedje was of van wat voor films hij hield of wie zijn helden waren. Wat had hij in zijn zakken zitten? Was hij links- of rechts-handig? Aan welke kant zat zijn scheiding?'

'Kóp houden zei ik toch!'

De plank beschrijft een wijde boog en raakt me tegen de borst. Lucht barst mijn longen uit en mijn lichaam tolt rond zodat de sjaal als een tourniquet wordt aangetrokken. Ik schop met mijn benen in een poging terug te draaien. Mijn mond gaat open en dicht als de kieuw van een gestrande vis.

Bobby gooit de plank aan de kant en kijkt me aan alsof hij wil zeggen: 'Nou je zin?'

Mijn ribben voelen gebroken, maar mijn longen doen het weer.

'Nog één vraag, Bobby. Waarom ben je zo'n lafaard? Ik bedoel, het ligt nogal voor de hand wie al die haat toekomt. Kijk eens wat ze gedaan heeft. Ze kleineerde en treiterde je vader. Ze ging met andere mannen naar bed en maakte een zielenpoot van hem, zelfs in de ogen van zijn vrienden. En toen, als kroon op haar werk, be-schuldigde ze hem ervan zijn eigen zoon te misbruiken...'

Bobby heeft zich van me afgewend, maar zelfs de stilte richt het woord tot hem.

'Ze verscheurde de brieven die hij je schreef. Ik wil wedden dat ze zelfs de foto's die je van hem had, te pakken kreeg en vernielde. Ze wilde Lenny uit haar leven bannen, en ook uit het jouwe. Ze werd al misselijk als ze zijn naam hoorde...'

Bobby wordt steeds kleiner, alsof hij instort vanbinnen. Zijn woede is overgegaan in verdriet.

'Laat me eens raden wat er is gebeurd. Zij moest de eerste wor-den. Je ging naar haar op zoek en vond haar zonder veel moeite. Bridget is nooit een verlegen, teruggetrokken type geweest. Die stilettohakken lieten grote sporen achter.

Je hield haar in de gaten en wachtte. Je had alles gepland... tot op het kleinste detail. Toen brak het juiste moment aan. De vrouw die je leven had vernield, was slechts een meter van je verwijderd, zo dichtbij dat je je vingers om haar keel kon slaan. Ze was binnen handbereik, binnen hándbereik, maar je aarzelde. Je kon het niet. Je was twee keer zo groot als zij. Ze had geen wapen. Je had haar met het grootste gemak kunnen vermorzelen.'

Ik zwijg en laat de herinnering in zijn geest weer tot leven komen. 'Er gebeurde niets. Je kon het niet. En weet je waarom niet? Je was bang. Toen je haar zag, werd je weer dat kleine jongetje, met zijn trillende onderlip en zijn gestotter. Je was toen al doodsbang voor haar, en dat ben je nog steeds.'

Bobby's gezicht is verwrongen van zelfverachting. Tegelijkertijd wil hij me uit zijn wereld wegvagen.

'Iemand moest gestraft worden. Je ging dus op zoek en vond je kinderbeschermingsdossiers en de lijst met namen. En je begon iedereen te straffen die verantwoordelijk was geweest, door dat waarvan ze het meest hielden van ze af te pakken. Maar die angst voor je moeder ben je nooit kwijtgeraakt. Eens een lafaard, altijd een lafaard. Wat dacht je toen je ontdekte dat ze doodging? Heeft de kanker het karwei voor je geklaard, of heeft die je ervan beroofd?'

'Beroofd.'

'Ze sterft een verschrikkelijke dood. Ik heb haar gezien.'

'Het is niet genoeg!' barst hij uit. 'Het is een mónster!'

Hij schopt tegen een metalen vat zodat het over de binnenplaats tolt. 'Ze heeft mijn leven vernield. Zij heeft me zo gemáákt.'

Speeksel hangt aan zijn lippen. Hij kijkt me aan alsof hij bevestiging zoekt. 'Arme sukkel,' wil hij van me horen. 'Het is inderdaad allemaal haar schuld. Geen wonder dat je je zo voelt.' Maar ik krijg het niet over mijn lippen. Als ik zijn haat goedkeur, is er geen weg terug.

'Ik ga je niet allerlei waardeloze excuses aanreiken, Bobby. Er zijn vreselijke dingen met je gebeurd. Ik wou dat het anders was gelopen. Maar kijk eens naar de wereld om je heen – in Afrika gaan kinderen dood van de honger; men laat vliegtuigen in gebouwen crashen; gewone burgers worden gebombardeerd; mensen sterven aan allerlei ziektes; gevangenen worden gemarteld; vrouwen worden verkracht... Aan sommige van die dingen kunnen we iets doen, maar aan andere niet. Soms moeten we gewoon accepteren wat er gebeurd is en verdergaan met ons leven.'

Zijn lach klinkt bitter. 'Hoe kunt u dat nou zeggen?'

'Omdat het waar is. Dat weet je zelf ook wel.'

'Ik zal u eens vertellen wat waar is.' Hij staart me aan, zonder met zijn ogen te knipperen. Zijn stem klinkt als zacht gerommel. 'Er is een parkeerplaats aan de kustweg die door Great Crosby loopt – zo'n kilometer of dertien ten noorden van Liverpool. Hij ligt aan de vierbaansweg, een klein stukje ervandaan. Als je die parkeerplaats 's avonds na tienen oprijdt, zie je soms een andere auto staan. Je doet je richtingaanwijzer aan – links of rechts – afhankelijk van wat je wilt, en wacht tot die andere auto dezelfde richtingaanwijzer aandoet. Dan ga je erachteraan.'

Zijn stem klinkt rauw. 'Ik was zes toen ze me voor het eerst meenam naar die parkeerplaats. De eerste keer heb ik alleen maar gekeken. Het was ergens in een schuur. Ze lag uitgespreid op tafel, net een koud buffet. Helemaal naakt. Tientallen handen raakten haar aan. Iedereen mocht doen waar hij zin in had. Ze had genoeg voor allemaal. Pijn. Genot. Het maakte haar niks uit. En telkens als ze haar ogen opendeed, keek ze me recht in het gezicht. "Je moet niet alleen aan jezelf denken, Bobby," zei ze. "Je moet leren delen."'

Hij schommelt zachtjes heen en weer en staart strak voor zich uit terwijl hij in gedachten het tafereel weer voor zich ziet. 'Besloten clubs en van die tenten voor groepsseks waren te burgerlijk voor mijn moeder. De orgieën waar zij van hield waren anoniem en ruig. Ik hield uiteindelijk niet meer bij hoeveel mensen haar lichaam hadden gedeeld. Mannen en vrouwen. Zo leerde ik delen. Eerst námen ze alleen maar van mij, maar later pakte ik ook iets terug. Pijn en genot – de erfenis van mijn moeder.'

Zijn ogen staan vol tranen. Ik weet niet wat ik moet zeggen. Mijn tong voelt dik aan en prikt. Mijn perifere gezichtsvermogen laat het afweten omdat mijn hersens niet genoeg zuurstof krijgen.

Ik doe mijn mond open. Ik wil tegen hem zeggen dat hij niet alleen is. Dat er heel veel mensen zijn die zich door dezelfde dromen laten kwellen, die in dezelfde leegte staan te schreeuwen en langs dezelfde open ramen lopen terwijl ze zich afvragen of ze zullen springen. Ik weet dat hij het spoor bijster is. Hij is beschadigd. Maar hij heeft nog steeds de keus. Niet ieder misbruikt kind eindigt zo.

'Laat me zakken, Bobby. Ik krijg geen adem meer.'

Ik zie zijn vierkante nek en zijn slordig geknipte haar. Hij draait zich in slowmotion om, zonder me ook maar één keer aan te kijken. Het lemmet zwiept over mijn hoofd en ik val naar voren, de stukken sjaal nog steeds in mijn handen geklemd. Mijn beenspieren schieten in een kramp. Ik proef cementstof vermengd met bloed. Tegen een van de muren staat nog een verzameling losse planken, en tegen een andere muur bedrijfsgootstenen. Waar is het kanaal? Ik moet hier weg zien te komen.

Ik hijs mezelf op mijn knieën en begin te kruipen. Bobby is verdwenen. Metaalschaafsel snijdt in mijn handen. Brokken beton en roestige vaten vormen een hindernisbaan. Als ik bij de uitgang ben aangekomen, zie ik een brandweerauto naast het kanaal en het zwaailicht van een patrouillewagen. Ik probeer te schreeuwen, maar er komt geen geluid.

Er klopt iets niet. Ik kan niet verder. Ik draai me om en zie dat Bobby op mijn jas staat.

'Het is toch niet te geloven hoe allejezus arrogant u bent,' zegt hij, terwijl hij me bij mijn kraag grijpt en overeind trekt. 'U dacht zeker dat u indruk op me kon maken met die psychologie van de kouwe grond. Ik heb meer psychologen, therapeuten en psychiaters gezien dan u lullige verjaardagscadeautjes hebt gekregen. Ik ben bij Freudianen geweest, bij Jungianen, Adlerianen, Rogerianen – je kunt het zo gek niet verzinnen – en ik schijt op dat hele zootje.'

Nog één keer brengt hij zijn gezicht tot vlak bij het mijne. 'U kent me helemáál niet. U denkt dat u binnen in mijn hoofd zit. Lazer toch op! U zit niet eens in de buurt!' Hij plaatst het lemmet onder mijn oor. We ademen dezelfde lucht in.

Eén beweging met zijn pols en mijn keel ligt open als een gevallen meloen. Hij gaat het doen. Ik voel het staal tegen mijn hals. Hij gaat er nu een eind aan maken.

Op dat moment zie ik Julianne voor me: ze kijkt me aan vanaf haar kussen, haar haar helemaal in de war van de slaap. Ook Charlie zie ik voor me, in haar pyjamaatje, en ze ruikt naar shampoo en tandpasta. Ik vraag me af of je de sproetjes op haar neus zou kunnen tellen. Zou het niet vreselijk zijn om te sterven zonder het ooit geprobeerd te hebben?

Ik voel Bobby's warme adem op mijn hals – het lemmet is koud. Zijn tong komt naar buiten en hij bevochtigt zijn lippen. Even aarzelt hij – ik weet niet waarom.

'Ik denk dat we elkaar onderschat hebben,' zeg ik, en mijn hand schuift centimeter voor centimeter mijn jaszak in. 'Ik wist wel dat je me niet zou laten gaan. Over jouw soort wraak valt niet te onderhandelen. Je hebt er te veel in geïnvesteerd. Het geeft inhoud aan je leven. Daarom heb je me ook weer van die muur losgemaakt.'

Hij wordt onzeker en probeert uit te puzzelen wat hij niet heeft voorzien. Mijn vingers sluiten zich rond het handvat van de beitel.

'Ik ben ziek, Bobby. Soms heb ik moeite met lopen. Mijn rechterhand is in orde, maar kijk eens hoe mijn linkerarm beeft.' Ik steek mijn arm omhoog, die aanvoelt alsof hij niet meer bij me hoort. Zijn blik wordt ernaartoe getrokken als naar een wijnvlek op iemands gezicht of een ontsierende brandwond.

Met mijn rechterhand duw ik de beitel door mijn jas heen recht in Bobby's onderbuik. Hij raakt zijn heupbeen en dan geef ik er een draai aan zodat de karteldarm wordt doorboord. Drie jaar medicijnen is toch geen verspilde moeite.

Terwijl hij mijn kraag nog steeds vastklemt, laat hij zich op zijn knieën zakken. Met een zwaai keer ik me om en probeer zo hard mogelijk met mijn vuist tegen zijn kaak te slaan. Hij steekt zijn arm omhoog, maar toch lukt het me de zijkant van zijn hoofd te raken zodat hij achterover valt. Alles is nu vertraagd. Bobby probeert overeind te komen; ik zet een stap naar voren en mik op zijn kin met een onhandige, maar effectieve schop die zijn hoofd naar achteren doet klappen.

Heel even kijk ik naar hem, zoals hij daar ineengedoken op de grond ligt. Dan maak ik dat ik wegkom, me als een krab voortbewegend, de binnenplaats over. Wanneer ik mijn benen eenmaal in beweging heb, weten ze nog steeds hoe het moet. Het zal er wel niet zo fraai uitzien, maar een echte atleet ben ik nooit geweest.

Een agent van de hondenbrigade loopt langs de oever van het kanaal op zoek naar een geurspoor. Hij ziet me naderen en zet een stap naar achteren. Ik blijf lopen. Er zijn twee mannen voor nodig om me vast te houden. En zelfs dan wil ik blijven rennen.

Ruiz grijpt me bij mijn schouders. 'Waar is-ie?' schreeuwt hij. 'Waar is Bobby?'

9

De lekkerste thee met melk kreeg je altijd bij tante Gracie. Ze deed dan een dubbele schep theeblaadjes in de pot en een extra scheut melk in mijn kopje. Ik heb geen idee waar Ruiz een dergelijk drankje heeft opgedoken, maar het slaagt er aardig in de smaak van bloed en benzine uit mijn mond te spoelen.

Ik zit voor in een patrouillewagen en klem het kopje met beide handen vast in een vergeefse poging het beven tegen te gaan.

'U moet daar echt even naar laten kijken,' zegt Ruiz. Mijn onderlip bloedt nog steeds. Ik ga er heel voorzichtig met mijn tong overheen.

Ruiz haalt het cellofaan van een pakje sigaretten en biedt mij er een aan.

Ik schud mijn hoofd. 'Ik dacht dat u gestopt was.'

'Dat is helemaal uw schuld. Jezus, we hebben die gestolen huurauto bijna tachtig kilometer achterna gezeten. Er zaten twee jongens van veertien en een ventje van elf in. We hebben ook gepost bij treinstations, vliegvelden en busstations... Ik had elke agent in het noordwesten op uw spoor gezet.'

'Wacht maar tot u míjn rekening krijgt.'

Hij bekijkt zijn sigaret met een mengeling van genegenheid en afkeer. 'Die bekentenis van u was goed bedacht. Heel creatief. Die ratten van de pers hebben zowat overal aan gesnuffeld, behalve aan mijn reet – ze kwamen met vragen aanzetten, gingen met familieleden praten, zaten in de stront te roeren. U gaf me geen keus.'

'Hebt u het rode randje nog gevonden?'

'Jep.'

'Hoe zit het met de overige namen op de lijst?'

'Dat zijn we nog aan het uitzoeken.'

Hij leunt tegen het open portier en kijkt me aandachtig aan. Zijn dasspeldje in de vorm van de toren van Pisa glanst in het zonlicht dat van het kanaal blikkert. Nu richt hij zijn afstandelijke blauwe ogen op de ambulance, die zo'n dertig meter verderop geparkeerd staat en zich aftekent tegen de muur van de fabriek.

Ik voel me zweverig, zo hevig is de pijn in mijn borstkas en keel. Als ik een ruwe, grijze deken over mijn schouders trek, krimp ik ineen. Ruiz vertelt me hoe hij de hele nacht alle gegevens uit het kinderbeschermingsdossier heeft zitten natrekken. Hij heeft alle namen in de computer ingevoerd en kreeg een lijst met de onopgeloste sterfgevallen.

Bobby had tot enkele weken voor de dood van Rupert Erskine in Hatchmere gewerkt, als tuinier in dienst van de gemeente. Midden jaren negentig zaten hij en Catherine McBride samen in een therapiegroep voor plegers van zelfmutilatie, in een polikliniek in West Kirkby.

'En Sonia Dutton?' vraag ik.

'Niks gevonden. Hij lijkt niet op de beschrijving van de dealer die haar de drug heeft gegeven.'

'Hij werkte bij haar zwemclub.'

'Ik zal er nog eens naar kijken.'

'Hoe heeft hij Catherine naar Londen gelokt?'

'Ze kwam voor het sollicitatiegesprek. U had haar een brief geschreven.'

'Geen sprake van.'

'Dan heeft Bobby hem namens u geschreven. Hij had briefpapier uit uw praktijk gepikt.'

Hier klopt niks van. Catherine was al dood toen Bobby mijn patiënt werd. Ruiz ziet me ingespannen nadenken. 'U had het over het woord "Nevaspring" dat op Bobby's shirt zat geborduurd. Dat is een Frans bedrijf dat waterkoelers levert aan kantoren. We bekijken nu de filmpjes van de bewakingscamera's in het medisch centrum.'

'Hij bracht dus bestellingen rond...'

'Hij liep gewoon met een fles op zijn schouder langs de bewaking.'

'Dat verklaart ook hoe hij het gebouw is binnengekomen toen hij veel te laat op zijn eerste afspraak verscheen.'

Aan de andere kant van het braakliggende terrein, nog net zichtbaar boven het kapotte hek, zie ik Bobby op een brancard liggen. Een ambulancebroeder houdt een transfusiefles boven zijn hoofd.

'Redt hij het?' vraag ik.

'U hebt de belastingbetaler niet de kosten van een rechtszaak bespaard, als u dat bedoelt.'

'Nee.'

'U hebt toch geen medelijden met hem, hè?'

Ik schud mijn hoofd. Misschien dat ik ooit nog eens – heel ver in de toekomst – aan Bobby terugdenk en dan een beschadigd kind zie dat uitgroeide tot een gestoorde volwassene. Maar op dit moment, na wat hij met Elisa en de anderen heeft gedaan, ben ik blij dat ik die klootzak zowat half vermoord heb.

Ruiz kijkt toe terwijl twee rechercheurs achter in de ambulance klimmen en aan weerszijden van Bobby plaatsnemen. 'U zei tegen me dat de moordenaar van Catherine ouder moest zijn... ervarener.'

'Daar was ik ook van overtuigd.'

'En u zei ook dat het iets seksueels was.'

'Ik zei dat hij opgewonden raakte van haar pijn, maar dat het motief me niet duidelijk was. Wraak behoorde tot de mogelijkheden. Weet u, het is raar, maar zelfs toen ik zeker wist dat het Bobby was, kon ik me nog steeds moeilijk voorstellen dat hij Catherine had gedwongen zichzelf toe te takelen. Het was een te geraffineerde vorm van sadisme. Maar aan de andere kant, hij is al die levens binnengedrongen – ook mijn leven. Hij was als een onderdeeltje van het decor, dat niemand opviel omdat we al onze aandacht op de voorkant van het toneel hadden gericht.'

'U was de eerste die hem doorhad.'

'Ik brak bijna mijn nek over hem.'

De ambulance rijdt weg. Watervogels vliegen op uit het riet. Ze zwenken en cirkelen door de vale lucht. Skeletachtige bomen reiken omhoog alsof ze de vogels uit de lucht willen plukken.

Ruiz geeft me een lift naar het ziekenhuis. Hij wil erbij zijn als Bobby uit de operatiekamer komt. We volgen de ambulance over St Pancras Way en nemen de oprit naar de eerste hulp. Mijn benen zitten bijna volledig op slot nu de adrenaline is weggevloeid. Het kost me de grootste moeite uit de auto te klimmen. Ruiz vordert een rolstoel en duwt me een maar al te vertrouwde, witbetegelde wachtkamer binnen.

Zoals gewoonlijk pakt de inspecteur het weer helemaal verkeerd aan door de eerstehulpzuster 'schat' te noemen en tegen haar te zeggen dat ze eens over haar 'prioriteiten zou moeten nadenken'. Ze reageert haar ergernis op mij af en duwt haar vingers met onnodig enthousiasme tussen mijn ribben. Ik heb het gevoel dat ik elk moment flauw kan vallen.

De jonge arts die mijn lip hecht heeft gebleekt haar, een ouderwets, in laagjes geknipt kapsel en draagt een halsketting van stukjes schelp. Ze is in een of ander warm oord op vakantie geweest; de huid op haar neus is roze en aan het vervellen.

Ruiz is naar boven gegaan om Bobby in de gaten te houden. Ondanks een gewapende agent bij de operatiekamer en een algehele narcose durft hij zijn waakzaamheid niet te laten verslappen. Misschien wil hij iets goedmaken nadat hij me al die tijd niet heeft geloofd. Ik betwijfel het.

Ik lig op een brancard en probeer mijn hoofd stil te houden terwijl de naald door mijn lip glijdt en de draad aan mijn huid trekt. Een schaar knipt de uiteindjes af en dan zet de dokter een stapje naar achteren om haar handwerk te keuren.

'En mijn moeder zei nog wel dat ik nooit zou leren naaien.'

'Hoe ziet het eruit?'

'Eigenlijk had u op de plastisch chirurg moeten wachten, maar ik heb het er niet slecht afgebracht. U houdt er een klein littekentje aan over, hier.' Ze wijst naar de holte onder haar lip. 'Staat vast goed bij uw oor.' Ze gooit haar rubberhandschoenen in een afvalbak. 'U moet nog wel een röntgenfoto laten maken. Ik stuur u even naar boven. Moet iemand u duwen of kunt u lopen?'

'Ik loop wel.'

Ze wijst naar de lift en zegt dat ik de groene streep moet volgen naar de afdeling radiologie op de vierde verdieping. Een halfuur later komt Ruiz me in de wachtkamer opzoeken. Ik zit nog op de radioloog te wachten, die me ongetwijfeld gaat vertellen wat ik al lang weet na het zien van de röntgenfoto's: twee gebroken ribben, maar geen inwendige bloedingen.

'Wanneer kunt u een verklaring afleggen?'

'Zodra ze me verbonden hebben.'

'Het kan ook wel tot morgen wachten. Kom, ik geef u een lift naar huis.'

Een steek van wroeging tilt me boven de pijn uit. Waar is mijn huis? Ik heb nog geen tijd gehad om te bedenken waar ik vannacht en de volgende nacht zal slapen. Ruiz, die mijn dilemma aanvoelt, mompelt: 'Waarom gaat u niet met haar praten? Daar bent u toch zo goed in?' In één adem door voegt hij eraan toe: 'En ik heb echt geen plek voor u!'

Beneden blijft hij iedereen commanderen tot mijn borstkas is verbonden en mijn maag ratelt van de pijnstillers en ontstekingsremmers. Ik zweef de gang door als ik achter Ruiz aan naar zijn auto loop.

'Eén ding begrijp ik nog steeds niet,' zeg ik terwijl we in noordelijke richting naar Camden rijden. 'Bobby had me kunnen doden. Hij hield het mes tegen mijn keel, en toch aarzelde hij. Het leek wel of hij die stap niet kon zetten.'

'U zei dat hij zijn moeder ook niet kon vermoorden.'

'Dat is iets anders. Hij was bang voor haar. Met de anderen had hij geen enkele moeite.'

'Nou, hij hoeft zich anders niet meer druk te maken om Bridget. Die is vanochtend om acht uur gestorven.'

'Einde verhaal dus. Nu heeft hij niemand meer over.'

'Niet helemaal. We hebben zijn halfbroer gevonden. Ik heb een bericht voor hem achtergelaten zodat hij weet dat Bobby in het ziekenhuis ligt.'

Een angstig voorgevoel komt langzaam maar zeker opzetten, als het inkomende tij.

'Waar hebt u hem gevonden?'

'Hij is loodgieter in Noord-Londen. Dafyyd John Morgan.'

Ruiz schreeuwt in de microfoon van de politieradio. Er moeten auto's naar het huis worden gestuurd. Zelf schreeuw ik ook – ik probeer Julianne met de mobiel te bereiken, maar de lijn is bezet. We zijn vijf minuten van het huis verwijderd, maar het verkeer is moorddadig. Een vrachtwagen is door rood gereden op een kruispunt waar vijf wegen samenkomen, en Camden Road is versperd.

Ruiz zigzagt over het trottoir en jaagt de voetgangers alle kanten op. Hij leunt uit het raampje. 'Klotesukkel! Eikel! Weg, weg! Aan de kant, godverdomme!'

Dit duurt veel te lang. Hij is in mijn huis geweest – binnen mijn muren. Ik zie hem weer in mijn kelder staan en me uitlachen. Ik herinner me zijn blik weer toen hij naar de politie keek die de tuin omspitte, die lome schaamteloosheid en dat flauwe glimlachje.

Nu klopt het allemaal. Het witte busje dat me in Liverpool volgde, was een loodgietersbusje. De magneetplaten waren van de portieren gehaald zodat het er onopvallend uitzag. De vingerafdrukken op de gestolen four-wheel drive waren niet van Bobby. En de drugsdealer die Sonia Dutton de versneden ecstasy gaf, leek volgens de beschrijving sprekend op D.J. – Dafyyd.

Bobby klopte op het dek van de kanaalboot voor hij het luik openmaakte. De boot was niet van hem. De werkruimte stond vol gereedschap en loodgieterssspullen. De dagboeken en aantekeningen waren van D.J. Bobby stak de boot in brand om het bewijs te vernietigen.

Ik kan hier niet blijven wachten. Het huis is op nog geen halve kilometer afstand. Ruiz zegt dat ik moet blijven zitten, maar ik ben de auto al uit en ren de straat door, duik tussen voetgangers, joggers, moeders met peuters en kindermeisjes met wandelwagens door. Voorzover ik het kan zien, zit het verkeer in beide richtingen vast. Ik pak de mobiel en druk op 'redial'. De lijn is nog steeds bezet.

Ze moesten wel met zijn tweeën zijn. Het kon nooit allemaal het werk van één persoon zijn. Bobby was veel te herkenbaar. Hij viel op in een menigte. D.J. beschikte over de intensiteit en de kracht om mensen in bedwang houden. Hij wendde zijn blik niet af.

Toen het uur van de waarheid sloeg, kon Bobby mij niet doden. Dat was een te grote sprong voor hem, want dat had hij nooit eerder gedaan. Bobby maakte de plannen, maar D.J. was degene die ze uitvoerde. Hij was ouder, ervarener, meedogenlozer.

Ik kots in een afvalemmer en ren weer verder, langs de slijterij, de bookmaker, een pizzeria, de discountzaak, de pandjesbaas, de bakker en The Rag and Firkin Pub. Het gaat me niet snel genoeg. Mijn benen worden steeds trager.

Ik scheur de laatste hoek om en dan zie ik het huis voor me. Er zijn geen politieauto's. Voor het huis staat een wit busje geparkeerd, met de schuifdeur aan de zijkant open. De vloer is bedekt met jutezakken...

Ik strompel het hek van de voortuin door en de trap op. De telefoon ligt van de haak.

Ik schreeuw Charlies naam, maar het klinkt als zacht gekreun. Ze zit in de woonkamer, gekleed in een spijkerbroek en trui. Op haar voorhoofd is een geel post-it-briefje geplakt. Ze werpt zich als een jong hondje in mijn armen en duwt haar hoofd tegen mijn borst. Ik val bijna flauw van de pijn.

'We waren "Raad eens wie ik ben?" aan het spelen,' legt ze uit. 'D.J. moest raden dat hij Homer Simpson was. Wat ben ik?' Ze heft haar gezicht naar me op. Het briefje krult bij de randen, maar ik herken de kleine, keurige blokletters.

JIJ BENT DOOD.

Ergens haal ik lucht vandaan zodat ik weer kan praten. 'Waar is mama?'

Ze schrikt van de aandrang in mijn stem. Ze doet een stap naar achteren en ziet de bloedvlekken op mijn shirt en de glans van zweet. Mijn onderlip is opgezwollen en de hechtingen zitten vol aangekoekt bloed.

'Ze is beneden in de kelder. D.J. zei dat ik hier moest wachten.'

'Waar is hij?'

'Hij zou zo terugkomen, maar dat is alweer een hele tijd geleden.'

Ik duw haar in de richting van de voordeur. 'Rennen, Charlie!'

'Waarom?'

'Rénnen! Nú! Blijf rennen!'

De kelderdeur is dicht en natte papieren handdoekjes zijn in de kieren gepropt. Er zit geen sleutel in het slot. Ik draai de knop om en trek de deur voorzichtig open.

Stof dwarrelt door de lucht – dat wijst op een gaslek. Ik kan niet schreeuwen en tegelijkertijd mijn adem inhouden. Halverwege de trap blijf ik staan om mijn ogen aan het licht te laten wennen. Julianne ligt in elkaar gezakt op de vloer, naast de nieuwe boiler. Ze ligt op haar zij, met haar rechterarm onder haar hoofd en haar linkerarm uitgestrekt, alsof ze ergens naar wijst. Eén oog gaat schuil onder een pluk van haar donkere pony.

Ik kniel naast haar neer, schuif mijn handen onder haar armen en sleep haar naar achteren. De pijn in mijn borst is ondraaglijk. Witte stippen dansen als boze insecten voor mijn ogen. Ik heb nog steeds niet geademd, maar hou het niet lang meer vol. Tree voor tree loop ik de trap op, telkens sleep ik Julianne een stukje omhoog en na elke krachttoer plof ik even neer. Eén stap, twee stappen, drie stappen...

Achter me hoor ik Charlie kuchen. Ze pakt mijn kraag beet en probeert me te helpen door gelijk met mij te trekken.

Vier stappen, vijf stappen...

We komen bij de keuken en als ik Julianne neerleg, stuitert haar hoofd even op de vloer. Later bied ik haar wel mijn verontschuldigingen aan. Ik hijs haar op mijn schouder, en terwijl ik het uitbrul van de pijn wankel ik de gang door. Charlie loopt voor me uit.

Wat is de ontsteking? Een tijdschakelaar of een thermostaat; de centrale verwarming; een koelkast; de veiligheidslampen?

'Rennen, Charlie. Rennen!'

Wanneer is het buiten donker geworden? Politieauto's vullen de hele straat met hun zwaailichten. Deze keer blijf ik niet staan. Ik schreeuw één woord, telkens weer. Ik steek de straat over, slalom tussen de auto's door en bereik de overkant voor mijn knieën het begeven. Julianne valt op het modderige gras en ik kniel naast haar neer.

Haar ogen zijn open. De ontploffing begint als een piepklein vonkje in het midden van haar donkerbruine irissen. Het geluid komt een fractie van een seconde later, tegelijk met de schokgolf. Charlie wordt naar achteren geworpen. Ik probeer ze beiden af te schermen. Er is geen oranje bal zoals je in de film altijd ziet, alleen maar een wolk van rook en stof. Een puinregen daalt neer en ik voel hoe de warme adem van het vuur het zweet op mijn nek droogt.

Het geblakerde busje ligt ondersteboven midden op straat. Stukken dak en flarden goot zijn over bomen gedrapeerd. Brokstukken en versplinterd hout bedekken de straat.

Charlie gaat rechtop zitten en kijkt naar de verwoesting. Het briefje zit nog steeds op haar voorhoofd geplakt, geschroeid bij de randen, maar wel leesbaar. Ik trek haar tegen me aan en klem haar vast. Tegelijkertijd sluiten mijn vingers zich rond het gele vierkantje papier, dat ik verfrommel in mijn vuist.

En mijn nachtmerries over het recente verleden ben ik nog steeds op de vlucht – probeer ik nog steeds aan dezelfde monsters en dolle honden en Neanderthalerachtige rugbyspelers te ontkomen – maar nu lijken ze levensecht. Jock zegt dat het een bijwerking is van de levodopa, het nieuwe medicijn dat ik krijg.

De dosering is de afgelopen twee maanden gehalveerd. Volgens hem heb ik minder last van stress. Wat een grapjas!

Hij belt me elke dag op om te vragen of ik zin heb in een partijtje tennis. Ik zeg nee en dan vertelt hij me een mop. 'Wat is het verschil tussen een vrouw die negen maanden zwanger is en een centerfold uit de *Playboy*?'

'Geen idee.'

'Er is geen verschil, als haar man het goed heeft bekeken.'

Dat is een van de nettere, die ik nog aan Julianne durf te vertellen. Ze moet erom lachen, maar niet zo hard als ik.

We wonen voorlopig in Jocks flat en weten nog niet of we het huis opnieuw laten opbouwen of op zoek gaan naar iets nieuws. Zo probeert Jock het weer goed te maken, maar we hebben hem nog niet vergeven. Ondertussen is hij bij Kelly ingetrokken, zijn nieuwe vriendin, die de volgende mevrouw Owens hoopt te worden. Zonder harpoengeweer of gietijzeren huwelijkscontract krijgt ze hem niet eens in de buurt van een altaar.

Julianne heeft al zijn apparaatjes opgeruimd en ook de diepvriesmaaltijden waarvan de uiterste houdbaarheidsdatum was verstreken. Toen is ze nieuw beddengoed en nieuwe handdoeken gaan kopen.

Ze heeft gelukkig geen last meer van ochtendziekte en wordt met de dag dikker (alleen haar blaas groeit niet mee). Ze is ervan overtuigd dat het een jongetje is, want alleen een man kan haar zo veel leed berokkenen. Ze kijkt mij altijd aan als ze dat zegt. Dan lacht ze, maar niet zo hard als ik.

Ik weet dat ze me scherp in de gaten houdt. We houden elkaar in de gaten. Misschien speurt ze naar tekenen van ziekte, maar het kan ook zijn dat ze me niet helemaal vertrouwt. Gisteren hadden we een meningsverschil – het eerste sinds we onze relatie weer opgelapt hebben. We gaan een week naar Wales en ze klaagde erover dat ik altijd tot het allerlaatste moment wacht met koffers pakken.

'Ik vergeet nooit iets.'

'Daar gaat het niet om.'

'Waar gaat het dan om?'

'Je moet het gewoon eerder doen. Dat geeft minder stress.'

'Voor wie?'

'Voor jou.'

'Maar ik word er helemaal niet gestrest van.'

Nadat ik vijf maanden lang op mijn tenen had gelopen, dankbaar omdat ze me had vergeven, besloot ik heel voorzichtig een grens te trekken. 'Waarom worden vrouwen toch altijd eerst verliefd op mannen om ze vervolgens te willen veranderen?' vroeg ik.

'Omdat mannen hulp nodig hebben,' luidde haar antwoord, alsof dat zo klaar was als een klontje.

'Maar als ik de persoon word die jij graag wilt zien, ben ik een heel ander iemand.'

Ze rolde met haar ogen en zei niets, maar sindsdien is ze minder prikkelbaar. Vanochtend kwam ze op mijn schoot zitten, sloeg haar armen om mijn hals en kuste me met het soort hartstocht dat het huwelijk niet schijnt te overleven. Charlie zei 'Gadver!' en sloot haar ogen.

'Wat is er?'

'Jullie zijn aan het tongen.'

'Wat weet jij nou van tongen?'

'Dat is als je over elkaar heen zit te kwijlen.'

Ik wreef met mijn hand over Juliannes buik en fluisterde: 'Ik wil niet dat onze kinderen ooit groot worden.'

Ik heb een afspraak met onze architect bij het gat in de grond. Het enige wat nog overeind staat is de trap, maar die voert nergens naartoe. Door de kracht van de ontploffing vloog de betonnen keukenvloer dwars door het dak en kwam de boiler in een tuin twee straten verderop terecht. De schokgolf verbrijzelde praktisch elk raam in het blok, en drie huizen moesten worden afgebroken.

Charlie zegt dat ze vlak voor de ontploffing iemand voor een raam op de eerste verdieping heeft zien staan. Als er zich al iemand op die verdieping bevond, dan is hij verpulverd, zeggen de deskundigen, en dat zou wel eens kunnen verklaren waarom ze nog geen vingernagel of vezeltje of verdwaalde tand hebben gevonden. Aan de andere kant vraag ik me de hele tijd af waarom D.J. in het huis zou zijn gebleven nadat hij het gas had opengedraaid en de ontsteking zo had afgesteld dat de boiler zou ontploffen. Hij had tijd genoeg om te ontsnappen, tenzij hij dit als zijn 'laatste bedrijf' had gepland, in alle opzichten.

Charlie kan maar niet begrijpen dat hij dat alles heeft gedaan. Ze vroeg me laatst of ik dacht dat hij in de hemel was. Ik had bijna gezegd: 'Ik hoop alleen maar dat hij dood is.'

Al twee maanden is er niets van zijn bankrekeningen gehaald, en niemand heeft hem gezien. Het is niet bekend of hij het land heeft verlaten, naar een baan heeft gesolliciteerd, een kamer heeft gehuurd, een auto heeft gekocht of een cheque heeft verzilverd.

Ruiz heeft allerlei feiten over zijn eerste levensjaren achterhaald. D.J. werd geboren in Blackpool. Zijn moeder was machinenaaister en trouwde aan het eind van de jaren zestig met Lenny. Ze kwam om bij een auto-ongeluk toen Dafyyd zeven was. Zijn grootouders (haar ouders) namen zijn opvoeding voor hun rekening, tot Lenny hertrouwde. Toen raakte hij verstrikt in Bridgets netten.

Ik vermoed dat hij hetzelfde heeft meegemaakt als Bobby, hoewel geen twee kinderen op dezelfde manier op seksueel misbruik of sadisme reageren. Lenny was de belangrijkste figuur in het leven van de twee jongens, en zijn dood vormde de basis voor alles wat er daarna is gebeurd.

D.J. ging als leerjongen in Liverpool aan de slag en werd meester-loodgieter. Hij kreeg een baan bij een plaatselijk bedrijf, waar ze bepaald niet met genegenheid aan hem terugdenken, eerder met vrees. Hij glimlachte vaak, maar er ging niets ontwapenends of aanstekelijks van uit. Ooit duwde hij tijdens een avondje stappen een gebroken fles in het gezicht van een vrouw die niet om een van zijn grapjes hoefde te lachen.

Eind jaren tachtig verdween hij, om weer op te duiken in Thailand, waar hij een bar en een bordeel dreef. Twee verslaafde tieners die een kilo heroïne uit Bangkok probeerden te smokkelen, vertelden de politie dat ze hun leverancier in D.J.'s bar hadden ontmoet, maar hij was het land alweer uit voor iemand hem met het zaakje in verband kon brengen.

Daarna dook hij op in Australië. Hij ging in de bouw werken en zo trok hij langs de hele oostkust. In Melbourne raakte hij bevriend met een Anglicaanse predikant en werd directeur van een tehuis voor daklozen. Een tijdlang leek hij zijn leven te hebben gebeterd. Geen vechtpartijen meer, geen gebroken neuzen en geen ingetrapte ribbenkasten.

Schijn kan bedriegen. De politie van Victoria doet momenteel onderzoek naar zes mensen die over een periode van vier jaar uit het tehuis zijn verdwenen. Een groot aantal bijstandscheques op hun naam werd nog tot anderhalf jaar geleden verzilverd, toen D.J. weer in Groot-Brittannië verscheen.

Ik weet niet hoe hij Bobby heeft teruggevonden, maar dat zal niet zo moeilijk zijn geweest. Gezien hun leeftijdsverschil toen D.J. uit huis ging, moeten ze praktisch vreemden voor elkaar zijn geweest. Toch ontdekten ze een gemeenschappelijk verlangen.

Bobby's wraakfantasieën waren niet meer en niet minder dan dat – fantasieën – maar Dafyyd beschikte over de ervaring en het gebrek aan inlevingsvermogen om ze werkelijkheid te laten worden. De een was de architect, de ander de bouwer. Bobby had het creatieve visioen. D.J. bezat het gereedschap. Het eindresultaat was een psychopaat met een plan.

Catherine werd waarschijnlijk op de kanaalboot gemarteld en vermoord. Bobby had me al zo lang in de gaten gehouden dat hij precies wist waar hij het lichaam moest begraven. Hij wist ook dat ik tien dagen later op de begraafplaats zou zijn. Een van hen moet de politie hebben gebeld vanuit de telefooncel bij het hek. En die schep die op Gracies graf werd achtergelaten gaf aan het geheel iets macabers, met explosieve gevolgen.

In de loop van de daaropvolgende weken zijn ook andere stukjes van de puzzel op hun plaats gevallen. Bobby hoorde van mijn moeder dat we problemen hadden met de afvoer. Ze staat erom bekend dat ze iedereen altijd tot vervelens toe over haar kinderen en kleinkinderen vertelt. Ze heeft hem zelfs fotoalbums laten zien en de renovatieplannen die we bij de gemeente hadden ingediend.

D.J. stopte foldertjes in alle brievenbussen in de straat. Elk baantje leverde weer een referentie op en dat bracht Julianne ertoe hem in te huren. Toen hij eenmaal binnen was, liep alles van een leien dakje, hoewel zijn plannetje bijna in het water viel toen Julianne hem op een dag in mijn studeerkamer aantrof. Hij hing een verhaal op over een inbreker die hij had betrapt en weggejaagd. Hij was de studeerkamer binnengegaan om te kijken of er iets gestolen was.

Aan het eind van de volgende maand moet Bobby voor de rechter verschijnen. Hij heeft geen verweerschrift ingediend, maar men verwacht dat hij onschuldig zal worden verklaard. Hoewel alles naar hem wijst, is er geen direct bewijs. Niets toont concreet aan dat hij een moordwapen heeft gehanteerd – niet bij Catherine en evenmin bij Elisa, Boyd, Erskine, Sonia Dutton of Esther Gorski.

Volgens Ruiz is het dan over en uit, maar dat ziet hij verkeerd. Deze zaak zal nooit gesloten zijn. Jaren geleden heeft men geprobeerd het af te ronden, en kijk eens wat er gebeurd is. Als we onze fouten veronachtzamen, zijn we gedoemd ze te herhalen. Je moet altijd aan de witte beer blijven denken.

De gebeurtenissen die aan de kerst voorafgingen, zijn bijna een surrealistische waas geworden. We praten er zelden over, maar de ervaring heeft me geleerd dat alles op een dag terugkomt. Soms hoor ik 's avonds laat een autoportier dichtslaan of zware voet-stappen op het trottoir, en dan kan ik mijn gedachten niet stilzet-ten. Dan val ik ten prooi aan droefheid, depressie, teleurstelling en zorg. Ik schrik bij het minste geringste. Ik verbeeld me dat ik in de gaten word gehouden vanuit portieken en geparkeerde auto's. Telkens als ik een wit busje zie, probeer ik het gezicht van de chauffeur in beeld te krijgen.

Dat zijn allemaal heel normale reacties op shock en trauma. Misschien is het goed dat ik dat alles weet, maar die eeuwige zelf-analyse hoeft van mij niet.

Ik ben uiteraard nog steeds ziek. Ik doe mee aan een onderzoek dat in een van de academische ziekenhuizen plaatsvindt. Fenwick heeft het voor me geregeld. Eén keer per maand rijd ik naar het ziekenhuis, haak een kaartje aan mijn overhemdzakje en blader *Country Life* door terwijl ik op mijn beurt zit te wachten.

De hoofdlaborant verwelkomt me altijd met een opgewekt 'En hoe gaat het vandaag?'

'Tja, nu u ernaar vraagt, ik heb Parkinson.'

Dan glimlacht hij vermoeid, geeft me een injectie en voert een paar coördinatietestjes uit, waarbij hij met videocamera's de he-vigheid en frequentie van mijn tremors meet.

Ik weet dat het erger gaat worden. Wat zou het. Ik mag me ge-lukkig prijzen. Talloze mensen lijden aan Parkinson. Maar ze hebben niet allemaal een beeldschone vrouw, een schat van een dochter en een nieuwe baby om zich op te verheugen.

DANKBETUIGING

Hierbij wil ik Mark Lucas en het team van LAW bedanken voor hun raad, wijsheid en inzicht. Ik bedank Ursula MacKenzie omdat zij als eerste in mijn boek geloofde, en ook degenen die samen met haar de gok hebben gewaagd.

Elspeth Rees, Jonathan Margolis en Martyn Foster – drie van de vele vrienden en familieleden die mijn vragen hebben beantwoord, naar mijn verhalen hebben geluisterd en me het hele traject hebben vergezeld – bedank ik voor hun gastvrijheid en vriendschap

Ten slotte ben ik Vivien, die met mijn personages en mijn slapeloze nachten moest leven, veel dank verschuldigd voor haar liefde en steun. Een minder liefdevolle vrouw was in de logeerkamer gaan slapen.